북한문학의 현상

◆

박 태 상

깊은샘

책머리에

　북한은 최근에 놀라운 변화를 보이고 있다. 그 징후는 몇 가지 사실에서 감지되고 있다. 우선 금년 3월 27일 금창리 핵의혹 지하시설에 대한 사찰을 둘러싼 미 – 북 협상을 타결지었고, 3월 29일 평양에서 회담을 개최하는 등 평양에서의 미 – 북 미사일 회담을 진행중에 있다. 또 북한의 아·태평화위 원회의 초청으로 지난 3월 6일 일본 자민당의 마사아키 중의원 의원이, 3월 16일에는 도모코 아키코 참의원 의원이 평양을 방문하는 등 북 – 일 관계의 개선도 모색중에 있다. 이러한 변화는 정주영 현대그룹 회장의 소떼 방북이 후 금강산 유람선 관광이 순조롭게 진행되고 있는 현상에서 출발하였으며, 이러한 모든 변화는 DJ국민정부의 햇볕정책과도 밀접한 연관성이 있다. 또 하나 민감한 사건일 수 있는 홍순경전 태국주재 북한대사관 참사관 가족의 망명사건 처리과정이나 3월 31일 스리랑카 주변 인도양에서의 현대컨테이 너선과 북시멘트운반선의 충돌사건 처리과정에서 보인 양측의 신중하고도 유연한 태도는 몇 년전과는 확연한 차이를 보이고 있다.

　물론 이러한 변화양상을 단순하게 북한의 심각한 식량위기 때문으로 보거나 벼랑끝 외교전략이라는 일부 시각이 있는 것도 사실이다. 하지만 김정일국방위원장 체제가 들어선 이후 많은 변화조짐이 감지되고 있는 점에도 유념해야 한다.

　문학분야에서도 많은 점에서 그 전과는 다른 놀라운 변화가 감지되고 있다. 최근에 발간되고 있는 15권짜리 『북한문학사』(1991년 - 현재 간행중)는 주체사상을 근간으로 항일혁명문학을 8권 전체에서 비중있게 다루고 있지만, 9권 전체에서 프로레타리아문학과 진보적 문학을 세밀하게 다루고 있어 거의 대등한 입장에서 서술하고 있는 경이로운 양상을 드러내고 있다. 또 부르주아 반동작가들을 비판하면서 이광수의 『혁명가의 안해』를 공격하되, 김일성의 교시와 이기영의 평론을 앞뒤로 배치하여 감정적인 처리보다는 객관적인 비평을 시도하고 있는 점이나 시문학에서 박팔양과 정지용, 이용악, 오장환, 백석, 윤동주가 거론되고, 소설문학에서 한설야의 문학이 다시 조명되는 등 놀라운 변화를 보이고 있다. 물론 아직 이태준과 김남천·임화 등의 문학에 대한 언급은 그전 수준에서 크게 벗어나지 않고 있는 점이 아쉽다. 이러한 서술태도의 변화는 3권짜리 『문학예술사전』(1988 - 1993)이나 『문예상식』(1994)과도 맥이 통하고 있다. 특히 『문예상식』은 '계몽기와 해방전 문학예술'의 항목에서 이인직, 이해조, 최남선, 소성(『한의 일생』), 양건식(『슬픈 모순』), 신채호, 이광수, 나도향, 현진건, 이익상, 김소월, 한용운, 최서해, 이상화, 이효석, 채만식, 심훈, 강경애, 조명희, 나운규, 윤동주 등을 상세하게 다루고, 한설야의 경우 이름을 뺀 대신 『황혼』을 별도항목에 내세워 상세하게 서술하고 있어 유만이 기술한 『북한문학사』와 같은 시각을 나타내고 있다.

　『북한문학의 현상』은 필자의 학문적 성향과 관련지어 통시적인 시각에서 조선조 문학부터 식민지시대 문학 그리고 최근의 문학 등 북한문학사 전반을 다루고 있는 것이 특징이다. 하지만 최근의 북한문학인 김정일 우상화작업과 연관된 《불멸의 향도총서》의 하나인 『동해천리』(1996), 소위 베스트셀러소설인 『청춘송가』(1987), 식량위기의 원인인 북한 농촌관리구조의 모순을 치밀하게 보여주고 있는 『씨앗』(1992) 등을 세밀하게 분석하여 70년대이후 90년대까지의 북한사회의 현상을 살펴보는데 주력하려고 한다. 왜냐하면 북한에서 일찍부터 당의 문화예술부와 당선전 · 선동부를 책임져 왔던 김정일이 권력의 헤게모니를 잡은 후 〈문학예술이 혁명과 건설의 힘있는 무기로 된다〉는 입장을 시종일관 표명하고 있음에 따라 북한문학은 정치에 사실상 종속되어 있기 때문이다. 또 하나 김정일이 80년대 이후 혁명가극에서 영화나 장 · 중편소설쪽으로 예술장르의 중심축을 옮겨온 현상도 북한소설 문학 연구의 비중을 더해 주는 요인의 하나라고 할 수 있다.

  필자가 북한문학에 관심을 갖게 된 지 벌써 10여년의 세월이 흘렀다. 물론 직접적 계기가 된 것은 1980년대 말, 재야 진보집단의 '북한 제대로 알기운동'에서 비롯되었다고 할 수 있다. 1989년 노태우정권의 대선 선거유세기간중에 나온 납 · 월북 작가 작품의 해금조치도 학계에 많은 영향을 미쳤다. 책에 실린 논문 「북한문학사에 기술된 연암문학에 대한 가치와 평가」를 1992년에 발표하였으니 벌써 8 – 9년간이나 한 분야에 몰두한 셈이 된다. 필자의 관심은 물론 통일문학사 서술에 대한 호기심에서 비롯된다. 필자가 어떻게 보면 넓게 통시적으로 한국문학을 연구하는 이유도 이러한 꿈에서 출발한다. 북한의 사회과학원 문학연구소가 『북한문학사』(1977 – 1881년, 전5권)를 내놓은 것을 분석하고 존경하는 조동일교수는 『한국문학통사』 5권을 집필하여 출판하였다. 그런데 최근에 북한은 『한국문학통사』를 상세하게 검토하였는지, 15권짜리 『북한문학사』(1991년 – 현재 발간 중) 간행에 열중하고 있다. 따라서 이에 맞서는 새로운 『한국문학사』의 등장이 요구되는 현실이다. 또 하나 DJ정부의 햇볕정책과 현대그룹의 대북사업의 순조로운 전개는 최근에 언론의 북한 기사의 양적 분량을 몇 배로 증가시키고 있고, IMF시대임에도 불구하고 통일에 대한 국민의 관심(영화

『쉬리』의 큰 성공도 이러한 '민족애'에서 출발한다고 볼 수 있음)을 대폭 끌어올리고 있다. 따라서 이러한 시대적 분위기에 맞추어 이 책을 완성하기 위해 건강을 돌보지 않고 거의 일년동안 마무리 철야작업을 하였다.

『북한문학의 현상』을 집필하면서 몇 가지 기본원칙을 정해 놓고 작업을 하였다. 첫째는 기존의 북한문학 연구서의 한계인 『북한문학사』에 대한 해석위주에서 가급적이면 탈피하려고 하였다. 따라서 문학사의 분수령이 될 만한 문학적 사건이나 문학작품에 대한 북한문학사의 시각을 살펴보는 데서 멈추려고 하였다. 둘째, 문학이란 거울을 통해 최근 30여년 간의 북한 사회의 움직임을 세밀하게 살펴보는 데 주력하려고 하였다. 셋째, 이와 결부시켜 김정일이 사실상 권력을 잡은 70년대 중반 이후의 북한문학의 변화양상을 분석하는 데 몰두하려고 하였다. 넷째, 가능하면 외재적 연구 보다는 내재적 연구방법을 취해 북한문학의 독자성과 그들의 미학원리를 존중하려고 하였다. 즉 북한연구 세미나의 토론시간에 주체문학이후의 북한문학은 하나도 볼 것이 없다는 극단적인 질문도 있었으나 이를 반박하고 최근의 변화양상에 대해 치밀한 연구가 요구된다고 주장한 이유도 여기에 있다. 이러한 시각을 취한 것은 호기심이나 흥미위주의 접근이나 우리의 서구문학적 이론의 잣대로 그들의 문학을 바라보는 것 보다는 과학적이고 객관적인 비평적 접근을 통해 통일문학사를 지향하는 전향적 자세가 필요한 시점에 우리가 서있다고 본 까닭이다. 그러나 책이 완성되고 보니, 여러가지 이유로 뜻대로 되지 않아 부족한 점만 남게 되었다.

특이 이 책을 서술하는 과정에 〈북한문학연구학회〉(회장 강성윤 동국대 교수)가 1997년 하반기에 출범하여 매학기 세미나를 열고 토론을 펼칠 수 있는 광장을 제공해 주어 논문을 가다듬게 하고 한 가지 주제를 두고 정치·경제·문학·예술 등 다양한 분야의 전문학자들이 참여하여 학제간 연구를 할 수 있게 도와준 점에 커다란 감사를 드린다.

　마무리를 짓고 보니, 『북한문학의 현상』을 집필하는 과정에 많은 도움을 준 분들의 얼굴이 제일 먼저 떠오른다. 특히 건강이 좋지 않아 종합검진을 몇 차례나 받으면서 강행군을 할 때 항상 밤을 꼬박 세우는 필자의 나쁜 습관을 어루만져 주며 뒷바라지를 아끼지 않으신 어머님과 세인엄마 그리고 아이들께 먼저 감사를 드린다. 또한 항상 정신적 격려를 아끼지 않으시면서 연구분위기를 조성하여 주신 한국 방송대의 이찬교총장님과 미시간주립대학의 임길진학장님께도 감사를 드린다. 그리고 항상 신선한 학적 영감을 제공해준 문학예술동아리 〈수용미학연구회〉, 〈문학등산반〉, 〈극예술연구회〉의 회장단과 회원·동문들, 그리고 대학원에 진학한 졸업동문 등 제자들께 고마움을 느낀다.

　끝으로 IMF이후 모든 출판계가 어려움을 겪고 있는 가운데에서도 월북작가들의 연구서를 꾸준하게 펴내온 《깊은샘》의 박현숙 사장님과 박성기 부장님의 도움으로 이 책이 순조롭게 출판되게 되었음을 밝히며, 아울러 출판후원회를 조직하여 후원과 격려를 아끼지 않은 한국방송대의 이효영 전 국문학과 동문회장, 정영성 전 학생회장, 김미영 전 동아리회장, 그리고 후원회 임원인 김정호, 조규화, 김영수, 김영애, 박은자, 이주실, 김정란, 최연화, 이선자, 홍인자, 김계순, 정미란, 유해석, 최기재, 박동삼, 조은미님 등의 아낌없는 지원으로 이 책이 세상에 나오게 되었음을 밝힌다. 끝으로 교정작업을 헌신적으로 도와준 서현경 조교에게도 감사를 드린다.

1999년 4월 5일

차 례

제1부 북한문학의 현상

북한문학의 현상

북한은 본질에서 변하고 있는가 그렇지 않으면 근본에서는 전혀 변화가 없고 단지 위기탈출을 위한 실리추구를 위해 변화를 가장하고 있는가? 정치현실에서 뿐만이 아니라 문학 등 예술분야에서도 약간의 변화조짐이 있는 것이 사실이다. 몇 가지 종류의 북한문학사와 『문학예술사전』 그리고 『문예상식』 등의 자료를 분석해 보면 북한문학은 1967 - 68년무렵의 주체사상의 형성이전과 이후 그리고 최근의 약간의 변화양상 등으로 확연히 구분되는 흐름이 있다. 해방직후 북한정권은 김일성을 비롯한 빨치산그룹과 국내파 공산주의자그룹, 그리고 소련파·연안파 등의 연합성격을 지니고 있었다. 따라서 정치·경제·예술분야에서 다양한 목소리가 나올 수밖에 없는 여건이 형성되어 있었다. 따라서 1957 - 62년에 걸친 북한역사학계의 근대사 '시대구분논쟁'과 1957년 - 63년초의 북한문학계의 사실주의 발생·발전문제에 대한 논쟁이 가능하였던 것이다.

하지만 김일성이 헤게머니를 잡은후 김정일에 의해 주도된 주체사상의 확립은 북한학술계에 토론문화를 실종시키고 오직 교시문화만이 존재하는 획일적 목소리의 강요된 사회로 전락하게 되는 요인이 된다. 이러한 주체사상의 형성기까지 무수한 권력투쟁속에 많은 정치그룹의 몰락과 숙청이 있었고 그에 따라 숙청된 정치그룹과 지척거리에 있었던 수많은 문인들의 몰락과 문학사에서의 실종이 이어지게 되었다. 임화·이태준·김남천·이원조 등의 거세와 해방후 북한문학계의 기둥이라고 할 수 있는 한설야·박팔양 등의 돌연한 실종은 남북 분단상황이 가져다준 아이러니라고 할 수 있다. 이렇게 됨으로써 북한문학의 중요한 전통이었던 카프문학은 소위 항일혁명문학에게 자리를 내주게 된다.

이들의 제거, 숙청이 있은 후 북한문학계에는 김일성부자에 맹종하는 신예그룹의 비평가와 작가들만이 들끓어 소위 주체문학이 판을 치는 계기가 된다. 그 결과 김정일에 의해 주도된 주체문학론과 4.15문학창작단에 의해 《불멸의 력사총서》와 《불멸의 향도총서》가 완간되었거나 현재 간행되고 있다. 이러한 우상화작업은 북한만의 독특한 '수령형상창조'라는 문예이론을 만들어 내기도 하였다.

주체문학론의 정립후 북한에서 문학은 정치적 선전·선동의 도구화하는 양상을 보이게 됨에 따라 남한과는 다른 다양한 장르가 문학에 포함되는 기현상을 나타낸다. 이를테면 혁명가극, 송가문학, 영화, 아동문학 등이 문학사나 문학이론서, 『문학예술사전』등에서 다루어지고 있는 실정이다.

최근에는 해방직후-70년대와 달리 북한예술계에서 혁명가극 보다도 영화나 장·중편소설의 창작이 늘어나고 있는 추세이다. 그것은 물론 최고권력자인 김정일의 취향과도 밀접한 관련이 있는 듯이 보인다. 아울러 장·중편소설의 주제로는 다섯 가지 테마가 주로 등장하고 있다. 그것은 혁명전통 주제, 조국해방전쟁 주제, 사회주의 건설 주제, 조국통일 주제, 역사 및 계급교양 주제로 구성되어 있다. 이러한 양상은 4.15문학창작단 등 집체창작 집단의 구성과 집필환경에서 비롯되는 경향일 확률이 높다.

Ⅰ. 북한 학계의 논쟁 두 가지 - 토론문화의 존재

북한문학사 서술에 직접적 영향을 미친 두 가지 논쟁이 1950년대말부터 60년대초까지 북한에서 있었다. 하나는 북한 역사학계의 '시대구분논쟁'과 '과도기 유형논쟁'이었고 다른 하나는 북한문학계의 두 차례에 걸친 논쟁인데,『조선문학통사』(1959)의 저술과 함께 진행된 사실주의 형성에 대한 논의를 묶은 1959년에 나온『사실주의에 관한 논문집』과 1963년 3월 27일부터 3일간 토론회에서 발표된 논문과 토론 참가자 몇 사람의 논문을 추가하여 엮은 14편이 실린『우리나라 문학에서 사실주의의 발생, 발전』이 있다.

북한의 역사학계에서 진행된 '시대구분논쟁'은 시대구분의 기본원칙·기준의 문제와 근대사의 시점 및 종점의 문제였는데, 결국 1962년 사회과학원 창립 10주년을 앞둔 기념회에서 하나의 합일된 결론을 도출해 내었다. 우선 '시대구분논쟁'은 크게 두 가지 학설 즉 계급투쟁설과 사회구성체설로 나뉘었다. 계급투쟁설은 "지금까지 존재한 모든 사회의 역사는 계급투쟁의 역사였다"라는 명제를 내세우면서, 한국근대사의 시대구분에서도 마땅히 계급투쟁의 표현을 주요한 표징으로 삼되, 반식민지 식민지였던 우리나라의 경우에는 특히 민족운동의 표현을 가장 주요하게 고려해야 한다고 주장한다. 계급투쟁설도 세계사적 관점에서 볼 때 근대는 자본주의 사회이며 현대는 사회주의라는 것을 승인하고 있다. 이 이론의 대표적 주창자인 이나영은 한국 근대사회의 특수성을 "완전한 봉건사회도, 완전한 자본주의 사회도 아닌 반봉건사회로서 한 개의 기형적인 '과도기' 사회였다"는 사실과 함께 가장 중요하게는 반식민지 식민지사회였다는 사실에서 찾으면서 민족모순이 주요모순이며, 따라서 민족투쟁이 주요한 투쟁이었다고 말하고 있다. 그리고 한국근대사의 시점 및 종점에 대해서는 1866 - 1919년설과

1866 - 1945년설로 나뉘고 있다.

사회구성체설은 인류사의 원시 · 고대 · 중세 · 근대 · 현대의 다섯 시기는 원시공동체적 · 노예적 · 봉건적 · 자본주의적 · 사회주의적 생산양식에 상응하며, 시대구분의 이같은 방법론적 원칙은 세계사뿐만이 아니라 개별민족사의 파악에서도 마찬가지로 적용되어야 한다는 것이다. 대표적 주창자 김희일의 견해에 따르면, 세계사에서 나타나고 있는 자본주의로의 이행행태를 부르주아혁명에 의해 이행한 유형, 부르주아개혁에 의해 이행한 유형, 그리고 외국 자본주의의 침략을 매개로 이행한 유형의 세 가지로 구분하면서 인도 · 중국과 함께 우리나라를 이 세번째의 유형에 포함시키고 있다. 그리하여 이같은 자본주의로의 이행, 자본주의 발전의 식민지적 길, 식민지적 유형의 설정으로부터 한국근대사를 "자본주의 사회사의 특수한 유형으로서 존재한 식민지(반식민지) 반봉건사회 시대"로 파악하고 있다. 한국근대사의 구체적인 시점과 종점의 경우, 1866 - 1945년설과 1876 - 1945년설로 학설이 나뉘었는데, 결국은 1866년 반침략투쟁시기로 모아졌다.

'시대구분논쟁'의 경우 1962년 사회과학원 창립 10주년 기념 '공식토론회'를 통해 어느 정도 합의를 도출해 내었다. 가장 중요한 시대구분의 원칙 · 기준의 문제에서는 사회공동체설(자본주의설)에 입각하여 근대 즉 자본주의라는 세계사적 시대구분을 한국근대사에 직접 적용하여 한국근대 즉 자본주의 발전의 식민지적 유형으로 본 김희일의 견해로 정리되었다. 즉 한국근대사는 '자본주의 사회에 상응하는 역사'로서 '자본주의 사회 역사의 고전적 형태와 구분되는 특수한 유형의 길'을 밟는 '식민지(반식민지) 반봉건사회시대'라는 것이다. 이에 따라 근대사의 시점과 종점문제 또한 1866 - 1945년설로 정리되었다.

그러나 '주체사상'에 의한 역사관이 북한에 도입되면서 사정은 달라지게 되었다. 1977년판 『조선통사』에서 뚜렷하게 드러난 '주체사관'은 1979년부터 출간되기 시작하여 1983년에 완결된 『조선전사』(전 33권)에서 보다 분명하게 입장이 정리되어 조선현대사의 기점을 1926년 '타도제국주의 동맹'의 결성으로 규정함으로써 1962년의 결론을 완전히 뒤집고 있다.

북한문학계도 1957년부터 1963년까지 사실주의, 비판적 사실주의, 사회주의 사실주의의 역사적 단계를 규정하는 문제를 놓고 논쟁을 펼쳤다. 그 결과 1963년 2월 27일부터 29일까지 과학원 언어문학연구소에서 진행한 토론회를 마치고 『우리나라 사실주의 발생, 발전』이라는 토론집을 내놓게 된다. 사실주의 발생 · 발전은 주로 고전문학을 중심으로 토론이 전개되었다. 발생시기의 경우 9세기 최치원문학(고정옥 · 동근훈 등), 12 - 14세기의 이규보 · 이제현문학(한룡옥 · 한중모 · 안함광 등), 18 - 19세기 박지원 · 정약용문학(김민혁 · 엄호석 · 윤종성 · 김병규 등)의 크게 세 가지로 학설이 나뉘었다. 또 18 - 19세기를 주장하는 학자중에는 연암문학과 다산문학이 비판적 리얼리즘이라는 학설을 제기하기도 하였다. 비판적 사실주의의 경우, 18 - 19세기문학에서 발생했다고 보는 견해(김하명 · 박종식 · 윤기덕)와 자본주의에 대한 비판적 토대가 마련된 시기인 20세기문학에 발생했다는 입장으로 나뉘고 있다. 또 20세기문학 학설중에서도 양건식의 「슬픈 모순」을 그 기원으로 보는 입장(엄호석 · 최탁호)과 1920년대초의 김소월과 나도향의 문학에서 발생했다는 설(김민혁 · 김해균 · 문상민 · 이응수)로 나뉘어졌다. 이러한 입장의 차이는 엥겔스가 허크네스에게 보낸 편지에서 "사실주의란 디테일의 진실성 외에 전형적 환경속에서 전형적인 성격들을 진실하게 전달하는 것"이란 명제를 밝힌 것을 좁게 해석하는 견해와 고리끼가 사실주의를 "현실의 객관적이고 진실한 반영"으로 광의로 해석하고 청년작가와의 대화에서 "자산계급의 탕자들이 내세운 현실주의를 비판적 현실주의라고 한다. 비판적 현실주의는 사회의 악습을 폭로하고 가정의 전통과 종교적 교조주의 및 법규의 압제하에서 개인이 보여주는 '생활과 모범'을 묘사한다. 그러나 그것 또한 마땅한 출로를 제시해 주지 못하였다"라고 언급한 데서 '비판적 사실주의'라는 말이 처음으로 나왔다고 보는 견해로 나뉘는 데서 비롯된다.

또 사회주의 사실주의의 발생에 대해서도 마르크스 – 레닌주의의 보급과 노동계급의 출현, 고리끼문학의 영향 등 주·객관적 조건을 토대로 파악하여 신경향파문학을 사회주의 사실주의의 맹아기나 과도기로 보는 입장에서부터 출발하여 다양한 견해가 표출되었다. 다양한 견해중 이상태는 비판적 사실주의, 사회주의 사실주의의 맹아, 사회주의 사실주의의 초기 특성 등 3부류의 공존으로 신경향파문학을 규정하고, 비판적 리얼리즘(나도향·김소월) – 신경향파이지만 비판적 리얼리즘(이익상) – 사회주의 리얼리즘의 맹아 도달(최서해의 「탈출기」, 이상화의 일부 작품) – 사회주의 리얼리즘의 초기 특성 구현(조명희·한설야·이기영·송영) 등[1]으로 세밀하게 구분하였다.

요약하면 1957 – 63년 사이에 있었던 북한문학계의 비판적 사실주의문학, 사회주의 리얼리즘문학을 둘러싼 논쟁 등과 더불어 북한역사학계의 '시대구분논쟁'과 '과도기유형논쟁'은 해방이후 마르크스 – 레닌주의 미학이론에 의해 북한 학술계가 과학적이고 객관적인 이론도출과 역사해석에 치중하고 있었음을 보여주는 것이다. 하지만 이러한 지적인 노력은 1967년이후 불어닥친 '주체사상'에 의해 뚜렷한 논쟁과 설명도 없이 뒤바뀌게 되어 교시문화에 충실하는 형태로 변형되게 되었다. 이후에 발간된 북한문학사나 『문학예술사전』과 『문예상식』 등의 사관이나 서술원칙도 이러한 양상을 그대로 반영하고 있다고 할 수 있다.

---

1) 김성수 엮음, 『우리 문학과 사회주의 리얼리즘 논쟁』, 서울, 사계절, 1992, 332 – 335쪽.

Ⅱ. 북한 정치사의 굴곡과 문학사의 왜곡현상

최근 북한의 정치는 사실상 국방위원장인 김정일 1인에 의해 처리된다고 해도 과언이 아니다. 마찬가지로 김일성이 죽기전에는 북한은 국가 주석 김일성을 정점으로 하는 유일체제였다. 하지만 북한 정치사를 훑어 보면 김일성이 권력을 완전히 잡는 데는 해방이후만 해도 22년이란 시간이 걸렸다.

특히 6. 25한국전쟁의 실패때와 소련에서의 스탈린의 죽음이후 후르시초프에 의한 우상숭배 비판시기 그리고 중국의 문화혁명후의 시기 등 몇 차례의 국제정치 현상의 변화는 김일성의 확고한 권력유지에 장애요인으로 발생했다. 물론 이러한 권력투쟁을 이겨내고 김일성은 국가주석으로 확고한 위상을 정립하고 우상화작업에 몰두하여 수많은 정적들을 피의 숙청으로 몰아넣었고 급기야는 사후의 우려 때문에 세계에 유래없는 세습체제를 시도하여 김정일로의 권력승계를 이루게 되었다.

이러한 김일성의 권력장악 과정에서의 권력투쟁은 북한정치사뿐만이 아니라 북한문학사에도 커다란 영향을 미치게 되었다. 김일성에 의해 주도된 국내파공산주의자와 소련파와 연안파 그리고 자신의 빨치산직계의 일부까지도 도려내는 피의 숙청은 '반종파투쟁'이라는 이름으로 그에 연루된 많은 작가 · 문학이론가 등의 예술가를 희생시키는 계기가 되었으며 결국 문학사를 왜곡시키는 현상으로 나타났다.

1. 국내파 공산주의자의 몰락과 임화 · 이태준 · 김남천의 숙청

북한문학사가 항일혁명문학에 그 전통을 두었든, 카프문학에 그 전통을 두었든지간에 북한의 문학예술은 정치에 종속되어 있는 양상을 보여주고 있다. 특히 최근의 주체사상으로 무장된 북한문학의 경우 그러한 현상이 더

더욱 심화되어 가는 양상이다.

우선 김일성은 해방후에 남로당을 사실상 주도하던 국내파 공산주의자의 우두머리 박헌영과 이승엽 등과 동거정권을 형성하여 형식상의 화학적 결합을 시도한다. 하지만 한국전쟁의 실패에 따른 책임문제를 놓고 결국은 박헌영 등 남로당계열의 정치가를 제거하여 희생양으로 삼는다. 김일성은 미국과 남한이 정전협정을 둘러싼 신공세를 준비중이던 1952년 12월 조선노동당 중앙위원회 제5차 전원회의를 소집하고 갑자기 《당의 조직적 사상적 강화는 우리 승리의 기초》라는 보고를 하면서 종파주의를 극복하기 위해서는 당성을 꾸준히 단련하고 당조직 규율을 강화하여 민주주의적 중앙집권제의 원칙을 관철해야 한다고 교시하였다. 전원회의후 각급 당조직들에서 전원회의 문헌토의사업이 진행되었으며 종파주의를 비롯한 온갖 반당적 경향들이 폭로되었고 특히 박헌영·이승엽 등 간첩 종파도당의 죄행이 낱낱이 드러났다고 명렬하게 비판하였다.

이렇게 김일성은 한국전쟁의 실패원인을 박헌영·이승엽 등에게 그 책임을 돌려 희생양으로 삼았던 것이다. 그런데 중요한 것은 이러한 박헌영과 이승엽의 정치적 숙청과 함께 그들의 측근이었던 많은 문인들이 희생되었다는 사실이다. 그중 대표적인 인물이 그 당시 조·소 문화협회 중앙위원회 부위원장이었던 임화이었고, 이들과 가까웠던 이태준·김남천·이원조 등도 줄줄이 연루되어 숙청되었다. 백철의 증언에 의하면, 1950년 7월 한국전쟁중 서울에 온 임화는 당시 문화연맹 간부였고 김남천은 서기장의 위치에 있었던 것으로 알려져 있다. 1953년 8월 3일부터 8월 6일까지에 걸쳐 열린 북한의 최고 재판소 군사재판부(재판장 김익선소장)는 소위 공화국정권 전복 음모와 반국가적 간첩테러 및 선전·선동행위에 대한 사건을 심리하고 박헌영·이승엽과 마찬가지로 임화와 조일명에게 사형을 선고하고 이원조에게는 징역 12년에 처하여 모든 재산을 몰수하였다. 이태준과 김남천은 북한의 역사책이나 문학사등에서 구체적으로 설명되지는 않고 있으나, 전원회의후의 각급 당조직에서 전원회의 문헌토의사업이 진행되는 과정에서 그리고 작가 예술인들의 사상투쟁모임에서 종파주의를 비롯한 반당적 경향이 폭로되어 숙청된 것으로 보여진다. 1952년 12월의 당중앙위원회 제5차 전원회의 이후에 있었던 김일성교시인 종파주의를 반대하고 작가대열의 통일단결을 강화하기 위한 투쟁과 사대주의, 교조주의를 반대하고 문학에서 주체를 세우기 위한 사업 조직영도에서는 임화나 이태준 그리고 김남천의 죄를 첫째, "남이니 북이니 무슨 파니 하는 협애적 지방주의적 종파주의적 경향"을 보였다고 구체적으로 적시하고 있고, 둘째, 부르주아적 문학예술단체인 《조선문화건설 중앙협의회》를 급조하여 《문화테제》라는데서 《우리가 건설하는 민족문화는 계급문화여서는 아니된다》고 하며 문학예술의 당성·계급성을 부정하고 〈근대적 의미에서의 민족문화〉를 수립해야 한다고 하면서 부르주아 민족문화 건설로선을 공공연히 들고 나왔다고 비판하고 있다. 그리고 셋째, 이태준의 경우는 중편소설 『농토』와 단편 「호랑할머니」, 「먼지」 등에서 북한의 현실을 왜곡하고 부르주아작가로서의 반동성이 드러났으며, 김남천의 경우는 단편소설 「꿀」에서 인민군대의 영웅적 성격을 모독한 자연주의 경향을 보였고 인민군대를 나약하게 그리는 등 염전사상과 패배주의를 내세웠다고 비판[2]하였다.

　지금까지 남한의 학계에서는 임화의 재판기록까지 공개되어 그의 숙청사실은 상세하게 알고 있었으나, 이태준과 김남천 등의 숙청사실에 대해서는 자세하게 알려지지 않고 단지 임화의 사건과 연루되어 숙청되었을 것이라고 추정하는 정도였다. 그러나 북한이 제공한 이러한 기록으로 인해 김정일의 비판이 두 사람의 숙청원인의 결정적 계기가 되었음이 분명하게 밝혀지

---

2)장형준, 『위대한 수령 김일성동지 문학령도사』 2, 평양, 문예출판사, 1993, 428 - 435쪽.

게 되었다.

2. 소련파와 연안파의 제거와 기석복 · 정률 · 민병균에 대한 비판

　북한정권에서 김일성은 해방직후 군을 먼저 장악하였으나 당의 장악에는 상당한 시간이 필요하였다. 1946년 8월의 북조선 노동당 제 1차 당대회에서는 권력이 계파간에 균형을 이루고 있었는데, 연안파의 김두봉이 중앙위원회 위원장이었고 김일성은 국내파 주영하와 함께 부위원장에 선출되었다. 5명의 정치위원회는 연안파의 김두봉과 최창익, 소련파의 허가이, 국내파의 주영하, 그리고 김일성 등으로 구성되었다. 그러나 1948년 3월에 열린 제 2차 당 대회의 사정은 약간 달랐는데, 김일성의 지위는 여전히 중앙위원회 부위원장이었지만 그는 당의 결점들을 지적하고 종파주의와 개인영웅주의를 통렬히 비난하는 보고를 하였다.

　1948년 남북에 각기 다른 정부가 들어서고 박헌영을 비롯한 남로당 계열의 공산주의자들이 월북한 이후에 열린 1949년 6월 24일에 남로당과 북로당의 중앙위원회 연석회의에서는 조선노동당이라는 공식 당명이 채택되었는데, 여기에서 김일성은 마침내 당 위원장에 선출되었다. 남로당출신의 국내파 박헌영이 제1부위원장에, 소련파 허가이가 제 2부위원장으로 뽑혔고, 9명으로 구성된 정치위원회 위원에는 김일성 · 박헌영 · 허가이를 포함해 남로당계열의 이승엽 · 김삼룡 · 허헌 · 연안파의 김두봉과 박일우 그리고 빨치산출신의 김책이 선출[3]되었다.

　우선 김일성은 노동당의 당 조직문제와 당원 축출 문제를 놓고 자신과 대립하였던 허가이를 제거하려고 하였는데, 1953년 8월 4일에 열린 중앙위

---

[3] 서대숙, "정권의 수립과 변천과정", 최명편, 『북한개론』, 을유문화사, 1990, 65쪽.

원회 제 6차 전원회의에서 그의 자살을 발표함으로써 확인이 되었다. 그리고 소련파와 연안파의 도움으로 국내파 공산주의자인 박헌영과 이승엽을 제거한후 연안파의 도전에 직면하였다. 그것은 세계정세의 변화에 기인하는 것인데, 소련의 스탈린 사망후 후르시초프에 의한 스탈린격하운동이 전개되자 제 1차 5개년 경제계획의 추진을 위한 경제원조를 위해 김일성이 1956년 6월 1일부터 7월 14일까지 소련과 동유럽을 방문하던중 최창익이 이끄는 연안파가 정권에 대한 도전을 음모하였다. 1956년 8월 30일에 중앙위원회 '8월회의'가 열렸는데 이 자리에서 연안파의 서휘는 직업동맹의 노동자들이 정치적 자주성과 파업의 권리를 가져야 한다고 주장하였고, 윤공흠은 김일성에 대한 개인 숭배를 비판하였으며, 최창익은 북한경제발전의 난관을 초래하는 중공업의 치중을 비난하고 생필품의 생산확대를 위해 경제계획을 개편할 것을 촉구하였다. 그리고 군부에서는 연안파의 김을규·최월종(조선 인민군 정치국장)·최종학 등이 인민군의 전통은 비한국적인 만주에서의 빨치산전통 보다는 일제치하의 북한에서 치열하였던 농민운동에서 계승되어야 한다고 주장하였다는 것이다. 김일성은 1956 - 57년사이에 당증 재발급 사업을 벌이면서 연안파의 인물들을 당과 정부로부터 축출[4]하였다.

그럼에도 불구하고 사대주의·교조주의에 사로잡힌 반당종파분자들은 〈인민생활이 어려운데 중공업건설에 치우친다〉느니 〈어느 나라에서도 이러한 정책을 실시해본 적이 없다〉느니 하면서 경제건설의 기본노선을 반대하여 나섰다. 이자들은 특히 중공업을 우선적으로 발전시키며 자립경제의 토대를 축성하는 데 대한 방침을 반대하면서 모든 것을 당면한 소비에 탕진할 것을 주장하여 나섰다.[5]

---

4) 서대숙, 위의 글, 69 - 75쪽.
5) 사회과학원 역사연구소 김한길, 『현대조선역사』, 서울 일송정, 1988, 344쪽.

사실상 소련파와 연안파의 제거가 이루어진 1956년 8월 당 전원회의를 전후하여 북한은 문학분야에서도 대대적인 숙청과 비판이 잇따르게 되었다. 대표적인 문학적 사건으로는 소위 부르주아반동작가인 이태준과 사상적으로 결탁한 부수상을 지낸 소련파 박창옥과 그 측근들을 맹렬하게 비판하는 현상이었다. 특히 김일성은 그의 과오로 첫째, 사대주의적 행동을 일삼았고 부르주아의 사상잔재가 남아 있다는 것을 지적하였고 둘째, 민족허무주의에 빠져 항일혁명투쟁의 한 전통인 카프의 문화유산을 거부하였다는 것이다. 셋째, 해방후 이광수의 능력을 인정하여 그를 앞세울 것을 제안하는 등 부르주아반동문학과 사상적으로 결탁[6]하려고 시도하였다는 것 등이다. 이러한 박창익과 그 측근들의 종파사대주의적 경향은 당성·노동계급성을 저버리게 되며 당도 안중에 없고 혁명문학건설도 말아먹는 위험한 지경에 이르게 된다는 것을 보여주었다고 질타하고 있다.

그리하여 김일성은 1956년 1월 18일 당중앙 상무위원회를 소집하여《문학예술분야에서 반동적 부르주아사상과의 투쟁을 강화할 데 대하여》의 결정서를 채택함으로써 오래동안 당선전부문의 지도적 지위에서 유아독존격으로 전횡을 부리면서 사대주의적이며 부르주아적인 사상을 부식시키고 문학발전에 저해를 주던 종파사대주의 분자들에게 결정적인 타격을 주고 당의 령도체계를 더욱 튼튼히 확립하였으며 주체가 선 문학을 건설하고 발전시켜 나갈 수 있는 건전한 토대를 닦아 놓았다[7]고 주장하고 있다. 위의 결정서에는 첫째, "림화·리태준·김남천 등 반동 작가들을 바로 지지하면서 우리 문학의 건전한 발전을 저해하여온 기석복·정률 및 이들을 추종한 김조규·민병균 동무들을 동맹 중앙위원에서 제명하며 동시에 정률·민병균·

---

6) 이수림,『위대한 수령 김일성동지 문학령도사』3, 평양, 문예출판사, 1994, 42 - 45쪽.
7) 이수림, 위의 책, 49쪽.

김조규동무들을 동맹 상무위원에서 제명한다"는 것과 둘째, "평론분과 제9
차 위원회에서 기석복 · 정률을 위원에서 제명한 결정과 시문학분과 제33
차 위원회에서 민병균을 위원에서 제명한 결정을 각각 비준한다"는 내용
이 포함되어 있다[8]는 것이다.

3. 천리마운동과 항일혁명문학에 대한 관심

권력투쟁과정에서 제거 · 축출된 소련파 · 연안파의 빈자리는 빨치산출신
들이 메우게 된다. 1957년 9월 김일성은 제 1기 최고인민회의를 개최한 후
에 10년만에 제2기 최고인민회의를 소집하기 위한 선거를 실시하여 최고인
민회의 상임위원회 의장에 빨치산출신의 최용건을 뽑고 제2차 내각의 요직
에도 김일(부수상), 김광협(국방상)과 같은 빨치산들로 채우게 된다.[9] 물론
이들 빨치산 실세들도 1960년대 초반의 스탈린격하운동, 후반의 중국문화
대혁명과 홍위병의 등장 등 국제정세의 급변에 따라 중심세력에서 축출되
어 북한은 주체사상을 중심으로 하는 김일성유일체제로 넘어가게 된다.
연안파와 소련파에 대한 축출이후 권력장악에 성공한 김일성은 아직도
지역당안에 잔존해있던 종파분자들을 제거하는 한편 사회주의 공업화를 이
룩하기 위해 부르주아잔재 투쟁과 병행하여 사회주의 건설 대고조운동으로
서 대중노선인 천리마운동을 추진하게 된다. 천리마운동은 1957년부터 시
작되었던 5개년 계획의 과업달성과 연계하여 추진되었는데 소련의 '스타하
노프운동' 의 북한판인 이 운동은 첫째, 단순한 생산혁신운동이 아니라 사상
교육을 특히 중시하는 운동이라는 점, 둘째, 좁은 의미에서의 생산활동에

---

8) 김재용, 『북한문학의 역사적 이해』, 문학과 지성사, 1994, 140쪽.

9) 서대숙, 앞의 글, 75쪽.

한정되지 않고 상품·의료·교육·예능·언론 등의 서비스활동과 정신노동을 포함하는 전 분야에 걸쳐 진행된 '북한 특유의 국가 총동원체계'였다[10]는 점이 특징이었다. '혁명적 사상의식의 강조를 통한 생산력의 비약적 발전'이라는 천리마운동은 기술과 자본이 취약한 북한의 상황에서는 불가피한 조처였다. 정치사상적 통일성을 확보하기 위한 운동이었던 천리마운동의 시초는 1958년 11월 김일성이 내린 교시인 《공산주의 교양에 대하여》에서 비롯[11]된다.

북한에서는 1956년 8월의 전원회의이후 1956년 10월 제2차 조선작가대회가 소집되었고, 1956년 12월에는 전국 작가·예술인협의회가 열렸다. 그리고 1958년 11월 전국 시·군 당위원회 선동원들을 위한 강습회에서 연설 《공산주의 교양에 대하여》를 강연하였는데, 그 골자는 다섯 가지로 요약된다. 첫째, 공산주의 교양에서 중요한 것은 무엇보다도 자본주의에 비한 사회주의와 공산주의의 우월성을 잘 알려주는 것이고, 둘째, 새 것은 반드시 승리하고 낡은 것은 멸망한다는 진리를 알려주는 것이며, 셋째, 근로자들을 집단주의 정신으로 교양하는 것임을 강조한다. 넷째, 사회주의적 애국주의와 프로레타리아 국제주의 정신으로 교양하는 것이고 다섯째, 사람들이 로동을 사랑하도록 교양하는 것[12]이라고 주장하고 있다. 이 연설을 뒤받침하기 위한 조선작가동맹 중앙위원회 제4차 전원회의에서는 한설야가 《공산주의 교양과 우리 문학의 당면 과업》이란 보고문을 발표하고 직후 채택된 결정서에서 "김일성동지의 1958년 10월 14일 교시를 받들고 치열한 사상투쟁을 진행하는 행정에서 부르주아문학사상에 물젖은 안막·서만일·윤두헌 등을 폭로 비판하였다"[13]라고 언급하고 있다.

---

10) 최성, 『북한정치사』, 풀빛, 1897, 139쪽.
11) 최성, 위의 책, 같은쪽.
12) 이수림, 앞의 책, 115쪽.

이 시기에 김일성은 두 가지 중요한 교시를 내리는데, 그 핵심은 부르주아문학예술의 독소를 반대하여 투쟁하여야 하고, 천리마기수의 전형을 창조하여 공산주의적 새 인간을 창출[14]하여야 한다는 것이다. 그리고 공산주의적 인간의 본보기 형상창조로서 두 가지 방향, 즉 항일혁명투사들과 천리마기수들의 전형적 성격을 창조하여야 한다[15]고 강하게 요구한다. 이러한 움직임은 1959년 제 2차 항일혁명 전적지 답사단(답사단장 송영)으로 이어지고 주체사상 확립후에 '항일혁명문학'이 카프문학을 뛰어넘어 북한의 가장 중심적인 혁명전통으로 평가되는 계기가 된다.

Ⅲ. 카프문학과 항일혁명문학 – 북한 사회주의 리얼리즘문학의 전통

근·현대문학사에 있어서 북한문학사의 주축을 이루는 것은 역시 카프문학의 전통이었다. 1957년부터 1963년까지 진행되었던 북한문학계의 리얼리즘논쟁에서도 신경향파문학을 포함하는 카프문학의 전통을 근대문학기의 가장 중추를 이룬 문학현상으로 규정지은 바 있다. 이러한 논쟁시기 직전인 1956년 5월 5일 조선작가동맹 중앙위원회에서 사회주의 리얼리즘의 발생·발전문제를 두고 엄호석이 발제하고 김명수·박팔양·안함광·한효 등이 토론에 참가한 연구회가 열렸는데, 거기에서 사회주의 리얼리즘 창작방법의 발생·발전을 두 시기로 구분하여 정리하였다. 즉 1920년대초부터 1927년까지 신경향파 시기를 사회주의 리얼리즘 맹아시기로 파악하고, 다음으로 1927년 카프 재조직이후 목적지향성을 띤 방향전환론이 나온 이후

---

13) 김재용, 앞의 책, 148 – 149쪽.
14) 이수림, 앞의 책, 130 – 131쪽.
15) 이수림, 위의 책, 130쪽.

는 이기영의 『고향』, 한설야의 『황혼』등 대표작이 나온 시기로 사회주의 리얼리즘 발생단계로 해석하였다. 토론 결과 신경향파 문학의 특징으로 아름다운 인간성, 사회주의 이상, 일제에 대한 반항과 투쟁, 혁명적 낭만주의 등이 거론되었으며, 한계로 사회주의 투사를 서사시적 화폭속에서 보여주지 못했다는 점을 지적[16]하였다.

이 시기 논쟁에 참여하였던 이상태는 『조선어문』(1959년 , 제1호)에 발표한 "조선문학에서의 사회주의적 사실주의 발생문제와 관련한 몇 가지 의견"에서 이 기간동안의 토론의 성과를 첫째, 미제의 고용간첩이었던 임화 등의 주장인 초기 프로레타리아 문학인 '신경향파' 문학에 대한 허무주의적 견해들을 완전히 극복한 사실, 들째, '신경향파' 문학에는 노동계급의 투사가 없었기 때문에 사회주의적 사실주의로 될 수 없었다는 등의 20년대 프로레타리아 문학에 대한 비속한 견해들과 독단주의적 견해들이 점차 제거되기 시작한 점, 셋째, 많은 연구가들이 조선문학에서의 사회주의적 사실주의는 이미 초기 프로레타리아 문학에서 싹트기 시작하였으며, 1920년대말과 30년대초에 들어서면서 더욱 발전하여 나갔다는 데 의견일치를 본 점[17]등으로 요약하고 있다.

이러한 논쟁전후에 나온 북한문학사들인 『조선문학통사』(1959)와 『조선문학사』(1981, 전5권)는 카프문학의 위상을 긍정적으로 평가하는 한편 그 제한성을 다음과 같이 비판하기도 하였다.

이 시기의 조선 프로레타리아문학은 조선 무산계급운동의 초기적 단계의 제반 현실적 특질을 반영한다. 따라서 이 시기의 문학은 사회주의적 이상의 실현을

---

16) 김성수엮음, 『우리 문학과 사회주의 리얼리즘 논쟁』, 사계절, 1992, 316쪽.
17) 김성수엮음, 위의 책, 192 - 193쪽.

위한 로동계급의 조직적 투쟁을 직접적인 형태에서 구체적 화폭으로 뚜렷이 묘
사하지는 못하였다. 이러한 제반 사정은 이 시기의 프로레타리아문학이 일반적
으로 비판적 사실주의는 벗어났으나, 사회주의 사실주의의 제반원칙은 아직 불
충분하게 밖에는 체현하지 못한 하나의 초기적, 맹아적 특성을 갖게 하였다.
……(중략)……그러나 이 시기의 진보적 문학권내에 있어 프로레타리아문학은
엄연히 지도적 중심적 역할을 놀았으며, 그 문학의 기본적 발전방향을 특징짓는
지배적 창작방법은 사회주의 사실주의였다.[18]

1926년 – 1940년대의 프로레타리아 문예비평 활동은 로동자 · 농민의 리익을
반영하는 계급문학의 발전과 그를 위한 문예리론의 확립에 일정하게 이바지하였
다는 점에서 긍정적 의의를 가진다.

그러나 이 시기 작가들의 문예활동과 투쟁은 그들의 세계관상 및 시대적 제한
성으로 하여 일련의 부족점들을 발로시키고 있다. 그들의 리론과 주장은 조선혁
명의 구체적 현실과 그가 제기하고 있는 절박한 요구와 밀접히 결부되지 못하고
적지 않는 경우 일반론에 기울여졌다. 그들은 창작과 평론을 통하여 부르주아문
예리론의 정체를 폭로하기는 하였으나 그것의 반동적인 사상계급적 기초를 철저
히 까밝히지 못하였다. 때로 리론전개에서 주관을 내세움으로써 작품형상들에
대하여 부정확한 평가를 내리거나 정치사상적 수준이 높지 못한데로부터 문제를
정치적 각도에서 해석하지 못하고 있다. ……(중략)…… 이것은 그들이 조선혁
명에 대한 주체적인 전략전술을 체득하지 못하였던 세계관상 제한성과 함께 일
제의 탄압이 절정에 달하여 문예활동의 자유를 극도로 구속하였던 객관적인 조
건과 관련되고 있다.[19]

---

18) 과학원 언어문학연구소, 『조선문학통사』, 서울, 인동, 1988, 36 - 37쪽.
19) 김하명 · 유만 · 최탁호 · 김영필, 『조선문학사』(1926 - 1945), 평양, 과학 · 백과사전출판사,
   1981, 368 - 369쪽.

위의 주체문예론이 확립된 이후에 나온『조선문학사』(1981)는 '신경향파' 문학을 포함하는 카프문학의 제한성으로 네 가지의 한계점을 제시하고 있다. 즉 첫째, 카프문학이 조선혁명의 구체적 현실을 반영하지 못하고 있는 점, 둘째, 부르주아문예이론의 허상을 사상계급적 기초하에서 제대로 비판하지 못한 점, 셋째, 비평이론 전개과정에서 비평가의 주관에 치우쳐 작품형상에 대한 정확한 평가를 내리지 못한 점과 정치적 사상과 식견의 부족으로 인해 정치적인 각도에서의 해석을 못한 점, 넷째, 조선혁명에 대한 주체적인 전략전술을 체득하지 못한 세계관상의 제한성과 일제의 탄압이라는 객관적 조건 등을 카프문학의 취약점으로 내세우고 있다. 이러한 해석과 비판은 바로 항일혁명문학을 북한 근·현대문학의 주춧돌로 삼으려고 하는 주체문예론적 시각의 반영이라고 할 수 있다.

북한문학사는 현대문학의 출발점으로 김일성이 1926년 10월 17일 《타도제국주의 동맹》을 조직한 때로부터 명월구회의 이전까지를 잡고 있다. 그리고 '항일혁명투쟁의 첫 시기 혁명적 문학'이라고 항목을 정해 이 무렵 창작된 김혁의 혁명송가『조선의 별』, 혁명적 극문학『안중근 이등박문을 쏘다』(1927), 혁명가극『꽃파는 처녀』(1930년 11월 7일 오가자의 삼성학교에서 공연됨),『젊은 소작농』,『흡혈귀』등을 대표적인 작품으로 소개하고 있다. 그리고 '항일 무장투쟁 시기의 혁명적 문학'(1931 - 1945)에서는 대표적인 혁명가극으로『한 자위단원의 운명』과『피바다』등을 제시하고 있다. 그리고 김일성이 항일혁명문학 예술에서 주체를 튼튼히 세우는 데에 있어서 중요한 문제로 몇 가지를 방법론적인 틀로 제시하고 있다. 즉 새로운 사회주의적인 민족문화는 결코 빈터위에서 만들어지는 것이 아니라 조선전래의 민족문화의 우수한 전통을 비판적으로 계승발전시키는 과정에서 건설되는 것이고, 혁명적 문예방침에서 중요한 것은 문학예술에서 당성·노동계급성·인민성의 원칙을 관철하여야 한다는 것이다. 그리고 혁명적 문학예술은 현실생활에서 제기되는 절박한 문제들을 주제적 과제로 내세워야 하므로 주체사상과 배치되는 종파주의 · 사대주의 · 기회주의 등 온갖 반혁명적인 사상과의 비타협적인 투쟁을 벌리는 것이 항일혁명투쟁의 전기간에서 매우 중요한 과업이라고 강조하고 있다. 아울러 인민성구현의 바탕에서 인민들의 생활속에 깊이 들어가 그들의 생활을 깊이 요해하고 인민들과의 혈연적 관계를 강화하는 것은 그들의 지향과 염원, 요구를 적극 구현하기 위한 선결조건임을 내세우고 있다. 이러한 창작원리에 근거한 항일혁명문학의 비중은 전 15권의 북한문학사중 집필자 유만이 9권 전체에서 프로레타리아문학과 진보적 문학을 분석하는 것과 대비시켜 8권 전체를 항일혁명문학으로 채우고 있는데서 분명하게 드러나고 있다.

최근의 주체문예론의 강화는 이렇게 북한문학사의 왜곡을 심화시키고 김정일로 표상되는 '교시문화'의 확대를 가져오는 모순으로 발전하고 있다. 하지만 중요한 것은 어찌되었든 최근의 유만에 의해 쓰여진 『조선문학사』가 카프문학과 항일혁명문학의 비중을 대등하게 다루고 있다는 점이다. 이것은 세 가지로 해석할 수 있는데, 첫째는 1957 - 63년 사이의 북한문학계의 논쟁의 정신을 되살리려는 움직임의 반영으로 볼 수 있다. 둘째, 북한의 문학가들이 남한에서 출판된 『한국문학통사』등의 문학사를 읽고 자극을 받았을 가능성을 들 수 있다. 셋째는 김정일의 신임을 받고 있는 유만 등의 신세대학자들의 유연한 서술태도나 객관적이고 과학적인 연구태도의 반영이 아닌가하는 생각도 든다.

Ⅳ. 4. 15문학창작단과 《불멸의 력사총서》 및 《불멸의 향도총서》

'수령형상창조' 란 한마디로 문학예술 작품속에서의 일종의 우상화작업을 말한다. 북한의 문예이론서에는 "수령을 형상한다는 것은 수령의 혁명력사와 숭고한 풍모를 진실하고 생동하게 예술적 화폭에 그려 수령의 위대성을 예술적으로 감득하게 하는 것이다"[20]라고 쓰여 있다. 우선 수령형상은 보통 혁명가의 형상이나 보통 지도자의 형상과 구별된다고 강조하고 있다. 왜냐하면 수령은 위대한 혁명가, 위대한 공산주의자의 귀감이기 때문이다. 즉 수령이 위대한 혁명가임으로 하여 수령형상은 로동계급의 혁명문학이 창조하는 형상이라는 것[21]이다. 그들식의 표현대로 한다면, 실로 수령형상은 참된 인간, 위대한 혁명가의 형상인 동시에 그 누구도 비길수도 대신할 수도 없는 인민의 최고수뇌, 혁명의 최고령도자, 단결의 유일중심의 형상이며 오직 한분밖에 없는 로동계급의 정치적 수령의 형상[22]이라는 것이다. 그러므로 '수령에 대한 충실성'을 신념으로 간직하려면 '수령에 대한 위대성'을 깊이 체득하여야 한다는 것이다.

그리고 로동계급의 문학예술에서 수령의 형상을 창조하는 중요한 목적의 하나는 예술형상을 통하여 인민들에게 '혁명적 수령관'을 철저히 세워주려는 데 있다[23]는 것이다. 혁명적 수령관을 세우는 데서 중요한 것은 수령의 위대성에 대한 인식과 체득인 것이다.

그러면 '혁명적 수령관'과 '수령형상 창조'는 북한에서 언제부터 시작되었고 누구에 의해 주도되었는가? 최근에 남한에 망명한 전 북한의 김일성대학 총장(주체사상연구소 소장)이었던 황장엽은 주체사상에서 '수령관'이 변질되어 나왔다고 최근 조선일보와의 인터뷰에서 밝혔다. 그의 회고에 의하면 주체사상은 1955년 12월 「사상과업에서 교조주의를 반대하고 주체를

---

20) 윤기덕, 『수령형상문학』, 문예출판사, 1991, 157쪽.
21) 윤기덕, 위의 책, 158쪽.
22) 윤기덕, 위의 책, 160쪽.
23) 윤기덕, 위의 책, 168쪽.

세울 데 대하여」라는 김일성의 연설문에서 시작되었다고 한다. 하지만 이때의 '주체'는 소박한 개념이었다. 김일성이 말한대로 「자립경제해야 한다. 정치를 자주적으로 해야 한다」는 정도였고, 여기에 황장엽을 비롯한 사상이론가들이 이론적으로 각색을 했다고 한다. 하지만 1966년무렵 황장엽의 인텔리의 역할을 강조한 주체사상은 북한에서 중앙당 조직부장이었던 당시의 2인자 김영주를 비롯한 친인척들에 의해 비판을 받았다고 한다. 70년대말부터 80년대 사이에 김정일의 측근들인 중앙당 조직부·선전부 등의 글에서 김정일 개인의 독재·수령관을 옹호하는데 앞장섰다고 한다. 본래의 '수령론'에서 사회적 생명·자주성·협동성의 본질적 개념은 황장엽이 기초했지만, 결국 개인의 우상화, 독재체제를 정당화하는 논리로 변질되었다고 증언[24]하고 있다.

북한에서 1992년에 발간된『김정일선집』권 1을 보면, 김정일이 '수령형상 창조'를 주장한 것은 1966년 2월 7일 조선 작가동맹 중앙위원회 위원장과 한 담화에서 처음 시작된 것으로 되어 있다. 「새로운 혁명문학을 건설할 데 대하여」에서 김정일은 "사회주의적 사실주의 문학은 력사무대에 등장한 첫날부터 로동계급과 운명을 같이하여 왔습니다. 사회주의적 사실주의문학의 력사적 사명은 바로 사회주의, 공산주의를 위한 로동계급의 혁명위업 수행에로 인민대중을 불러일으키는 데 있습니다…… 수령은 혁명의 최고수뇌, 최고령도자로서 로동계급의 혁명위업 수행에서 결정적 역할을 합니다.

---

24) 『조선일보』 1998년 6월 16일자 6면 「조선인터뷰」, 黃長燁·金德弘과 유근일논설주간과의 대담에서, 자신은 소련에서의 유학을 마치고 돌아와 김일성종합대학 총장을 하다가 1958년 김일성의 이론담당 서기(비서)를 맡아 주체사상을 기초하였으며, 1979년 당비서로 들어가 주체사상을 전세계에 전파하기 위한 조직인 비밀부서 주체사상연구소의 소장을 맡았다고 증언했다. 황장엽은 "그런데 김정일도 주체사상에 관심이 있다고 해서 지도를 했다. 그러나 우리가 글을 써주면 계급투쟁을 덧붙이고, 나중에 수령론쪽으로 갔다. 독재이론을 정당화하는 쪽으로 나간 것이다."라고 술회하고 있다.

로동계급의 혁명위업 수행에서 수령이 절대적 지위를 차지하고 결정적 역할을 하는 것만큼 그 위업 수행에 이바지하는 사회주의적 사실주의문학도 마땅히 수령에 관한 문제를 첫째가는 중심문제로 제기하고 바로 풀어나가야 할 것입니다. 로동계급의 수령을 형상하는 것은 사회주의적 사실주의 문학의 운명을 좌우하는 근본문제입니다."라고 강조[25]하고 있다. 그리고 북한에서 수령을 형상한 혁명문학은 일찌기 항일혁명 투쟁시기부터 창작되기 시작하였다고 주장한다.

또 김정일은 1967년 6월 20일 조선노동당 중앙위원회 선전선동부 책임일군들과 한 담화인 「4. 15문학창작단을 내올 데 대하여」에서 반당반혁명분자들과 그 추종분자들은 위대한 수령님께서 항일 혁명투쟁 시기에 이룩하신 영광스러운 혁명적 문학예술 전통을 내세울 대신 일부 불건전한 자들을 내세워 〈카프〉의 전통을 계승하여야 한다는 잡소리까지 치게 하였으며 민족문화유산 계승에 있어서도 당의 로선과 원칙을 어기고 복고주의와 민족허무주의의 편향을 나타냈습니다고 반종파투쟁을 강조하면서 다시 한 번 새로운 혁명문학을 건설하기 위하여 '수령형상창조' 문제가 절대적으로 필요하다[26]고 주장한다. 그리고 수령형상창조를 기본으로 하는 창작집단인 〈4. 15문학창작단〉을 따로 내오는 것은 수령형상 창조사업을 전망적이고 장기적인 사업으로 계속 힘있게 밀고 나가기 위한 것임을 내세운다.

김정일은 또 '수령형상창조'의 '합법칙성'을 주장한다. 수령형상창조가 공산주의 문학예술 건설의 합법칙적 요구로 되는 것은 높은 사상예술성을 요구하는 사회주의 문학예술의 본성과 관련된다고 파악한다. 문학예술의 중요한 요구의 하나는 사상성과 예술성의 높은 결합일진대, 수령형상을 창

---

25) 조선노동당 중앙위원회, 『김정일선집』 권 1, 조선노동당출판사, 1992, 113 - 114쪽.
26) 조선노동당 중앙위원회, 『김정일선집』 권 1, 242 - 245쪽.

조하는 것은 문학예술 작품의 숭고한 사상성을 보장하는 원천으로 될뿐 아
니라 높은 예술성을 보장하는 원천으로도 된다[27]는 것이다. 참다운 예술성
은 인민이 좋아하고 인민이 공감하며 인민의 심금을 울리는 높은 감동성,
감화력에 있다. 수령의 고매한 풍모와 수령의 불멸의 력사는 그 자체가 만
사람의 마음을 격동시키는 가장 아름답고 고상한 풍모이며 가장 빛나는 력
사라는 것이다. 따라서 수령형상작품에는 혁명가로 참되게 산다는 것은 어
떻게 사는 것이며 참된 인간으로 사는 것은 어떻게 사는 것인가를 보여주는
빛나는 귀감이 있다[28]는 것이다.

김일성의 항일혁명 활동을 연작식으로 장편서사화한 《불멸의 력사총
서》[29]는 김정일이 주도한 작업인데, 1972년 권정웅작 『1932년』을 시작으

---

27) 윤기덕, 앞의 책, 174 - 175쪽.

28) 윤기덕, 위의 책, 176쪽.

29) 《불멸의 력사총서》는 1925년 10대의 소년인 김일성이 '타도제국주의 동맹'이라는 단체를 조
    직하기까지의 과정을 그린 김정의 『닻은 올랐다』(1982년 간행)를 시작으로 천세봉의 『혁명의
    려명』(1973), 『은하수』(1982)와 석윤기의 『대지는 푸르다』(1981)로 이어진다.
    신형기, 『북한소설의 이해』, 실천문학사, 1996, 62쪽 참조.
    각 소설이 나누어 다루고 있는 김일성의 항일무장투쟁의 시기와 총 20편의 작품명은 다음과
    같다.
    『닻은 올랐다』(김정) - 1925년에서 1926년 10월 '타도제국주의 동맹' 결성까지
    『혁명의 려명』(천세봉) - 1927년에서 1928년 사이 길림에서의 활동
    『은하수』(천세봉) - 1929년부터 1930년 6월 이른바 '카륜 회의'까지
    『대지는 푸르다』(석윤기, 1981) - 1930년 조선혁명을 무장투쟁으로 발전시키기 위한 혁명노선
    을 선포한 '카륜회의'를 갖기까지
    『봄우뢰』(석윤기, 1985) - 1931년 12월 "명월구 회의"에서 1932년 4월 '반일인민혁명군' 창건
    까지
    『1932년』(권정웅, 1972) - 1932년부터 1933년 1월까지의 남만 원정 과정
    『근거지의 봄』(이종렬, 1981) - 1933년부터 1934년 두만강 연안 유격 근거지 창설까지
    『혈로』(박유학) - 1934년부터 1936년 사이의 북만 원정
    『백두산 기슭』(현승걸, 최학수, 1978) - 1936년 3월부터 1936년 5월 '조국광복회' 창립까지
    『압록강』(최학수, 1983) - 1936년 8월 무송현성 전투에서 1937년까지
    『위대한 사랑』(최창학, 1988) - 1933년 부모를 잃은 고아들을 거두는 과정

로 1994년 김수경작 『승리』가 출간되기까지 총 20편이 간행되었다. 이 총서는 북한문학에 내재하는 중요한 창작원리인 '혁명적 수령관' 을 밝혀주는 방대한 작업이다. 혁명적 수령관은 김일성수령을 인민대중의 조직적 의사의 유일한 체현자로 보는 주체사상의 핵심이다. 혁명적 수령관의 확립을 위해 김일성의 항일투쟁의 역사를 복원하는 작업은 대내외적인 환경의 변화에 따라 북한이 독자적이고 자주적인 지도체제를 구축할 필요를 느끼고 유일사상 체계의 수립을 본격화하는 것을 의미한다. 북한에서 유일사상 체계를 세우는 것은 1967년 5월 당중앙위원회 제 4기 15차 전원회의에서 결의가 되었고, 1970년 11월 제 5차 당대회에서는 마르크스 – 레닌주의와 항일무장투쟁의 혁명 전통을 당의 지도이념으로 규정했던 제 4차 당대회(1961년 9월)와는 달리 주체사상을 당의 유일한 지도이념으로 규정했다. 그리고 1972년 12월 27일 최고 인민회의 제 5기 제 1차회의에서 채택된 사회주의 헌법 제 4조는 "조선민주주의 인민공화국은 마르크스 – 레닌주의를 우리나라 현실에 창조적으로 적용한 조선 노동당의 주체사상을 자기 활동의 지도적 지침으로 삼는다"[30]고 명문화한다.

『잊지못할 겨울』(진재환, 1984) – 1937년 가을부터 1938년까지
『고난의 행군』(석윤기, 1976) – 1938년 '남패자 회의' 로부터 1939년 4월 '북대정자 회의' 에 이르는 과정
『두만강 지구』(석윤기, 1980) – 1939년 5월부터 '대부대 선회작전' 이 시작되기 전까지
『준엄한 전구』(김병훈, 1981) – 1939년 9월부터 1940년 3월 대부대 선회를 영도하는 과정
『빛나는 아침』(권정웅, 1988) – 1945년 해방 직후부터 1946년까지
『조선의 봄』(천세봉, 1991) – 해방 직후부터 토지개혁이 성공하기까지
『50년 여름』(안동춘, 1990) – 1950년 '조국해방전쟁' 의 발발로부터 '대전해방 전투까지'
『조선의 힘』(정기종, 1992) – 서울 방어 전투작전을 펼치고 전략적 필요에서 일시적인 후퇴를 하기까지
『승리』(김수경, 1994) – 반공세를 성공시키고 정전 담판장에서 항복서를 받기까지
30) 전인영, "북한의 주체사상", 이홍구편, 《마르크시즘 100년 사상과 흐름》, 문학과 지성사, 1984, 323 – 324쪽.

《불멸의 력사총서》는 김정일의 주도에 의해 계획되고 씌어진 것이다. 이미 1968년 김정일은 김일성의 생일에서 따온 '4.15 창작단'을 결성함으로써 《불멸의 력사》가 씌어질 수 있는 조직적 터전을 마련했을 뿐만 아니라 《불멸의 력사》를 총서형식으로 쓰도록 가르쳤고, 원고를 직접 심의하는 등 집필과 출판의 과정을 세심히 관리했다[31]는 것이다.

한편 북한에서 '수령형상창조'를 앞장서서 추진하던 김정일이 1974년을 기점으로 권력을 사실상 장악함에 따라 1980년대부터《불멸의 력사총서》에 버금가는《불멸의 향도총서》가 쏟아져 나오기 시작한다. 물론 그 정지작업으로 1970년대이후 꾸준하게 김정일을 형상화한 송가 · 가사 · 단편소설 등이 쏟아져 나왔다. 앞서의 황장엽과 김덕홍의 인터뷰에서 김덕홍은 "봉건사회에서도 왕과 왕세자의 지위는 다른데, 1974년부터 김일성과 김정일이 (지위가) 완전히 같았다. 김정일을 통하지 않으면 김일성과 악수도 마음대로 못한다."[32]고 증언하여 김일성 생전에는 권력이 김일성에게 집중되었을 것이라는 세간의 견해를 뒤집었다. 이렇게 볼 때 북한에서 1974년쯤부터 사실상 '수령형상창조'는 중앙당 조직부와 선전부를 중심으로 김정일의 탁월한 영도력과 대중지배력을 그려나가는데 주력하게 되었음을 알 수 있다. 그것은 80년대를 거쳐 김일성 사후인 최근의 90년대 후반으로 오면, 상당히 강화되는 양상을 보이고 있다. 재미있는 것은 김정일에게 권력이 집중되면서 "수령을 계승한 문학은 본질에 있어서 수령형상문학이다"[33]라는 대담한 표현까지 등장하고 있다. 물론 그것은 김정일을 형상한 문학이 위대한 수령을 형상한 문학과 차이가 없다는 것을 의미하는 것은 아니다라는 전제를 깔고 있다. 그것은 수령의 계승자의 형상은 수령형상의 모든 내용을 다

---

31) 신형기, 앞의 책, 66쪽.
32) 조선일보 1998년 6월 16일자 6면.
33) 윤기덕, 앞의 책, 425쪽.

갖추면서도 '수령에 대한 충실성'을 형상의 핵으로 하기 때문이라고 얼버무린다.

사실상 김정일에 대한 수령형상문학은 장편소설 『동해천리』가 등장하기 훨씬 전부터 이루어졌다. 그것은 송가 · 가사 · 단편소설 · 장편소설 등 다양한 장르를 통해 시도되었다. 송가를 묶은 종합시집만 보더라도 『향도의 해발 우러러』(1권 - 13권)가 출판되었고, 가사문학으로는 『친애하는 김정일동지의 노래』, 『친애하는 지도자동지의 만수무강을 축원합니다』, 『대를 이어 충성을 다하렵니다』, 『영원히 한길을 가리라』 등이 발간되었다고 한다. 단편소설집으로는 『조선의 행복』, 『백두산의 해돋이』, 『향도의 태양』, 『영광의 시대』, 『봄빛』, 『역사의 순간』 등이 발행되었는데, 여기에만도 55편의 단편소설이 수록[34]되어 있다고 한다. 또 최근에 나온 단편소설집 『소원』(문예출판사, 1992)에 나오는 11편의 단편소설도 모두 김정일에 대한 충성심이나 한없는 사랑을 다루고 있다.

장편소설로는 1989년에 발표된 김일성종합대학 출신의 작가 현승걸의 『아침해』를 필두로 90년대에는 이종렬의 『예지』(1990)와 박현의 『불구름』(1991)이 창작되었고, 김일성 사후인 1996년에 백남룡의 『동해천리』가 얼굴을 내민다. 종합하면, 『불구름』이 6. 25전쟁의 준엄한 시련의 불구름속에서 성장해가는 김정일의 어린 시절을 회고적으로 그리고, 『예지』가 혁명가극과 영화사업 등을 통해 주체적 예술관을 정립하고 항일혁명문화유산을 정리하며 민중선동에 앞장서는 김정일의 개성적 성격을 보여주고 있다면, 『동해천리』는 『아침해』의 전통을 계승하여 1970년대 이후 사회주의 건설에 몰두하여 자립적 민족경제의 토대를 마련하는 김정일의 통큰 사업수완과

---

34) 윤기덕, 『수령형상문학』, 문예출판사, 1994, 제 4장 「친애하는 지도자 김정일동지를 형상한 문학의 발전」, 424쪽.

북한사회의 미래를 열어가는 지도자적인 전망을 제시함으로써 북한민중의 방향타로서의 신뢰성을 보여주려는데 주력한 작품이란 점에 그 의미와 가치가 있다고 할 수 있다.

V. 최근 북한문학의 여섯 가지 테마

최근 북한문학은 몇 가지 변화양상이 드러나고 있는데 그중 가장 두드러지는 것은 해방직후의 혁명가극이나 송가 등의 장르를 통해 항일혁명문학을 중시하는 태도에서 장·중편소설 등 문학의 본래적 장르를 강화하는 양상과 영화장르를 대중홍보나 선동의 중요매체로 이용하고 있는 점, 그리고 아동문학과 고전문학에 대한 인식을 새롭게 하는 점 등의 조짐을 보이고 있다는 점이다.

그중 장·중편소설과 영화 장르를 중시하는 태도를 보이는 것은 당 선전선동사업을 일찍부터 주관하던 김정일의 확고한 예술관에서 비롯된 현상이라고 할 수 있다. 김정일은 주체사상의 정립에 직접 관여하였을 뿐만아니라 그것을 대중화하는데 많은 관심을 가지고 있었다. 따라서 그는 소설과 영화 장르가 대중을 선동하고 홍보하는데 다른 어떤 매체보다도 가장 영향력있는 매체라는 사실에 대해 분명한 인식을 하게 된다. 김정일이 4. 15문학창작단을 1968년무렵 만들고 그곳에 소속된 작가들의 작품창작에 수정을 가하고 작품의 종자를 잡아주는 행위까지 한 것은 바로 그가 엥겔스의 반영론이나 문학의 계급성과 경향성을 강조한 주다노프주의에 충실하고 있는 교조주의자임을 입증해주는 것이다. 그가 소설의 역사성과 대중 선동성을 중시하여 처음 착수한 것이《불멸의 력사총서》발간이고 그 이후의 80년대에 총돌격전이라는 명칭으로 두 차례나 밀어부쳤던 사업이 '장·중편소설 창작전투'였다. 이러한 소위 '창작전투' 결과 10여년 사이에 무려 100여편의 장·중편소설이 만들어졌고 그 이후까지 수백편의 소설이 창작되는 기현상이 벌어졌다.

창작전투의 근거지인 남포에서 30리떨어진 우산장까지 김정일이 작자들을 위해 직접 자동차까지 보내주는 배려까지 한 결과 쏟아져 나온 장·중편소설의 주제는 다섯 가지로 압축되고 있다. 이것을 통해 우리는 80년대이후 최근의 북한의 사회현상과 예술계의 동향을 파악할 수 있게 된다. 그 주제는 혁명전통의 주제, 조국해방전쟁 주제, 사회주의건설 주제, 조국통일주제, 역사 및 계급교양 주제의 다섯 테마이다. 혁명전통 주제의 작품으로는『찔레꽃』(강효순, 유고 전기영),『우등불』(김원종)등이 제시되고, 조국해방전쟁 주제의 작품으로는『태백산줄기』(정기종),『양심과 운명』(리동구)등이 거론되었다. 그리고 가장 창작작품이 많은 사회주의 건설 주제로는『야금기지』(허춘식),『빈터위에서』(김보행),『청춘송가』(남대현),『철의 신념』(김리돈)등의 장편소설이 나열되고 있으며, 조국통일 주제로는『세월을 넘어』(김덕철),『후대의 길』(리호인),『조국과 운명』(박혁)등이, 그리고 력사및 계급교양 주제로는『갑오농민전쟁3』(박태원, 권영희),『김정호』(강학태),『이순신장군』(김현구)[35] 등이 제시되고 있다.

한편 1992년에 나온 시집『궤도를 따라』(강인철 편)의 목차를 보면, 80년대말부터 90년대초까지의 북한 시문학의 흐름을 알 수 있다. 이 시집에는 여섯 가지의 주제별로 20여편씩의 시가 실려있다. 그 테마는 '태양은 빛나라', '우리는 백두산에 올랐다', '90년대의 숨결', '조국과 병사', '내 사랑, 내 조국', '주체의 궤도를 따라'[36]로 되었다. 처음의 '태양은 빛나라'와

---

35) 최길상,『주체문학의 새 경지』, 평양, 문예출판사, 1991, 121 - 124쪽.
36) 강인철 편,『궤도를 따라』, 평양, 문예출판사, 1992, 1 - 5쪽.

'우리는 백두산에 올랐다'는 앞서 소설문학에서의 김일성의 혁명활동과 혁명적 가정을 주로 다룬 '혁명전통 주제'와 일치하는 내용이고, '90년대의 숨결'은 〈강철의 음향〉과 〈건설의 교향곡〉의 두 항목으로 세분화되어 있는데, 그것은 소설문학의 주테마의 하나인 〈자력갱생〉의 국가적 정책추진의 의지를 보여주는 '사회주의 건설 주제'와 상통한다고 할 수 있다. '조국과 병사'와 '주체의 궤도를 따라'는 어느 정도 소설문학의 테마인 '조국해방전쟁 주제'나 '조국통일 주제'와 연관성이 있다고 볼 수 있으므로, 시장르와 소설장르의 미학적 특성의 차이로 서사성이 강한 '력사 및 계급교양 주제'만이 빠진 것으로 보인다. 그 대신 시문학에서는 특이하게 '내 사랑, 내 조국'이라는 민족애나 향토애를 강조하는 테마가 등장하고 있는 것이 특징이다. 그 내용은 주로 부모님에 대한 사랑을 노래하거나 어머니로 상징되는 당과 수령에 대한 충성이나 동지애를 강조하는 내용으로 되어 있으며, 대동강을 소재로 고향에 대한 정을 노래하거나 잘 영근 벼이삭과 햇쌀냄새를 강조하며 고향의 처녀에 대한 정취를 노래하는 내용 등으로 되어 있어 조국애를 고취시키려는 창작의도가 드러나고 있다. 이것은 소설문학의 다섯 가지 테마에 한 가지를 더 얹어주는 최근 북한문학의 새로운 주제중 하나라고 할 수 있다.

제2부   북한 문학연구의 현황과 과제

북한 문학연구의 현황과 과제

I. 머리말

식민지시대로부터 해방된 이후 오늘날까지 남북한은 대립·갈등의 상태
를 벗어나지 못하고 있다. 물론 그것은 외세에 의한 분단상황이 원인이 된
다. 광복이후 80년대말까지는 민주주의와 공산주의라는 냉전이데올로기에
의해 갈등상태에 있었으나 구소련연방의 붕괴와 동구권의 변혁으로 인해
변화된 양상을 보이고 있다. 특히 동·서독의 통합은 북한의 고립을 좀 더
심화시켜 한반도의 긴장을 높게 하고 있다. 아울러 그동안 북한을 지배해왔
던 수령 김일성주석의 사망과 지도자 김정일에 의한 권력승계가 이루어진
북한은 70년대 김정일의 세습체제가 들어서면서부터 진행되어왔던 '우리
식'의 사회주의 건설이라는 정치구호를 더 높이 외치게함으로써 개방과 고
립의 양면을 넘나드는 줄타기를 계속하게 하고 있다. 따라서 김일성 보다는
개방적으로 갈 수밖에 없을 것으로 보이던 김정일체제가 최근의 식량부족
의 어려움의 증대가 가져오는 위기상황의 가중과 더불어 강경한 경찰국가
로 나아가 고립을 더 심화시키는 양상을 보여 안타까움을 주고 있다. 하지

만 최근의 세계사의 흐름으로 보아 남북한의 통일은 더 지체할 수 없는 지상과제로 보이고 그것의 실현도 현실상황으로 점차 다가오고 있다.

그에 비해 정치 · 경제 · 사회 · 문화적으로 볼 때 서로의 이질감을 극복할 수 있는 방안이나 상호체제에 대한 각 분야에서의 연구는 심도있게 이루어지고 있다고 볼 수 없다. 특히 북한문학에 대한 연구도 80년대 후반의 재야 주도의 '북한 제대로 알기 운동'의 여파로 한때 인기가 있었으나, 그 이후 북한핵위기의 긴장상태에 묻혀 금새 시들해지고 말았다. 하지만 최근의 통일무드의 조성에 따라 다시 북한문학 연구붐이 일고 있는 것은 고무적이라 할 수 있다. 특히 그간의 북한에 대한 적대적 의식이 많이 완화되고 한 핏줄의 같은 동포라는 인식이 퍼져감에 따라 한쪽의 논리나 시각에 따라 상대방의 문화를 분석하려는 해석의 오류가능성과 비판이 많이 제기되고 있어 보다 진지하고 구체적인 연구가 이루어질 수 있는 토대는 마련되어 있다고 할 수 있다.

북한문학연구의 한계는 우선 실증적 자료의 빈곤과 부족현상에 따라 제한성을 지닐 수밖에 없다는 점을 들 수 있다. 자료의 출처는 대개 두 가지 루트에 의해 이루어지고 있는데, 한 가지는 정보기관에 의해 수집되었거나 정부기관이 소장하고 있는 자료를 열람하는 방식이고 다른 하나는 외국에 유학(외국대학 도서관자료의 복제)가거나 여행하는 중에 북한무역상이나 서점을 통해 개인적으로 수집하여 가져들어온 일부자료에 전적으로 의존하고 있다. 특히 후자의 자료에 의해 불법적이기는 하나 복제인쇄업자에 의해 상당수의 최근 북한 문학자료들이 영인본으로 간행되어 연구자들에게는 그나마 숨통이 트이고 있다. 하지만 체계적인 연구를 위해서는 이러한 자료 빈곤현상의 타개를 위한 진지한 토론이 이루어져야 할 것이다. 최근 적십자사나 나진 · 선봉무역특구에 진출하는 기업인 그리고 금강산관광을 주관하는 현대그룹 임직원들을 통한 공식적인 자료수집과 출판이 이루어져 진지한 연구가 가능해졌으면 하는 희망이다. 아울러 개방화 · 세계화 시대를 맞이하여 문화관계 자료의 경우 무역업자들을 통해 공식적으로 자료가 도입될 수 있는 방안을 정부가 마련해주어도 무방하다고 생각된다.

둘째는 자료해석에 있어서 편향된 인식에 따라 왜곡된 평가를 하게 되는 경우 발생하게 되는 오류를 들 수 있다. 이를테면 5 - 6공화국의 군부독재 시대에 행해지던 관변학자들에 의한 주관적 감상에 의한 자료해석이나 그 반대로 재야인사들에 의한 적극적인 주체사상 옹호식의 자료해석이 주는 위험성이 이에 해당된다. 북한 문학의 올바른 이해를 위해서는 내재적인 접근법이 바람직하겠지만, 중립적인 입장에서 객관적이고 과학적인 자료해석과 평가가 이루어져야 할 것으로 보인다. 여기에서 '과학적'이라는 말은 실증적인 자료에 근거한 '비판적' 인식에 바탕한 해석과 평가를 의미한다.

앞으로의 활발한 연구와 토론을 기대해 보며 북한문학에 대한 그간의 연구성과와 한계에 대해 분석해 보기로 한다.

II. 남한에 소개된 북한문학의 텍스트

북한문학을 연구할 때 제일 먼저 부딪치게 되는 것은 앞서 언급하였듯이 자료의 빈곤이라고 할 수 있다. 심지어 주변을 보면 자료수집을 위해 방학 중에 일본으로 건너가 대학도서관에서 자료를 복사하거나 북한무역상을 통해 최근 서적을 수집하여 몰래 국내에 들여와 연구하는 것을 목격하게 된다. 여러 가지 방법을 통해 학계에 알려진 중요 텍스트를 정리하면 크게 네 가지로 요약된다.

첫째, 국내에서 출판되었거나 복제된 영인본 자료들인 『북한문학사』를 들 수 있다. 북한문학사는 크게 '고상한 리얼리즘론'에 입각한 교조적 사회

주의관이 관철되는 1947년무렵의 분위기를 반영한 것과, 사회주의적 생산
관계의 개조가 어느 정도 완성되었다고 공표하고 공산주의적 전망이 널리
선전되던 시기인 1959년경에 나온[1] 북한문학사, 그리고 1967년부터 논의
가 시작되어 1970년 초에 정립이 된 것으로 알려진 주체사상에 입각하여
간행된 것, 끝으로 90년대 들어와 김정일후계체제가 굳어지면서 제시된
'우리식' 사회주의 건설을 위한 주체적 인간학의 정립을 기치로 한 문예이
론을 반영한 북한문학사 등 다양한 실증적 자료가 유입되어 그런대로 심층
적인 연구와 분석이 가능하다. 지금까지 국내에 알려진 북한문학사 텍스트
는 9종[2]이었으나 최근에 한 종류(주석 2)참조)가 더 알려졌다. 이러한 북한
문학사는 북한문학의 현황과 변천과정을 이해하는데 결정적인 자료역할을
하고 있다. 남한에서의 북한문학사 연구의 한획을 그은 민족문학사연구소
의『북한의 우리문학사 인식』(창작과 비평사, 1991)과 최동호편의『남북한
현대문학사』(나남출판, 1995)는 모두 이러한 자료를 실증적으로 활용한 업

1) 김행숙, "북한문학사 서술의 원칙과 성격",『남북한 현대문학사』, 나남출판, 1995, 46쪽.
2) 지금까지 학계에 알려진 북한문학사를 개관하면 다음과 같다.
 1. 이응수,『조선문학사』(1 - 14세기), 교육도서출판사, 1956.
  윤세평,『조선문학사』(15 - 19세기), 교육도서출판사, 1956.
  안함광,『조선문학사』(1900 -), 교육도서출판사, 1956.
 2. 과학원 언어문학연구소 문학연구실,『조선문학통사』(상, 하), 과학원출판사, 1959. 5 - 11.
 3. 필자미상,『조선문학사』, 교육도서출판사, 1960. 11.
 4. 한룡옥,『조선문학사 1』, 조선문학출판사, 1962.
  김하명,『조선문학사 2』, 조선문학출판사, 1962.
  ____,『조선문학사 3』, (서지사항 미상).
 5. 이응수 · 신구현 · 김하명 · 안함광 등,『조선문학사』(미상, 1966) 전 10권.
 6. 사회과학원 문학연구소,『조선문학사』, 과학백과사전출판사, 1977. 12 - 1981. 12, 전5권.
 7. 김춘택,『조선문학사』I, II, 김일성 종합대학출판사, 1982.
 8. 정홍교, 박종원, 유만,『조선문학개관』I, II, 사회과학출판사, 1986. 11.
 9. 사회과학원 주체문학연구소,『조선문학사』1권 - 15권(1991 - 1996, 현재 간행중), 사회과학
  출판사.

적이다.

둘째, 『조선문학』은 북한 작가동맹 기관지로 월간으로 간행되는데 북한 문학의 동향을 파악하는데 중요한 자료로 활용되고 있다. 북한의 우리 문학 연구는 과학원(사회과학원) 언어문학연구소 문학연구실을 중심으로 이루어진다. 또 조선문학예술총맹 산하 작가동맹 현대분과, 고전분과, 평론분과 위원회를 통해서도 이루어진다. 또 관련기관지로는 『조선어문』, 『조선문학』, 『문학신문』이 있다. 정기학술지인 『조선어문』은 1956년 창간된 과학원 언어문학연구소 기관지로 격월간으로 발행되었다. 이것은 1966년부터는 『어문연구』(계간)로 이어지고 있다. 『조선문학』은 1953년 10월 문예총이 작가동맹으로 분리 개편됨에 따라 원래 문예총 기관지였던 『문화전선』(1946. 7. 25 창간)과 『문학예술』(1948. 4 창간)을 이어받아 창간된 작가동맹 중앙위원회 기관지이다. 1961년 3월 작가동맹이 다시 문예총으로 확대 개편되어 지금까지 그 기관지 구실을 하고 있다. 『문학신문』은 1956년 12월 6일 창간되어 초기에는 주 1회, 1959년부터는 주 2회 발행된 작가동맹 중앙위원회 기관지이다. 1968년이후의 발행자료를 찾을 수 없다고 한다. 특히 『조선문학』을 통해 남한의 학자들은 북한의 문학평론분야의 흐름을 주로 연구하였으나 최근에는 북한의 중·단편소설의 경향을 분석하는데 중요한 자료로 활용되고 있다. 송희복의 "90년대 북한문학비평의 동향"(『문학사상』 1994년 9월호)에서 언급되는 김정웅의 "90년대 인간전형을 훌륭히 창조하기 위하여", 윤상현의 "90년대 인간의 성격", 최언경의 "90년대 새로운 성격의 탐구를 위하여", 유만의 "90년대 인간 성격 창조 문제에 대한 소감" 등은 모두 『조선문학』에 90년도부터 91년도까지 발표된 평론들이다. 또 최근의 북한 작품의 구체적인 연구작업의 한 성과라고 할 수 있는 김재용의 "1990년대 북한 소설의 경향과 그 역사적 의미"(『북한 문학의 역사적 이해』, 문학과 지성사, 1994)도 『조선문학』에 실린 북한 단편소설들을 분석한 글이다.

셋째, 김일성의 항일혁명활동을 연작식으로 장편서사화한《불멸의 력사총서》[3]는 김정일이 주도한 작업인데, 1972년 권정웅작『1932년』을 시작으로 1994년 김수경작『승리』가 출간되기까지 총 20편이 간행되었다. 이 총서는 북한문학에 내재하는 중요한 창작원리인 '혁명적 수령관' 을 밝혀주는 방대한 작업이다. 혁명적 수령관은 김일성수령을 인민대중의 조직적 의사의 유일한 체현자로 보는 주체사상의 핵심이다. 혁명적 수령관의 확립을 위해 김일성의 항일투쟁의 역사를 복원하는 작업은 대내외적인 환경의 변화에 따라 북한이 독자적이고 자주적인 지도체제를 구축할 필요를 느끼고 유일사상 체계의 수립을 본격화하는 것을 의미한다. 북한에서 유일사상 체계를 세우는 것은 1967년 5월 당중앙위원회 제 4기 15차 전원회의에서 결의가 되었고, 1970년 11월 제 5차 당대회에서는 마르크스 – 레닌주의와 항일무장투쟁의 혁명 전통을 당의 지도이념으로 규정했던 제 4차 당대회(1961

---

3)《불멸의 력사총서》는 1925년 10대의 소년인 김일성이 '타도제국주의 동맹' 이라는 단체를 조직하기까지의 과정을 그린 김정의『닻은 올랐다』(1982년 간행)를 시작으로 천세봉의『혁명의 려명』(1973), 『은하수』(1982)와 석윤기의『대지는 푸르다』(1981)로 이어진다.
북한의 과학백과사전종합 출판사에서 발행한『문학예술사전』중권(1991년)은《불멸의 력사총서》를 다음과 같이 평가하고 있다.
"『닻은 올랐다』, 『혁명의 려명』, 『은하수』, 『대지는 푸르다』, 『봄우뢰』, 『1932년』, 『근거지의 봄』, 『혈로』, 『백두산 기슭』 등과 해방후편인『빛나는 아침』, 『50년 여름』 등의 소설들은 위대한 수령님의 영광찬란한 혁명력사를 큰 력사적 사변을 중심으로 단계별로 그리면서 경애하는 수령님께서 혁명의 매 발전단계 마다에서 제시하신 주체적인 혁명 로선과 방침을 명백히 반영하며 조선혁명을 승리의 한길로 이끌어오신 위대한 수령님의 령도의 현명성과 고매한 덕성을 심오하고 감동깊게 형상하였다.
또한 이 장편소설들은 위대한 수령님의 현명한 령도밑에 간고한 혁명투쟁의 시련속에서 공산주의 혁명가로 억세게 자라나는 새 시대 혁명가들의 전형을 빛나게 창조하였다. 총서《불멸의 력사총서》의 창작은 위대한 수령 김일성 동지의 형상 창조문제가 우리 문학에서 가장 높은 사상예술적 경지에서 해결되고 로동계급의 수령 형상창조 문제에서 참다운 본보기가 마련되였다는 것을 알리는 일대사변으로 되며 소설문학에서 새로운 총서형식을 개척한 문예사적 업적으로 된다."

년 9월)과는 달리 주체사상을 당의 유일한 지도이념으로 규정했다. 그리고 1972년 12월 27일 최고 인민회의 제 5기 제 1차회의에서 채택된 사회주의 헌법 제 4조는 "조선민주주의 인민공화국은 마르크스 - 레닌주의를 우리나라 현실에 창조적으로 적용한 조선 노동당의 주체사상을 자기 활동의 지도적 지침으로 삼는다"[4]고 명문화한다.

《불멸의 력사총서》는 김정일의 주도에 의해 계획되고 씌어진 것이다. 이미 1968년 김정일은 김일성의 생일에서 따온 '4.15 창작단' 을 결성함으로써 《불멸의 력사총서》가 씌어질 수 있는 조직적 터전을 마련했을 뿐만 아니라 《불멸의 력사총서》를 총서형식으로 쓰도록 가르쳤고, 원고를 직접 심의하는 등 집필과 출판의 과정을 세심히 관리했다[5]는 것이다.

이러한 《불멸의 력사총서》의 연구는 최근의 김재용의 『북한문학의 역사적 이해』(문학과 지성사, 1994)와 신형기의 『북한소설의 이해』(실천문학사, 1996)에서 심층적으로 분석된다.

넷째, 최근 남한에서 영인본으로 간행된 『문학예술사전』(상 · 중 · 하 전 3권, 1988 - 1993)도 북한문학을 이해하는데 중요한 자료로 활용될 수 있다. 『문학예술사전』은 북한의 사회과학원 주체문학연구소가 편찬한 것으로 나도향 · 최서해 · 채만식 · 강경애 등을 비중있게 다룰 뿐만 아니라 이광수 · 김동인 · 이인직 · 이해조 · 최남선 · 이상 등 친일전력 작가들도 거론하고 있는 것은 획기적인 일이다. 이것은 80년대 이후의 북한사회의 개방화 현상을 반영하고 있는 것으로 보인다. 한 예로 이광수에 대해 "리광수는 3.1운동이후 일제에게 투항한 친일분자로서 반동적인 부르주아소설을 써

---

4) 전인영, "북한의 주체사상", 이홍구편, 『마르크시즘 100년 사상과 흐름』, 문학과 지성사, 1984, 323 - 324쪽.
5) 신형기, 『북한소설의 이해』, 실천문학사, 1996, 66쪽.

서 우리 인민들의 민족자주의식과 계급의식을 말살하는데 광분해온 반동작가이다……"라고 비판적으로 서술하고 있다. 이 사전서 특히 그간 북한문학계에서 거의 다루어지지 않았던 김소월문학에 대해 비중있게 다루고 있는 점 등은 주목해 볼 수 있는 대목이다.

또 개인소장가의 자료에 근간해 나온 『민중의 바다』(피바다의 소설본이 서울에서 간행된 제목)를 비롯한 혁명가극, 북한의 우수단편집 I권 『쇠찌르레기』와 II권 『뼈국새가 노래하는 곳』, 백남룡의 『벗』 등의 텍스트가 있다.

III. 북한문학을 분석하는 규준(criterion)

북한문학을 어떠한 관점과 시각에서 보느냐는 상당히 중요한 문제이다. 즉 어느 한쪽의 일방적인 시각에서 파악한다면 왜곡되고 편향되게 평가하기 쉽기 때문이다. 그간 북한의 문학에 대한 시각은 주로 시장경제원리와 자본주의의 원리에 따라 이루어진 남한의 문학사를 보는 잣대로 북한 문학을 바라다 보던 것이 대부분이었다. 하지만 80년대 중엽부터 불어온 '북한의 실상을 제대로 알기'의 여파로 북한의 문학을 있는 그대로 객관적으로 평가해야 한다는 진보적인 입장의 견해들이 많이 대두되어 균형감각을 갖게 된 것은 바람직하다고 할 수 있다. 북한문학연구는 넓게 보면 '북한연구'의 한 하위장르라고 할 수 있다. 그런데 정치학계의 연구현황을 보면 북한연구방법론을 가지고 논란을 벌이고 있는 것을 알 수 있다. 그것을 구체적으로 살펴보면 다음과 같다. 첫째, 외재적 접근법(external approach)으로 북한연구방법의 비과학성을 극복한 이론으로 안병영의 "북한연구방법론"(1977)[6]이 있다. 이 견해는 비교공산주의 연구를 위해 주로 미국학계에서 개발된 다양한 접근법들을 소개하고 있다. 둘째 내재적인 접근법

(internal approach)으로 1980년대 후반 민주화의 열기에 힘입어 제시된 북한 바로알기 운동과 때를 맞추어 나온 이론으로 재독학자인 송두율(1988)[7], 강정구(1990), 이종석(1990) 등에 의해 제시되었다. 셋째, 절충주의적 접근법이 제시되고 있는데, 강정인이 "북한연구 방법에 대한 새로운 제언", 『역사비평』 제 26호(1994년 가을호)에서 밝힌 이론이다. 강정인은 이 논문에서 내재적 접근법과 외재적 접근법이 복잡하고도 미묘한, 상호대립적이면서도 보완적인 관계를 지니고 있다는 점을 지적하면서 내재적 접근법이 북한체제의 긍정적 측면을 부각하는 데, 또 외재적 접근법이 부정적 측면을 강조하는 데 적합하다는 인식과 연구관행은 잘못된 것으로 가급적 빨리 청산하는 것이 바람직하다고 절충주의적 접근법의 필요성을 역설하고 있다.

---

6) 안병영, "북한연구방법론", 『현대공산주의 연구』, 한길사, 1982. 이 논문은 원래 《통일정책》(1977. 5)에 발표한 것이다. 안병영은 역사문화론적 접근법, 전체주의적 접근법, 복합조직 접근법, 근대화 내지 발전론적 접근법, 집단 갈등 접근법, 엘리트 접근법, 자유화 접근법, 체계론적 접근법과 기능분석, 통일, 통합과정과 연관된 발상으로서 수렴이론과 기능주의 통합이론 등을 제시하면서 각 접근법의 기본적 특징과 그 장·단점을 상세하게 설명하고 있다.

7) 송두율, "북한사회를 어떻게 볼 것인가", 『사회와 사상』 1988년 12월호.
송두율은 이 논문에서 서구와 남한에서 그간 사용해온 '전체주의 이론'과 '산업사회론에 근거한 수렴이론'은 양자 공히 사회주의를 '밖'으로부터, 즉 시민적 민주주의나 자본주의의 척도로 분석해 내려는 본질적인 결함을 지니고 있다고 지적하면서 사회주의 이념과 현실을 내재적으로 즉 '안'으로부터 분석, 비판하는 방법론으로서 사회주의 사회가 자본주의 사회와는 다른 이념과 정책의 바탕 위에 서 있다는 것을 인정하고 이 사회주의가 이룩한 성과를 이 사회가 이미 설정한 이러한 이념에 비추어 검토, 비판할 것을 주장하였다. 한편 이종석은 "북한연구방법론, 비판과 대안", 『역사비평』 제 10호(1990년 여름호)에서 기존의 방법론의 한계를 기술하고 대안적 북한 연구방법론으로 내재적 비판적 접근을 채택하자고 제안하고 있다. 이 접근방법은 한마디로 북한 사회를 분석할 때 핵심적인 것은 북한 사회주의가 지향하는 이념을 이해하는 것이고, 그것이 만들어낸 현실의 다양한 사회작동원리를 분석하는 것이며, 이 이념이 북한사회 현실에 어떻게 구체적으로 구현되고 있는가(현실정합성 여부의 문제)를 관찰해야 한다는 것이다. 즉 1)내재적 작동논리(이념)의 해명과 2)논리의 현실정합성에 대한 비판적 규명이 이 접근방법의 핵심이라고 제시하고 있다.

이렇게 북한연구 방법론에 대한 많은 견해가 쏟아져 나오는 것은 그만큼 북한에 대한 총체적 연구가 쉽지 않다는 것을 의미한다. 따라서 연구방법론의 상호보완성을 살리는 것이 바람직하다고 본다. 북한문학에 대한 연구의 경우도 여기에서 크게 벗어나지 않는다고 할 수 있다. 우선 북한문학을 연구할 때 텍스트에 내재하는 창작원리에 따라 작품분석의 규준을 정하는 방법이 있겠고, 또 다른 한편으로는 텍스트에 외재하는 규준에 따라 살펴보는 방법이 있겠다. 후자는 남한위주의 해석방법으로 전통적인 입장이라면, 전자는 진보학계의 견해로 역사주의적 안목과 리얼리즘의 원칙에 따라 객관적으로 바라보자는 입장이다.

1. 텍스트에 내재하는 규준

1) 마르크스 – 레닌주의 미학

1950 – 60년대의 경우 『조선문학통사』, 『조선문학사』 등과 안함광 외 『해방 10년간의 조선문학』(조선작가동맹출판사, 1955) 등이 발간되었는데, 이러한 저술들은 모두 리얼리즘 미학과 역사주의 원칙에 입각해 서술되었다. 여기에서 역사주의 원칙이란 마르크스 – 레닌주의와 관련하여 각 문학현상을 해당시기의 계급 역관계와의 상호관련속에서 생활의 반영으로서 고찰하는 것을 말한다. 그리고 『조선문학통사』의 서두를 보면, "영광스러운 조선로동당의 영도하에 전체 조선 인민이 천리마를 탄 기세로 사회주의의 더욱 높은 봉우리를 향하여 내달리고 있는 오늘, 우리 문학앞에는 우수한 사회주의적 사실주의 작품을 더욱 많이 창작함으로써 근로자들을 공산주의 사상으로 교양할 데 대한 영예로운 과업이 제기되고 있다"라고 하여 "근로자들을 공산주의 사상으로 교양" 시키는 것을 목적으로 삼고 있음을 알 수

있다. 그러나 주체사상이 확립되는 1967년을 기점으로 북한문학사에서 마르크스－레닌주의 미학은 김일성유일체제의 구축을 위해 수정되게 된다.

2) 혁명적 수령관

북한문학이나 문학이론서에 많이 등장하는 창작원리로는 '주체사상'과 더불어 '혁명적 수령관'이 있다. 모든 이론서의 서두에는 반드시 김일성의 교시나 지도자인 김정일의 교시가 나온다.

> 주체시대가 문예리론앞에 제기한 새로운 력사적 과제는 위대한 수령 김일성동지께서 주체적 문예 사상과 리론을 창시하시고 친애하는 지도자 김정일동지께서 그것을 발전풍부화시킴으로써 빛나게 해결되었다.
> 위대한 수령 김일성동지께서는 일찍이 혁명의 길에 나서신 첫 시기부터 문학예술을 혁명투쟁의 강력한 무기로 보시고 인민대중의 자주위업수행에 이바지하는 새형의 혁명적 문학예술이 나아갈 앞길을 환히 밝혀주는 주체적 문예 사상과 리론을 창시하시였으며 영웅적인 항일혁명투쟁의 불길속에서 친히 수많은 불후의 고전적 명작들을 창조하시고 혁명적 문학예술활동을 정력적으로 조직지도하시여 주체적 문예사상과 리론을 빛나게 구현해 나가시였다.[8]

흔히 주체사상은 인민대중을 역사와 사회운동의 주체로 보는 사상이다. 인민대중은 온갖 예속을 벗어나 사회를 변혁·발전시킬 수 있는 역량 즉 사회계급적 본성을 갖는 존재라는 것이다. 그렇게 하려면 인민대중은 자신의 지위와 역할을 자각해야 한다. 그런데 인민대중은 역사의 주체지만 '저절로' 그들의 힘을 발휘할 수 있는 것은 아니다. 인민대중은 올바른 지도를 받

---

8) 한중모, 『주체적 문예리론의 기본(I)』, 문예출판사, 1992, 5-6쪽.

아야 역량을 발휘할 수 있다고 강조한다. 여기에서 '지도'란 위대한 수령의 유일한 영도와 이를 보장하는 당의 활동에 의해 실현된다는 것이다. 인간은 육체적 생명만으로는 살 수 없고 수령으로부터 '정치적 생명'을 받고 그것을 지킴으로써 보람있는 삶을 살 수 있다는 공산주의적 인간학의 이론이 전개되는 것이다. 이것은 수령을 정점으로 당과 대중이 삼위일체를 이루기 때문이며, 혁명적 인생관이 바로 주체적 인생관이 되기 때문이다. 특히 위대한 수령은 영광스러운 항일투쟁시기에 영생불멸의 주체사상에 기초하여 혁명문학예술의 창조발전에서 나서는 모든 이론 실천적 문제들을 독창적으로 심오하게 밝혀주는 문예사상을 창시하였다고 이론서들은 강조하고 있다. 이것은 바로 혁명적 수령관을 확립하여 당과 수령에 대한 충실성을 살리게 하여 유일체제를 구축하려는 시도로 보여진다.

작가는 자기의 작품에서 우리 인민이 력사적 체험을 통하여 자신의 삶의 신조로, 민족의 운명을 좌우하는 사활적인 요구로 받아들인 혁명적 수령관을 생활적으로 깊이있게 그려냄으로써 수령님의 품속으로 정치적 생명을 빛내여 나가는 길에 진정한 삶의 보람과 기쁨이 있다는 것을 힘있게 강조하여야 합니다[9]

이러한 혁명적 수령관은 '종자론'으로 연결된다. 문학예술에서 종자란 "작품의 핵으로서 작가가 말하려는 기본 문제가 있고, 형상의 요소들이 뿌리내릴 바탕이 있는 생활의 사상적 알맹이"[10]라는 것이다. 그리고 종자는 "무엇보다 먼저 당정책의 요구에 맞게 잡아야 한다"[11]라고 강조하고 있다. 즉 훌륭한 종자를 잡기 위한 첫째 요건은 역시 수령과 당 정책에 대한 충실

---

9) 한중모, 『주체적 문예리론의 기본(I)』, 문예출판사, 1992, 52 - 53쪽.
10) 한중모, 『주체적 문예리론의 기본(II)』, 문예출판사, 1992, 11쪽.
11) 한중모, 위의 책, 28쪽.

한 추종이다. 따라서 종자론은 결국 혁명적 수령관과 연계될 수밖에 없는
것이다.

3) 주체적 인간학 – '우리식'의 문학건설

1967년이후 최근까지 북한의 문학연구는 주체사상에 기초한 문예이론의
체계화에 주력하고 있다. 물론 주체적 문예이론은 김일성의『사회주의 문학
예술론』, 김정일의『영화예술론』(1973)과『가극예술론』(1974) 등 이 분야
에 절대적인 영향을 미치는 교시적인 저서에 바탕하고 있다. 이들 이론의
핵심은 문학예술이 인민대중의 의식성 · 창조성 · 자주성을 옹호하는 주체
사상에서 출발하여 당의 유일사상의 구현 · 당성 · 노동계급성 · 인민성 원
칙의 관철로 사상성과 예술성을 결합시켜 혁명에 복무하는 무기로 되어야
한다는 당위성을 밝힌 것이다. 이 시기의 북한문학사는 김일성 중심의 항일
혁명문학에 정통성을 두고 현대문학의 시점도 1926년 '타도제국주의 동
맹'의 결성[12]을 잡고 있는 것이 특징이다.

특히 90년대로 들어오면서 80년대의 성과를 기반으로 문학의 주체사상
화 위업의 수행에 힘있게 이바지하는 '우리식' 문학의 면모를 더욱 강화하
여 '주체의 인간학'의 높은 경지를 훌륭히 개척할 수 있으리라고 90년대를
희망적으로 전망[13]하고 있다. 이러한 평론의 논조는 김정일의『주체문학론』
(1992) 대두의 예고편적 성격을 지닌다. 김정일의 저작은 크게 세 가지를
강조하고 있다. 첫째, "문학은 인간학"이라는 규정이다. 따라서 문학은 산
인간을 그리며 인간에게 복무한다는 데 그 본성이 있다고 설명한다. 둘째,

---

12) 김행숙, 앞의 글, 49쪽.
13) 최상, "우리식 문학건설의 강령적 지침",『조선문학』(1990. 1), 12쪽.

문학목적은 "사람들에게 세계를 인식시키며 건전한 사상을 주는데만 있는 것이 아니라 그들을 정서적으로 교양하는데도 있다"고 말한다. 셋째, 문학 작품은 자주적인 인간에 대한 문제에 해답을 주어야 하며, 사람들의 정치적 생명에 대한 문제를 내세우고 풀어야 한다[14]라고 강조하고 있다.

2. 텍스트에 외재하는 규준

1) 민족문학, 통일문학적 시각

민족문학이란 테두리는 남북한 문학을 일종의 절충주의적 시각에서 품어 안으려는 연구방법이다. 북한문학에는 정치적인 요인에 의한 것이기는 하지만 분명히 우리 것에 대한 인식이 자리잡고 있다. 즉 '조선적인 것', '애국적인 것'에 대한 지나칠 정도의 애정이 담겨져 있다. 이러한 바탕에서 그들은 구비문학을 중심으로 민족문화유산에 대한 수집과 정리에 심혈을 기울였고 그것은 주체사상이 확립된 다음에도 지속적으로 이어졌다. 그러한 작업의 결실이 90권의 『조선 고전문학선집』과 100권의 『현대 조선문학선집』, 그리고 『조선 사화전설집』이다. 따라서 큰 범주의 통일문학밑에 작은 범주의 북한문학과 남한문학이 들어갈 여지가 마련되는 것이다. 최근의 세계사적인 추세가 냉전이데올로기의 쇠퇴와 민족주의의 대두 및 인간다운 삶의 풍요를 지향한다고 볼 때 이러한 규준은 양쪽을 모두 아우를 수 있는 틀이 될 수 있다고 하겠다.

---

14) 한중모, 앞의 책, 11 - 45쪽.

2) 서구적 이론의 잣대에 의한 해석 – 실증적 자료에 바탕한 '문학성' 추구

현재 남한의 문학연구는 서구적 이론의 실험장이라고 할 수 있을 정도이다. 물론 최근으로 오면서 우리 문학 자체의 이론을 추출하려고 시도하고는 있지만, 대다수의 경우 영미문학이나 불란서문학의 방법론을 가져다 쓰고 있는 실정이다. 가장 기초적인 문학연구 방법은 역시 실증적인 자료인 작가의 전기적 생애나 문헌학적인 자료에 근거해 작품해석에 만전을 기하거나 작품텍스트를 엄밀하게 분석·해체하여 그 속에 내재한 원리인 '문학성'(예술적 미학)을 찾아내는 작업일 것이다. 이러한 과학적인 방법에 의존한다면, 오히려 최근 북한의 주체적인 인간학에 바탕한 항일혁명문학보다는 50년대말에 논쟁에 의해 정립되었던 마르크스 – 레닌주의 미학에 의해 걸러진 북한문학에서 더 건질 것이 많으리라고 본다. 이러한 관점에서는 역시 최근의 북한문학은 교조적이고 우상화작업에 의해 날조된 계몽적 작품이라고 비판되어질 가능성이 높다. 또한 1953년 – 56년 사이의 반종파투쟁에 의해 숙청된 남로당계열의 임화·김남천·이태준 등에 대한 복권과 또 1958년말 – 59년초에 있었던 부르주아잔재와의 투쟁과정 및 그 이후인 62년경 거세된 한설야문학 등에 대한 새로운 해석과 평가가 가능하지 않겠는가하는 생각이다. 이러한 권력투쟁을 통해 북한문학은 그후 점차 기계화·도식화·정치적 종속화가 가속화되는 폐단을 가져왔던 것이다.

IV. 북한문학 연구의 구체적 사례

1. 일반론적 연구와 토론 – 주체문예이론의 해설

사실상 남한에서 북한문학에 대한 연구가 시작된 것은 그리 오래되지 않는다. 그것은 70년대 · 80년대에 계속된 군부독재정권의 냉엄하고 가혹한 보안법의 적용이 학자들로 하여금 북한문학의 텍스트자료에의 접근을 봉쇄하거나 위축시켰기 때문이다. 사실상 북한문학 연구는 80년대말인 6공화국 등장시기에 행해진 납 · 월북문학에 대한 '해금' 조치에서 촉발되어졌다고 할 수 있다. 그 이전의 연구는 역시 관변학자에 의한 개설적 연구가 고작이었다고 할 수 있다. 우선 북한문학 연구의 초기단계인 주체문예이론의 해설 정도인 글이나 토론회도 모두 80년대에 집중되어 발표되었다는 점에서 이러한 현상은 확인이 된다.

이러한 종류의 발표로는 다음과 같은 것이 있다.

1) 「북한의 문학연구」(국토통일원, 1978)

반공이데올로기가 서슬시퍼렇던 시절의 정부주도로 관변학자들이 모여 남 · 북한문학의 이질성극복을 위해 최초로 북한문학에 대해 관심을 표명한 글들을 모은 것이다. 시에는 구상, 소설에는 홍기삼, 희곡에는 신상웅, 평론에는 김윤식, 아동문학에는 선우휘 등이 참여하였다.

2) "이념과 표현 : 북한의 정치와 문학" (1980), "이념과 표현 : 북한의 문학비평" (1981)[15]

앞의 글은 1950년대에서 1970년대까지의 북한시를 다루었고, 뒤의 글은
『조선문학』에 1950년대 말부터 1960년대 중반까지 실렸던 문학평론들을
다루었다. 전자의 경우 당과 김일성 수령에 의한 북한문학의 존재구속성을
언급하면서 북한 시의 서사시적 충동이 북한과 같은 사회주의 이데올로기
의 집단주의에 부합한다는 것에 주목하고 있다.

3) "북한 문학 읽기의 입문", (『문예중앙』, 1989년 봄호)

6월 민주항쟁의 여파로 해금문학의 발표이후에 불게 된 북한문학붐과
북한 제대로 알기운동의 일환으로 문학계간지에 의해 시도된 지상토론회
로 주로 진보적인 문인들인 최일남, 한홍구, 정도상, 김철 등이 참석하여
토론한 글이다. 이 시기에는 6월항쟁의 와중에 북한의 혁명가극인『피바
다』, 『꽃파는 처녀』, 『한 자위단원의 운명』 등과 『청춘송가』, 『나의 동무』,
『고추잠자리』(천세봉의 《불멸의 력사총서》『봄우뢰』) 등이 간행되었기 때
문에 토론이 가능했다.

4) "북한문학 어떻게 볼 것인가"(『문학사상』, 1989년 6월호)

5) "북한의 문학과 예술"(『실천문학』, 1989년 여름호)

앞의 특집에는 김열규·권영민·김윤식·임헌영·이재선·김재홍·조
남현 등이 참여하여 "북한 문화의 특성과 남북 교류의 전망", "북한에서의
근대 문학 연구", "주체사상에 기초한 사회주의적 문예이론", "북한의 창작

---

15) 김우창, 『시인의 보석』, 김우창전집 3권 , 민음사, 1994.

62

문학" 등의 논문과 박태원·조기천·이기영의 작품론을 발표하였으며, 후
자에는 문학편에서 임헌영이 "북한문학개관"을 발표하였다.

6) "북한문학"(『북한개론』, 을유문화사, 1990)

김윤식이 쓴 이 글은 그동안의 남한에서의 북한문학연구에 대한 개략적
인 서술을 하고 북한문학의 구체적인 작품읽기로는 ㄱ)『피바다』를 포함한
3대 고전 유형, ㄴ)《불멸의 력사총서》 유형, ㄷ)『청춘송가』를 비롯한 개별
창작 유형, ㄹ)『조선문학』에 실린 작품 유형의 네 가지 영역이 있음을 설명
하고 있다. 또 총서《불멸의 력사총서》를 소개하고 그 작품을 분석·평가하
고 있는 것이 특징이다.

2. 북한의 고전문학·현대문학에 대한 실증적 분석

북한문학사를 중심으로 북한의 고전문학과 현대문학을 실증적으로 분석
한 저서로는 한국 문화예술 진흥원에서 펴낸 세 권의 책이 있다. 설성경·
유영대에 의한 『북한의 고전문학』(고려원, 1990), 이형기·이상호에 의한
『북한의 현대문학 I』(1990), 윤재근·박상천에 의한 『북한의 현대문학 II』
(1990)가 바로 그것이다. 세 권의 저서가 모두 저서의 구성에서는 공통성
을 보이고 있다. 북한문학의 창작원리인 마르크스-레닌주의 미학이나 주
체문예이론을 소개하고, 북한문학사의 흐름을 요약한 다음 각 시기의 문학
의 특성을 정리하는 방식을 취하고 있다. 단지 고전문학의 경우 장르가 다
양하므로 개별 장르별로 특성을 정리하고 주제와 양상을 설명하는 형식을
취하고 있는 점이 현대문학의 경우와 차이점이라고 할 수 있다. 세 권의 저
서가 모두 자료 수집의 한계로 인해 『조선문학사』나 『조선문학통사』 등 북

한문학사를 중심으로 분석하거나 『문학예술사전』(1972년 간행)을 보조자
료로 활용하고 있는 것이 특징이다. 단지 한국 문화예술 진흥원이라는 정부
산하기관에서 나온 연구비에 의한 연구인 관계로 실증적인 자료를 나열하
는 정도에서 크게 나아가지 못한 점이 한계라고 할 수 있다.

유사한 저서로는 권영민이 책임 · 편찬한 『북한의 문학』(을유문화사,
1989)이 있다. 이 저서의 경우 앞서 1.4) "북한문학, 어떻게 볼 것인가"(『문
학사상』, 1989년 6월호)와 동일하다. 월간문학지에 발표하고 동시에 체제
를 갖추어 단행본 저서로 발간한 것으로 보인다. 그외에 북한문학사에 나오
는 연암문학과 판소리문학의 해석과 평가에 대해 실증적으로 분석한 필자
의 논문이 두 편[16]이 있다. 18 - 9세기의 판소리문학과 실학파문학은 계급
사회의 모순을 비판하고 평등사회를 지향하는 근대의식이 묘사됨에 따라
남 · 북한 문학사가 모두 중요하게 다루고 있는 분야이다.

3. 북한문학사의 미학적 토대와 서술방식 분석

비슷한 시기에 이루어진 북한문학사에 대한 연구이지만, 앞의 경우 보다
좀 더 체계적으로 분야를 나누어 심도있게 연구가 된 것이 바로 다음의 국
어국문학회가 세미나에서 공동주제로 발표한 『북한의 국어국문학』(지식산
업사, 1990)과 민족문학사연구소가 펴낸 『북한의 우리 문학사 인식』(창작
과 비평사, 1991)이다. 전자의 경우, 남북한문학의 동질성회복을 기치로 내
세웠으나 많은 문제점을 보여주고 있다. 문학편만을 볼 때, 황패강의 "분단

---

16) 졸고, "북한문학사에 기술된 연암문학에 대한 가치와 평가", 『한국방송대논문집』, 제 15 집,
   1992.
   ___, "북한문학사에 기술된 판소리문학의 미적 가치와 평가", 『한국방송대논문집』, 제 18집,
   1994.

시대의 문학사 서술", 김대행의 "북한의 시가 연구", 권영민의 "북한의 소설문학 연구", 그리고 유민영의 "북한의 희곡 연구 현황"의 네 편이 수록되어 있는데, 필자들끼리 자료해석에 상호모순을 범하는 등 한계를 보이고 있으며 단지 북한문학사를 간략하게 해설하는 수준에서 크게 벗어나지 못하고 있다. 고전을 다룬 황패강의 경우 1967년을 전후한 북한문학에서의 창작원리의 변화를 파악하지 못하고 있으며, 차이를 파악한 권영민·유민영의 경우도 실제적인 자료분석에서는 북한의 문예정책의 변화와 실제 문학현상과의 상동성 등에 대해 치밀하게 분석하지 못하는 허점을 보이고 있다. 북한문학사를 해석할 때 내재적인 접근법이나 외재적인 접근법의 어느 하나를 분명하게 택하는 방향성이 있어야 할 것이다.

이에 반해 후자의 경우는 분명한 인식에서 출발한 관계로 새롭고 치밀한 분석과 해석이 돋보이는 성과를 보이고 있다. 북한문학사가 목적의식적인 주체의 문학사라면, 남한문학사는 맹목적인 객체의 문학사라고 비판적 인식에서 출발하고 있으며 주체와 객체의 변증법적 통일이 모색되어야만 통일된 민족문학사를 서술할 수 있다고 강조하고 있다. 그리고 문학사 서술에서 중심적인 미학적 개념들인 인민성·당파성과 창작의 기본원칙들인 비판적 사실주의, 사회주의 사실주의를 주축으로 북한문학사를 역사적인 안목에서 분석하였다고 밝히고 있다. 따라서 내재적인 접근법을 취하고 있음을 밝힘으로써 일관성과 객관성의 틀을 훼손하지 않을 가능성을 담보해두고 있는 것이 특징이다.

4. 역사주의적 안목에서의 북한문학 분석과 구체적 작품연구

최근에 나온 업적으로는 김재용과 신형기의 저서가 있다. 두 연구자의 저술은 모두 역사주의적 안목과 리얼리즘의 원칙에 입각하여 북한문학을 분석하였다는 데 특징이 있으며 두 사람이 진보적인 성향의 학자라는 점에 공통점이 있다. 특히 주목할 수 있는 사실은 두 사람이 모두 『조선문학』에 나오는 중·단편들을 분석하거나 《불멸의 력사총서》 등 최근의 북한작가들의 장편을 다루는 등 새로운 실증적인 자료들을 섭렵하고 있다는 점이다. 아울러 구체적으로 치밀하게 작품을 분석하고 있는 점도 돋보이는 점이다.

1) 김재용, 『북한문학의 역사적 이해』(문학과 지성사, 1994)

2) 신형기, 『북한소설의 이해』(실천문학사, 1996)

김재용의 저서는 해방직후에서 1967년 주체문예사상이 확립될 때까지 북한 비평문학계의 변천과정을 자료에 충실하면서 세밀하게 분석한 점이 강점이고 아울러 1953 - 56년의 반종파투쟁과정과 1959년의 부르주아 잔재와의 투쟁과정을 심층적으로 다루면서 1967년의 항일혁명문학을 강화하게 된 배경을 문예운동차원에서 해명한 것도 인상적이라고 할 수 있다. 그에 못지 않게 중요한 것은 최근인 1980년대와 1990년대의 북한의 중·장편을 분석하여 80년대 문학의 특징으로 숨은 영웅의 형상화, 도농간의 격차에 따른 갈등, 여성문제에 대한 천착, 애정윤리문제의 제기 등을 제시하고 있으며, 90년대 소설의 특징으로는 세대간의 갈등, 과학기술문제 제기, 조국통일 주제 문학의 새로운 양상 등을 제시함으로써 90년대 초반까지의 북한문학의 동향을 상세하게 파악할 수 있게 해준 점을 높이 평가할 수 있다.

한편 신형기의 저서도 북한의 1980 - 90년대의 소설을 텍스트로 삼아 김정일의 권력승계에 즈음한 '공산주의 인간학'의 정립과정을 문학내적 합법칙성속에서 찾아내려고 시도한 점은 높이 평가할 수 있다. 더불어 방대한 항일투쟁문학인 《불멸의 력사총서》를 분석해내고 있는 점, 혁명가극의 소설화과정을 객관적으로 설명하고 있는 점도 커다란 소득이다. 그리고 김정일에 의한 '우리식' 대로의 문학건설에 의해 이루어진 인텔리계층의 이야기의 등장, 신세대인 혁명 3세대의 도덕적 순결성 고양, 과학기술의 발전의 중요성을 인식하고 창작하게 된 '과학적 환상소설'의 대중적 환타지로서의 성격규명 등 그동안 알려지지 않았던 최근의 북한 내부의 새로운 동향에 대한 언급 또한 신선하다고 할 수 있다.

V. 북한문학 연구와 전망 - 맺음말

구소련연방의 붕괴와 동구권의 변혁 그리고 동·서독의 통합을 보면서 가장 착잡한 심정을 가지는 민족이 우리 한국민들이 아닌가 생각된다. 외세에 의해 분단상황에 처한 것도 억울한데 수 십년 동안 냉전이데올로기에 희생되어 서로 왕래할 수 조차도 없는 현실은 너무나 안타깝기만 하다. 하지만 현실을 인정하고 그동안 단절되는 동안 쌓여왔던 이질성의 덩어리를 떼어내는 노력을 차근차근 할 수밖에 다른 도리가 없다. 북한문학을 연구하는 것도 궁극적으로는 통일시대를 대비하여 동질성을 회복하기 위한 대장정의 일환으로 간주된다. 하지만 그동안의 장벽이 너무나 높은 것은 현실이다.

따라서 북한문학을 해석하거나 분석할 때 가장 중요한 것은 어떠한 방법론을 취할 것인가의 여부이다. 즉 내재적인 접근법이든 외재적인 접근법이든 분명하고 일관된 이론의 틀이 있어야 한다는 사실을 강조하고 싶다.

두 번째는 북한문학을 분석하기에 앞서 역사주의적 안목에서 마르크스-레닌주의 미학에서 주체적 문예이론 그리고 최근의 김정일에 의한 '주체적 인간학'의 추구 등 창작원리의 변화에 대한 뚜렷한 인식과 전망이 이루어져야 할 것이라는 점을 잊어서는 안된다.

세 번째는 과연 남북한 문학의 동질성의 회복이 가능하겠는가 하는 전망이다. 물론 어려운 점은 수십년간의 이데올로기의 갈등상태가 가져온 혁명적 수령관 등의 유일체제의 모순, 당과 수령과 인민의 삼위일체라는 조직적 논리의 확고부동함 등 극복하기 어려운 점이 산재하고 있는 것을 간과할 수 없다. 또 반복적인 형식이 가져오는 도식성과 기계성의 한계도 좁히기 쉽지 않은 문제이다. 하지만 북한문학의 최근 연구성과를 검토해보면, 몇 가지 점에서 특이한 현상이 발견되고 있다. 우선 항일혁명문학 추구 등 대작주의에 대한 회의가 90년대 문학에서 평범한 생활일상에서의 특성추출로 변질되어 나타나고 있는 점인데 이것은 남한문학에서 포스트모더니즘문학의 영향으로 실존성이나 가벼운 일상의 권태나 소외문제를 다루는 소설이 나오는 현상과 별로 다를 바 없다는 것이다. 또 그간의 북한소설문학의 특성이었던 '무갈등론'이 약간 흔들려 사소한 것이기는 하지만 세대간이나 도·농간이나 남녀간의 갈등이 묘사되고 있는 현상은 서구문학에 바탕하여 남한문학에서 자주 거론되고 있는 '자아와 세계의 부조화'에 근접하는 내용인 것이다. 그밖에 새 것과 낡은 것의 갈등이론에 바탕하여 제시되고 있는 지식의 실천으로서의 인텔리계층의 등장이나 90년대에 들어와 과학기술의 발전에 대한 관심에서 비롯된 과학환상소설의 인기는 컴퓨터의 PC통신에 연재되는 남한의 대중 과학소설의 범람과 같은 현상으로 볼 수 있다.

북한 연구성과를 통한 양쪽 문학의 접촉과 이질성 극복을 위한 방안 모색은 새로운 전망을 열게 할 가능성이 있다. 그것은 북한에도 김정일의 등장 이후에 제 3혁명세대라는 신세대가 등장하여 사회주의 사회를 주도하고 있으며 결국 김정일의 성향이 김일성보다는 개방적이라는 점이 무엇인가 통일을 위한 변화의 조짐으로 나아갈 개연성을 안고 있다고 할 수 있다. 북한의 최근문학에 대한 보다 심층적인 연구가 이루어지길 바란다. 아울러

1997년 8월 중국 북경대학과 오사까 경제 법과 대학 주최로 열렸던《조선학회》(제5회) 등 남북한 학자들이 동시에 참여하는 국제세미나 등이 많이 개최되어 학문하는 사람끼리라도 마음의 문을 열고 그간에 쌓인 벽을 조금씩 무너뜨렸으면 하는 바람이다.

제3부 조선조 문학의 미적 가치와 평가

남 · 북한문학사에 기술된
매월당(梅月堂)문학의 가치와 평가

I. 머리말

『금오신화』는 조선조 초기에 김시습(金時習)이 지은 전기소설(傳奇小說)이다. 김시습(1435 - 1493)은 매월당(梅月堂), 청한자(淸寒子), 동봉(東峰), 췌세옹(贅世翁), 벽산청은(碧山淸隱), 설잠(雪岑) 등의 다양한 호를 사용하였고, 자는 열경(悅卿)을 썼다. 이 중 매월당은 그가 쓴 다음의 '제금오신화시(題金鰲新話詩)'의 한 구절에서 취한 것으로 알려져 있으며, 설잠은 그의 승려시절의 법호이다.

矮屋靑氈暖有餘 滿窓梅影月明初[1]

매월당이란 호에서 벌써 방외일사(方外逸士)로서 세상을 살아가는 그의 처세관을 알 수 있게 된다. 그는 세조의 왕위찬탈에 불만을 가지고 있던 생

---

1) 김시습, 『梅月堂文集』 하권, 「題金鰲新話」, 계명문화사, 1989, 277쪽.

육신의 한사람이고 지금까지 학계에서 최초의 고소설 작품으로 평가받고 있는『금오신화』의 작가인 동시에 승려로서 또한 때로는 저술가로 활약한 불우한 삶을 살았던 지식인이었다. 그는 현실에 순응하지 않았던 관계로 평생을 방랑을 하면서 살았다. '심유적불(心儒蹟佛)'[2]이라는 유학자들의 평가에서도 잘 나타나 있듯이 그는 21세때 출가하여 잠시 환속한 것을 제외하고는 59세를 일기로 입적할 때까지 38년간을 산승 설잠(雪岑)으로 지냈으며, 그의 문집인『매월당문집』에도 담겨 있듯이 관서 · 호남 · 관동 · 금오 등 우리나라의 거의 모든 곳을 유랑하면서 '사유록(四遊錄)'으로 정리한 것에서 알 수 있는 바대로 정처없이 어디에 얽매이지 않고 호방하게 떠돌아다녔다. 그가 이렇게 유랑생활을 즐긴 것은 세조의 왕위 찬탈행위를 인정하지 않았기 때문이라는 현실적인 문제인식에서 비롯된 것이 주요인이었던 것으로 보여진다. 그는 이러한 방랑생활에서 많은 것을 얻었는데 특히 금오 석실을 차려놓고 폭넓은 독서와 엄청난 양의 저술활동, 그리고 사실적 체험에 바탕한 상상력에 의거해 토해낸 수많은 한시창작 등에 몰두하여 조선조 최대의 문장가로 역사에 이름을 남기고 있다. 그의 저서로는 「만복사저포기」를 비롯한 5편의 한문소설을 비롯해 『탕유관서록후지(宕遊關西錄後

---

2) 이러한 말은 名儒인 율곡 李珥(1536 - 1584)가 왕명을 받들어 지어 올린 김시습의 생애와 그 평가에 대한 가장 권위있는 자료인 本傳에서 사용한 말이다. 물론 이 말은 유학적인 사상에서 평가하였으므로 불가나 도가 쪽에서는 수용하고 있지 않는 견해이다. 金知見, "沙門 雪岑의 華嚴과 禪의 世界", 강원대학교 인문과학연구소 편,『梅月堂 - 그 文學과 思想』, 1989, 78쪽을 인용하기로 한다. "그렇기 때문에 이 보다 앞서 尹春年(1514 - 1564)이 찬한『매월당선생전』이 빈약하나마 그런대로 沙門으로서의 면모를 보이고 있는 것임에 반하여 본전에서는 이러한 측면이 배제되어 있는 것이다. 뿐만 아니라 雪岑의 출가는 자취만을 불문에 假托하여(托蹟緇門) 용사의 모습을 취한 것(作頭陀形)으로서 일부러 비정상의 형태를 꾸며서(故作狂易之態) 그 진실을 가렸을 뿐(以掩其實)이지 평소의 여러가지 담론은 거의 유가의 종지를 잃은 적이 없었으므로(橫談堅論多不失儒宗旨) 결국 정신은 어디까지나 유가이면서 외양만에 의하여 沙門으로 오해된 것(心儒蹟佛)이라고 단정한다."

志)』,『탕유호남록후지(宕遊湖南錄後志)』,『산거백영(山居百詠)』,『독산원기(禿山院記)』 등의 문학적인 저작 이외에도『연경별찬(蓮經別讚)』,『화엄경 석제 일승법계도주병서(華嚴經 釋題 一乘法界圖註幷序)』,『십현담요해(十玄談要解)』,『조동오위요해(曹洞五位要解)』,『법화경별찬(法華經別讚)』,『잡저 십장문((雜著 十章文)』 등 선교(禪敎)에 대한 수많은 노작도 남겼던 것으로 알려지고 있다.

　김시습은 워낙 다양하고 자유분방한 삶을 살았던 만큼이나 그에 대한 평가도 각양각색으로 나타나고 있다. 하지만『금오신화』를 창작하여 조선조 중엽이후에 만개되었던 고소설 장르의 기틀을 세운 공로만큼은 남북한 문학사가 모두 너나없이 인정하는 분위기이다. 하지만 남한에서는 최초의 소설을 창작하였다는 그에 대한 소설사상의 평가는 최근에 오면서 고려 중엽에 창작된 것으로 추정되는「최치원전」 등을 소설의 기원으로 삼으려는 일련의 학설로 인해 흔들리고 있다. 또『금오신화』가 명나라 구우가 지은『전등신화』를 표절한 작품인가, 또는 단순히 영향을 받아 비교문학적으로 모방한 작품인가에 대한 논쟁도 그간 몹시 뜨거웠다고 할 수 있다. 이 문제도 점차 최근으로 오면서 모방에 해당하지만 독창적인 창조의 형상물로 정리되고 있는 추세이다. 북한문학사에서는 대체로『금오신화』를 최초의 소설로 인정하는 분위기이다. 그리고 고소설의 발생문제에 대해서도 우리나라 문학발전의 합법치적 과정에 대한 문제로 파악하여 패설류에서의 발전설을 추종하고 있다. 15세기에 소설장르가 확고하게 자리잡는데 결정적인 역할을 한 중요한 작가인 매월당의『금오신화』가 남 북한문학사에서 어떻게 평가받고 있는지 구체적으로 살펴봄으로써 통일문학사 기술에 대비하기로 한다. 다른 어떤 분야보다도 문학연구는 민족동질성을 회복하는데 지름길이 될 수 있다고 믿기 때문이다.

II. 북한문학을 분석하는 규준(criterion)

북한문학을 어떠한 관점과 시각에서 보느냐는 상당히 중요한 문제이다. 즉 어느 한쪽의 일방적인 시각에서 파악한다면 왜곡되고 편향되게 평가하기 쉽기 때문이다. 그간 북한의 문학에 대한 시각은 주로 시장경제원리와 자본주의의 원리에 따라 이루어진 남한의 문학사를 보는 잣대로 북한 문학을 바라다 보던 것이 대부분이었다. 하지만 80년대 중엽부터 불어온 '북한의 실상을 제대로 알기'의 여파로 북한의 문학을 있는 그대로 객관적으로 평가해야 한다는 진보적인 입장의 견해들이 많이 대두되어 균형감각을 갖게 된 것은 바람직하다고 할 수 있다. 북한문학 연구는 넓게 보면 '북한연구'의 한 하위장르라고 할 수 있다. 그런데 정치학계의 연구현황을 보면 북한연구방법론을 가지고 논란을 벌이고 있는 것을 알 수 있다. 그것을 구체적으로 살펴보면 다음과 같다. 첫째, 외재적 접근법(external approach)으로 북한연구방법의 비과학성을 극복한 이론으로 안병영의 "북한연구방법론"³⁾이 있다. 이 견해는 비교 공산주의 연구를 위해 주로 미국학계에서 개발된 다양한 접근법들을 소개하고 있다. 둘째 내재적인 접근법(internal approach)으로 1980년대 후반 민주화의 열기에 힘입어 제시된 '북한 제대로 알기 운동'과 때를 맞추어 나온 이론으로 재독학자인 송두율⁴⁾, 강정구

---

3) 안병영, "북한연구 방법론", 『현대공산주의 연구』, 한길사, 1982. 이 논문은 원래 『통일정책』(1977. 5)에 발표한 것이다. 안병영은 역사문화론적 접근법, 전체주의적 접근법, 복합조직 접근법, 근대화 내지 발전론적 접근법, 집단 갈등 접근법, 엘리트 접근법, 자유화 접근법, 체계론적 접근법과 기능분석, 통일, 통합과정과 연관된 발상으로서 수렴이론과 기능주의 통합이론 등을 제시하면서 각 접근법의 기본적 특징과 그 장ㆍ단점을 상세하게 설명하고 있다.

4) 송두율, "북한사회를 어떻게 볼 것인가", 『사회와 사상』 1988년 12월호.
   송두율은 이 논문에서 서구와 남한에서 그간 사용해온 '전체주의 이론'과 '산업사회론에 근거한 수렴이론'은 양자 공히 사회주의를 '밖'으로부터, 즉 시민적 민주주의나 자본주의의 척도로 분석해 내려는 본질적인 결함을 지니고 있다고 지적하면서 사회주의 이념과 현실을 내재적으

(1990), 이종석(1990) 등에 의해 제시되었다. 셋째, 절충주의적 접근법이 제시되고 있는데, 강정인이 "북한연구 방법에 대한 새로운 제언", 《역사비평》제 26호(1994년 가을호)에서 밝힌 이론이다. 강정인은 이 논문에서 내재적 접근법과 외재적 접근법이 복잡하고도 미묘한, 상호대립적이면서도 보완적인 관계를 지니고 있다는 점을 지적하면서 내재적 접근법이 북한체제의 긍정적 측면을 부각하는 데, 또 외재적 접근법이 부정적 측면을 강조하는 데 적합하다는 인식과 연구관행은 잘못된 것으로 가급적 빨리 청산하는 것이 바람직하다고 절충주의적 접근법의 필요성을 역설하고 있다.

이렇게 북한연구 방법론에 대한 많은 견해가 쏟아져 나오는 것은 그만큼 북한에 대한 총체적 연구가 쉽지 않다는 것을 의미한다. 따라서 연구방법론의 상호보완성을 살리는 것이 바람직하다고 본다. 북한문학에 대한 연구의 경우도 여기에서 크게 벗어나지 않는다고 할 수 있다. 우선 북한문학을 연구할 때 텍스트에 내재하는 창작원리에 따라 작품분석의 규준을 정하는 방법이 있겠고, 또 다른 한편으로는 텍스트에 외재하는 규준에 따라 살펴보는 방법이 있겠다. 후자는 남한위주의 해석방법으로 전통적인 입장이라면, 전자는 진보학계의 견해로 역사주의적 안목과 리얼리즘의 원칙에 따라 객관적으로 바라보자는 입장이다.

로 즉 '안'으로부터 분석, 비판하는 방법론으로서 사회주의 사회가 자본주의 사회와는 다른 이념과 정책의 바탕 위에 서 있다는 것을 인정하고 이 사회주의가 이룩한 성과를 이 사회가 이미 설정한 이러한 이념에 비추어 검토, 비판할 것을 주장하였다. 한편 이종석은 "북한연구방법론, 비판과 대안", 『역사비평』제 10호(1990년 여름호)에서 기존의 방법론의 한계를 기술하고 대안적 북한 연구방법론으로 내재적 비판적 접근을 채택하자고 제안하고 있다. 이 접근방법은 한마디로 북한 사회를 분석할 때 핵심적인 것은 북한 사회주의가 지향하는 이념을 이해하는 것이고, 그것이 만들어낸 현실의 다양한 사회작동원리를 분석하는 것이며, 이 이념이 북한사회 현실에 어떻게 구체적으로 구현되고 있는가(현실정합성 여부의문제)를 관찰해야 한다는 것이다. 즉 1)내재적 작동논리(이념)의 해명과 2)논리의 현실정합성에 대한 비판적 규명이 이 접근방법의 핵심이라고 제시하고 있다.

1. 텍스트에 내재하는 규준

1) 마르크스 – 레닌주의 미학

1950 – 60년대의 경우 『조선문학통사』, 『조선문학사』 등과 안함광 외 『해방 10년간의 조선문학』(조선작가동맹출판사, 1955) 등이 발간되었는데, 이러한 저술들은 모두 리얼리즘 미학과 역사주의 원칙에 입각해 서술되었다. 여기에서 역사주의 원칙이란 마르크스 – 레닌주의와 관련하여 각 문학현상을 해당시기의 계급 역관계와의 상호관련속에서 생활의 반영으로서 고찰하는 것을 말한다. 그리고 『조선문학통사』의 서두를 보면, "영광스러운 조선로동당의 영도하에 전체 조선 인민이 천리마를 탄 기세로 사회주의의 더욱 높은 봉우리를 향하여 내달리고 있는 오늘, 우리 문학앞에는 우수한 사회주의적 사실주의 작품을 더욱 많이 창작함으로써 근로자들을 공산주의 사상으로 교양할 데 대한 영예로운 과업이 제기되고 있다"라고 하여 "근로자들을 공산주의사상으로 교양" 시키는 것을 목적으로 삼고 있음을 알 수 있다. 그러나 주체사상이 확립되는 1967년을 기점으로 북한문학사에서 마르크스 – 레닌주의 미학은 김일성유일체제의 구축을 위해 수정되게 된다.

2) 혁명적 수령관

북한문학이나 문학이론서에 많이 등장하는 창작원리로는 '주체사상' 과 더불어 '혁명적 수령관' 이 있다. 모든 이론서의 서두에는 반드시 김일성의 교시나 지도자인 김정일의 교시가 나온다.

주체시대가 문예리론앞에 제기한 새로운 력사적 과제는 위대한 수령 김일성동지께서 주체적 문예 사상과 리론을 창시하시고 친애하는 지도자 김정일동지께서 그것을 발전풍부화시킴으로써 빛나게 해결되었다.

위대한 수령 김일성동지께서는 일찍이 혁명의 길에 나서신 첫 시기부터 문학예술을 혁명투쟁의 강유력한 무기로 보시고 인민대중의 자주 위업수행에 이바지하는 새형의 혁명적 문학예술이 나아갈 앞길을 환히 밝혀주는 주체적 문예 사상과 리론을 창시하시였으며 영웅적인 항일혁명투쟁의 불길속에서 친히 수많은 불후의 고전적 명작들을 창조하시고 혁명적 문학예술 활동을 정력적으로 조직지도하시여 주체적 문예사상과 리론을 빛나게 구현해 나가시였다.[5]

흔히 주체사상은 인민대중을 역사와 사회운동의 주체로 보는 사상이다. 인민대중은 온갖 예속을 벗어나 사회를 변혁 · 발전시킬 수 있는 역량 즉 사회계급적 본성을 갖는 존재라는 것이다. 그러려면 인민대중은 자신의 지위와 역할을 자각해야 한다. 그런데 인민대중은 역사의 주체지만 '저절로' 그들의 힘을 발휘할 수 있는 것은 아니다. 인민대중은 올바른 지도를 받아야 역량을 발휘할 수 있다고 강조한다. 여기에서 '지도'란 수령의 유일한 영도와 이를 보장하는 당의 활동에 의해 실현된다는 것이다. 인간은 육체적 생명만으로는 살 수 없고 수령으로부터 '정치적 생명'을 받고 그것을 지킴으로써 보람있는 삶을 살 수 있다는 공산주의적 인간학의 이론이 전개되는 것이다. 이것은 수령을 정점으로 당과 대중이 삼위일체를 이루기 때문이며, 혁명적 인생관이 바로 주체적 인생관이 되기 때문이다. 특히 위대한 수령은 영광스러운 항일투쟁시기에 영생불멸의 주체사상에 기초하여 혁명문학예술의 창조발전에서 나서는 모든 이론 실천적 문제들을 독창적으로 심오하게 밝혀주는 문예사상을 창시하였다고 이론서들은 강조하고 있다. 이것은

---

5) 한중모, 『주체적 문예리론의 기본(I)』, 문예출판사, 1992, 5 - 6쪽.

바로 혁명적 수령관을 확립하여 당과 수령에 대한 충실성을 살리게 하여 유일체제를 구축하려는 시도로 보여진다.

　　작가는 자기의 작품에서 우리 인민이 력사적 체험을 통하여 자신의 삶의 신조로, 민족의 운명을 좌우하는 사활적인 요구로 받아들인 혁명적 수령관을 생활적으로 깊이있게 그려냄으로써 수령님의 품속으로 정치적 생명을 빛내여 나가는 길에 진정한 삶의 보람과 기쁨이 있다는 것을 힘있게 강조하여야 합니다[6]

　이러한 혁명적 수령관은 '종자론' 으로 연결된다. 문학예술에서 종자란 "작품의 핵으로서 작가가 말하려는 기본 문제가 있고, 형상의 요소들이 뿌리내릴 바탕이 있는 생활의 사상적 알맹이"[7]라는 것이다. 그리고 종자는 "무엇보다 먼저 당정책의 요구에 맞게 잡아야 한다"[8]라고 강조하고 있다. 즉 훌륭한 종자를 잡기 위한 첫째 요건은 역시 수령과 당 정책에 대한 충실한 추종이다. 따라서 종자론은 결국 혁명적 수령관과 연계될 수밖에 없는 것이다.

　3) 주체적 인간학 – '우리식' 의 문학건설

　1967년이후 최근까지 북한의 문학연구는 주체사상에 기초한 문예이론의 체계화에 주력하고 있다. 물론 주체적 문예이론은 김일성의『사회주의 문학예술론』, 김정일의『영화예술론』(1973)과『가극예술론』(1974) 등 이 분야에 절대적인 영향을 미치는 교시적인 저서에 바탕하고 있다. 이들 이론의

---

6) 한중모,『주체적 문예리론의 기본(I)』, 문예출판사, 1992, 52 - 53쪽.
7) 한중모,『주체적 문예리론의 기본(II)』, 문예출판사, 1992, 11쪽.
8) 한중모, 위의 책, 28쪽.

핵심은 문학예술이 인민대중의 의식성 · 창조성 · 자주성을 옹호하는 주체
사상에서 출발하여 당의 유일사상의 구현, 당성 · 노동계급성 · 인민성 원칙
의 관철로 사상성과 예술성을 결합시켜 혁명에 복무하는 무기로 되어야 한
다는 당위성을 밝힌 것이다. 이 시기의 북한문학사는 김일성 중심의 항일혁
명문학에 정통성을 두고 현대문학의 시점도 1926년 '타도제국주의 동맹'
의 결성[9]을 잡고 있는 것이 특징이다.

특히 90년대로 들어오면서 80년대의 성과를 기반으로 문학의 주체사상
화 위업의 수행에 힘있게 이바지하는 '우리식' 문학의 면모를 더욱 강화하
여 '주체의 인간학'의 높은 경지를 훌륭히 개척할 수 있으리라고 90년대를
희망적으로 전망[10]하고 있다. 이러한 평론의 논조는 김정일의 『주체문학론』
(1992) 대두의 예고편적 성격을 지닌다. 김정일의 저작은 크게 세 가지를
강조하고 있다. 첫째, "문학은 인간학"이라는 규정이다. 따라서 문학은 산
인간을 그리며 인간에게 복무한다는 데 그 본성이 있다고 설명한다. 둘째,
문학목적은 "사람들에게 세계를 인식시키며 건전한 사상을 주는 데만 있는
것이 아니라 그들을 정서적으로 교양하는 데도 있다"고 말한다. 셋째, 문학
작품은 자주적인 인간에 대한 문제에 해답을 주어야 하며, 사람들의 정치적
생명에 대한 문제를 내세우고 풀어야 한다[11]라고 강조하고 있다.

2. 텍스트에 외재하는 규준

1) 민족문학, 통일문학적 시각

---

9) 김행숙, 앞의 글, 49쪽.
10) 최상, "우리식 문학건설의 강령적 지침", 『조선문학』(1990. 1), 12쪽.
11) 한중모, 앞의 책, 11 - 45쪽.

민족문학이란 테두리는 남북한 문학을 일종의 절충주의적 시각에서 품어 안으려는 연구방법이다. 북한문학에는 정치적인 요인에 의한 것이기는 하지만 분명히 우리 것에 대한 인식이 자리잡고 있다. 즉 '조선적인 것', '애국적인 것'에 대한 지나칠 정도의 애정이 담겨져 있다. 이러한 바탕에서 그들은 구비문학을 중심으로 민족문화유산에 대한 수집과 정리에 심혈을 기울였고 그것은 주체사상이 확립된 다음에도 지속적으로 이어졌다. 그러한 작업의 결실이 90권의 『조선 고전문학선집』과 100권의 『현대 조선문학선집』, 그리고 『조선 사화전설집』이다. 따라서 큰 범주의 통일문학밑에 작은 범주의 북한문학과 남한문학이 들어갈 여지가 마련되는 것이다. 최근의 세계사적인 추세가 냉전이데올로기의 쇠퇴와 민족주의의 대두 및 인간다운 삶의 풍요를 지향한다고 볼 때 이러한 규준은 양쪽을 모두 아우를 수 있는 틀이 될 수 있다고 하겠다.

2) 서구적 이론의 잣대에 의한 해석 – 실증적 자료에 바탕한 '문학성' 추구

현재 남한의 문학연구는 서구적 이론의 실험장이라고 할 수 있을 정도이다. 물론 최근으로 오면서 우리 문학 자체의 이론을 추출하려고 시도하고는 있지만, 대다수의 경우 영미문학이나 불란서문학의 방법론을 가져다 쓰고 있는 실정이다. 가장 기초적인 문학연구 방법은 역시 실증적인 자료인 작가의 전기적 생애나 문헌학적인 자료에 근거해 작품해석에 만전을 기하거나 작품텍스트를 엄밀하게 분석·해체하여 그 속에 내재한 원리인 '문학성' (예술적 미학)을 찾아내는 작업일 것이다. 이러한 과학적인 방법에 의존한다면, 오히려 최근의 북한의 주체적인 인간학에 바탕한 항일혁명문학보다는 50년대말에 논쟁에 의해 정립되었던 마르크스 – 레닌주의 미학에 의해 걸러진 북한문학에서 더 건질 것이 많으리라고 본다. 이러한 관점에서는 역

시 최근의 북한문학은 교조적이고 우상화작업에 의해 날조된 계몽적 작품
이라고 비판되어질 가능성이 높다. 또한 1953년 - 56년 사이의 반종파투쟁
에 의해 숙청된 남로당계열의 임화 · 김남천 · 이태준 등에 대한 복권과 또
1958년말 - 59년초에 있었던 부르조아잔재와의 투쟁과정 및 그 이후인 62
년경 거세된 한설야문학 등에 대한 새로운 해석과 평가가 가능하지 않겠는
가하는 생각이다. 이러한 권력투쟁을 통해 북한문학은 그후 점차 기계화 ·
도식화 · 정치적 종속화가 가속화되는 폐단을 가져왔던 것이다.

III. 북한문학사에서의 매월당문학의 위상

　현재까지 알려진 북한문학사는 총 9종류[12]이다. 이중 중요한 문학사는 마
르크스 - 레닌 미학에 바탕한 『조선문학통사』(1959)와 주체사상이 확립된
후에 간행된 사회과학원 문학연구소 편찬의 『조선문학사』(전5권, 1977 -

12) 북한문학사를 개관하면 다음과 같다.
　1. 이응수, 『조선문학사』(1 - 14세기), 교육도서출판사, 1956
　　윤세평, 『조선문학사』(15 - 19세기), 교육도서출판사, 1956
　　안함광, 『조선문학사』(1900 -), 교육도서출판사, 1956
　2. 과학원 언어문학연구소 문학연구실, 『조선문학통사』(상, 하), 과학원출판사, 1959
　3. 필자미상, 『조선문학사』, 교육도서출판사, 1960
　4. 한룡옥, 『조선문학사 1』, 조선문학출판사, 1962
　　김하명, 『조선문학사 2』, 조선문학출판사, 1962
　　김하명, 『조선문학사 3』, (서지사항 미상)
　5. 이응수 · 신구현 · 김하명 · 안함광 등, 『조선문학사』(미상, 1966) 전 10권
　6. 사회과학원 문학연구소, 『조선문학사』 전 5권, 과학백과사전출판사, 1977 - 1981
　7. 김춘택, 『조선문학사』(I, II), 김일성 종합대학출판사, 1982
　8. 정홍교, 박종원, 유만, 『조선문학개관』(I, II), 사회과학출판사, 1986
　9. 사회과학원 주체문학연구소, 『조선문학사』 1권 - 5권(1991- 1994, 9권의 경우 1995년 간행, 현재 발행중)

1981), 정홍교 박종원이 지은『조선문학개관』(I, II), 김춘택이 간행한『조선문학사』(I, II) 등과 최근에 김정일체제가 자리를 굳히면서 '우리식의 문학건설'의 기치아래 간행된 사회과학원 주체문학연구소 편찬의『조선문학사』(전 5권, 1991 - 1995, 현재 발행중)의 3종류이다. 따라서 이러한 세 종류의 북한문학사에서 매월당문학이 어떻게 평가되고 있는지 구체적으로 살펴볼까 한다. 또 하나 중요한 자료는 김일성대학출판부에서 나온 김춘택의 『조선 고전소설연구』(국가 인정 박사학위논문, 1986)인데 이것은 사실상 북한에서 나온 최초의 고소설사라고 할 수 있다.

1. 마르크스 - 레닌주의 미학에서 본 매월당의 소설문학

『조선문학통사』(상)는 북한 사회과학원 언어문학연구소 문학연구실에서 1959년에 펴낸 최초의 문학사이다. 여기에는 초기의 마르크스 - 레닌주의에 입각하여 과학적 합리주의적 인식태도로 조선조 문학을 검증하려는 시각에 담겨있어 편향되지 않는 균형감각에 입각한 서술태도[13]를 보여주고 있는 것이 특징이다.『조선문학통사』는 15세기문학에서 김시습의『금오신화』의 문학사적 위상에 대해 상세하게 서술하고 있다. 첫째,「이생규장전」등 다섯 작품은 중세 문학의 환상적이며 상징적인 수법을 빌려서 작가의 애국심과 해방적 지향(남녀간의 결합에 있어서 자유로운 연애관계를 주장함)을 훌륭히 반영하고 있다고 강조하고 있다. 둘째, 당시의 통치계급의 입장

---

13)『조선문학통사』머리말에 " 우리 문예 학자 집단은 이 간절한 현실적 과업에 이바지하고저 오늘 우리의 사회주의적 사실주의 문학의 찬란한 개화발전을 이루기까지에 우리 문학이 인민과 함께 걸어온 영광스러운 역사를 마르크스 - 레닌주의적 방법으로 간명하게 서술하여 이에『조선문학통사』를 상, 하권으로 나누어 내어 놓는 바이다 "라고 밝히고 있는 데에서 이러한 서술태도가 드러나고 있다.

과는 달리 비판적 견지에서 당시의 현실을 반영한 작가인 동시에 현실에 대한 불만을 통해 인민생활에 대한 깊은 동정을 보여주었다고 하면서 매월당문학의 사실주의적 경향과 비판성에 대해 커다란 가치를 부여하고 있다. 세 번째는 평양을 중심으로 한 고조선의 역사적 문화적 전통을 자랑하고 특히 우리 조상들의 업적을 감정적으로 이야기하고 있다고 자주성에 대한 인식을 높이 평가하고 있다.

하지만『조선문학통사』의 경우, 소설의 기원문제에 대한 구체적 언급이 없으며, 매월당문학의 한계성에 대해서도 인식이 미치지 못하는 약점을 보여주고 있다.

2. 주체사상의 입장에서 바라본 매월당문학

정홍교는『조선문학개관』(I) 머리말에서 " 위대한 수령 김일성동지와 친애하는 지도자 김정일동지의 현명한 령도밑에 오늘 우리 문학예술은 일대 전성기를 맞이하였다. 1970년대이후에 우리 문학은 수령의 형상창조문제, 고전적명작들의 재현문제, 공산주의적 인간형의 창조와 문학예술작품에서의 종자문제들을 빛나게 해결하면서 우리 시대, 자주성의 시대 문학의 참다운 본보기로 개화 · 발전하였다"[14]라고 하여 김일성 주체사상이 확고하게 자리잡았음을 입증해주고 있다. 특히 이 책은 조선문학사를 함축하여 개괄 · 서술하였다고 밝혀 사실상의 조선문학사임을 시사하고 있다.『조선문학개관』은『조선문학통사』와는 달리 '소설의 발생과 김시습의『금오신화』'라고 소항목을 달아『금오신화』를 소설의 기원으로 삼는 것이 김춘택의『조선문학사』와 일치하고 있는 점이며, 중세소설의 출현은 봉건시기 산문문학

14) 과학원 언어문학연구소 편,『조선문학통사』(상), 도서출판 화다, 1989. 8쪽.

발전의 합법칙적 결과로서 수이전체문학, 우화문학, 전기문학, 의인전기체 문학 등 산문형태들의 창작 성과와 경험을 기초로 삼고 있다고 봄으로써 전통계승론[15]을 펴고 있다. 한 예로 「리생의 사랑」을 수이전체작품인 「두 녀자의 무덤」(최치원전)의 창작적 성과와 경험을 계승하였다고 주장한 것은 주목된다. 또 하나는 『금오신화』에 실려있는 작품들이 다양한 인간형상과 비교적 째인 구성조직을 통하여 이야기를 흥미있게 엮어나감으로써 소설의 독자적 발전을 위한 시초를 열어놓은 점에서 중요한 문학사적 의의를 지닌다고 강조하고 있다.

한편 김춘택은 『조선문학사 I』와 『우리나라 고전소설사』에서 『금오신화』의 한계성을 구체적으로 지적하여 북한문학사에서는 드물게 비평적 태도를 보여 새로운 접근법을 보여주고 있다. 첫째, 『금오신화』의 소설들에서 작가 김시습이 왕도사상, 충군사상에서 벗어나지 못함으로써 주제사상을 밝히는 데서나 인물형상을 창조하는 데서 일정한 제한성을 가지고 있다라고 비판하였다. 둘째, 「이생과 최랑의 사랑」이나 「만복사의 윷놀이」에서 이들 작품의 주제사상적 경험과는 어긋나게 그들의 생활양상을 지나치게 호화사치로운 것으로 돋구어놓거나 '무위도식' 하는 양반들의 향락적 기분을 진하게 부여하고 있는 취약성을 드러내었다고 강렬하게 비판[16]하고 있는 점이 인상적이다.

---

15) 김춘택, 『우리나라 고전소설사』, 한길사, 1993, 20쪽.
　　김춘택도 같은 견해를 펴면서 남한의 문학연구자들의 연구방법을 다음과 같이 비판하고 있어 주목된다.
　　"그럼에도 불구하고 부르주아 문예사가들은 오래 전부터 우리나라 소설의 발생문제를 다른 나라 소설의 '모방' 과 결부시키는 그릇된 '이식론'을 표방하면서 소설문학 발전의 합법칙성을 난폭하게 거부하고 있다. 우리는 이러한 그릇된 견해를 철저히 반대하고 고전소설의 발생문제를 우리나라 문학발전의 합법칙적 과정에 대한 문제로 보고 밝혀야 한다."
16) 김춘택, 『우리나라 고전소설사』, 한길사, 1993, 56 - 57쪽.

3. '우리식의 문학건설'의 입장에서 본 매월당문학

앞서 언급하였듯이, 90년대로 들어오면서 북한문학은 80년대의 성과를 기반으로 하여 문학의 주체사상화 위업의 수행에 힘있게 이바지하는 '우리식 문학'의 면모를 더욱 강화하여 '주체의 인간학'의 높은 경지를 훌륭히 개척할 수 있으리라고 90년대를 희망적으로 전망하고 있다. 이것은 지도자 김정일의『주체문학론』(1992)의 대두와 밀접한 관련이 있다. 이러한 입장에서 새롭게 착수한 것이 전 15권으로 기획된 사회과학원 주체문학연구소 편찬의『조선문학사』이다. 1권의 머리말에 보면 다음과 같이 김정일의 지침에 의해 새로운 조선문학사가 쓰여지게 되었다고 발간의 뜻을 밝히고 있다.

한편 문예학자들은 우리 당이 밝혀준 주체의 방법론에 기초하여 과학적인 조선문학사 서술을 위한 탐구적 노력을 기울여왔다. 우리 연구소에서는 이미 1950년대에『조선문학통사』(상, 하)를, 1970년대에『조선문학사』(전 5권)을 세상에 내놓았으며 해방후 우리문예학이 이룩한 성과와 경험에 토대하여 이번에 전 15권의『조선문학사』를 집필하게 되었다.

친애하는 지도자 김정일동지께서는 다음과 같이 지적하시였다.

〈우리 민족이 먼 옛날부터 발전된 문화를 가지고 독자적으로 살아온 것은 우리 인민의 커다란 자랑입니다. 우리는 주체적 립장에서 우리 민족의 유구성과 우리나라 사회발전의 합법칙적 과정을 옳게 해명함으로서 인민들에게 민족적 긍지와 자부심을 더욱 높여주어야 합니다〉

이러한 사상적 이론적 바탕아래 15 - 16세기 문학은 3권에서 서술되고 있으며 집필 책임자는 김하명이다. 주체문학연구소 편찬의『조선문학사』에서는 그 이전 문학사와는 다른 몇 가지 특성을 보여주고 있다. 첫째, 김시습의 선진적 세계관과 미학적 견해를 거론하고 있는 점이 돋보인다. 즉 김시

습의 주기론적 입장의 세계관을 유물론적인 세계관으로 해석하여 가장 선
진적인 유물론적 사상과 무신론사상을 담은 자기의 철학체계를 형성하였다
고 주장하고 있다. 김시습의 철학적 논문들인 《태극설》·《생사설》·《신귀
설》 등에 의하면 김시습은 세계의 시원을 물질적인 기로 보았으며, 이 기에
의하여 형성된 천지만물 – 자연과 사회의 모든 사물현상이 객관적으로 실재
하여 부단히 운동변화하고 있다고 해석하면서 김시습이 불교의 극락지옥설
과 무당의 요언을 비판하고 종교, 미신을 반대하였다고 주장하고 있다. 둘
째, 김시습은 선행시기 산문창작의 성과와 경험을 토대하여 오늘날 우리가
말하는 근대적 의미의 소설의 형태상 특성을 기본적으로 갖춘 새로운 예술
적 산문작품을 처음으로 창작한 공로자라고 평가하고 있어 이전의 문학사
에서의 기술보다는 치밀성을 보이고 있다. 셋째, 『금오신화』의 다섯 편의
소설을 주제사상적 경향에 따라 청춘남녀간의 애정윤리문제를 주제로 다룬
「만복사저포기」, 「이생규장전」, 「취유부벽정기」의 3편과 환상세계의 묘사
를 통하여 작자의 사회정치적 견해를 제시한 「남염부주지」, 「용궁부연록」의
2편으로 쪼개고 있는 것이 특징이다. 넷째, 『금오신화』의 사상예술적 성과
와 혁신적 의의는 무엇보다도 주인공들의 성격창조에서 개성화를 새로운
높이에서 실현한 점이라고 밝히면서 김정일의 《영화예술론》에서의 "문학에
서는 인간을 구체적으로 생동하게 그리는 것과 함께 비반복적으로 개성을
그려야 한다"는 창작원리를 제시하고 「이생과 최랑의 사랑」의 주인공 이생
과 최랑의 형상은 가장 개성적인 성격으로 생동하게 그려졌다고 주장하고
있다. 다섯째, 『금오신화』의 미숙성과 제한성으로 중세의 계급적 모순을 현
실 그대로의 구체성을 가지고 정당하게 그리지 못하고 이미 세상을 떠난 사
람이 되살아난 환신과 교제하는 점과 남염부주와 용궁과 같은 비현실적인
환상세계의 묘사를 통하여 주제사상적 과제를 실현하려고 하는 점을 제시
하면서 비판하고 있다.

IV. 남한문학사에서의 매월당문학의 위상

남한에서의 문학연구는 북한의 집체적 창작이나 공동토론에 의한 연구 등 집단적이고 합동적인 연구가 아니라 대학의 강단을 중심으로 개별학자의 학설에 의존하고 있는 것이 특징이다. 또 북한의 문학연구는 권력의 최고책임자인 김정일 등의 지침(창작원리 및 미학이론의 바탕이 됨)에 의해 사회과학원 주체문학연구소 등 국가적인 연구기관이 주축이 되기 때문에 연구의 방향과 흐름의 양상이 이러한 연구소에서 발행되는 문학사에 그대로 드러나게 되지만, 남한의 경우 문학사 보다는 개별적인 연구서나 주제중심으로 필자에게 원고를 청탁하는 원로교수들의 회갑논문집에 실려있는 흐름을 살피는 것이 연구의 방향과 흐름을 찾아가는데 도움이 되는 경우가 많다. 그리고 유의해야 할 점은 남한의 문학연구가 북한문학연구서에서 비판하는 서양문학의 이식론에 전적으로 의존하는 것은 아니라는 사실이다. 대표적인 예로『금오신화』의 생성원리를 장덕순의『한국문학사』는 설화문학에서 찾고 있는 것은 북한의 패설류의 전통을 계승하고 있다는 입장과 별반 차이가 없다고 할 수 있다. 남한에서의 매월당 문학에 대한 평가를 정리하기 위해 문학사와 개인연구서를 중심으로 최근까지의 몇 가지 흐름을 묶어 보기로 한다.

1. 조윤제 · 주왕산의 매월당문학의 평가

『금오신화』가 최초의 소설이라는 학계의 학설은 상당히 뿌리가 깊다. 김태준은 명저『조선소설사』에서『금오신화』를 최초의 소설이라고 언급한 적은 없다. 단지『금오신화』가『전등신화』보다 질로써 우수한 작품이고, 명백한 향토색을 발휘하고 자주적 정신을 보인 소설이란 점에서 그 작자 김시습은 조선 초기의 일류소설가였다라고 평가하였을 뿐이다.

　　그러면 그야말로 "조선 조고계의 천황을 파하고 전기문학의 백화두를 작하야 하마 적막할 뻔함 藝苑에 超獨한 淸艶을 발 뵈인 자" -『금오신화』아니고 무었이랴? 「취유부벽정기」처럼 "평양은 고조선의 수도였다"라 하고 기두하여 기씨녀가 마침내 동영신인에게 구제되어 선려에 호참하게 됨과 같이 가장 명백한 향토색을 발휘하고 자주적 정신을 보인 소설이 있다면『금오신화』아니고 무었이랴. 그 글을 보고 그 사람의 진경을 엿볼 수 있다면 당시에 생육신의 제 1인으로 꼽던 김시습은 작자 자신의 본의는 아니나마 이조 초기의 일류 소설가였다고 볼 수 있다.[17]

　　김태준과는 달리 사실상『금오신화』를 최초의 소설이라고 언급한 이는 조윤제, 주왕산 등이었다고 할 수 있다. 조윤제는『금오신화』를 완전한 전기소설이란 점과 형태에 있어 소설의 체제를 구비하였다에서 소설문학의 효시로 파악하였고, 주왕산은 조선을 배경으로 한 점과 조선의 인물과 풍속을 묘사하여 향토색을 지닌 점 등을 볼 때 최초의 소설로 볼 수 있다고 그 소설사적 위치를 평가하였다.

　　이것은 벌써 완전한 전기소설이다. 앞에서 말한 조신용(調信夢)이 이야기로서는 아름다웠지마는 작자도 없이 대중의 입에 유전되어 오던 설화에 그쳤고, 또 「최치원」이 글로서는 화려하였지마는 작자가 불분명하다는 것뿐이 아니라 하나의 작품으로서 볼 때 완전한 소설의 체제를 갖추지 못하였으니 이것 역시 설화의 영역을 넘지는 못하였던 것인데, 이 「이생규장전」은 내용도 내용이려니와 그 형태에 있어 소설의 체제를 구비하여 있고, 또 현

---

17) 김태준,『조선소설사』, 박희병 역, 한길사, 1990, 63쪽.

실적 작자의 창작품이라는 것에 이제는 벌써 소설이 되지 않을 수 없게 되었다. 이리하여 근고의 소설문학은 드디어 발족하였던 것이다.[18]

　'금오신화'는 전기소설의 백미이었을 뿐만 아니라, 확실히 조선인의 손으로 된 최초의 소설로서 성공한 일작이다. 그런데 당시의 문인들은 거의 다 한화에 염독되어 국고라도 지인명물을 한토로 전화시키는 것이 예거는, 이 책은 비록 한자로 표시되기는 하였지만, 조선에 배경을 두었고, 조선의 인물과 풍속을 그대로 묘사한 점을 생각하면, 이 책은 당시에서는 도저히 볼 수 없는 향토색을 보유하고 내 것을 사랑할 줄 아는 그러한 자주적 정신을 가진 작품이다.[19]

2. 조동일의 『한국소설의 이론』과 『한국문학통사』가 평가한 매월당문학

　최근에 와서 독일 문예미학의 도움을 받은 조동일은 나름대로의 소설의 장르이론을 도출하여, 소설의 기본특성은 자아와 세계의 상호우위에 입각한 대결이라고 규정짓고 이러한 규정에 합당한 『금오신화』를 최초의 소설이라고 주장하였다. 물론 조동일도 『삼국유사』의 '조신'이나, 『수이전』의 '최치원'을 전기(傳奇)로 간주하고 전기는 문학갈래로서의 기본 성격이 설화의 영역에서 벗어나지 않으면서 문체만 달라졌다고 하겠으나 『금오신화』는 설화와 관련된 소재를 가져왔어도 자아와 세계의 대결방식을 전에 볼 수 없던 것으로 구현했기에 소설의 개념을 다시 규정해서 최초의 소설로 파악할 수 있다[20]고 보았다.

---

18) 조윤제, 『한국문학사』, 탐구당, 초판 1948, 150 - 151쪽.
19) 주왕산, 『조선고대소설사』, 정음사, 1950, 101쪽.
20) 한편 앞서의 조윤제 → 조동일로 이어지는 『금오신화』를 최초의 소설로 보려고 하는 견해는 최근에 제기된 「최치원전」 등의 작품으로 소설의 기원을 앞 당기려는 학설로 인해 타당성을 점차 상실해 가고 있다. 필자는 고소설학회의 세미나(1995. 11)에서 「최치원전」은 ㄱ)세계의

'조신'이나, '최치원'에서도 전설의 기본 특징이 확인되고, 골계전에 실린 이야기들은 민담의 공식을 갖추고 있다. 그런데 『금오신화』는 그 어느 쪽도 아니다. 자아와 세계가 상호우위에 입각한 대결을 벌여 세계의 횡포와 자아의 의지가 서로 용납할 수 없는 관계를 보여준다. 쉽사리 판가름할 수 없는 진실성을 추구하느라고 만만치 않은 진통을 거듭한 끝에 자아의 패배에 귀착하지만, 작품 내적 자아인 주인공은 물론 작품외적 자아인 서술자도 패배를 그대로 받아들이지 않으려고 하기 때문에 문제가 남는다. 자아와 세계의 상호우위에 입각한 대결을 다시 규정하면 『금오신화』가 최초의 소설임을 근거있게 확인할 수 있다.[21)]

3. 소재영의 문예미학적 입장에서의 평가

소재영은 작품 자체의 문예미학적 해석과 작자와 작품을 관련시킨 우의적인 해석의 양자를 균형감각을 살리면서 살펴본 결과 전기소설의 효시가 된 작품이라는 점과 하나의 전범이 되어 후대의 『기재기이』나 「운영전」같은 작품들이 그 비극적 구성의 일치점을 보이고 있음은 그 영향관계에서 특기할만한 사실이라고 『금오신화』의 문학적 가치를 다음과 같이 요약하고 있다.

파편화현상을 반영함, ㄴ)'문사형'의 전형적 인물이 등장함, ㄷ)운명을 개척하는 '자기 실현 요구형'의 인물이 부각됨, ㄹ)자기 비판능력을 갖춘 패로디의 성격을 지님, ㅁ)서사시적 예언(prophecy)이 아닌 소설적 예측(prediction)을 보여줌 등의 특성을 나타냄에 따라 최초의 소설로 단정해도 큰 무리가 없다고 할 수 있다고 주장을 하였고, 저서 『조선조 애정소설연구』 (태학사, 1996)에서 김시습의 『금오신화』를 꼼꼼하게 분석한 후에 이러한 결론을 재삼 확인하였다.

21) 조동일, 『한국문학통사』 권2, 지식산업사, 1983, 459 - 460쪽.

금오신화에 대한 일차적 해석은 어디까지나 작품 자체의 독자적인 구성과 미학이 중요시되어야 한다. 그러나 이차적으로는 작자와 시대를 긴밀히 관련하여 거기에 우의성을 부여하여 작품의 가치를 추구해 가는 작업도 동시에 이루어져야만 이 작품의 올바른 평가가 될 수 있을 것으로 본다. 〈才溢器外〉는 작자 김시습의 압축된 평이다. 그릇 밖으로 재주가 넘쳤다는 뜻이다. 그 넘치는 재주때문에 그는 세상을 올바로 보지 못했고, 금오신화의 내용처럼 영혼을 만나고 異界를 찾아 마음껏 사랑하고 이야기하였다. 남원과 개성, 평양과 경주, 그가 편력한 역사적 지소를 선정하여 자신이 읽은 작품(剪燈新話 등)에서 지혜를 얻어 〈風流奇話〉로 엮어낸『金鰲新話』가 우리 문학사상 전기소설의 효시가 되고 그 가치를 높여주고 있음을 우리는 부인할 수 없다.[22]

4. 박태상의『조선조 애정소설연구』에서의 매월당문학의 평가

김안로의『용천담적기』를 보면 김시습이 "후세에 반드시 알 사람이 있을 것이다"라고 외치면서 기이한 글들을 우의적으로 창작해 내었다라고 되어 있다. 그러면 그가 후세에 보여주려고 한 것은 무엇이었던가? 소설작품을 통해 그는 네 가지를 전해주려고 했던 것으로 보인다. 첫째는 현실의 고통과 내세에 대한 집착이다. 동봉은 겉으로는 도도했지만, 내심으로는 상당히 외로왔던 것으로 보여진다. 그것은 그가 유랑생활 중 남긴 수많은 시에 배어져 있는 페이소스에 담겨져 있다. 따라서 그는 현실에서의 고통을 승화시켜줄 편안한 내세에 대한 황홀한 탐색에 몰두했던 것으로 생각된다. 둘째, 인간의 만남과 헤어짐의 의미천착에 관심을 기울이고 있었던 것으로 보여진다. 그것은 그가 역사적으로 흔히 '생육신'의 한 사람으로 거론되고 그가

---

22) 소재영, "금오신화의 문학적 가치", 강원대학교 인문과학연구소 편,『매월당 - 그 문학과 사상』, 1989, 185 - 186 쪽.

시에서 백이·숙제의 삶을 동경하고 있으며, '사육신'의 죽음을 안타깝게 여기고 있는 현실적 의미를 뒤집어 생각하면 확인이 될 것이다. 셋째,『금오 신화』의 작품구조속에는 작가의 세상에 얽매임이 없는 활달한 사유의 체계 가 담겨 있다. 그것의 의미는 인간적 한계초월을 위한 자유분방한 화용사상 에 대한 탐닉과 연관된다고 할 수 있다. 그리고 이것은 집착에 대한 탈피와 진정한 세계에 대한 큰 사랑의 덕목을 보여 주려는 의도로도 생각된다. 네 째, 작가 김시습은 역사에 대한 회고와 민족 주체의식의 정립에 집요한 관 심을 기울였던 것으로 보인다. 김시습은 요즈음 남북 사학계에서 모두 사대 주의 사상으로 비판하고 있는 '기자조선설'을 따르고는 있지만, 그는 단군 조선에 의한 '고조선설'을 떠받쳐 주는 대안을 제시함으로써 민족정통성을 역설하고 있어, 이러한 비판적 사고를 수용할 수 있는 여지를 마련해 두고 있는 점이 놀랍다고 할 수 있다. 아마도 그 당시 세조를 옹위한 집권층들이 중국 사대주의 사상에 바탕하여 정권의 정통성을 인정받으려고 한데서 이 러한 '기자조선설'이 힘을 얻고 있었던 것으로 보여진다. 작가 김시습은 이 러한 '기자조선설'을 따르는 반면에, 단군의 힘을 은연중 과시함을 통해 민 족정통성을 확립할 수 있는 사관을 제시하고 그것으로 당대의 모순된 정치 행태의 왜곡상을 비판하는 근거로 삼았던 것으로 보여진다. 이러한 네 가지 현상이 그의 문학의 밑바탕에 자라잡고 있다는 점이 매월당의 소설이 높은 평가를 받게 되는 주요인이 되는 것이다.

V. 맺음말

매월당 김시습은 불우한 어린 시절을 보냈다. 15세쯤에 모친이 죽고(부 친은 병약하고 무능함), 돌보아주던 외조모마저 죽자 거의 고아나 다름없이 지냈다. 그의 소설 「만복사저포기」에 주인공이 고아나 다름없이 외롭게 지내는 인물로 묘사되는 것은 이런 자화상의 투영이라고 할 수 있다. 매월당은 또 불의에 대해 저항하는 방외인적 삶으로 일관하였으므로 고국산천을 방랑할 수 있었으며 역사적인 유적지에서 아름다운 서정시를 쓰는 한편 시대현실에 빗대어 분노를 표현할 수 있었다. 그가 자유분방한 사유와 기행(奇行)을 일삼은 것도 유교적 명분에 어긋나는 패륜을 저지르고 권력을 잡은 세조에 대한 분노와 조롱의 직설적 표현의 하나라고 할 수 있다. 그러한 광기와 기행의 열정적 삶은 그의 세계관을 유·불·선의 변증법적 인식에 도달할 수 있도록 거리낌없고 얽매임없는 활달한 세계로 인도하였던 것이다. 특히 그가 역사에 남을 수 있었던 것은 31세무렵에 경주의 남산인 금오산에 석실을 차려놓고 『금오신화』를 비롯하여 불교사상서 등 16권의 방대한 저술활동에 몰두한 때문이다.

그의 문학작품인 『금오신화』는 갑집(甲集)이 발견된 것으로 보아 5편이상이었을 가능성이 높다고 하겠다. 우리 문학사에서 『금오신화』를 빼고 문학사를 기술할 수 없을 정도로 매월당의 소설문학은 큰 비중을 차지하고 있다. 현재 시점에서 남·북한문학사가 그의 문학의 가치를 높이 평가하는 데는 별다른 차이점이 없다. 하지만 세부적인 내용에 들어가면 많은 이질성이 발견된다. 우선 북한문학사에서는 작품의 주제사상성을 중시하는데 비해 남한문학사에서는 작품의 문예미학적인 의미에 초점을 맞추고 있다. 따라서 북한의 경우 경제사적·정치사적 흐름에 따라 문학사가 기술되는데 비해, 남한의 경우 민족사관이나 독일문예미학의 잣대에 따라 작품의 장르적 의미가 설정되는 경향을 보인다. 또 1967년이후 70년대로 들어서면서 북한의 문학사는 주체사상에 근거하여 수령의 형상창조 문제, 공산주의적 인간형 창조, '종자론'에 입각한 자주성의 문학이 강조된다. 하지만 남한의 문학사에서는 민족사관에 따라 향토성·자주성이 강조되거나 독일문예미학이론에 따라 자아와 세계의 상호우위에 입각한 대결양상에 대한 분석에 초점이 맞추어지거나 작품의 문예미학적 관점에서의 가치와 시대풍자로서의 우의성의 접목에 관심이 기울여지기도 한다.

이러한 차이점에도 불구하고 남북한 문학사에서 매월당문학에 대한 평가는 첫째, 중세의 계급사회의 모순과 왜곡상에 대한 비판을 가하고 있는 점, 작품속에 왜구나 홍건적의 난 등 외침속에서 희생되는 민중계층의 아픔을 생생하게 담음으로써 리얼리티를 더하고 있는 점 등에 대해서는 다같이 높은 점수를 주고 있다. 둘째, 평양 주변의 고조선의 문화에 대한 철저한 인식이 엿보이는 점 등 자주성과 역사적 전통에 대한 자부심을 표현하려는 것을 공통적으로 내세우는 점에서도 남북한 문학사가 시각의 일치를 보이고 있다. 셋째, 당대 현실을 사실적으로 묘사하고 당시대에 걸맞는 현실적 인물형상을 창조하고 있는 점에 대한 평가에도 양쪽 문학사가 쌍수를 들어 찬사를 표하고 있다.

이러한 점을 감안해볼 때 문학사연구를 통한 민족동질성의 회복 가능성은 어느 다른 분야의 접촉 보다도 높다고 할 수 있다. 단지 소설의 기원문제에 있어서는 북한문학사가 최근으로 올수록 15세기의『금오신화』를 소설의 효시로 꼽는 경향을 보이고 있는데 반해 남한의 문학사나 문학연구에서 '금오신화설'이 흔들리고 있으며, 고려말의「최치원전」을 최초의 소설로 보자는 견해가 최근에 강력하게 제기되고 있는 실정이다. 양쪽의 차이점을 해소하기 위해 남북한 학자들이 모두 참여하는 오늘같은 세미나[23]의 활성화가 요구된다고 하겠다.

---

23) 졸고, "남·북한 문학사에 기술된 매월당 문학의 가치와 평가",『조선학회 국제학술토론회』
(제5차, 일본 오사카 국제교류센터, 1997. 8. 8)

북한문학사에 기술된 판소리문학의 미적 가치와 평가

Ⅰ. 머리말

조선조는 임진왜란과 병자호란을 겪으면서 엄청난 변화를 가져오게 된다. 특히 전쟁의 와중에서 이민족을 통해 유입된 수많은 문물들은 조선의 민중들의 의식을 바꾸는데 많은 기여를 하게 되었다. 조선조의 탄탄하던 신분제도는 양란을 겪으면서 상당히 흔들리게 된다. 또 조선 후기의 많은 제도의 변화도 민중들의 의식 변화를 가져오는데 기여를 하게 되었다. 수공업, 광산의 발달과 토지제도의 혁파, 상평통보 등의 화폐의 유입과 시장의 형성 등 상업자본주의의 도래는 계급사회의 구조를 뒤흔드는 역할을 하게 된다. 이러한 사회현상의 급변은 특히 민중들의 문화적 인식과 수용태도에 극심한 충격을 가져다 주었다.

시장의 형성에 따른 문화적 토양의 변화는 사회사적 의미에서 주의깊은 관찰의 대상이 된다. 경제의 활성화는 문화의 다양화와 수요계층의 확대를 동시에 가져오게 되었다. 이러한 사회현상을 반영하여 가면극, 판소리장르가 활성화되었고, 전기수와 같은 이야기꾼도 등장하게 되었으며, 남사당패

걸이들도 상업성을 띠고 활동하게 되었던 것이다.

판소리는 특히 중세의 계급사회의 모순속에서 질곡과 억압의 삶을 살던 하층민들에게는 현실에서 이루지 못하는 꿈을 형상화할 수 있는 대표적인 장르로 부상하게 된다. 그것은 원래는 양반들의 문학예술이었으나, 시장이 융성하게 됨에 따라 많은 사람들이 모여들어야 상권이 형성되므로 시장상인들의 후원에 의하던, 또는 자발적으로 많은 사람들의 호응이 필요한 관계로 스스로 모여들었던 간에 시장을 중심으로 하층민들의 카타르시스의 대응물이 되었던 것이다. 즉 판소리는 조선조 하층민들의 중세적 상황의 변화와 새로운 평등사회의 도래를 희구하는 예술적 장르라고 할 수 있다. 따라서 중세에서 근대로 나아가는 것을 지향하는 민중들의 꿈을 반영하고 있는 장르라고 할 수 있다.

따라서 남북한 문학사에서 공통적으로 중시하는 장르라는 특색을 보이고 있다. 그런데 주목되는 점은 북한문학사에서 판소리장르는 민중들의 장르라는 특색을 보이고 있음에도 불구하고 실학파 학자들의 한문문학인 정약용의 시나 연암 박지원의 한문소설 보다 상대적으로 비중이 약하게 다루어지고 있다는 점이다. 상기문학을 비판적 사실주의 문학으로 간주하는 북한의 학자들마저도 판소리 문학을 단지 사실주의 문학으로 다루고 있는 점은 기이할 정도이다. 그것은 북한의 학자들이 마르크스가 『독일 이데올로기, 1845』에서 주장한 예술은 사회적 의식의 하나의 형태일 뿐으로 그 모든 변화의 원인은 인간의 사회적 존재 즉 사회의 경제적 토대에서 구해야 한다고 한 점을 중시하여 이들 실학자들이 당대 조선의 경제적 토대의 제변혁을 정확히 직시하여 대안을 제시하고 능동적인 변화의 흐름을 제대로 파악하고 역사적 발전의 합법칙성과 방향을 올바로 잡아나간 것을 높이 평가한 때문으로 보여진다. 하지만 인민성을 소중하게 다루는 그들이 종국에는 중세의 계급구조의 급진적인 변혁을 도모하지 않는 실학파의 견해만을 높이 평가한 것은 모순이라고 아니 할 수 없다고 하겠다.

최근의 한반도를 둘러싸고 있는 상황은 북한의 핵개발의혹으로 인해 상당히 급박하게 돌아가고 있다. 긴장이 고조되었다가 또 대화 분위기로 반전되는 양상이 반복되고 있다. 그것은 전쟁으로 인한 엄청난 민족적 재해를 경험한 남북한 정치세력들이 또다시 과오를 과연 저지를 것인가 하는 회의 때문이다. 하지만 세계사에 있어서 냉전구도가 무너진 작금의 현실에서 부상하고 있는 것은 탈이데올로기의 대안으로 민족주의에 대한 열망이라는 현실이다. 따라서 한민족의 통일은 흡수통일이든 연방제 통일이든간에 이루어질 수 밖에 없는 것이 역사의 거스를 수 없는 추세라고 할 수 있다. 따라서 상당기간 민족 재편을 위해 긴장이 고조될 수 밖에 없다고 하겠다.

이러한 시점에서 통일을 대비하여 이질성을 보이고 있는 남북문학사의 기술태도와 사관에 대한 정확한 이해를 도모하여 그 거리를 좁혀 나가는 것은 역사의 자연스러운 진전에 발맞추어 나가는 것이라고 할 수 있다. 따라서 이제부터 어둠의 중세를 극복해 나가는 조선 민중들의 신념과 소망이 담겨 있는 판소리문학을 북한문학사가 어떻게 그 미적 가치와 역사적 의미를 평가하고 있는지 분석해 보기로 한다.

Ⅱ.북한문학에서의 비판적 사실주의 문학을 둘러싼 논쟁

북한문학사는 마르크스 – 레닌주의의 사관을 취하고 있건, 주체사상을 취하고 있건간에 문학사를 기술하는 뚜렷한 사관이 등장하는 것이 남한문학사와의 차이라고 말할 수 있다. 특히 최근에 오면서 북한문학사의 기술태도는 주체사상을 강조하면서 김일성, 김정일의 부자세습과 우상화를 좀더 노골화하고 있는 것이 특징이다. 물론 남한문학사가 자본주의 사회의 이데올로기와 시장경제를 바탕으로 한 자유경쟁원리를 바탕으로 삼아 기술되고 있으며, 서구의 역사학자들의 사관과 기술태도를 원용하고 있음에 따라 우리민족의 독창적인 사관을 제시하지 못하고 있는데 반해 북한문학사는 주체사상을 제시하여 민족주체 역량을 과시하는 등 강점을 지니고 있는 것은 분명하나, 내심 그내용을 자세히 살펴 보면 폐쇄적인 사회구조를 공고히하여 김일성중심의 독재체제를 강화하려는 정치적인 목적을 숨기고 있음을 볼때 많은 문제점을 발견할 수 있게 된다. 북한문학사의 이런 허점을 간과하고 주체사상의 독창성과 민족지향적인 측면만을 부각시켜 그 비교우위적인 특성을 강조하는 일부 운동권의 논리는 객관적 타당성을 상실한 태도라고 말할 수 있다.

오히려 북한문학사에서 과학적이고 객관적인 문학사료의 분석과 해석은 주체사상이 등장하기 전인 마르크스-레닌주의 사관에 의한 기술에서 이루어 졌다고 할 수 있다. 물론 주체사상이 등장한 이후에도 문학적이고 예술적인 현상에 대해 주체사상에 입각하여 냉철하게 비판하고 있는 점은 단순한 예찬위주의 문학사기술 태도를 극복하였다는 점에서 의미를 찾을 수 있다고 하겠다.

북한에서 주체사상이 언제 등장하였는가에 대해서는 학자들 사이에서 약간 차이를 보이고 있다. 김성수는 북한의 주체사상의 확립시기를 1967년경이라고 추정[1]하고 있다. 이에 비해 전인영은 북한에서 '주체'라는 말은 1955년말에 처음으로 주장되었으나, '주체사상'이란 말을 체계적으로 선전 강조하기 시작한 것은 1960년대말이라고 밝히면서, 1972년 12월 27일 최고 인민회의 제5기 제1차 회의에서 채택된 사회주의 헌법 제4조는 〈조선

---

1) 김성수, "북한학계의 우리문학사 연구개관", 민족문학사연구소, 『북한의 우리문학사 인식』, 창작과 비평사, 1991, 411쪽.

민주주의 인민공화국은 마르크스 - 레닌주의를 우리나라의 현실에 창조적
으로 적용한 조선 노동당의 주체사상을 자기 활동의 지도적 지침으로 삼는
다)고 명문화시킴으로써 법적인 공포시기를 명확하게 규정짓고 있다고 주
장[2]하였다.그리고 이 조문은 노동당 규약 전문에 포함되어 있는 내용과도
동일하다는 것이다. 주체사상이 등장한 이후에 기술된 문학사와 그 이전에
기술된 문학사 사이에는 확연한 차이가 있다.

  북한에서 간행된 문학사는 현재까지 총 9종으로 알려져 있다. 김성수의
정리에 의한 북한문학사를 개관하면 다음과 같다[3]

1. 이응수,『조선문학사』(1 - 14세기), 교육도서출판사, 1956.
   윤세평,『조선문학사』(15 - 19세기), 교육도서출판사, 1956.
   안함광,『조선문학사』(1900 -), 교육도서출판사, 1956.
2. 과학원 언어문학연구소 문학연구실,『조선문학통사(상 · 하)』, 과학원
   출판사, 1959.5 - 11.
3. 필자미상,『조선문학사』, 교육도서출판사, 1960.11.
4. 한용옥,『조선문학사 1』, 조선문학출판사, 1962.
   김하명,『조선문학사 2』, 조선문학출판사, 1962.
   _____,『조선문학사 3』, (서지사항 미상)
5. 이응수, 신구현, 김하명, 안함광 등,『조선문학사』(미상, 1966) 전 10
   권.
6. 사회과학원문학연구소,『조선문학사』, 과학백과사전출판사, 1977.12

---

2) 전인영, "북한의 주체사상", 이홍구 편,『마르크시즘 100년 - 사상과 흐름』, 문학과 사상사,
   1984, 323 - 324쪽.
3) 졸고, "북한문학사에 기술된 연암문학에 대한 가치와 평가",『한국방송통신대학논문집 제 15
   집, 1992. 11』, 5 - 6쪽.

100

- 1981.12, 전 5권.
7. 김춘택, 『조선문학사 1.2』, 김일성 종합대학출판사, 1982.
8. 정홍교, 박종원, 유만, 『조선문학개관 1.2』, 사회과학출판사, 1986.11
9. 사회과학원 주체문학연구소, 『조선문학사』 1권 - 11권(1991 - 1994, 9권의 경우 1995년 간행)

　　판소리문학에 대한 북한문학사의 기술태도에 대해 살펴 보기 위해 위의 문학사중 대표적인 차이를 보이고 있는 2, 6, 8의 3종의 북한문학사[4]를 텍스트로 삼기로 한다.
　　다음으로 북한문학에서 논쟁을 벌이고 있는 비판적 사실주의 문학의 성립시기와 성격에 대해 살펴 보기로 한다. 이 문제에 대해 검토할 때 중요한 것은 북한의 학자들이 비판적 사실주의문학을 사실주의문학 → 비판적 사실주의문학 → 사회주의 사실주의문학의 역사적 발전과정의 합법칙성의 측면에서 파악하며, 1888년 4월 초에 허크네스(「도시의 처녀」의 작가)에게 보낸 엥겔스의 편지와 그와 대비시켜 발자크의 「인간희극」을 "중심적인 화

---

4) 졸고, 6쪽, 참조. 2는 『조선문학통사(상)』으로 북한과학원 언어문학연구소 문학연구실 간행의 1959년에 나온 문학사이다. 여기에는 초기의 마르크스 레닌주의에 입각하여 과학적 합리주의적 인식태도로 조선조 문학을 검증하려는 시각이 담겨 있어 편향되지 않는 균형감각에 입각한 서술태도를 보여주고 있는 것이 특색이다. 6은 사회과학원 문학연구소 간행의 『조선문학사』(고대중세편)으로 1977년에 나왔는데, 김일성 주체사상을 바탕으로 하여 쓰여진 관계로 교조주의적 입장을 취함에 따라 균형감각을 잃은 듯한 서술태도가 엿보이는 점이 한계점으로 드러나고 있다. 이를테면 실학자들의 긍정적인 점을 언급한 이후, "실학자들이 문학의 기능과 역할에 대하여 말하면서 강조한 〈뜻〉의 내용도 그들의 량반계급적 립장과 밀접히 련관된 것이였다"라고 비판하는 자세에서 선명하게 비판적 사고가 드러나고 있다. 김춘택에 의해 쓰여지고, 김일성종합대학출판사에서 1982년에 펴낸 『조선문학사 1』은 앞서의 『조선문학사』(고대중세편)의 시각에서 크게 벗어나지 않고 있어 김일성 주체사상의 바탕에서 쓰여지고 있음을 알 수 있다. 위의 세 종류의 문학사는 이후에는 『조선문학통사』, 『조선문학사』, 『조선문학사 1』로 약칭하여 사용하기로 한다.

폭 주위에 그는 불란서 사회의 전체 역사를 분류하고 있는 바, 이 역사에서 나는 경제적인 디테일(예컨대 혁명후의 실질적이며 개인적인 소유의 재분배)이라는 의미에 있어서조차 전문적인 역사가, 경제학자, 통계학자들의 전체 저서에서 보다도 더 많은 것을 알아 내었습니다"(마르크스, 엥겔스, 《예술론》, 352쪽.)라고 한 엥겔스의 극찬을 구체적인 이론의 근거로 삼는 데에는 공통점을 보이고 있으나, 비판적 사실주의문학의 성격을 개념화하는 단계에서 이질성을 보임에 따라 그 성립시기에 있어서는 커다란 차이를 보이고 있다.

'비판적 사실주의' 란 말은 1934년 작가동맹회의에서 고리끼가 최초로 사용한 것으로 알려져 있다. 고리끼는 이 회의에서 낡은 '비판적 리얼리즘' 은 새로운 '낭만적 리얼리즘' 과 철저하게 구분되어야만 한다고 명백하게 지적[5]했다는 것이다. 고리끼는 이 사조의 성격적인 특성을 "이성주의와 비판주의"[6]라고 하였다.

또 고리끼는 19세기의 구라파문학과 러시아의 사실주의문학을 크게 두 그룹으로 나누어 다음과 같이 첫째 그룹에 반동적 작가를 둘째 그룹에 진보적 작가들인 비판적 사실주의 작가들과 혁명적 낭만주의 작가들을 포함시키고 있다.

---

5) R.H.스타시, 『러시아문학비평사』, 이항재 옮김, 서울, 한길사, 1987, 246쪽.
  북경대 중문과 문예이론 교연실 편, 『문학이론 학습자료 2』, 서울, 도서출판 친구, 1989
  고리끼가 「청년작가와의 대화」에서 "자산계급의 탕자들이 내세운 현실주의를 비판적 현실주의라고 한다. 비판적 현실주의는 사회의 악습을 폭로하고 가정의 전통과 종교적 교조주의 및 법규의 압제하에서 개인이 보여주는 '생활과 모범' 을 묘사한다. 그러나 그것 또한 마땅한 출로를 제시해 주지 못하였다' 라고 언급한데서 비판적 사실주의란 용어가 등장하고 있다.
6) 엄호석, "우리나라의 비판적 사실주의", 북한사회과학원 문학연구실 편, 『우리나라 문학에서 사실주의의 발생, 발전 논쟁』, 서울, 사계절출판사, 1989, 255쪽.

서구라파 문학에서도 역시 두 개의 작가군을 구별하여야 한다. 그 하나는 자기의 계급을 찬양하며 즐겁게 한 작가들이었다. 다른 작가군은 수십명에 지나지 않으나 비판적 사실주의와 혁명적 낭만주의의 가장 거대한 창조자들이었다. 이들은 모두 다 자기 계급의 탈락자 '방탕한 자식'들인데 부르주아지에 의하여 몰락한 귀족이 아니면 자기 계급의 답답한 분위기로부터 탈출한 소부르주아지의 자식들이었다. 구라파 문인들의 이 그룹의 책들은 첫째로, 기술적인 모범을 받을 수 있는 문학작품으로서, 둘째로, 부르주아지의 발전과 조락의 과정을 설명하는 문건, 계급의 탈락자들에 의하여 작성되었으나 그 계급의 풍속, 전통, 활동을 비판적으로 해명한 문건으로서 우리들에게 있어서는 이중적이고 두 말할 여지없는 가치를 가지고 있는 것이다.(고리끼, 『문학론』 4권, 1956, 185쪽.)

이러한 고리끼의 견해에 힘입어 북한문학자들은 비판적 사실주의의 개념과 본질적 특성을 둘러싸고 1960년대 초 치열한 논쟁을 벌인다. 이러한 논쟁의 결과는 북한문학사의 서술태도와 사관의 차이로 귀결된다. 비판적 사실주의의 발생시기에 관한 견해로는 18세기 발생설(김하명, 박종식), 1910년대 발생설(안함광, 안중모, 엄호석, 최탁호), 1920년대 발생설(김해균, 김민혁, 문상민, 이응수)의 세 가지가 있다.

북한에서 18세기 발생설의 대표주자는 물론 김하명이다. 그는 사실주의는 넓은 의미와 좁은 의미의 두 가지가 있으며, 넓은 의미의 사실주의는 객관적 현실의 자료에 의거하고 그것을 진실하게 묘사할 것을 지향하는 작가들의 현실묘사의 원칙과 태도에 의하여 규정되며 따라서 그것은 문학발전의 전 역사를 통하여 각이한 구체적 형태로서 실현된다고 주장한다. 좁은 의미의 사실주의는 인류문화의 역사에서 처음으로 그 말이 씌어졌고 의식적인 문학운동으로 전개되었으며 마르크스주의 창시자에 의하여 정식화된 19세기 서구라파 사실주의 문학을 지칭하는 개념으로 이해되며, 엥겔스의 명제는 구체적으로는 비판적 사실주의가 도달한 사상, 예술적 성과의 일반화라는 것이다.

김하명은 비판적 사실주의의 일반적 특성으로 첫째, 생산력과 과학의 일정한 발전의 조건 하에서 계급사회의 모순이 아주 노골적으로 드러나고, 그 나라의 사상과 문학 예술이 주어진 사회제도가 인민들에게 적대적이라는 것을 인식하고 폭로, 비판할 수 있는 수준에 있을 때에 그 모순의 전면적인 폭로, 비판을 자기 과업으로 하고 출현하였다고 지적한다. 그러므로 비판적 사실주의 문학의 첫째가는 특성은 비판성이라는 것이다. 둘째, 비판적 사실주의는 그 합리주의로 하여 신화적 환상을 완전히 벗어던지고 현실생활의 본질을 보다 정확하게, 바로 생활 자체의 형식으로 표현하며 세부묘사의 진실성이 보다 원만히 보장된다는 것이다. 끝으로 비판적 사실주의는 사상·예술적 달성에도 불구하고 그 사회적 모순의 해결 방도를 정확하게 제시하지 못한다는 한계를 지닌다는 것이다. 김하명은 이러한 비판적 사실주의 문학은 18 - 9세기 박연암과 정다산의 문학작품들과『춘향전』을 비롯한 일부 고전작품들에서 구현되기 시작하였다고 본다. 김하명은 연암, 다산문학과『춘향전』을 비롯한 이 시기의 문학이 신화적 환상을 완전히 벗어 던졌으며, 주인공들의 형상이 초인적인 영웅이거나 이상화된 사람들이 아니라 현실 사회에서 흔히 보며 만날 수 있는 보통사람들이며 이러한 평범한 보통 사람들의 일상사들로써 사건이 구성되어 있다고 주장한다. 다음으로 연암의 작품들과『춘향전』을 비롯한 국문 소설들에서 세태묘사가 풍부해지고 특히 경제관계의 분석이 강화되고 그 민족적 성격이 뚜렷해졌다는 것을 지적[7] 하고 있다.

김하명은 연암의『양반전』,『허생전』,『말거간전』,『광문전』등과 판소리

---

7) 김하명, "사실주의 개념과 조선 문학에서의 그의 형성 시기문제", 북한사회과학원 문학연구실 편,『우리나라 문학에서 사실주의의 발생, 발전 논쟁』, 서울, 사계절출판사, 1989, 171 - 192쪽.

계소설인『춘향전』,『홍부전』,『심청전』등을 높이 평가했는데, 이들 작품에는 상품 화폐경제의 성장을 포함하여 18세기 말 – 19세기 초의 사회, 경제적 변동이 여러가지 형태로 잘 반영되어 있다는 것이다.

특히『홍부전』의 경우 작가는 인물형상들의 성격상 특성을 다만 도덕적 측면에서만 천명하고 있는 것이 아니라, 그 사회적 근원과의 관계에서 밝혀 보여주면서 이들에 대한 소위 인민적 평가를 하고 있다고 언급한다. 즉 놀부의 형상은 봉건 경제가 붕괴기에 들어서면서 화폐의 기능이 증대되는 시대에 특징적으로 나타나는, 순전히 이해관계만을 추구하는 현금주의자의 전형이며, 홍부의 형상은 어질고 부지런하나 항상 가난하게 살아가던 당시 피착취 농민들의 처지와 성격의 체현자라는 것이다. 따라서 작품에서는 당시 인민생활의 풍부한 생활 세태적 묘사에 의하여 그 성격의 진실성을 강화하고 있다는 것이다.

김하명은『춘향전』에 대해서도 높은 평가를 내리면서 이 작품이 연암문학과 더불어 18 – 9세기에 비판적 사실주의가 기본적으로 형성되는데 기여했다고 평가한다.『춘향전』은 연암의 단편소설들에 비해서 당대 사회현실의 구체적인 정황에서 보다 전개된 성격묘사를 하였으며 특히 인물형상의 개성화에서 거대한 발전을 가져왔다는 것이다. 춘향, 몽룡, 방자, 향단, 월매, 변학도 등과 농민을 비롯한 한량들, 도시의 아낙네와 소관리 등 광범한 군중에 이르기까지 모두 자기 성격의 논리에 의하여 자기 투로 이야기하고 행동하고 있으며 그들의 상호관계가 작품의 사상 · 주체적 과업에 부합되게 유기적이며 전일적인 생동한 화폭으로 묘사되어 있다는 것이다. 특히 이 작품들이 판소리로 구현되면서 등장인물의 말은 그들이 일상적으로 쓰고 있는 그대로 재현할 것이 요구되었으므로 그 언어에서 현저하게 언문일치가 달성되었다는 것이다.

따라서 김하명은 비판적 사실주의의 1910년 발생설을 주장하는 학자들이 내세우는 양건식의 『슬픈 모순』에 비해서 사상 주제적 과업이 다르고 반영한 역사적 시대가 다르나 형상구성의 원칙은 동일 계열에 속하며 사실주의적 현실 침투의 정신과 그 심도에 있어서나 예술적 일반화의 높이에 있어서는 오히려 훨씬 앞선다고 생각한다고 결론[8]짓고 있다.

비판적 사실주의문학이 1910년대에 형성되었다고 보거나 20세기인 1910 - 20년대에 발생했다고 보는 견해에는 엄호석과 한중모가 선두에 서 있다. 엄호석은 김하명의 18세기 발생설을 주로 논박하면서, 우리나라에서 비판적 사실주의 문학이 형성되기 시작한 것은 일제의 조선 강점에 의하여 인민들에 대한 착취와 억압이 더욱 노골화되고 일제를 반대하는 인민의 투쟁이 사회생활의 기본 흐름으로 되기 시작한 1910년대 이후 시기라고 말할 수 있다고 주장한다. 특히 양건식의 『슬픈 모순』(1918)은 그 얼마간의 염세적 색조에도 불구하고 우리나라에서 비판적 사실주의 창작방법을 기본적으로 구현한 작품이라고 단정짓는다. 엄호석은 『슬픈 모순』의 주인공 '나'는 당해 생활의 무의미성을 지각할 만큼 냉철한 이성의 높이에 서서 생활에 대한 권태에 지친 인텔리이며 현실에 대한 혐오의 감정으로 충만된 젊은 비판자라고 평가한다. 이 주인공의 운명과 성격은 그대로 착취 사회에서 전형적 환경의 영향의 소산으로 되며 그의 모든 정신세계의 운동이 역시 전형적 환경과의 상호관계에 의하여 밝혀 지고 있다. 그는 착취 사회에서 개성의 파괴와 유린으로 하여 현실에 대하여 환멸을 느끼는 반면에 적극적인 실천으로 나갈 수 없는 자신의 무력에 대한 자의식으로 하여 고민하면서 쓸데없이 신경을 소모할 만큼 지나치게 이성적이라고 말할 수 있다. 그는 인텔리의 지친 얼굴과 유달리 빛나는 이성의 눈으로 생활에 있는 슬픈 모순을 꿰뚫어 본다[9]는 것이다.

---

8) 김하명, 앞의 책, 192 - 198쪽.

엄호석은 비판적 사실주의 문학에 있어서의 조건에 대해 전형적 환경과 전형적 성격의 역사적 형상, 인민성을 강조하고 있다. 전형적 환경에 대한 광범하고 분석적 묘사와 그에 의한 전형적 성격의 형상, 즉 새로운 형상 구성의 원칙은 비판적 사실주의로 하여금 생활에 대한 일반화의 넓이와 심도 그리고 개성화의 심도를 더욱 제고하게 하였을 뿐만 아니라 생활 반영의 진실성과 생동성을 그 이전의 사실주의 보다 더 한층 높일 수 있게 하였다는 것이다. 이 형상구성의 새로운 원칙은 비판적 사실주의 단계에 와서 비로소 사실주의적 형상을 방해한 과거의 일체 격식과, 도식, 고대적 환상으로부터 예술을 해방시키고 예술적 형식, 스틸 수법의 다양하고 풍부한 개화의 길을 열어 놓았다는 것이다. 마지막으로 이 형상 구성의 새로운 원칙은 또한 예술에 있어서의 인민성을 그 이전의 모든 사실주의 문학에서 보다 더 높은 사상 예술적 심도로써 구현할 가능성을 비판적 사실주의 작가들에게 지어 주었다는 것이다.

이러한 이론에 바탕하여 박연암은 정다산과 함께 사실주의 문학 창작에 있어서의 새로운 사상미학적 공로를 축적하고 있음에도 불구하고 여러가지 조건들의 미숙에 의하여 새로운 창작적 원칙들의 개척으로 나아가지 못했다는 것이다. 그의 사회, 경제, 문화 각 방면의 광범한 지식에도 불구하고 문학창작에서는 아직 전형적 환경의 광범하고 심오한 분석적 묘사와 그에 의한 제약성으로 형성되는 성격을 묘사하는 그런 새로운 형상구성의 원칙을 자기 작품에서 끝까지 완성하지 못하였다는 것이다. 박연암, 정다산에 의하여 비판적 사실주의가 발생할 수 없는 조건의 하나로서 우리는 그들이 한문을 사용하고 있었다는 점도 또한 반드시 고려하여야 한다고 주장[10]한

---

9) 엄호석, "우리나라의 비판적 사실주의", 북한사회과학원 문학연구실 편, 『우리나라 문학에서 사실주의의 발생, 발전 논쟁』, 서울, 사계절출판사, 1989, 272 - 273쪽.
10) 엄호석, 앞의 글, 263쪽.

다. 특히 엄호석은 박연암의 문학과 『춘향전』까지를 염두에 두면서 그 사실
주의 문학에 있어서는 전형적 환경과 전형적 성격과의 상호관계의 원칙의
적용범위는 아주 제한적이었으며 따라서 그 성격 구성의 원칙에 있어서도
전형적 환경의 영향에 대한 광범한 분석적 묘사에 의한 주인공의 성격의 객
관적 형성과 그 운명의 발전에 있는 것이 아니라 주로 작가에 의하여 미리
주어진 성격 자체의 논리로 말미암은 주인공의 일정한 행동과 체험의 전개
에 있었다고 비판하고 있다.

　한편 한중모는 우리나라 비판적 사실주의 문학의 발생시기를 20세기 10
– 20년대와 관련된다는 의견을 표명한다. 그는 서구라파 문학에서는 사실
주의가 문예부흥기 사실주의, 계몽적 사실주의, 비판적 사실주의 등 몇 개
단계를 걸쳐 발전하였다고 하면서, 우리나라의 경우 최치원을 비롯한 9세
기를 전후한 시기를 사실주의가 싹 튼 시기로, 그 다음에 12 – 14세기를 서
정시 영역에서 사실주의 창작방법이 형성된 시기로 한 단계를 구획할 수 있
다고 보고, 18 – 9세기 사실주의 문학은 우리나라 사실주의 문학의 높은 봉
우리를 이룬다고 평가하고 신소설, 창가 등은 현재의 조건 하에서 19세기
말 – 20세기 초의 계몽기 사실주의 문학이라 부를 수 있다고 언급하였다.
한중모는 잡지 『문학연구』(1962년, 4호), "조선문학에서의 사실주의 발생
과 발전에 대하여"에서 비판적 사실주의는 역사적 위치로 보아 자본주의적
관계의 발전과 떼어서 생각할 수 없다고 주장하여 김하명과 논쟁을 벌였다.

　특히 그는 김하명의 판소리문학이 비판적 사실주의 문학이라는 주장을
반박하고 『춘향전』 등 이 시기의 국문소설이 기초하고 있는 예술적 묘사원
칙은 아주 독특하며 그것은 서구라파의 비판적 사실주의나 계몽적 사실주
의는 물론 우리나라 실학파 문학의 예술적 묘사원칙과도 확연히 구별되는
것을 보여 주고 있다고 말한다. 그리하여 그는 이 시기 국문소설에서는 사
실주의와 낭만주의가 독특하게 결합되어 있는 것으로 특징적이라고 결론짓

고 있다.

한중모는 판소리문학은 실학파문학과 형상 구성의 원칙에서 구별되는 일련의 독특성을 갖고 있다고 언급한다. 『춘향전』, 『심청전』, 『흥부전』 등을 비롯한 소설작품들이 기초하고 있는 형상구성 원칙의 독특성은 그것이 인민창작에 연원을 두고 있으며 판소리꾼 - 직업적 민간 가수들에 의하여 연주된 판소리의 대본과 관련되는 장르적 특성과 많이 연관되어 있다고 본다. 춘향, 심청 등을 비롯한 소설문학의 일부 주인공들은 내면세계가 중세기 문학 치고는 아주 풍부하게 묘사되어 있으며 방자, 심봉사, 흥부등의 형상은 매우 생동하다고 파악한다. 또한 작가들은 해학적 수법을 등장인물들의 일정한 성격적 특질을 부각시키는데 효과적으로 이용하고 있다. 즉 방자의 경우에는 종복으로서의 그의 충실성에 대하여, 심봉사의 경우에는 눈멀고 딸을 잃은 그의 불쌍한 처지에 대하여, 흥부의 경우에는 기막히게 가난한 그의 생활 형편에 대하여… 등등 이 작가들이 성격묘사에서 보다 많이 관심을 돌리고 있는 것은 매개 인물의 주도적인 성격적 특질의 강조라고 보고 이것은 이 작품들의 권선 징악적 내용과도 연관되어 있다[11]는 것이다.

판소리문학에는 많은 한계점도 드러나고 있음을 한중모는 지적하고 있다. 판소리문학에서 특수한 은유법과 상투적 형용어는 초상묘사, 풍물묘사, 자연묘사 등에서 특히 광범하게 도입 이용되고 있다. 이러한 세부묘사의 특성과 관련하여 판소리작품에서는 때로 개별적 장면에 대한 묘사나 또는 사건 전개에서 생활의 논리에서 이탈하는 일들도 나타나고 있다고 지적한다. 예를 들어 이도령이 춘향의 집을 방문한 때의 춘향이네 집의 정원을 묘사함에 있어서 실제로는 있을 수 없는 각종 동식물들을 끌어 들였다든가 도령에

---

11) 한중모, "사실주의 문제와 조선문학", 북한사회과학 문학연구실 편, 『우리나라 문학에서 사실주의의 발생, 발전 논쟁』, 서울, 사계절출판사, 1989, 132 - 138쪽.

게 술상을 차리는 장면에서 고금의 유명한 술이름을 모두 열거하고 있는 것
등이 그것이다. 이러한 예는 사건 전개에서 시간적 및 공간적 연관을 고려
에 두지 않고 있는 데서도 나타나고 있다는 것이다.

또 판소리계 소설 작품들의 예술적 특성은 슈제트 구성에서도 뚜렷이 나
타나고 있다. 그것은 '고진감래'의 형식을 취하고 있는 바 춘향, 심청, 심봉
사, 흥부 등은 모두가 온갖 간난 신고와 파란 곡절을 겪은 후에 행복한 생활
을 누리는 것으로 되어 있다. 그리고 주인공들에게 반드시 행복한 생활을
갖다 주기 위한 작가들의 이상을 실현하기 위하여 『심청전』이나 『흥부전』에
서 보는 바와 같이 환상적 수법도 도입하였던 것이라는 것이다. 따라서 이
런 제반 특징들을 고려할 때 이 시기 국문소설에서는 사실주의와 낭만주의
가 독특하게 결합되어 있는 것으로 파악된다[12]는 것이다.

김해균은 김하명과 엄호석, 한중모의 논리를 동시에 비판하면서 비판적
사실주의 문학이 1920년대에 시작되었음을 역설하고 있다. 그의 입장은 하
나의 사조가 형성하였다면, 그 사조에는 그것을 지배하는 예술적 일반화 원
칙으로서의 일정한 창작방법이 따른다는 것이다. 문학과정에서의 사실주
의, 비판적 사실주의, 사회주의 사실주의 등의 형성시기에 대하여 이야기할
때 우리는 각각 그것들을 창작방법으로서 이야기하고 있다는 것이다. 즉 비
판적 사실주의는 곧 비판적 사실주의 창작방법이라는 것이다. 또 하나 김해
균의 입장에서 중요한 것은 역사적인 바탕에서 비판적 사실주의를 해석하
고 있다는 점을 간과해서는 않된다. 비판적 사실주의 문학의 전면적인 비판
은 일반적으로 계급사회의 모순이 전반에 걸쳐 첨예화하고 선명하게 노출
되어 자체의 파국적 운명을 제시하게 되는 역사적 시기의 산물이란 것이 명
백하다는 것이다. 그런데 인류역사 발전과정에서 자본주의 사회나 혹은 봉

---

12) 한중모, 앞의 글, 134쪽.

건 사회의 악덕과 자본주의 관계의 냉혹성이 결부되어 자본주의적 요소가
그 형성 초기 부터 불치의 파국성을 노출한 봉건사회의 말기 보다 더 사회
관계가 복잡하고 사회 모순이 뚜렷이 나타난 시기는 없었다는 것이다. 그렇
기 때문에 일반적으로 세계문학 발전 과정에서의 비판적 사실주의 형성은
이러저러하게 자본주의적 관계와 결부된다는 것이다. 아울러 김해균은 비
판적 사실주의 창작방법의 특성은 한마디로 말해서 비판주의와 역사주의라
고 요약한다. 그는 비판적 사실주의는 선행 사실주의의 이성주의를 계승하
여 새로운 환경에서 예리한 이성주의로 완성시켜 그것을 기초로 전면적 비
판주의를 획득하며 선행 사실주의가 달성한 전형적 성격을 전형적 환경과
밀접히 결부시킴으로써 역사주의를 체현한다고 주장한다.

　김해균은 박연암문학과 정다산문학의 한계를 이러한 이론적 체계의 바탕
에서 전개한다. 이들의 문학은 당시까지의 우리나라 사실주의 문학 발전에
서 획기적인 단계를 이루는 훌륭한 사실주의 문학이라는 것이다. 실학파작
가들은 공리공담을 일삼는 주자학을 반대하여 학문을 현실과 결부시켰으며
실학 사상에 기초한 이성주의에 의하여 당시의 사회현실을 관찰하고 봉건
사회의 악덕을 예리하게 비판하였다. 그러나 그들의 비판은 주로 천대받고
압박받는 가난한 농민들에 대한 동정과 양반 계급에 대한 증오와 관련되고
있으며 자체 모순으로 만신창이 되어 가지고 파국적인 운명 앞에 허덕이는
봉건 제도 전반에 걸쳐 판결 선고를 내리지는 못하였다. 실학파 작가들의
작품이 비판적 사실주의 문학이 요구하는 전반적인 비판주의를 체현하지
못한 것은 18세기 우리나라의 사회 역사적 조건에 의하여 제약을 받았기
때문이라는 것이다.

　1910년대의 국여생(양건식)의 『슬픈 모순』은 당시 사회 환경의 중압에
억눌려 고민하는 인텔리의 형상을 통하여 당시의 사회환경을 전반적으로
비판하고 있으며 사회적 제 관계의 총화로써 전형적 성격이 전형적 환경속

에서 묘사되고 있는 점에서 선행 사실주의 작품들과 구별된다는 것이다. 하지만 이러한 한 두 작품이 10년대에 나타났다 하여 곧 10년대에 우리나라에서 비판적 사실주의 문학이 형성되었다고 말하기는 곤란하다는 것이다. 왜냐하면 창작방법이란 유사한 사상 미학적 경향을 가진 일군의 작가들에 의하여 일정한 역사적 시기에 걸쳐 지속된 창작 실천에서 추출된 공통적인 형상 구성의 원칙이기 때문이라는 것이다. 그렇기 때문에 비판적 사실주의는 1920년대에 나도향, 김소월 등의 문학에서 자기의 뚜렷한 기본 징표들을 갖추고 마침내 형성되었다고 보는 것이 정당하다[13]는 것이다.

한편 1988년에 『우리나라 비판적 사실주의 문학 연구』를 낸 이동수는 우리나라에서 비판적 사실주의는 『한의 일생』(1914)으로부터 현실에 대한 강한 비판정신을 담은 사실주의적인 작품을 거쳐 『슬픈 모순』(1918)이 나오는 과정에 점차 사조적 특징을 맹아적으로 갖추면서 1910년대 후반기에 발생하였다고 주장한다. 그리고 1920년대에 들어와 비판적 사실주의는 새로운 역사적 조건에서 급격한 발전을 보게 되었으며 한룡운, 김소월, 나도향, 현진건, 이익상을 비롯한 대표적인 작가들의 본격적인 창작과 때를 같이하여 사조적 면모를 완전히 갖추고 더욱 발전 풍부화되게 되었다[14]고 언급하고 있어 최근의 북한문학에서의 이 문제에 대한 논쟁의 방향을 알 수 있게 해준다.

---

13) 김해균, "비판적 사실주의 개념에 대한 몇가지 의견", 북한사회과학원 문학연구실편, 『우리나라에서사실주의의발생, 발전논쟁』, 서울, 사계절출판사, 1989, 278 - 290쪽.
14) 리동수, 『북한의 비판적 사실주의 문학 연구』, 서울, 살림터, 1992, 24 - 27쪽.

Ⅲ. 북한문학사에서 판소리의 등장배경과 판소리문학에 대한 전반적 인식태도

1959년에 과학원 언어문학연구소 문학연구실에서 펴낸 『조선문학통사』는 머리말에서 우리 문학이 인민과 함께 걸어온 영광스러운 역사를 마르크스 - 레닌주의적 방법으로 간명하게 서술하여 이에 상, 하권으로 펴낸다고 밝히고 있다. 또 책을 서술함에 있어서 역사주의 원칙에 입각하여 우리의 진보적 문학을 관류하고 있는 열렬한 애국주의, 풍부한 인민성, 높은 인도주의의 전통을 밝히며, 사회주의적 사실주의 문학의 새로운 성과와 그의 특성을 명확히 천명하려는 지향으로 일관하였다고 방향을 밝히고 있다. 그리고 이 책에는 아직 여러가지 이론적 및 사료적 문제들이 충분히 해명되지 못한채 남아 있다고 하면서 그 예로 판소리문제, 창작방법으로서의 사실주의의 형성과 발전에 관한 문제를 들고 있다. 여기에서 '판소리문제'에 대한 학적 규명이 아직 덜 되었다고 밝힌 점에 주목할 필요가 있다. 『조선문학통사』까지만해도 균형감각을 가지고 다루어 지던 판소리와 실학파문학이 주체사상이 정립된 이후의 기술에서는 실학파의 서술태도 보다 비중이 떨어지는 양상으로 진전되는 현상을 설명해주는 근거가 될 수 있기 때문이다.

『조선문학통사』가 마르크스 - 레닌주의적 방법을 취하고 있다고 밝힘에 따라, 마르크스, 엥겔스의 이론에 대한 개략적인 이해가 있어야 할 것으로 생각된다. 마르크스와 엥겔스는 첫째, 변증법적 유물론과 사적유물론의 출현을 강조한다. 예술은 생산양식의 양단할 수 없는 두 측면으로서의 생산력과 생산관계의 발전을 그 물질적 기초로 하는 전일적인 역사과정의 일부분인 것이다. 예술은 사회적 의식의 하나의 형태일 뿐으로 그 모든 변화의 원인은 인간의 사회적 존재, 즉 사회의 경제적 토대에서 구해야 한다는 것이다. 둘째, 마르크스와 엥겔스는 자본주의의 비판에만 그친 것이 결코 아니었다. 무엇보다 중요한 것은 부르주아 사회체제의 조건하에서의 여러가지 관계의 성격을 고찰한다는 것이다. 마르크스와 엥겔스는 물질적 카테고리 (상품, 화폐, 가치)의 배후에 있는 인간관계를 파악하여 결국에는 인간에 적대적인 동향은 모두 인간을 파괴하고 불구로 만들고, 파멸시키고 인간의 창의와 자주성을 빼앗아 버리는 자본주의적 착취형태에 근거하고 있다는 결론에 도달한다. 마르크스와 엥겔스에 의하면 자본주의와 정신적 생산과의 적대성은 자본주의와 노동하는 인간과의 적대성을 의미하고 있는 것이다. 셋째, 마르크스와 엥겔스는 예술창조는 현실표현 방법의 하나라고 지적하였다. 엥겔스는 발자크의 작품을 고찰하면서, 발자크는 『인간희극』에서 '프랑스 사회의 아주 리얼리스틱한 역사를 제공하고 있는데…거기에서 나는 경제학상의 세세한 부분까지(예를 들어 프랑스혁명후의 동산, 부동산의 재분배), 당대의 전문역사가, 경제학자, 통계가들 전부를 합하여 배우는 것보다도 더욱 많은 것을 배웠다'고 지적하고 있다. "리얼리즘이란 나의 생각으로는 자세한 부분의 진실외에 전형적 인물을 둘러싸고 행동하는 바의… 전형적 환경하에서의 전형적 인물의 충실한 재생산을 포함하고 있다"고 엥겔스는 말하고 있다. 즉 엥겔스는 리얼리즘의 문제를 전형적인 것에 관한 문제로 결부짓고 있다. 전형적인 것은 본질적인 제 특질의 변증법적 통일 즉 시대의 극히 중요한 사회적, 도덕 철학적, 사상적 모순을 안은 생활현실이 아주 풍부하게 그것에 반영된 바의 통일인 것이다. '전형'에서는 합법칙적인 것과 구상적인 것, 전인류적인 것과 역사적인 것으로 일시적인 것, 사회적 전반적인 것과 개성적인 것이 유기적으로 결합된다. 네째, 마르크스와 엥겔스는 진정으로 리얼리스틱한 작품은 진보적인 세계관에 기초해야만 가능하다고 강조했다. 예술의 계급성 및 예술창조에 있어 세계관의 영역에 관한 문제분석과 연관하여 그들은 '경향성' 문제에도 언급하고 있다. 그들은 결국 진보적인 경향성을 중요시하고 있는 것이다. 마르크스와 엥겔스에게

있어 인식의 과제는 단지 세계를 해석하는 것으로 그치지 않고 그 혁명적
변혁에도 있었다. 혁명가였던 마르크스와 엥겔스는 예술도 세계의 인식과
변혁의 도구로 간주하고 있다. 그들은 예술의 문제에 대해 철저하게 당파적
이었으며, 미학의 문제에서도 부르주아적, 수정주의적 경향과 치열한 투쟁
을 전개했다. 즉 그들은 미의식을 객관적 세계의 파악방식[15]으로 보고 있다.

　『조선문학통사』는 마르크스 – 레닌주의를 바탕으로 삼는 관계로 위에서
언급한 이데올기적 가치를 중요시하고 있다. 『조선문학통사』는 판소리문학
이 등장하는 시기의 특질로 상품화폐경제의 성장을 들면서 사회경제적 변
동과 실학 사상의 발전을 규정하고 있다. 다음으로 문학의 세속화현상을 제
시하고 있는데, 이 시기의 작품들은 보통 사람들의 일상생활에서 관심사로
되고 있는 '세속적'인 문제들을 주제로 하였으며, 평범한 보통 사람들이 중
심 주인공으로 되었다. 또 이 시기는 중세기적 방법을 현저히 극복하고 사
회생활에 있어서 합법칙적인 것의 진실한 반영으로서의 사실주의를 확립하
였다는 것이다. 이 시기 문학이 창조한 형상들은 인민들 속에서 보통명사의
의의를 획득하였다는 것이다. 장화, 홍련, 콩쥐, 팥쥐, 북곽선생, 허생, 춘
향, 이몽룡, 놀부, 흥부, 심청 등은 이 시기 우리 문학이 창조한 빛나는 전형
들인 셈이다.

　『조선문학통사』는 18세기의 예술적 산문의 지배적 장르로 소설을 들면서
그 형성, 발전 과정의 특성에 의하여 대체로 세 계열로 구분하면서 판소리
를 둘째 계열로 파악하고 있다. 판소리는 고수(장고를 치는 사람)가 반주하
는 장고의 장단에 맞추어 한 사람의 광대가 명확한 슈제트「주제」를 가진
작품의 내용을 노래(창)와 설명(아니리)과 무용적 동작(발림)과 의례적 동

---

15) 소련과학 아카데미 편, 『마르크스 레닌주의 미학의 기초이론 1』, 신승엽 외 옮김, 서울, 일월
　　서각, 1988, 193 – 207쪽.

작(느림새)으로써 전달한다. 그리하여 대개 등장인물의 배역이 각각 따로 있지 않고 단 한 사람이 도맡아 대개 인물간의 호상관계, 환경소개, 그 사건의 내용을 생활적 형식으로 재현하기 때문에 그가 수행하는 기능은 희곡과 유사하나 그 연출 형태의 특이성으로 말미암아 그 묘사형태는 인물의 말만이 있는 희곡이 되지 않고 등장인물의 말과 작가의 말이 배합된 서사적 형태의 문학으로 되고 있다[16]고 기술하고 있다. 이러한 언급은 남한의 판소리 문학의 기술태도와 거의 대동소이하여 별다른 특성을 발견할 수 없다.

1977년에서 1981년 사이에 펴낸『조선문학사』는 주체사상이 확립된 이후에 쓰여진 문학사이므로 김일성의 교시가 등장하고, 개별문학의 제한성에 대한 비판이 가해지고 있는점, 이른바 진보적 인민적인 것과 낡고 반동적인 것 사이의 첨예한 대립과 투쟁을 강조하는 점 등의 차별성을 보이고 있다.

판소리문학이 생성된 이 시기의 역사적 합법칙성에 대해 18 - 9세기의 사회력사적 환경에서 특징적인 것은 무엇보다도 사회경제역에서 일련의 새로운 변화들이 일어난 것 즉 광업분야 등에서 자본주의적 관계가 발생, 발전한 것을 강조하고 있다. 생산수단을 가진 물주나 광주와 생산수단을 가지지 못한 광산마을의 점군(로동자)들 사이의 관계는 새로운 자본주의적 착취관계로 바뀌여 졌다는 것이다. 또 삼정에 의해 농민들에 대한 수탈과 가혹한 착취가 가해지기도 하였다. 따라서 〈착취와 압박이 있는 곳에서는 인민들의 반항이 있는 법입니다〉라는 김일성의 교시에 따라 농민폭동이 대대적으로 일어났음을 강조하고 있다. 또한 이 시기에는 박지원, 정약용, 최한기 등의 실학자들에 의해 외국의 선진적인 문화에 대한 관심도 높아지고 선진과학기술이 빨리 전파되기도 하였다는 것이다. 18 - 9세기에 또 하나의

---

16) 과학원 언어문학 연구소 문학연구실,『조선문학통사』, 358 - 362쪽.

특징은 진보적이며 인민적인 문학이 등장하여 근대적인 요소가 등장한 점을 강조하고 있다. 여기에서의 지침은 김일성이 『사회주의 문학예술론』에서 밝힌 〈우리는 우리 인민들이 창조한 민족문화유산 가운데서 진보적이고 인민적인 것과 낡고 반동적인 것을 정확히 갈라내어 낡고 반동적인 것은 버려야 하며 진보적이고 인민적인 것은 오늘의 현실과 로동계급의 혁명적 요구에 맞게 비판적으로 계승발전시켜야 합니다〉이다. 이 시기 진보적이며 인민적인 문학의 발전은 자본주의적 관계의 발생을 비롯한 사회경제영역에서의 변화, 계급적 모순의 첨예화와 반봉건투쟁의 격화, 과학문화의 발전과 사람들의 사회적 시야의 확대 등과 관련되어 있으며 이로 말미암아 작가들이 현실을 보다 냉철하게 관찰하고 이성적으로 분석판단하며 진실하고 생동하게 그려낼 수 있는 능력을 지닐 수 있었던 사정과 관련되어 있다는 것이다.

즉 판소리문학의 가치는 당대 서민들의 삶의 생동성을 있는 그대로 사실적으로 그려내고 묘사한 데 있다는 것이다. 소설 『춘향전』, 『심청전』, 『흥부전』 등 구전적 성격을 가진 작품들은 구전문학과 서사문학의 끊임없는 호상작용속에 생겨난 것으로서 그때 인민들의 창조적 지혜와 생활감정을 봉건시대의 어느 작품에서보다도 진실하게 반영한 것으로 하여 중세문학사상 가장 빛나는 자리의 하나를 차지하고 있다[17]고 하여 판소리문학에 대한 위상 정립을 하고 있다.

또 하나 이 시기 판소리문학의 특성으로 '인민성'이 잘 나타나고 있다고 강조하고 있다. 북한문학사에서는 김일성의 교시에 의해 당성, 로동계급성, 인민성의 구현을 사회주의문학 예술건설의 성과를 담보하는 근본문제로 삼

---

17) 사회과학원 문학연구소, 『조선문학사』(고대중세편), 평양, 과학백과사전출판사, 1977, 383 - 385쪽.

고 있는 것이 특징이다. 『춘향전』, 『심청전』을 비롯하여 『홍부전』, 『토끼전』, 『배비장전』 등 이 시기의 대표적인 국문소설들의 사상예술적 높이는 그것들이 바로 인민에 의하여 창작되고 인민의 생활과 지향을 담은 구전설화를 토대로 하여 창작되었기 때문에 보장되었다는 것이다. 즉 구전설화에 토대하여 창작된 국문소설은 바로 '인민들의 생활과 지향을 반영'한 것으로 하여 그들의 공감을 불러일으켰다는 것이다.

1982년에 김일성 종합대학출판사에서 나온 『조선문학사 1』은 주체사상을 바탕으로 하여 문학사를 정리하였다는 점에서 앞서의 『조선문학사』와 커다란 차이점을 보이지 않는다. 하지만 세부문제에 있어서는 서술태도의 치밀성을 보이는 것이 특징이다. 특히 김일성의 교시가 등장하지 않는 것은 기이한 점이랄 수 있다. 물론 서울에서 이책이 1989년에 나올 때 출판여건상 김일성 교시를 삭제했을 수도 있다. 김일성의 교시는 가장 최근에 서술된 정홍교, 박종원이 지은 1986년에 나온 『조선문학개관 1』에도 나타나는 것으로 보아 특이한 현상이라고 할 수 있다. 『조선문학사 1』은 18 - 9세기에 이르러 봉건사회의 태내에서 자본주의적 요소가 발생, 발전하였음을 강조하는 것으로 역사기술을 시작하고 있다. 17세기 이후 봉건적 생산관계의 테두리 안에서나마 농업생산이 점차적으로 늘어나고, 수공업도 발전하였고, 상품교환이 점차 활발해지기 시작하였다는 것이다. 이러한 형편에서 자본주의적 경영이 진행되었는데 이 시기 자본주의적 경영은 먼저 광산에서부터 진행되었다는 것이다. 자본주의적 요소의 발전은 계급간의 모순을 격화시켜 농민폭동 등을 유발시켰다는 것이다.

또 이조 후반기 문학 발전의 특성은 여러가지 형태의 인민문학이 다양하게 창조되었다는 것이다. 봉건적 구속을 반대하고 자주성을 실현하기 위한 인민들의 투쟁이 더욱 줄기차게 벌어짐에 따라 봉건적 신분제도에는 금이 가게 되었고, 문학예술의 창조에서도 인민들의 창작활동이 한층 강화되었다는 것이다. 이 시기 서민계층의 진보적 작가들은 인민문학 특히 설화에 깊은 관심을 돌리면서 그에 기초하여 소설작품을 썼다. 이 시기에 수많이 창작된 『춘향전』, 『심청전』, 『흥부전』, 『토끼전』, 『장끼전』, 『장화홍련전』, 『서동지전』, 『섭동지전』, 『콩쥐 팥쥐』 등 국문소설이 인민들 속에서 사랑을 받으면서 널리 전해진 것은 바로 이 작품들이 전래하는 이야기들을 바탕으로 하여 인민들의 사상 감정과 그들의 염원을 반영하고 있기 때문이라는 것이다. 또 하나 이 시기 문학 발전의 특징은 문학창작에서 근대적인 지향성이 점차 높아 진다는 것이다. 근대적 요소는 무엇보다도 작품의 주제와 묘사대상에서 나타나고 있다. 이 시기 인민적이며 진보적인 문학은 창작에서 근대적 지향을 점차 강화하면서 무엇보다도 봉건적 구속에서 벗어나 개성의 자유를 누리려는 인간들의 운명에 관심을 돌렸다는 것이다. 근대적 요소는 작품의 예술적 표현과 문체에서도 나타났다. 묘사에서 중세기적 환상이 극복되기 시작하였으며, 구성에서도 중세문학에서의 '고진감래' 식 틀이 부숴지기 시작하였다는 것[18]이다.

　　요약하면 판소리의 등장배경은 18 - 9세기 조선조 후기의 자본주의적 요소의 발생 등 사회경제 영역에서 일련의 새로운 변화가 일어 난 것과 연관이 있으며 봉건사회태내의 자본주의적 생산관계의 발전은 많은 계급적 모순을 야기시켰으며, 새로운 자본주의적 착취관계의 발생은 농민과 수공업자 등의 폭동을 가져왔다는 것이다. 즉 이 시기 판소리문학은 이러한 현상을 진실되게 반영하면서 발전하게 된 것이라는 것이다. 또 하나 이 시기 판소리문학의 발전은 진보적이며 인민적인 문학의 다양한 발전을 의미하며, 이러한 문학속에는 근대적인 요소가 성장하는 양상을 보여주고 있다. 즉 인민성을 바탕으로 하여 점차 인민들에 의하여 창작되고, 인민들의 사회생

---

18) 김춘택, 『조선문학사 1』, 서울, 천지, 1989, 322 - 327쪽.

활 양상을 그대로 구체성과 진실성을 가지고 묘사한 경향이 많아 졌다는 것이다.

Ⅳ. 북한문학사에서 판소리문학의 대표작품에 대한 가치평가

『조선문학통사』는 마르크스 – 레닌주의를 바탕으로 하여 기술이 되고 있음에 따라 주체사상이후의 교조적 경향이 나타나지 않으며 합리적이고 과학적인 판단에 따라 판소리문학에 대한 가치평가를 하고 있으며, 균형감각을 지니고 있는 것이 특징이다. 하지만 문학지에서의 비판적 사실주의 문학에 대한 격렬한 논쟁과 달리, 연암에 대해서는 '비판적 사실주의 확립'에 큰 공로자(김하명이 서술한 것으로 보여짐)라고 언급하였음에도 불구하고 판소리문학에 대해서는 구체적으로 비판적 사실주의 문학이라는 용어를 사용하지 않고 있다. 이는 비판적 사실주의 문학에 대한 논쟁은 잡지 『문학연구』를 통해 1962 – 3년에 집중적으로 이루어 진데 비해, 이 책이 1959년에 쓰여진 관계로 아직까지 판소리에 대한 학술적인 정리는 되지 못한 데 따른 결과로 보여진다.

『조선문학통사』는 판소리문학중 『토끼전』, 『장끼전』, 『심청전』, 『흥부전』, 『춘향전』을 다루고 있으며, 이 중에서 『춘향전』, 『심청전』, 『흥부전』의 세 작품에 대한 서술에 많은 지면을 할애하고 있는 것이 특징이다.

『토끼전』에서 주인공 토끼는 항상 양반 통치 계급의 수탈의 대상으로 되어 있는 인민들의 생활처지를 반영하며, 인민적인 지혜와 슬기의 체현자로 등장하고 있다고 해석한다. 작자는 토끼가 세상을 살아 가는 데 항상 뒤따르는 여덟 가지 어려움을 통하여 당시 인민들의 비참한 생활 처지를 진실되게 반영하였으며, 양반 통치 계급의 가혹한 수탈상을 낱낱이 폭로하고 있다고 주장한다. 추악한 것에 대한 풍자적 폭로, 사물 현상에 대한 해학적 묘사, 박력있는 언어의 솜씨있는 구사로 묘사 대상의 정확한 성격화 등이 이 작품의 예술적 특성으로 되는 바 『토끼전』은 『장끼전』과 함께 우리나라 우화소설의 대표작이 된다고 가치평가를 내리고 있다.

『장끼전』에서 작가는 청춘과부의 재가를 비도덕적인 것으로 허용하지 않던 봉건 사회 양반 도덕의 허망함을 풍유하였으며, 동시에 결혼이란 같은 계층끼리 만나야 서로 이해하며 동락할 수 있다는 사상도 제시하고 있다고 파악한다.

『심청전』에는 남경상인들이 항로의 안전을 위하여 산 재물로서 처녀를 사는 것이라든지, 해중에 몸을 던진 심청의 환생, 딸을 만난 기쁨으로 심봉사의 눈이 열리는 등 환상적 모티브들이 많이 남아 있는 바, 이는 이 작품의 고대적 기원을 표시하면서 당시 인민들의 아름다운 염원의 형상적 반영이라는 것이다. 그러나 이 작품은 많은 세태적인 세부 묘사로써 사건의 현실성, 실재성에 대한 인상을 강화하고 있으며, 당해 시기 사회 현실을 사실적 화폭으로 보여 주고 있다고 평가한다. 또 이 작품은 그 창작 담당 계층들의 기분을 반영하면서 당시 불교 승려의 위선성과 반인민성을 날카롭게 비판하고 있다고 해석하여 이후에 나오는 문학사에서 계속 이와 같은 해석이 반복되게 하는 영향력을 보여 준다. 이 작품은 다른 판소리 대본과 마찬가지로 풍부한 세태묘사의 도입, 등장인물의 말에 의한 개성화, 해학적이며, 풍자적인 성격 묘사 등으로써 사실주의적 성격을 현저히 강화하였다고 결론짓고 있다.

『흥부전』에서 작자는 전설적 주인공들을 화폐 경제가 인민들의 경제생활에 상당히 깊이 침투한 환경 속에다 세워놓는다. 그리하여 이 주인공들의 형상에는 붕괴기 봉건 조선 사회의 착취 계급과 착취 받는 인민들의 특징적 성격이 체현되었으며 이들의 상호관계는 다만 선과 악의 투쟁이라는 추상적 관념을 체현하고 있는 것이 아니라, 당시 대립 투쟁하는 제 계급들의 생활 전형을 진실되게 재현하였다는 것이다. 이리하여 이 작품은 희극적 모티브와 비극적 모티브가 배합된 구성상 특성을 가진다는 것이다. 작자는 등장인물의 형상 창조에 있어서 개성화에 많이 유의하였으며 적지 않은 성과를 거두었다고 평가한다. 기본 슈제트가 구전 설화에 기초한 만큼 기적적인 모티브들 – 제비의 보은 박씨에 의한 흥부의 발복과 보쑤 박씨에 의한 놀부의 패가 등 – 이 적지 않으나 이 시기 다른 작품들에 비하여 세태적 묘사가 더욱 풍부하며 당시 인민들의 일상생활을 더욱 생동하게 재현시켰다는 것이다. 이리하여 『흥부전』은 붕괴기에 들어 선 18세기 봉건 조선의 생동적인 생활 화폭으로 된다고 그 미적 가치를 평가하고 있다.

　『춘향전』은 봉건적인 신분적 구속을 반대하는 남녀간의 새로운 사랑의 윤리를 제시하고 이조 봉건 사회 양반 관료배들의 포학성, 봉건 통치 제도의 반인민성을 폭로하면서 아울러 양반 관료들을 반대하는 인민들의 기분과 동향도 전달하고 있다는 것이다. 춘향의 형상에는 사회적 문제에 대한 선진적 견해가 반영되어 있다. 작자는 신관 사또의 무모한 요구에 대한 춘향의 결사적인 거부를 자연발생적이거나, 다만 이 도령에 대한 봉건 윤리적 의무감에서가 아니라, 변학도의 포학한 행동에 대한 계급적 증오와 결부시키면서 그 행동에 목적의식적인 자각성을 부여하였다는 것이다. 『춘향전』이 사실주의적 성격을 강화하였고 우리 문학 발전에서의 그의 새로운 공적으로 되는 것은 농민들을 비롯한 한량들, 각층의 하급관리들, 보통 부인네 등 광범한 군중을 등장시켰으며 그들을 통하여 각계 각층의 기분과 동향을 생동하게 보여 준데 있다고 평가한다.

　『조선문학통사』는 판소리계문학의 특질을 여덟 가지로 요약하고 있다. 첫째, 그 제재가 사회생활의 일상사이며 주인공들은 보통사람들이다. 둘째, 이 작품들은 당시의 사회생활이 제시한 중요한 사회적 문제들을 제기하고 인민적 입장에서 해답을 주고 있는 바, 일반적으로 사회적 경향성이 뚜렷하다. 세째, 그것이 독연 형태였다고 하더라도 무대에서 상연된 만큼 그의 대본은 필연적으로 그 슈제트「주제」의 기초에 첨예한 사회적 갈등이 놓일 것을 요구하였으며 그 슈제트 구성이 극적 성격을 띠게 되었다는 것이다. 네째, 무대에서 상연될 때에 등장인물들의 말은 그들이 일상적으로 쓰고 있는 그대로 재현할 것이 요구되었으므로, 그 대본은 대화에 있어서 현저하게 언문일치가 달성되었으며 성격의 개성화에 크게 기여하였다는 것이다. 다섯째, 이 작품들은 그 형상 창조에 있어서 많은 경우에 해학적이며 풍자적인 묘사를 하고 있다. 여섯째, 등장인물의 말, 기타의 묘사에 있어서 현저하게 언문일치의 경지에 접근하였으나, 그것이 노래로 불러진 관계로 그 음악적 요구로 부터 율문적인 독특한 판소리식 문체를 형성하게 되었으며, 그 중간에 독립적인 일반 가요들이 적지 않게 들어 와 있다. 일곱째로 판소리는 그 연출 시간에 있어서 제한을 받게 된 관계로 작품들의 전체 길이도 자연히 일정한 한도 이상을 넘지 못하게 되었다. 그것은 그 후기로 오면서 현저해진다는 것이다. 여덟째, 작품은 그 어느 것이나 비극적 소재를 취급한 작품들에서 까지 모두가 다 긍정적 주인공들의 염원의 달성으로, 그의 승리로 종결되며, 일반적으로 그 슈제트 구성에 있어서 고진감래식 도식[19]을 많이 남기고 있다.

『조선문학사』는 주체사상에 입각하여 역사기술을 하고 있다. 따라서 반드시 김일성의 교시에 의존하는 교조적이고 폐쇄적인 서술을 하고 있는 점이 한계이다. 판소리문학 중『흥부전』,『토끼전』,『배비장전』,『춘향전』,『심청전』에 대해 구체적으로 언급하고 있다. 특히 이들 소설들은 구전설화를 토대로 하여 창작된 관계로 인민들의 생활과 지향을 반영하고 있다고 그 특

---

19) 과학원언어문학연구소문학연구실,『조선문학통사』, 서울, 화다, 1989, 379 - 380쪽.

징을 서술하고 있으며, 그 한계성에 대해 직접적인 설명을 하고 있는 점도 특색이다. 『홍부전』은 김일성의 교시인 "리기주의사상은 사적소유에서 생겨났으며 사람에 의한 사람의 착취가 시작된 때부터 착취계급의 사상으로 되였습니다. 리기주의는 아주 나쁜 사상입니다"를 원용하여 놀부 부부를 이기주의의 전형으로 파악한다. 그리고 놀부와 그 아내에 대한 풍자적 형상은 봉건 시기 착취계급의 략탈행위와 비인간성, 온갖 전횡과 리기욕에 대한 인민들의 격분과 적대감, 경멸감의 표현이라고 파악한다. 또 이작품의 한계성에 대해 비판하고 있는 것도 주목된다. 작품에서 성격들을 주로 도덕적인 면에서 그리면서 "마음만 옳게 먹고 불의지사 아니하면 자연 신명이 도와" 살길이 있을 것이라고 믿는데로부터 홍부의 반항정신은 거의나 보여주지 못하고 나중에 홍부에 의해 놀부가 도덕적으로 감화된 것으로 형상화한 것은 작가의 계급적 각성의 부족과 사상적 불철저성의 표현이라는 것이다. 『홍부전』은 이러한 제한성을 가지고 있음에도 불구하고 피압박, 피착취인민들과 지주, 토호들사이의 모순과 대립을 갈등의 기초로 삼으면서 당대 봉건 사회의 불합리한 현실을 폭로하고 착취자들에 대한 증오와 인민에 대한 지지, 동정을 보여준 것으로 하여 고전소설의 발전에 적지 않게 이바지하였으며 대표적인 고전소설의 하나로서 오래동안 인민들속에 널리 읽히여 왔다고 그 문학사적 위상을 설정하고 있다.

『토끼전』에서 작품에 묘사된 토끼의 생활처지는 봉건적 압제와 약탈에 의하여 가난과 불행속에 살아가며 나중에는 지배계급에게 목숨까지도 빼앗기지 않으면 안되였던 피압박 인민들의 비참한 처지를 반영하고 있다는 것이다. 또 작품은 형상창조에서 의인화의 수법을 능숙하게 써서 인물들의 사회계급적 관계를 비교적 생동하게 보여 주며 이 시기의 다른 소설들에 비하여 한문투를 적게 쓰고 인민들이 늘 쓰는 말과 속담을 잘 씀으로써 묘사의 평이성도 보장하였다는 것이다. 그러나 작가는 유교적 이념으로부터 출발하여 용왕과 그의 신하들에 대한 비판을 철저하게 일관시키지 못하고 "대저 룡왕은 본성이 충우한지라"라고 하면서 그들의 '인자성'과 이른바 임금과 신하사이에는 의리가 있어야 한다는 '군신유의'의 봉건관념에 긍정적 태도도 일정하게 표현하는 제한성을 보이고 있다는 것이다.

『조선문학사』는 다른 문학사에서 언급되지 않던 『배비장전』을 다루고 있는 것이 특징이다. 이 작품은 『흥부전』이나 『토끼전』과는 달리 갈등을 지배계급과 피지배계급사이의 갈등으로 설정하지 않고 주로 윤리도덕적 측면에서 봉건통치배들 사이의 상호사이의 관계를 통하여 봉건말기의 부패한 현실을 폭로하고 있는 것이 특질이다 라고 서술하고 있다.

『춘향전』에 대해서는 중세소설에서 흔히 보게되는 비과학적인 환상이 없으며 환상적 계기에 의하여 사건이 조성되거나 해결되는 것이 아니라 현실에서 보게 되는 그대로의 객관적이며 사실적인 묘사가 위주로 되고 있다. 이리하여 작품의 형상은 사실주의적 생동성과 구체성을 띠고 독자들을 깊이 공감시킨다는 것이다. 하지만 "…이런 옛날작품들에 그려진 봉건귀족들과 자본가들의 사치하고 부화타락한 생활모습들은 청소년들이 봉건사상과 자본주의사상, 부르주아 생활양식에 물들게 하는 해독적 작용을 할 수 있습니다"라는 김일성의 교시를 통해 우리 시대 인민들의 생활감정과는 너무나도 먼 거리에 있다고 그 제한성을 언급하고 있다. 그러나 소설 『춘향전』은 다양한 성격을 가진 인간들의 상호 관계를 통하여 썩어빠진 봉건사회의 현실을 여러모로 생동하게 반영한 것으로 하여 이 시기 소설발전에 크게 기여하였으며 고전소설의 대표적 작품으로서의 뚜렷한 위치를 차지하고 있다고 그 문학사적 위치를 높이 평가하고 있다.

『심청전』에 대해서는 "재물이나 권력보다도 진리와 도덕을 더 존중히 여기는 것은 오랜 옛날부터 우리 인민이 계승하여 내려오고 있는 전통적인 아름다운 풍습이라고 말할 수 있습니다"라는 김일성의 교시에 따라 심청과 마을 사람들의 형상을 통하여 봉건제도하에서 인민들은 아무리 천대와 가난 속에 부대껴도 그들의 정신세계와 도덕적 풍모는 아름답고 고상하다는 것을 보여주며 이것이 또한 이 소설이 제기하고 있는 가장 중요한 문제성의 하나라고 색다른 해석과 평가를 하고 있다. 하지만 작가는 작품에서 심청, 심봉사, 도화동사람들 등의 형상을 통하여 인민적인 윤리와 아름다운 정신세계를 강조하는 한편 심봉사한테서 공양미 300석을 앗아내는 중들의 약탈행위와 기만성, 사리사욕을 위하여 가난한 사람들의 목숨까지 빼앗아가는 남경 장사군들의 탐욕성과 비인간성에 비판을 가하고 있으며 남의 등을 치고 간을 빼먹는 뺑덕어미와 같은 패덕한에 대한 증오를 표시하고 있다고 자본주의적 요소속에서 발생하는 계급적 모순에 의한 해석을 시도하고 있다. 그러나 작가는 봉건제도자체의 반동적 본질과 인민의 행복을 성취하기 위한 옳바른 길을 알 수 없었으며 종교적 미신에서 완전히 벗어나지 못하였던 사정으로 말미암아 작품에서 일련의 본질적 제한성을 나타내고 있다[20]고 비판하였다.

사회과학원 문학연구소에서 펴낸 『조선문학사』는 주체사상에 입각하여 북한문학사를 기술하고 있음에 따라 몇 가지 특징을 보여 주고 있다. 즉 판소리 문학의 미적 가치를 평가내리는 데 있어서도 사실주의적 묘사와 인간을 그리는데 있어서 그 개성적 특성을 뚜렷이 살림으로써 성격을 생동하게 부각시키고 산 인간의 모습을 뚜렷하게 보여주는 가를 기준으로 함을 알 수 있다. 이는 북한의 문학 예술이론의 근간이 되는 주체적 문예이론의 기본이랄 수 있다. 이는 김정일이 『영화예술론』에서 밝힌 "문학은 인간학이다. 산 인간을 그리며 인간에게 복무한다는데 인간학으로서의 문학의 본성이 있다"라는 지적과 『연극예술에 대하여』(83쪽)에서 밝힌 "그러나 자연과 사회

---

20) 사회과학원문학연구소, 『조선문학사』, 과학 백과사전출판사, 1986, 420 - 452쪽.

를 진실하게 그리는 것은 인간을 진실하게 그리기 위한 전제에 지나지 않습니다. 인간이 모든 것의 주인인 것만큼 문학예술에서는 마땅히 자연과 사회를 그리는 것이 인간을 진실하게 그리는 데 복종되여야 합니다"[21]의 지적에 바탕을 두고 있음을 알 수 있다. 물론 이러한 주체사상의 인식의 근저에는 마르크스 - 레닌사상이 밑바탕이 되었음을 부인할 수 없다. 1977년 사회과학원 문학연구소에서 펴낸 『조선문학사』에서 『춘향전』에 나오는 인물들의 개성을 생동감있게 그려나간 것을 높이 평가한 것은 이러한 주체사상을 반영한 것이라고 할 수 있다. 용모와 품성이 아름다우며 의로운 것을 굽히지 않는 굳세고 깨끗하고 절개높은 춘향, 우유부단하며 왕의 '선정'의 대변자로 등장하기는 하나 양반치고는 진보적 요소를 가지고 있는 이몽룡, 드살이 세고 수다스러운 월매, 의로운 것을 지향하고 남의 고통을 자기의 아픔으로 여기지만 고용자적 근성과 시정인적 취미를 가지고 있는 약삭바른 방자와 향단, 봉건도덕에 포로된 완고한 이한림부부, 부화방탕하고 포악한 변학도와 교활하고 아첨많은 회계나리, 아무런 신념도 없이 시세를 보아 바람의 갈대와 같이 처신하는 운봉, 말투는 투박하나 소박하고 솔직하며 의로운 것을 지지하는 농부 등 실로 소설에 등장하는 모든 인민들이 뚜렷한 개성을 가지고 생동하게 그려졌으며 이들의 호상관계는 당대의 시대상을 여러모로 보여주면서 작품의 예술적 품위를 잘 보장하고 있다는 서술태도는 바로 김정일의 지적에 충실하고 있음을 알 수 있다.

『조선문학사』가 준수하고 있는 주체사상의 두번째 이념은 "예술의 목적은 사람들에게 세계를 인식시키며 건전한 사상을 주는 데만 있는 것이아니라 그들을 정서적으로 교양하는데도 있다"는 『영화예술론』에서의 김정일의 지적이다. 문학은 사람들에게 사회생활에 대한 풍부한 지식을 주고 력사발

---

21) 한중모, 『주체적 문예리론의 기본(1)』, 평양, 문예출판사, 1992, 14 - 17쪽.

전의 합법칙성에 대한 인식을 주는가 하면 선진적인 사상을 넣어주고 옳은 세계관을 세우는데 도움을 주며 그들을 진리와 정의를 위한 투쟁에로 고무 추동하는데 이바지한다는 것이다.

『조선문학사』가 따르고 있는 주체사상의 세번째 이념은 인민의 형상문제 라고 할 수 있다. 인민대중의 형상문제는 문학예술에서 원칙적 의의를 가지 는 문제의 하나로 간주된다. 문학예술은 인민대중을 어떤 위치에 놓고 어떻 게 형상하는가 하는데 따라 그 계급적 성격과 사회적 기능이 달라진다는 것 이다. 이는 『영화예술론』에서 지적한 김정일의 "우리의 문학은 인민대중을 가장 힘있고 아름다우며 고상한 존재로 내세우고 인민대중을 위하여 복무 하는 공산주의적 인간학으로 되여야 한다."[22]에서 비롯된다. 『흥부전』에서 놀부와 그의 아내의 풍자적 형상은 봉건시기 착취계급의 약탈행위와 비인 간성, 온갖 전횡과 이기욕에 대한 인민들의 격분과 적대감, 경멸감의 표현 이라는 『조선문학사』의 서술시각은 이러한 인물형상의 중요성을 인식한 기 술이라고 할 수 있다.

그러나 이러한 주체사상에 입각한 서술태도는 종국에는 수령형상창조로 귀결된다는 점에서 공산독재의 한 모순을 반영하는 데에 머물고 있음을 알 수 있게 된다. 이는 김정일이 『연극예술에 대하여』(35 - 36쪽)에서 지적한 "작가는 자기의 작품에서 우리 인민이 력사적 체험을 통하여 자신의 삶의 신조로, 민족의 운명을 좌우하는 사활적인 요구로 받아들인 혁명적 수령관 을 생활적으로 깊이있게 그려냄으로써 수령님의 품속에서 정치적 생명을 빛내여 나가는 길에 진정한 삶의 보람과 기쁨이 있다는 것을 힘있게 강조하 여야 합니다."[23]라는 말에서 함축적으로 잘 드러 나고 있다.

---

22) 한중모, 『주체적문예리론의 기본(1)』, 평양, 문예출판사, 1992, 36쪽.
23) 한중모, 앞의 책, 51 - 52쪽.

한편 주체사상에 근간을 두면서 생성된『조선문학사 1』은 판소리문학의 대표적 작품으로『심청전』,『흥부전』,『춘향전』의 세 작품만을 자세하게 다루고 있는 것이 특징이다.『조선문학사 1』은『심청전』을 기존의 북한문학사와는 색다르게 해석하고 있는데 주인공 심청의 형상을 창조하는 데 사실주의적 묘사수법과 낭만주의적 묘사수법을 서로 배합해 쓰고 있는 것을 특징적 현상으로 규명한 것이다. 심청의 성격묘사에서 사실주의적 경향은 주로 작품의 앞 부분 즉 주인공 심청이 인당수에 몸을 던지기까지의 생활에서 찾아볼 수 있다. 소설은 특히 심청의 성격을 추상적으로가 아니라 부정적 인물들인 몽운사의 중과 남경 배 주인 등과의 대치관계 속에서 묘사하고 있다는 것이다. 몽운사의 화주승은 앞 못 보는 심봉사를 진실로 구원하려는 것이 아니라, 불교에서의 이른바 부처의 '영험'의 힘을 악용하여 심봉사와 같은 미천한 인민들을 착취하는 위선적인 존재이다. 소설에서는 바로 이러한 불교 승려들 때문에 심학규는 눈을 뜨지 못했을 뿐만 아니라 사랑하는 딸을 잃게 되고, 생활고가 세월을 따라 더욱 심해진다는 것을 강조하고 있다. 남경상인도 역시 사리사욕을 채우기 위해서는 다른 사람의 목숨도 서슴없이 빼앗는 잔인하고 탐욕스러운 착취자로 파악하는 것은『조선문학사』등에서와 같다.

주인공 심청의 형상창조에서 낭만주의적 묘사는 작품의 뒷 부분 다시 말하면 심청이 집을 나선후 임당수에 몸을 던진 후의 생활에서 잘 나타나고 있다. 그러면 소설『심청전』에서 사실주의적 경향과 낭만주의적 경향의 상호 관계는 어떠한가. 이 소설에서 사실주의와 낭만주의의 두 창작 경향은 낭만주의적 경향을 주로 하면서 서로 결합되어 있다고 파악한다. 다시 말하면 소설의 앞 부분에서 보는 진실하고도 구체적인 사실주의적 화폭이 있으므로 뒷 부분에서의 심청의 운명에 대한 낭만주의적 화폭이 설득력을 가지게 되며 감동을 주는 것이다. 따라서 소설『심청전』의 앞 부분에서의 사실

주의적 화폭은 소설의 뒷 부분에서의 낭만주의적 화폭의 진실성을 밑받침
하여 주며 보충해 주는 것이라고 말할 수 있다는 것이다. 이 소설은 불교에
서의 영험을 내세운 제한성과 심청의 효성을 강조한 나머지 그를 '여성군
자' 로 이상화한 데서도 그 제한성을 나타낸다고 주장한다. 하지만 이 작품
은 주인공 심청과 심봉사의 형상을 창조함으로써 봉건 시기 특히 조선 말기
천한 신분의 인민들의 생활처지와 그들의 아름다운 정신 도덕적 풍모를 예
술적으로 보여주었다고 가치평가를 내리고 있다.

　『흥부전』에서 놀부를 이 시기 상품 화폐의 기능이 점차 높아짐에 따라 부
자로 되는 냉혹한 이기주의자로 파악하고 있는데 이 소설은 이러한 놀부의
부정적 성격을 묘사하는데 풍자적 수법을 쓰고 있다. 이 소설은 작품의 주
제사상을 밝히는데 부정적 인물인 놀부의 풍자적 성격을 흥보와의 대비속
에서 생동하게 묘사하고 있다. 소설『흥부전』의 풍자적 특성은 우선 대비법
을 이용하여 착하고 근면한 흥부를 중심으로 하는 선을 따라 그 당시 근로
하는 인민들의 가난한 생활처지를 보여주는 동시에 그들속에 간직된 정신
도덕적 우월성을 예술적으로 강조하고 있다는 것이다. 소설『흥부전』의 풍
자적 특성은 또한 대화법을 비교적 적절하게 쓰고 있는 것이다. 소설에서는
놀부와 그의 아내 등 풍자적 형상을 창조하는 데 그들이 일상적으로 주고받
는 말들을 직접 표현하는 방법으로 개성적 특성을 두드러지게 보여줌으로
써 묘사의 생동성을 보장하고 있다는 것이다. 그렇지만 이 작품은 '권선징
악' 의 도식적인 틀을 벗어나지 못한 것은 한계라고 할 수 있다.

　1982년 김일성종합대학 출판사에서 펴낸『조선문학사 1』은 최근에 기술
된 문학사답게『춘향전』의 미적 가치를 종자이론을 가지고 해석하는 것이
이채롭다고 할 수 있다. 소설『춘향전』은 양반의 아들인 이몽룡과 천한 신
분인 퇴기의 딸 춘향사이의 사랑을 주제로 하면서 사랑은 신분관계로는 갈
라놓을 수 없다는 종자를 밝히고 있다. 이 소설은 이러한 종자를 형상으로

꽃피우는 과정을 통하여 이조 말기 우리나라 사회에서의 사회적 불평등을 비판하고 남녀 청년들이 재산과 신분에 상관없이 서로 사랑할 수 있다는 진보적인 사상을 보여 주고 있다[24]는 것이다. 북한문학에서 '종자'란 문학예술작품의 핵을 의미한다. 김정일은 『영화예술론』에서 "문학예술에서 종자란 작품의 핵으로서 작가가 말하려는 기본 문제가 있고 형상의 요소들이 뿌리내릴 바탕이 있는 생활의 사상적 알맹이이다"라고 지적하였다. 식물의 씨앗, 종자로부터 싹이 트고 가지가 뻗으며 꽃이 피고 열매가 맺듯이 종자로부터 형상의 꽃이 피여나며 문학예술작품이 이루어진다[25]는 것이다. 즉 문학예술작품은 종자로부터 피어난 한떨기의 아름다운 꽃이라고 말할 수 있다는 것이다.

이 작품에서 춘향의 성격에는 제한성이 적지 않다. 우선 춘향은 봉건 유교 도덕에 의하여 이른바 '열녀'형의 여인으로 형상화된 점이 적지 않다는 것이다. 또 춘향은 신분적으로 천한 몸인데도 불구하고 인민들이 지니고 있는 부지런한 성격적 특징을 체현하지 못하고 있다는 것이다. 또한 이 소설에서 이도령은 악질 관료인 변학도를 처단하기는 하지만, 이것을 왕이 '선량한' 정치를 하는 것과 결부시키고 있다. 이몽룡은 결국 '선량한' 암행어사로서 악한 관료를 처단한다. 그러므로 그는 시대의 선각자가 아니다. 이것은 왕의 '어진' 정치에 기대를 걸고 있던 당시 창작가들의 세계관상 제한성과 당대 사회의 역사적 제약성으로부터 나온다는 것이다. 아울러 봉건도덕으로 교양된 춘향의 성격의 제한적 측면을 통하여 봉건도덕이 설교되고 있는 점과 생활적 타당성이 없는 사건과 정황이 이따금 설정되어 있으며, 묘사 대상과는 무관계한 한문투의 성구들과 불필요한 고사들이 적지 않게

---

24) 김춘택, 『조선문학사』 권1, 김일성종합대학 출판사, 1982, 337쪽.
25) 김정웅, 『주체적 문예리론의 기본』 권2, 평양, 문예출판사, 1992, 11 - 13쪽.

이용되고 있으며, 권선징악의 대단원으로 끝나는 점은 한계성이라는 비판적 인식이 드러나고 있다. 하지만 『춘향전』은 그 당시로서는 진보적 의의를 가졌으며, 우리나라 고전소설의 사실주의적 경향을 강화하는 데 기여하였다고 그 위상을 설정하고 있다.

V. 맺음말

최근의 남북관계는 북한의 핵개발의혹과 국제원자력기구(IAEA)의 사찰거부로 인해 유엔의 경제제재 여부와 한, 미, 일의 우방 삼국에 의한 독자제재방안 마련 여부 등으로 대치국면으로 치닫고 있다. 특히 북한당국이 제재는 바로 선전포고라고 선언하여 일촉즉발의 상황으로 내닫고 있기도 하다. 하지만 냉전구조 이후의 세계정세가 탈이데올로기로 나아가면서 민족주의에 대한 열망이 새로운 대안으로 등장하고 있어 남북의 통일은 이제 시대적 요청이 되고 말았다. 이러한 측면에서 통일에 대한 논쟁은 끝없이 계속될 전망이다. 문제는 북한의 폐쇄적 통치구조가 언제를 기점으로 개방화로 바뀌어 민족의 숙원인 통일이 조속히 실현되느냐의 여부에 달려 있다고 하겠다.

이러한 통일열기를 반영하는 동시에 당위의 세계인식인 민족통일에 대비하기 위해 먼저 각분야별로 그동안 엄청난 이질성과 거리를 보여왔던 현상들에 대한 대안마련이 요구된다고 하겠다. 이러한 측면에서 북한문학사를 분석하기로 하되, 남북문학사가 공통적으로 중요하게 인식하고 있는 판소리문학을 북한문학자들이 어떻게 평가하고 있는지 먼저 살펴보았다. 본론에서 세밀하게 다룬 것을 요약함으로써 논지를 끝맺기로 한다.

첫째, '비판적 사실주의' 란 말은 1934년 고리끼가 최초로 사용하였는데,

북한 문학자들은 이의 개념과 본질을 둘러싸고 치열한 논쟁을 1962 - 63년
경 벌인 결과 크게 18세기 발생설, 1910년대 발생설, 1920년대 발생설의
세 가지로 의견이 나뉘게 되었다.

둘째, 18세기 발생설의 대표주자인 김하명은 비판적 사실주의문학의 특
성으로 '비판성'과 신화적 환상을 완전히 벗어 던지고 현실생활의 본질을
보다 정확하게, 바로 생활 자체의 형식으로 표현하며 세부묘사의 진실성이
보다 원만히 보장되어야 한다라고 하면서 18 - 9세기 박연암과 정다산의
문학작품들과 『춘향전』, 『흥부전』, 『심청전』을 비롯한 판소리문학을 그 예
로 제시하고 있다. 1910년대 발생설을 주장하는 엄호석은 비판적 사실주의
문학에 있어서의 조건에 대해 전형적 환경과 전형적 성격의 역사적 형상,
인민성을 강조하면서 1918년에 나온 양건식의 『슬픈 모순』을 그 예로 제시
하였다. 김해균은 김하명과 엄호석, 한중모의 논리를 동시에 비판하면서 비
판적 사실주의 문학이 1920년대에 시작되었음을 역설하고 있다.

세째, 『조선문학통사』는 판소리문학이 등장하는 시기의 특질로 상품화폐
경제의 성장을 들면서 사회경제적 변동과 실학사상의 발전을 규정하고 있
다. 다음으로 문학의 세속화현상을 제시하고 있는데, 이 시기의 작품들은
보통사람들의 일상생활에서 관심사로 되어 있는 '세속적'인 문제들을 주제
로 하였으며, 평범한 보통사람들이 중심주인공이 되었다는 것을 제시한다.
또 이 시기에 사회생활에 있어서 합법칙적인 것의 진실한 반영으로서의 사
실주의를 확립한 것을 높이 평가하고 있다. 『조선문학사』는 주체사상이 확
립된 이후에 쓰여진 문학사이므로 김일성의 교시가 반드시 등장하고, 개별
문학의 제한성에 대한 비판이 가해지고 있으며, 진보적 인민적인 것과 낡고
반동적인 것 사이의 첨예한 대립과 투쟁을 강조하고 있는 점이 변별성을 지
닌다. 특히 판소리문학의 가치는 당대 인민들의 삶의 생동성을 있는 그대로
사실적으로 그려내고 묘사한 데 있다고 강조하며, 이 시기 판소리문학의 또

한 특성으로 '인민성'을 제시하고 있다.

『조선문학사 1』은 판소리의 등장배경으로 18-9세기 조선조 후기의 자본주의적 요소의 발생 등 사회경제 영역에서 일련의 새로운 변화가 일어나 많은 계급적 모순이 봉건사회 태내에서 발생한 것과 연관이 있다고 주장한다. 또한 이 시기 판소리문학의 발전은 진보적이며 인민적인 문학의 다양한 발전을 의미하며, 이러한 문학을 통해 근대적 요소가 성장하는 양상을 보여주고 있다고 언급한다.

네째, 판소리문학의 대표작품에 대한 가치평가를 살펴 보면, 『조선문학통사』는 판소리문학 중 『토끼전』, 『장끼전』, 『심청전』, 『흥부전』, 『춘향전』을 다루고 있으며, 판소리문학의 특질을 여덟 가지로 요약하고 있다.

『조선문학사』는 『흥부전』, 『토끼전』, 『배비장전』, 『춘향전』, 『심청전』에 대해 주로 언급하면서 주체사상에 입각하여 "자연과 사회를 그리는 것이 인간을 진실하게 그리는데 복종하여야 합니다"는 김정일의 지적에 순종하며 문학은 사람들에게 사회생활에 대한 풍부한 지식을 주고 역사발전의 합법칙성에 대한 인식을 주는가 하면 선진적인 사상을 넣어주고 옳은 세계관을 세우는데 도움을 주어야 한다는 효용론을 따르고 있다. 또 인민의 형상 문제에 많은 관심을 기울이나, 이러한 주체사상에 입각한 서술태도가 종국에는 수령형상창조로 귀결된다는 점에서 공산독재의 한 모순을 반영하는데에 머물고 있음은 안타까운 일이라 아니 할 수 없다. 한편 『조선문학사 1』은 『심청전』, 『흥부전』, 『춘향전』의 세 작품만을 자세하게 다루고 있으며, 특히 『춘향전』의 미적 가치를 '종자론'으로 해석하고 있는 것이 이채롭다. 소설 『춘향전』은 양반의 아들인 이몽룡과 천한 신분인 퇴기의 딸 춘향 사이의 사랑을 주제로 하면서 사랑은 신분관계로는 갈라놓을 수 없다는 '종자'를 밝히고 있다는 것이다. 『춘향전』은 이러한 종자를 형상으로 꽃피우는 과정을 통하여 이조 말기 우리나라 사회에서의 사회적 불평등을 비판하고 남녀 청년들이 재산과 신분에 상관없이 서로 사랑할 수 있다는 진보적인 사랑을 보여주고 있다는 것이다. 또한 『춘향전』의 한계성에 대해서도 비판하고 있다.

북한문학사에 기술된 연암문학에 대한 가치와 평가

I. 머 리 말

최근의 국제정세의 급격한 변화로 인해 한반도에 있어서도 남·북간의 교류증진과 대화의 분위기가 급속히 좋아지고 있다. 물론 그 발단은 구소련 연방의 해체와 동구의 민족주의 열망에 의한 대변화와 밀접한 관련이 있다. 아울러 이러한 변화양상이 가능한 것은 냉전구조의 세계를 탈이데올로기 의 세계사로 바꾸려는 진보적 역사관의 물결이 전세계에 넘실 대고 있기 때문이다.

특히 탈이데올로기를 내세우면서 그 대안으로 민족주의 기풍과 경제복지 를 바탕으로 한 인간다운 삶의 실천이 제시되고 있는 점에 주목할 필요가 있다. 소련연방의 붕괴와 동구의 변화는 이러한 새로운 이데올로기의 대두 와 연관이 있다. 제2차 세계대전 이후에 냉전구조의 이데올로기에 의해 강 제로 통합된 국가연합이 민족의식과 자유화의 물결에 무너져 버리게 된 것 이다.

이러한 변화양상은 한반도에도 분명하게 영향을 미칠 것이다. 특히 민족

주의의 이데올로기와 경제적 복지를 바탕으로 한 인간다운 삶의 구현이라
는 대체적 이념의 대두는 확실하게 북한의 경직된 사회구조를 변화시킬 것
으로 보인다. 아울러 북한의 변화는 교조적 좌파적인 관료층의 후퇴와 실용
적 우파적인 테크노크라트의 전면부상으로 이어질 것이고, 결국 남북간의
대화 분위기조성, 경제적 실질교류의 확대, 문화예술분야 및 스포츠의 상호
교류, 실향민의 고향방문, 북한의 노동력과 남한의 자본·기술과의 합작,
북한의 관광자원개발에 대한 남한자본의 투자 등 다양한 양상으로 발전할
것이다. 아울러 종국에는 남·북 통일을 지향한 미세한 분야에서까지의 이
질감 극복을 위한 활발한 연구가 이루어질 전망이다.

그중에서 먼저 50여년간이나 떨어져 있음으로 인해 파생되는 언어적 관
습과 인식의 차이의 극복이 선결되어져야 할 것으로 보인다. 북한문학사에
대한 관심도 민족동질성 회복을 통한 궁극적 민족통일의 과제달성과 무관
하지 않을 것이다.

본고는 남·북 문학사가 공통적으로 중요하게 서술하고 있는 중세에서
근대로의 이행기의 실학파문학과 연암문학에 대한 미적 인식태도와 가치평
가를 어떻게 내리고 있는가를 살펴봄으로써 남·북한 문학사에 있어서의
상호인식의 차이의 극복을 도모하기 위해 쓴다. 특히 상호 이질성의 실체파
악과 그 해소를 위한 방안마련에 앞서 먼저 북한문학사의 기술태도에 대한
이해에 도달하기 위함이 목적이랄 수 있다.

II. 북한문학사에서의 실학파문학과 연암문학의 위상

우선 논지의 전개에 앞서 북한에서 지금까지 간행된 『조선문학사』에 대
한 개괄적 지식이 요구된다고 하겠다. 북한의 문학사는 남한의 문학사와는

달리 사관이 분명하다는 점이 특색이다. 또 하나는 애국사상을 내세우고, 민중적 삶의 뿌리를 강조하는 점이 돋보인다고 할 수 있다. 남한의 문학사는 자본주의 사회의 이데올로기와 시장경제를 바탕으로 한 자유경쟁원리를 바탕으로 삼아 기술되고 있으나, 이에 대한 뚜렷한 사관이 제시되지는 못하고 있다. 기껏해야 자유와 민주를 지향하는 민중의식의 표현정도가 드러날 뿐이다.

하지만 북한에서 기술된 조선문학사에는 뚜렷한 사관(史觀)이 제시되고 있다. 물론 1967 - 1972년경에 대두된 주체사상[1]에 의해 확연하게 두가지 이데올로기로 양분되는 양상을 보이고 있기는 하다. 그 이전에는 마르크스 - 레닌주의 사관에 의해 우리문학사를 객관적 · 과학적 입장에서 정리하였으나, 최근에 올수록 사상의 강화가 엄격하여, 김일성 주체사상에 의한 왜곡된 역사기술이 만연되고 있는 입장이다.

따라서 사관의 차이에 따라 문학적 자료 분류방법이나 문학사 서술태도, 중요도 파악, 작가나 작품에 대한 가치평가 등에 있어서 확연한 차이점을 드러내고 있다.

---

1) 김성수, "북한학계의 우리문학사 연구개관", 민족문학사연구소, 『북한의 우리문학사 인식』, 창작과 비평사, 1991, 411쪽. 김성수는 위의 글에서 북한의 주체사상의 확립시기를 1967년경이라고 근거없이 추정하고 있다.
全寅永, "北韓의 主體思想", 李洪九편, 『마르크시즘 100년 - 思想과 흐름』, 문학과 지성사, 1984, 323 - 324쪽. 전인영은 위의 글에서 북한에서 〈주체〉라는 말은 1955년말에 처음으로 주장되었으나, 〈주체사상〉이란 말을 체계적으로 선전 강조하기 시작한 것은 1960년대 말이라고 밝히면서, 1972년 12월 27일 최고 인민회의 제5기 제1차 회의에서 채택된 사회주의 헌법 제4조는 〈조선민주주의 인민공화국은 마르크스 - 레닌주의를 우리나라의 현실에 창조적으로 적용한 조선 노동당의 주체사상을 자기 활동의 지도적 지침으로 삼는다〉고 명문화시킴으로써 법적인 공포시기를 명확하게 규정짓고 있다고 주장하였다. 그리고 이 조문은 노동당 규약 前文에 포함되어 있는 내용과도 동일하다는 것이다.
또 1980년 10월의 제6차 노동당대회에서 개정된 당 규약 전문은 당의 최종목적이 온 사회의 주체사상화와 공산주의 사회를 건설하는데 있다는 규정을 삽입하여 한발 더 나아가 〈온 사회의 주체사상화〉를 부르짖고 있다는 것이다.

또 하나 북한의 조선문학사의 특징은 남한에서 쓰여진 문학사와 달리 집단적 서술작업을 하고 있다는 점이다. 남한의 문학사는 대개가 1인 저자에 의하여 쓰여지고 있으나, 북한의 문학사는 과학원 언어문학연구소 문학연구실, 사회과학원 문학연구소의 여러 교수진에 의해 집단적·공동적으로 집필되고 있는 것이 특징이다. 그것은 북한의 조선문학사가 특정한 이데올로기와 사관에 입각하여 쓰여짐에 따라 개인의 이념이 개입될 여지가 없을 뿐만 아니라, 공동창작의 논리를 펴고 있는 좌파적 입장 반영과도 관련이 있을 것이다.

지금까지 나온 북한의 문학사를 정리해보면, 여덟 가지 종류 중에서 마르크스－레닌주의에 입각한 초기의 문학사와 주체사상을 바탕으로 하는 후기의 문학사로 나눌 수 있다.

북한 문학사는 현재 9종이 간행되었다.

북한문학사에서 연암 박지원 문학의 가치와 평가를 올바르게 알기 위해서 9가지 중 세 종류의 문학사를 텍스트로 삼기로 한다.

첫째는 『조선문학통사(상)』[2]으로 북한과학원 언어문학연구소 문학연구실 간행의 1959년에 나온 문학사이다. 여기에는 초기의 마르크스－레닌주의에 입각하여 과학적 합리주의적 인식태도로 조선조 문학을 검증하려는 시각이 담겨있어 편향되지 않는 균형각감에 입각한 서술태도를 보여주고 있는 것이 특색이다.

둘째는 사회과학원 문학연구소 간행의 『조선문학사』(고대중세편)[3]으로 1977년에 나왔는데, 김일성 주체사상을 바탕으로 하여 쓰여진 관계로 교조

---

2) 도서출판 화다에 의해 1989년 간행되었음.
3) 영인본으로 1992년에 간행되었음.

주의적 입장을 취함에 따라 균형감각을 잃은 듯한 서술태도가 엿보이는 점
이 한계점으로 드러나고 있다. 이를테면 실학자들의 긍정적인 점을 언급한
이후, "실학자들이 문학의 기능과 역할에 대하여 말하면서 강조한 《뜻》의
내용도 그들의 량반계급적 립장과 밀접히 련관된 것이였다"[4]라고 비판하는
자세에서 선명하게 비판적 사고가 드러나고 있다.

셋째, 김춘택에 의해 쓰여지고, 김일성종합대학출판사에서 1982년에 펴
낸『조선문학사』[5]은 앞서의『조선문학사』(고대중세편)의 시각에서 크게
벗어 나지않고 있어 김일성 주체사상의 바탕에서 쓰여졌음을 알 수 있다.

위에서 언급된 세 종류의 문학사는 앞으로『조선문학통사』,『조선문학
사』,『조선문학사』로 약칭하여 기술하기로 한다.

우선 세 종류의 문학사가 모두 연암문학을 높이 평가하고 있으며, 연암
문학에 대한 기술을 실학파 문학의 테두리에서 다루고 있다는 점이 공통
점이다.

『조선문학통사』에서는 애국주의 사상과 농민해방 사상을 결코 분리될 수
없는 실학의 두가지 측면으로 파악하고 있다.

> 우리는 실학사상의 발생발전과정을 개괄함으로써 이 운동의 성격을 규정짓는
> 두 개의 주요 모멘트를 볼 수 있다. 그 하나는 임진 조국전쟁이후 민족적 자의식
> 의 각성으로부터 조국의 사회 경제적 낙후성을 극복하려는 애국주의 사상의 앙
> 양이며, 다른 하나는 그 낙후성을 극복하기 위하여는 물질적 부의 직접적 생산자
> 인 농민이 해방되어야 한다는 농민해방 사상이다.[6]

---

4) 사회과학원 문학연구소,『조선문학사』, 백과사전출판사, 1977, 527쪽.
5) 도서출판 天地에서 1989년 간행하였음.
6) 북한과학원 언어문학연구소 문학연구실,『조선문학통사(상)』, 서울:도서출판 화다, 1989, 330
   쪽.

물론 위의 시각에는 많은 문제점이 있다. 과연 성리학의 편협성과 왜곡성의 대안으로 제시된 실사구시의 실학이 농민해방사상에 기초하였겠는가하는 의문점이 대두된다. 이는 오히려 마르크스 - 레닌주의 사상에서 내세우는 "예술은 결국 어떤 형태든 계급투쟁과 결부된다"[7]는 명제에 입각한 서술태도 때문인 것으로 생각된다. 『조선문학통사』에서 북한의 문학사가들은 실학자들은 '정통적' 유학자들의 공리공담에다 실증실용, 이용후생의 구호를 대치시켰으며, "실제적인 사실에서 진리를 찾자"고 하는 실사구시(實事求是)의 구호밑에 사실에 의하여 확증되지 않는 일체의 신비론과 비개화주의, 허황한 미신을 부인하고 반대하였다[8]는 입장을 취하고 있다.

즉 이러한 새로운 학풍은 사회 · 경제적 제 조건의 발전과 함께 점차 체계화되고 풍부화되었는 바 반계 유형원(1622~1673)의 뒤를 이은 성호 이익(1682~1764), 담헌 홍대용(1731~1783), 연암 박지원(1737~1805)을 거쳐 다산 정약용(1762~1836)에 의하여 집대성되었다[9]고 하면서 연암 박지원의 문학사적 위상을 설정하고 있다. 즉 한시 등 시문학 우위의 양반 사대부들의 문학장르 선호현상에서 벗어나 산문문학인 한문소설의 새로운 영역을 개척한 연암의 공로를 크게 인정하고 있으며, 특히 「조선문학통사」는 다른 문학사와는 비교가 안 될 정도로 많은 분량을 할애하여 연암문학을 상술하고 있다.

『조선문학통사』는 연암 박지원의 창작의 역사를 대체로 세 시기로 구분하고 있다. 첫째 1754년(그의 18세때) 광문전을 창작한 때로부터 대체로 1770년까지에 창작되었을 것으로 추정되는 『방경각외전』에 수록된 작품들

7) 소련과학아카데미 편, 신승엽외 옮김, 『마르크스주의 미학의 기초이론 I』, 서울:일월서각, 1988. 204쪽.
8) 『조선문학통사』, 앞의 책, 331쪽.
9) ibid.

을 창작한 주로 그의 20대를 전후한 기간을 포괄한다. 둘째 시기는 황해도 금천군(金川郡) 연암현에 자리잡고 농민생활을 하다가 1780년 박명원의 수원(首員)으로서 열하에 다녀와『열하일기』를 집필하던 시기를 전후한 기간이다. 셋째 시기는 1786년 가을에 선공감 감역으로서 벼슬길에 나선 후 주로 정론을 쓴 기간이다.

『조선문학통사』는 세 시기에 쓰여진 연암의 12전(傳)에 대한 상세한 서술을 하면서, 한편으로 셋째 시기에 쓴 정론에 대해서도 구체적으로 언급하고 있는 것이 다른 문학사보다 돋보이는 점이다. 북한문학사가들이 정론을 강조하는 것은 "물질적 생활의 생산양식은 사회상, 정치상, 정신상의 생활 과정 일반을 조건지운다. 인간의 존재를 규정하는 것은 그들의 의식이 아니며, 오히려 인간의 사회적 존재가 그들의 의식을 결정한다"[10]는 마르크스의 견해를 추종하기 때문이다. 마르크스의 이 명제는 바로 예술은 대상과 현상이 본질적인 것, 합법칙적인 것을 생생히 전하고, 그것들 자체의 주요측면을 표현하는 경우에만 진실한 것[11]이라는 사회현실에 대한 조응으로서의 문학을 강조하는 입장으로 연결된다고 하겠다.

『조선문학통사』를 보면, 제3기에는 연암이 직접 지방행정을 담당하고 있던 사정과 관련하여 목전에 제기된 제반 사회·정치적 문제에 대하여 구체적인 해답을 주기 위한 정론을 많이 썼다고 서술하고 있다. 그는 화폐개혁을 실시하여 은의 외국유출을 금지한 데 대하여(김이소에게 보내는 편지), 적서차별을 폐지한 데 대하여('의청소통소' 擬請疏通疏), 밭갈이하는 농민들에게 토지를 고루 차려지게 한 데 대하여('근민명전의' 根民名田議)[12]썼

---

10)『마르크스 레닌주의 미학의 기초이론 I』, 앞의 책, 194쪽.
11) 위의 책, 202쪽.
12) 북한과학원 언어문학연구소 문학연구실,『조선문학통사(상)』, 서울:도서출판 화다, 1989, 397 - 398쪽.

142

다. 이러한 정론작품은 모두 풍부한 예술적 형상성을 지니고 있으며, 현실의 정확한 인식에 대한 열렬한 지향은 사실주의의 길로 추동하였고, 작가자신의 강한 호소성을 동반한, 묘사대상에 대한 직접적 설명, 제반 사회문제에 대한 작중인물들의 이론적 논의가 큰 비중을 가지게 하였고, 이리하여정론적 성격을 강하게 띠게 되었다고 평가하고 있다.

종합하면, 『조선문학통사』는 작가로서의 연암을 종래의 패관문학의 「형식을 계승하여 근대적 단편소설의 형식을 완성하였으며, 그 폭로의 빠포스와 생활에 대한 진실성에 있어서, 사상적 목적 지향성과 예술적 기량에 있어서 조선 풍자문학앞에 새로운 발전의 길을 열어 놓았으며, 조선문학의 사실주의 발전에 거대한 기여를 하였다고 평가하고 있다. 하지만 연암문학의한계점에 대한 비판이 없는 것이 문학사가로서의 단견을 보여주는 점이랄수 있다.

한편 『조선문학사』(고대중세편)은 연암문학 전반에 대한 기술에 있어서양적인 점에 있어서는 비중을 약하게 두는 듯이 보이나 질적인 가치평가와서술태도에 있어서는 진일보한 측면을 지니고 있다. 우선 실학자들의 공과에 대한 실증적인 평가와 구체적인 서술이 객관적 과학적 입장을 견지하고있다는 점에서 참신한 느낌을 주고 있다. 『조선문학사』를 쓴 북한의 문학사가들은 실학자들은 문학을 《쓸모있는 학문》의 한 분야로 인정하고 그것이자기들의 이상을 실현하는데서 긍정적 역할을 할 수 있다고 생각하였다. 이로부터 그들은 합리적 요소를 가지고 있는 진보적 미학 견해들을 제기하고우수한 작품들을 수많이 창작하였다[13]라고 평가하고 있다. 그리고 실학자들의 미학 견해가 표명되어 있는 대표적인 글들로는 박지원의 『좌소산인에게 준다』, 『공작관문고서문』, 『영처고서문』, 『창애에게 보낸 답장』, 정약용

13) 사회과학원 문학연구소, 「조선문학사」, 과학백과사전출판사, 1977, 523쪽.

의『오학론』,『문체를 바로 잡을데 대한 건의서』,『연에게』,『두 아들에게』,
『양덕사람 변지외에게 주는 말』,『중 초의 의순에게』, 홍대용의『대동풍요서
문』, 추사 김정희의『시에 대하여』등이 있다[14]고 언급하고 있다. 특히 실학
자들의 미학 견해는 총체적으로 보아 관념론에서 벗어나지 못하였으나, 그
가운데는 유물론적이며 진보적인 요소도 있었다고 평가하고 있는 점이 주
목된다.

『조선문학사』는 실학파문학이 18~19세기 중엽의 사회역사적 조건과 실
학사상에 기초하고 있는 하나의 문학사조로서의 특징을 뚜렷이 나타내고
있다고 가치평가를 내리고 있다. 첫째, 실학파문학의 중요한 특징의 하나는
당시의 불합리한 현실에 대한 비판의 기백이라는 것이다.『량반전』을 비롯
한 박지원의 소설들과『굶주리는 백성의 노래』,『애절양』을 비롯한 정약용
의 시들, 이익의 시『서리맞은 농사』, 이광려의 시『량정의 어머니』등은 이
러한 대표적 작품들이다.

둘째, 실학파문학의 다른 특징의 하나로 사회개혁적 지향이 봉건시기의
어느 문학에서 보다도 강하게 표현되고 있는 점을 들고 있다. 정약용의 시
『여름날에』,『고시』와 박지원의 소설『허생전』등은 당대의 사회적 불합리
를 비판하면서 그것을 일부 조정한 데 대한 개혁적 지향을 표현하고 있다는
것이다.

셋째, 실학파문학은 또한 애국적 감정도 표현하고 있는 것이 특징적이라
는 것이다. 실학자들은 자기 조국에 대한 사랑의 감정으로부터 출발하여 창
작활동에서 자기나라의 력사와 자기 인민의 생활을 건실하게 반영하는 데
관심을 돌리었다고 평가하고 있다. 이익의 시집『성호악부』를 비롯하여 우
리나라의 역사에서 소재를 얻어 쓴 작품들이 그런 예로 된다[15]는 것이다.

---

14) ibid.

『조선문학사』의 가치는 연암을 비롯한 실학파문학에 대한 이러한 찬사에
못지않게 주체사관에 근거하여 예리한 비판을 가한 데 있다고 할 수 있다.
물론 객관적·과학적 비판이 아니라 집권층의 교시에 근거한 이데올로기적
교조적인 냄새가 풍기는 비판이기는 하지만 역사적 평가에 있어서 균형감
각을 살리고 있는 점이 긍정적으로 평가될 수 있을 것이다.

김일성의 교시에 따르면 실학파 문학이 전개한 이론이란 봉건적 유교사
상에 기초하여 사대주의를 반대한 것에 지나지 않는다는 것이다. 즉 실학자
들이 주장한 미학적 견해도 실학사상 일반과 마찬가지로 많은 진보적 요소
를 가지고 있음에도 불구하고 총체적으로는 비과학적인 관념론에서 벗어나
지 못하였으며 불철저성을 면할 수 없었다는 것이다. 실학자들은 남의 것을
자꾸 모방하지 말고 자기 나라의 현실을 묘사할 데 대한 요구를 제기하면서
도 그러자면 결국 옛것에 전혀 의거하지 않을 수 없다고 생각하였다는 것이
다. 즉 실학자들의 옛것의 본보기란 공자·맹자의 《도》에 지나지 않으며,
그들이 강조한 《뜻》의 내용도 결국 그들의 량반 계급적 립장에서 크게 벗어
나지 않는다[16]고 비판하고 있다.

한편 김일성종합대학 출판사에서 펴낸 『조선문학사 I』은 실학문학의 애
국주의적 성향과 조선현실에 대한 반영을 높이 평가하고

실학자들의 미학적 견해에서 무엇보다도 중요한 것은 우리나라의 현실에 관
심을 돌리면서 그것을 진실하게 반영하여야 한다는 견해이다. 실학파 작가들은
문학이 '쓸모있는 학문'으로, '진리를 탐구하는 학문'으로 되기 위해서는 구체적
인 사실, 다시 말하면 우리나라의 현실에 눈을 돌려 그것을 잘 반영하여야 한다
고 주장하였다. 박지원이 이덕무의 시에 대하여 "조선의 새, 짐승, 풀, 나무, 강원

15) 위의 책, 528쪽.
16) 위의 책, 526쪽.

도 사내와 제주도의 아낙네의 성격을 잘 보여주어 조선의 기풍과 습속을 그대로 나타냈다고 할 수 있다"라고 평가한 사실을 놓고도 그 경향을 알 수 있다.[17]

『조선문학사Ⅰ』에서 북한의 문학사가들이 "우리나라의 현실에 눈을 돌려 그것을 잘 반영하여야 한다"고 주장한 것은 마르크스와 엥겔스의 이론에 충실한 것이라고 할 수 있다. 마르크스와 엥겔스는 어떠한 현실인식도 인간의 감각, 지각, 관념, 사고에 의한 현실반영이라고 말했다. 아울러 마르크스와 엥겔스는 구래의 형이상학적 유물론을 넘어서서 인식이론에 변증법을 적용하고 유물론적 인식이론을 예술과 문학의 분석에도 적용했다. 예술창조는 현실표현 방법의 하나[18]라고 그들은 지적했던 것이다.

또 『조선문학사Ⅰ』에서 실학자들의 미학적 견해를 찬양한 것은 북한의 문학사가들이 마르크스와 엥겔스의 기본명제를 더욱 심화·발전시킨 레닌의 반영이론에 충실한 때문이기도 하다. 실학자들이 구체적인 사실을 충실하게 그린 점을 높이 평가한 것은 레닌이 "예술의 사명은 올바른 현실인식과 그 혁명적 변혁을 촉진시키는 데 있다"[19]고 한 반영론을 적확하게 인식하였던 탓이다.

『조선문학사Ⅰ』은 실학파 문학의 일반적 특성으로 첫째, 반동적 봉건 통

---

17) 김춘택, 『조선문학사Ⅰ』, 김일성종합대학출판사, 1982, (서울:도서출판 天地, 1989), 360쪽.

18) 소련과학아카데미 편, 『마르크스 레닌주의 미학의 기초이론Ⅰ』, 신승엽외 옮김, 서울;일월서각, 1988. 201쪽.

19) 위의 책, 223~224쪽, 레닌은 1908년 반영론을 전면적으로 전개했던 저서『유물론과 경험론비판』을 내놓았으며, 그해에 또 뛰어난 논문인 "러시아혁명의 거울으로서의 레프 톨스토이"를 썼다. 위대한 예술가는 그 시대가 제기하는 문제를 파악할 수 없으며 그 시대의 본질적인 특징과 현상을 그려내지 않을 수 없다. 예술가의 위대함을 파악하는 기준은 본질적인 면을 인식하는 깊이에 있다. 왜냐하면 진정한 예술작품에는 언제나 객관적 진실이 포함되어있기 때문이다. 레닌에 따르면, 예술의 사명은 현실인식과 그 혁명적인 변혁을 촉진시키는데 있다. 이토록 위대한 임무를 부여할 수 있는 것은 다름아닌 올바른 예술, 충실한 세계상을 그려내는 예술, 즉 리얼리즘 예술뿐이라고 레닌은 말했다.

치배들의 죄행을 비판하고, 이조 봉건사회의 현실을 비판적으로 반영하였다는 점을 들고 있다. 예를 들면 연암의 소설 『범의 꾸중』은 위선적이며, 전횡을 부리는 양반 관료배들을 정면에서 비판하고 있다는 것이다.

둘째, 당시 양반사대부들의 공리공담을 반대하면서 쓸모있는 학문을 주장하고, 봉건사상의 테두리에서나마 어지러워진 사회현실을 바로 잡을 것에 대한 지향과 희망을 보여준 점을 들고 있다. 소설 『허생전』에서는 주인공 허생의 형상을 통하여 실학자들의 이용후생(利用厚生)의 지향을 보여주고 있으며, "무인도" 대목을 통하여 포악한 왕과 횡포한 양반 관료배들이 없고 인민들이 보다 잘 살 수 있는 이상적인 사회에 대한 염원을 보여주고 있다는 것이다.

셋째로 실학파 문학의 특성은 그 사실주의적 경향에서도 찾아볼 수 있다는 것이다. 박지원이 우리나라의 기풍과 풍속을 잘 노래한 이덕무의 시를 높이 평가한 것도 이에서 비롯된다는 것이다.

넷째로 실학파 문학의 특성은 이 문학의 담당자들인 실학파 작가들이 인민창작에 적지않은 관심을 돌렸으며, 소위 인민창작에서 창작의 소재를 많이 받아들인 데 있다는 것이다. 이는 박지원의 방경각외전에 실려있는 『광문전』, 『우상전』, 『허생전』 등이 인민들 속에서 전해오는 설화를 소재로 한 소설이라는 점에서 드러난다[20]는 것이다.

한편 『조선문학사 I 』은 앞서의 사회과학원 문학연구소 발행 전5권의 『조선문학사』에서와 마찬가지로 실학파문학에 대한 신랄한 비판을 가하고 있는 점이 특색이다. 그 비판은 크게 세 가지 측면에서 이루어지고 있다.

첫째, 실학파문학은 우선 그것이 아무리 진보적이라고 하더라도 결코 양반계급의 이해관계의 울타리를 벗어나지 못하고 있다는 것이다. 소설 『양반

---

20) 김춘택, 앞의 책, 360 - 361쪽.

전』에서는 무능력하고 무위도식하는 정선군 양반은 비판하고 있으나 당시 양반 일반에 대한 비판은 하지 못하고 있다는 것이다.

둘째, 실학파 문학의 제한성은 유교교리와 유교의 도덕관념에 기초하여 이조말에 봉건사회의 불합리성을 비판하고 있는 데에서 드러난다는 것이다. 실학파 작가들이 결말에서 제시하는 대안이란 유교적인 왕도사상의 견지에서 '현명한' 군주와 '선량한' 양반이 '덕으로 다스리고' '어진 정치'를 해야 한다는 견해에서 더 나아가지 못한다는 것이다.

셋째, 실학파 문학의 제한성은 작품에 표현된 작가의 지향과 이상에서 나타나고 있다는 것이다. 실학파 문인들은 문란해진 봉건사회를 바로잡고 인민들이 보다 행복한 생활을 누릴 것에 대한 견해를 내놓았는데, 소설『허생전』에서 상품유통에 대한 문제, '무인도'의 이상사회의 건설 등이 그 단적인 표현이라는 것이다. 그런데 이러한 지향과 이상은 어디까지나 양반의 견지에서 본 것들이며 결코 당대 인민들의 지향과 이상을 그대로 대변한 것은 아니라는 것[21]이다.

요약하면 북한의 문학사에서 연암문학의 가치는 실학파문학의 한 분야로서 평가되며, 실학파 문학은 그 미학적 견해에서 유물론적이며, 진보적인 요소[22]가 있음에 따라 중요하게 기술되고 있다.

연암의 문학은 우선 시문학으로 기우는 당대 사대부들의 문학적 편협성을 벗어나 산문장르의 새로운 지평을 연 점이 높이 평가되고 있다. 즉 패관문학의 형식을 계승하여 근대적 단편소설의 형식을 완성하였다는 찬사가 여기에서 비롯되는 것이다. 둘째, 현실모순을 비판하여 비판적 사실주의의

---

21) 위의 책, 361 - 362쪽.
22) 『마르크스 레닌주의 미학의 기초이론 I』, 앞의 책, 206쪽. 마르크스와 엥겔스의 모든 논의에서 명확한 것처럼, 그들은 예술가의 세계관에 큰 의미를 부여하고 있다. 진정한 리얼리스틱한 작품은 진보적인 세계관에 기초해야만 가능하다고 그들은 강조했다.

148

한 경향을 나타낸 점을 지적하고 있다. 셋째는 사회개혁적 지향을 시도하여 전망부재의 중세의 어둠 속에서 인민들에게 삶의 비젼을 약간이나마 제시한 점을 높이 평가하고 있다. 넷째는 연암문학이 조선 현실에 대한 반영과 애국주의적 감정을 표현한 점에 높은 점수를 주고 있다.

하지만 연암문학이 비과학적 관념론에 입각하여 유교적 교리에서 결국 벗어나지 못한 점과 당대의 량반 계급의 입장에서 비젼을 제시한 점, 민중의 입장에서 중간착취자들은 많이 비판하였으나, 봉건왕조와 봉건제도 자체에 대한 타도를 부르짖지는 못한 점 등이 통렬하게 비판되고 있다.

Ⅲ. 비판적 사실주의 문학으로서의 연암문학에 대한 평가

'비판적 사실주의' 란 용어의 최초사용자는 1934년 작가동맹회의에서의 고리끼로 알려져 있다. 북한의 김민혁은 "사실주의의 개념에 대한 역사적 · 구체적 이해를 위하여"란 논문에서 비판적 사실주의라는 말을 처음 사용한 사람으로 고리끼[23] 들고 있다. 이러한 견해의 확인은 R.H.스타시에 의해서이다. 1934년 작가동맹회의에서 고리끼는 낡은 '비판적 리얼리즘' 은 새로운 '낭만적 리얼리즘' 과 철저하게 구분되어야만 한다고 매우 명백하게 지적했다[24]는 것이다.

---

23) 김민혁, "사실주의의 개념에 대한 역사적.구체적 이해를 위하여", 김성수 엮음, 『우리문학과 사회주의 리얼리즘 논쟁』, 서울:사계절출판사, 1992. 25쪽.
24) R.H.스타시, 『러시아문학비평사』, 이항재 옮김, 서울:한길사, 1987, 246쪽.
   북경대 중문과 문예이론 교연실 편, 『문학이론 학습자료2』, 서울:도서출판 친구, 1989.
   고리끼가 『청년작가와의 대화』에서 "자산계급의 '탕자' 들이 내세운 현실주의를 비판적 현실주의라고 한다. 비판적 현실주의는 사회의 악습을 폭로하고 가정의 전통과 종교적 교조주의 및 법규의 압제하에서 개인이 보여주는 '생활과 모범' 을 묘사한다. 그러나 그것 또한 마땅한 출로를 제시해주지 못하였다"라고 언급한데서 비판적 사실주의란 용어가 등장하고 있다.

R.H.스타시는 『러시아문학비평사』에서 소비에뜨의 문학사가들은 그들의 특별상표인 리얼리즘의 기원을 인습타파주의자요 합리주의자인 톨스토이와 러시아 리얼리즘의 '위대한 전통'으로까지 거슬러 올라가기를 좋아한다고 하면서 1934년 전 소비에뜨 작가동맹회의에서 연설하면서 이후에 스탈린에 의해 통속화된 어구로 사회주의 리얼리즘이라는 칭호를 얻은 방법론을 최초로 개관한 사람이 바로 고리끼[25]라고 하였다.

1963년 간행된 「논쟁」에는 사실주의 발생시기에 관한 논의와 비판적 사실주의의 발생시기에 관한 논의들로 이루어져 있는데, 비판적 사실주의의 발생시기에 관한 견해들로는 18세기 발생설(김하명 · 박종식), 1910년대 발생설(엄호석 · 최탁호), 1920년대 발생설(김민혁 · 김해균 · 문상민 · 이응수)[26] 등이 소개되고 있다. 이러한 발생시기에 관한 논쟁으로 인해 북한문학사에서 비판적 사실주의에 대한 서술태도가 달라지는 양상을 보인다. 『조선문학통사』(1959)는 18세기 발생설을 추종하고 있음에 따라 연암문학을 비판적 사실주의 문학[27]으로 평가하고 있으나, 『조선문학사』(1977)에서는 1910년대 발생설을 따름에 따라 연암문학에 대해 사실주의적 문학발전을 추동하는데 이바지하였다[28]고 언급함으로써 단순히 사실주의문학으로 간주하고 있다. 그에 비해 『조선문학사Ⅰ』(1982) 또한 20세기 발생설을 취하고 있음에 따라 연암의 『양반전』을 이 시기 사실주의적 경향을 띤 풍자소설의 대표적 작품의 하나[29]라고 언급하고 있다. 연암문학을 둘러싼 비판적

---

25) 위의 책, 230쪽.
26) 민족문학사연구소, 『북한의 우리문학사 인식』, 서울:창작과 비평사, 1991, 40 - 45쪽.
27) 『조선문학통사(상)』, 382쪽.
28) 『조선문학사』(고대중세편), 524쪽.
29) 『조선문학사Ⅰ』, 365쪽. 이러한 견해는 앞서의 『조선문학사』와 마찬가지로 비판적 사실주의를 19세기 사실주의가 20세기 사회주의적 사실주의로 발전하는 과도기적 단계의 유형으로 파악하는 입장을 취하고 있기 때문으로 보인다.

사실주의 논쟁에 대해서는 박종식과 리동수의 글을 통해 그 평가의 차이를 살펴보기로 한다.

우선 박종식은 비판적 사실주의를 사실주의의 역사적 형태로 간주하면서, 비판적 사실주의는 적대적 계급사회에서의 생활조건이 인간의 발전에 유해하다는 의식이 장성되는 그러한 사회역사적 조건아래서 선진적 작가들 앞에 이 사회의 해독성을 폭로 · 비판하는 과업에 의하여 발생되었다[30]고 파악하고 있다.

그리고 비판적 사실주의는 첫째로 현실에 대한 작가의 비판적 관계를 전제로 하고 있다. 서구라파 등 선진국 문학의 비판성을 부르주아적 지배와 봉건적 지배의 조건하에서 착취적 관계를 비롯한 인간의 사회적 관계가 인간과 인민대중에 대하여 어떻게 적대적 성격을 가지고 있는가를 폭로하고 비판하는 데로부터 이루어졌다는 것이다.

둘째로 비판적 사실주의는 소위 이 창작방법의 원칙으로 되는 비판적 빠포스의 전면적 지배에 의하여 규정된다는 것이다. 착취사회의 사회적 모순을 이모저모 잡아 헤치고 이것들을 전면적으로 비판하고 폭로함은 이 문학의 성격을 반영한다는 것이다.

마지막으로 비판적 사실주의는 계급사회의 온갖 모순과 부정적 현상을 비판하고 이 사회의 파산을 예고하고 있음에도 불구하고, 이 사회가 나아갈 바 출구를 보여주지 못하였으며 사회개조의 명백한 프로그램을 보여주지 못하였다[31]는 것이다.

우리나라에서 비판적 사실주의문학이 형성된 사회 · 역사적 조건은 무엇보다 먼저 이 문학이 거기에 의거하여 이조 봉건사회의 노후성과 낙후성을

---

30) 박종식, "우리나라에서 사실주의 문학의 발생과 발전", 김성수 엮음, 「우리문학과 사회주의 리얼리즘 논쟁」, 사계절, 1992. 51쪽.

31) 위의 책, 51 - 52쪽.

반대하기 시작한 사회적 역량의 출현이라는 것이다.

이러한 이론의 바탕에서 박종식은 18세기말 연암의 창작에서 비판적 사실주의 문학의 시원이 열리고, 19세기초 다산에 의해 그것이 계승 · 발전되었다[32]고 보았다.

이에 비해 이동수는 최근에 나온 저서『우리나라 비판적 사실주의 문학연구』(1988)에서 자본주의적 사회경제관계가 빚어낸 현실적인 모순에 대한 사실주의 파악과 객관적인 묘사, 그를 통하여 실현된 예리한 비판정신은 선행 문학과 구별되는 새로운 사실주의적 문학사조의 배타과정을 촉진시켰으며 창작방법적 견지에서 비판적 사실주의라는 독자적인 특징을 갖춘 새로운 문학사조를 준비시켰다고 파악하면서, 우리나라에서 비판적 사실주의는 『한의 일생』(1914)으로부터 현실에 대한 강한 비판정신을 담은 사실주의적인 작품을 거쳐『슬픈 모순』(1918)이 나오는 과정에 점차 사조적 특징을 맹아적으로 갖추면서 1910년대 후반기에 발생하였다[33]고 1910년 발생설을 주장하고 있다.

1910년대에 우리나라에서 비판적 사실주의가 발생할 수 있었던 요인의 하나는 선행시기 이미 사실주의 문학의 우수한 전통과 풍부한 유산이 마련되어 있는 것과 관련되고 있다[34]고 보면서, 특히 박연암을 비롯하여 실학파 계열의 사실주의 작가들의 창작업적은 새로운 비판적 사실주의 창작방법 형성에 일정한 영향을 미치었다고 주장하였다. 즉 박연암은 유물론적 입장에서 서서 세계의 무한성과 객관적 실재성, 사물의 운동과 변화발전에 대한 합법칙성을 강조하였다[35]는 것이다.

---

32) 위의 책, 54쪽.
33) 리동수, "우리나라에서 비판적 사실주의의 발생 · 형성" 김성수 엮음,『우리문학과 사회주의 리얼리즘 논쟁』, 서울;사계절출판사, 1992. 71쪽.
34) 위의 책, 75쪽.

그의 유물론적인 사회관은 문학예술에 대한 진보적인 견해를 가지도록 하였는데, 그는 예술보다 현실을 언제나 우위에 놓았으며, 현실에서 기본적이고 중요한 것을 내세우는 사의지법을 강조하였다는 것이다. 또한 생활을 기계적으로 옮겨놓은 것과 같은 기록주의와 모방주의를 배격하고 진실을 그리며 민족적 전통을 옹호하고 사대주의적인 경향을 극히 경계하였다는 것이다. 그리하여 연암은 철두철미 현실에서 출발하여 생활을 객관적으로 진실하게 그리는 사실주의적 창작원칙을 시종일관 견지하였으며 낡은 봉건적 사회관계와 질서를 날카롭게 비판하는데 깊은 관심을 돌리었다[36]는 것이다.

그러나 그의 현실 비판정신과 긍정적 이상은 어디까지나 봉건유교적인 왕도정치의 이념에 기초한 것이었으며 근로대중의 염원과 요구로부터 멀리 떨어진 것이었다[37]는 것이다.

하지만 실학파 사실주의문학은 선행 사실주의 문학이 이룩한 성과를 집대성하여 새롭게 풍부화하고 완성시키면서 사실주의의 개화를 촉진시켰으며, 19세기말~20세기초 계몽기 사실주의와 비판적 사실주의 발생에 적지 않은 영향을 미치었다[38]라고 그 공적과 역사주의 원칙에 입각한 가치를 인정하고 있다.

요약하면 북한에서는 비판적 사실주의의 개념정의와 그 특성을 놓고 많은 논쟁이 벌어졌으며, 주체사상이 확립된 1967 - 1972년경부터 최근에 오면서 비판적 사실주의의 발생시기를 20세기이후로 잡는 경향을 보이고 있다. 그렇지만 최근의 20세기이후를 기점으로 잡는 경우에도 이동수의 견해

---

35) 위의 책.
36) 위의 책, 76쪽.
37) 위의 책.
38) 위의 책, 76 - 77쪽.

에서 입증되었듯이, 연암과 실학파 사실주의문학이 사실주의의 개화를 촉
진시켰으며, 19세기말 - 20세기초 계몽기 사실주의와 비판적 사실주의 발
생에 적지않은 영향을 미쳤다고 단정짓고 있다.

비판적 사실주의 개념을 둘러싼 논쟁의 발단은 비판적 사실주의는 구체
적인 역사적 시기에 출현한 일정한 조건들에 의하여 규정된다는 입장과 역
사적 · 구체적 조건과는 관계없이 일반적으로 비판성이 강한 사실주의는 곧
비판적 사실주의라는 입장의 대립으로부터 비롯된다. 이 경우 서구라파의
예를 볼 때 비판적 사실주의는 자본주의 승리의 조건하에서 형성발전된
역사적 범주이다라는 견해에 바탕을 두고 자본주의 체제 속에서 자본주의
의 모순 · 왜곡상을 비판한 문학이라는 견해와 김하명의 경우처럼 러시아에
서는 비판적 사실주의가 봉건사회에서 형성되었으며, 푸시킨도 1861년 러
시아에서의 농노개혁이 있기 전에 활동하였다[39]는 점을 강조하는 입장으로
대립되고 있다.

후자의 입장에서 서는 김하명은 18세기를 전후한 시기에 발생한 심각한
사회 · 경제적 변동과 실학사상의 발전이 우리문학에서 비판적 사실주의가
형성될 수 있는 토양으로 되었다고 하면서, 지주와 농민간의 모순의 격화가
이 시기 선진문학으로 하여금 그 비판적 성격의 상이에로 촉진시킨 첫째 요
인으로 되며 이 시기 선진사상가들과 작가들의 시야의 확대가 그 비판적 성
격의 강화를 규정한 또 하나의 중요한 요인이 된다고 언급하였다. 이러한
입장이 연암문학이 비판적 사실주의의 시원[40]이라는 미학적 견해의 강력한

---

39) 김민혁, 앞의 책, 28쪽.
40) 신구현外, 『우리나라 고전작가들의 미학견해 자료집』, 조선문학예술총동맹출판사, 1964, 257
    쪽.
    연암 박지원(1737~1805)은 주로 18세기에 활동한 우리나라의 탁월한 실학자이며 위대한 사
    실주의 작가일 뿐만 아니라 이 시기에 더욱 발전한 사실주의 문학의 성과와 경험을 일반화함으
    로써 우리나라의 미학 사상을 새로운 단계에로 발전시킨 공로자로 평가하는 것은 이러한 입장

154

후견인인 셈이다.

　18세기말 기원설은 그 시기가 봉건창조시대이지, 자본주의 승리의 조건의 시기가 아니라는 커다란 한계점을 지니고 있는 것은 분명하다. 하지만 20세기인 1910년대나 1920년대로 보는 견해도 1910년대에 자본주의적 사회관계가 성숙되지 못한 조건에서도 기형적이나마 자본주의적 모순과 식민지적 모순으로 충만된 당대 현실에 대한 비판정신으로 일관된 비판적 사실주의문학이 배태되었다는 견해를 밝히고 있지만, 이 시기도 전식민지 단계의 타율적인 근대화시기로 과도기적 시대이지 자본주의의 승리의 조건이 충족된 시기로 보기 어렵다는 허점을 동시에 안고 있다.

　앞서 우리나라에서 비판적 사실주의의 발생시기를 둘러싼 대립된 견해들도 고리끼가 비판적 사실주의를 가리켜 한 "소시민 근성이 빚어낸 진흙탕에서 빠져나오는 출구를 보여주지 못한 문학"[41]이란 창작방법의 제한성에 대한 비판에는 모두 동의하고 있다. 즉 이 출구는 혁명적 노동계급의 역사적 출현과 함께 배태한 사회주의적 사실주의에 의해서만이 가능하다는 입장을 취하는데는 일치하고 있는 셈이다.

　주체사상 확립이후에 기술된 『조선문학사』(고대 중세편)에서 실학파들과 연암문학의 미학견해를 계급적 및 력사적 제한성을 많이 가지고 있었다고 비판[42]한 것은 이러한 출구의 막힘, 즉 전망부재에 대한 인식에 바탕하는 것이다. 김일성이 교시에서 밝힌 실학자들의 미학적 견해도 많은 진보적 요소를 가지고 있음에도 불구하고 총제적으로는 비과학적인 관념론에서 벗어나지 못하고 있다[43]는 지적도 이러한 세계관적 인식에 근거하고 있는 것으

을 반영하고 있는 것으로 보인다.
41) 박종식, 앞의 책, 53쪽.
42) 『조선문학사』(고대중세판), 526쪽.
43) 위의 책.

로 보인다.

Ⅳ. 연암의 대표작에 대한 가치평가

일찌기 김태준(金台俊)은 그의 불후의 명저『조선소설사』(1939)에서 연암의 생애와 저술과 대표작에 대한 경개와 고평을 서술한 바 있다. 그는 경세가로서의 연암을 그의 일면인 문장가·소설가적 측면에서 높이 평가하였다.

김태준은 연암의 작품중 특히『허생전』과『호질』과『양반전』의 가치를 높이 평가하여『허생전』의 경우 다음과 같이 그 역사적 가치에 대해 상술하고다.

『옥갑야화』에는 일개 한유(寒儒)가 때로 실과(實果)를 매하며 때로 해외에 무역하여 대금(大金)을 모은 것이니 이는『반계수록』과『성호사설』같은 실학영향을 많이 받은 것이며, 조선 농촌의 구제와 미래사회의 예언이라고도 볼 수 있으며, 유생도 상고(商賈)와 실업을 경영할 수 있다는 것은 연암의 독특한 평등사상의 발로이다. 대금을 헤쳐서 해적을 준 것도『수호전』의 108영웅을 충의인(忠義人)으로 귀결한 것과 같은 필법으로, 도적이란 원래부터 종자가 있는 것이 아니요 의식의 결핍에 의한 것이며, 빈궁과 도적은 악정의 산물이라는 견해에서 출발한 것이다. 그만큼 야화(夜話) 속에 있는 허생의 행동은 실사회의 지침이 된다. …… 지금으로부터 150년전의 예날에 오히려 외국유학, 외국무역을 장려하며 단발여행과 백의(白衣) 폐지를 고창한 것을 생각하면 연암을 가히 천추의 사표가 되리라고 아니할 수 없다.[44]

---

44) 金台俊,『증보조선소설사』, 박희병 교주, 서울:한길사, 1990, 173쪽.

김태준은 또 『호질』에 대해서도, "가장 절실한 비유로써 당세에 횡행하는 유관들의 양두구육(羊頭狗肉)의 허식과 인면수심같은 언행을 힘있게 풍자하였다."[45]고 평가하였으며, 『양반전』의 경우 "당시에 엄격한 계급관습을 타파코자한 것이며, 일면으로 돈 많은 사람이 양반이라는 봉건붕괴사상을 암시한 것이며 전(傳)속에서 실린 양반 백행(百行)은 조선 예의가 너무 형식에만 나아가서 말세적 관습에 이르렀다고 비소(鼻笑)한 것이다"라고 단정짓고 있다. 이러한 김태준의 냉철한 가치평가 이후 연암의 대표작은 대체로 『양반전』, 『호질』, 『허생전』으로 손꼽혀지고 있다. 북한의 문학사에서도 연암의 대표작에 대한 거명[46]은 이러한 인식의 테두리에서 크게 벗어나지 않는다.

1. 『양반전』에 대한 평가

『조선문학통사』(1959)는 연암의 『양반전』의 주제를 "한갖 문벌을 재물로 하여 조상덕만 팔아먹는 선비들의 모든 생활의 종말"[47]이라고 결론짓고 있다. 그러면서 열렬한 풍자적 빠포스와 째인 단편적 구성에 있어서 연암의 제1기의 대표적 작품이라고 그 위상을 정립하고 있다.

또한 작중인물에 대한 평가도 동시에 내리고 있는데, 몰락한 정선군의 한 양반이 양반계급의 종말에 대한 사상을 직접적으로 체험한 형상이라면, 정선군수는 점잖과 위풍있는 거드름 속에 그들의 교활성과 함께 내면적 허약

---

45) 위의 책, 174쪽.
46) 김영, "연암소설에 대한 남북한 문학사의 서술시각"『洌上古典硏究』제5집, 1992,
   김영은 상기논문에서 연암소설중 『양반전』과 『허생전』을 중심으로 하여 남·북한 문학사의 서술시각의 차이점을 고찰하고 있다.
47) 『조선문학통사(상)』, 384쪽.

성과 무용성을 드러내 보여주는 형상[48]이라고 서술되고 있다. 아울러 양반들의 위선성과 그 예절의 스콜라적 형식성, 그들의 포학한 착취자적 번성을 깨닫고 양반이 되기를 단념한 상사람 부자의 형상[49]에 대해서도 중요한 의미를 부여하고 있다.

특히『조선문학통사』는 이 작품에 스며있는 연암의 언어의식을 높이 평가하고 사회적 갈등을 집중적으로 보여줌으로써 산문적 성격과 극적 성격을 배합하는 탁월한 기교에 대해 칭찬을 아끼지 않고 있다.

『조선문학통사』의 이러한 평가에는 어떤 이데올로기적 기준이 제시되지 않고 있으며, 작품구조 해석에 대한 객관적이고 합리적인 입장을 취하려는 의도적인 노력을 발견할 수 있다. 그것은 작품의 내용뿐 아니라 형식의 아름다움에 대한 구체적인 서술을 시도하는 데에서도 느껴진다. 이러한 서술 태도는『조선문학통사』가 교과서적 성격의 북한의 첫문학사인 이응수 등의 『조선문학사』(1956)를 제외하고는 과학적인 기술방법에 의해 쓰여진 사실상 최초의 북한의 문학사이기 때문으로 보여진다.

『조선문학사』(1977)에서는《방경각외전》에 실려있는 연암의 7편의 단편 중 사상적으로나 예술적으로『양반전』이 가장 우수한 작품이라고 기술되고 있다.『조선문학사』에서는 김일성의 영화『양반전』에 대한《사회주의 문학예술론》에서의 교시를 언급하면서 소설『양반전』은 단순히 웃음이나 자아내기 위하여 꾸며진 희극이 아니라 봉건사회말기의 계급관계 특히 몰락해가는 양반들과 자본주의적 관계의 발생과 관련하여 새로 대두하는 부유한 계층사이의 관계를 보여주면서 양반들의 부패무능과 몰락상, 파렴치한 약탈과 안일사치한 생활을 풍자적으로 폭로·비판한 작품[50]이라고 언급하고

---

48) 위의 책, 385쪽.
49) 위의 책, 387쪽.
50)『조선문학사』(고대중세편), 535쪽.

있다.

하지만 『양반전』의 가치평가에 대해 『조선문학사』는 상당히 인색한 태도를 보이고 있다. 앞서의 『조선문학통사』와 비교해볼 때 우선 상사람 부자에 대해 비판적 시각을 보이고 있다. 한마디로 상사람 부자가 부르주아 계층임을 인식하고 취하는 부정적 태도가 드러나고 있다. 상사람 부자는 자본주의적 관계의 발생에 따라 경제적으로는 부유해졌으나 봉건적 신분 차별 제도에 의하여 양반들의 천대를 받고 있던 사람들의 일반적 기분을 반영하고 있다는 것이다. 즉 이 상사람 부자는 양반계급과는 달리 새로 대두하는 신흥계급이기는 하지만 그 역시 인민을 착취하여 치부하는 착취자[51]라는 것이다.

또 『조선문학사』는 철저하게 주체사관에 입각하여 비판적 입장에서 이 작품을 다루고 있는 점이 특징이다. 첫째, 이 소설에서 양반에 대한 비판을 당시 기본계급이었던 피착취 근로인민의 근본리익과 결부되지 못하였다는 점을 지적하고 있다. 둘째, 이 작품이 작가 자신의 세계관에서의 모순을 반영하고 있음에 따라(이 소설을 쓰게 된 동기에서 밝히고 있음), 그가 봉건제도를 뒤집어 엎을 생각보다는《선비란 하늘에서 받은》《고상한 명예》라는 관점에 서서 《선비의 도리》를 지키지 못하고 양반으로서의 〈명예와 절개를 조심하지 않는〉 양반을 비판하는데 머물렀음을 실증해준다는 꼬집음을 하고 있다. 셋째, 기껏 긍정적 인물로 묘사되는 상사랑 부자도 신흥계급에 속하는 인물로서의 성격적 특성을 두드러지게 나타내지는 못하고 양반이 되지 않겠다는 생각을 가지는데 머물고 말 뿐이며, 양반 신분 자체나 봉건제도 자체를 부정하고 반대해 나서지는 못하고 있다[52]는 비판을 가하고 있다.

---

51) 위의 책, 537쪽.
52) 『조선문학사』(고대중세편), 537 - 538쪽.

『양반전』에 드러난 이러한 세 가지 제한성은 진보적 양반의 입장에 서 있었던 작가 자신의 세계관에서의 모순의 반영인 동시에 당시 우리나라에서의 자본주의적 관계발전의 미숙성의 반영[53]이라고 요약하고 있다.

한편 『조선문학사 I』은 『조선문학사』의 서술태도를 그대로 견지하면서도 세부적인 면에서는 약간의 이질성을 보이고 있다. 소설 『양반전』의 탁월성은 양반의 부정적인 측면을 작가의 주정토로라든가 작가의 묘사 등의 설명을 통하지 않고 등장인물들이 양반신분을 사고 팔며 그 문서를 작성하는 과정을 통하여 보여주는 객관적 기술방법을 취함으로써 사실주의적 경향을 띤 풍자소설[54]의 한 전형을 창조해낸 데 있다고 평가하고 있다.

그러면서 문학작품이 당대 사회현실을 반영하는 그릇임을 강조하고 있다. 즉 이 시기 진보적 문학은 이조 말기의 이러한 현실에 눈을 돌리면서 진보적 사상의 견지에서 그것을 예술적으로 반영하려고 하였다는 것이다. 소설 『양반전』은 바로 이러한 진보적 문학이 남긴 유산으로 부패무능한 양반의 풍자적 형상을 통하여 당대 사회계급 관계의 모순, 당대의 계급투쟁을 보여주고 있다[55]는 것이다.

하지만 이 작품은 작가의 세계관상 제약성으로 인해 커다란 흠을 지니고 있다고 비판하고 있다.

선비란 것은 하늘에서 받은 벼슬이니만큼 권세와 잇속을 꾀하지 말고 곤궁해도 선비의 도리를 잃지 말아야 한다.
한갓 문벌을 밑천으로 여기거나 조상의 뼈다귀를 매매한다면 장사치와 무엇이 다르랴! 그러므로 양반전을 짓는다.

---

53) 위의 책, 538쪽.
54) 「조선문학사 I」 365쪽.
55) 위의 책, 364쪽.

『양반전』 창작동기에 드러나는 이러한 연암의 세계관은 계급적 한계를 강조할 따름이라는 것이다. 작가가 비판하려는 대상은 '선비의 도리'를 떠난 양반이었으며, 작가 자신은 봉건적인 사 · 농 · 공 · 상의 사상에 기초한 '선비의 고상한 명예'를 버리지 않고 있다는 것이다. 이것은 이 소설이 작가의 계급적 제약성 때문에 양반 일반을 비판하며 부정하는 데까지는 이르지 못하고 있다[56]는 것을 보여주는 결정적 한계를 드러낸다는 것이다.

2. 『호질』에 대한 평가

김태준은 『호질』을 "인간의 허위와 가면을 여지없이 폭로한" 소설로 평가한 바 있다.

『조선문학통사』는 『호질』에 대해 사회의 썩어가는 세력의 부정면에 대한 날카로운 비판의 빠포스의 광명한 조국의 미래에 대한 열렬한 지향의 배합이 이 작품의 기본적인 사상예술적 특성을 이룬다[57]고 서술하고 있다.

아울러 작가는 이 작품에서 양반사대부 계층의 언행의 불일치를 통해 그 위선적인 행위를 통렬하게 폭로하고 있다고 지적하고 있다. 첫 장면에서 통치계급의 존경과 사랑을 받고 있는 덕행이 높은 대학자나 정절과부로서의 등장과, 둘째 장면에서의 저네들의 도덕이 허용할 수 없는 것으로 떠벌려 온 수절과부와의 밀회간의 모순, 셋째 장면에서 범 앞에서의 비굴한 아첨과, 넷째 장면의 농민 앞에서의 위풍있는 거드름 간의 모순은 그들의 언행의 불일치를 더욱 예리하게 강조해 보여 준다는 것이다. 특히 이 작품에서 북곽선생을 논죄하는 범의 형상이 특징적인데, 작자는 범에 의탁하여 까닭

---

56) 앞의 책, 364 - 366쪽.
57) 「조선문학통사」, 392쪽.

없이 인민들의 코를 깎고 발가락을 자르고 얼굴에 먹칠을 아로새기는 등 반동적 지배계급이 감행하는 그 야수적 만행을 규탄하면서 이에 인민들의 평화애호사상을 대치시켰다[58]는 해석을 하고 있다. 이 부분은 연암문학에 대한 『조선문학통사』의 과학적이고 합리적인 이제까지의 가치평가와는 달리 계급투쟁적이고 감정지향적인 이데올로기적 발상을 깔고 있어 비약이 심하다고 할 수 있다.

작자는 어두운 밤에 범이 북곽선생을 단죄하던 자리에 날이 밝으면서 농민을 세워 놓음으로써 범이란 바로 농민의 분신이었음을 시사한다고 해석하고 있다. 동시에 작자는 이 장면을 통하여 조국의 어두운 어제와 결별하고 광명에 찬 나라를 맞으려는 조국에 대한 사랑, 미래와 연결되어 있는 인민적 입장, 그 이상의 낭만성을 구현하였다고 극찬하고 있다.

『조선문학통사』에서의 장황하고 객관성을 잃은 「호질」에 대한 과장된 평가에 비해, 『조선문학사』에서는 「양반전」, 「허생전」과 달리 축소평가하고 있는 양상을 보이고 있다. 『열하일기』에 수록된 「범의 꾸중」은 「양반전」과 비슷한 주제 사상을 가진 소설로 「양반전」이 양반들의 무능성을 주로 비판하였다면, 「범의 꾸중」은 양반들의 위선성을 폭로하는것을 위주로 하였다[59]고 평가하고 있다. 『조선문학사』가 「호질」에 대한 가치평가를 간단하게 처리한 것은 이 작품이 우화적 형태를 취하고, 그 상징적 낭만성에 치중한 관계로 형태상의 리얼리티를 결여한 것으로 파악한 까닭으로 보인다. 또『열하일기』에서 작가가 중국사람의 작품으로 자신의 작품이 아님을 밝힌 사실과도 연관이 있는 듯이 보인다.

『조선문학사Ⅰ』(1982)에 와서는 아예 『양반전』, 『허생전』만 상세하게 언

---

58) 위의 책, 391쪽.
59) 『조선문학사』, 539쪽.

급하고, 『호질』에 대한 서술을 삭제하고 있다. 그러나 실학파문학의 일반적 특성을 언급하면서, 실학파 작가들은 비록 양반의 입장에서나마 이조말기의 불합리한 사회의 현실을 비판하였으며, 반동적 봉건 관료배들의 비행을 폭로하였다고 하고, 그 예로 소설 「범의 꾸중」은 위선적이며 전횡을 부리는 양반관료배들을 정면에서 비판하고 있다[60]고 지적하고 있다.

3. 『허생전』에 대한 평가

『조선문학통사』(1959)는 『허생전』을 18세기 조선문학이 낳은 가장 뛰어난 사회소설로 평가하고 있다. 연암은 이 작품에서 18세기 봉건 조선사회가 봉착한 전 민족적 의의를 갖는 기본 문제를 '최고 강령'으로서 농민해방, 봉건제도의 철폐의 주장, '최저 강령'으로서 국내에서의 상품유통의 교류의 설정 등을 제기하였으며 인민적 입장에서 이 문제들에 일정한 해답을 주었다고 평가하고 있다.

『허생전』에서 글공부하던 허생은 상인으로 나서는 그의 실천행동의 제1단계를 통하여 한편으로는 실학파의 경제실용사상을 주장하며, 한편으로는 신분제도 타파의 필요성을 주장하였다는 것이다. 이는 그 당시 국내의 상품유통과 만상(灣商), 왜관(倭館) 등을 통한 대외무역의 장성과정과 은과 같은 귀금속의 기능이 커지고 따라서 금·은폐의 축적이 일반적으로 증진되고 있던 사회적 현실을 반영하였다[61]는 것이다.

허생의 성격발전의 둘째 단계에서 허생은 한낱 세속적인 장사꾼이 아님이 알려진다. 그는 변산군도 2천명을 무인도에 데려다가 '이상사회'를 건설

---

60) 『조선문학사 I』, 360쪽.
61) 『조선문학통사』, 393쪽.

한다. 이 장면에서 작자 연암의 민주주의적이며 인도주의적인 사상의 명확한 구현을 보여주는데, 연암은 반동 통치배와 완전히 대립되는 입장에서 군도의 사회적 성격을 정당하게 규정하고 있다는 것이다. 『조선문학통사』는 허생이 시도하는 이상 사회건설을 1772년(영조 3년)의 전라도 부안군 변산반도의 농민봉기와 연관시켜 연암은 이들 봉기군을 직접적으로 자기 작품에 인입하면서 이들 '군도'란 다름아닌 토지잃은 농민이며, 이들의 해방이 없이는 국가의 부강이 있을 수 없다는 견해를 표명한 것으로 해석하고 있다. 허생의 이상사회 건설은 "계급이나 문벌이 근절된 평등사회"의 구현을 꾀한 것이고, 작자는 이 평등사회의 묘사를 통하여 노동해방에 대한 사상을 제기한 것[62]이라는 극단적 비약의 주장을 하고 있다.

『조선문학사』(1977)도 『허생전』을 그의 사회미학적 리상을 가장 뚜렷이 반영하고 있는 작품으로 평가하면서, 1780년대초에 창작된 소설로서 실학자들의 경제실용사상과 봉건말기의 사회적 위기를 수습해보려는 지향을 반영하고 있다고 서술하고 있다. 『조선문학사』의 서술태도는 두 가지 점에서는 앞서의 『조선문학통사』와 같은 입장을 취하고 있다. 그 하나는 허생을 진보적 견해를 가진 량반으로 해석하는 것이고, 다른 하나는 도적떼를 농민봉기군으로 설명하는 입장이다.

그러나 『조선문학사』는 『허생전』을 비판적 입장에서 평가하고 있다는 점에서 『조선문학통사』와 이질성을 보이고 있다. 이 작품에는 일련의 본질적 제한성이 있는데, 그 하나는 작품에서 작가는 농민봉기군들의 처지에 동정을 표시하면서도 그들의 투쟁을 지지하거나 그들의 근본요구를 대변하지는 못하였다는 비판이다. 즉 작품에서 작가는 농민봉기로 인한 이른바 나라의 〈소란〉과 〈위험〉으로부터 봉건국가의 〈안녕〉을 도모하려는 양반계급적 입

---

62) 위의 책, 394쪽.

164

장에서 봉기군들을 투쟁무대에로가 아니라 그 사회와 절연된 무인도와 같은 공상세계로 이끌어 가며 〈허생이 이같이 도적떼를 몰아간 후 나라안에서 마음을 놓게 되었다〉고 썼다는 지적을 하고 있다. 다른 하나는 대안으로 그려진 무인도의 〈리상사회〉 자체로 새로운 사회경제관계에 기초한 보다 발전된 사회로서가 아니라 그저 먹고 살 걱정이 없는 원시적인 사회형태로서만 묘사되었다[63]는 비판인 것이다.

김일성종합대학에서 펴낸 『조선문학사 I 』(1982)은 『조선문학사』의 전통을 그대로 잇고 있으나, 작품의 긍정적 평가부분에 있어서는 치밀성과 참신성이 돋보이는 해석을 곁들이고 있다. 물론 변산의 도적떼를 농민봉기군으로 해석하는 입장이나, 이 작품의 한계로 든 허생이 세운 무인도의 이상사회가 당시 근로하는 농민들의 염원을 그대로 대변하는 사회가 아니라는 지적에서는 앞서의 『조선문학사』와 일치하고 있다.

하지만 이 소설의 사상예술적 특성으로 첫째 허생의 형상을 통하여 이조말기의 현실을 예술적으로 재현한 점을 들면서 허생이 삼남의 길목인 안성을 중심으로 장사하는 것을 떠올린 것은 주목할 만한 새로운 견해라고 할 수 있다. 허생의 장사하는 장면은 실학파의 '이용후생(利用厚生)'의 견해를 보여주는 것인 동시에 당시의 상품화폐와 경제 관계의 발전 전형에 대한 예술적 표현이기도 하다는 견해를 밝히고 있다. 둘째의 특성으로 주인공 허생의 무인도 건설에 대한 묘사를 통하여 보다 살기 좋은 사회에 대한 이상과 진보적 사상을 예술적으로 보여준 점을 들고 있다. 소설은 착취와 압박이 지배하던 이조말기의 현실과는 판이한 이상사회를 농민들의 힘에 의거하여 세우는 허생의 형상을 통하여 실학파의 이상을 보여줄 수 있게 되었다는 것이다.

---

63) 『조선문학사』, 541 - 542쪽.

셋째로 『허생전』의 사상예술적 특성은 인간과 그 생활에 대한 묘사에서 낭만주의적 특성을 보여주고 있다는것이다. 이러한 특성은 특히 소설의 뒷부분에서 뚜렷이 나타나고 있다. 작가는 봉건적 질곡과 '존명대의(尊明大義)'의 사대주의로 말미암아 썩을 대로 썩은 조선 말기의 현실에 무인도의 이상사회를 대치시키면서 환상조건적 방법으로 이상사회를 묘사하고 있다[64]는 것이다.

V. 맺 음 말

세계는 혁명적으로 변하고 있다고 해도 과언이 아니다. 이러한 급변하는 시대에 있어서 사람들은 코페르니쿠스적인 인식의 전환없이 대응해 나가기가 어렵다. 물론 해프닝에 머물고 말았지만, 한 정당당수가 공산당 허공발언을 하고, 이에 질세라, 상대편에서 주한미군의 주둔을 사실상 인정한다는 외신보도가 나오고 있는 숨막히게 할 정도의 급박하게 돌아가는 현실이다. 탈이데올로기, 탈모랄의 시대에 사는 현실에서는 잘못하면 홍수에 떠내려가는 뗏목에 몸을 싣고 있는 수해자가, 그 뗏목의 줄을 자칫 놓쳐버리는 형국이 될 수도 있다.

따라서 남·북이 각자의 이데올로기를 버리고, 민족통일의 대과업을 위해 진정한 하나가 되기 위한 움직임을 역동적이고 자발적으로 과감하게 시작해야할 시점에 이르렀다고 할 수 있다. 소련연방의 해체와 동구의 변화, 통일독일의 등장과 일본의 경제·정치 대국으로의 급부상과 PKO법의 일본국회통과 등의 국제정세의 급변은 우리 민족의 대동단결을 그 어느 때 보

---

64) 「조선문학사 I」, 366 - 367쪽.

다도 강렬하게 요구하고 있다고 하겠다. 냉전구조의 해체시기에 통일독일의 통합과 똑같은 방식이 아니라 하더라도, 민족의 지혜를 모아 대통합을 시도하여 국력의 신장과 민족 대화합 그리고 경제적 복리를 바탕으로 한 인간다운 삶의 실현을 모든 국민들에게 줄 수 있어야 한다.

이러한 현실에 부응하여 남·북의 통합된 진정한 한국문학사(또는 조선문학사)의 기술이 시급하다고 할 수 있다. 따라서 우선 양쪽 문학사가 가지고 있는 이질성을 극복하기 위해, 상호연구를 통한 동질성 회복의 노력이 선행되여야 할 것으로 보인다. 그 구체적 방안으로는 각기 냉전구도의 이데올로기적 입장과 이념에 의해 쓰여진 왜곡된 문학사의 서술태도는 과감히 시정하여 객관적이고 과학적인 역사이해의 방식으로 문학사의 완전한 복원이 새롭게 이루어져야 한다는 점이다.

또한 50여년간의 단절로 인해 파생된 개별 문학사의 낯설음의 내용중 상호이해의 입장에서 비교 우위의 내용은 과감하게 서로 수용해줄 수 있는 관용과 아량이 요구된다고 할 수 있다.

이러한 시각과 입장에서 북한문학사의 이해를 돕기위해 우리 민족의 문학사의 흐름 중 중세의 극복과 근대로의 이행에 가장 중요한 영향을 미친 실학과 문학인 연암소설에 대한 북한문학사의 서술태도와 그 가치 평가에 대해 고찰해 보았다.

앞서 언급한 것을 종합하여 요약함으로써 논의를 종결짓기로 한다.

첫째, 북한에서는 비판적 사실주의의 발생시기를 자본주의의 생성시기를 기점으로 18~19세기 발생설, 1910년대 발생설, 1920년대 발생설로 구분하여 논쟁을 벌이고 있다. 이런 논쟁의 결과 북한문학사에서 연암문학에 대한 서술태도의 변화양상을 나타내고 있다. 『조선문학통사』(1959)는 18세기 발생설을 추종하고 있음에 따라 연암문학을 비판적 사실주의문학으로 평가하고 있으나, 『조선문학사』(1977)에서는 1910년대 발생설을 따름에 따라 연암문학에 대해 사실주의적 문학발전을 추동하는데 이바지하였다고 언급함으로써 단순히 사실주의문학으로 간주하고 있다. 그에 비해『조선문학사Ⅰ』(1982) 또한 20세기 발생설을 취하고 있음에 따라 연암의『양반전』을 이 시기 사실주의적 경향을 띤 풍자소설의 대표적 작품의 하나라고 언급하고 있다. 즉 최근으로 올수록 자본주의의 등장과 소멸, 사회주의의 등장의 역사의 합법칙적 발전에 입각한 좌파의 사회주의적 사실주의의 입장에서 연암의 문학사적 위치를 평가하려고 하는 양상을 보이고 있다.

둘째, 북한문학사가들은 연암의 소설문학중『양반전』,『허생전』을 상대적으로 비중을 높이 두고 평가하고 있으며, 다음으로『호질』을 비중있게 다루고 있다.

셋째, 문학사 기술시기의 선·후를 초월하여 연암문학을 판소리문학, 다산 정약용의 문학 등과 더불어 중세의 어둠의 시기의 종말을 촉구하고, 근대의 여명기를 자율적으로 열어간 중요한 역사적 현상으로 파악하고 있다는 점에서는 공통적인 인식에 도달하고 있는 것으로 보여진다.

넷째, 최근의 문학사로 올수록 연암문학을 애국주의적 감정의 표현, 생동한 성격의 창조와 갈등의 중점적이고 집약적인 묘사, 불합리한 현실에 대한 사회개혁적 지향을 드러냄, 진보적인 사상과 미적 견해를 반영함, 높은 언어의식과 산문적 성격과 극적 성격을 배합하는 탁월한 기교를 보여줌 등의 긍정적으로 평가하는 입장과 함께, 실학자들의 일반적 사상적 지향반영에 머물고 있음, 작가의 세계관의 모순의 반영으로 인한 반봉건투쟁에의 전망부재, 막연한 원시적 이상사회 건설 등 비과학적 관념론에 머물고 있음 등의 부정적인 평가를 동시에 서술하고 있음이 특색이라고 할 수 있다.

다섯째, 주체사관 확립 이후 북한문학사가들은 연암문학을 봉건체제에 대한 타도에 앞장서지 못하고, 봉건체제의 계급구조와 타협하는 선에서 혁파를 주장한 것에 대한 비판으로 일관하는 교조적인 입장을 취하고 있는 점이 한계랄 수 있다. 또 『허생전』에서의 대안인 '이상사회'도 새로운 사회경제관계에 기초한 보다 발전된 사회를 보여주는 것이 아니라 원시적인 공상사회 형태로 묘사하는 데 머물고 있다고 비판하고 있다. 이는 사회주의 리얼리즘의 실천에 부합하는 역사주의적 안목을 취함에 따른 결론이다.

이런 입장에 서있는 관계로 『양반전』의 상사람 부자를 '인민을 착취하여 치부하는 착취자'로 해석하는 무리수를 범하고 있는 점이 북한문학사의 커다른 허점이랄 수 있다.

제4부 식민지시대 문학에 대한
북한문학사의 서술시각의 변화양상

식민지시대 문학에 대한 북한문학사의
서술시각의 변화양상

I. 머리말

문민정부 2기에 해당하지만 국민정부를 표방하고 있는 DJ정권의 햇볕정책의 지속적 시행은 긴장된 남북관계를 풀고 오랜만에 해빙무드를 조성하고 있다. 가시적인 양상으로는 금강산관광에 이은 북한당국에 의한 백두산관광제의 등이 있다. 아울러 1999년 2월 4일과 9일의 두차례에 걸친 북한 조국평화통일위원회(위원장 김용순)의 남북당국자간의 대화제의와 남한정부의 미전향장기수와 국군포로 맞교환제의 등이 남북간의 대화를 부추기고 있다.

하지만 남북간에는 항상 돌발변수에 의해 급작스럽게 긴장이 조성되는 경우가 많다. 특히 북한의 인공위성 또는 미사일탄두개발과 금창리 지하핵시설 의혹 등 많은 지뢰가 남북간에 놓여있으므로 긴장완화에 대해 속단하기는 아직 이르다고 할 수 있다. 하지만 북한이 식량난에 따른 부족한 쌀과 비료의 지원이 절실한 상황이라는 점과 김정일의 국방위원장 취임이후에 북한 국민들에게 뭔가 가시적인 정치적 선물을 안겨줘야 한다는 부담 등이 북한정권이 적극적으로 대화에 나서지 않겠는가하는 기대를 높이고 있다. 어찌되었든 모처럼 찾아온 대화분위기를 잘 살려 평화통일의 계기를 마련하였으면 좋겠다.

성큼 가시권에 들어온 듯한 기대감에 들뜨게 하는 〈통일〉을 미리 대비한다고 할 때 정치·경제·문화 등 여러 분야에서 남북한간의 이질적인 요소는 너무나 많다. 이 경우 문학예술부문도 예외가 될 수 없다. 특히 남한문학사에서도 아직 미해금상태에 있는 카프계열의 월북작가와 그들의 문학이 정작 북한문학사에서도 누락되어 있는 아이러니가 아직 해소되지 않고 있다. 그것은 해방후 북한의 김일성정권이 확고하게 자리잡는 과정에서 수많은 권력투쟁이 있었고 그 과정에서 남로당계열의 정치가와 작가, 소련파와 연안파 등의 정치가와 작가 등이 김일성의 주체사상정립이전에 권력투쟁에서 실족하여 숙청되었기 때문이다.

이러한 커다란 역사적인 의미를 지니는 정치적인 사건은 북한문학사의 서술시각의 변화양상을 가져온 동시에 문학사의 왜곡을 가져왔다. 그것은 임화·이태준·김남천·정지용·김기림 등의 식민지시대의 한국문학을 주름잡던 작가나 평론가들의 퇴장과 북한 문학계의 거물 한설야·박팔양·안막 등의 급작스런 문학사에서의 실종으로 나타났다. 통일문학사를 기술할 때 이들을 빼놓고 식민지시대문학을 제대로 정리할 수 있겠는가? 다행스럽게도 최근에 북한의 사회과학원 주체문학연구소에서 발간하고 있는 15권짜리 『조선문학사』에서 비판적이기는 하지만 이들에 대한 언급이 다시 이루어지고 있는 것은 천만 다행스럽다.

이 논문에서는 그간 북한에서 발행된 문학사에서 등장과 퇴장이 반복되었던 소위 부르주아 문학작가들과 권력투쟁과 관련된 정치적 사건에 연루되어 사라진 카프계열 작가군 그리고 카프작가 주변의 진보적인 경향을 보여주던 작가들에 대한 북한문학사에서의 서술시각의 변화양상을 구체적으

로 살펴보고 제대로 평가받지 못하고 있는 그들 문학의 복원 가능성을 검토
해봄으로써 통일문학사 서술에 대비하기로 한다.

II. 북한의 권력투쟁과 문학사 왜곡현상

김일성이 죽기 전까지만 해도 북한은 김일성을 정점으로 하는 유일체제
였다. 따라서 김일성의 권력장악은 매우 쉽게 이루어진 것으로 생각되기 쉽
다. 하지만 북한 정치사를 훑어보면 김일성이 권력을 완전히 잡는 데는 해
방이후만 해도 22년이 넘게 걸렸다. 특히 6. 25한국전쟁의 실패때와 소련
에서의 스탈린의 죽음이후 후르시초프에 의한 우상숭배 비판시기 그리고
중국의 문화혁명후의 시기 등 몇 차례의 국제정치현상의 변화는 김일성의
확고한 권력유지에 장애요인으로 발생했다. 물론 이러한 권력투쟁을 이겨
내고 김일성은 국가주석으로 확고한 위상을 정립하고 우상화작업에 몰두
하여 수많은 정적들을 피의 숙청으로 몰아넣었고 급기야는 사후의 우려 때
문에 세계에 유래없는 세습체제를 시도하여 김정일에로의 권력승계를 이
루게 되었다.

이러한 김일성의 권력장악과정에서의 권력투쟁은 북한정치사뿐만이 아
니라 북한문학사에도 커다란 영향을 미치게 되었다. 김일성에 의해 주도된
국내파 공산주의자와 소련파 · 연안파 그리고 자신의 빨치산직계의 일부까
지도 도려내는 피의 숙청은 '반종파투쟁'이라는 이름으로 그에 연루된 많
은 문학이론가 등의 예술가를 희생시키는 계기가 되었으며 결국 문학사를
왜곡시키는 현상으로 나타났다.

1. 국내파 공산주의자의 몰락과 임화 · 이태준 · 김남천의 숙청

북한문학사가 항일혁명문학에 그 전통을 두었든, 카프문학에 그 전통을 두었든지간에 북한의 문학예술은 정치에 종속되어 있는 양상을 보여주고 있다. 특히 최근의 주체사상으로 무장된 북한문학의 경우 그러한 현상이 더더욱 심화되어 있는 양상이다. 문학의 정치종속화현상의 역사적 뿌리는 매우 오래 되었다. 거슬러 올라가면, 1927년무렵의 카프의 목적의식적 방향전환논쟁에서부터 그 원천이 시작된다. 카프(KAPF)는 초기의 박영희, 김기진간의 내용 형식논쟁과 무정부주의자들과의 논쟁인 아나키스트 논쟁을 거치면서 보다 명확한 활동방향을 잡아나가기에 이른다. 즉 이 무렵 카프의 활동방향과 지향점이 비평의 본격적인 중심과제로 떠오르게 된다. 목적의식적 방향전환이란 간단히 말해 지금까지 자연발생적으로 이루어진 제반 문학활동을 명확한 목적의식하에 조직적으로 이끌어나가자는 것인데, 그것은 결국 무산계급 해방을 위한 문학운동을 목적으로 하는 것이었다. 여기에서 무산계급의 해방이란 것은 어차피 정치적 문제를 떠나서는 해결될 수 없는 것이고, 그렇게 되다 보면 무산계급해방을 목표로 하는 문학운동이 정치와 어떤 연관성을 갖는가가 논의의 중심이 될 수밖에 없다. 물론 이 시기만해도 문학이 정치와 구별되는 특수성을 지니는가 아니면 단지 정치의 부속물일 뿐인가가 논의의 핵심쟁점이었다. 이 시기 치열한 카프내의 논쟁은 국내파인 박영희에 대해 일본에 유학하였다가 방학을 맞아 들어온 한식 · 장준석 · 이북만 · 윤기정 등 제3전선파가 공격을 가하면서 전개[1]되었다. 그리하여 결국 목적의식론은 카프라는 조직을 공식적으로 방향전환하게 유도하게 되며 서무부 · 교양부 · 조사부 · 조직부 등으로 대중조직으로 개편하

---

1) 이선영 · 박태상, 『문학비평론』, 한국방송통신대학출판부, 1993, 342 - 348쪽.

는 것으로 나아가게 된다. 1927년 11월 카프의 기관지 『예술운동』 창간호
에 실린 「무산계급 예술운동에 대한 논강 - 본부초안」에서 급기야 "이러한
의미에서 조선 프로레타리아 예술동맹의 예술운동은 정치투쟁을 위한 투쟁
예술의 무기로서 실행된다"[2]라고 하여 기능주의적 예술관에 빠져들게 되었
던 것이다.

　이러한 문학의 정치종속화현상은 김일성의 유일체제구축 시기에서 시작
되어 김정일이 권력을 점차 장악하게 되는 최근으로 올수록 더욱 가속화되
는 양상을 보이고 있다. 따라서 카프계열 핵심작가나 문학이론가의 실종이
라는 북한문학사의 현상을 해부하기 위해서는 권력투쟁과정에서의 김일성
에 의한 반대세력 제거와 숙청이라는 정치사의 역동적 현상을 먼저 세밀하
게 살펴보고, 그에 따른 문학사의 변천과의 연관성에 대해 면밀한 검토작업
이 병행되어야 할 것이다.

　우선 김일성은 해방후에 남로당을 사실상 주도하던 국내파 공산주의자의
우두머리 박헌영과 이승엽 등과 동거정권을 형성하여 형식상의 화학적 결
합을 시도한다. 하지만 한국전쟁의 실패에 따른 책임문제를 놓고 결국은 박
헌영 등 남로당계열의 정치가를 제거하여 희생양으로 삼는다. 김일성은 미
국과 남한이 정전협정을 둘러싼 신공세를 준비중이던 1952년 12월 조선노
동당 중앙위원회 제5차 전원회의를 소집하고 갑자기 《당의 조직적 사상적
강화는 우리 승리의 기초》라는 보고를 하면서 종파주의를 극복하기 위해서
는 당성을 꾸준히 단련하고 당조직 규율을 강화하여 민주주의적 중앙집권
제의 원칙을 관철해야 한다고 교시하였다. 전원회의후 각급 당조직들에서
전원회의의 문헌토의사업이 진행되었으며 종파주의를 비롯한 온갖 반당적
경향들이 폭로되었고 특히 박헌영·이승엽 등 간첩종파도당의 죄행이 낱낱

---

2) 이선영·박태상, 위의 책, 350쪽.

176

이 드러났다[3]고 명렬하게 비판하였다.

당시 남조선에 있던 반당종파분자들은 적들의 이러한 모략책동을 반대하여 적극 투쟁하지 않았을 뿐 아니라 남조선 인민들속에 수령님의 위대성을 선전하는 사업을 바로 하지 않았으며 수령님의 현명환 령도밑에서 북반부내에서 이룩된 민주개혁의 자랑찬 성과마저 똑바로 알려주지 않았습니다. 반당종파분자들은 남조선인민들이 그토록 마음속으로 흠모하는 수령님의 위대한 풍모와 혁명업적에 대하여 똑똑히 알 수 없게 하였을 뿐아니라 수령님께서 제시하신 로선을 왜곡집행함으로써 남조선인민들의 혁명투쟁에 막대한 해독을 끼쳤습니다. 반당종파분자들은 남조선인민들을 정치적으로 각성시키고 조직적으로 묶어 세우기 위한 사업은 하지 않고 무모한 폭동을 강용하여 수많은 애국자들과 인민들이 적들의 총칼앞에서 무참히 희생되게 하였습니다. 반당종파분자들이 저지른 죄행과 그 후과에 대하여 생각하면 통분함을 금할 수 없습니다.[4]

---

3) 사회과학원 역사연구소 김한길, 『현대조선역사』, 서울, 일송정, 1988, 324 - 327쪽.
북한의 현대사를 기술한 상기 역사서에서 집필자 김한길은 박헌영에게 미제의 간첩으로 죄명을 뒤집어 씌우고는 조선혁명운동발전에 막대한 해독을 끼친 종파집단이라고 다음과 같이 매도하고 있다.
"박헌영은 이미 해방전부터 일제에 투항하고 미제의 간첩으로 굴러떨어진 혁명의 배신자로서 《화요계》계열, 《서울콩그룹》계열의 종파분자들과 변절자들을 중심으로 간첩종파집단을 형성하였으며 해방전후를 통하여 오랫동안 자기 정체를 교묘하게 숨기고 조선혁명운동발전에 막대한 해독을 끼쳤다.
박헌영도당은 해방후 미제의 지시밑에 남조선에서 당조직을 파괴하고 인민들의 혁명투쟁을 말아먹었다. 이자들은 북반부에 들어온 다음에도 간첩, 암해분자들을 규합하고 우리 당을 파괴하기 위하여 온갖 악랄한 책동을 다하였으며 전쟁의 어려운 시기에는 당, 국가 및 군사비밀을 미국첩보기관에 계통적으로 넘겨주었다.
1951년 미제침략자들이 《하기 및 추기 공세》를 감행하던 때에는 적의 공세와 때를 같이하여 무장폭동을 일으키려고 하였으며 아이젠하워가 《신공세》를 기도하자 또다시 적의 공격과 배합하여 무장폭동으로 당과 정부를 전복하려고 책동하였다. ……
이 간첩도당은 1951년 9월에 박헌영의 집에서 이승엽을 총사령관으로 하는 폭동사령부를 조작하였다. 참모장에는 박승원, 군사책임은 배철, 지휘에는 김웅빈, 정치선전책임에는 임화, 조일명 등을 임명하였다. 그들은 저들의 졸도들이 집결되어 있던 금강학원과 유격대 10지대 등을 통하여 4000명의 병력을 규합, 대기시켰다."

이렇게 김일성은 한국전쟁의 실패를 박헌영·이승엽 등에게 그 책임을 돌려 희생양으로 삼았던 것이다. 그런데 중요한 것은 이러한 박헌영과 이승엽의 정치적 숙청과 함께 그들의 측근이었던 많은 문인들이 희생되었다는 사실이다. 그중 대표적인 인물이 그 당시 조소 문화협회 중앙위원회 부위원장이었던 임화이었고, 이들과 가까웠던 이태준·김남천·이원조 등도 줄줄이 연루되어 숙청되었다. 백철의 증언에 의하면, 1950년 7월 한국전쟁중 서울에 온 임화는 당시 문화연맹 간부였고 김남천은 서기장의 위치에 있었던 것으로 알려져 있다. 1953년 8월 3일부터 8월 6일까지에 걸쳐 열린 북한의 최고 재판소 군사재판부(재판장 김익선소장)는 소위 공화국 정권 전복 음모와 반국가적 간첩테러 및 선전 선동행위에 대한 사건을 심리하고 박헌영·이승엽과 마찬가지로 임화와 조일명에게 사형을 선고하고 이원조에게는 징역 12년에 처하고 모든 재산을 몰수하였다. 이태준과 김남천은 북한의 역사책이나 문학사등에서 구체적으로 설명되지는 않고 있으나, 전원회의후의 각급 당조직에서 전원회의 문헌토의사업이 진행되는 과정에서 그리고 작가 예술인들의 사상투쟁모임에서 종파주의를 비롯한 반당적 경향이 폭로되어 숙청된 것으로 보여진다. 1952년 12월의 당중앙위원회 제5차 전원회의 이후에 있었던 김일성교시인 "종파주의를 반대하고 작가대렬의 통일단결을 강화하기 위한 투쟁과 사대주의, 교조주의를 반대하고 문학에서 주체를 세우기 위한 사업 조직령도"에서는 임화나 이태준 그리고 김남천의 죄를 첫째, "남이니 북이니 무슨 파니 하는 협애적 지방주의적 종파주의적" 경향을 보였다고 구체적으로 적시하고 있고, 둘째, 부르주아적 문학예술단체인 《조선문화건설 중앙협의회》를 급조하여 《문화테제》라는데서 《우리가 건설하는 민족문화는 계급문화여서는 아니된다〉고 하며 문학예술의 당성,

---

4) 조선로동당 중앙위원회, 『김정일선집』 1, 평양, 조선로동당출판사, 1992, 86쪽.

계급성을 부정하고《근대적 의미에서의 민족문화》를 수립해야 한다고 하면서 부르주아 민족문화 건설 로선을 공공연히 들고 나왔다고 비판하고 있다. 그리고 셋째, 이태준의 경우는 중편소설 『농토』와 단편 「호랑할머니」, 「먼지」 등에서 북한의 현실을 왜곡하고 부르주아작가로서의 반동성이 드러났으며, 김남천의 경우는 단편소설 「꿀」에서 인민군대의 영웅적 성격을 모독한 자연주의 경향을 보였고 인민군대를 나약하게 그리는 등 염전사상과 패배주의를 내세웠다고 비판[5]하였다.

　　작가, 예술인들의 사상투쟁모임에서는 림화, 조일명 등의 반혁명적 행위와 리태준, 김남천 등의 반당적 책동이 백일하에 폭로되였을 뿐아니라 그들 작품의 반동성이 또한 날카롭게 폭로비판되였다. 림화도당이 자기들의 부르주아사상과 패배주의, 투항주의를 현상적 외피와 혁명적 언사로 교묘하게 가리우고 있었기 때문에 사람들은 그 작품들의 반동성을 쉽게 가려보기 어려웠다. 림화의 시 《너 어느곳에 있느냐》와 《흰눈을 붉게 물들인 나의 피우에》도 그런 반동적인 작품이였다.

　　시 《너 어느곳에 있느냐》의 반동성을 예리하게 간파하신 분은 친애하는 지도자 김정일동지이시다. 력사적인 당중앙위원회 제5차 전원회의가 있은 며칠후인 1953년 설날 학급에서는 가족들과 함께 오락회를 가지셨는데 이때 한 가족이 그 시를 읊었다. 그러자 즐거웠던 방안의 분위기가 애수와 비애에 잦아들었다. 이날 친애하는 지도자 김정일동지께서는 그 시의 나쁜 점에 대하여 엄하게 지적하시었다. 이런일이 있었는데도 한 녀학생이 다가오는 명절에 그시를 읊으려고 열심히 시랑송연습을 하고 있었다.

　　친애하는 지도자동지께서는 이것을 아시고 그 시의 반동성을 다시금 명백하게 분석하여 주시면서 나는 그 시가 마음에 들지 않는다. 우리나라의 어느 어머니가 자기딸을 전선에 내보내고 저렇게 가슴을 쥐여뜯으며 울고 있는가? ……

---

5) 장형준, 『위대한 수령 김일성동지 문학령도사』 2, 평양, 문예출판사, 1993, 428 - 435쪽.

(중략)……

친애하는 지도자동지의 말씀은 자기의 사랑하는 딸을 전선에 내보낸 어머니 –
서정적 주인공이 딸의 소식을 몰라 애타하며 너 어느 곳에 있느냐고 부르짖으면
서《종이장같이 얇은》가슴을 쥐여뜯고《얼음장 터지는 소리만》을 들으며 전선에
나간 딸을 빨리 돌아오라고 호소하는 이 시의 패배주의, 투항주의와 염전사상을
낱낱이 발가낸 가장 명석한 분석이었다.

림화의 시《너 어느곳에 있느냐》가 우리 조선의 어머니들을 모독한 반동적 작
품이라면 그의 시《흰눈을 붉게 물들인 나의 피우에》는 우리의 인민군 영웅을 모
독한 반동적인 작품이다.[6]

지금까지 남한의 학계에서는 임화의 재판기록까지 공개되어 그의 숙청사
실은 상세하게 알고 있었으나, 이태준과 김남천 등의 숙청사실에 대해서는
자세하게 알려지지 않고 단지 임화의 사건과 연루되어 숙청되었을 것이라
고 추정하는 정도였다. 그러나 북한이 제공한 이러한 기록으로 인해 김정일
의 비판이 두 사람의 숙청원인의 결정적 계기가 되었음이 분명하게 밝혀지
게 되었다.

2. 소련파와 연안파의 제거와 기석복 · 정률 · 민병균에 대한 비판

북한정권에서 김일성은 해방직후 군을 먼저 장악하였으나 당의 장악에는
상당한 시간이 필요하였다. 1946년 8월의 북조선 노동당 제 1차 당대회에
서는 권력이 계파간에 균형을 이루고 있었는데, 연안파의 김두봉이 중앙위
원회 위원장이었고 김일성은 국내파 주영하와 함께 부위원장에 선출되었
다. 5명의 정치위원회는 연안파의 김두봉과 최창익 · 소련파의 허가이 · 국

---

6) 장형준, 위의 책, 431 – 432쪽.

내파의 주영하, 그리고 김일성 등으로 구성되었다. 그러나 1948년 3월에 열린 제 2차 당 대회의 사정은 약간 달랐는데, 김일성의 지위는 여전히 중앙위원회 부위원장이었지만 그는 당의 결점들을 지적하고 종파주의[7]와 개인영웅주의를 통렬히 비난하는 보고를 하였다.

1948년 남북에 각기 다른 정부가 들어서고 박헌영을 비롯한 남로당 계열의 공산주의자들이 월북한 이후에 열린 1949년 6월 24일에 남로당과 북로당의 중앙위원회 연석회의에서는 조선노동당이라는 공식 당명이 채택되었는데, 여기에서 김일성은 마침내 당 위원장에 선출되었다. 남로당출신의 국내파 박헌영이 제1부위원장에, 소련파 허가이가 제2부위원장으로 뽑혔고, 9명으로 구성된 정치위원회 위원에는 김일성 · 박헌영 · 허가이를 포함해 남로당계열의 이승엽 · 김삼룡 · 허헌 · 연안파의 김두봉과 박일우 그리고 빨치산출신의 김책이 선출[8]되었다.

우선 김일성은 노동당의 당 조직문제와 당원 축출 문제를 놓고 자신과 대립하였던 허가이를 제거하려고 하였는데, 1953년 8월 4일에 열린 중앙위원회 제 6차 전원회의에서 그의 자살을 발표함으로써 확인이 되었다. 그리고 소련파와 연안파의 도움으로 국내파 공산주의자인 박헌영과 이승엽을 제거한후 연안파의 도전에 직면하였다. 그것은 세계정세의 변화에 기인하는 것인데, 소련의 스탈린 사망후 후르시초프에 의한 스탈린 격하운동이 전

7) 최성, 『북한정치사』, 풀빛, 1997, 94쪽, 재인용.
   북한의 『정치용어사전』은 종파를 "당의 이익과 통일단결에 어긋나게 자기들의 더러운 사리사용을 채우기 위해 당의 노선과 당중앙을 반대하여 당 조직체 안에서 분열적 책동을 감행하는 자들의 집단 또는 분파"라고 정의내리고 있다. 김일성은 "종파주의는 당의 통일과 단결을 와해시키며 노동운동을 파괴하는 해독적 사상으로 그것은 마르크스 · 레닌주의와는 아무런 인연이 없는 부르주아 사상"이라고 말하면서 "종파주의는 소부르주아적 개인 영웅주의, 공명출세주의의 산물로서 그 상습적인 직위다툼과 상호 이간책동이며 간교한 외교와 모해이며 개인숭배사상의 전파와 부식"이라고 비판하였다.
8) 서대숙, "정권의 수립과 변천과정", 최명편, 『북한개론』, 을유문화사, 1990, 65쪽.

개되자 제 1차 5개년 경제계획의 추진을 위한 경제원조를 위해 1956년 6월 1일부터 7월 14일까지 소련과 동유럽을 방문하던중 최창익이 이끄는 연안파가 정권에 대한 도전을 음모하였다. 1956년 8월 30일에 중앙위원회 '8월회의'가 열렸는데 이 자리에서 연안파의 서휘는 직업동맹의 노동자들이 정치적 자주성과 파업의 권리를 가져야 한다고 주장하였고, 윤공흠은 김일성에 대한 개인 숭배를 비판하였으며, 최창익은 북한경제발전의 난관을 초래하는 중공업의 치중을 비난하고 생필품의 생산확대를 위해 경제계획을 개편할 것을 촉구하였다. 그리고 군부에서는 연안파의 김을규·최월종(조선인민군 정치국장)·최종학 등이 인민군의 전통은 비한국적인 만주에서의 빨치산전통 보다는 일제치하의 북한에서 치열하였던 농민운동에서 계승되어야 한다고 주장하였다는 것이다. 김일성은 1956–57년사이에 당증 재발급 사업을 벌이면서 연안파의 인물들을 당과 정부로부터 축출[9]하였다.

그럼에도 불구하고 사대주의, 교조주의에 사로잡힌 반당종파분자들은 《인민생활이 어려운데 중공업건설에 치우친다》느니 《어느 나라에서도 이러한 정책을 실시해본 적이 없다》느니 하면서 경제건설의 기본노선을 반대하여 나섰다. 이자들은 특히 중공업을 우선적으로 발전시키며 자립경제의 토대를 축성하는 데 대한 방침을 반대하면서 모든 것을 당면한 소비에 탕진할 것을 주장하여 나섰다.[10]

당 안에서는 오랫동안 종파행위를 하면서 기회를 노리고 있던 최창익을 비롯한 반당반혁명종파분자들이 외부세력을 등에 업고 반당혁명적 음모책동을 감행하고 있었다. 이 자들은 수정주의자들의 책동에 발맞추어 당정책의 관철을 음으로 양으로 방해하였으며 당과 국가를 반대하고 혁명을 파괴하려는 음흉한 음모

---

9) 서대숙, 위의 글, 69–75쪽.
10) 김한길, 앞의 책, 344쪽.

를 꾸미고 있었다. 이 자들은 1956년 8월에 열린 조선노동당 중앙위원회 전원회의에서 폭로분쇄되었으나 그 잔당들은 남아서 준동하고 있었다. 그러므로 이 자들과 투쟁을 계속하면서 5개년계획의 방대한 과업을 수행해 나가야 했다.[11]

사실상 소련파와 연안파의 제거가 이루어진 1956년 8월 당 전원회의를 전후하여 북한은 문학분야에서도 대대적인 숙청과 비판이 잇따르게 되었다. 대표적인 문학적 사건으로는 소위 부르주아 반동작가인 이태준과 사상적으로 결탁한 부수상을 지낸 소련파 박창옥과 그 측근들을 맹렬하게 비판하는 현상이었다. 특히 김일성은 그의 과오로 첫째, 사대주의적 행동을 일삼았고 부르주아의 사상잔재가 남아있다는 것을 지적하였고 둘째, 민족허무주의에 빠져 항일혁명투쟁의 한 전통인 카프의 문화유산을 거부하였다는 것이다. 셋째, 해방후 이광수의 능력을 인정하여 그를 앞세울 것을 제안하는 등 부르주아반동문학과 사상적으로 결탁[12]하려고 시도하였다는 것 등이다. 이러한 박창옥과 그 측근들의 종파 사대주의적 경향은 당성, 로동계급성을 저버리게 되며 당도 안중에 없고 혁명문학건설도 말아먹는 위험한 지경에 이르게 된다는 것을 보여주었다고 질타하고 있다.

그리하여 김일성은 1956년 1월 18일 당중앙 상무위원회를 소집하여《문학예술분야에서 반동적 부르주아사상과의 투쟁을 강화할 데 대하여》의 결정서를 채택함으로써 오래동안 당선전부문의 지도적 지위에서 유아독존격으로 전횡을 부리면서 사대주의적이며 부르주아적인 사상을 부식시키고 문학발전에 저해를 주던 종파사대주의분자들에게 결적인 타격을 주고 당의 령도체계를 더욱 튼튼히 확립하였으며 주체가 선 문학을 건설하고 발전시

---

11) 김한길, 위의 책, 365쪽.
12) 이수림, 『위대한 수령 김일성동지 문학령도사』 3, 평양, 문예출판사, 1994, 42 - 45쪽.

켜 나갈 수 있는 건전한 토대를 닦아 놓았다[13]고 주장하고 있다. 위의 결정서에는 첫째, "림화·리태준·김남천 등 반동 작가들을 바로 지지하면서 우리 문학의 건전한 발전을 저해하여온 기석복·정률 및 이들을 추종한 김조규·민병균 동무들을 동맹 중앙위원에서 제명하며 동시에 정률·민병균·김조규 동무들을 동맹 상무위원에서 제명한다"는 것과 둘째, "평론분과 제9차 위원회에서 기석복·정률을 위원에서 제명한 결정과 시문학분과 제33차 위원회에서 민병균을 위원에서 제명한 결정을 각각 비준한다"는 내용이 포함되어 있다[14]는 것이다.

3. 천리마운동과 항일혁명문학에 대한 관심

권력투쟁과정에서 제거, 축출된 소련파 연안파의 빈자리는 빨치산 출신들이 메우게 된다. 1957년 9월 김일성은 제 1기 최고인민회의를 개최한 후에 10년만에 제 2기 최고인민회의를 소집하기 위한 선거를 실시하여 최고인민회의 상임위원회 의장에 빨치산출신의 최용건을 뽑고 제 2차 내각의 요직에도 김일(부수상), 김광협(국방상)과 같은 빨치산들로 채우게 된다.[15] 물론 이들 빨치산실세들도 1960년대 초반의 스탈린 격하운동, 후반의 중국문화대혁명과 홍위병의 등장 등 국제정세의 급변에 따라 중심세력에서 축출되어 북한은 주체사상을 중심으로 하는 김일성유일체제로 넘어가게 된다.

연안파와 소련파에 대한 축출이후 권력장악에 성공한 김일성은 이른바 아직도 지역당안에 잔존해있던 종파분자들을 제거하는 한편 사회주의 공업

---

13) 이수림, 위의 책, 49쪽.
14) 김재용, 『북한문학의 역사적 이해』, 문학과 지성사, 1994, 140쪽.
15) 서대숙, 앞의 글, 75쪽.

화를 이룩하기 위해 부르주아잔재투쟁과 병행하여 사회주의 건설 대고조운동으로서 대중노선인 천리마운동을 추진하게 된다. 천리마운동은 1957년부터 시작되었던 5개년 계획의 과업달성과 연계하여 추진되었는데 소련의 '스타하노프운동'의 북한판인 이 운동은 첫째, 단순한 생산혁신운동이 아니라 사상교육을 특히 중시하는 운동이라는 점, 둘째, 좁은 의미에서의 생산활동에 한정되지 않고 상품·의료·교육·예능·언론 등의 서비스활동과 정신노동을 포함하는 전 분야에 걸쳐 진행된 '북한 특유의 국가 총동원체계'였다[16]는 점이 특징이었다. '혁명적 사상의식의 강조를 통한 생산력의 비약적 발전'이라는 천리마운동은 기술과 자본이 취약한 북한의 상황에서는 불가피한 조처였다. 정치사상적 통일성을 확보하기 위한 운동이었던 천리마운동의 시초는 1958년 11월 김일성이 제시한 교시인《공산주의교양에 대하여》에서 비롯[17]된다.

1956년 8월의 전원회의이후 1956년 10월 제2차 조선작가대회가 소집되었고, 1956년 12월에는 전국 작가, 예술인협의회가 열렸다. 그리고 1958년 11월 전국 시, 군 당위원회 선동원들을 위한 강습회에서 연설《공산주의교양에 대하여》를 강연하였는데, 그 골자는 다섯 가지로 요약된다. 첫째, 공산주의 교양에서 중요한 것은 무엇보다도 자본주의에 비한 사회주의와 공산주의의 우월성을 잘 알려주는 것이고, 둘째, 새 것은 반드시 승리하고 낡은 것은 멸망한다는 진리를 알려주는 것이며, 셋째, 근로자들을 집단주의정신으로 교양하는 것임을 강조한다. 넷째, 사회주의적 애국주의와 프롤레타리아국제주의 정신으로 교양하는 것이고 다섯째, 사람들이 로동을 사랑하도록 교양하는 것[18]이라고 주장하고 있다. 이 연설을 뒷받침하기 위한 조선

---

16) 최성, 앞의 책, 139쪽.
17) 최성, 위의 책, 139쪽.
18) 이수림, 앞의 책, 115쪽.

작가동맹 중앙위원회 제4차 전원회의에서는 한설야가《공산주의 교양과 우리 문학의 당면 과업》이란 보고문을 발표하고 직후 채택된 결정서에서 "김일성동지의 1958년 10월 14일 교시를 받들고 치열한 사상 투쟁을 진행하는 행정에서 부르주아문학사상에 물젖은 안막 · 서만일 · 윤두헌 등을 폭로 비판하였다"[19]라고 언급하고 있다.

이 시기에 김일성은 두 가지 중요한 교시를 내리는데, 그 핵심은 부르주아 문학예술의 독소를 반대하여 투쟁하여야 하고, 천리마기수의 전형을 창조하여 공산주의적 새 인간을 창출[20]하여야 한다는 것이다. 그리고 공산주의적 인간의 본보기형상창조로서 두 가지 방향, 즉 항일혁명투사들과 천리마기수들의 전형적 성격을 창조하여야 한다[21]고 강하게 요구한다. 이러한 움직임은 1959년 제 2차 항일혁명 전적지 답사단(답사단장 송영)으로 이어지고 주체사상 확립후에 항일혁명문학이 카프문학을 뛰어넘어 북한의 가장 중심적인 혁명전통으로 평가되는 계기가 된다.

III. 각 시기 북한문학사의 서술시각과 시대구분의 유형

북한에서『조선문학사』는 총 9종이 발간되었다. 또 최근의 북한문학의 흐름을 볼 수 있는 자료로는『문학예술사전』(상권은 1988년, 중권은 1991년, 하권은 1993년에 나옴)과 1994년에 나온『문예상식』이 있다. 그중 현 시점에서 특징적인 성격을 지니는 것으로 볼 수 있는 것으로는 1959년에 나온『조선문학통사』(상, 하권)와 1977년부터 1981년 사이에 나온『조선문학

---

19) 김재용, 앞의 책, 148 - 149쪽.
20) 이수림, 앞의 책, 130 - 131쪽.
21) 이수림, 위의 책, 130쪽.

사』(전 5권, 통칭 조선문학사1로 명명하기로 함), 그리고 최근 사회과학원 주체문학연구소에서 출간되고 있는『조선문학사』(전 15권, 통칭 조선문학사2로 명명하기로 함)의 세 가지 종류의 문학사와『문학예술사전』과『문예상식』등이다. 이중『조선문학통사』를 제외하고는 주체사상을 바탕으로 하여 쓰여졌다는 점에서는 일치하지만, 소위 부르주아반동문학으로 불려지는 이광수나 김동인의 문학, 그리고 한때 비판적 사실주의문학으로 꼽히던 나도향과 김소월의 문학 등이 다시 등장하고 한용운 · 박팔양 · 한설야 · 정지용 · 이용악 · 백석 · 윤동주 등이 언급되고 있는 점이 이채롭다고 할 수 있다.

한편 북한의 문학사는『조선문학통사』에서는 1957 - 62년에 걸친 역사학계의 논쟁을 반영하지 못했으나, 그 이후에 나온 문학사는 근, 현대사의 '시대구분논쟁' 과 '과도기유형논쟁' 을 반영하였으나, 주체사관의 형성이후에 와서는 현대사의 시점이 갑자기 1945년에서 1926년 '타도제국주의동맹 결성' 시기로 뒤바뀌는 양상을 드러내고 있는 것이 특징이다. 북한의 역사학계에서 진행된 '시대구분논쟁' 은 시대구분의 기본원칙, 기준의 문제와 근대사의 시점 및 종점의 문제였는데, 결국 1962년 사회과학원 창립 10주년을 앞둔 기념회에서 하나의 합일된 결론을 도출해내었다. 우선 '시대구분논쟁' 은 크게 두 가지 학설 즉 계급투쟁설(이나영 · 장문선 · 최기환 · 전석담 · 박춘성 등)과 사회구성체설(자본주의설 : 김희일 · 김사억 · 박린형 · 김맹모 등)로 나뉘었다. 계급투쟁설은 "지금까지 존재한 모든 사회의 역사는 계급투쟁의 역사였다" 라는 명제를 내세우면서, 한국근대사의 시대구분에서도 마땅히 계급투쟁의 표현을 주요한 표징으로 삼되, 반식민지 식민지였던 우리나라의 경우에는 특히 민족운동의 표현을 가장 주요하게 고려해야 한다고 주장한다. 계급 투쟁설도 세계사적 관점에서 볼 때 근대는 자본주의 사회이며 현대는 사회주의라는 것을 승인[22]하고 있다. 이 이론의 대표적 주창자인 이나영은 한국 근대사회의 특수성을 "완전한 봉건사회도, 완전한 자본주의 사회도 아닌 반봉건사회로서 한 개의 기형적인 '과도기' 사회였다"[23]는 사실과 함께 가장 중요하게는 반식민지 식민지사회였다는 사실에서 찾으면서 민족모순이 주요모순이며, 따라서 민족투쟁이 주요한 투쟁이었다고 말하고 있다. 그리고 한국근대사의 시점 및 종점에 대해서는 1866 - 1919년설(이나영 · 전석담 · 박춘성)과 1866 - 1945년설(장문선 · 최기환)[24]로 나뉘고 있었다.

사회구성체설은 인류사의 원시 · 고대 · 중세 · 근대 · 현대의 다섯 시기는 원시공동체적 · 노예적 · 봉건적 · 자본주의적 · 사회주의적 생산양식에 상응하며, 시대구분의 이같은 방법론적 원칙은 세계사뿐만이 아니라 개별민족사의 파악에서도 마찬가지로 적용되어야 한다는 것이다. 대표적 주창자 김희일의 견해에 따르면, 세계사에서 나타나고 있는 자본주의로의 이행행태를 부르주아혁명에 의해 이행한 유형, 부르주아개혁에 의해 이행한 유형, 그리고 외국 자본주의의 침략을 매개로 이행한 유형의 세 가지로 구분하면서 인도 중국과 함께 우리나라를 이 세 번째의 유형에 포함시키고 있다. 그리하여 이같은 자본주의로의 이행, 자본주의 발전의 식민지적 길, 식민지적 유형의 설정으로부터 한국근대사를 "자본주의 사회사의 특수한 유형으로서 존재한 식민지(반식민지) 반봉건사회 시대"로 파악[25]하고 있다. 한국근대사의 구체적인 시점과 종점의 경우, 1866 - 1945년설과 1876 - 1945년설로 나뉘었는데, 결국은 1866년 반침략투쟁시기로 모아졌다.

22) 이병천편,『북한학계의 한국근대사 논쟁』, 창작과 비평사, 1989, 12쪽.
23) 이나영, "조선근대사의 시기구분에 대하여",『력사과학』제4호, 1957, 38쪽. 이병천편, 위의 책, 13 - 14쪽. 재인용.
24) 이병천편, 위의 책, 15 - 16쪽.
25) 김희일, "조선근세사 시기구분 문제에 대하여",『력사과학』제 1호, 1962, 이병천편, 위의 책, 17 - 18쪽 재인용.

'시대구분논쟁'의 경우 1962년 사회과학원 창립 10주년 기념 '공식토론회'를 통해 어느 정도 합의를 도출해내었다. 가장 중요한 시대구분의 원칙, 기준의 문제에서는 사회공동체설(자본주의설)에 입각하여 근대 즉 자본주의라는 세계사적 시대구분을 한국근대사에 직접 적용하여 한국근대 즉 자본주의 발전의 식민지적 유형으로 본 김희일의 견해로 정리되었다고 한다. 즉 한국근대사는 '자본주의 사회에 상응하는 역사'로서 '자본주의사회 역사의 고전적 형태와 구분되는 특수한 유형의 길'을 밟는 '식민지(반식민지)반봉건사회시대'라는 것이다. 이에 따라 근대사의 시점과 종점문제 또한 1866 - 1945년설로 정리[26]되었다.

그러나 '주체사상'에 의한 역사관이 북한에 도입되면서 사정은 달라지게 되었다. 1977년판『조선통사』에서 뚜렷하게 드러난 '주체사관'은 1979년부터 출간되기 시작하여 1983년에 완결된『조선전사』(전 33권)에서 보다 분명하게 입장이 정리되어 조선현대사의 기점을 1926년 '타도제국주의 동맹'의 결성으로 규정[27]하고 있어서 1962년의 결론을 완전히 뒤집고 있다.

요약하면 1957년 - 59년사이에 있었던 북한문학계의 비판적 사실주의문학, 사회주의 리얼리즘문학을 둘러싼 논쟁 등과 더불어 북한역사학계의 '시대구분논쟁'과 '과도기유형논쟁'은 해방이후 마르크스 - 레닌주의 미학이론에 의해 북한 학술계가 과학적이고 객관적인 이론도출과 역사해석에 치중하고 있었음을 보여주는 것이다. 하지만 이러한 지적인 노력은 1967년이후 불어닥친 '주체사상'에 의해 뚜렷한 논쟁과 설명도 없이 뒤바뀌게 되어 교시문화에 충실하는 형태로 변형되게 되었다. 북한문학사의 사관이나 서술원칙도 이러한 양상을 그대로 반영하고 있다.

---

26) 이병천편, 위의 책, 29쪽.
27) 이병천편, 위의 책, 36쪽.

북한문학사를 보면, '시대구분'에 있어서 위에서 언급한 흐름을 그대로 반영하고 있음을 알 수 있다. 먼저『조선문학통사』는 역사학계의 입장이 아직 정리되기 전인 1959년에 쓰여진 까닭에 식민지시대의 문학사를 '1900 – 1919년의 문학', '1919 – 1930년의 문학', '1930 – 1945년의 문학'으로 나누고 있다. 이러한 시대구분은 근대문학의 시점을 왜 1900년으로 잡았는지에 대한 구체적 설명이 없이 단지 해방이후를 현대문학의 출발점으로 잡고 있는 양상을 보여준다. 단지 1919년의 3.1운동을 문학사에서 중요한 사건으로 해석하고 있는 입장을 반영하고 있을 따름이다. 하지만『조선문학사 1』에 오면, 양상이 확연히 달라지고 있음을 알 수 있다. 김하명·유만·최탁호 등이 저술한『조선문학사1』은 식민지시대를 '19세기 후반기 – 20세기 초의 문학', '1910년 – 1925년의 문학', '1926년 – 1945년의 문학'으로 세분하고 있다. 여기에서 근대문학의 시점을 19세기말이라고 하여 서구열강의 내침에 대항한 반침략투쟁시기인 1866년으로 집약된 의견을 모은 역사학계의 견해를 반영하고 있음을 알 수 있으며, 현대문학의 시점은 주체사관이 확립된 이후 북한에서 이른바 참다운 공산주의적 혁명조직인 '타도제국주의 동맹(약칭 ㄸ. ㄷ)'의 결성시기로 꼽고 있는 1926년으로 잡고 있음을 알 수 있다. 북한역사학계에서 '타도제국주의 동맹'의 결성을 현대사의 시점으로 삼는 근거로는 이른바 현대는 부르주아 민족운동의 종말과 노동자계급 주도에 의한 새로운 민족운동의 시기라는 것, 그리고 'ㄸ. ㄷ'야말로 우리나라 최초의 '참다운' 공산주의 혁명조직이라는 것[28] 등을 거론하고 있는데,『조선문학사1』은 이러한 입장을 반영하고 있다고 볼 수 있다.

가장 최근에 나온『조선문학사2』(전 15권)는 주로 유만에 의해 집필되었는데, 식민지시대문학을 '19세기말 – 1925년까지의 문학', '1926년 10월

---

28) 이병천편, 위의 책, 37쪽.

- 1930년대 중엽문학', '1930년 중엽 - 1940년대 전반기문학'으로 나누고 있다. 위의『조선문학사1』과의 차이는 전자가 주로 '19세기 후반기부터 - 1925년의 문학'인 근대문학기를 세분하였는데 비해,『조선문학사2』는 소위 현대문학기의 시점으로 보는 1926년 10월이후의 문학을 세분하고 있는 것이 특징임을 알 수 있다.

한편 각 시기 북한문학사의 서술시각은 약간씩 차이를 보이고 있는데, 『조선문학통사』의 경우 마르크스 - 레닌주의에 바탕하여 과학적이고 객관적인 서술에 주력할 것이라고 밝히고 있다. 그리고 책을 서술함에 있어 "역사주의 원칙에 입각하여 우리의 진보적 문학을 관류하고 있는 열렬한 애국주의, 풍부한 인민성, 높은 인도주의의 전통을 밝히며, 특히 해방후에 조선로동당의 정확한 문예정책에 의하여 그의 특성을 명확히 천명하려는 지향으로 일관하였다"[29]고 언급하고 있다.

그에 비해 1981년에 나온『조선문학사1』은 주체사상에 입각한 경직되고 교조적인 시각을 다음과 같이 보여주고 있다.

항일혁명문학예술은 위대한 수령 김일성동지의 주체적 문예사상을 유일한 지도적 지침으로하여 항일혁명투쟁의 영웅적 현실을 적극 반영함으로써 철두철미 시대와 인민대중의 요구에 적극 대답하고 혁명에 이바지하는 가장 혁명적이며 인민적인 문학예술로 주체가 튼튼히 선 문학예술로 개화발전할 수 있었다.

항일혁명문학예술은 영웅적인 항일혁명투쟁의 위대한 현실에 토대함으로써 철저하게 로동계급을 비롯한 근로인민대중의 리익을 옹호하고 민족적 및 계급적 원쑤들과의 비타협적인 투쟁정신으로 일관된 당적이며 로동계급적이며 인민적인 문학예술로 되었으며 그에 반영된 사회정치적 내용의 심오성, 생활형상이 진실성으로하여 높은 사상성과 예술성이 완벽하게 결합된 혁명적 문학예술의 참다

---

29) 사회과학원 문학연구소,『조선문학통사』현대편, 서울, 인동, 1988, 머리말.

운 본보기로 될 수 있었다.[30]

그런데 박종원 · 유만 등이 편찬한『조선문학개관1』(1986)이나『조선문학사2』(1995)의 경우에는『조선문학사1』과 마찬가지로 주체사상에 바탕하여 서술되고 있지만, 1950년대 말 – 60년대초의 비판적 사실주의 논쟁이나 사회주의 리얼리즘 논쟁의 성과를 어느 정도는 수용하고 있는 듯한 유연한 태도를 보여주고 있는 것이 특이한 현상이다. 이를테면『조선문학사1』에서 전혀 언급되지 않던 김소월이 박종원 · 유만에 의해 다시 서술되고 있는데, 그의 시론 '시혼'이 당시 부르주아 반동문학 작가들의 상징주의적 미학관을 비판하면서 자기의 미학적 견해, 시에 대한 사실주의적인 견해를 표명하였다라고 규정짓고 있다. 그리고 소월시의 미학정서적 특징을 농촌과 농민을 주제로 한 시들을 많이 씀, 조국의 아름다운 자연과 향토적 풍속를 노래한 작품들이 큰 비중을 차지함, 일제강점으로 인해 잃어버린 지난날의 것에 대한 그리움이 울분의 감정과 결합되어 노래되고 있음[31] 등으로 요약하여 북한문학사에서 흔히 강조되고 있는 애국사상, 민중지향적인 의식, 항일적인 자세 등이 잘 드러나 인민의 사랑을 많이 받았다고 비평하고 있다.

---

30) 김하명 · 유만 · 최탁호 · 김영필,『조선문학사』(1926 – 1945), 평양, 과학백과사전출판사, 1981, 16쪽.
31) 정홍교 · 박종원 · 유만,『조선문학개관』1, 서울, 인동, 1988, 359 – 360쪽.

Ⅳ. 북한문학사에서 민족주의 작가와 카프작가의 구체적 위상
　　변화의 양상

1. 소위 '부르주아반동 작가'에 대한 비판과 평가

　　소위 '부르주아반동 작가'에 대한 비판에서는 크게 세 종류의 북한문학
사가 일치된 서술시각을 보여주고 있다. 그중에서 『조선문학통사』가 좀더
구체적이고 직접적으로 '부르주아반동문학'을 비판하고 있다. 그것은 『조
선문학통사』가 카프문학을 사회주의 사실주의문학의 가장 중추적인 전통
으로 삼는 태도를 보여주고 있기 때문에 1920년대에 카프문학과 대립적 양
상을 보였던 민족주의 계열문학을 신랄하게 공격하고 있는 것으로 생각된
다. 소위 '부르주아반동 작가'로는 크게 세 그룹이 거론되고 있는데, 그 하
나는 자연주의문학이나 해외문학파, 주지주의문학 등의 민족주의계열 작가
들이 여기에 속한다. 대표적인 작가로는 이광수 · 최남선 · 김동인 · 염상섭,
현진건 · 황석우 · 오상순 · 김광섭 · 이헌구 · 최재서 · 백철 등이 거론되었
다. 또 한 부류는 백조파에서 출발하였으나, 초기 카프를 주도한 박영희와
김기진에 대한 비판이다. 마지막 하나는 월북작가로 북한정권의 권력투쟁
과정에서 숙청당한 임화 · 이원조 · 김남천 · 이태준 등에 대한 냉혹한 비판
이 전개되었다. 이들에 대한 구체적인 비판은 아무래도 『조선문학통사』가
서술되었던 무렵인 1953년부터 50년대말까지 박헌영으로 대표되는 국내
파공산주의자들과 소련파, 연안파의 숙청이 잇따르면서 이러한 권력투쟁에
연루되었던 림화 등의 문학예술인들이 직접적으로 제거된 지 얼마되지 않
아 이들 세력에 대한 숙청과 더불어 반부르주아투쟁의 열기를 지속시켜 나
갈 필요성을 느꼈기 때문일 것이다.
　　『조선문학통사』는 20년대문학의 경우 자연주의문학이 지배계급의 반동

사상의 대변자로서 일제에 대하여 투항·타협·굴복하는 패배주의적 퇴폐사상을 전파하였다라고 간단하게 비판하고 있으나 30년대문학에서는 다음과 같이 당사자의 이름을 거명하면서 상당히 구체적으로 매도하고 있다.

> 박영희, 최재서, 백철, 림화, 리원조, 김남천 등이 또한 여기에 단합하였다. 박영희는 이제와서는 일체의 가면 조차도 떨쳐 버리고 카프문학을 가리켜《얻은 것은 이데올로기요 잃은 것은 예술》이라고 공공연히 중상 반대하여 나섰으며, 최재서는 〈사실주의의 확대〉란 이름으로 백철은 〈사실문학론〉이란 이름으로 림화는 〈세태소설〉이란 레텔로써 리원조는 〈문학의 포즈〉란 명제로써 김남천은 〈고발문학〉 또는 〈풍속문학〉이란 이름으로 〈9인회〉일파 또는 〈해외문학파〉류의 일체의 부르주아 반동문학을 격찬 옹호하면서 일체의 환심을 사기에 노력하였다. ……(중략)……
>
> 이들 부르주아 반동문학의 내용은 한결같이 반인민적, 반민족적 사상, 꼬스모뽈리찌즘, 개인주의 설교 등이었다.[32]

이에 비해 『조선문학사1』(19세기말 – 1925년은 박종원·최탁호·유만이 저술, 1926 – 1945는 김하명·유만·최탁호·김영필 저술)은 '1920년대의 부르주아 반동문학 조류'란 항목에서 반동작가란 호칭으로 구체적인 작가이름을 거명하면서 『창조』, 『폐허』, 『백조』 등의 잡지가 자연주의, 허무주의, 퇴폐주의, 소극적 감상주의, 반동적 낭만주의 등의 문학유파의 존재를 보였다고 지적하고 이러한 반동적 부르주아문학에서 패배주의와 염세주의적 사상경향이 현실생활에 대한 극단적 허무주의적 입장으로 표현되었다[33]라고 비판하고 있다.

---

32) 과학원 언어 문학연구소, 『조선문학통사』현대편, 서울, 인동, 170쪽.
33) 박종원 외, 『조선문학사』(19세기말 – 1925년), 서울, 열사람, 1988, 189 – 190쪽.

1930년대문학에서는 1920년대 후반기에 들면서 반동적 부르주아문학이론인 〈민족주의 문학론〉이 등장하였는데, 이것은 이미 예술지상주의의 구호밑에 프로레타리아문학을 반대하여 나섰다가 폭로비판된 반동문학가들이 새로 들고 나온 반동적 문학이론이라고 설명하였다. 그리고 이 이론의 대표자들인 이광수, 최남선 등은 《조선혼으로 돌아오라》고 하면서 《조상쩍부터 전해내려오는 민족정신이 그 민족의 정신생활의 주류 즉 문학의 중심이 될 것》을 주장해나섰는데, 그것은 사회변혁을 지향해 나선 근로인민대중의 정치적 각성과 사회적 관심을 없애버리려는 목적을 추구하고 있다[34]라고 비판하였다. 그리고 양주동의 〈절충문학론〉을 개량주의적 〈절충론〉이라고 매도하였는데, "이러한 민족주의 〈문학론〉이 프로레타리아문예평론의 강력한 타격에 의하여 파산의 운명을 면치 못하자 그들 반동적인 민족주의 〈문학론〉의 주장자들은 절충적 문학론을 들고 나섰다"[35]고 비판하였다.

특히 '30년대의 이광수의 창작활동에 대해서는 민족개량주의와 굴종적인 패배주의 사상을 전파하기 위해 『사랑』, 『혁명가의 안해』(1931), 『흙』(1932) 등의 극악한 반동소설을 썼다고 맹렬하게 비판하고 있다. 이러한 북한문학사의 서술태도는 김일성이 박창옥을 비롯한 소련파, 연안파를 권력에서 축출하면서 박창옥이 해방후 이광수가 재간이 있는데 그를 내세우는 것이 좋겠다고 하면서 사대주의를 옹호하고 혁명가들을 모독하는 내용의 작품 『혁명가의 안해』를 쓴 이광수를 적극 추천하는데 대해 "자신께서는 리광수가 감옥에서 나온 혁명가들을 모욕하는 내용의 작품 『혁명가의 안해』라는 소설을 썼으며 또 조선사람이 일본제국주의자들과 《동조동근》이라고 떠벌이던 놈이므로 이런 자를 내세운다는 것은 생각조차 할 수 없으며

---

34) 김하명 외, 조선문학사』(1926 - 1945년), 평양, 과학백과사전출판사, 1981, 360쪽.
35) 김하명 외, 위의 책, 360쪽.

절대로 못한다고 막았다"[36]고 교시한 점에 주목한 때문으로 보인다.

리광수의 소설『혁명가의 안해』는 공산주의와 그를 위한 혁명가들의 투쟁을 중상모독한 극악한 반동소설이다. 소설에 나오는 공산이라는 《혁명가》와 그의 안해 정희는 모두가 참된 혁명가를 모독하기 위하여 작가가 왜곡형상한 인간쓰레기들이다.

리광수는 정치적으로 타락하고 륜리도덕적으로 파산한 이러한 인간쓰레기들을 혁명가로 왜곡묘사함으로써 근로인민대중을 위하여 투쟁하는 진정한 애국자, 혁명가들을 모독중상하였으며 이렇게 함으로써 인민대중으로 하여금 공산주의에 환멸을 가지고 그를 위한 투쟁에서 물러나도록 하려고 하였다.

또한 『흙』에서는 허숭이라는 자를 통하여 민족의 《갱생》과 《대동단결》을 부르짖으며 친일적인 민족개량주의를 선전하였다.[37]

그러나 유만이 쓴 『조선문학사2』(1995)에서는 몇 가지 주목할 만한 변화가 나타나고 있어 흥미롭다. '20년대 - '30년대의 문학중에서 '부르주아반동작가들'을 비판하는데서는 일치하지만 비판의 강도가 많이 누그러지고 구체적인 분석을 통해 상당히 객관적인 서술을 하려고 노력하는 흔적이 보인다는 점이다. 하나의 예를 들면, 이광수의 『혁명가의 안해』를 비판하되 김일성의 교시와 이기영의 평론을 앞뒤로 배치하여 감정적인 처리를 하지 않고 객관적인 비평을 시도하고 있다. 또 민족주의 작가들의 움직임중에서도 반일운동적인 측면이나 민족적 성향의 활동에 대해서는 '진보적인 의도의 반영'이라고 긍정적으로 묘사하고 있는 점이 이채롭다.

우선 1920년대 후기 카프가 활동을 시작할 무렵인 1926년 민족주의적

---

36) 이수림, 『위대한 수령 김일성동지 문학령도사』3, 평양, 문예출판사, 1994, 44쪽.
37) 김하명 외, 앞의 책, 366쪽.

입장에 서있는 작가들이 국민운동이라는 것을 제창하였다고 언급하고 있다. 주동하는 인물로는 염상섭 · 양주동 · 이병기 · 조운 등인데, 이들이 외래적인 요소에 대한 배척과《조선심, 조선혼, 조선적》인 것에 대한 선양을 내세워 일제의 폭압에 의하여 점차 사라져 가는 민족의 넋을 살리려고 한 것은 진보적 의도의 반영[38]이라고 서술하고 있다. 하지만 그 제창자들이 계급적인 것을 부정해 버린 것은 일면성과 제한성을 가지는 것이며 프로레타리아문학 발전을 저해해 나서기까지 하였다는 것을 말해준다고 비판하고 있다. 이러한 국민문학론은 1929년을 전후하면서 양주동 · 염상섭 등이 주동이 되어 절충주의 문학론으로 발전되었다고 하면서 량주동의 이론을 구체적으로 적시[39]하고 있다.

또 이광수의 『혁명가의 안해』를 비판하면서 이기영의 평론《『혁명가의 안해』와 리광수》(1933)와 김일성의 교시를 동시에 나열하고 있는 점은 주목된다.

> 평론《『혁명가의 안해』와 리광수》에서는 소설의 반동적 본질을 발가놓으면서 그것은《작가가 의식적으로 마르크스주의자를 사이비혁명가로 만들려고 고시날조한 용렬한 작품》이라고 단죄하면서 이 작품은 독자들로 하여금《공산주의자와 리탈케 하려는 음험한 리간책을 쓰려》한데 목적이 있다고 폭로하였다.[40]

그리고 1930년대 문학중에서 박룡철 · 이하윤이 주관이 되어 발행한 잡지 《시문학》(1930년 창간), 《문예월간》(1931년 창간)은 시문학분야에 순수문학운동을 일으켜 나갔고 예술지상주의의 유미적 경향을 보였다고 지적

---

38) 유만, 『조선문학사』, 평양, 과학백과사전종합출판사, 1995, 14쪽.
39) 유만, 위의 책, 15쪽.
40) 유만, 위의 책, 17쪽.

하고 있다. 소설문학에서는 이효석 · 이태준 · 정지용 · 박태원 · 이무영 · 유치진 · 김기림 · 김유정 · 김종명(뒤에 조용만 · 이상 가담)이 망라된《9인회》가 당시 널리 퍼지고 있던 자연주의, 감상주의, 형식주의 등 부르주아 문학사조에 편승하여 무사상적이며 퇴폐적인 작품들도 적지 않게 창작하였다고 서술하고 있다. 또 1934년무렵의 편석촌에 의한 모더니즘시운동과 최재서에 의한 주지파문학을 거론하고 30년대말의 이광수 · 최남선 등에 의한《황국신민화》,《동조동근》,《내선일체》등 매국매족행위의 친일문학에 대해 맹렬하게 비판하고 있다.

2. '카프작가' 등 프로레타리아작가와 월북작가의 위상과 평가

『조선문학통사』는 1919년 – 1930년의 산문에서 프로레타리아문학의 성과로 조명희의 「R군에게」, 「낙동강」, 이기영의 「민촌」, 「원보」, 「제지공장촌」, 한설야의 「합숙소」, 「과도기」, 「씨름」, 송영의 「석공조합대표」, 「용광로」, 최서해의 「탈출기」, 「기아와 살륙」 등을 제시하면서 당대 사회제도의 불합리성을 폭로하였을 뿐만 아니라 근본적 개혁의 혁명적 사상을 강조하였으며, 사회주의적 사회의 건설을 지향하는 생활의 진실을 일반적 내용으로 하였다고 서술하고 있다. 1930년 – 1945년의 산문에서는 29년대의 문학에서는 볼 수 없던 방대한 서사시적 화폭들과 30년대의 새로운 현실의 특질을 다양하고도 심각하게 반영하는 각종 장르의 작품들이 왕성하게 나타났다고 언급하면서 이기영의 『서화』, 『인간수업』, 장편 『고향』, 한설야의 『황혼』, 『청춘기』, 『초향』, 『탑』, 송영의 희곡 「일체 면회를 거절하라」, 「신임이사장」, 「황금산」, 이북명의 단편 「질소비료공장」, 엄흥섭의 단편 「빈견 탈출기」를 제시하고 있다. 하지만 이태준과 김남천 등의 문학을 거론하지 않고 있으며, 시문학에서도 김창술 · 유완희 · 박세영 · 박팔양 · 권환 등을 설명하면서 납북작가들인 정지용·김기림 등에 대해서는 언급하지 않고 있는 것이 특징이다.

『조선문학사1』에서는 초기프로레타리아문학으로 소설문학분야의 최서해의 「탈출기」(1925), 조명희의 「농촌사람들」(1926), 이기영의 「민촌」(1925), 송영의 「석공조합대표」(1926) 등과 시문학분야의 유완희의 「영오의 죽음」(1926), 이상화의 「빼앗긴 들에도 봄은 오는가」(1926), 김창술의 「대도행」(1925) 등을 거론하고 있다. 20년대후반에서 1930년대문학에서는 장편소설『고향』, 『인간문제』, 단편소설「낙동강」, 「제지공장촌」, 「양회굴뚝」, 「질소비료공장」, 「흘러간 마을」, 시「정지한 기계」, 「가신 뒤」, 「앗을대로 앗으라」, 「야습」, 희곡『월희』, 『철로공부의 죽음』 등을 제시하면서 이러한 작품들에는 이 시기의 노동운동, 농민운동, 청년운동을 비롯한 반일대중운동의 투쟁현실이 다양한 측면에 걸쳐 진실되게 반영되고 있다고 언급하고 있다.

그리고 '현실생활을 폭넓게 반영한 장중편소설의 발전' 항목에서 20년대 후반기에는 이익상의 두편의 장편소설과 조명희의 장편소설『붉은 기발 아래서』 등이 있을 정도로 창작이 매우 적었으나 1930년대 이후에는 이기영의『고향』, 강경애의 장편『인간문제』와 중편『소금』, 이기영의『봄』, 『인간수업』 등과 현진건의『무영탑』 등 일제의 탄압과 박해에도 굴하지 않고 민족적이며 계급적인 양심을 지켜나간 다양한 장편들이 쏟아져 나왔다고 서술하고 있다. 그러나『조선문학통사』에서 많은 지면을 할애하여 높이 평가하였던 한설야가 완전히 사라진 점이 특징이다. 시문학에서도『국경의 밤』(1937)의 이찬, 『나의 행진곡』(1927), 『민중의 행렬』의 유완희, 『전개』(1927)의 김창술, 『나의 노래』(1928)의 박아지, 『무리의 행진』(1931)의 송순일, 『팔』(1933)의 권환, 『산제비』(1936)의 박세영은 등장하나, 박팔양과 정지용 등은 완전히 실종되었다. 평론에서는 박영희·김기진의 내용 형식논쟁을 비판하였다.

그런데 유만이 쓴 『조선문학사2』(1995)에 오면, 평론에서 『조선문학통사』에서 사실상 언급되지 않던 박영희·김기진이 구체적으로 거론되면서 비판되고 있고, 시문학에서 박팔양과 정지용·이용악·오장환·백석·윤동주 등이 등장하고 있으며, 소설문학에서 한설야의 문학이 새롭게 조명되고 있다는 점이 특징이다.

우선 평론분야에서는 초기〈카프〉내에서 내용·형식논쟁을 주도하던 박영희·김기진에 대해 "프로레타리아문학의 사회적 기능을 반대하며 사상성을 약화시키는 부르주아미학관을 들고 나옴으로써 커다란 혼란을 조성하였다"고 하면서 다음과 같이 그들의 활약상을 깎아내리고 있다.

> 박영희는 문학의 예술성을 무시하고 《내용편중》을 내세움으로써 프로레타리아문학을 비속화하고 도식화하는데로 기울어졌다면 김기진은 형식을 절대시함으로써 프로레타리아문학을 사석으로 무장해제시키는데로 기울어졌다. 진정한 프로레타리아작가들은 문학창작에서의 이러한 극단적인 경향을 다같이 날카롭게 비판하면서 근로인민대중의 리익을 옹호하여 생활을 진실하게 반영하는 립장에서 내용과 형식문제를 정당하게 해결하였다.[41]

시문학에 대해서는 '20년대 후반부터 '30년대까지 부르주아문단에서는 《시는 언어의 기술이다》고 떠들면서 극도의 형식주의의 공간에서 헤맬 때 프로레타리아시인들은 《프로레타리아 독특의 색채, 음향, 내용을 가진 투쟁의 무기》를 만들기 위해 고심했다고 강조하면서 이 시기에 이찬·이흡·김우철·안용만·김해강·김동환 등과 심지어 정지용·조운·이은상까지를

---

41) 유만, 앞의 책, 13쪽.

거론하면서 이들의 서정시 · 시조는 민족적 색채가 짙은 진보적 시문학이라고 좋은 평가를 내리고 있다. 그외에 계급적 각성을 보이거나, 민족적 기상과 의분을 고취시킨 시인으로『여직공의 죽음』(1931)의 함효영,『직공의 노래』(1927)의 김해강,『전원풍경』과『농촌애상』(1932)의 송순일,『해빙기의 재령강반』(1935)의 민병균,『농군행진곡』(1928)의 박아지,『팔』의 권환,『산골의 공장』(1932)의 박세영,『진달래꽃』(1930)의 박팔양,『남한산성』(1938)의 임학수,『그날이 오면』(1935)의 심훈 등을 열거하고 있다.

그러나 중요한 것은『조선문학사1』(1981)에서 완전히 사라졌던 박팔양과 정지용 뿐만이 아니라 그동안 언급되지 않았던 백석 · 오장환 · 윤동주 등이 새롭게 거론되고 있는 점이다. 3쪽에 걸쳐 설명되고 있는 박팔양(1905 - 1988)은 동아일보 기자출신으로 1925년에 카프에 가담하였는데, 1927년에 쓴『데모』에서 현실을 계급적인 모순으로 해석하기 시작하였다고 설명하고 1930년을 전후하여서는『진달래꽃』(1930)에서 보여주었듯이 새 날, 새 사회에 대한 지향과 락관, 시대의 선구자의 모습이 두드러지게 나타났다[42]고 언급하고 있다. 4쪽에 걸쳐 설명되고 있는 정지용(1903 - 1950)에 대해서는 진보적 시인으로 평가하면서「향수」(1923),「고향」,『백록담』(1941) 등을 예로 들고 어떤 사회적인 문제도 그의 시에서 찾아볼 수 없지만 민족적인 정기, 민족적 정서를 잘 살린 시인[43]으로 묘사하고 있다.

그리고 1930년대 중엽 - 40년대의 시문학에서는『국경의 밤』(1937)의 이찬,『명일』(1941)의 권환,『소작인』(1936)의 정호승,「여승」(1934),「비」(1935),『모닥불』(1939) 등의 백석,『5월의 산곡』(1937)의 김태오,『오랑캐꽃』의 이용악,『별헤는 밤』의 윤동주 등을 구체적으로 설명하고 있다.

---

42) 유만, 위의 책, 72 - 73쪽.
43) 유만, 위의 책, 79 - 82쪽.

　이 시기 시문학의 정서적 측면에서 보다 새롭게 찾아 보게 되는 것은 자연과 동물, 풍물과 풍속을 노래하거나 시인들이 자기의 상념의 세계를 펼치고 있는 작품들이다. ……(중략)…… 농촌의 세태생활을 그리면서 흐린 날, 찌그러진 집, 이그러진 얼굴, 썩어가는 추녀, 수심깊은 마음 등 최하위층 생활에서 오는 어둡고 답답한 농촌정서를 재현한 오장환의 시, 풍속도를 방불케 하는 농촌세태를 점묘한 백석의 시, 역시 많은 경우 자연에 의탁하면서 세속적인 감정에 때묻지 않은 순정으로 자유와 미래, 밝은 세상을 지향한 김태오의 시, 그리고 자연풍물에서 시를 찾으면서 민족적 정기를 그윽히 풍기는 림학수의 시 등 여러 시인들의 시들을 지적할 수 있다.
　당시로서는 현실을 《외면》한 이러한 시들이 하나의 흐름을 이루었다고 말할 수 있다. 이러한 시들은 상징적 수법을 많이 쓰면서 시형상에서는 사실주의적 측면이 강하였다.[44]

　한편 유만의 『조선문학사2』(1995)는 소설문학에서는 '로동자, 농민들의 계급적 각성과 투쟁에 대한 폭넓은 형상'이라는 항목에서 이기영의 『고향』, 강경애의 『인간문제』와 중편 「소금」 그리고 한설야의 『황혼』을 높이 평가하고 있다. 특히 『조선문학사1』에서 완전히 사라졌던 한설야의 재등장은 눈여겨 볼 사항이라고 할 수 있다.

　프로레타리아문단에서 주로 로동계급의 생활과 투쟁을 그리는 작가로 알려졌던 한설야는 1930년대 후반기에 와서 단편소설 『진흙탕』(1939)을 비롯한 자기 작품들에서 지식인과 농민을 비롯한 각 계층 인민들을 형상하면서 일제식민지 통치하의 암흑속에서도 민족적 량심을 고수한 사람들의 고민과 생활을 그렸으며

---

44) 유만, 위의 책, 191쪽.

장편소설『청춘가』(1937)에서는 지식인의 민족적 량심과 운명문제를, 장편소설
『초향』(1938)에서는 륜리문제를, 장편소설『탑』(1941)에서는 20세기 초엽으로
거슬러 올라가 형상을 창조하였다.[45]

그외 무산대중의 불행한 운명과 항거정신을 그린『석공조합대표』(1927)
의 송영, 「과세」, 「힘」의 엄흥섭, 「천재」(1937)의 윤기정, 「한 여름밤」
(1927)의 조명희, 인민대중의 생활과 투쟁을 생동하고 진실되게 형상한 역
사장편소설『임꺽정』(1928 - 1939)의 홍명희 등을 높이 평가하고 있다. 특
히『임꺽정』에 대해 소설의 주인공 등은 한결같이 나라를 사랑하고 정의감
이 강하며 의리가 깊은 인물로 그려졌으며 지혜롭고 힘있는 인간으로 형상
된 점이 특징이라고 설명하고 있다. 아울러 이 소설은 "지금으로부터 400
여년전 우리나라의각이한 계층의 생활과 자연, 풍속을 생동하게 그리고 짙
은 민족적 정서를 나타내였으며 고유한 우리말을 풍부하게 잘 살려쓰고 입
말체문장도 효과적으로 리용한 우수한 점을 보여주고 있다. 그러나 소설에
일부 고답적 의의가 없는 장면들이 묘사되여 있는 것은 제한성으로 된다"[46]
고 작품의 긍정적인 측면과 한계까지 거론하고 있다.

3. '진보적 경향 작가'의 위상과 그 부침양상

『조선문학통사』는 이후에 북한에서 나온 여타 문학사와는 달리 1960년
대의 북한 문학계의 비판적 사실주의를 비롯한 사실주의 발생 발전에 관한
논쟁을 반영하고 있다는 점에 그 의미를 둘 수 있다. 그리하여 1920년대의

---

45) 유만, 위의 책, 216쪽.
46) 유만, 위의 책, 242쪽.

나도향과 김소월의 문학을 비판적 사실주의문학으로 파악하고 그들의 문학을 상당한 지면을 할애하여 깊이있게 다루고 있다는 점이 특징이다. 우선 나도향에 대해 조선문학 앞에 새로운 과업들을 제기한 조선 인민의 민족해방투쟁의 프로레타리아적 단계에서 비판적 사실주의의 제반 원칙들을 보여준 작가들 중의 한 사람으로 거론하면서 그의 작가적 생활의 초창기에는 자연주의, 소극적 감상주의 등의 영향에서 자유로울 수 없었으나 3 . 1운동이후의 역사적 과정의 의의깊은 생활적 내용들과 조선 프로레타리아 문학의 사상, 예술적 영향에 의하여 점차 건실한 사실주의 원칙에 접근하면서 비판적 사실주의작가로 발전한 사람으로 평가하였다. 그의 문학발전과정에 있어 하나의 획기적 의의를 가지는 작품으로 「행랑자식」(1923)과 「자기를 찾기 전」(1924)를 들고, 「지형근」, 「벙어리삼룡이」 등에 와서는 좀 더 복잡한 사회적 모순과 생활전변이 다양하며 심각한 과정에로 육박한다고 설명한다. 즉 나도향은 이 작품에서 자본주의의 침습에 따르는 농촌의 황폐화, 농민들의 자유로동자에로의 전환과정, 중산계급의 몰락, 자본에 의한 인간 운명들의 희롱, 전락의 문제 등을 형상하였다[47]고 평가하고 있다.

한편 김소월의 시문학에 대해서는 조선 인민의 자유와 독립, 행복과 평화에 대한 일관된 염원, 잃어진 조국에 대한 절절한 사랑, 인민에 대한 신뢰와 그들의 감정 등을 표현하였다고 설명하고 있다. 물론 그의 시가 3 . 1운동 이후 앙양되는 새로운 사회현실의 진실의 전면성에는 미치지 못하는 제한적인 것이기는 하지만 그가 조국을 빼앗긴 조선 인민의 생활처지와 그 감정을 잘 알고 있었으며, 그것을 자기의 것으로 체득하여 제대로 시화했다는 것이다. 그 예로 어진 것에 대한 간절한 그리움과 그것을 쟁취하기 위한 심각한 정신적 염원을 담은 「초혼」을 들 수 있다는 것이다. 종합해볼 때, 김

---

47) 사회과학원 문학연구소, 『조선통사』, 93 - 96쪽.

소월의 시문학은 그것이 가지는 인민성·애국성과 아울러 형상의 행동성, 시적 언어의 음악적 풍부성 등으로 조선 인민의 해방투쟁에 긍정적으로 작용하였으며, 조선 시문학 발전에 귀중한 재산을 기여하였다[48]고 높이 평가하고 있다.

『조선문학사1』에 오면, 비판적 사실주의나 사회주의적 사실주의라는 용어 자체가 사라지게 되고 실제 시문학이나 소설문학에 대한 언급에서도 나도향, 김소월이 빠지게 된다. 그에 반해 시문학에서는 이상화가 「빼앗긴 들에도 봄은 오는가」(1926), 「통곡」(1925), 「거러지」(1925) 등이 인용되면서 잃어진 조국땅에 대한 비통한 심정을 노래하거나 생활의 밑바닥에서 천대받고 압박받는 사람들의 착취자에 대한 증오와 반항정신이 잘 표현되었다고 좋은 평가를 받고 있다. 소설문학에서는 최서해(「탈출기」, 「박돌의 죽음」, 「기아와 살육」, 「큰물진 뒤」, 「홍염」)와 강경애(『소금』, 『인간문제』)의 문학이 그들이 카프에 가담하지는 않았지만, 사회적 모순에 대한 노동자, 농민계층의 울분과 반항의식을 보여주거나 도시에서의 노동계급의 계급적 각성과 투쟁을 그리고 있다고 긍정적인 평가[49]를 내리고 있다.

『조선문학사2』에서는 아직 1920년대 전반기를 다룬 7권이 간행되지 않아 나도향과 김소월이 구체적으로 다루어졌는지 알 수 없지만 최근에 나온 『문예상식』이나 『문학예술사전』 등을 검토해볼 때 이들이 진보적 작가로 상세하게 취급되었으리라고 추정된다. 그외에 강경애를 '진보적인 작가'로 직접 거명하고 있으며, 앞서 두 가지의 문학사에서 언급되지 않았던 심훈의 농촌계몽문학이나 채만식의 풍자문학이 자세하게 다루어지고 있는 점이 특이하다. 이러한 현상은 동반자작가들의 문학을 비판적 사실주의문학으로

---

48) 사회과학원 문학연구소, 위의 책, 96 - 101쪽.
49) 김하명 외, 앞의 책, 449쪽.

다룬 박종원·유만이 쓴『조선문학개관2』의 서술시각과 일치[50]하고 있는
것이다. 우선 채만식의『탁류』(1937)는 도시를 무대로 하여 사기와 협잡이
판을 치고 인간의 존엄이 유린당하는 착취사회의 추악한 생활이면을 파헤
친 작품으로 설명되면서 "인도주의적 리상이 선명하게 조명되면서 현실부
정과 항거정신이 간간히 울리고 있으나 보다는 현실적 모순과 불합리에 대
한 폭로와 비판적 기백이 강한 작품으로서의 특성을 보여주었다"[51]고 평가
하고 있다. 또 채만식의『천하태평춘』에 대해 6쪽분량으로 기술하면서 "착
취계급으로서의 윤장의의 형상을 사회정치적 측면에서 상대적으로 미약하
게 그린 부족점이 있으나 해방전 소설문학에 있어서 착취계급의 추악한 본
성을 다면적인 측면에서 낱낱이 발가놓고 단죄한 데 있어서나 풍자적 형상
의 신랄성과 예리성을 보장한 데 있어서 뚜렷한 자취를 남기었다"[52]고 극찬
하고 있다.

심훈의 경우, '농촌계몽운동과 심훈의 장편소설『상록수』'라는 항목에서
그를 프로레타리아문학과 동반자적인 작가로서 특히 1930년대 중엽이전
진보적 문학창작에서 뚜렷한 흔적을 남긴 작가로 거론하면서 그의『동방의
애인』(1930),『불사조』(1932),『영원의 미소』(1933),『직녀성』(1935)와
『상록수』(1935)와 같은 장편소설들은 그것을 잘 실증해 준다고 설명하고
있다. 특히 장편소설『상록수』는 "실재하였던 농촌계몽운동에 토대하여 동

---

50) 박종원·유만,『조선문학개관2』, 서울, 인동, 1988, 78쪽.
"1930년대의 프로레타리아문학의 영향밑에 진보적인 작가들속에서는 사회현실을 비판하고 근
로자들의 생활과 지향을 의식적으로 반영하려는 경향들이 나타났다. 그 가운데서도 채만식, 심
훈, 리효석 등은 한때《카프》의《동반자작가》들로서 그 세계관적 및 미학적 제한성에도 불구하
고 당대 현실의 불합리성을 예리하게 비판하고 선진적 리상을 진실하게 사실주의적으로 구현
한 성과작들을 내놓음으로써 이 시기 진보적인 소설문학발전에 기여하였다."
51) 유만, 앞의 책, 128쪽.
52) 유만, 위의 책, 249쪽.

혁이와 영신과 같이 선진적인 리상과 지향의 높이와 그 실현을 위한 헌신성을 지닌 농촌계몽운동 선구자의 성격을 그린 것으로 하여 1930년대 진보적이며 량심적인 지식인의 형상창조에서 의의있는 작품의 하나로 된다"[53]고 높은 점수를 주고 있다.

한편 북한에서 1994년에 나온『문예상식』은 윤종성·윤기덕(『수령형상문학』의 저자)·은종섭·방영찬(『작가의 창작적 사색과 예술적 환상』의 저자), 이동수(『북한의 비판적 사실주의 문학연구』의 저자)등 북한에서 90년대에 활발하게 비평논문을 발표한 평론가들에 의해 편찬된 사실상 문예사전이나 민속사전에 가까운 책인데, 몇 가지 점에서 과거의 북한문학사와는 다른 새로운 양상을 보이고 있어 주목이 된다. 그러한 서술시각은 유만이 쓴『조선문학사2』와 일치하는 태도를 보이고 있다는 점에서 흥미를 유발시키고 있다. 우선 '계몽기와 해방전 문학예술'의 항목에서 이인직·이해조·최남선·소성(『한의 일생』)·양건식(『슬픈 모순』)·신채호·이광수·나도향·현진건·이익상·김소월·한용운·최서해·이상화·이효석·채만식·심훈·강경애·조명희·나운규(『아리랑』)·윤동주 등을 상세하게 다루고 있다. 그런데 특이한 것은 한설야의 이름을 거명하지 않고,『황혼』을 목차에 내세우고 있다는 점이다. 이것은 아무래도 한설야의 숙청과 같은 북한내의 정치적 사정과 밀접한 연관이 있을 것이다. 그리고 윤동주를 거론하면서도 정지용·김기림·백석 등에 대해서는 언급이 없다. 이러한 서술시각은 이동수의 다음과 같은 비판적 사실주의의 견해를 참조하고 있음을 알 수 있다. 물론 이 항목 바로 다음에는 '항일혁명문학예술'이라고 하여『조선의 별』,『계급전가』,『여성해방가』,『결사전가』,『노동자가』,『망명자의 노래』,『민족해방가』,『유격대행진곡』등을 나열하고 있다.

---

53) 유만, 위의 책, 163쪽.

그리하여 우리나라에서 비판적 사실주의는《한의 일생》(1914)으로부터 현실에 대한 강한 비판정신을 담은 사실주의적인 작품을 거쳐《슬픈 모순》(1918)이 나오는 과정에 점차 사조적 특징을 맹아적으로 갖추면서 1910년대 후반기에 발생하였다. 1920년대에 들어와 비판적 사실주의는 새로운 력사적 조건에서 급격한 발전을 보게 되었으며 한룡운, 김소월, 라도향, 현진건, 리익상을 비롯한 대표적인 작가들의 본격적인 창작과 때를 같이 하여 사조적 면모를 완전히 갖추고 더욱 발전 풍부화되게 되었다.[54]

우리나라 비판적 사실주의 문학이 창조한 주인공들은 땅과 집을 빼앗긴 가난한 빈농민들이거나 고된 로동을 강요당하고 있는 막벌이 로동자, 실업자, 지식인이며 삶의 권리와 자유를 빼앗긴 채 모욕과 천대속에 눈물짓는 불쌍한 녀성들이다. 이것은 시가문학인 경우에도 례외로 되지 않는다. 이 시기 비판적 사실주의 계열의 시인들인 한룡운과 김소월이 창조한 서정적 주인공들도 다같이 일제의 폭정밑에서 집과 고향과 사랑하는 님과 귀중한 모든 것을 빼앗기고 생활고에 허덕이며 방황하는 가난하고 천대받는 사람들이였다.[55]

또 '해방전 부르주아 반동문학'이란 항목에서는 이광수(민족개량주의 소설)·김동인(자연주의 소설)·염상섭(자연주의 소설)·이상에 대해 상세하게 다루고 있다. 특히 이광수에 대한 설명은 김동인·염상섭·이상을 합친 정도의 지면을 할애하여 설명하고 있다. 이광수의《민족개조론》의 입장은 결국 반일투쟁정신을 없애고 일제침략자들과《사랑》과《화평》의 원칙에서 친하게 지내는 친일정신을 가지도록 하는데 귀착된다는 것을 보여준다고 비판하고 있다. 그리고 농민소설『흙』등에는 단지 무저항주의 정신만이

---

54) 이동수,『북한의 비판적 사실주의 문학 연구』, 김제남해제, 서울, 살림터, 1992, 27쪽.
55) 이동수, 위의 책, 53쪽.

208

나타나고 있다라고 비판하고, 또한『혁명가의 안해』(1930)에서는 혁명가, 공산주의자들을 비방중상하였다[56]고 맹공을 가하고 있다. '해방후 문학예술'에서는 창작가와 작품으로 이기영·송영·최명익·박팔양·박태원·엄호석·안함광·이찬·조기천·이용악·김사량·천세봉·황건·김규엽·변희근·석윤기·고병삼 등을 거론하고 있는데, 월북작가들인 이태준·김남천·임화·이원조 등은 완전히 빠져 있다. 이러한 서술시각은 앞서의 북한문학사에서와 일치되는 양상을 보이고 있다.

V. 맺음말

통일문학사 서술을 위해 북한문학사를 분석해 보는 작업은 매우 중요한 일이다. 특히 중세에서 근대로 넘어오는 시기인 식민지시대에 대한 북한문학사의 시각을 살펴보는 것은 커다란 의미를 지닌다. 왜냐하면 식민지시대를 두고 현대문학의 시점논쟁을 북한문학계가 벌였으며, 1926년을 현대문학의 기점으로 삼는 결론을 위해 50년대말에 활발하게 전개하였던 비판적 리얼리즘이나 사회주의적 리얼리즘논쟁의 성과를 완전히 무시해 버리기도 했던 때문이다. 또 하나는 월북작가들인 임화·이태준·김남천·이원조·한설야 등의 뛰어난 문학이 남한문학사뿐만이 아니라 북한문학사에서도 실종되었거나 비판적으로 매도되고 있는 현실을 어떻게든 설명해야 하는 당위성때문이기도 하다. 그외에도『조선문학통사』에서 비판적 리얼리즘문학으로 중요하게 다루었던 나도향과 김소월 문학등이 등장하기도 하고 무시되기도 하는 등 각 시기에 출간된 문학사마다 다른 서술시각 태도를 보이는

---

56) 윤종성 외, 『문예상식』, 평양, 문예출판사, 1994, 195쪽.

것은 북한의 정치상황의 변화와 밀접한 관련이 있는 것으로 입증되었다.

　우선 북한의 권력투쟁은 문학사의 왜곡을 가져오는 데 큰 영향을 미치게 된다. 김일성과 그 아들 김정일에 의해 주도된 국내파 공산주의자와 소련파 연안파 그리고 자신의 빨치산 직계의 일부까지를 도려내는 피의 숙청은 '반 종파투쟁'이라는 이름으로 그에 연루된 많은 문학이론가 등의 예술가를 희생시키는 계기가 되었으며 결국 문학사를 왜곡시키는 현상으로 나타났다. 첫째, 한국전쟁 실패에 따른 책임문제를 놓고 박헌영 등 남로당계열의 정치가를 숙청하여 희생양으로 삼은 헤게머니쟁탈의 역사적 사건은 임화·이태준·김남천·이원조 등의 카프계열의 역량있는 월북작가들의 희생으로 이어졌다. 둘째, 박창옥·최창익 등 소련파 연안파의 제거는 기석복·정률·민병균의 조선작가동맹 중앙위원에서의 제명으로 이어지게 된다. 셋째, 단순한 생산혁신운동이 아니라 사상교육 중시의 천리마운동을 전개하는 과정인 1958년 무렵 김일성은《공산주의 교양에 대하여》라는 교시를 발표하면서 각 분야별 당면과업을 보고문형식으로 채택하게 하면서 이와 관련지어 부르주아 사상에 젖은 안막·서만일·윤두헌 등을 폭로, 비판하게 유도한다.

　북한에서『조선문학사』는 총 9종이 발간되었다. 그외 북한의 문학의 흐름을 상세하게 살펴 볼 수 있는 자료로는『문학예술사전』과『문예상식』이 있다. 그중 특징적인 문학사로는 1959년에 나온『조선문학통사』와 1977년부터 1981년 사이에 나온『조선문학사1』(전 5권), 그리고 최근 사회과학원 주체문학연구소에서 출간된『조선문학사2』(전 15권)가 있다. 1957년 - 59년 사이에 있었던 북한문학계의 비판적 사실주의문학, 사회주의 리얼리즘을 둘러싼 논쟁 등과 더불어 북한 역사학계의 '시대구분논쟁'과 '과도기유형논쟁'은 해방이후 마르크스 - 레닌주의 미학이론에 의해 북한 학술계가 과학적이고 객관적인 이론도출과 역사해석에 치중하고 있었음을 보여주는

것이다. 하지만 이러한 지적인 노력은 1967년이후 불어닥친 '주체사상'에
의해 뚜렷한 논쟁과 설명도 없이 뒤바뀌게 되어 교시문화에 충실하는 형태
로 변형되게 되었다.

북한문학사를 보면, '시대구분'에 있어서 이러한 역사학계의 흐름을 그
대로 반영하고 있음을 알 수 있다. 먼저『조선문학통사』는 역사학계의 입장
이 정리되기 전인 1959년에 쓰여진 까닭에 식민지시대의 문학사를 '1900
- 1919년의 문학', '1919 - 1930년의 문학', '1930 - 1945년의 문학'으로
나누고 있는데, 구체적인 설명이 없이 해방이후를 현대문학의 출발점으로
잡고 있다. 하지만 김하명 · 유만 · 최탁호 등이 저술한『조선문학사1』은 식
민지시대를 '19세기 후반기 - 20세기초의 문학', '1910년 - 1925년의 문
학', '1926 - 1945년의 문학'으로 세분하고 있다. 즉 근대문학의 시점은
1886년으로 잡고, 현대문학의 시점은 '타도제국주의 동맹'의 결성시기인
1926년으로 잡고 있어 근대문학의 시점의 경우 역사학계의 논쟁의 결론을
상당히 수용하고 있음을 알 수 있다.

가장 최근에 나온『조선문학사2』(전 15권)는 주로 유만에 의해 집필되었
는데, 식민지시대문학을 '19세기말 - 1925년까지의 문학', '1926년 10월
- 1930년대 중엽문학', '1930년중엽 - 1040년대 전반기문학'으로 나누고
있다. 위의『조선문학사1』과의 차이는 전자가 주로 '19세기 후반기부터 -
1925년의 문학'인 근대문학기를 세분하였는데 비해,『조선문학사2』는 소
위 현대문학기의 시점으로 보는 1926년 10월이후의 문학을 세분하고 있는
것이 특징임을 알 수 있다.

한편 각 시기 북한문학사의 서술시각은 역간씩 차이를 보이고 있는데,
『조선문학통사』의 경우 마르크스 - 레닌주의에 바탕하여 과학적이고 객관
적인 서술에 주력할 것이라고 밝히고 있다. 그에 비해 1981년에 나온『조선
문학사1』은 주체사상에 입각한 경직되고 교조적인 시각을 보이고 항일혁명

문학예술을 중시하고 있는 태도를 보인다. 하지만 박종원·유만 등이 편찬한 『조선문학개관1』(1986)이나 『조선문학사2』(1995)의 경우에는 『조선문학사1』과 마찬가지로 주체사상에 바탕하여 서술되고 있지만, 1950년대 말－60년대초의 비판적 사실주의논쟁이나 사회주의리얼리즘논쟁의 성과를 어느 정도 수용하고 있는 듯한 유연한 태도를 보여주고 있는 것이 특징이다.

그러면 구체적으로 북한문학사에서 민족주의계열 작가와 카프작가에 속한 월북작가들 그리고 소위 진보적 경향의 작가들이 어떻게 기술되고 있고, 어떠한 위상변화를 보이는지에 대해 분석한 것을 요약 정리하기로 한다. 소위 '부르주아 반동작가'에 대한 비판에서는 크게 세 종류의 북한문학사가 일치된 서술시각을 보여주고 있다. 그중에서 『조선문학통사』가 좀 더 구체적이고 직접적으로 부르주아 반동문학을 비판하고 있다. 그것은 『조선문학통사』가 카프문학을 사회주의 사실주의문학의 가장 중추적인 전통으로 삼는 태도를 보여주고 있기 때문에 1920년대에 카프문학과 대립적 양상을 보였던 민족주의 계열문학을 신랄하게 공격하고 있는 것으로 생각된다. 소위 '부르주아 반동작가'로는 크게 세 그룹이 거론되고 있는데, 그 하나는 자연주의문학이나 해외문학파, 주지주의문학 등의 민족주의계열 작가들이 여기에 속한다. 대표적인 작가로는 이광수·최남선·김동인·염상섭·현진건·황석우·오상순·김광섭·이헌구·최재서·백철 등이 거론되었다. 또한 부류는 백조파에서 출발하였으나, 초기 카프를 주도한 박영희와 김기진에 대한 비판이다. 마지막 하나는 월북작가로 북한정권의 권력투쟁과정에서 숙청당한 임화·이원조·김남천·이태준 등에 대한 냉혹한 비판이 전개되었다.

이에 비해 『조선문학사1』은 '1920년대의 부르주아 반동문학조류'란 항목에서 반동작가란 호칭으로 구체적인 작가이름을 거명하면서 『창조』, 『폐허』,『백조』 등의 잡지가 자연주의, 허무주의, 퇴폐주의, 소극적 감상주의, 반동적 낭만주의 등의 문학유파의 존재를 보였다고 지적하고 이러한 반동적 부르주아문학에서 패배주의와 염세주의적 사상경향이 현실 실생활에 대한 극단적 허무주의적 입장으로 표현되었다라고 비판하고 있다. 1930년대 문학에서는 1920년대 후반기에 들면서 반동적 부르주아문학이론인 〈민족주의문학론〉이 등장하였는데, 이것은 이미 예술지상주의의 구호밑에 프로레타리아문학을 반대하여 나섰다가 폭로비판된 반동문학가들이 새로 들고 나온 반동적 문학이론이라고 설명하였다. 특히 '30년대의 이광수의 창작활동에 대해서는 민족개량주의와 굴종적인 패배주의 사상을 전파하기 위해 『사랑』,『혁명가의 안해』(1931),『흙』(1932) 등의 극악한 반동소설을 썼다고 맹렬하게 비판하고 있다.

그러나 유만이 쓴『조선문학사2』(1995)에서는 몇 가지 변화가 나타나고 있어 흥미롭다. '20년대 - '30년대의 문학중에서 '부르주아반동작가들'을 비판하는 데서는 일치하지만 비판의 강도가 많이 누그러지고 구체적인 분석을 통해 상당히 객관적인 서술을 하려고 노력하는 흔적이 보인다는 점이다. 하나의 예를 들면, 이광수의『혁명가의 안해』를 비판하되 김일성의 교시와 이기영의 평론을 앞뒤로 배치하여 감정적인 처리를 하지 않고 객관적인 비평을 시도하고 있다. 또 민족주의 작가들의 움직임중에서도 반일운동적인 측면이나 민족적 성향의 활동에 대해서는 '진보적인 의도의 반영'이라고 긍정적으로 묘사하고 있는 점이 이채롭다.

한편 '카프작가' 등 프로레타리아 작가와 월북작가의 위상과 평가에 대해서도 많은 차이를 보이고 있다.『조선문학통사』는 1919년 - 1930년의 산문에서 프로레타리아문학의 성과로 조명희 · 이기영 · 한설야 · 송영 · 최서해의 작품들을 제시하면서 당대 사회제도의 불합리성을 폭로하였을 뿐만아니라 근본적 개혁의 혁명적 사상을 강조하였으며, 사회주의적 사회의 건설을 지향하는 생활의 진실을 일반적 내용으로 하였다고 서술하고 있다. 하지만 이태준과 김남천 등의 문학을 거론하지 않고 있으며, 시문학에서도 김창술 · 유완희 · 박세영 · 박팔양 · 권환 등을 설명하면서 월북작가들인 정지용 · 김기림 등에 대해서는 언급하지 않는 것이 특징이다.

『조선문학사1』에서는 초기프로레타리아문학으로 최서해 · 조명희 · 이기영 · 송영 등을 거론하고, 장중편소설에서는 이기영의 『고향』, 강경애의 장편 『인간문제』와 중편 『소금』, 이기영의 『봄』, 『인간수업』등 일제의 탄압과 박해에도 굴하지 않고 민족적이며 계급적인 양심을 지켜나간 다양한 장편들이 쏟아져 나왔다고 서술하고 있다. 그러나 『조선문학통사』에서 많은 지면을 할애하여 높이 평가하였던 한설야가 완전히 사라진 점이 특징이다. 시문학에서는 『국경의 밤』의 이찬과 유완희 · 김창술 · 박아지 · 송순일 · 권환 · 박세영 등은 등장하지만, 박팔양과 정지용 등은 완전히 실종되고 있다. 평론에서는 박영희 · 김기진의 내용 · 형식논쟁을 비판하였다.

그런데 유만이 쓴 『조선문학사2』(1995)에 오면, 평론의 경우 『조선문학통사』에서 사실상 언급되지 않던 박영희 · 김기진이 구체적으로 거론되면서 비판되고 있고, 시문학에서 박팔양과 정지용 · 이용악 · 오장환 · 백석 · 윤동주 등이 등장하고 있으며, 소설문학에서 한설야의 문학이 새롭게 조명되고 있다는 점이 특징이다.

'진보적 경향 작가' 의 위상과 그 부침양상을 살펴보면, 『조선문학통사』는 이후에 북한에서 나온 여타 문학사와는 달리 1960년대의 북한 문학계의 비판적 사실주의를 비롯한 사실주의 발생 발전에 관한 논쟁을 반영하고 있다는 점에 그 의미를 둘 수 있다. 그리하여 1920년대의 나도향과 김소월의 문학을 상당한 비중으로 다루고 있다.

그러나 『조선문학사1』에 오면, 비판적 사실주의나 사회주의적 사실주의라는 용어 자체가 사라지게 되고 실제 시문학이나 소설문학에 대한 언급에서도 나도향·김소월이 빠지게 된다. 그에 반해 시문학에서는 이상화가 좋은 평가를 받고 있고, 소설문학에서는 최서해와 강경애의 문학이 작가자신들이 카프에 가담하지는 않았지만, 사회적 모순에 대한 노동자, 농민계층의 울분과 반항의식을 보여주거나 도시에서의 노동계급의 계급적 각성과 투쟁을 그리고 있다고 긍정적인 평가를 내리고 있다.

『조선문학사2』에서는 아직 1920년대 전반기를 다룬 7권이 아직 간행되지 않아 나도향과 김소월이 구체적으로 다루어졌는지 알 수 없지만, 최근에 나온 『문예상식』이나 『문학예술사전』 등을 검토해볼 때 이들이 진보적 작가로 상세하게 취급되었으리라고 추정된다. 그외에 강경애를 '진보적인 작가' 로 직접 거명하고 있으며, 앞서 두 가지의 문학사에서 언급되지 않았던 심훈의 농촌계몽문학이나 채만식의 풍자문학이 자세하게 다루어지고 있는 점이 특이하다. 이러한 현상은 동반자작가들의 문학을 비판적 사실주의문학으로 다룬 박종원·유만이 쓴 『조선문학개관2』의 서술시각과 일치하고 있는 것이다.

한편 문예사전이나 민속사전의 성격을 지니고 있는 『문예상식』(1994)은 유만이 쓴 『조선문학사2』와 일치되는 서술시각을 보여주고 있다. 우선 '계몽기와 해방전 문학예술' 의 항목에서 이인직·이해조·최남선·소성(『한의 일생』)·양건식(『슬픈 모순』)·신채호·이광수·나도향·현진건·이익상·김소월·한용운·최서해·이상화·이효석·채만식·심훈·강경애·조명희·나운규·윤동주 등을 상세하게 다루고 있다. 하지만 한설야는 이름을 빼고 『황혼』을 목차에 내세워 설명하고 있는 점이 특이하다. 그리고 윤동주를 거론하면서도 정지용·김기림·백석 등에 대해서는 언급이 없다. 또 '해방전 부르주아 반동문학' 이란 항목에서는 이광수(민족개량주의 소설)·김동인(자연주의 소설)·염상섭(자연주의 소설)·이상에 대해 상세하게 다루고 있다. 특히 이광수에 대한 설명은 김동인·염상섭·이상을 합

친 정도의 지면을 할애하여 설명하고 있다. '해방후 문학예술'에서는 창작
가와 작품으로 이기영 · 송영 · 최명익 · 박팔양 · 박태원 · 엄호석 · 안함
광 · 이찬 · 조기천 · 이용악 · 김사량 · 천세봉 · 황건 · 김규엽 · 변희근 · 석
윤기 · 고병삼 등을 거론하고 있는데, 월북작가들인 이태준 · 김남천 · 임
화 · 이원조 등은 완전히 빠져 있다. 이러한 서술시각은 앞서의 북한문학사
에서와 일치되는 양상을 보이고 있다.

제5부 최근의 북한문학의 동향

북한의 인기소설 『청춘송가』 연구
Ⅰ. 머리말
Ⅱ. 북한 소설문학의 창작원리
Ⅲ. 최근 30년간의 북한 소설의 창작경향
Ⅳ. 『청춘송가』의 작품구조 분석
Ⅴ. 맺음말

《불멸의 향도총서》와 『동해천리』
Ⅰ. 머리말
Ⅱ. '수령형상' 창조와 『동해천리』
Ⅲ. 《불멸의 향도총서》로서의 『동해천리』의 소설사적 위상
Ⅳ. 『동해천리』에 나타난 북한사회의 현상
Ⅴ. 맺음말

북한의 식량위기와 농민소설 『씨앗』
Ⅰ. 머리말
Ⅱ. 북한의 제2차 7개년 계획과 농업정책
Ⅲ. 『씨앗』에 나타난 북한의 농촌 행정지도 체제
Ⅳ. 장편소설 『씨앗』에 반영된 북한 농촌현실의 실상
Ⅴ. 맺음말

북한문학에 나타난 김정일 형상창조
Ⅰ. 머리말
Ⅱ. '수령형상' 창조의 의미와 김정일 형상창조
Ⅲ. 실제 작품에 표현된 김정일 형상창조
Ⅳ. 북한문학에 나타난 김정일의 성격과 통치스타일
Ⅴ. 맺음말

북한의 인기소설『청춘송가』연구

I. 머리말

『청춘송가』는 제철소 강철직장에 기사로 있는 이진호의 제철건설의 혁신 (새 연료안 실험)에 관한 치열한 삶과 창조정신 그리고 남녀주인공의 로맨스를 다룬 작가 남대현이 1987년에 지은 북한의 최고 인기 장편소설이다. 『청춘송가』는 1970년대말에서 80년대 말에 김정일의 지도와 독려로 두 차례에 걸쳐 있었던 장·중편소설 창작전투기간에 쓰여진 장편소설[1]이라는

---

1) 북한의 김정일은 문화예술분야에 조예가 깊으며, 특히 영화와 혁명가극에는 광적일 정도로 관심이 많은 것으로 서방세계에 알려져 있다. 김정일은 최근 20여년간에 걸쳐 소설창작을 독려하고 있다. 그중 하나는 4. 15창작단을 구성하여 김일성의 항일투쟁부터 북한의 공산주의 건설기 그리고 6.25전쟁기까지의 격동기를 다룬 '불멸의 력사총서' (김정의『닻은 올랐다』부터 김수경의『승리』까지, 발간연도로는 1972년부터 1994년까지 무려 22년만에 20권이 완간되었음)를 간행하였다. 1991년 북한의 문예출판사에서 나온『주체문학의 새 경지』를 보면, 4. 15창작단은 1968년에 공훈작가들인 천세봉·석윤기·최학수 등으로 조직된 것으로 나타나있다. 또 하나 김정일은 1970년대말부터 1980년대말까지 최근의 20여년기간사이에 두 차례에 걸쳐 장·중편소설 창작운동을 전개하였다. 김정일은 1978년 1월 7일 장중편소설 창작 전망계획을 밝히면서 위대한 수령 탄생 70돐이 되는 민족최대의 경사의 날인 1982년 4월 15일까지(1차) 장중편소설 창작전투를 벌일 것을 채찍질하였다. 이 기간중 무려 수백편의 장·중편소설이 쏟아져 나왔는

데 그 의미가 있으며, 북한에서는 드물게 1994년에 2판 4만부가 새롭게 발
간된 것으로 보아 젊은이 사이에서 상당히 인기가 있는 베스트셀러소설이
라는데서도 그 의의를 찾을 수 있다. 또 하나 이 작품은 소설가 남대현이 지
었는데, 작가는 재일 조총련이 경영하는 조선대학 남시욱부학장의 아들인
북송된 자녀로서 북한에서 성공한 몇 안되는 예술가라는 사실에 주목해 볼
수 있다. 즉 북한에서 줄곧 성장한 작가들과는 달리 일본에서 학창시절을
보내고 북한으로 건너간 작가이므로, 구소련연방의 해체이후 공산주의 국
가에 몰아친 개방화의 필요성을 절실히 느끼고 있는 북한사회에서 어느 정
도 자유분방하게 남녀관계를 다룰 수 있었으며 그간 북한에서 금기하다시
피한 애정소설의 새 영역을 개척할 수 있게 된 것으로 보여진다.

　『청춘송가』는 1979년에 나온 『청춘은 빛나라』(이화)와 장편 『봄은 아직
멀리에』(신용선, 1988), 『청춘의 시작과 끝은 언제』(김용한, 1990)등과 동
궤에 서있는 청년전위를 주인공으로 내세우는 소설에 해당된다. 천리마 대
고조 이래 많은 북한 소설들은 공산주의 교양을 받은 '순결한' 새 세대의
인물을 형상화하려고 하였는데, 그것은 사상 · 기술 · 문화혁명의 기치를 내
걸고 대학생들을 비롯한 청년 인텔리들로 3대 혁명소조가 발기(1973. 3)[2]
되었던 사실과 연관되어 있다. '최신 과학 기술을 소유하고 주체형의 교육
만을 받아 모든 것을 주체의 사상 관점에서 보는' 소장 간부와 과학자, 청년

데, 김정일은 김일성이 교시한 혁명발전과 공산당사상사업의 요구에 맞게 장 · 중편소설의 주
제로 1)위대한 수령님의 혁명활동과 혁명적 가정을 내용으로 한 작품, 2)혁명전통을 주제로 한
작품, 3)조국해방전쟁 주제 작품, 4)사회주의 건설 주제 작품, 5)계급교양 주제 작품, 6)조국통
일 주제 작품 등을 정해주었다. 2차로 김정일은 1984년 4월 13일 장 · 중편소설 창작전투가 성
공적으로 수행되었다는 보고를 받고 동년 7월 13일에 다시 새로운 장 · 중편소설을 창작할 것
에 대한 전망을 제시하여 1989년 4월 15일 성과적으로 창작이 완성되었다고 언급하고 있다. 남
대현의 『청춘송가』는 이중 4)사회주의 건설 주제를 다룬 작품에 해당한다.

2) 양호민, "3대 혁명의 원류와 전개", 『북한 사회의 재인식』 1, 한울, 1987, 신형기, 『북한소설의
　이해』(실천문학사, 1996) 재인용.

인텔리 및 대학생들을 앞세워 사상 개조와 생산을 독려하고자 한 이 3대 혁명론은 곧 주체시대의 정신적이고 물적이며 기술적인 토대를 마련하려는 목적을 갖는[3] 것이었고 이러한 혁명 3세대를 전위에 내세운 사상 개조와 생산 독려의 운동을 문학적으로 형상화하려는 움직임이 80년대에 들어와 제기된 평범한 인물, 즉 '숨은 영웅 찾기'로 이어지게 된다.

『청춘송가』는 대학을 졸업한 후 연구소에 남지 않고 자신의 새 연료안을 완성하기 위해 제철소 강철직장의 기사로 뛰어든 남주인공인 이진호가 금속공업부 심사실장이나 초급당비서 그리고 강철 직장의 동료들의 냉대와 질시에도 불구하고 강인한 정신력과 투철한 창조정신으로 방해적인 세력을 이겨나가 결국은 자신의 새로운 연료안에 대한 실험에 성공하는 인간승리의 투쟁사이다. 그 과정에서『청춘송가』의 주인공 진호는 금속공업부 심사실장으로 있는 명식의 부정적 시각으로 인해 그의 여동생이자 자신의 애인인 현옥과 갈등을 빚는다. 주인공 이진호와 현옥에 대칭되는 보조인물로는 친구 태수와 은심이부부, 그리고 책임기사 기철과 그 애인 정아가 설정되어 있어 애정모티프가 주는 신선함과 젊음의 생동감으로 인해 독자들의 흥미를 더해주고 있다. 특히 윤정아의 애정의 변모양상은 신선한 충격을 던져준다.

그러면 구체적으로 북한소설에서 작품의 창작 원리, 최근의 북한소설의

---

3) 신형기, 위의 책, 178쪽.

주체정치학연구학회편,『사회주의 사회연구』, 1991, 134 – 146쪽.

북한에서 주체사상을 이념화하기 위해 저술한 위의 책에서는 3대혁명 수행의 뜻을 다음과 같이 밝히고 있다.

"주체사상은 사상·기술·문화의 3대혁명을 사회주의 사회에서 수행되는 새유형의 혁명이라고 명시한다. 3대혁명은 사회변혁적 내용으로 볼 때 사상·기술·문화영역에서 낡고 뒤떨어진 것을 새롭고 진보적인 것, 공산주의적인 것으로 바꾸는 혁명이다. 3대혁명은 민중의 자주성을 완전히 실현하는 혁명이다."

창작경향, 그리고 작품의 의미구조상의 특성 등에 대해 하나하나 꼼꼼하게
살펴보기로 한다.

II. 북한 소설문학의 창작원리

북한의 문학, 더 나아가서 북한의 소설문학은 몇 가지 중요한 창작원칙과
창작방법, 그리고 사상미학적 합법칙성에 따라 창작된다. 해방이후 북한에
서는 몇 차례 논쟁을 거쳐 주체사상이 확립되었고 문학예술분야도 그러한
흐름에 발맞추게 된다. 80년대 말부터 90년대로 넘어오면서 점차 김정일이
후계자로 권력의 핵심에 떠오르면서 부쩍 우리식의 사회주의 건설이니 우
리식의 문학건설이니 하는 등의 표현이 여러 저작에 나타나고 있다. 최근의
북한문예이론의 해설서역할을 하는 『주체적 문예이론의 기본』(1 - 3권, 문
예출판사, 1992)을 보면, 문학의 본성, 새로운 사회주의 문학예술건설의 사
상미학적 원칙과 창작방법, 공산주의 문학예술발전의 합법칙적 노정, 혁명
적 창작원칙, 종자론, 수령형상창조 등의 목차가 눈에 띈다. 그 내용을 종합
하면 북한문예이론의 골자를 크게 세 가지로 압축할 수 있게 된다.

1. 주체적 인간학의 정립

북한 문예이론의 핵심중 하나는 '주체적 인간학' 을 내세우는데 있다. 주
체적 인간학은 주체사상을 밑바탕에 깔고 있다. 북한에서는 주체사상을 "우
리 시대의 가장 과학적이고 혁명적인 세계관이며 혁명과 건설의 유일하게
정확한 지도적 지침"[4]으로 간주하고 있다. 그리고 주체사상은 사회적 존재
인 사람의 본질적 특성과 세계에서 사람이 차지하는 지위와 역할을 새롭게

밝힘으로써 사람중심의 세계관을 확립하였다라고 주장하고 있다. 북한에서 최근에 강조하는 새로운 문학예술은 바로 주체형 인간의 전형적 형상을 창조하는 데 있음을 알 수 있다.

사실 문학이 인간학이라는 김정일의 교시는 자신의 독창적인 견해라고 할 수 없다. 그 말의 원조는 러시아의 고리키이다. 고리키는 문학을 '인간학'이라고 불렀는데, 그것으로써 인간의 실천적 정신적 활동의 가장 복잡하고 가장 섬세한 제현상을 전면적으로 파악한다[5]는 것을 암시한다. 고리키의 이론을 기초로하여 김정일은 주체적 인간학을 내세우고 있다.

이러한 주체적 인간학의 정립을 강조하는 것은 북한에서 소설문학이 예술분야에서 가장 중요한 장르로 자리매김을 하는데 기여하게 된다. 그것은 다른 어떤 장르보다도 소설에서는 인물성격의 창조와 형상화가 중요하기 때문이다. 따라서 소설문학에서는 자연과 사회를 사실적으로 그림을 통해서 인간을 진실하게 그리려고 시도하게 되는 것이다. 여기에서 인간은 구체적이고 현실적인 존재를 의미한다. 이렇게 북한의 소설문학에서는 인물의 사상감정을 구체적으로 깊이있게 그리는데 중점을 둠으로써 산 인간의 생동한 형상을 창조하게 되는 것이다.

아울러 주체적 인간학을 강조하는 데에는 마르크스 – 레닌주의 보다 주체사상이 우월함을 내세우려는 의도도 잠재되어 있다고 하겠다. 그것은 마르크스 – 레닌주의는 역사발전에서 사람·인민대중이 차지하는 지위와 역할을 전면적으로 밝혀내지 못하였으며 자주적 인간의 운명문제에 똑똑한 해답을 주지 못하였다고 비판하는 데서 드러난다.

이에 반해 주체사상은 사회적 존재인 사람의 본성과 사람이 모든 것의 주

---

4) 한중모, 『주체적 문예이론의 기본』, 평양, 문예출판사, 1992, 7쪽.
5) 소련과학아카데미 편, 신승엽 외 옮김, 『마르크스 레닌주의 미학의 기초이론 II』, 일월서각, 1988, 62쪽.

인이며 모든 것을 결정한다고 철학적 원리를 밝히고 그에 기초하여 자주성을 옹호하고 실현하기 위한 사회적 운동, 혁명운동의 근본원리와 역사발전의 합법칙성을 새롭게 천명함으로써 문학예술에서 사람을 가장 정확히 보고 진실하게 그리며 인간의 존엄과 가치를 좌우하는 근본문제, 인민대중의 운명개척에서 원칙적 의의를 가지는 문제를 깊이있게 풀어 그 인간학적 본성을 새로운 시대적 요구에 맞게 구현할 수 있는 확고한 세계관적 초석을 마련하였다[6]고 자화자찬하고 있다. 즉 문학예술은 주체사상을 세계관적 기초로 하여 인간을 그리고 인간문제를 풀 때 새 시대의 참다운 인간학으로 된다고 강조하고 있는 것이다.

2. 당성 · 노동계급성 · 인민성의 구현

북한의 문예이론서들은 주체적 인간학의 본질은 인민대중을 가장 힘있고 아름다우며 고상한 존재로 형상화하려는 작업이라고 말한다. 그리고 그것은 인민대중을 자주적인 혁명주체로 창조하려는 일이라는 것이다. 이런 점에서 주체적 인간학의 정립은 북한문예이론에서 중요하며, 그것은 당성 · 노동계급성 · 인민성의 구현이라는 과제로 자연스럽게 이어지게 된다. 북한의 문예이론을 보면 그들이 왜 인민대중을 혁명의 주체로 만드는 주체의 인간학을 강조하는지를 알게 된다. 물론 그것은 종국에는 수령형상 창조로 이어지지만 중간 단계로써 당성 · 노동계급성 · 인민성의 구현을 통해 그들을 자주적인 주체로 형상화하려는 의도를 드러낸다. 인민대중은 역사의 주체이지만 지난날에는 자기 운명을 자주적으로 창조적으로 개척해나가는 역사의 자주적인 주체로 되지 못하였다는 것이다. 즉 지난날 착취계급사회에서

---

6) 한중모, 위의 책, 같은 쪽.

지배계급의 가혹한 착취와 압박을 받았고 많은 경우 지배계급의 의사에 따라 역사를 창조하는 무거운 부담을 걸머지지 않으면 안되었던 인민대중은 선진적 노동계급이 출현하고 당의 영도밑에 수령을 중심으로 하여 조직사상적으로 결속된 하나의 사회정치적 생명체를 이룸으로써 역사의 자주적인 주체, 혁명의 주체로 될 수 있었다는 것이다.

당성·노동계급성·인민성은 원래 구소련 문예이론의 바탕이었다. 즉 마르크스 – 레닌주의적 이론에서 중심적 창작원리이었던 이것들을 북한에서는 주체사상에서 그대로 원용하여 사용하고 있는 것이다. 하지만 소련과 북한의 문예이론 사이에는 상당한 차이가 있다. 즉 주체사상의 원류인 마르크스 – 레닌주의에서는 인민성을 셋 중에서 가장 앞세우는데 비해, 북한의 주체사상에서는 당성을 제일 앞세우고 인민성을 가장 뒤에 가져다 놓고 있다는 것이 확연한 차이점이다.

이미 언급하였듯이 북한에서는 당성·노동계급성·인민성의 순서로 그 원칙의 관철을 사상미학적 원칙으로 삼고 있다. 그것은 다음의 김일성과 김정일의 교시와 지침에 잘 나타나있듯이 수령형상창조라는 우상화작업과 무관하지 않다.

예술인들은 예술을 위한 예술이 아니라 당과 혁명을 위한 예술, 노동계급과 인민을 위한 예술을 창조하여야 합니다. (『김일성저작집』12권, 11 – 12쪽)

당성이란 당에 대한 끝없는 충실성입니다. 그것은 주체의 혁명적 세계관에 기초한 높은 계급적 자각이며 당을 옹호보위하며 당의 노선과 결정을 관철하기 위하여 모든 것을 다 바쳐 투쟁하는 고상한 혁명정신입니다.(『김일성저작집』35권, 378쪽)

사회주의 문화는 다름아닌 로동계급의 문화입니다. 그것은 로동계급에 의하여 창조되며 로동계급을 위하여 복무하는 문화입니다.(김정일)

예술을 인민적인 것으로 만든다는 것은 인민들의 생활을 진실하게 반영하고 인민들의 사상감정에 맞는 예술로 만든다는 것을 의미합니다.(『김일성저작집』 13권, 345쪽)

위의 인용문에서 북한 문예이론의 중요한 몇 가지 특성을 찾아볼 수 있게 되었다. 그 하나는 당성은 결국 '수령에 대한 충실성'을 강조하는 데 지나지 않는다는 사실이다. 이것은 북한소설에서 등장인물의 대화를 통해 가장 빈번하게 나오는 말중의 하나이다. 즉 그것은 공산주의 사회에서 유일지배사상을 내세워 권력집중화를 도모하는 독재화과정의 이데올로기인 셈이다. 둘째, 계급성을 내세워 마르크스 - 레닌주의 미학과 주체사상의 미학과의 차별성을 강조하려고 시도하고 있다는 점이다. 마르크스 - 레닌주의 문예이론은 계급사회에서 문학예술이 계급성을 띤다는 것을 강조하는 데 그치고 노동계급의 문학예술의 계급성, 사회주의 문학예술의 노동계급성에 대한 문제는 제기하고 해명하지 못한 데 비해, 주체적 문예이론은 사회주의 문학예술의 노동계급성의 본질과 그 구현에서 나서는 문제를 새롭게 독창적으로 밝힘으로써 사회주의 문학예술을 그 계급적 본성에 맞게 발전시켜나갈 길을 열어놓았다[7]고 극찬하고 있는데서 확인이 되고 있다. 셋째, 인민성의 문제에 있어서도 마르크스 - 레닌주의 미학은 유물사관에 기초하여 해명한 데 비해 주체적 문예이론은 인민성의 문제를 혁명과 건설의 주인인 인민대중의 자주적 요구를 실현하는 문제와 결부시켜 규명하였다고 찬양하고 있

---

7) 한중모, 『주체적 문예리론의 기본 I』, 122쪽.

다. 그것은 결국 주체사상이 '사람중심의 세계관'임을 자랑하려는 데 있다. 그리고 끝으로 북한 문예이론에서 당성·노동계급성·인민성의 원칙을 철저하게 지키자고 하는 것은 결국 그들이 말하는 미국과 남한의 반동적인 부르주아 문학예술의 침투전파를 막기 위함[8]이라고 서슴지 않고 말하고 있다.

3. 종자론과 수령형상 창조

'종자론'은 김정일이 『영화예술론』에서 제시한 이론이다. 종자란 문학예술작품의 핵을 말한다. 좀더 구체적으로 설명하면, 문학예술에서 작가가 말하려는 기본문제가 담겨 있고 형상의 요소들이 뿌리내릴 바탕이 있는 생활의 사상적 알맹이를 의미한다. 그러면 '종자론'은 과연 북한예술의 창작원리 내지 창작방법에 포함시킬 수 있는가? 형식적으로는 수령의 교시와 당정책을 가장 중시하고 다음으로 그것을 바탕으로 하여 당성·노동계급성·인민성의 원칙을 구현해야 한다고 강조하고 있다. 이러한 것을 실어 담아 구현하는 생활의 사상적 알맹이가 '종자'라는 것이다. 따라서 어떻게 보면 종자는 창작의 지침이나 방법론같은 것이기도 하고 다른 측면에서 보면 창작의 근본 원리나 원칙같은 것이기도 하다. 남한의 시각에서 보면 문학작품 속에 내재된 작가의 사상이나 주제의식에 해당하는 것이 종자가 아닌가 생각된다. 북한의 문예이론서에서는 '종자론'과 '형상창조'를 주체적 문예이론의 강령적 지침으로 제시하고 있다.

북한사회에서 궁극적인 목표는 역시 주체사상을 창시한 김일성의 혁명위업을 강조하는 것일 것이다. 그것이 문예이론으로 나타난 것이 '수령형상

---

8) 한중모, 위의 책, 142 - 143쪽.

창조' 라고 할 수 있다. '수령형상을 창조' 하는 것은 사회주의 · 공산주의 문학예술건설에서 기본의 기본이라고 북한에서는 평가하고 있다. 북한문예이론서에서는 수령형상 창조의 본질과 그 합법칙성으로 첫째, 노동계급의 수령은 참다운 공산주의자의 최고전형으로 간주한다. 둘째, 하지만 수령형상은 단순한 공산주의자의 전형과는 차이가 나는데 그것은 공산주의자의 형상은 개인의 형상이지만 수령의 형상은 인민대중의 최고뇌수, 인민대중의 이익의 최고체현자의 형상이기때문이다. 셋째, 그 합법칙성은 수령의 형상이 사람들을 혁명적으로 교양하며 인민대중의 자주위업, 사회주의 공산주의 위업 실현에로 불러일으키는데서 거대한 역할을 수행한다는 사정과 관련되어 있다. 넷째, 사람들을 혁명적으로 교양하는 사업에서 기본은 '수령에 대한 충실성' 을 지니도록 하는 것이다[9] 등을 강조하고 있다.

그리고 수령형상창조의 원칙으로 다섯 가지를 제시하고 있다. 첫째, 충성심을 다하여 최상의 높이에서 형상할 것, 둘째, 밝고 정중하게 형상할 것, 셋째, 인민들속에 있는 수령을 형상할 것, 넷째, 위대한 인간의 형상을 창조할 것, 다섯째, 역사적 사실에 철저히 기초하여 형상을 창조할 것[10]을 제시하고 있다.

III. 최근 30년간의 북한 소설의 창작경향

어느 사회나 마찬가지이지만 문학은 문학이 창조된 그 당대의 사회현실과 밀접한 관계가 있다. 특히 문학을 정치적 선전 선동의 도구로 생각하는

---

9) 김정웅, 『주체적문예리론의 기본』 2, 평양, 문예출판사, 1992, 103 - 105쪽.
10) 윤기덕, 『수령형상창조』, 평양, 문예출판사, 1991, 178 - 237쪽.

마르크스 - 레닌주의의 미학의 전통을 계승한 주체사상의 체제인 북한에서 문학을 정치현실 및 사회현상과 떼어놓고 생각하기는 어려운 실정이다. 북한의 정치현실은 크게 6.25전쟁이후의 전후복구와 건설의 시기(1953 - 1958년)와 1959년부터 1966년까지의 사회주의제도 확립의 시기인 천리마운동시기, 그리고 1967년이후 주체사상의 정립시기(사상 · 기술 · 문화혁명의 3대 혁명소조기), 끝으로 구소련연방의 붕괴와 동구권의 변혁기인 1988년이후의 우리식의 사회건설시기를 거쳐 최근의 김일성사후의 식량위기시기로 나누어서 생각할 수 있다. 이러한 사회적 변혁과 연동하여 김일성은 문학사업에서 몇 가지 주요한 강령적 과업을 제시하였다. 첫째, 전후복구건설에 이바지하는 문학을 발전시키기 위한 지침인 〈문학예술을 더욱 발전시키기 위하여〉를 제시하였고, 둘째, 사회주의 제도확립시기에는 〈천리마시대에 맞는 문학예술을 창조하자〉를 발표하였다. 그리고 온 사회의 주체사상화를 부르짖은 1967년이후에는 주체문학을 개화발전시키기 위한 〈혁명주제 작품에서의 몇 가지 사상미학적 문제〉를 발표하였으며, 1986년 9월 평양에서 열린 국제문학토론회와 문학세미나에서는 자주시대 세계문학의 진로를 열어갈 〈현대문학의 시대적 사명〉을 발표[11]하기도 하였다.

  물론 80년대부터 최근의 90년대로 오면서 김일성의 대를 이어 주로 김정일이 문예이론의 대안을 제시하고 있는 것이 북한의 현실이다. 북한의 소설문학의 흐름을 살펴보려면 역시 저널이나 북한의『조선문학사』에서 주로 사용하는 10년단위로 시대를 끊어 문학사의 흐름을 분석 · 설명하는 방식[12]

---

11) 이수림,『위대한 수령 김일성동지 문학령도사』3권, 평양, 문학예술종합출판사, 1994, 5 - 440쪽.
12) 최근의 북한문학을 정리한 책으로는 김재용, 최동호편, 신형기의 3종류의 저서가 있는데 소설문학의 경우, 세 권의 저서가 모두 70년대 초에서 90년대초까지의 작품을 주로 분석하였고 10년단위로 나누어 북한소설문학의 특성을 정리하는 방식을 취하고 있다. 단지 신형기만이 70년대초 - 90년대초의 자료를 통합하여 특성을 정리하고 있다.

을 취할 수밖에 없다. 최근 30년간의 북한소설문학의 특성을 살펴보기로
한다.

1. 1970년대의 북한 소설문학의 특성

70년대의 북한 소설문학의 특성은 최근에 나온 북한의『조선문학사』14
권[13]에 상세하게 정리가 되어 있어 그것을 요약하기로 한다. 크게 주제나 내
용상의 특성을 중심으로 구분하면, 1) 김일성의 혁명역사에 대한 예술적 형
상화, 2) 해방후의 토지개혁 투쟁의 형상, 3) 6.25전쟁(북한식 표현으로
'조국해방전쟁') 현실의 형상화, 4) 사회주의 현실에 대한 다양한 형상, 5)
역사물창작(장편역사소설의 창작) 등으로 쪼개진다.

가. 혁명역사에 대한 예술적 형상화

김일성의 혁명역사에 대한 예술적 형상화는 다시 몇가지 소주제로 나뉘
어지는데, ㄱ)김일성의 유년·소년시절을 반영한 장편『만경대』(1973),
『동트는 압록강』(1975), 『배움의 천리길』(1971) 등이 있고, ㄴ)총서『불멸
의 력사』총 20권(원래는 15권으로 기획되었다가 20권으로 수정되어 완간
됨)중 1970년대에 2권『혁명의 여명』(1973, 천세봉), 6권『1932년』(1972,
권정웅), 9권『백두산기슭』(1978, 최학수), 13권『고난의 행군』(1976, 석
윤기)의 네 권이 4.15 문학창작단에 의해 간행되었다. ㄷ)김일성의 혁명적

김재용, 『북한 문학의 역사적 이해』, 문학과 지성사, 1994.
최동호편, 『남북한 현대문학사』, 나남출판, 1995.
신형기, 『북한소설의 이해』, 실천문학사, 1996.
13) 천재규·정성무, 『조선문학사』 14권, 평양, 사회과학출판사, 1996.

가정을 형상화한 작품으로는 장편 『역사의 새벽길』(상, 1972, 이기영)과 『조선의 어머니』(1970, 남효재)가 있으며, ㄹ)주체형의 공산주의 혁명가의 형상창조를 시도한 작품으로는 김정숙의 항일투쟁을 다룬 『충성의 한 길에서』(1·2부, 1978－1979, 천세봉)와 주체형 공산주의자들의 성장과정을 묘사한 『불타는 시절』(1970, 김병훈), 『총든 청년들』(1970, 이상현), 『태양의 아들』(1974, 윤시천), 『철쇄를 아스라』(1부, 1975, 고병삼), 『무성하는 해바라기들』(1부, 1970, 석윤기) 등이 창작되었다.

나. 토지개혁 투쟁의 형상화

토지개혁 투쟁의 형상화작업으로는 김규엽의 장편소설 『새 봄』(1978)이 있다. 장편 『새 봄』은 김정일의 창작지도에 의해 원래 제목 『봄의 서곡』에서 개명·수정된 작품으로 해방직후 토지개혁의 시기에 극좌 극우파들간의 극렬한 투쟁속에서 농민들이 땅의 참다운 주인이 되는 토지개혁의 새 봄을 맞이할 수 있게 된 과정을 생동감있게 그린 작품으로 평가받고 있다.

다. 6. 25전쟁 현실의 형상화

6. 25전쟁 현실의 형상화작업에는 중편 『낙동강』(1972, 엄단웅), 장편 『천산령을 넘어서』(1970, 정창윤), 장편 『그들은 함께 싸웠다』(1970, 정순봉·최학수), 장편 『준엄한 겨울』(1971, 이상룡), 중편 『메아리』(1976, 정성훈), 장편 『특수전선』(1978, 김동섭) 등이 있다.

라. 사회주의 현실에 대한 다양한 형상화

사회주의 현실에 대한 다양한 형상화는 각계각층 인물들의 혁명화과정을 상세하게 다루는 데서 드러나는데, ㄱ)남한 출신 지식인들의 혁명화과정을 다룬 중편 『빛을 따라』(1973, 정창윤)가 있고, ㄴ)간부들의 혁명화문제를 그린 단편 「자기 위치앞으로」(1974, 엄단웅)가 있으며, ㄷ)가정에서의 여성들의 위치와 역할문제 즉 가정혁명화문제를 다룬 작품으로는 중편 『강물은 한 곬으로』(1978, 주유훈)가 있다. 그리고 ㄹ)사상, 기술, 문화혁명의 모든 영역에서 온갖 낡은 것을 쓸어버리고 새로운 현실과 비약을 창조하자는 모토로 3대 혁명소조원들인 청년지식인들을 형상화한 작품으로는 단편 「햇빛을 안고 온 청년」(1976, 이종렬), 「혁명전위」(1974, 성혜랑), 「혁명소조원 김동무」(1975, 정창윤)가 있으며, ㅁ)노동계급의 사회주의 건설모습을 형상화한 작품으로 천리마운동시기의 노동계급의 활약상을 묘사한 장편 『평양시간』(1976, 최학수), 『생명수』(1978, 변희근), 『지하의 별들』(1970, 변희근), 중편 『불바람』(1977, 이종렬)과 이 시기 사회주의 농업근로자들의 성격을 창조한 중편 『꽃피는 대지』(1974, 최재석), 『햇빛 찬란한 들』(1975, 최국명)이 있다.

북한의 소설문학사에서 70년대는 매우 중요한 시기였다. 특히 1967년 김일성 주체사상이 확립된 이후에 김일성의 혁명역사에 대한 예술적 형상화를 시도하기 위해 김정일에 의해 4.15 문학창작단이 조직되어 《불멸의 력사총서》가 완성되는 등 대작주의[14]가 성행하였고, 청년 인텔리들에 의한

---

14) 김정일, "대작창작에서 제기되는 몇 가지 문제" (예술영화 『형제들』의 창작가들과 한 담화, 1968년 4월 6일), 『김정일선집』 1권, 평양, 조선로동당출판사, 1992, 341쪽.
"우리가 말하는 대작은 흔히 말해오던 서사시적 형식의 큰 작품과 같은 것이 아닙니다. ……. 우리가 요구하는 대작이 지난날의 대작과 구별되는 기본 특징은 그것이 사람들에게 혁명발전 과정을 보여주며 혁명투쟁의 경험과 방법을 배워주는데서 커다란 작용을 하게 된다는데 있습니다. 다시 말하면 현 시대의 준엄한 계급투쟁과 혁명발전 과정을 폭넓고 깊이있게 반영함으로써 사람들의 혁명적 세계관 형성에 큰 영향을 준다는데 보통작품과 다른 대작의 본질적 특징이

3대혁명소조의 구성과 그들에 의한 주체시대에 걸맞는 사상 · 기술 · 문화혁명의 시도 그리고 소설문학을 통한 청년전위의 형상화가 이루어 졌다. 그리고 노동계급의 사회주의 건설모습을 형상화하고 '인텔리계층의 노동계급화'를 사상미학적으로 다룬 장편들이 창작되어 널리 보급되었다는 점 또한 북한의 70년대문학의 성과라고 할 수 있다.

2. 북한의 80년대 소설문학의 특성

북한에서 80년대 소설문학은 70년대에 확고하게 자리잡은 소설문학의 전통을 계승발전시킨데 그 의의가 있다. 80년대문학이 70년대문학의 연장선상에 있다는 것은 북한사회에서 80년대가 차지하는 의미와 밀접한 관련성이 있다. 한마디로 말해 80년대의 북한사회는 70년대와 비교하여 정치적으로나 사회적으로 커다란 변화양상 즉 격변의 상황이 없었다는 점이다. 1967년이후에 확고하게 자리잡은 주체사상이나 김정일의 후계자수업에 있어서 그 어느 것도 어느 정도 자리를 잡아가고 있었다는 점을 들 수 있다. 단지 80년대 후반에 가서 구소련연방의 붕괴나 동구권의 변혁으로 인해 체제가 흔들리는 양상을 보였는데 그 이전까지는 커다란 사회변동 현상이 없었다. 하지만 사회내부에서는 많은 문제점과 균열현상이 있었다. 50년대말 기획하여 70년대에 거의 완성이 된 평양의 신도시 건설사업의 성과와 문제점이 드러나기 시작하여 도 · 농간의 갈등이 시작되었다는 점, 남 · 북한의 무한경쟁에 따른 과학기술의 혁신문제와 인텔리의 사회적 위치와 역할문제, 중국이나 러시아 유학생들의 귀국과 일본 북송 교포자녀들의 활동 등에 따른 개방적이고 수정주의적인 젊은 세대의 등장으로 인한 세대간의 갈

있는 것입니다. ……대작은 규모가 대작이 아니라 내용이 대작으로 되어야 합니다."

등문제, 인민대중들의 다양한 삶과 그들 삶의 미시적인 세부묘사와 연관하여 여성들의 가정과 사회 내에서의 위상과 역할문제 등이 제기되기 시작하였다.

특히 북한의 예술분야에서 80년대에 주목해 볼만한 사건은 김정일에 의해 주도된 김일성 출생 70주년기념과 77주년기념을 축하하기 위하여 장·중편소설 창작전투가 벌어졌다는 점이다. 이와 아울러 〈80년대 속도전〉의 강력한 추진으로 인한 단편소설을 이용한 치밀한 세부묘사와 인물전형의 창조에 몰두한 점이 눈에 띄는 현상이다. 일종의 문학분야에서 모순적인 정책을 동시에 취하고 있었던 시대가 80년대라고 할 수 있다. 또 영화예술분야에 상당한 식견을 가지고 있는 소위 지도자동지 김정일의 지도로 이미 영화로 만들어져 인민대중들의 사랑을 받던 이야기가 장편소설로 재창작되어 김일성 등 수령과 당간부들에 의해 높은 평가를 받았다[15]는 점은 예술장르 간의 접목과 관련시켜 주목해 볼만한 사건이라고 할 수 있다.

가) 인텔리형상 창조

흔히 남한에서 생각할 때는 공산주의 국가인 북한에서 인텔리는 노동계급 보다도 무시당하고 대접받지 못할 것으로 간주된다. 물론 북한이 공산화된 후 초기에는 이러한 흐름이 대세를 이루었던 것으로 보여진다. 하지만

---

15) 김홍섭, 『소설 창작과 기교』, 평양, 문예출판사, 1991, 463쪽.
"김보행은 로동계급의 생활을 특색있게 형상화함으로써 자기의 창작적 개성과 기량을 보여주고 있다. 『로동가정』, 『녀당원』, 『빈터위에서』 등 그가 쓴 성과작들은 다 기간공업부문 로동계급을 취급하고 있는 장편소설들이다. 뿐만아니라 이 작품들은 모두 이미 예술영화로 창조되어 대중의 큰 반향을 불러일으킨 소재를 작가가 장편소설로 재창조하여 또다시 감명깊은 형상을 만들어낸 대작들이다. 이것은 작가의 높은 기량과 탐구정신을 보여주는 것이다. 위대한 수령님께서는 장편소설 『빈터위에서』, 『녀당원』을 보시고 잘 썼다고 높이 평가하여주시였다."

60년대말에서 70년대로 접어들면서 남한정권의 조국 근대화, 과학입국의 정책구호를 보고 본격적으로 사회주의 건설을 시도해야 살아남을 수 있다는 절박한 현실의 문제가 제기되었고 따라서 과학기술자 등의 전문영역에서의 인텔리의 도움이 절실하게 필요하게 되었다. 이러한 현상은 80년대를 거쳐 90년대로 오면서 더욱 더 중요한 문제로 부각이 되었다. 그것은 핵무기 개발이나 과학발전에 있어서 러시아나 중국의 도움을 더 이상 받을 수 없게 된 현실과도 무관하지 않다.

인텔리정책의 편향을 바로 잡아야 하겠다는 현실성은 김정일의 담화에서도 구체적으로 나타나고 있으며, 80년대의 소설문학을 텍스트로 다루고 있는 90년대의 평론이나 80 - 90년대의 소설속에서도 빈번하게 등장하고 있다. 심지어 '인텔리형상 창조'라는 전문술어까지 등장하고 있을 정도이다.

1969년 김정일은 교육과학부 책임일군들과의 담화에서 인텔리 정책에서 편향성이 있음을 바로잡아야 한다고 교시를 내렸다. 그러한 교시를 내리게 된 배경은 두 가지 사건때문인데 하나는 어떤 대학에서 교원대열을 꾸린다(우리로 하면 교수요원 정비)고 하면서 가정주위환경과 사회정치생활 경위가 복잡한 일부 교원들을 내보낸 사건이고, 다른 하나는 문화예술분야에서 노동당의 문예정책을 잘 따르고 영화창작사업을 잘 해온 한 일군이 지난날의 정치생활로 인해 쫓겨나게 된 사건[16]이다. 결론적으로 김정일은 20여년 동안 혁명을 함께 해온 인텔리들을 이제 와서 성분이 어떻소, 무엇이 어떻소 하면서 문제시하는 것은 적을 도와주는 행위와 같다고 하면서 단호한 입장을 밝혔다. 그리고 인텔리에 대한 노동당의 정책은 결코 인텔리들이 가지고 있는 지식과 기술을 써먹기 위한 일시적인 전술이 아니고, 김일성수령이

---

16) 김정일, "인텔리정책 관철에서 나타난 편향을 바로잡을 데 대하여"(조선로동당 중앙위원회 과학교육부 책임일군들과 한 담화, 1969년 5월 29일),『김정일전집』1권, 평양 조선로동당출판사, 1992, 457쪽.

당을 창건할 때 인텔리를 혁명의 동력으로 보고 당의 구성부분으로 규정하였으며 오랜 인텔리들을 포섭하여 교양개조시킬 것에 관한 방침을 내놓았기 때문[17]이라고 천명하고 있다.

이러한 김정일의 공식적인 입장표명은 역으로 말하면 북한사회에서 부유한 집안출신으로 여유있게 공부해온 인텔리계층에 대한 불신과 비판이 심화되고 있음을 말해주는 것이다. 그에 따라 인텔리계층이 몸을 움츠리고 창조적인 역할을 하지 않아 북한 사회에서 과학분야를 비롯한 각종 분야에서 창의성이 발휘되지 않고 사회가 정체되는 현상에 대해 제동을 걸려는 의도로 보여진다. 70년대에 이르러 남·북한이 군비경쟁과 신무기개발, 그리고 인프라사업 등에서 치열한 경쟁에 돌입하면서 그리고 80년대말이후 외국의 기술원조를 더 이상 받을 수 없게 된 북한은 그간 대학등에서 자체적으로 배출한 인텔리계층에 대한 포용과 사회적 예우를 하지 않을 수 없는 현실에 직면하게 된다.

이러한 사회분위기를 반영하여 드디어 80년대문학에서 '인텔리형상 창조' 문제가 중요한 위치로 부상하게 되었다. 김여숙은 평론에서 "우리 인텔리들은 당 건설과 활동에서 영원한 동행자, 충실한 방조자, 훌륭한 조언자로서의 높은 영예와 긍지를 안고 주체혁명위업을 실현하기 위한 투쟁에서 참된 삶의 보람을 느끼고 있다"[18]고 하면서 인텔리들의 지성세계를 잘 그리는 문제도 인텔리형상창조에서 중요한 문제의 하나라고 평가하고 있다. 80년대문학에는 다양한 인물의 인텔리의 내면심리세계와 성격적 특성이 드러나고 있다. 그러한 소설로는 남대현의『청춘송가』, 이동구의『양심과 운명』, 이호인의『후대의 길』등과 김교섭의 중편소설『생활의 언덕』과 백남룡의

---

17) 김정일, 위의 글, 460쪽.
18) 김여숙, "인텔리형상과 지성세계묘사",『조선문학』1992년 8월호, 문예출판사, 45쪽.

단편 「생명」 등이 있다.

나) 노동계급의 전형창조

사실 북한에서 주체적인 인간의 전형이라고 할 수 있는 노동계급의 전형을 창조하는 문제는 80년대 이전부터 현재까지 지속적으로 이루어지고 있는 작업이다. 하지만 70년대말의 최학수의 『평양시간』과 변희근의 『생명수』의 전통을 이어받아 변희근의 『뜨거운 심장』(1985, 평양 조선미술출판사)과 김리돈의 『철의 신념』(1986, 평양 문예출판사)이 발간되었고, 김보행의 『여당원』(1982)과 『빈터위에서』(1982)도 이 시기에 창작되어 대중들의 인기를 받음으로써 커다란 진전을 이룩하게 된다. 『철의 신념』의 노장섭은 김일성의 희망인 강재 일만톤의 증산을 실천하는 것이 자기 자신의 생의 목적이며 일생을 다해 지켜나갈 신념이라고 생각하고 그것에만 매달리는 주체시대의 새로운 인간전형으로 묘사된다. 『빈터위에서』의 주인공 주용녀도 견디기 어려운 정황인 의지했던 남편의 전사, 반동분자에 의한 딸 명희의 살해, 직장을 버리고 간 친구 혜선의 배신 등을 이겨내어 전후의 모든 것이 파괴된 빈터위에서 북한 최초의 대형양수기를 생산하는 혁명적 과업을 부여받고 결국 혁명적 수령관의 신념에 바탕하여 난관을 극복하고 대형양수기를 만들어내는 노동자계급의 한 전형으로 그려진다. 북한문학이 이러한 인물창조와 대중에로의 전파홍보에 주력하는 것은 〈80년대 속도〉의 강력한 추진과 밀접한 관련이있다. 즉 1980년대 들어 달라진 국내외정세에 적응하여 생산성 향상과 사회주의 건설의 가속화를 목표로 한 천리마운동의 계승운동인 〈80년대 속도전〉의 추진에 동력을 달아주기 위한 목표가 작품속에 잠재되어 있는 것이다.

다) 과학기술의 혁신문제와 청년전위의 주체적 등장

80년대에 들어오면서 북한의 소설문학에서는 유난히 과학기술의 중요성을 강조하는 내용이 거의 모든 소설에 등장하고 있다. 그것은 앞서 설명한 것처럼 70년대이후 남한과의 군비전쟁과 핵개발경쟁 그리고 산업 근대화 경쟁 등 치열한 생존경쟁의 여파로 보여지며, 80년대 말이후는 러시아나 중국으로부터 기술적 원조를 받기 어려워진 현실과 밀접한 관련이 있을 것으로 보여진다. 또 하나 그들이 남한 보다 전통적으로 앞서고 있다는 공작 기계 등 기계공학쪽의 우위[19]마저 위태롭게 된 현실이 자극제가 된 것으로도 보여진다. 이러한 과학기술 혁신의 강조는 사상·기술·문화의 3대 혁명을 성취하자는 70년대 이후의 움직임과 최근의 생산성 향상 운동인 〈80년대 속도전〉과도 연관이 있다.

염단웅의 『영마루』(1980, 문예출판사)는 철광산의 기사장인 현우림이 불치의 병으로 90일밖에 더 살지 못하는 처지에서 그 남은 생을 보람있게 사는 신념을 보여주는 장편소설이다. 전문기술인이면서 광산의 운영책임자이기도 한 현우림은 광산내의 동료나 부하들의 반대에도 불구하고 광산의 종합기계화 및 갱내의 공기를 정화시키는 중화제의 주체적 입장에서의 연구를 앞장서거나 뒤에서 돕는 등 중병을 앓고 있는 가운데에서도 일에 매진하여 성공단계에 이르게 한다. 또 장동일의 중편 『밤노을』은 북방의 한 제철소 노동계급들이 철콕스 생산에서 〈80년대 속도〉를 창조하기 위한 투쟁을

---

19) 이상조, "남북한 산업규격 비교 고찰", 이영선편, 《통일준비》, 오름, 1997, 180쪽.
　"산업규격의 전반적인 검토 결과 북한이 남한과 우선적으로 협력을 원하는 분야를 두 가지 고른다면 컴퓨터관련사업과 석유화학제품의 생산 및 응용기술 분야일 것으로 판단된다. 공작기계의 설계능력 및 가공밀도 측면에서 상당한 수준의 능력을 보유하고 있다고 판단되며 이것은 고도의 정밀한 무기생산에 응용될 수 있다."

벌리고 있는 내용을 형상화한 작품이다. 정창윤의 장편『먼 길』도 과학기술 문제를 해결하려는 높은 이상을 실현하고 있는 참된 과학자상을 묘사한 수작이다.

한편 남대현의『청춘송가』나 신용선의『봄은 아직 멀리에』(1988)는 대학졸업생이나 고졸생인 청년들이 주인공으로 나와 생산현장인 강철직장이나 새탄광으로 자원하여 부임하여 현장에서의 현실주의자들과 치열하게 싸우며 온갖 난관을 극복하고 자신의 이상을 실현하는 이야기다.

라) 여성의 자주성의 문제

최근의 북한소설의 내용상 특징중 하나는 세대간의 갈등 못지않게 여성들의 위상과 역할에 대한 문제를 비중있게 다루는 작품이 많다는 점이다. 여성문제를 비중있게 다루는 것은 새 시대의 주체적인 전형을 창조하려는 움직임과 연관이 된다.

또 하나 주체의 인간학으로서의 새시대의 사회주의 문학예술은 바로 자주성에 대한 문제, 자주적인 인간에 대한 문제에 심오한 예술적 해답을 주는 것이라고 강조하고 있다. 김보행의『여당원』에서 주인공 주용녀의 성격창조는 노동계급의 전형창조, 혁명적 수령관의 구현 등과도 밀접한 관련성이 있지만 '여성의 자주성'과도 연계가 된다. 남대현의『청춘송가』에서의 남주인공 이진호의 애인 현옥이나 직장동료인 기사 윤정아의 등장도 단순한 보조적 인물이상의 역할을 맡고 있다. 김수경의 장편소설『탄생하는 계절』은 여성과학자의 인텔리로서의 과학적 탐구과정이 생동감있게 그려지고 있다. 이 작품은 처녀연구사 유연이가 15년이라는 기나긴 나날 청춘시절을 다 바쳐서 재래의 땅 개암을 경제적 가치가 있는 새 기름작물로 육종하기까지의 과정을 그린 소설이다. 특히 김교섭의 중편소설『생활의 언덕』

은 여성의 문제를 자주성의 문제, 자주적 인간의 문제로 승화시킨 작품이다. 여주인공 정춘애는 여성인텔리로서 노동당의 배려로 대학을 최우등으로 졸업하고 H화학공장의 공정기사로 배치되어 건조기에 자동온도조절기구를 도입하려고 하였으며 2단식 건조기를 로라식 건조기로 개조하려고 한다. 하지만 그러한 노력이 헛수고로 돌아가고 가정을 가지게 되자 여성으로서의 한계를 느끼고 처녀시절의 포부를 집어던지고 만다. 그리고 그녀는 대학동창생 임염순과의 대화에서 그녀의 남존여비적인 보수적 생각에 반발하여 여성의 존재문제에 대해 스스로 질문을 해본다는 내용이다. 결국 작가는 『생활의 언덕』에서 여성인텔리들이 자주적인 인간으로서의 인간적 존엄을 지키고 삶의 보람을 참답게 누리자면 남성의 뒷바라지나 하는데서 행복을 찾을 것이 아니라 인텔리로서의 자각을 가지고 기술로써 사회에 떳떳이 복무하여야 한다는 결론을 제시한다.

3. 북한의 90년대 소설문학의 특성

1990년대는 북한사회에 엄청난 변화를 가져다준 시대이다. 특히 북한 통치의 유일한 주체였던 김일성의 죽음은 북한주민에게 정신적 공황을 가져다 주었다. 또 최근 몇 년간의 식량난을 비롯한 경제난과 황장엽의 망명에서 엿볼 수 있듯이 체제의 이완과 탈북자의 증가는 사회주의 체제 자체가 생존의 위협을 받는 단계로 발전되고 있다. 김일성 사후 3년동안(소위 3년 상기간) 북한은 정책의 최우선순위를 유훈통치로 삼을 정도로 국제사회의 식량원조에 의존하여 겨우 연명해나갈 정도가 되었다.

김일성 사후 김정일이 최고지도자로 등장한 이후 북한의 통치이데올로기로는 '붉은기사상'이 제기되고 있다. '붉은기사상'은 1995년 8월 28일 《노동신문》이 청년절을 맞아 발표한 "붉은기를 높이 들자"라는 정론에서 김정일이 자신의 논문 '사회주의는 과학이다' (1994년 11월 1일)를 가리켜 "나의 사상은 붉다는 것을 선포한 것"이라고 말했다고 보도함으로써 처음 선보였다고 한다. 그후 북한은 1996년 1월 1일자 당보·군보·청년보의 공동사설 제목을 '붉은기를 높이 들고 새해의 진군을 힘차게 다그쳐 나가자' 라고 정하고 "살아도 우리식 사회주의와 운명을 같이하고 죽어도 우리식 사회주의를 빛내어 나가는 길에서 영예롭게 한몸 바치겠다"는 의지를 갖자[20]고 호소했다.

이러한 북한사회의 엄청난 변화는 문학에서도 그대로 반영될 수밖에 없다. 하지만 황장엽망명이후의 폐쇄적인 정책과 식량난으로 인한 자원부족의 여파로 90년대 후반에 출간된 소설이 일본 등 해외로 유통되고 있지 않아 자료를 구하는데 어려움이 가중되고 있는 실정이다. 따라서 90년대 중반까지의 자료로 90년대 문학의 특성을 제시할 수밖에 없다.

가) 김정일의 형상창조

김정일은 김일성 사후 3년간 유훈통치를 하다가 1997년 10월 8일 드디어 당총서기로 추대되었다. 하지만 김정일의 후계자수업과 권력승계는 30년간 지속되어 왔고 그 작업은 특히 60년대 말부터 70년대 초에 사실상 시작되었다. 문학에서 보면 김일성의《불멸의 력사총서》와 유사한《불멸의 향도총서》가 1980년이후 등장하였다. 그리고 70년대 이후 꾸준하게 김정일을 형상한 송가·가사·단편소설 등이 쏟아져 나왔다. 단편소설집『조선의 행복』,『백두산의 해돋이』,『향도의 태양』,『영광의 시대』,『봄빛』,『역사의

---

20) 고유환, "북한식 사회주의체제의 지속과 변화" - 김일성 사후 3년 평가와 전망. 평화문제연구소, 『통일문제연구』통권 28호. 1997년 하반기호. 7쪽.

242

순간』 등에만 모두 55편의 단편소설이 수록되어 있다.

김정일의 형상창조는 90년대 들어와서 좀 더 강화되는 양상을 보인다. 그 이유는 아무래도 김일성의 나이가 많아서 업무수행에 차질을 빚게 됨에 따라 후계자에 대한 승계가 단계적으로 이루어졌기 때문으로 보인다. 특히 90년대에 들어와서 그동안 미루어 왔던 제도적인 면에서의 승계작업을 본격화하였는데, 1990년 5월에 신설된 국방위원회 제 1부위원장에 올랐던 김정일은 1991년 12월 24일 조선인민군 최고사령관에 추대된 데 이어 1992년 4월 20일 원수 칭호 부여, 1993년 4월 9일 국방위원장에 추대됨으로서 군통수권을 장악하고 실질적으로 북한을 통치해왔다.[21]

1992년에 나온 단편소설집 『소원』은 「소원」, 「빛나는 한생」, 「아리랑」 등 11편의 단편소설이 실려있는데, 모두가 김정일에 대한 충성심을 그리거나 그의 한없는 사랑에 대한 내용으로 되어 있다. 김명진의 「소원」은 제강연합 기업소 지배인 강현규가 연초부터 증산투쟁에 몰두하는 동시에 공장의 예술소조사업에 심혈을 기울이고 있는데, 그 이유는 김정일이 현지지도를 하게 되었기 때문이다. 강현규는 김정일의 방문에 발맞추어 예술소조공연의 시연회를 하면서 구연 '소원'을 발표하는데 그 내용은 이 공장을 5년전에 은퇴한 수정골노인이 농장일을 하면서 전설로만 전해져 내려오던 신기한 약샘을 찾아 내어 김정일을 이곳에 모셔 노고를 풀어드리고 잠시나마 휴식을 보장해드리고 싶은 고을사람들의 소원을 함께 전하는 것으로 되어 있다. 결론은 마침 2월 16일 생일날 현지에 참석해 이 구연을 들은 김정일은 노동계급을 위한 정양소와 휴양소를 이곳에 훌륭하게 지어 노동자의 건강문제를 배려하라는 지시를 내린다는 것이다. 즉 김정일의 도량과 위정자로서 인민들에 대한 한없는 사랑을 강조하려는 주제를 담고 있는 작품이다. 장편소

---

21) 고유환, 앞의 논문, 9 - 10쪽.

설로는 1989년에 발표된『아침해』에 이어 90년대에는『예지』(1990),『불구름』(1991)[22],『동해천리』(1996) 등을 선보이고 있다. 김정일을 주인공으로 한 첫 장편인 현승걸의『아침해』는 철강재생산부진으로 인해 수출이 지장을 받고 있다는 보고를 받은 김정일이 그 원인이 금속공업부 부총국장 지승하의 과오에서 비롯된 것을 알고 인간중심주의의 자애로움으로 그에게 다시 한번 기회를 주어 문제를 해결한다는 내용이다. 이종렬의『예지』는 1970년대 초 영화사업을 지도하는 김정일의 활약상을 담은 작품으로 서구의 예술사조를 흉내내어 〈광풍〉을 제작한 영화연출가 최승진의 과오를 둘러싼 모함과 비판을 다루면서 '통크고 담력이 있는' 김정일이 그에게 기회를 다시 주어 작품을 수정하여 우리식의 영화를 만들어내게 한다는 내용의 소설이다. 박현이 지은『불구름』은 민족해방전쟁을 겪는 어린이 김정일을 조명한 장편소설로 김정일 우상화의 연속선상에 있는 작품이다

가장 최근에 나온 장편소설인『동해천리』는 70년대에 북한의 사회주의 건설을 외치며 천리마고조나 70일속도전 그리고 사상·기술·문화의 3대 혁명을 주도한 후계자 김정일의 수령형상을 창조한 작품이다.『동해천리』의 배경은 〈70일전투〉의 승리적 결속에 이어 당원들과 근로자들은 6개년계획의 기본고지들을 당창건 30돐 기념일전에 점령하기 위해 떨쳐나섰다고 하는 슬로건에서 출발한다.『동해천리』에는 서해 은률의 금산포 앞바다 대형 장거리 벨트콘베아 완공, 무산 – 청진 대규모 정광 수송관 건설, 대유색 금속광물생산기지인 검덕광산의 6만톤의 연·아연 증산정책, 함북 송암진 펄문제 등 수송관부설공사, 흥남비료공장의 화학비료 증산 정책 등을 현장지도하는 김정일의 대담한 추진력[23]과 노동계급과 함께 하는 자상한 인간

---

22) 신형기,『북한소설의 이해』, 실천문학사, 1996, 133 – 156쪽. 신형기는 제5장 '친애하는 지도자'에서『아침해』등 세 작품의 장편소설에 대해 자세하게 분석하고 있다.

23)『동해천리』에서 작가 백남룡은 김정일을 "통이 크게 일판을 벌려", "예지가 번뜩이시였다",

미를 갖춘 지도자상을 부각시키려는데 주안점을 둔 장편소설이다. 특히『동
해천리』에는 80년대이후 소설에서 많이 등장하고 있는 도 · 농간의 갈등,
과학기술문제, 농촌에 대한 사랑, 이성간의 애정문제, 세대간의 갈등문제
등이 폭넓게 다루어지고 있는 점이 주목된다.

나) 농촌에서의 삶의 가치 고양

80년대에 이어 90년대 북한문학에는 도농간의 갈등이 심화되고 있다. 마
치 남한에서의 70년대 상황처럼 사회주의 건설의 기치를 높이 든 이후 농
촌의 황폐화와 개발된 도시에 대한 동경이 북한 민중계층 사이에 퍼져 나갔
던 것으로 보인다. 이러한 현상은 사회적 문제로 나타났다. 따라서 정부차
원에서 농촌에 대한 사랑을 조국이나 민족에 대한 사랑으로 승화시키는 캠
페인이 벌어진다.이것은 소설문학뿐만이 아니라 시문학에서도 공통적으로
나타난다. 1992년에 문예출판사에서 나온 시집『궤도를 따라서』를 보면
〈90년대의 숨결〉이란 항목과 〈내 사랑 내 조국〉이라는 항목이 나오는데 여
기에 나오는 상당수의 시들이 어머니와 고향, 그리고 조국에 대한 사랑과
정다움을 노래하고 있다. 그중 이근지의 〈선희! 좋은 밤이다〉는 잘익은 햇
쌀냄새와 사랑하는 여인 선희의 이미지가 상통하고 있다. 즉 풍요로운 농촌
의 삶과 오버랩되는 사랑하는 농촌여인의 이미지를 자연의 언어로 형상화
하고 있다. 문예출판사에서 나온『문학작품집 1990 - 1991』(1993)에는 최
준경의 〈도시처녀 시집와요〉가 들어 있다. 이 시는 이근지의 시에 비해 보
다 선동성이 강한 시이다. 도시와 다름없는 문화농촌이 펼쳐져 있으니 도시

"대담하고 통이 크게 내밀어야 합니다" 등의 표현으로 선이 굵은 정치인으로 묘사하는데 주력
하고 있다.

처녀들은 농촌총각에게 시집와서 행복한 삶을 누리라는 권유를 노골적으로 하고 있다. 이것은 90년대 들어 도·농간의 격차가 몹시 커지고 있음을 증명해주고 있으며 남한과 마찬가지로 농촌총각이 결혼하기가 힘들어졌음을 말해주는 것이다.

시에 못지않게 단편소설이나 장편소설속에서도 고향 농촌의 발전에 한생을 바치는 젊은 농민에게 도시처녀가 고민 끝에 사랑을 바치고 농촌에 정착할 뜻을 밝히는 작품이 많이 등장하고 있다. 이것은 사회적·정치적 슬로건을 예술적으로 형상화한 예가 될 것이다. 이태윤의「뻐국새가 노래하는 곳」(조선문학, 1990. 3)과「사랑」(조선문학, 1992. 9)이 여기에 해당한다. 도 소재지 고등학교의 물리선생으로 20여년째 근무하는〈나〉는 15년전 불의의 사고로 남편을 잃고 아들 영익을 가진 현재의 남편과 결혼을 하여 뒤에 신익을 낳는다. 전처의 친정어머니는 내가 너무 적적해서 그렇다고 하면서 어린 영익을 데리고 고향인 시골로 내려간다.〈나〉는 도의 행정 및 경제위원회 부위원장인 남편에게 '가정혁명화 하나 제대로 못해서 전처의 자식을 딸 잃은 장모의 손에 맡겨 키운다' 는 좋지 못한 여론이 도는 것을 우려하여 영익을 데려오려고 한다. 특히 도시처녀인 제자 은주를 신부감으로 생각하고 영익의 마음을 떠보나 영익은 농장원된 긍지를 가지고 있는 농촌청년으로 쑥 커서 같은 마을의 순박한 농촌처녀인 선희와 함께 농촌에 정착할 마음을 굳히고 있음을 알게 되어 그것을 포기한다는 이야기이다.

이태윤의「사랑」은 도시처녀와 농촌총각의 벽을 뛰어넘는 아름다운 사랑을 다루고 있는 신세대적인 작품이다. 도시에서 농업대학을 졸업하고 연포리 관리위원장으로 내려온 3대혁명소조원 출신의 이현심은 제대군인 출신으로 고향의 농사군으로 정착하려는 농촌총각 임욱과 '비탈길 가는 기계' 제작과 농촌 촌락 구조개선사업 등을 펼치면서 그의 과단성과 신념에 반해 결국 도시로 떠나고 말것이라는 주변의 여론을 뛰어넘어 그와 사랑에 빠지게 된다는 이야기이다.

단편소설속에 나오는 농촌에서의 삶의 가치를 강조하는 모티프는 장편소설 『동해천리』(1996) 등에서도 백리향과 길석의 사랑을 김정일이 이어주는 형식으로 삽입된다. 이것은 그만큼 도·농간의 갈등문제와 농촌총각 결혼의 어려움이 심화되고 있다는 증거이기도 하다.

다) 애정모티프의 대담한 등장

북한의 90년대 소설문학은 80년대부터 나타난 다양한 민중계층의 삶에 대한 세부묘사에 치중하는 특성을 그대로 계승하고 있다. 사회주의적 사실주의 문학의 전통을 바탕으로 삼고 있으면서도 예술적 환상에 입각한 허구성을 중시하고 있는 것이 최근의 경향이다. 즉 90년대 북한의 소설가들은 혁명적 낭만주의의 구현에 심취[24]해 있으므로 낙관적 전망을 가진 긍정적인 인물을 대거 등장시키고 있으며 따라서 그것이 애정모티프가 많이 나타나는 요인으로 작용하고 있다. 또 하나는 3대혁명소조의 활동이후 새로운 제 3 - 4세대의 등장으로 인해 청년전위인 이들의 도움없이는 북한식 사회주의의 건설이 불가능하다고 믿게 되었으며 이들의 취향에 맞는 문학의 창작이 필요하게 되었고 따라서 자연스럽게 애정모티프가 대담하게 삽입되게 된 것으로 볼 수 있다. 또 한 요인은 청년 노동계급의 열정이 새로운 사회주

---

24) 김재용도 같은 견해를 보여주고 있다. 김재용, "위기와 기회 - 1990년대 북한 단편소설의 흐름", 이태윤외, 『뻐국새가 노래하는 곳』(북한 우수 단편선 II), 살림터, 1994, 355쪽. 참조 "해가 더할수록 작품의 경향이 달라지는데 초기의 작품에서는 현실의 모순같은 것이 훨씬 예리하게 그려짐으로써 현실비판적 성격이 강한 반면, 최근의 작품에서는 그러한 것이 숨어들면서 현실변호적 성격이 강해지고 있음을 알아차릴 수 있다. 이는 1990년대 들어 북한 문학계 일각에서 제기된 혁명적 낭만주의의 경향이 점점 강한 비중을 가지게 되어 공식적 이데올로기와 목소리에 의해 작품이 지배되어 가고 있음을 말해 주는 것이다."

의 건설의 원동력이라고 믿는 김정일의 창작지침과도 연관이 있다고 하겠다. 그외에도 최근의 북한의 상층부의 테크노크라트로 부상하고 있는 30 - 50대의 인텔리계층이 모두 러시아나 중국 등 외국에서 유학한 경험을 가지고 있음에 따라 이들을 통한 어느 정도 개방적인 동·서구 문화의 유입도 한 요인이 될 것이다.

북한의 90년대 소설에는 단편·중편·장편을 가리지 않고 '사랑'을 다루는 작품이 쏟아져 나오고 있다. 이러한 현상은 남대현의『청춘송가』등 80년대문학으로부터 이어지는 경향이기도 하다. 물론 북한에서의 사랑은 남한에서의 개인적 사랑과 차이가 있다. 궁극적으로 청춘남녀의 사랑이 낭만적 사랑의 경향을 지니는 점에서는 일치하지만, 좀 더 통속적인 경향을 보이는 남한과는 달리 사회적인 책무를 강조하고 있는 점이 근원적인 차이점이다. 특히 북한 소설에서의 사랑은 반드시 '과학기술문제'로 연결되고 있는 특징을 보인다. 또 하나 북한의 단편소설에서는 사랑의 문제를 통해 세대간의 단절이나 남녀평등의 문제 등의 새롭게 부각된 사회적 이슈들을 형상화하고 있다는 점이 특이하다.

단편소설인 정현철의「삶의 향기」(조선문학, 1991. 11.)는 아버지와 아들간의 애정관의 차이로 인한 갈등을 통해 세대간의 갈등, 남녀의 이성간의 문제, 주부의 역할과 사회적 위상 등에 대해 그 이전 소설에서 볼 수 없었던 새로운 시각을 보여주고 있다.「삶의 향기」의 주인공 안천주는 공업대학을 나온 대학교수로 방금 달포동안 출장을 갔다가 막 돌아오는 길에 아내가 보고 있던 아들 애인의 사진과 일기장을 몰래 훔쳐보면서 세대간 갈등과 애정관의 차이에 대해 심한 고뇌에 빠지게 된다. 안천주교수는 아들의 신부감을 자신이 추천하기를 원하며, 좋은 신부감이란 남편의 일을 내조하고 순종적인 여성이어야 한다고 굳게 믿고 있다. 하지만 그의 아들은 중매나 부모의 소개보다는 자신이 연애를 통해 여성을 만나기를 원하고, 가정생활에 만족하는 순종적인 여성보다는 자신의 삶을 창조적으로 개척하고 남녀평등을 실현할 수 있는 열정적이고 개성적인 여성인 화학실험공 수미를 신부감으로 생각하고 있다. 공장대학 졸업반인 수미는 현재 가열로 개조를 실험하고 있으며 그것의 성공을 통해 전기를 절약하려는 미래에로 줄달음치는 아름다운 꿈을 가진 처녀이고 안교수의 아들은 그녀 연구를 돕기 위해 문헌연구를 하고 그 실험을 위해 건강을 돌보지 않고 밤을 새는 등의 헌신을 한다. 안천주교수가 몰래 본 아들의 일기장에는 새로운 여성관과 애정관이 나오며 그녀에 대한 창조적 사랑의 감정이 배어져 있다.

이태윤의 「사랑」(『조선문학』, 1992. 9.)도 신세대적인 애정관과 여성관을 보여주는 작품이다. 「사랑」은 도시에서 농업대를 나온 여성인텔리 이현심이 농촌 연포리의 관리위원장으로 부임하여 제대군인출신으로 농촌현대화와 영농기계화에 앞장서는 농촌총각 임욱과 사랑을 나누는 이야기이다. 중요한 것은 이전의 북한소설과 달리 여성이 우월한 위치에서 능동적으로 미묘한 로맨스문제를 처리해 나가게 묘사하였다는 점과 도시처녀와 농촌총각의 결합을 실현시켰다는 점이다. 물론 북한소설에서는 '사랑'에는 반드시 과학기술문제가 연루되는 상투성을 보이는데, 「사랑」에서도 이현심은 남주인공 임욱이 몸에 상처를 입는 것도 아랑곳하지 않고 15도까지의 경사지 밭을 갈 수 있는 기계를 만들어내는 집념에 감동을 받는 것으로 묘사하고 있다.

장편소설에서도 애정모티프는 중요한 한 몫을 차지한다. 김정일을 우상화한 《불멸의 향도총서》 중 한권인 백남룡의 『동해천리』(1996)에서도 세차례나 사랑의 이야기가 나온다.

라) 과학기술문제와 과학환상소설의 창조

북한소설에서는 80년대부터 '과학기술문제'를 중요한 과제로 삼고 있다. 북한은 1978년 제 2차 7개년 계획을 시작하면서 '인민의 주체화·현대화·과학화'를 새로운 시대적 과제로 제시한다. 여기에서 과학기술의 발전을 북한이 중요한 시대적 과제로 삼고 있음을 알 수 있게 된다. 그러나 북한은 제 3차 7개년계획(1987 - 1993)의 실패를 자인한 후 1994년부터 1996년까지 3년간을 완충기로 정하고 농업·경공업·무역 제일주의를 표방하게 된다. 1993년 12월 당 제 6기 21차 전원회의에서 밝힌 3대 제일주의는 농업·경공업·무역을 강조하는 정책으로서 그것은 과거 북한의 중공업 우선정책과 이른바 '자립적 민족경제' 노선과 비교할 때 상당한 변화로 볼 수 있다. 실제로 북한은 '농업제일주의'가 제시된 직후인 1994년 1월부터 김일성이 1964년에 발표했다는 '우리나라 사회주의 농촌문제에 관한 테제'에 대한 대대적인 선전활동을 강화했다. '농촌문제에 대한 테제'는 농업관리체계를 공업관리체계로 대체해야 하며, 농업에 대한 기계화를 공업이 지원해 주어야 하고, 농업관리부문이 당적으로 지도되어야 한다는 것을 골자로 하고 있다.[25] 이러한 현상은 이태윤의「뻐국새가 노래하는 곳」이나「사랑」등의 농촌을 소재로 하는 90년대 단편소설에 잘 묘사되고 있다.

1992년에 문예출판사에서 펴낸 시집『궤도를 따라』에서는 〈90년대의 숨결〉이라는 항목을 설정하고 있는데 그 세부항목을 보면 1)강철의 음향, 2)건설의 교향곡으로 되어 있다. 즉 사회주의 건설 주제의 작품이 많이 창작되고 있는 것이다. 이 시기에 창작된 단편과 중·장편소설에서도 이러한 주제의 작품들이 많은데, 그러한 경향의 작품에는 대개 과학기술 문제에 집착하는 노동계급이나 젊은 인텔리그룹이 주인공으로 나온다.

---

25) 문정인·유길재, "북한체제의 변동과 대북 경제협력의 정치 경제적 조건", 유한수·이영선편,『북한진출기업전략』, 오름, 1997, 56쪽.

이러한 과학 제일주의의 연장선상에서 80년대말부터 새롭게 등장한 소설장르가 과학환상문학이다. 과학환상문학은 과학과 기술을 탐구하는 사람들의 활동과 투쟁, 그들의 생활을 환상적으로 그려낸다. 황정상의 『과학환상문학창작』(1993)의 머리말을 보면, 김정일은 1988년 9월 6일 중편 과학환상소설 『푸른 이삭』의 창작심의에서 나타난 이러저러한 편향에 대하여 보고를 받고 그 해 10월 5일 과학환상문학 작품창작에서 제기되는 사상미학적 문제들과 그 다양한 형태들을 발전시켜나가는데서 제기되는 문제들에 대한 구체적인 방침을 주었다라고 밝히고 있어 미래의 소설로 이 장르를 발전시켜 나가려는 북한의 의도를 알 수 있게 된다.

과학환상소설은 과학 기술적 우위를 확보하여 제국주의의 핵 위협 등에 대처하고 주체적 사회주의 체제를 고수하기 위한 목적을 담고 있다. 북한에서 본격적인 과학환상소설은 1988년 황정상이 쓴 중편 『푸른 이삭』에서 출발한다. 이 소설은 '바다개발 총연구소' 의 연구사들이 서해 한 구역의 바다 속에서 항암성분을 갖는 벼를 재배하는 데 성공하는 이야기로 주인공들이 20대의 준박사인 진오석과 그의 애인 동해미, 그리고 그의 동료연구사 정광원으로 설정된 것이 특징이다. 90년대에는 박종렬의 중편 『별은 돌아오리라』(1993)가 간행되었다. 금성청년출판사에서 펴낸 『별은 돌아오리라』는 로보트 전문가인 노학자 한세웅이 새로운 에네르기 자원원소인 114번 원소 탐사에 몰두하는 이야기이다. 한세웅박사는 20년전 대서양 운석사건의 희생자인 젊은 과학자 부부 최정민과 정선회의 유일한 혈육인 딸 수련을 양딸로 삼아 기르면서 그 사건의 의미를 되새겨 보게 된다. 20년전 대서양의 한 섬에 추락한 운석을 탐구하러간 세계의 과학자들이 핵폭발로 모두 희생이 된 원인을 규명하면서 비피의 악당들에 의해 과학자들이 납치되었고 인류의 번영을 위해 생산된 〈노오비온티움〉을 인류멸망에 악당들이 사용하려고 하는 것을 깨닫고 그것을 막기 위해 핵폭발을 하여 장렬한 죽음을 했

다는 사실을 확인하게 된다는 줄거리이다.『별은 돌아오리라』에는 북한의
적인 제국주의에 대한 비판이 나오며 그들의 핵위협에 대처할 방안을 마련
해야 한다고 하여 최근에 취하고 있는 북한의 핵과 관련한 방어논리를 간접
적으로 홍보하고 있다.

마) 통일염원의 문학

북한에서는 80년대 이후 소위 조국통일을 주제로 한 소설이 많이 창작되
고 있다. 그리고 그러한 소설들은 주로 남한의 비참하고도 모순된 현실을
상투적으로 다루고 있었다. 4. 19나 광주민중항쟁 등을 소재로 한 작품들이
이어졌다. 하지만 최근에 오면서 남한을 배경으로 삼지 않고 북한의 인물들
이 겪는 분단현실을 다룬 작품들이 많이 나오는 것이 달라진 점이다. 이러
한 작품으로는 임종상의 단편「쇠찌르레기」(조선문학, 1990. 3), 김명익의
「임진각」(조선문학, 1990. 3.), 유도희의「열쇠」(조선문학, 1990. 4), 남대
현의「상봉」(조선문학, 1992. 7) 등이 있다.

임종상의「쇠찌르레기」는 남북으로 갈라져 쇠찌르레기를 연구하는 세계
적 조류학자인 원홍길교수(북)와 그의 막내아들 원병후교수(남) 사이의 이
별의 한과 민족적 슬픔을 다룬 통일염원의 단편소설이다.

특히 이 작품은 예성강하구에 서식하면서 남북을 자유롭게 넘나드는 쇠
찌르레기를 모티프로 하여 실존인물의 분단사를 조명한 점이 특색이며, 평
양을 방문한 바 있는 임수경양의 동정이 소개되고 있는 점도 주목할 만한
현상이라고 할 수 있다.

IV. 『청춘송가』의 작품구조 분석

『청춘송가』는 1987년에 발간된 작가 남대현의 장편소설이다. 남대현은 1947년 6월 21일생으로 1971년 김일성종합대학을 졸업한 재일조총련 출신의 작가이다. 그는 북송선을 타고 들어간 조총련계 교포자녀이다. 그의 고향은 경북 안동군 일직면 망호리로 알려져 있다. 남한이 고향인 소위 출신성분이 나쁜 그가 어떻게 북한에서 인정을 받는 최고 인기작가가 되었을까 ? 그 바탕에는 두 가지 이유가 있다. 그 하나는 그의 부친이 일본 조총련계의 거물이며 현재 조선대학의 부학장인 남시욱이라는 사실이다. 다른 하나는 불멸의 향도총서중 가장 최근작인 백남룡의 장편소설 『동해천리』(1996)에 김정일의 포용력을 보여주려는 의도로 서술된 검덕광산 홍종선 광부의 사상과 성분문제로 인한 노동당 입당 불허사건의 해결과정에서 보여주는 '과거의 과오나 성분문제를 가지고 현재의 인간을 평가하는 것은 바람직하지 않다' 는 김정일의 지침의 영향으로 보인다. 북한에서 검덕광산은 김정일이 직접 현지지도를 수시로 하는 외화벌이에 중요한 산업기지의 하나이다. 갱막장 사무실에서 한 연설에서 김정일이 "검덕광산은 매장량도 많고 광석품위도 높은 유망한 광산입니다. 지난날 검덕광산은 인민경제발전에서 큰 몫을 담당해 왔습니다. 그러나 올해말까지 국가계획외에 6만톤의 광석을 더 캐자면 결정적인 조치를 취해야 한다고 생각합니다"[26]고 외치고 있는데서 그 비중을 알 수 있다. 또 하나 1975년 3대혁명소조운동의 와중에서 검덕광산의 한 '이중천리마' 칭호를 받은 노동자의 발기로 〈3대혁명 붉은기 쟁취운동〉이 시작되었다[27]는 역사적 의미를 되새겨 보게 하는 산업

---

26) 백남룡, 『동해천리』, 평양, 평양출판사, 1996, 206쪽.
27) 정영철, "북한 사회통제 메카니즘의 변화와 특징", 평화문제연구소, 『통일문제연구』 통권 28호 1997년 하반기호, 66쪽.

현장이 바로 검덕광산인 것이다. 이러한 검덕광산의 희생정신이 투철한 광부 홍종선의 노동당입당을 허가하면서 김정일은 성분문제에 분명한 입장을 다음과 같이 밝히고 있다.

『성실한 사람이라는걸 알면서도 경력 때문에 믿지 않았다면 더욱 잘못되였습니다. 사람에 대한 정치적 평가, 신임은 그의 과거경력이나 문건보다도 평소의 사업과 생활을 통하여 정확히 내려야 합니다. 현행이 기본이지 과거는 벌써 그 사람을 평가하는데서 부차적인 요소로밖에 되지 않습니다.』[28]

남대현은 1973년에 단편「지학선생」을 발표한 이후 장편『청춘송가』와 최근에 단편「상봉」(1992, 조선문학)을 발표하는 등 상당수의 단편과 장편을 꾸준하게 내놓았다. 특히『청춘송가』는 1994년에 재판 4만부가 발행될 정도로 최고 인기소설로 자리를 굳히고 있으며 아울러 북한의 각종 평론과 문학이론서에서 우수한 작품으로 거론되고 있기도 한 작품이다. 최근의 북한 평론에서의 평가 몇 개만을 소개하면 다음과 같다.

장편소설『청춘송가』는 주체형의 새 세대 청년인텔리들의 내면 심리세계, 지성세계를 훌륭히 형상화하는데서 좋은 창작적 경험을 보여주었다.[29]

소설『청춘송가』는 위대한 수령님의 의도대로 사색하고 행동하는 사람들, 당이 안겨준 뜨거운 심장을 지니고 탐구와 창조의 세계를 끊임없이 열어나가며 이 길에서 청춘의 환희와 보람을 찾는 우리 시대 청년들의 새로운 사상정신적 특징을 잘 보여주고 있다.[30]

---

28) 백남룡,『동해천리』, 195쪽.
29) 김여숙, "인텔리형상과 지성세계 묘사",『조선문학』1992년 8월호, 평양, 문예출판사, 46쪽.
30) 오승련, "작가의 사색문제", 허창근 편,『문학작품집』(1990 - 1991년), 평양, 문예출판사,

이제 구체적으로『청춘송가』에 담겨진 의미구조를 분석해 보기로 한다.

1. 주체적 인간 전형의 창조

북한의 문예이론서에는 '문학은 인간학' 이라는 대명제가 먼저 나온다. 70년대 이후 주체적 문예이론의 틀을 다진 김정일은 "문학은 인간학이다. 산인간을 그리며 인간에게 복무한다는데 인간학으로서의 문학의 본성이 있다"[31]고 강조하고 있다. 여기에서 산 인간을 그린다는 것은 생활속에서의 인간성격을 생동하고 진실하게 형상하는 것을 뜻한다. 그리고 문학은 산 인간과 실생활에 대한 형상을 통하여 가치있는 인간문제 즉 진실하고 의의있는 인간문제를 밝혀낼 수 있게 된다는 것이다.

여기에서 산 인간을 그리라는 것은 또한 자주적인 인간에 대한 문제를 내세우고 새시대의 참다운 인간전형을 창조하여 사회를 주체의 요구에 맞게 개조하는 것이라는 시대적 사명과 연관된다.

한 마디로 김정일이 주도하게 된 70년대 이후의 주체적 사회주의 건설 시대에 걸맞는 자주성과 창조성을 지닌 힘있는 존재로 민중들을 교양육성해야 하는데 문학예술이 앞장서야 한다는 입장이다. 김정일이 영도하는 70년대 이후시기에는 청춘의 패기와 불타는 열정과 대담한 창조적 환상을 주로 요구하였는데 이러한 주체적 인물 전형을 창조하였다는 점이 바로 남대현의『청춘송가』의 의의인 것이다.

그러면 이러한 주체적 인간 전형은 왜 필요하게 되었는가?

한마디로 새로운 사회주의 사회건설이 역사발전의 필연적 요구인데 이러

1993, 241쪽.
31) 한중모,『주체적 문예리론의 기본』1권, 평양, 문예출판사, 1992, 12쪽.

한 인물의 창조는 바로 역사발전의 견지에서 합법칙적[32]이기 때문이라는 것이다. 이러한 논리가 표면적인 이유라면 심층적인 이유로는 1972년을 기점으로 한 김정일의 등장이후 사회건설을 활기차게 추진하려면 젊은이를 중심으로 한 세대교체가 필요하게 되었고 그것을 3대혁명소조운동을 통해 강력하게 전개[33]해나갈 수밖에 없는 현실 때문이었다. 『청춘송가』에 나오는 주인공들은 이러한 운동을 열정적으로 주도하는 계층인 셈이다.

『청춘송가』의 사실상 주인공은 이진호와 윤정아이다. 이들 두 인물은 현실에 만족하지 않고 대학때부터 관심을 가져온 새로운 기술안을 실험하여 산업현장의 한계를 뛰어넘으려고 시도한다. 또 그들은 자신의 신념을 관철하기 위해 자신의 애인마저도 멀리한다. 즉 두 사람은 청춘을 불사르는 창조적 열정과 투쟁의 화신이라는데 공통점이 있는 것이다.

이진호는 대학때부터 연구해온 중유를 대체할 새 연료를 개발하겠다는 신념에서 자신이 연구해오던 연료를 공장에 시험도입했다가 실패하여 책임을 지고 현장으로 가게 된다. 제철소의 지도원은 대학을 나온 젊은 인텔리인 진호더러 결국은 기술부나 연구소를 옮길텐데 왜 강철직장의 현장으로 가려고 하느냐고 핀잔을 준다. 하지만 진호는 자신의 새연료안을 실험할 수 있는 현장을 거듭하여 원한다. 이렇게 진호는 다른 인텔리들과는 달리 편한 연구소발령을 거부하고 도시를 떠나 생산현장으로 가려고 고집을 꺾지 않

---

32) 강능수, "당의 향도아래 40년",『시대와 문학』, 문예출판사, 1991, 211쪽.
33) 정영철, 앞의 논문, 66쪽.
　　 "경제적으로 하강기를 맞이한 북한으로서는 외부적인 연계를 통한 해결이 실패하자 오히려 내부적으로 더욱 철저한 사회통제를 통해 사회를 운영하기 시작했다. 노세대의 관료주의와 기술신비주의, 기관본위주의 등에 대해 3대혁명소조운동이나 3대혁명붉은기 쟁취운동 등을 통해 사회에 새로운 분위기를 조성하고 이를 통해 전 사회를 통제하는 중요한 기제를 만들어 나가게 된다. 또한 자연스러운 세대교체의 분위기를 형성함으로써 김정일의 든든한 기반을 마련하게 된다."

는다.

> 『그런데 이걸 보십시오. 흔히 대학을 졸업하거나 연구기관에서 오는 동무들을
> 보면 첨엔 모두 깡철이요, 용광로요 하고 현장을 택하지만 후에 가선 하나같이
> 기술부나 연구소로 옮겨앉군하지요.
> 물론 사업상 필요도 있겠지요. 그러나 그럴바하군 아예 첨부터 기술과나 연구
> 소에 적을 붙이는게 어떻겠습니까. 기사장동무와 토론해볼테니말입니다.』 ……
> (중략)
> 『아니 전 꼭 강철직장에 가야겠습니다. 후에 지도원동물 성가시게 굴지 않을
> 테니 걱정 마십시오.』[34]

강철직장 기사인 윤정아도 원래는 진호의 새연료안에 거부감을 가졌으
나 진호의 기술안이 '할 수 있는 일이 아니라 해야 할 일'이라는 것을 깨닫
고 그녀의 체면과 자존심을 꺾고 진호를 돕겠다고 자원하는 능동적이고 개
척적인 새 인물이다. 작가 남대현은 윤정아의 성격창조를 통해 인간의 고
결한 정신을 강조하려고 한다. 즉 자주적인 인간상을 창조해내며 인간의
가치있는 문제에 대해 분명한 입장을 말하려고 한다. 무엇보다도 생활속에
서 살아있는 생동감있는 개성적인 성격을 창조해낸 점에 『청춘송가』의 의
미가 있다.

> 『전 얼마전까지만 해도 새 연료안을 반대해온 사람입니다. 기술적인 타당성이
> 없는 것으로, 주관적인 욕망에 불과한 것으로만 말입니다. 그러나 진호동무의 기
> 술안을 구체적으로 따져보는 과정에 실로 많은걸 새로 깨닫지 않을 수 없었습니
> 다.』 …… (중략)

---

34) 남대현, 『청춘송가』, 평양, 문예출판사, 1987, 79쪽.

『전 기술을 알기전에 인간을 알아야 한다는 것이 무엇을 의미하는지 그리고 고결한 정신적인 안받침이 없는 기술은 한갖 거품과 같이 무게가 없다고 한 리치가 무슨 뜻인가 하는걸 그 새 연료안을 따져 보는 과정에야 비로소 알게 됐습니다.』[35]

남대현의『청춘송가』가 가치있는 문학으로 인기를 끄는 이유는 긍정적인 인간만 등장시키는 것이 아니라 금속공업부 심사실장인 현옥(이진호의 애인)의 오빠 명식을 등장시켜 그의 관료주의자로서의 안일함과 창조성에 바탕하지 않는 기계적인 사색에 대해 예리하게 비판하면서 끈질기게 그를 진호의 반대편에 장치해 놓은 때문이다. 명식의 성격은 그의 여동생 현옥이 파악하는 다음과 같은 왜곡된 모습으로 모험을 피해가는 무사안일주의자 내지 인간미가 전혀없는 맹목적인 현상유지의 보수주의자의 모습으로 각인된다.

한편 이진호와 윤정아는 80년대 문학에서 많이 볼 수 있는 〈숨은 영웅〉 형상화에 해당한다고 할 수 있다. 80년대의 사회주의 건설에 앞장서는 평범한 인물이지만 창조적 열정과 강력한 추진력을 갖춘 투쟁형의 인물이 이 시기에는 절대적으로 필요하였는데, 문학예술에서 이러한 인물을 발굴하여 형상화하는 것이 요구되었던 것이다. 실제로 북한 사회에서 숨은 영웅찾기 운동이 활발하게 전개되었고, 이들을 '따라 배우기'를 전언론매체를 동원하여 선동·홍보하고 있다. 이러한 숨은 영웅·노력영웅을 찾아내기는 이들에게 영웅칭호를 부여함을 통해 집단적 경쟁의식을 제고하여 느슨하고 안일한 사회분위기를 일신하고 생산력 저하를 막아보려는 사회통제방안의 하나로 보여진다. 현재 북한에서 숨은 영웅의 대표적인 사례로는 정춘실을

---

35) 남대현,『청춘송가』, 229 - 230쪽.

들 수 있는데, 그녀는 전천군 상업봉사 일꾼으로서 인민에 대한 봉사와 희생, 그리고 전천군의 상업봉사를 엄청난 노력을 들여 모범단위로 꾸림으로써 김일성으로부터 직접 영웅칭호를 받았다. 이후부터 북한은 정춘실운동을 본격적으로 전개하였으며, 영화로도 보급(영화『효녀』)하였다.[36] 현실에서의 이러한 운동은 문학작품을 통해서도 지속적으로 전개된다. 그것은 70년대 이후에 꾸준히 계속되던《불멸의 력사총서》등에 나오는 역사적 의미를 지니는 혁명적 영웅의 형상화와 대조적 이미지를 지니는 노동계급의 한 전형인 주체적인 인간의 창조와 연관되는 작업인 것이다.

2. '과학기술문제'의 중요성 부각

'과학기술문제'는 북한 소설에서 70년대이후에 꾸준하게 등장하고 있는 단골메뉴이다. 그것은 북한이 몇 차례에 걸친 계획경제를 주도하여 사회주의의 이상주의 사회를 건설하기 위해 당·정·군이 3위일체가 되어 채찍질하는 것과 밀접한 관련이 있다. 북한은 1967년경 주체사상을 확립하는 시기를 전후하여 천리마운동을 강력하게 추진하였고, 1973년 2월 3대혁명소조운동을 추진하였는데, 그 운동의 목적은 사상·기술·문화의 3대 혁명 추진, 경제침체에 대한 활력소 제공, 유일사상의 침투 등이다. 하지만 실제적으로는 김정일의 등장에 따른 노세대와 신세대의 자연스러운 결합과 세대교체의 계기를 마련하기 위한 것이었다. 3대혁명소조 시기를 배경으로 하는 남대현의 『청춘송가』에 과학기술혁신의 주제가 나타나는 것은 '기술'을 3대모토의 하나로 내세운 당의 강력한 방침에 부합하는 것이다. 또 1978년 제 2차 7개년 계획기간중에는 '인민경제의 주체화, 현대화, 과학

---

36) 정영철, 앞의 논문, 60쪽.

화'를 내세움에 따라 과학기술의 발전을 지상과제로 삼았다. 북한의 산업구
조는 북한의 현 경제발전단계로 보아 농림수산업 및 광업의 1차산업과 중
공업의 비중이 높은 '비정상적' 구조라고 할 수 있다. 이는 북한이 과거 중
공업 우선정책에 집착해 온 결과이며 현재의 산업적 기반이 중공업에 있다
[37]는 것을 의미한다. 따라서 과학기술의 혁신을 모토로 내세우거나 철강·
석탄·아연 등의 광물질, 비료 등의 증산이나 연료대체방안 마련에 골몰하
는 것은 어찌보면 당연하다고 할 수 있다.

그러나 북한은 제3차 7개년계획기간(1987 - 1993)에는 경제정책의 실
패를 인정하고 농업·경공업·무역제일주의를 표방하는 것으로 정책의 방
향을 바꾸게 된다. 그것은 1993년에 냉해, 1995년 우박피해, 1995 - 1996
년의 연이은 홍수피해, 1997년의 한해('왕가뭄')[38] 등으로 이어지는 생존
을 위협받는 식량난의 가중과 필연적인 연관이 있는 것으로 보여진다. 특히
1996년에는 신년공동사설을 통해 경제난과 식량난 등의 어려움을 극복하
고 비사회주의적 일탈현상을 막기 위해 사회적 통제를 강화하는 방향인 '혁
명적 군인정신'을 강조하고 '고난의 행군'으로 극복[39]하자는 사상무장과 선
동을 강화하고 있는 실정이다.

최근이라고 할 수 있는 1997년 6월 19일 김정일은 "혁명과 건설에서 주
체성과 민족성을 고수할 데 대하여"라는 장문의 글을 보도[40]하였는데, 그
글에서 자체의 정치적 역량과 함께 경제적, 군사적 력량을 마련하여야 한다
고 강조하면서 경제건설과 국방건설에서 과학기술이 노는 역할이 비상히

---

37) 이영선, "기업경영차원의 대북한 진출전략 : 요약", 유한수·이영선 편, 『북한진출기업전략』,
　　오름, 1997, 20쪽.
38) 고유환, 앞의 논문, 12쪽.
39) 정영철, 앞의 논문, 70쪽.
40) 이 글은 그의 노동당 총비서추대와 연관된 보도문이라고 할 수 있다. 이 글이 발표된 직후인
　　1997년 10월 8일 김정일은 김일성 사후 3년만에 '노동당 총비서'로 추대되었다.

커지고 세계적으로 치열한 과학기술경쟁이 벌어지는 조건에서 발전된 과학기술을 가지지 않고서는 튼튼한 경제력과 군사력을 마련할 수 없다[41]고 다시 한 번 '과학기술문제'의 강화를 부르짖고 있다.

이렇게 '과학기술문제'는 북한사회에서 중추적인 역할을 하는 시급한 과제이다.

남대현의 『청춘송가』의 서두는 제 1장 '푸른 하늘 푸른 꿈'으로 시작된다. 이 소설의 주인공인 이진호는 대학때부터 연구해오던 새 연료(중유를 대신할 수 있는 고체연료)를 대학졸업후 기술국에 배치되자 말자 수도의 한 강철공장에서 실험하였으나 열부족으로 인해 실패하고 국가에 상당한 손실을 남겨 책임을 지고 현장으로 가기로 결심을 한다. 하지만 자신의 첫사랑인 현옥이 자신을 따라 현장으로 갈 것이라는 각오를 밝히자 몹시 기뻐한다. 하지만 그의 애인 현옥의 오빠이자 금속공업부 심사실장인 명식은 진호의 과오를 비판하며 그가 책임을 지고 쫓겨 가는 것이므로 동생이 따라가는 것을 결사적으로 반대하고 결국 현옥은 오빠의 설득을 따른다. 진호는 기술발전이 나라를 위하거나 자신의 미래를 위해 삶에 있어서 가장 가치있는 일임을 확신하고 현옥과 헤어질 결심을 세우고 현장으로 떠난다.

『청춘송가』는 북한소설에서는 거의 상상할 수 없었던 청춘남녀간의 사랑을 대담하게 다뤘다는 점에서 신선한 충격을 대내외적으로 준 작품이다. 물론 최근의 북한 소설문학에서 사랑은 반드시 '과학기술문제'와 연관을 맺는다는 틀에서 이 작품도 벗어나지 못한다. 개인적인 행복과 애인과의 첫사랑도 버리고 국가적인 시급한 과제인 기술혁신을 위해 그는 현장으로 떠나는 것이다. 여기에서 '과학기술문제'의 절박성이 드러나고 있는 것이다. 특

---

41) 김정일, "혁명과 건설에서 주체성과 민족성을 고수할 데 대하여"(1997년 6월 19일), 평화문제연구소, 『통일문제연구』 통권 28호 부록 1997년 하반기, 294쪽.

히 80년대 들어 북한의 소설문학에서는 세대간의 갈등이 많이 드러나고있
는데 반해, 『청춘송가』에서는 제 4세대라고 할 수 있는 청년인 진호가 부친
이무원과 큰 갈등을 빚지 않고 〈집단과 사회의 이익을 위해 자신을 바쳐야
하는 것〉을 고결한 의무로 생각하는 것으로 묘사되고 있는 것은 이색적이라
고 할 수 있다. 이러한 점이 북한의 평단에서 『청춘송가』가 높은 평가를 받
는 요인일 것이다.

> 대학 초기부터 그는 야금로에 쓰이고 있는 중유를 우리나라의 연료로 대용하
> 겠다는 것이 유일무이한 희망이였고 확고부동한 결심이였다. 그 기술이야말로
> 현실적으로 가장 중요하고 절박하며 그래서 또 어느 것보다도 가장 가치있는 것
> 이라고 확고히 믿어마지 않고 있었다.
> 때문에 그는 이 성스러운 포부를 위해 모든 것을 다 바치려는 자기의 지향을
> 진정으로 리해해주지 못하는 처녀는 상대가 아무리 아름다운 용모에 비단같은
> 마음씨를 지녔다 해도 유감스럽지만 자기에게는 인연이 먼 사람으로밖에 될 수
> 없다는 것이였다.[42]

이진호는 고집스럽게 자신의 새연료안을 실험하기 위해 애쓰지만 강철직
장내에서 수많은 사람들의 저항을 받는다. 우선 책임기사 류기철은 자신의
중유절약안에 관심을 갖고 그것을 윤정아와 이진호에게 맡기려고 한다. 이
과정에서 이진호는 윤정아의 반대에 부딪치고, 그것을 극복해내자 이번에
는 강철직장내의 노장과 노원들의 타성에 젖은 반대에 부딪친다. 결국 난관
을 창조적 열정으로 뚫고 나가는 진호의 집념에 윤정아와 동료들이 협조를
하게 된다. 하지만 진호는 우여곡절 끝에 투사기를 통해 연료를 취입하고
실험하는 중 투사기의 폭발과 노의 분출구의 파괴로 큰 부상을 입는다.

---

42) 남대현, 『청춘송가』, 15쪽.

이진호는 부상에서 회복되었지만 좌절과 회의로 의기소침해 있다. 하지만 강철직장 초급당 비서 상범은 오히려 회의에서 대다수의 반대를 물리치고 이진호의 새기술안에 계속적인 지지를 하고 자신을 찾아온 진호가 나약성을 보이자 열정도 없고 한푼의 양심도 없는 개인영웅주의자라고 비판을 한다.

그리하여 상범과 정아의 비판과 격려와 지원을 받은 진호는 2차와 3차시험을 하여 1810도까지 온도를 높히고 중탄소강까지 무리없이 뽑아내게 되었다. 그리고 중유가 취입되던 공정을 새 연료의 취입공정으로 바꾸는 설계안을 현상공모하여 태수의 '원판식취입기'와 기철의 '기류식취입기' 중 기철의 방식을 채택하여 새연료안 취입을 위한 공정까지 완성이 되었다. 그리고 새연료안을 요해하기 위한 금속공업부 부장을 비롯한 심사원까지 내려와 당에 성공을 보고하는 것으로 결론을 내리게 된다. 결국 이진호는 젊음의 열정과 개인의 명예보다 집단의 이해를 위한 집념으로 수많은 난관을 뚫고 자신의 새연료안을 성공적으로 실험하여 현장에서 쓰일수 있게 만든 것이다. 『청춘송가』는 북한 사회가 절실하게 요구하는 '과학기술문제' 즉 기술혁신을 성취하려고 자신의 사랑과 개인적 행복마저도 버리고 현장에 나아가 헌신하는 창조적 젊은이의 인간승리를 감동적으로 그린 작품이라고 할 수 있다.

3. 수령형상창조의 실천

북한문학에서 빼놓을 수 없는 중요한 구성요소중 하나는 바로 '수령형상창조'이다. 북한문학에서는 모든 예술의 창작원리나 창작지침까지도 김일성이나 김정일이 준다. 최근에는 영화예술 등에 해박한 지식을 가지고 있는 김정일이 개별작품의 문제점까지도 수정하여 다시 출판하게 하는 정도로 검열이 강화되고 있는 실정이다. 따라서 공산주의 독재국가가 보여주는 우상화의 모습이 바로 '수령형상창조'라고 할 수 있다. 북한문학에서 수령을 형상한다는 것은 수령의 혁명역사와 숭고한 풍모를 진실하고 생동하게 예술적 화폭에 담아 수령의 위대성을 예술적으로 감동되게 그려나가는 것을 의미한다. 수령형상창조에서는 수령에게 고유한 인민대중 전체의 이익의 체현자, 대표자로서의 풍모를 잘 그려야 한다고 강조한다. 인민대중은 자주적인 사상의식과 창조적인 활동능력을 가지고 목적지향성있는 의식적인 활동을 할 때 역사의 주체로 사회발전의 힘있는 동력으로 된다는 것이다. 인민대중의 자주적인 사상의식, 창조적인 활동영역, 목적지향성있는 의식적인 활동은 타고난 것이 아니며 저절로 자주성을 옹호하여 투쟁할 수 있게 하는 옳바른 사상·이론·방법을 가질 때라야 생겨나고 키워진다. 그런데 이 모든 것은 오직 노동계급의 수령만이 창조할 수 있고 인민에게 줄 수 있다[43]는 것이다.

『청춘송가』에는 크게는 여섯 차례나 수령형상이 나온다. 물론 작은 인용까지 하면 10여차례도 넘게 수령형상이 나오고 있다. 주인공 진호가 첫사랑 현옥과도 이별하고 대다수의 대학졸업 인텔리들이 가는 도시의 연구소나 기술부를 제쳐놓고 벽지의 현장으로 나아가는 이유는 자신의 창의성을 실험해보려고 하는 의도에서 이다. 하지만 궁극적으로는 자신들이 어려서부터 교육받아온대로 수령의 사랑에 대한 무엇인가의 보답을 하기 위한 것이라고 묘사되고 있다. 특히『청춘송가』에서는 북한사회에서 제철소의 비중이 얼마나 큰 것인가를 알 수 있게 해준다. 산업발전에 강철의 생산이 큰 영향력을 미치기 때문일 것이다. 그에 따라 수령이 부족한 중유를 제철소에 우선적으로 배정해 주었다는 것인데, 그것에 보답하기 위해서라도 창의적

---

43) 윤기덕,『수령형상창조』, 평양, 문예출판사, 1991, 157 - 159쪽.

인 새 연료안으로 보답을 하여야 한다는 생각을 등장인물들은 가지고 있다.

『난 중유를 제철소에 먼저 주라고 하신 어버이수령님의 교시를 전달받는 순간 가슴이 미여지는 것 같았네. 그 사랑이 너무도 고마워 눈물이 나다가도 어떤 죄책감으로 하여 울 수조차 없더란 말일세. 그이께서 그런 심려를 하시는데도 과학자며 연구사들이 그 무슨 사정이요, 조건이요 하고 손꼽아 렬거하는 리유들에 대해 반감이 치밀어 견딜수가 있어야지. 아니 그보다 내자신이 여태까지 무슨 일을 했는지, 또 어떻게 태평스레 하루하루를 살아올 수 있었는지 리해할 수가 없더란 말일세.

사실 우리야 그이께서 바라시는 일이라면 무조건 해야 한다고 교육받지 않았나. 교육은 둘째치고 여태껏 받은 사랑에 뭔가 하나라도 해놓은 일이 있어야 할게 아닌가. 난 그때에야 내 심장이 녹쓴 파철에 지나지 않는다는 것을 똑똑히 알았네.』

점점 낯빛이 창백해지는 진호를 여겨보며 태수는 놀라움을 금할 수 없었다.[44]

북한 문학에서 수령형상창조는 대개 몇 가지 구체적인 목적을 가지고 그려진다. 『청춘송가』에서 수령형상창조는 주인공의 새로운 과학기술안에 대한 창조적 열정을 강화하기 위하거나, 강철직장의 우택노장의 경험담에서 일제시대의 잔혹한 수탈의 체험을 상기시키기 위하거나 제철소의 증산을 위한 총돌격전을 추동하기 위함이거나 주체적 사회주의 건설을 강조하기 위할 때 주로 등장하고 있다. 그러나 『청춘송가』에서는 너무나 빈번하게 수령형상이 등장하여 작품의 생동감을 훼손하고 있다. 심지어 주인공의 창조적 열정을 강화하기 위한 목적에서의 등장도 여러 인물의 입을 빌려 반복적으로 제시함으로써 독자들을 식상하게 만들고 있는 것이다.

---

44) 남대현, 『청춘송가』, 106쪽.

4. 애정모티프에 담겨진 의미

『청춘송가』가 북한에서 인기소설로 자리잡게 된 것은 그전의 북한소설에서는 볼 수 없었던 남녀간의 대담한 애정문제가 그려지고 있다는 점때문일 것이다. 물론 90년대 들어오면서 북한의 단편소설과 장편소설에 애정모티프가 많이 등장하고 있는 점은 주목된다. 그것은 그만큼 북한에서 통제하지 않으면 안될 정도로 서구의 개방적인 문화가 중국이나 러시아를 통해 유입되고 있다[45]는 것을 입증해준다. 혁명 제1 - 2세대와 달리 최근의 전쟁을 겪지 않은 제 3 - 4세대들에게는 남녀간에 가벼운 애정표현정도는 허용이 되고 있으며 여성들의 의식변화가 특히 심하게 나타나고 있음을 알 수 있다. 하지만 북한 소설문학에서 작가가 보여주려고 하는 애정관은 개인주의적인 행복관에 바탕하는 것이 아니라 집단의 이해와 국가를 위한 책무를 능동적으로 수행하는 과정속에서 나타나고 있다. 물론 최근에 이혼문제나 동등한 연령이 아닌 나이 차가 많은 연인끼리의 로맨스 그리고 원래의 애인이 아닌 다른 사람에 대해 연모의 감정을 품는 대담한 로맨스가 등장하는 등의 변화가 보이는 것은 주목해야 할 사항이다. 특히 여성을 묘사할 때 자본주의 사회와 마찬가지로 육감적이고 관능적으로 표현하고 있는 점과 포옹장면[46]이

---

45) 정영철, "북한 사회통제 메카니즘의 변화와 특징", 평화문제연구소, 『통일문제연구』 통권 제 28호, 1997년 하반기호, 69쪽, 주석 42)참조
 "외래사조의 영향에 의해 북한주민들 사이에 특히, 젊은층에게서 물질적인 욕구를 앞세우는 경향이 나타나고, 디스코풍의 춤이나 남한의 트로트의 유행, 딱딱한 조직생활에 대한 기피등이 나타나고 있다고 한다. 사로청 기관지에는 사상교육과 통제에 반발하는 청년들에 대해 경고하는 기사가 게재되었으며, 체제가 깨지면 배잠방이(식민지의 상징) 신세를 면치 못한다는 경고 기사도 실리고 있다"(《중앙일보》 1995년 7월 24일자)
46) 남대현, 『청춘송가』, 26쪽.
 다음과 같이 대담한 포옹장면이 나오는 것이 최근의 북한소설의 특징이다.
 "『아이! 이 동문 정말!』

대담하게 등장하고 있는 점도 특이하다. 그만큼 북한의 신세대는 변화를 원하고 있다고 할 수 있다.

『청춘송가』에는 세 쌍의 남녀가 등장하여 사랑을 나누고 있다. 물론 주인 공은 진호와 현옥으로 묘사되지만, 태수와 은심, 기철과 정아의 로맨스도 보조적으로 그려지고 있다. 특히 작품의 말미에서 윤정아가 새연료안을 창조하기 위해 열정과 집념을 보여주는 진호에게 한때나마 연모의 감정을 느끼게 묘사하는 것은 신선한 충격을 던져주는 사실이다. 『청춘송가』에서는 자본주의 사회와 달리 여성에 대한 사랑의 감정을 느낄 때 용모 보다는 내적인 지향을 더 중시하는 경향을 보이고 있다. 물론 진호의 현옥에 대한 이러한 애정관은 친구들에게는 비현실적이라고 비판을 받고 있다. 또 여주인 공을 외모나 지성적인 면에서 최고의 여성으로 묘사하는 것도 〈숨은 영웅〉 찾기에 어긋나고 있다.

『사랑이란 처녀의 외적인 매력과 그가 지니고 있는 내적인 지향의 합으로 이루어지는걸세. 알겠나? 그렇지만 어디까지나 지향이 우위라는 것만은 명심해두게.』

친구들앞에서 자기가 찾아낸 사랑의 공식을 이렇게 선포하군했으나 그때마다 실천속에서가 아니라 머리속에서 짜냈다는 것으로 하여 번번히 배격을 받군 했다.

그런데 오늘이야말로 그런 처녀가 현실적으로 확증된 것이 아닌가! 대학적으

그담에야 그는 새침한 기색으로 진호의 두 손을 뿌리쳤다. 그런데 어찌된 일인지 자리에서 일어서긴 했으나 발목이 아파 한발자국도 옮겨디딜 수가 없었다. 넘어질 때 발목을 시그러뜨린 게 분명했다.

『어떡한다?』

난처한 기색을 짓고 주위를 두리번거리던 진호는 무슨 생각이 들었던지 『어쩌겠소. 할 수 없지.』 하고는 놀랍게도 대번에 자기를 냉큼 두 팔에 안아드는 것이었다.

『어머머 - 』

기겁을 한 현옥은 그의 가슴에 얼굴을 파묻었으나 창황중에도 그게 더 부끄러운 일이라는 것을 짐작하고는 다시 그의 어깨를 주먹질했다."

로 소문난 미인이겠다. 최우등이겠다. 그리고 무엇보다 이 열렬한 호응이야말로
그 어떤 처녀에게도 있을 수 없는 정신적인 매력이 아니고 뭐란말인가!

  (말해야 한다! 이제라도 그 말은 해야 해!)[47]

 『청춘송가』를 보면 남녀주인공이 사랑을 나눌 때 1)주로 모란봉의 오솔
길을 거니는 등의 데이트를 한다, 2)여성의 외모보다는 정신적 지향점을 중
시한다, 3)남성의 경우 자기 주장을 고집할 줄 알고, 사내로서의 억센 담보
와 듬직한 무게가 느껴져야 함을 강조한다, 4)주인공 진호는 개인적인 행복
보다는 집단적인 이해나 국가적인 책무를 더 중시한다, 5)남녀 주인공이 사
소한 오해와 의심으로 이별하기도 한다, 6)정아는 한때나마 진호에게 야릇
한 감정을 느끼며 '진정한 사랑은 참다운 리해를 통해서만 꽃피고 열매맺는
다'는 원론적인 애정관을 피력한다, 7)정아는 진호에게 '사랑도 과학과 마
찬가지로 창조해야 한다'고 강조한다 등의 특성을 보인다.
 특히『청춘송가』의 애정모티프에서 중요한 것은 진호와 현옥의 첫사랑이
깨어지고, 진호가 강철직장에서 정아의 전폭적인 도움으로 자신의 새 연료
안을 성공시키는 계기를 마련하는 것으로 그려나감으로써 애정의 삼각관계
내지 사각관계(정아는 대학때부터 현재 책임기사인 기철을 짝사랑하고 있
었음)를 설정하여 긴장관계를 조성하고 있는 점이다. 윤정아가 이진호를 좋
아하는 것으로 독자들에게 분명하게 느껴지는 계기는 야유회를 갔을 때 진
호의 여동생 진희가 정아와 진호의 관계를 의혹의 눈으로 바라보는 것을 묘
사했기 때문이다. 즉 작가는 진호를 사이에 두고 '생활이 요구하는대로 하
는 것'이라는 소극적인 여성 현옥과 '사랑도 과학과 마찬가지로 창조다'라
는 적극적인 정아와의 삼각로맨스를 설정하여 그간의 북한소설에서는 볼

---

47) 남대현,『청춘송가』, 15쪽.

수 없었던 사랑을 둘러싼 긴장관계를 대담하게 그려나가고 있다. 어떻게 보면 이러한 사랑은 자본주의적인 퇴폐적 애정관의 표출이라고 비판을 받을 여지가 있다. 하지만 작가 남대현은 어느 정도 개방적인 문화의 영향을 받은 북한의 제 4세대의 독자들을 의식하고 신세대적인 참신한 애정의 갈등을 설정해놓은 것이다.

V. 맺음말

남대현의 『청춘송가』는 1987년에 초판이 발행되었고, 1994년에 재판 4만부가 발행된 북한의 최고 인기소설이자 북한의 평론에 자주 등장하는 질적으로도 평가받고 있는 장편이다. 『청춘송가』는 북한문학사에서 80년대 소설문학과 90년대 소설문학의 교량역할을 하는 과도기적 성격의 중요한 작품이다. 특히 작품의 서두부터 눈덮힌 모란봉 강변길과 능라도의 석양 그리고 을밀대의 난간을 배경으로 남녀 주인공인 진호와 현옥 사이의 아름다운 사랑의 장면이 주옥같이 펼쳐져 있는 북한문학에서는 보기 드문 로맨스 소설이라는데 주목해 볼 필요가 있다.

우선 『청춘송가』를 분석해 보기에 앞서 북한 소설문학의 창작원리와 최근의 창작경향을 살펴 보았다. 최근에 와서 북한에서는 '소설문학'이 상당히 중요한 위치를 차지하고 있다. 물론 해방직후에는 혁명가극이나 영화가 북한문예사에서 주축을 이루는 장르였으나, 80년대 들어와서 김정일이 장·중편소설 창작을 독려하는데 힘입어 그 위상이 매우 높아졌다고 할 수 있다. 먼저 북한 소설문학의 창작원리로 1)당성·노동계급성·인민성의 구현, 2)주체적 인간학의 정립, 3)종자론과 수령형상 창조의 세 가지를 들고, 북한 문예미학에서의 그 세 가지의 의미와 생성배경 등에 대해 정리해

보았다.

다음으로 북한의 70년대 소설문학, 80년대 소설문학, 90년대 소설문학의 특성을 분석해봄으로써 최근의 북한소설의 창작경향을 개략적으로 더듬어 보았다. 70년대 소설문학에서는 1)김일성의 혁명역사에 대한 예술적 형상화, 2)해방후의 토지개혁투쟁의 형상화, 3)조국해방전쟁 현실의 형상화, 4)사회주의 현실에 대한 다양한 형상화 등이 시도되었는데 특히 4)의 경우 구체적으로 ㄱ)남반부 출신 지식인들의 형상화, ㄴ)간부들의 혁명화문제, ㄷ)가정혁명화문제, ㄹ)3대혁명소조원들, 청년지식인들의 형상화, ㅁ)노동계급의 사회주의 건설 모습의 형상화 등이 세부적으로 다루어졌다.

80년대 소설문학에서는 1)인텔리 형상창조, 2)노동계급의 전형창조, 3)과학기술의 혁신문제와 청년전위의 주체적 등장, 4)여성의 자주성의 문제 등이 중점적으로 다루어졌다.

한편 90년대 소설문학에서는 1)김정일의 형상창조, 2)농촌에서의 삶의 가치 고양, 3)애정모티프의 대담한 등장, 4)과학기술문제와 과학환상소설의 창조, 5)통일염원의 문학 등의 주제가 깊이있게 서술되었다.

그러면 구체적으로 남대현의『청춘송가』의 의미구조를 분석해 보기로 한다. 우선 이 작품은 1)주체적 인간전형을 창조해낸 점에 그 의의가 있다. 그러면 북한문학에서 주체적 인간전형은 왜 필요하게 되었는가? 한마디로 새로운 사회주의 사회건설이 역사발전의 필연적 요구인데 이러한 인물의 창조는 바로 역사발전의 견지에서 합법칙적이기 때문이라는 것이다. 이러한 논리가 표면적인 이유라면 심층적인 이유로는 1972년을 기점으로 한 김정일의 등장이후 사회건설을 활기차게 추진하려면 젊은이를 중심으로 한 세대교체가 필요하게 되었고 그것을 3대 혁명소조운동을 통해 강력하게 전개해나갈 수밖에 없는 현실때문이었다. 『청춘송가』에 나오는 주인공들인 이진호와 윤정아는 바로 이러한 운동을 생산현장에서 열정적으로 주도하는 계층이라는데 그 의미를 찾을 수 있다. 바로 이 두 인물은 80년대문학에서 많이 볼 수 있는 〈숨은 영웅 찾기〉의 형상화에 해당하는 것이다.

2)『청춘송가』의 주인공들이 목숨을 걸고 매달리는 '과학기술문제'는 북한소설에서 70년대 이후에 꾸준하게 등장하고 있는 단골메뉴이다. 〈3대혁명소조〉 시기를 배경으로 하는 『청춘송가』에 과학기술 혁신의 주제가 나타나는 것은 '기술'을 3대 모토의 하나로 내세운 당의 강력한 방침에 부합하는 것이라고 할 수 있다. 또 1978년 제 2차 7개년 계획기간중에는 '인민경제의 주체화·현대화·과학화'를 내세움에 따라 과학기술의 발전을 지상 과제로 삼았다. 북한의 산업구조는 북한의 현 경제발전단계로 보아 농림수산업 및 광업의 1차산업과 중공업의 비중이 높은 '비정상적' 구조라고 할 수 있다. 이는 북한이 과거 중공업 우선정책에 집착해온 결과이며 현재의 산업적 기반이 중공업에 있다는 것을 의미한다. 따라서 과학기술의 혁신을 모토로 내세우거나 철강·석탄·아연 등의 광물질, 비료 등의 증산이나 연료 대체방안 마련에 골몰하는 것은 어찌보면 당연하다고 할 수 있다. 또 최근의 북한 소설문학에서 '사랑'은 반드시 '과학기술문제'와 연관을 맺고 있는데, 『청춘송가』도 이 틀을 벗어나지 못하고 있다. 그만큼 개인적 행복보다 국가적 과제인 과학기술 혁신이 북한사회에서 절박한 문제로 인식되고 있는 것이다.

3)『청춘송가』에는 크게는 여섯 차례나 수령형상이 나온다. 물론 작은 인용까지 인용하면 10여차례도 넘게 수령형상이 나온다. 주인공 진호가 첫사랑 현옥과도 이별하면서 대다수의 대학졸업 인텔리들이 가는 도시의 연구소나 기술부를 제쳐놓고 벽지의 현장으로 나아가는 이유는 자신의 창의성을 실험해보려는 것으로 묘사된다. 하지만 궁극적으로는 자신들이 어려서부터 교육받아온대로 수령의 사랑에 대한 무엇인가의 보답을 하기 위한 것이라고 그려지고 있다.

북한에서 수령형상 창조는 대개 몇 가지 구체적인 목적을 가지고 나타난다.『청춘송가』에서 수령형상창조는 주인공의 새로운 과학기술안에 대한 창조적 열정을 강화하기 위하거나, 강철직장의 우택노장의 경험담을 통해 일제시대의 잔혹한 수탈의 체험을 상기시키기 위하거나 제철소의 증산을 위한 총돌격전을 추동하기 위함이거나 주체적 사회주의 건설을 강조하기 위할 때 주로 등장하고 있다. 그러나『청춘송가』에서는 너무나 빈번하게 수령형상이 등장하여 작품의 생동감을 훼손하고 있는 점이 흠이다.

4)『청춘송가』가 북한사회에서 인기를 끈 것은 역시 대담하고 노골적인 남녀간의 애정문제가 나타나고 있기때문이다. 하지만 북한소설문학에서 작가가 보여주려고 하는 애정관은 개인주의적인 행복관에 바탕하는 것이 아니라 집단의 이해와 국가를 위한 책무를 능동적으로 수행하는 과정속에서 나타나고 있다. 특히『청춘송가』의 애정모티프에서 중요한 것은 진호와 현옥의 첫사랑이 깨어지고, 진호가 강철직장에서 정아의 전폭적인 도움으로 자신의 새 연료안을 성공시키는 계기를 마련하는 것으로 그려나감으로써 애정의 삼각관계 내지 사각관계를 설정하여 긴장관계를 조성하고 있는 점에 있다. 즉 이 작품에서 작가 남대현이 어느 정도 개방적인 문화의 영향을 받은 북한의 제 4세대의 독자들을 의식하고 신세대적인 참신한 애정의 갈등을 설정해놓은데 새로운 의미가 자리잡고 있는 것이다.

5)그외에도『청춘송가』는 다양한 인물군상의 등장과 세부묘사의 치밀성을 보여줌으로써 작품전체가 생동감으로 넘쳐나게 하는 강점을 지니고 있다.

그러나『청춘송가』에는 많은 한계점이 동시에 드러나고 있다. 첫째 이진호의 거듭된 실패와 무모하기까지한 도전이 과연 현실성이 있는가 하는 점이다. 둘째 이진호가 현장으로 떠난다는 말을 전하자 그렇게도 따라가겠다고 결심을 밝히던 애인 현옥이 뚜렷한 이유가 없이 이별을 통보하거나 진호

의 비현실적인 독선적 태도에 거부반응을 보이던 윤정아가 갑자기 태도를
바꾸어 진호를 전적으로 돕고 나오는 묘사는 너무 작의적이라는 느낌을 지
울 수 없다. 또 윤정아가 대학때부터 흠모해오던 류기철을 버리고 진호에게
다가가는 묘사 또한 쉽게 납득하기 어렵다. 셋째 『청춘송가』도 사전에 검열
을 거치거나 김정일의 창작지침에 의해 수정과정을 겪었을 것[48]으로 보아
일정한 방향이 미리 정해졌을 것으로 보여진다. 이것은 자본주의 · 자유민
주주의 사회에서는 생각할 수도 없는 현상으로 상상력의 고갈이나 작가의
작의성이 개입될 여지가 많다는 커다란 근원적 한계를 안고 있다.

　이러한 많은 한계에도 불구하고 『청춘송가』는 북한문학사에서 싱싱한 젊
음을 가진 신세대 청년계층의 낙관주의적 삶의 태도와 현실타개의 실험정
신을 보여준 혁명적 낭만주의의 한 전형을 보여주는 장편소설이라는 사실
만은 영원히 기록될 것임에 틀림이 없다.

---

48) 최길상, 『주체문학의 새 경지』, 평양, 문예출판사, 1991, 96 - 98쪽. 이 책을 보면 한 예로 중편
　소설 『영원한 미소』에서 중대한 결함과 작가의 과오가 드러나고 있다고 비판하고 김정일이 잘
　못된 부분을 바로잡아주며 심지어 장편소설로 만들 것을 지시한 것을 자랑삼아 다음과 같이
　묘사하고 있어 의아할 따름이다.
　"친애하는 지도자 동지께서는 1977년 5월 28일 친히 작품의 수정안을 보아주시면서 잘못된 부
　분들을 일일이 바로 잡아주시고 소설에서 위대한 수령님의 형상을 높이고 항일유격대 생활을
　폭넓게 보여주도록 하기 위하여 중편소설을 장편소설로 만들며 당력사연구소와 항일혁명투사
　들이 작가에게 자료를 제공하여줄데 대하여서와 유능한 작가, 평론가들이 작품심의를 통하여
　작가를 도와주도록 조치를 취하여주시었다."

《불멸의 향도총서》와『동해천리』

I. 머리말

『동해천리』는 백남룡에 의해 1996년에 씌여진 북한의 당 총비서 김정일의 70년대 사회주의 건설시기의 '현지지도' 등 활약상을 사실적으로 형상화한 장편소설이다. 작가 백남룡 (1949 -)은 김일성종합대학 출신으로 1979년 단편소설 「복무자들」로 데뷔한 이래 중편 「벗」과 「60년후」, 단편 「생명」 등 20여편의 중·단편소설을 발표한 북한의 대표적인 중견소설가이다. 그는 특히 김정일에 의해 《불멸의 력사총서》 발간을 위해 만들어진 4.15문학창작단 소속의 작가로, 1988년 북한에서 단행본으로 『벗』이 출간되어 선풍적인 인기를 끌었던 역량있고 주목받는 소위 '새 세대' 소설가이다.

『동해천리』는 4.15문학창작단 소속 작가들에 의해 창작되고 있는 《불멸의 향도총서》에 포함되고 있는 김정일의 우상화작업(북한식으로는 '수령형상 창조')을 위한 일종의 전기적 역사소설이다. 『동해천리』는 1970년대의 〈70일전투〉와 사상 기술 문화의 3대혁명을 주도한 김정일이 사회주의 건설을 외치면서 서해 은률의 금산포 앞바다의 장거리 벨트콘베아 완공, 무산 – 청진 대규모 정광수송관 건설, 대유색 금속광물 생산기지인 검덕광산의 6만톤의 연 아연 증산정책, 흥남비료기업소의 화학비료 증산정책 등 현지지도에 열중하는 모습을 총체적으로 담은 장편소설이다. 이 작품은 북한에서는『조선문학』(1996년 5월호)에서 평론가 정룡진에 의해 평론 "풍부하고 심오한 내부적 체험세계의 개방과 령도자의 빛나는 형상"으로 다루어질 정도로 그 문학적 가치를 인정받고 있는 작품이기도 하다.

우선 이 작품은『아침해』,『예지』,『불구름』등과 함께 김정일의 삶의 역정과 탁월한 정치적 영도력을 미화시켜 다룬《불멸의 향도총서》중 한 작품이라는데 의미가 있으며, 70년대 이후 북한의 정치적 격변의 환경과 권력변동의 민감한 문제 파악 그리고 일반 대중들의 구체적 삶의 양상 등을 사실적으로 살펴 볼 수 있다는 점에서 그 가치를 자리매김할 수 있다.

특히 이 작품이 1973년 9월 김정일의 후계자 작업(당비서로 취임)이 가시화된 이후의 소위 '주체사상'의 정립과정과 주체적 인간의 구현문제와 결부된 '숨은 영웅'의 발굴과 민중들의 영웅닮기운동의 전개양상, 북한의 '민족경제 확립'을 위한 전 민중적 투쟁과정, '테크노크라트의 등장'과 당 일군의 활약상, 기술혁명과 주체적 농법의 관철 등 '자연개조사업'의 실체, 남북대결의 격화와 '자위국방'의 강화 등 최근의 북한의 실상을 어느 정도 구체적으로 보여주고 있다는 점도 독서의 재미를 배가시키게 된다.

그러면 북한문학에서『동해천리』의 문학사적 위상이 어떠하며, 소설 창작의 원리인 '수령형상' 창조가 어떻게 다루어지고 있는지, 그리고『동해천리』에 담겨진 북한의 사회현상은 어떠한지 등에 대해 세밀하게 분석해 보기로 한다.

II. '수령형상' 창조와『동해천리』

'수령형상창조'란 한마디로 문학 예술 작품속에서의 일종의 우상화작업을 말한다. 북한에서 작가가 '수령형상'을 창조하는 작업은 매우 중요하며 신중하여야 한다. 여기에서 '중요하다'고 하는 것은 다른 어떤 것 보다도 최상위에 두어야 함을 의미하며, '신중해야 한다'는 것은 서술과 묘사에 있어서 언어 하나하나의 취사선택에 심혈을 기울여야 함을 뜻한다. 북한의 문예이론서에는 "수령을 형상한다는 것은 수령의 혁명력사와 숭고한 풍모를 진실하고 생동하게 예술적 화폭에 그려 수령의 위대성을 예술적으로 감득하게 하는 것이다"[1]라고 쓰여 있다. 우선 수령형상은 보통 혁명가의 형상이나 보통 지도자의 형상과 구별된다고 강조하고 있다. 왜냐 하면 수령은 위대한 혁명가, 위대한 공산주의자의 귀감이기 때문이다. 즉 수령이 위대한 혁명가임으로 하여 수령형상은 로동계급의 혁명문학이 창조하는 형상이라는 것[2]이다. 그들식의 표현대로 한다면, 실로 수령형상은 참된 인간, 위대한 혁명가의 형상인 동시에 그 누구도 비길수도 대신할 수도 없는 인민의 최고 수뇌, 혁명의 최고령도자, 단결의 유일중심의 형상이며 오직 한분밖에 없는 로동계급의 정치적 수령의 형상[3]이라는 것이다. 그러므로 '수령에 대한 충실성'을 신념으로 간직하려면 '수령에 대한 위대성'을 깊이 체득하여야 한다는 것이다.

그리고 로동계급의 문학예술에서 수령의 형상을 창조하는 중요한 목적의 하나는 예술형상을 통하여 인민들에게 '혁명적 수령관'을 철저히 세워주려

---

1) 윤기덕,『수령형상문학』, 평양, 문예출판사, 1991, 157쪽.
2) 윤기덕, 위의 책, 158쪽.
3) 윤기덕, 위의 책, 160쪽.

는데 있다[4]는 것이다. 혁명적 수령관을 세우는데서 중요한 것은 수령의 위대성에 대한 인식과 체득인 것이다.

그러면 '혁명적 수령관'과 '수령형상 창조'는 북한에서 언제부터 시작되었고 누구에 의해 주도되었는가? 남한에 망명한 전 북한의 김일성대학 총장(주체사상연구소 소장)이었던 황장엽은 주체사상에서 '수령관'이 변질되어 나왔다고 최근 조선일보와의 인터뷰에서 밝혔다. 그의 회고에 의하면 주체사상은 1955년 12월 「사상과업에서 교조주의를 반대하고 주체를 세울데 대하여」라는 김일성의 연설문에서 시작되었다고 한다. 하지만 이때의 '주체'는 소박한 개념이었다. 김일성이 말한대로 「자립경제해야 한다. 정치를 자주적으로 해야 한다」는 정도였고, 여기에 황장엽을 비롯한 사상이론가들이 이론적으로 각색을 했다고 한다. 하지만 1966년무렵 황장엽의 인텔리의 역할을 강조한 주체사상은 북한에서 중앙당 조직부장이었던 당시의 2인자 김영주를 비롯한 친인척들에 의해 비판을 받았다고 한다. 70년대말부터 80년대 사이에 김정일의 측근들인 중앙당 조직부 · 선전부 등의 글에서 김정일 개인의 독재, '수령관'을 옹호하는데 앞장섰다고 한다. 본래의 '수령론'에서 사회적 생명 · 자주성 · 협동성의 본질적 개념은 황장엽이 기초했지만, 결국 개인의 우상화, 독재체제를 정당화하는 논리로 변질되었다고 증언[5]하고 있다.

---

4) 윤기덕, 위의 책, 168쪽.
5) 『조선일보』 1998년 6월 16일자 6면 「조선인터뷰」, 黃長燁 · 金德弘과 유근일논설주간과의 대담에서, 자신은 소련에서의 유학을 마치고 돌아와 김일성종합대학 총장을 하다가 1958년 김일성의 이론담당 서기(비서)를 맡아 주체사상을 기초하였으며, 1979년 당비서로 들어가 주체사상을 전세계에 전파하기 위한 조직인 비밀부서 주체사상연구소의 소장을 맡았다고 증언했다. 황장엽은 "그런데 김정일도 주체사상에 관심이 있다고 해서 지도를 했다. 그러나 우리가 글을 써주면 계급투쟁을 덧붙이고, 나중에 수령론쪽으로 갔다. 독재이론을 정당화하는 쪽으로 나간 것이다."라고 술회하고 있다.

북한에서 1992년에 발간된『김정일선집』권 1을 보면, 김정일이 '수령형상 창조'를 주장한 것은 1966년 2월 7일 조선작가동맹 중앙위원회 위원장과 한 담화에서 처음 시작된 것으로 되어 있다. 「새로운 혁명문학을 건설할데 대하여」에서 김정일은 "사회주의적 사실주의 문학은 력사무대에 등장한 첫날부터 로동계급과 운명을 같이하여 왔습니다. 사회주의적 사실주의문학의 력사적 사명은 바로 사회주의, 공산주의를 위한 로동계급의 혁명위업 수행에로 인민대중을 불러일으키는데 있습니다…… 수령은 혁명의 최고수뇌, 최고령도자로서 로동계급의 혁명위업 수행에서 결정적 역할을 합니다. 로동계급의 혁명위업수행에서 수령이 절대적 지위를 차지하고 결정적 역할을 하는 것만큼 그 위업 수행에 이바지하는 사회주의적 사실주의문학도 마땅히 수령에 관한 문제를 첫째가는 중심문제로 제기하고 바로 풀어나가야 할 것입니다. 로동계급의 수령을 형상하는 것은 사회주의적 사실주의 문학의 운명을 좌우하는 근본문제입니다."라고 강조[6]하고 있다. 그리고 북한에서 수령을 형상한 혁명문학은 일찌기 항일혁명 투쟁시기부터 창작되기 시작하였다고 주장한다.

또 김정일은 1967년 6월 20일 조선노동당 중앙위원회 선전선동부 책임일군들과 한 담화인 〈4. 15문학창작단을 내올데 대하여〉에서 반당 반혁명분자들과 그 추종분자들은 위대한 수령님께서 항일혁명투쟁시기에 이룩하신 영광스러운 혁명적 문학예술전통을 내세울 대신 일부 불건전한자들을 내세워 〈카프〉의 전통을 계승하여야 한다는 잡소리까지 치게 하였으며 민족문화유산계승에 있어서도 당의 로선과 원칙을 어기고 복고주의와 민족허무주의의 편향을 나타냈습니다고 반종파투쟁[7]을 강조하면서 다시 한 번 새

---

6) 조선노동당 중앙위원회,『김정일선집』권 1, 평양, 조선노동당출판사, 1992, 113 - 114쪽.
7) 김재용,『북한문학의 역사적 이해』, 문학과 지성사, 1994, 160 - 161쪽.
  김재용은 1967년의 반종파운동의 계기를 천세봉의『안개 흐르는 새 언덕』을 영화화한 작품인

로운 혁명문학을 건설하기 위하여 '수령형상창조' 문제가 절대적으로 필요하다[8]고 주장한다. 그리고 수령형상창조를 기본으로 하는 창작집단인 〈4. 15문학창작단〉을 따로 내오는 것은 수령형상창조사업을 전망적이고 장기적인 사업으로 계속 힘있게 밀고 나가기 위한 것임을 내세운다.

김정일은 또 '수령형상창조'의 '합법칙성'을 주장한다. '수령형상' 창조가 공산주의 문학예술건설의 합법칙적 요구로 되는 것은 높은 사상예술성을 요구하는 사회주의 문학예술의 본성과 관련된다고 파악한다. 문학예술의 중요한 요구의 하나는 사상성과 예술성의 높은 결합일진대, 수령형상을 창조하는 것은 문학예술작품의 숭고한 사상성을 보장하는 원천으로 될뿐 아니라 높은 예술성을 보장하는 원천으로도 된다[9]는 것이다. 참다운 예술성은 인민이 좋아하고 인민이 공감하며 인민의 심금을 울리는 높은 감동성 감화력에 있다. 수령의 고매한 풍모와 수령의 불멸의 력사는 그 자체가 만사람의 마음을 격동시키는 가장 아름답고 고상한 풍모이며 가장 빛나는 력사라는 것이다. 따라서 수령형상작품에는 혁명가로 참되게 산다는 것은 어떻게 사는 것이며 참된 인간으로 사는 것은 어떻게 사는 것인가를 보여주는 빛나는 귀감이 있다[10]는 것이다.

「내가 찾은 길」에 대한 김일성의 비판에서 찾고 있다. 또 천세봉의 작품에 대해 안함광이 「영광스러운 혁명 전통에 대한 송가 : 장편소설 『안개 흐르는 언덕』을 두고」(문학신문, 1966. 9. 9)라는 평문에서 리얼리즘적 진실성에 기초하고 있다고 이 작품을 호평한 것에 대한 비판으로 추정하고 있다. 그 근거로는 천세봉이 『조선문학』 1985년 10월호 좌담중에서 "저 개인의 경우를 놓고 봐도 그렇습니다. 지난 시기 자신의 정치 사상적 안목이 바로 서 있지 못하다 보니 작품 창작에서 인정 세태적인 문제에만 치우치면서 노동 계급적 선을 똑바로 세우지 못한 것으로 하여 제가 창작한 장편소설에서 심중한 사상적 오류를 범하여 위대한 수령님께 심려까지 끼쳐드렸습니다. 제가 심한 자책으로 모대기고 있을 때 친애하는 지도자 동지께서 저를 가까이 부르시어 창작에서 범한 심중한 사상적 과오를 하나하나 일깨워주시었으며 또다시 저를 '4. 15창작단'에 불러주시어…"라고 한 회고를 들고 있다.
8) 조선노동당 중앙위원회, 『김정일선집』 권 1, 242 - 245쪽.
9) 윤기덕, 앞의 책, 174 - 175쪽.

김정일은 '수령형상 창조'의 원칙으로 다섯 가지를 든다. 첫째, 수령형상 작품을 최상의 수준에서 창작하기 위해서는 창작가들이 '혁명적 수령관'에 기초한 높은 충성심을 가져야 한다는 것이다. 둘째, 노동계급의 수령의 형상은 가장 경건한 감정을 가질 수 있게 정중하고 숭엄하게 창작되어야 하며 동시에 밝게 창작되어야 한다는 것이다. 셋째, 인민들속에 있는 수령을 형상해야 우선 수령의 인민적 풍모와 탁월한 영도력을 옳게 형상할 수 있다는 것이다. 넷째, 위대한 인간의 형상을 창조해야 한다는 것이다. 구체적이며 현실적인 존재인 인간은 반드시 생활속에 존재하므로, 구체적인 생활을 통하여 산 인간성격을 생동하고 실감있게 그리는데 주력하여야 함을 강조한다. 수령형상작품에서 격식화를 없애고 위대한 혁명가의 인간세계를 깊이 파고 들기 위해서는 혁명동지들과의 관계에서 격식화를 철저히 없애고 수령이 지닌 혁명적 동지애의 숭고한 세계를 깊이 그리는 것이 중요하다고 내세운다. 다섯째, 수령형상작품은 무엇보다도 수령의 빛나는 혁명역사와 불멸의 업적을 그대로 생동하게 보여줌으로써 사람들이 수령의 위대성과 고매한 풍모를 깊이 인식하고 수령을 따라 배우도록 하려는데 그 창작의 중요한 목적의 하나가 있으므로, 창작원칙에 있어서 역사적 사실에 철저히 기초하여 형상을 창조하여야 한다[11]고 주장한다. 북한에서 '수령형상창조'를 앞장서서 추진하던 김정일이 1974년을 기점으로 권력을 사실상 장악함에 따라 1980년대부터 《불멸의 력사총서》에 버금가는 《불멸의 향도총서》가 쏟아져 나오기 시작한다. 물론 그 정지작업으로 1970년대이후 꾸준하게 김정일을 형상화한 송가, 가사, 단편소설 등이 쏟아져 나왔다. 앞서의 황장엽과 김덕홍의 인터뷰에서 김덕홍은 "봉건사회에서도 왕과 왕세자의 지위는 다른

---

10) 윤기덕, 위의 책, 176쪽.
11) 윤기덕, 위의 책, 178 - 226쪽.

데, 74년부터 김일성과 김정일이 (지위가) 완전히 같았다. 김정일을 통하지
않으면 김일성과 악수도 마음대로 못한다."[12]고 증언하여 김일성 생전에는
권력이 김일성에게 집중되었을 것이라는 세간의 견해를 뒤집었다. 이렇게
볼 때 북한에서 1974년쯤부터 사실상 '수령형상창조'는 중앙당 조직부와
선전부를 중심으로 김정일의 탁월한 영도력과 대중지배력을 그려나가는데
주력하게 되었음을 알 수 있다. 그것은 80년대를 거쳐 김일성 사후인 최근
의 '90년대 후반으로 오면, 상당히 강화되는 양상을 보이고 있다. 재미있는
것은 김정일에게 권력이 집중되면서 "수령을 계승한 문학은 본질에 있어서
수령형상문학이다"[13]라는 대담한 표현까지 등장하고 있다. 물론 그것은 김
정일을 형상한 문학이 위대한 수령을 형상한 문학과 차이가 없다는 것을 의
미하는 것은 아니다라는 전제를 깔고 있다. 그것은 수령의 계승자의 형상은
수령형상의 모든 내용을 다 갖추면서도 '수령에 대한 충실성'을 형상의 핵
으로 하기 때문이라고 얼버무린다.

따라서 《불멸의 향도총서》의 대표적인 작품인 『동해천리』는 김정일의 리
더쉽을 부각시키는데 초점을 맞추고 있다. 『동해천리』에서 '수령형상창조'
는 다섯 가지 창작원칙에 따라 크게 네 가지 관점에서 이루어진다. 첫째,
북한의 당·정·군에서의 김정일의 권력상의 위상이 어떠한가를 보여주고
있다. 김정일은 이 작품에서는 완전하게 권력을 장악하고 있는 것으로 묘
사된다. 그가 절대권력으로 군림하고 있는 것의 예로 출장간 정무원총리를
전화로 마음대로 불러 현지보고를 듣고 지시를 내리는 장면이 두 차례나
나오며, 연로한 인민무력부장을 대동하고 새로 만든 함정의 진수식에 참석
하여 악천후속에서도 시승하며 그 성능을 시험하는데서 구체적으로 드러

---

12) 『조선일보』 1998년 6월 16일자 6면.
13) 윤기덕, 앞의 책, 425쪽.

나고 있다.

> 김정일동지께서는 지배인책상의 송수화기를 들어 도당교환이 나오자 평안남
> 도에 내려가 있는 정무원총리를 찾아달라고 하시었다.……(중략)
> 《내가 전화한 건 다름이 아니라 검덕광산문제때문입니다. 광업담당 부총리한
> 테서 보고를 받았으면 그렇게 합시다. 정무원이 검덕광산에 마음먹고 투자를 큼
> 직이 해야 합니다. 경공업제품이나 수산물은 다른 나라에 팔지 말고 우리 인민의
> 생활 향상에 돌리면서 검덕광산같은데 투자를 집중해야 합니다. 이것은 수령님
> 께서 의도하시는 문제입니다. 정무원은 대형 장거리벨트 콘베아를 놓는 문제를
> 비롯해서 앞으로 검덕광산에 큰 힘을 넣어 그 광산을 한해에 수억 파운드의 외화
> 를 벌 수 있는 튼튼한 유색금속광물 생산기지로 꾸려야 하겠습니다.》
> 《알겠습니다》[14]

둘째, 김정일의 대담성과 큰 스케일을 강조하고 있다. 그것은 '수령형상
창조'의 네 번째 창작원칙인 '위대한 형상' 창조의 준수로 판단된다. 앞서
수령형상 작품에서 위대한 인간의 형상을 창조하는 문제는 정치적 수령의
위대한 인간적 풍모를 생활적으로 감명깊게 그리는 문제이다라고 밝힌 바
있다. 『동해천리』에서 '위대한 형상'의 창조는 두 가지 모습으로 보여진다.
하나는 김정일의 강력한 리더쉽을 강조하기 위한 예지와 대담성과 통큼의
드러냄으로 나타난다. 다른 하나는 위대한 인간의 형상을 창조하는 과정에
서 인간의 내면세계의 섬세한 움직임을 묘사하는 것에서 드러난다. 윤기덕
은 『수령형상문학』에서 이 문제에 대해 "인간의 위대성은 사상과 함께 인간
의 사상정신적 면모에서 중요한 내용을 이루는 감정정서의 심오성에서도
나타난다. 위대한 인간일수록 감정정서가 풍부하며 내면세계가 깊다. 그러

---

14) 백남룡, 『동해천리』, 평양출판사, 1996, 252쪽. 이하에서는 텍스트인용시 쪽수만 표기함.

므로 감정정서와 내면세계를 깊이있게 그리는 것은 위대한 인간으로서의 수령의 풍모와 인간세계를 깊이 보여주기 위한 중요한 요구로 된다."[15]고 주문한다. 『동해천리』에서는 북천강화학공장 지배인 차웅섭이 여자문제와 새로운 촉매제개발에 매달려 비료생산이 증산되지 않는 책임을 지고 해임된 사건을 김정일이 처리하면서 현장으로 달려가 차웅섭의 과오를 공장생산 중시에서 파악할 것이 아니라, 산 인간의 관점 즉 구체적인 사람문제에서 풀어나가야 함을 역설함으로써 위대한 인간으로서의 다정다감한 풍모를 드러내게끔 묘사하고 있다.

안해없는 사람은 불꺼진 화로와 같고 줄없는 악기나 다름없다. 안해가 없이 고독하게 사는 지배인이 그만큼 일해 온 것도 괜찮다고 해야 할 것이다. 그런데 한만규는 차웅섭의 과오를 사업적 위치, 공장생산중시의 립장에서 분석했다. 차웅섭이란 인간 자체의 행복상으로부터 출발하지 않았다. 지배인도 공장을 당앞에 책임진 일군이기전에 우선 인간, 남자인 것이다. 그렇게 구체적인 사람문제로 들어갔어야 한다.[16]

세째, 『동해천리』에서 김정일은 대중과 함께 하는 지도자로 철저하게 그려지며, 당일군들에게도 군중속에 깊이 들어가 정치사업을 벌일 것을 주문하는 것으로 묘사된다. 이것 또한 '수령형상창조'의 창작원칙에 근거한 것이다. 즉 수령의 인민적 풍모를 옳게 형상할 것을 요구한다는 것이다. 그것은 노동자, 농민을 비롯한 평범한 인민대중속에 허물없이 있으며 그들과 생사고락을 같이하는 수령, 그들을 혁명과 건설의 주인으로 내세워주며 온갖 관심과 배려를 돌려주는 수령을 형상해야만 인민의 수령만이 지닐 수 있는

---

15) 윤기덕, 앞의 책, 221쪽.
16) 백남룡, 『동해천리』, 297쪽.

소탈한 성품과 인민적 작풍, 인민에 대한 사랑과 배려, 고매한 덕성을 감명
깊게 보여줄 수 있기 때문이라는 것이다.

> 평소의 대범한《막장성격》들이여서 그런지 도당책임비서가 왔다고 별로 어려
> 워하지 않는다. …… 어쩔 수 없이 이마살을 찌프리기는 했지만 광산사람들과 소
> 탈하게 한데 어울려 격식없이 당사업을 하는 자신이 새롭게 느껴졌다. 친애하는
> 지도자동지의 가르침대로 군중속에 깊이 들어가 정치사업을 벌리니 재미도 났
> 다.[17]

넷째, 『동해천리』에서 김정일은 식음을 전폐하고 일에 몰두하는 지도자
로 그려지며, 성실한 현장지도를 하는 동시에 인민을 사랑하는 지도자로 부
각되고 있다. 김정일은 새벽 3시가 넘게 집무를 하기도 하고, 벌써 저녁 9시
가 넘었는데도 부관에게 출장간 간부의 전화를 받은 후 식사를 하겠다고 지
시한다. 그리고 당일군들의 애로를 청취하고 미진한 부분을 지원하기 위해
위험하게 직승기를 타고 현장지도를 나갈 정도로 성실한 인물로 묘사되고
있다. 특히 현장에서도 생산성향상을 채찍질하기 보다는 노동자의 작업환
경 개선에 더 관심을 갖는 지도자로 묘사되고 있다.

> 김정일동지께서는 사업노트에《검덕》,《홍남지구》,《정광수송관건설장》……
> 이라고 큼직이 써놓으시고 줄을 그어 련결해보시였다. 먼 로정이다. 그러나 그곳
> 로동계급속으로, 인민들한테로 가고싶은 심정은 점점 강렬해지시였다. 거기 들
> 끓는 현실에 들어가 인민들과 마주앉아 의논해야 난관을 타개하고 생산과 건설
> 을 크게 비약시킬 방도를 찾을 수 있으리라고 믿어지시였다. ……(중략)
> 그 다음에는 당내부사업과 관련한 문건을 검토하고 여가시간에는 청사의 뒤

---

17) 백남룡, 『동해천리』, 124쪽.

뜰에서 청진수산사업소 어로공들이 올린 큰 물고기들을 보아주시였다. 김정일동지께서는 그 물고기들을 3,000세대 살림집건설에서 기적을 창조하고 있는 락원거리 건설자들에게 보내도록 이르시였다.[18]

III. 《불멸의 향도총서》로서의 『동해천리』의 소설사적 위상

북한문학사에서 『동해천리』는 중요한 위치를 차지하고 있다. 우선 이 작품은 국가 주석직에 취임만 안했을 뿐이지, 사실상 북한의 당 · 정 · 군을 완전하게 장악하고 있는 권력의 최고 책임자인 김정일의 지도자적인 역량과 리더쉽, 그리고 인민과 함께 하는 인간적인 풍모를 생동감있게 그린 장편소설이라는 점에서 그 소설사적 위상을 대충 가늠해 볼 수 있다. 김정일(1942년 2월 16일 구소련 브야츠크에서 출생, 북한에서는 백두산밀영에서 출생했다고 홍보함)은 1964년 4월 노동당 중앙위원회 지도원으로 정치에 발을 들여놓은 후 계속 김일성밑에서 후계자수업을 받아 오다가 1973년 당비서로 취임하고 그 다음해인 1974년 2월 당 정치위원으로 발탁되면서 사실상 후계자로 내정되어 권력이 그에게로 집중되었다. 그리고 1980년 10월에는 당 정치국 상무위원, 당 비서, 당 군사위원 등을 역임하게 되어 사실상 북한을 이끄는 최고권력자로 부상한다. 90년대 들어와 1991년 12월에 군 최고사령관이 되면서 군부를 완전히 움켜진 그는 1993년 4월 국방위원장까지 맡았다가 1997년 10월 드디어 당 총비서로 취임하여[19] 명실상부한 최고 권력자임을 대내외에 과시하게 되었다. 그것은 1994년 김일성 사망 3년 3개

---

18) 백남룡, 『동해천리』, 129 - 130쪽.
19) 『중앙일보』 1998년 2월 16일자(월) 참조.

월만으로 그동안의 '김일성유훈통치 시대'를 마감하고 본격적으로 김정일 시대를 개막한 것[20]이라고 볼 수 있다. 그리고 금년 가을(9월 5일 최고인민 회의 제 10기 회의)에는 국가 주석직에 오를 것이라는 내외신보도가 있었 으나, 국방위원장(국가 수반)에 재추대되었다.

사실상 김정일에 대한 수령형상문학은 장편소설『동해천리』가 등장하기 훨씬 전부터 이루어졌다. 그것은 송가, 가사, 단편소설, 장편소설 등 다양한 장르를 통해 시도되었다. 송가를 묶은 종합시집만 보더라도『향도의 해발 우러러』(1권 - 13권)가 출판되었고, 가사문학으로는『친애하는 김정일동지 의 노래』,『친애하는 지도자동지의 만수무강을 축원합니다』,『대를 이어 충 성을 다하렵니다』,『영원히 한길을 가리라』등이 발간되었다고 한다. 단편 소설집으로는『조선의 행복』,『백두산의 해돋이』,『향도의 태양』,『영광의 시대』,『봄빛』,『역사의 순간』등이 발행되었는데, 여기에만도 55편의 단편 소설이 수록[21]되어 있다고 한다. 또 최근에 나온 단편소설집『소원』(문예출 판사,1992)에 나오는 11편의 단편소설도 모두 김정일에 대한 충성심이나 한없는 사랑을 다루고 있다.

장편소설로는 1989년에 발표된 김일성종합대학 출신의 작가 현승걸의 『아침해』를 필두로 90년대에는 이종렬의『예지』(1990)와 박현의『불구름』 (1991)이 창작되었고, 김일성 사후인 1996년에 백남룡의『동해천리』가 얼 굴을 내민다.

북한문학사에서『동해천리』는 몇 가지 중요한 가치를 지닌다. 첫째, 작가 백남룡의 위상을 들 수 있다. 백남룡은 김정일이 주체문예론의 강화와 김일 성의 소위 혁명적 가정을 문학작품으로 형상하는 작업과《불멸의 역사총

서》발간을 위해 1967년에 발족시킨 4. 15문학창작단의 한 사람이다. 그 구성원이 어떻게 이루어져 있는지는 정확히 알려진 자료가 없으나, 4. 15창작단 단장으로는 현재 문학평론가이자 비평서『시대와 문학』(문예출판사, 1991)으로 유명한 강능수가 맡고 있고, 천세봉 · 석윤기 · 최학수 · 최창학 · 권정웅 · 김병훈 · 현승걸 · 남대현 · 백남룡 · 황민 · 문희준 · 강효순 등이 그 주요 구성원인 것으로 알려져 있다. 4. 15문학창작단은 1967년 4월 15일 김일성의 55회 생일에 발족되어 그의 생일날에서 이름을 따왔다[22]고 알려져 왔으나, 북한의『문학예술사전』은 1968년에 조직되었다[23]고 기술하고 있다. 또 영화예술부문을 다루는 백두산창작단이 1968년에 발족되었다.

김정일은 1967년 6월 20일 조선로동당 중앙위원회 선전선동부 책임일군들과 한 담화인「4. 15문학창작단을 내올 데 대하여」에서 창작단의 작가 구성에 대해 다음과 같은 중요한 지침을 내려주었다.

당중앙위원회 선전선동부에서는 지난 기간 창작활동을 통하여 검열된 능력있는 작가들을 선발하여 그들이 자기의 사명과 임무를 똑바로 자각하도록 준비시켜야 하겠습니다. 처음에는 창작년한이 비교적 오래고 창작경험이 많은 작가들과 능력있는 중견작가들을 위주로 하여 창작집단을 꾸린 다음 점차 '새 세대' 작가들을 인입하여 키워나가도록 하여야 하겠습니다.[24]

---

22) 윤재근 · 박상천,『북한의 현대문학 II』, 고려원, 1990, 300쪽.
23) 사회과학원 주체문학연구소,『문학예술사전』중권, 평양, 과학백과사전종합출판사, 1991, 210쪽.
　　"4. 15문학창작단은 위대한 수령 김일성동지의 영광찬란한 혁명력사를 기본으로 하면서 경애하는 수령님의 혁명적 가정과 당의 위대성을 문학작품으로 형상하는 사업을 진행하는 창작기관. 4. 15문학창작단은 친애하는 지도자 김정일동지의 현명한 령도와 따뜻한 보살피심에 의하여 1968년에 조직되었다."
24) 조선로동당 중앙위원회,『김정일선집』권1, 평양, 조선로동당출판사, 1992, 247쪽.

이러한 지침을 근거로 할 때 백남룡은 인기소설 『청춘송가』를 지은 남대현과 더불어 소위 '새 세대작가군'에 속한다고 할 수 있다. 특히 '새 세대작가군'은 김정일의 직접지도를 받는 작가들로 그의 총애를 받아 김정일을 위한 수령형상창조에 앞장서고 있는 신예작가들이라고 할 수 있다. 따라서 남대현의 작품에서와 마찬가지로, 백남룡의 작품에서도 이혼의 문제나 대담한 애정표현 등이 등장하고 있어 그들의 문단 내에서의 위상을 말해 주고 있다.

둘째, 북한문학에서 『동해천리』는 김일성의 수령으로서의 위대성을 다룬 《불멸의 역사총서》와 김정일의 수령계승형상창조를 다룬 '새 세대작가들'에 의한 『아침해』, 『예지』, 『불구름』의 씨줄과 날줄의 접합점에 서있는 작품이라는 점에 그 의미를 둘 수 있다. 1988년 현승걸이 창작한 『아침해』는 김정일이 통크고 담대하게 결단을 내려 은률의 장거리벨트콘베아건설을 짧은 기간내에 완성하게 한 영도력과 공적을 찬양하는 장편소설로서 수령계승형상 창조의 최초작품이라는데 그 의의가 있다. 이 작품은 금속공업부 부총국장 지승하와 은률광산 지배인 박영진, 간석지 건설총국장 장필수 등의 당일군과 광산의 오랜 일군인 로장권, 새세대 청년들인 로동민, 지홍실 등의 개성적 성격을 생동감있게 창조한 점과 광산의 전망과 대자연개조를 위한 웅대한 구상을 펼쳐준 김정일의 수령형상창조의 탁월성 등으로 북한에서 높은 평가를 받고 있는 작품이다. 『예지』는 1990년 이종련에 의해 창작된 장편소설로 김정일의 영화예술에 대한 업적을 찬양하고 북한에서 불후의 고전명작으로 일컬어지고 있는 『꽃파는 처녀』 등을 영화로 옮기는 과정을 현지지도하면서 영화창조사업을 벌리는 그의 정력적인 활동상을 소개하는 장편소설이다. 특히 서구의 예술사조를 흉내내어 예술영화 『광풍』을 제작한 영화연출가 최승진의 과오를 둘러싼 모함과 비판을 다루면서 뜨거운 사랑과 자애로움 그리고 크나큰 믿음을 가지고 있는 김정일이 그에게 다시 한

번 기회를 주어 작품을 수정, 『나의 길』을 개작 완성케 함으로써 영화예술
사업에서 혁명적 전환을 이룩하게 하였다고 그의 영도자로서의 예지를 강
조하고 있는 것이 특징이다. 『불구름』은 박현이 1991년에 창작한 작품으로
6. 25전쟁(북한식으로는 조국해방전쟁)중에 온갖 난관과 시련을 이겨내면
서 김일성에게 충직한 주체형의 공산주의혁명가로 성장해가는 김정일의 어
린 시절을 다룬 작품이다. 총 3편을 혁명적 수령관을 매개로하여 연결하였
다고 평가받고 있는 『불구름』은 1편에서는 3년간의 전쟁현장에서 목격한
인민군용사들의 승리에 대한 집념과 후퇴과정에서의 남편을 잃은 부녀자들
의 투쟁과정에 대한 서술을 통해 준엄한 시련을 체험하는 소년 김정일의 신
념을 그리고 있고, 2편에서는 북쪽의 먼 후방인 농촌지방과 최고사령부에
서의 어린 김정일의 체험을 다루면서 불철주야 헌신적으로 일하는 아버지
김일성을 보고 아들로서만이 아니라 전사로서 그를 받들어모셔야 하겠다는
수령관을 형성해가는 과정을 묘사하였으며, 3편에서는 만경대혁명학원에
서의 학습을 통해 주체적 혁명과업을 떠맡을 지도자로서의 자질과 풍격을
체득해가는 과정을 그리되 부친에 대한 충성과 효성을 두드러지게 형상함
으로써 수령에 대한 남다른 '충실성'을 보여주고 있다는 일종의 성장소설
로서의 성격을 지니는 작품이다.

　종합하면, 『불구름』이 6. 25전쟁의 준엄한 시련의 불구름속에서 성장해
가는 김정일의 어린 시절을 회고적으로 그리고, 『예지』가 혁명가극과 영화
사업 등을 통해 주체적 예술관을 정립하고 항일혁명문화유산을 정리하며
민중선동에 앞장서는 김정일의 개성적 성격을 보여주고 있다면, 『동해천
리』는 『아침해』의 전통을 계승하여 1970년대 이후 사회주의 건설에 몰두하
여 자립적 민족경제의 토대를 마련하는 김정일의 통큰 사업수완과 북한사
회의 미래를 열어가는 지도자적인 전망을 제시함으로써, 북한민중의 방향
타로서의 신뢰성을 보여주려는데 주력한 작품이란 점에 그 의미와 가치가

있다고 할 수 있다.

셋째, 『동해천리』는 북한문학사에서 문학장르적인 측면에서 장편소설의 새영역을 확장하는 과도기에 서있는 작품이라는데 또 다른 가치를 부여할 수 있다. 북한예술사를 종합해보면, 북한에서의 대표적인 예술장르라면 역시 혁명가극과 영화를 들 수 있다. 김정일은 70년대 초 '백두산문학창작단' 과 '피바다가극단'을 창설하여「피바다」(1971),「꽃파는 처녀」(1972),「한 자위단원의 운명」(1974),「당의 참된 딸」(1971),「금강산의 노래」(1973)의 소위 5대 혁명가극[25]을 완성하여 민중선동에 나서게 하였다. 또 김일성의 항일혁명투쟁을 시기별로 구분하여 작품화한 다부작 영화인『조선의 별』은 1980년부터 창작되기 시작하여 1987년까지 총 10부작으로 완성, 주체적 혁명관과 혁명적 수령관에 기초하여 높은 예술적 경지를 개척한 불후의 명 작[26]이라고 떠벌리고 있는 작품이다.

하지만 김정일은 북한민중들의 문화정서적 요구가 날로 높아지면서 장중

---

25) 천재규 · 정성무,『조선문학사』권 14, 평양, 사회과학출판사, 1996, 238쪽.
　　최근에 북한에서 나온 위의 북한문학사는 5대혁명가극에서「한자위단원의 운명」을 빼고「밀림 아 이야기하라」(1972)를 꼽고 있다. 그것은 피바다식가극문학을 내세우고 김정일이 심혈을 기 울려 지도한 혁명가극이 70년대초에 짧은 기간에 완성되었는데,「한자위단원의 운명」은 1974 년으로 다소 늦게 완성된데 기인한 것으로 보인다.
　　"이 작품(『피바다』, 1971)을 발단으로 매우 짧은 기간에 혁명가극『당의 참된 딸』(1971),『밀 림아 이야기하라』(1972),『꽃파는 처녀』(1972),『금강산의 노래』(1973)가 창작되었다. 이리하 여 주체문학예술사를 빛나게 장식한 5대혁명가극이 마련되게 되었다. 이것은『피바다』식가극 문학발전의 자랑한 결실이었다."
26) 윤기덕, 앞의 책, 370쪽.
　　"『조선의 별』제 1부는 1980년에 창작되었으며, 1987년까지 제 10부가 나왔다. 이 영화문학들 은 1926년《 . ㄷ》의 결성직후부터 1933년 유격근거지를 창설하시여 종파사대주의자들의《쏘 베트》로선을 분쇄하시고 인민정권로선을 구현해나가시면서 혁명력량을 튼튼히 꾸려나가시는 위대한 수령님의 혁명력사를 그리고 있다.
　　국제로동계급의 문학예술도 수령형상영화를 창조하기는 하였지만『조선의 별』처럼 수령의 혁 명력사를 체계적으로 형상하지는 못하였다. 이런 점에서도 영화문학『조선의 별』은 특별히 중 요한 의의를 가진다."

편소설에 대한 수요가 늘어나는 현실적 요구에 맞게 장 중편소설창작을 독려하는 운동을 전개한다. 그것이 바로 1978년 1월 7일 장중편소설 창작전망계획을 밝히면서 김일성 탄생 70돐이 되는 그들이 주장하는 소위 민족최대의 경사의 날인 1982년 4월 15일까지 '장·중편소설 전투'를 벌릴 것에 대한 교시[27]이다. 그리고 1989년 4월 15일인 김일성 탄생 77돐까지 또 한 차례의 새로운 '소설창작전투'를 전개하여 소설문학이 북한문학사에서 차지하는 비중을 높여 주었다. 그리하여 이 시기에 수많은 장·중편소설이 출판되었다.

백남룡의 『동해천리』는 80년대말까지의 소설창작영역 확대의 연장선상에서 혁명가극이나 영화, 시문학과는 차별화된 장편소설 나름대로의 영역을 개척하고 있다는 점에 그 의미를 둘 수 있다.

넷째, 『동해천리』는 70년대말부터 80년대말까지 추진된 '장·중편소설 창작전투'와는 별개로 1994년 김일성이 사망한 후에 김정일이 최고권력자로 권력을 잡아가는 과도기적 상황에서 창작된 작품이라는데 의미가 있다. 국내외의 모든 언론매체가 북한이 과연 변화할 것인가 또는 권력의 변동이 있을 것인가 , 그리고 군부의 동향은 어떠한가 등 북한동향에 예민한 반응을 보일 때인 과도기에 창작된 작품인 것이다. 따라서 김정일의 우상화작업의 일환인 이 작품이 김일성유훈통치기간인 1996년에 발표되었다는 것은 김정일에게로 사실상 권력의 추가 기울어졌음을 의미하는 것이다.

다섯째, 『동해천리』는 김정일이 교시를 내리면서 준 6가지 주제중 '사회

---

27) 최길상,『주체문학의 새 경지』, 평양, 문예출판사, 1991, 111 - 125쪽.
　제 1장 '우리식 소설문학'에서 김정일이 장중편소설의 주제로 ㄱ)위대한 수령님의 혁명활동과 혁명적 가정을 내용으로 한 작품, ㄴ)혁명전통을 주제로 한 작품, ㄷ)조국해방전쟁 주제작품, ㄹ)사회주의 건설 주제작품, ㅁ)계급교양 주제작품, ㅂ)조국 통일 주제작품 등을 제시하고 장·중편소설의 종자와 생활내용, 작가에 이르기까지 구체적으로 료해하고 지적해주었다고 말하고 있다. 그리하여 이 시기에 수백여편의 장·중편소설이 쏟아져 나왔다고 밝히고 있다.

주의 건설 주제'의 작품인 점에 의미를 둘 수 있다. 북한에서 최근 20년 사이에 쏟아져 나온 작품중 대표작을 분석해 보면 '사회주의 건설' 주제를 다룬 작품이 압도적으로 많다. 구체적인 증거로는, 최길상이『주체문학의 새 경지』제 1장 '우리식 소설문학'에서 중요작품으로 제시한 것으로 '혁명전통 주제'의 작품이『찔레꽃』을 비롯하여 7편, '조국해방전쟁 주제'의 작품이『태백산줄기』를 비롯하여 17편, '조국통일 주제'의 작품이『세월을 넘어』를 비롯하여 10편, '역사 및 계급교양 주제'의 작품이『갑오농민전쟁』을 비롯하여 6편인데 비해, '사회주의 건설 주제'의 작품은 이들 모두를 합한 수자보다도 많은『철의 신념』,『빈터 위에서』,『야금기지』,『청춘송가』등 51편이 제시[28]되고 있음에서 알 수 있다. 그러면 '사회주의 건설' 주제의 작품이 북한에서 많이 창작되는 배경은 무엇인가 ? 우선 북한의 현실이 경제적인 측면에서는 국제적으로 고립되어 있다는 점을 들 수 있다. 따라서 '자립적 민족경제'의 확립과 갱생의 의지표명이 요구될 수밖에 없다. 그런 측면에서 산업화의 과정에서 낙후되어 있는 사회간접자본(인프라)의 구축, 기본 원자재인 석탄, 강철, 비료 등의 기본재 생산의 극대화가 절실하게 요구되고 있는 현실이 그런 주제의 소설창작의 활성화를 가져온 것으로 보인다. 다른 요인으로는 소위 위대한 수령인 김일성이 장편소설『빈터 위에서』와『철의 신념』을 당원들과 근로자들의 주체의 혁명관 확립에 교과서로 모범이 된다고 여러 차례 치하의 교시를 주었다[29]는 언급이 작가들에게 자극이 된 것으로 보인다. 김보행의『빈터 위에서』(평양, 문예출판사, 1982)나 김리돈의『철의 신념』(평양, 문예출판사, 1986)은 모두 장편소설로 '사회주의 건설'의 주제를 담고 있는 작품들이다. 또 하나의 요인으로는 '사회주

---

28) 최길상, 위의 책, 121 - 124쪽.
29) 최길상, 위의 책, 125쪽.

의 건설' 주제의 작품을 짓는 것이 6. 25전쟁이후에 잿더미로 변한 북한의 현실에서 김일성 김정일부자가 무에서 유의 신화를 창조하여 조국을 사회주의의 낙원국가로 만들 수 있는 기반을 구축하였다는 영도자로서의 자질과 능력을 찬양하기에 좋은 주제라는 점을 들 수 있다.『동해천리』의 작가 백남룡은 중세봉건왕조에서나 있을 수 있는 권력 세습을 시도하여 태생적으로 한계를 안고 있는 김정일의 개척정신과 탁월한 능력, 통크고 담대한 기백과 예지 등을 내세움으로써 안개정국의 살얼음판을 헤쳐나가 확실하게 권력을 다질 수 있는 이데올로기 제공과 대민중홍보의 첨병역할을 자임한 것으로 보인다. 그 근거로는 백남룡이 4. 15문학창작단내에서도 김정일이 새롭게 키운 소위 '새 세대작가군'에 속한다는 점을 제시할 수 있다.

IV.『동해천리』에 나타난 북한사회의 현상

백남룡의『동해천리』는 북한의 최고권력자인 김정일에 대한 '수령형상' 창조의 의미이외에도 70년대 이후의 북한의 사회실상에 대한 모습이 상세하게 그려져 있다는 점에서 문학적으로 매우 가치가 높다. 물론 문학이므로, 현실과 달리 환상적으로 미화하거나, 허구를 가미하여 부족한 역사적 자료를 완전한 생활로 되살려 형상[30]하기도 한다. 그렇다 하더라도 남한에

---

30) 윤기덕, 앞의 책, 235 - 236쪽.
　"수령형상작품 창작에서 허구는 우선 생활의 본질과 그 의의를 뚜렷이 돋구기 위한 예술적 일반화의 수단으로 된다. ……(중략) 창작과정에는 실재하였던 력사적 사실로써 반드시 살려야 하겠으나 고증한 자료가 불충분한 경우가 있을 수 있다. 이런 때 창작가에게는 그 력사적 사실에 대하여 포기할 권리가 없으며 끝까지 파고 들어 풍부하고도 완전한 생활로 그려놓아야 한다. 이것을 해결하는데서 큰 역할을 하는 것이 열정적인 탐구정신과 함께 풍부한 환상과 그에 따르는 허구의 힘이다."

서는 단지 근거없이 추정만 하는 북한 권력층의 움직임이나 북한 민중들의
생활상과 북한 관료층의 모순 등을 텍스트속에서 어느 정도 사실에 근거하
여 살펴볼 수 있다는 장점이 있다. 특히 북한의 문학이 '사회주의적 사실주
의문학'을 강조하고 있다는 점에서 볼 때 북한사회의 실상이 작품속에서 상
당히 적나라하게 드러날 수밖에 없다. 그러면 구체적으로 북한사회의 현상
은 어떠한지 분석해 보기로 한다.

1. 70년대식의 '사회주의 건설' 투쟁의 열기

문학은 문학 내적인 요인과 문학외적인 요인의 변증법적 논리에 의해 형
성된다. 따라서 문학작품을 제대로 이해하기 위해서는 문학외적인 요인을
분석해 보는 것이 필수불가결한 요소로 되는 경우가 많다. 특히 북한의 문
학은 당중앙위원회의 통제와 사전 사후 검열을 거치게 되어 있다. 따라서
북한의 소설문학은 북한의 정치 사회적 역동적 변화양상과 계획경제의 움
직임을 그대로 반영하게 마련이다.『동해천리』의 배경에는 크게 1970년대
초의 사회주의 경제 건설의 토대를 마련하기 위한 '온 사회의 주체사상화
강령'의 추진과 '3대혁명소조 운동' 전개 등의 핵심적 사건이 자리잡고 있
다. 따라서 그러한 배경을 심층적으로 분석하기 위해서는 북한의 정치 경제
적 현상에 대한 개략적인 이해가 선행되어야 한다.

『동해천리』에서도 '반당·반혁명분자와의 투쟁'이라는 용어로 직접적으
로 묘사되고 있지만, 해방정국과 6. 25전쟁이후 북한의 정치적인 상황은 급
박하게 전개된다. 김일성이 권력기관을 확고하게 장악하고 김정일 후계체
계를 내세우게 되는 1972년무렵까지 북한의 정치정세는 소련 등 대외적인
요인에 의해 긴박하게 돌아가고 있었다. 김일성은 내적으로 크게 세 차례의
도전에 직면하게 된다. 우선 첫째, 허가이를 비롯한 소련파의 도전에 직면

하게 된다. 해방이후 북한정권은 네 부류 정파의 연합정권의 성격을 지니고 있었다. 김일성의 북로당세력(빨치산 그룹)과 박헌영의 남로당세력, 그리고 허가이로 대표되는 소련계 한인그룹 그리고 최창익 등 연안파 그룹의 연합세력이 북한정권의 핵을 이루고 있었다. 따라서 김일성이 명실상부한 권력장악을 위해서는 시기가 문제일뿐, 가지치기가 급속도로 전개될 수밖에 없는 상황이었다. 6. 25전쟁의 패배를 빌미로 박헌영일파를 제거한 김일성은 1950년말 노동당 중앙위원회 제 3차 전원회의에서 당시 당 검열위원회를 이끌고 있던 조직전문가 허가이와 충돌을 빚는다. 대립하게 된 문제의 핵심은 허가이가 소련식의 엘리트중심의 공산당을 만들고 산업노동자를 당원의 주축으로 삼으려고 한 데 비해, 김일성은 북한 주민의 8할을 점하고 있던 농민을 주축으로 한 대중적인 당을 건설하려고 한 데 있었다. 결국 1953년 8월 4일에 열린 중앙 위원회 제 6차 전원회의에서 허가이의 자살이 발표[31]됨으로써 그와 그의 일파는 사실상 제거되게 된다. 둘째, 1956년 6월과 7월 경제원조를 위해 김일성이 소련과 동유럽의 9개국을 방문하고 있던 동안에 국내에서는 최창익이 이끄는 연안파(서휘, 윤공흠, 군부의 김을규, 최월종, 최종학 등)가 김일성의 권위에 도전하여 집체적 지도체제의 수립과 엄격하게 통제되던 당 기구를 완화할 것을 내세우면서 모의를 하였다. 이러한 움직임은 소련에 흐루시초프가 등장하면서 스탈린 격하운동이 전개된 것에 영향을 받은 것이다. 1956년 중앙위원회의 '8월회의'에서 최창익의 연안파는 김일성의 개인숭배를 비판하고 집체적 지도체제의 수립을 요구하면서, 북한 발전의 난관인 중공업의 치중을 비난하고 생활필수품의 생산확대를 위해 경제계획을 개편할 것을 촉구하였다. 이들의 음모를 분쇄하기 위해 1956년말부터 1957년 초까지 약 1년동안 당증재발급사업을 벌이고 결

---

31) 서대숙, "정권수립과 변천과정", 최명편, 『북한개론』, 을유문화사, 1990, 69 - 71쪽.

국 그들을 숙청[32]하였다. 그 결과 빨치산 군인들의 득세가 이루어졌다. 하지만 중국의 문화혁명 기간 동안인 1967년부터 홍위병들이 김일성의 독재를 비판하는 대자보를 붙이고 5. 16군사혁명이후 남한과의 군비경쟁 등을 벌이게 된 대내외적인 정치상황에 위협을 느낀 김일성은 자신의 권력의 기반이었던 빨치산장군의 일부인 허봉학(대남 사업책임자인 연락국 총책) 등 10여명의 고위장성들을 숙청[33]하게 되고 김영주, 김성애, 박성철, 양형섭, 허담 등 직계 친인척을 등용하고 테크노클라트를 대거 등장시킨다. 그리고 1972년 김일성은 내각의 수상에서 국가 주석으로 격상되고 중앙 인민위원회 위원장을 겸임하게 된다. 아울러 1인독재체제를 구축하기 위해 1972년 12월 신헌법을 제정(소위 '주체사상'을 대중적으로 내세움)하는 한편으로 김정일을 후계자로 내세우게 되며, 그 기반조성을 위해 '3대혁명소조운동'을 대대적으로 벌리게 된다.

『동해천리』는 이러한 북한의 정치적 변화양상을 그대로 반영하면서 스토리가 시작된다. 즉 북한 내부의 정치적인 요인인 최창익을 주동으로 하는 연안파가 중공업중시의 계획경제에 비판을 가하는 것에 맞서 오히려 김일성은 중공업을 중시하면서 경공업과 농업의 병행발전을 모색하게 되었고 또 하나 후계구도로써 김정일의 기반을 다지게 하기 위해 '3대혁명소조운동'[34]을 정력적으로 펼쳐나가게 된 것이다. 이러한 정치적 배경을 가진 70

---

32) 서대숙, 위의 글, 72 - 75쪽.
33) 서대숙, 위의 글, 75 - 79쪽.
34) 김한길, 『현대조선역사』, 사회과학원 역사연구소, 서울, 일송정, 1988, 415쪽.
   "김일성은 1972년 가을 정치실무적으로 준비된 우수한 일꾼들과 청년인텔리들을 망라한 지도소조를 뭇고 그들을 경공업공장들에 파견하여 3대혁명수행에 대한 소조들의 지도능력을 시험해 본 다음 1973년 2월 초 당중앙위원회 정치위원회 확대회의에서 중요 공장, 기업소들과 협동농장들에 3대혁명소조를 파견하는 데 대한 혁명적인 조치를 취하였다. 공장, 기업소들에 나가는 3대혁명소조는 대상 기업소의 크기에 따라 20 - 30명씩 혹은 50명씩 되게 조직하였다. 이와 함께 소조원들은 그 능력과 기술수준, 전공에 맞게 공장, 기업소, 협동농장들에 파견되었다."

년대의 사회주의 건설의 물결을 묘사하면서 『동해천리』는 출발한다.

　　김정일동지께서는 싸리안전모를 벗어 책상우에 놓고 낮으나 힘있는 목소리로
말씀하시였다.

　　《우리는 검덕광산과 같이 로동계급의 대집단이 일하고 생활하는 기업소들에
서부터 사상, 기술, 문화의 3대혁명을 틀어쥐고 관철해나가야 합니다.

　　대형장거리벨트콘베아수송선을 놓는 것은 검덕광산에서 기술혁명의 중요한
과업으로 됩니다. 투자를 많이 해도 광부들, 사람을 위한 일입니다. 도당위원회
와 광산지도 일군들이 그런 관점에 서야 운광문제를 풀 수 있고 로동자들이 갱막
장에서 나오지 않고 침식을 하면서 일하는 문제같은 것도 옳게 대할 수 있습니
다. 로동자들이 단위시간에 능률을 높여 생산을 올리고 휴식과 문화생활을 제대
로 하도록 하는 것이 오늘 기술혁명시대의 생산조직방법입니다.》[35]

　『동해천리』에 검덕광산이 중요한 공간으로 등장하는 것은 1973년 김일
성이 사상, 기술, 문화혁명을 더욱 힘있게 밀고나가기 위해 대중운동인 '3
대혁명 붉은기쟁취운동'을 벌이게 되었는데, 그 운동이 검덕광산 노동계급
에서 시작[36]되었기 때문이다. 또 김정일(1973년 9월에 당비서가 됨)이 앞
장 서서 추진한 것은 노동당창건 30돐(1975. 10. 10)까지 경제개발 6개년
계획을 앞당겨 성취하기 위한 총돌격전을 벌였는데, 그 주요성과는 18미터
타닝반 등 질높은 기계들을 만든 것과 4600미터 길이의 은률광산 대형 장

---

35) 백남룡, 『동해천리』, 207쪽.
36) 김한길, 『현대조선역사』, 416 - 417쪽.
　　"검덕광산의 노동계급과 청산리의 농업근로자들은 1975년 12월초 3대혁명 붉은 기쟁취운동의
　　첫 봉화를 추켜들고 이 운동에 떨쳐나설 것을 온 나라근로자들에게 호소하였다. 이에 호응하여
　　불과 한 달 사이에 공업, 농업, 과학, 교육, 문화, 예술, 보건 등 사회주의 건설의 모든 부문, 모
　　든 단위들에서 3대혁명 붉은기운동이 힘있게 벌어졌다."

거리 벨트콘베이어와 98킬로미터나 되는 무진 청진 사이의 대형 장거리 정
광수송관과 같은 창조물을 완성한 것 그리고 검덕광산을 비롯한 수천 개의
공장들이 새로운 생산적 앙양을 한 것[37] 등이다. 이러한 배경 때문에『동해
천리』에는 장거리수송관 건설 현장과 검덕광산 등에서 현지지도를 하는 김
정일의 정력적이고 통큰 모습이 빈번하게 나타나고 있다.

2. 긍정적 주인공의 창조와 애정모티프 – '숨은 영웅 찾기'

북한의 소설문학에서 긍정적인 주인공이 등장하는 것은 흔한 일이다.『동
해천리』도 여기에서 벗어나지 않는다. 주인공인 김정일의 낙관적인 인생관
이 그렇고, 화학공업부장 허상민이나 함경남도 도당책임비서 한만규, 농업
위원회 위원장 리장천 등 당관료들이 모두 긍정적인 인물로 묘사되고 있으
며, 애정모티프와 연관되는 인물들인 차웅섭과 심혜옥,백리향과 리길석 등
이 마찬가지로 그려진다. 그 이유는 무엇인가?

그 이유로는 여러 가지 요인이 있지만, 우선 작가들이 주체적인 새로운
인간전형을 창조하려고 노력한다는 점을 들 수 있다. 이것은 주체사상이 공
고하게 된 1972년이후의 북한문학에서 나타나는 공통점이다. 북한의 문예
이론서들은 주체적 인간학의 본질을 인민대중을 가장 힘있고 아름다우며
고상한 존재로 형상하는 것이라고 말한다. 그리고 주체적 인간은 혁명적 수
령관을 확고하게 가지고 있는 자주적인 인간전형이 되어야 한다고 강조한
다. 특히 노동계급의 경우 혁명적인 열의와 창조적 투쟁을 벌려 나가는 모
습을 형상화해야 한다는 것이다. 이러한 주체적 인간에 대해 김정일은『영
화예술론』에서 다음과 같은 원론적인 언급을 한 바 있다.

---

37) 김한길,『현대조선역사』, 426쪽.

> 문학은 산 인간을 그려야 한다. 산 인간을 그려내지 못한 문학은 참다운 인간
> 학이 아니다.[38]

이러한 말에는 소설문학이 인간성격을 생동하고 진실하게 형상하여야 함
을 강조하고 있다. 북한의 문학은 〈사회주의적 사실주의〉문학을 추구하고
있으므로 그것은 산 인간의 생동한 형상을 관념에서가 아니라 구체적으로
창조하려고 노력한다. 그러면 산 인간의 생동한 형상은 무엇을 말하는가?
그것은 그들식의 표현에 의한다면, 새 시대의 자주적 인간전형을 창조하는
것이다. 이를테면 항일혁명투사들, 새조국 건설의 주인공들, 영웅적 인민군
용사들, 천리마기수들, 3대혁명전위들의 아름다운 성격적 특징과 고상한
사상정신적 풍모를 생동한 모범으로 그려나가는 것이라고 강조한다.

『동해천리』에 나오는 인물이 긍정적인 인간형으로 나오는 두 번째 요인
은 김일성이 '숨은 영웅'을 발굴하고 그들의 모범을 따라 배우는 운동을 전
개했기 때문이다. 북한에서 제2차 7개년계획수행에 들어선 1979년 10월
김일성은 정력적인 과학탐구를 통해 중요한 작물의 새 품종을 만들어낸 여
성과학자와 우리나라 기후풍토에 맞고 생산성이 높은 《상련종》을 연구해낸
농업과학자, 그리고 새로운 주물방법을 창안해서 3대혁명소조원과 여성과
학자의 연구사업을 책임적으로 도와준 농촌의 한 당초급일꾼을 몸소 찾아
내어 그들에게 '숨은 영웅'이라는 칭호를 부여[39]했다. 김일성에 의한 이러
한 '숨은 영웅' 따라 배우기 운동은 소설문학에서 긍정적 주인공의 형상창
조에 영웅성을 체현시키는 것으로 지침이 내려지게 되어 실천된다.

또 하나 긍정적인 주인공의 창조 즉 '숭고한 뜻의 빛나는 구현'을 위해

---

38) 한중모, 『주체적 문예리론의 기본』권 1, 평양, 문예출판사, 1992, 14쪽.
39) 김한길, 『현대조선역사』, 448 - 449쪽.

북한 소설에서 '애정모티프'를 즐겨 구사하는 것이 80년대 문학이후의 특징이다. 이 시기 이전에는 남녀주인공 사이의 열정을 단지 혁명적 동지애로 미화시켰으나, 순수한 사랑의 불꽃이 타오름을 표현함으로써 아름다운 성격을 돋보이게 하고 고상한 사상정신적 풍모를 드러나 보이게 바꾸게 된다. 하지만 그 사랑은 남한식의 단순한 개인적인 문제로서의 애정 표현에 머물지는 않는다. 그렇다면 그것은 부르주아적 퇴폐적 사랑으로 매도될 것이다. 북한소설에서의 '애정모티프'는 일종의 '큰 사랑'을 표현하기 위한 전제조건에 지나지않는다. 여기에서 '큰 사랑'이란 3대혁명 등 사회주의의 완전한 승리를 위한 힘찬 전진에 앞장 서기 위해 자신의 개인적 사랑을 희생하거나 개인적인 행복을 포기하는 숭고한 뜻을 드러내는 양상을 보이는 것을 뜻한다. 즉 북한소설에서의 사랑은 에로스의 아름다움과 환희를 표현하는 것이 아니라 아가페적인 사랑의 생동감과 헌신적 봉사의 창조적 열정을 통해 인간적 감동과 대중들에게 참된 행복의 가치관을 맛보게 하는 것이다. 그러한 행복의 추구를 북한식의 표현으로는 '수령에 대한 충실성'에 기초하는 것이라고 미화된다.

　　내가 말하자는건 사랑은 인간의 본능적 요구라는 것입니다. 인간은 사랑이 없이는 살기 어렵습니다. 젊은 사람이든 나이많은 사람이든 사랑의 심장은 다 가지고 있습니다. 사랑하는 사람은 늙지 않으며 진실하고 참된 사랑은 언제든지 아름다운 법입니다.
　　김정일동지께서는 사무용걸상에 와앉아 의견을 듣고싶은 표정으로 도당책임비서를 보시였다.[40]

---

40) 백남룡, 『동해천리』, 301쪽.

《왜 그런 보잘 것 없는 별이야?!》

《난 여기 북대봉산줄기밑의 이름없는 농장처녀가 아니예요. 외로운 작은 별이
지만 내겐 소중해요. 넓은 하늘구석에서도 변함없이 빛을 뿜고있으면 되지요.》

《아니, 그러지마. 리향인 저 밝고 아름다운 직녀성이야. 그리고 난 견우성이고
……》

홀어머니도 마을사람들도 그들의 사랑을 알았다.

그러나《소몰이총각》은《베짜는 처녀》와의 약속을 어겼다. 농업대학을 졸업한
길석은 구평농장이 아니라 도행정위원회 지도원으로 된 것이였다.[41]

이러한 인용문구만을 보면, 북한소설에 나타나는 사랑의 표현이 자본주
의식 사랑과 별차이가 없다고 말하기싶다. 전자의 인용문은 북천강화학공
장 지배인 차웅섭과 기사 심혜옥 사이의 연령과 직위를 떠난 사랑을 그린
장면이고, 후자는 고향처녀 백리향과 같은 마을 청년이지만 지금은 도시로
떠나 대학에서 엘리트코스를 밟는 청년 리길석과의 사랑을 묘사한 장면이
다. 하지만 북한의 소설문학에서는 사랑의 과정도 중요하지만, 그 결과나
최종목표를 더 중시하고 있다. 사랑의 출발점은 남 · 북한문학에서 일치를
보이지만 전개과정에서 각각 다른 방향을 보이게 되는 것이다. 다음의 인용
문을 유심히 보면 알 수 있다. 그러면 북한문학에서 애정모티프를 통해 대
중독자들에게 무엇을 보여주려고 하는가가 분명하게 나온다.

《그렇습니다. 그것은 사랑입니다. 지배인동무는 공장실험실의 심혜옥기사를
사랑하고 있습니다. 이 자료를 좀 보시오. 그가 어떤 녀자를 사랑하고 있는가. 》

김정일동지께서는 심혜옥에 대한 료해문건을 한만규쪽에 밀어놓으시였다.
……(중략)

---

41) 백남룡, 『동해천리』, 51쪽.

《…… 거기에는 무기화학에 청춘을 아낌없이 바쳐온 한 여성의 삶의 세계가 있습니다. 그는 마흔살이 넘었지만 아직 이 세상 모든 녀성들이 가질 수 있는 당연한 권리, 안해로서, 어머니로서의 행복을 누리지 못했습니다. 녀성본연의 행복을 희생하며 얻어낸 수자이고 결실이라는 것을 알아야 합니다.》[42]

그리고 이러한 '사랑'은 결국은 '산 인간'의 묘사 즉 주체적 인간학으로 연결되며, 그러한 소설 주인공의 개성적 성격을 생동하게 부각시키되 개별적 사람의 품성으로서가 아니라 '집단주의적 생명관'에 기초하여 깊이있게 그려나가게 되는 것[43]이 북한소설문학의 특징인 것이다.

3. 테크노크라트(technocrats)의 등장과 '관료주의'에 대한 비판

북한에는 과연 테크노크라트가 존재하는가? 존재한다면 그것은 남한에서의 미국유학파처럼 정책을 입안하고 집행하고 있는 관료조직의 상당수를 점하고 있는가? 북한의 해외유학파에 대한 연구와 그들의 관료조직에의 진출정도에 대한 구체적인 연구가 많지 않아 정확하게 그 실상을 파악하기는 어렵다. 하지만 남한연구자의 몇 편의 논문과 북한 인텔리문제에 대한 평론 등이 몇 편이 있어 개략적으로 그 실체를 파악할 수 있다. 이 문제에 관심을 갖게 된 것은 백남룡의 『동해천리』에 김정일이 몹시 아끼는 화학공업부장

---

42) 백남룡, 『동해천리』, 300 - 301쪽.
43) 최길상, 『주체문학의 새 경지』, 101쪽 - 102쪽.
"친애하는 지도자 동지께서는 우리 시대 인간의 전형을 창조함에 있어서 혁명적 의리와 동지애를 개별적 사람의 품성으로서가 아니라 집단주의적 생명관에 기초하여 깊이있게 그릴 데 대하여 강조하시였다. 다시 말하여 도덕관계를 동지들 사이의 관계와 가정생활, 사회공동생활에서 동지를 아끼고 사랑하거나 인간다운 도리를 지키는 것과 같은 개인적 감정과 품성에 대한 문제로만 그릴 것이 아니라 수령에 대한 충실성에 기초하여 혁명적 의리와 동지애가 이루어져야 한다는 것을 깊이있게 그려야 한다고 밝혀주시였다."

허상민이 김일성의 배려로 소련의 대학에 해외유학을 다녀오고 당의 중요한 기술관료로 몸을 바쳐 헌신적으로 활약하고 있는 모습을 보임으로써 북한에서의 테크노크라트의 존재와 그 권력기반에 대해 유추해 볼 수 있기 때문이다.

최근의 연구는 북한의 당 관료제의 특성을 네 가지로 들고 있다. 첫째는 1970년대 이래 북한의 엘리트 충원을 보면 당과 국가의 고위정치수준에 전문적인 관료들, 즉 기술관료(technocrats)라고 불릴 수 있는 인물들의 진출이 점차 확대되고 있다는 점을 들 수 있다고 한다. 이전에는 당성이나 계급성이 강조되던 것이 1970년대부터는 전문성도 중요한 기준으로 등장하여 양자간에 어느 정도 균형이 이루어지게 되었다는 것이다. 1980년대에는 당 정치국이나 비서국, 국가기구의 중앙인민위원회 등에 경제 및 기술관료와 지방의 실무행정을 담당하는 각 인민위원회 위원장들이 대거 진출하여 이들이 오히려 더 많은 비중을 차지하게 되었다[44]는 것이다. 그리고 북한에 새로운 신진 관료엘리트의 대거진출은 1970년대의 '3대혁명소조운동'을 통해서 진행되는데, 이러한 '군중노선'을 통해 북한 엘리트의 세대교체가 이루어졌다는 것이다.

둘째, 정치부문의 관료화 현상과 더불어 '구조와 형식의 관료주의화' 현상도 확산하게 되었다는 것이다. 1970년에 출판된 『정치용어사전』이나 『경제사전』 등에는 등장하지 않았던 '관료주의' 라는 용어가 1985년에 출판된 『철학사전』에는 '착취사회에서 관료배들이 인민대중을 다스리는 반인민적 통치방법' 으로서"인민대중의 의사와 어긋나는 것을 강다짐으로 내려먹이며 인민들의 리익에 배치되게 행동하는 그릇된 사업태도이다. 주관적으로

---

44) 문정인 · 류길재, "북한체제의 변동과 대북 경제협력의 정치 경제적 조건", 유한수 이영선편, 『북한진출 기업전략』, 오름, 1997, 65 - 66쪽.

는 어떻든지 또 그것이 어떤 형태로 표현되든지 인민대중의 의사에 맞지 않는 것을 내려먹으며 인민들의 리익을 침해하는 것은 다 관료주의자이다"라고 구체적으로 설명[45]하면서 등장하게 된다. 중국이 문화혁명과정에서 관료주의의 폐해를 제거하려고 한 것과 마찬가지로 북한도 관료주의, 형식주의, 요령주의, 보신주의, 관문주의, 책벌주의 등 관료주의화를 끊임없이 비판하고 경계하였지만, 이것이 감소해가는 증거는 없다[46]는 것이다.

셋째, 당관료와 국가관료간의 차별성이 심화되고 있다[47]는 것이다. 넷째, 특정부문의 관료들 간에 갈등이라고 할 수는 없지만, 경쟁관계가 있으며 이러한 경향은 증가하고 있는 것으로 보인다는 것이다. 좁게 보면 당내에서도 권한이나 권력이 강력한 부서의 관료들과 그렇지 못한 부서들간의 관계나 국가기구 내에서도 업무의 중복관할로 인한 부서별 관료들 간의 관계가 예전과 같이 통합성을 유지하고 있지 못한 것으로 나타나고 있다[48]는 것이다.

이러한 네 가지 북한 당 관료제의 특성중 『동해천리』에서는 전문적인 관료층 인물들의 진출이 확대되고 있는 양상이 나타나고 있으며, 관료주의 병폐에 대한 비판과 사상검열이 끊임없이 이루어지고 있다. 『동해천리』에서 정무원의 화학공업부 부장인 허상민은 소련유학을 다녀와 작은 화학공장의 기사로 배치된다. 하지만 김정일은 전문기술일군(소위 테크노크라트)을 적재적소에 배치해야 한다고 강조하면서 홍남비료공장으로 자리를 옮기게 한다. 그는 '3대혁명소조운동'의 기수가 되는 한편 김정일의 최측근으로 헌신한다. 그것은 바로 70년대초의 3대혁명소조운동이 바로 김정일의 후계구도를 굳히기 위한 북한 엘리트계층의 세대교체를 촉진하는 '군중노선'[49]이었

---

45) 문정인 · 류길재, 위의 글, 69 - 70쪽.
46) 문정인 · 류길재, 위의 글, 71쪽.
47) 문정인 · 류길재, 위의 글, 72쪽.
48) 문정인 · 류길재, 위의 글, 73쪽.

음을 입증해주는 것이다.

　김정일동지께서는 혼자말처럼 뇌이고 창문에서 돌아서시였다.
　《내 생각에는 허상민동무를 잘못 배치한 것같습니다. 그 동무는 그런 작은 화학공장에 묻어둘 사람이 아닙니다. 류학생들은 수령님께서 사회주의건설의 장래발전에 필요한 훌륭한 인재들을 키워내시기 위해 손수 골라보내여 공부시킨 사람들인데 심중히 고려하여 적재적소에 배치해야 합니다. 허상민동무는 비료공업 전문기술일군입니다. 류학을 가기전에 우리나라 굴지의 흥남비료공장에서 현장기수로 일했습니다. 허상민동무는 앞으로 흥남비료공장의 기술발전에 큰 기여를 할 수 있는 사람입니다.》[50]

　또 『동해천리』에는 노동당간부 내지는 당·정관료들의 독단과 전횡에 대한 고발과 비판이 심심찮게 등장하고 있다. 송암군당책임비서이자 정무원 리인걸부부장의 사촌형이라는 권력배경을 안고 있는 리중걸비서는 소년의 투서를 받아 김정일의 내사명령을 받는다. 물론 그 투서는 그의 강직한 성품으로 인해 일어난 모함으로 판명되기는 하지만, 북한권력의 내부가 안고있는 '관료주의' 병폐의 일단을 보여주는 것이라고 하겠다. 그리고 검덕광산에서의 3대혁명소조는 주관주의, 형식주의, 관료주의, 요령주의의 온갖 그릇된 현상을 추방하기 위해 사상투쟁을 벌리자고 다음과 같이 외치고 있다.

---

49) 문정인·류길재, 위의 글, 68쪽, 각주 30)참조.
　　"대중운동은 근로인민대중이 자기의 자주적 요구와 이해관계를 실현하기 위하여 벌이게 되는 집단적 운동으로서 그 주체는 다름아닌 근로인민대중이다." 최춘황, 「3대혁명붉은기 쟁취운동은 사회주의, 공산주의 건설을 다그치는 전인민적 대중운동」, 『근로자』(1987년 2호), 71쪽. 반면에 "군중노선이란 대중운동의 조직적 지도방법일 뿐만 아니라 하위지도자들에게 혁명적 사업방법을 제시함으로써 인민대중으로 하여금 혁명과 건설에서 주인으로의 책임과 역할을 다하게 하는 것이다." 리성준, 「주체사상과 군중로선」, 『근로자』(1980년 7호), 11쪽.
50) 백남룡, 『동해천리』, 152쪽.

송암군당책임비서 리중걸 …… 그 일군이 과연 당권을 가지고 그렇게 안하무인격의 독단을 부린단말인가. 그가 군당이나 행정위원회 일군들이 모인 장소의 연탁에 나서면 누구도 감히 그의 얼굴을 마주보기 저어한다고 한다. 과오를 범한 사람을 내다 세워놓고 밭은 이마밑의 넉잠누에 눈섭을일구며 비판할 때는 그야말로 성난 범같다고 한다. 리중걸이 은철소년의 아버지인 옥천협동농장 관리위원장 박림수를 해임시킨 것도 일종의 전횡이라고 말하는 사람들이 있었다.[51]

검덕광산의 당조직과 3대 혁명소조는 일군들이 기업관리에서 사람과의 사업을 중시하지 않고 주관주의, 관료주의를 부리며 형식주의, 요령주의적으로 일하는 온갖 그릇된 현상을 반대하여 강한 사상투쟁을 벌려야 합니다.[52]

4. '민족자립경제'의 확립과 그 한계

최근의 북한은 김일성 사후 김정일이 유훈통치를 3년간이나 지속하다가 드디어 1997년 10월 8일을 기해 당총비서로 추대되어 정치, 경제를 주도적으로 이끌고 있다. 그리고 며칠 전부터 북한의 언론매체들이 최고인민회의(10기 제 1차회의)가 열릴 것을 홍보하고 있는데 그것을 근거로 국내외 언론들은 1998년 9월에 김정일이 국가주석으로 오르게 될 것으로 전망[53]하고

---

51) 백남룡,『동해천리』, 161쪽.
52) 백남룡,『동해천리』, 208쪽.
53)『조선일보』1998년 8월 21일자(금),『중앙일보』1998년 8월 21일자(금)
　　"북한이 다음달(1998년 9월) 5일 최고인민회의 10기 1차회의 개최를 확정함으로써 김정일 총비서의 국가주석직 승계가 가시권에 접어들고 있다. 북한 정권 창건 50주년인 9. 9절을 나흘 앞두고 열리는 이번 회의에서 그가 주석직에 추대될 게 확실시되는 것이다."
　　결국 이러한 보도는 추측에 의한 오보로 판명되었다.『한겨레신문』1998년 9월 7일(월)자 종합면과『중앙일보』1998년 9월 7일(월)자 종합면은"북한의 9월 5일 최고인민회의 10기 1차회의는 '김일성 - 김정일 유일지도체제'를 더욱 공고히한 것으로 평가된다. 특히 사회주의 헌법을 개정하면서 국가주석직을 폐지하고 김일성주석을 '영원한 수령'으로 자리매김하고 김정일

있다. 올해의 북한은 경제적으로 몹시 어려운 처지에 놓여 있다. 작년의 홍수피해이후에 식량부족현상이 올해도 계속되어 식량이 무려 100만톤 정도 부족하므로 국제사회의 도움으로 이를 메워야 하며, 90년대 들어 대외무역도 계속 감소, 외화부족이 심각하다. 또 1992년부터 추진한 나진, 선봉지구 개방과 외자유치도 지지부진하며, 남한의 외환위기로 인해 대북경협기업의 70%이상이 사업보류나 포기선언을 하여 외화벌이가 더욱 어려운 실정이다. 이러한 경제현상은 북한 경제가 정치우선주의에서 벗어나지 못하여 폐쇄적인 정책을 계속해온 탓이다. 그런데도 불구하고 김정일은 자력갱생 원칙과 '고난의 행군' 정신의 계승을 강조하며 '우리식 사회주의 건설'을 외치고 있는 실정이다. 이러한 모습은 『동해천리』에 나오는 70년대의 경제현상에서 거의 진전이 없는 듯보인다. 그것은 체제붕괴를 걱정하여 중국식으로 과감하게 경제개방화정책을 펴지 못한 까닭이다.

북한이 '민족자립경제'를 외친지는 상당히 오래되었다.[54] 북한은 해방이후 여러 차례 경제계획을 발표하였다. 우선 사회주의 이행기의 경제계획 (1945 - 1960)이 있는데, 그 특징은 토지개혁과 산업의 국유화를 근간으로 사회주의 공업화를 촉진하는 것이었다. 이 시기에는 전후 복구 3개년계획 (1954 - 1956)과 제 1차 5개년계획(1957 - 1960)이 포함되어 있다. 북한

국방위원장 중심의 권력구조를 확립하려 한 것으로 보인다."고 보도하고 있다.
54) 서대숙, 앞의 글, 77쪽.
　"김일성은 제 4차 당대회(1961. 9. 11 - 9. 18)에서 야심에 찬 7개년 경제계획을 제시했고, 1962년 12월의 제 3기 최고인민회의에서 빨지산출신들과 관리 및 기술전문가들로 제 3차 내각을 출범시킨 뒤에는 경제 발전과 체제 개혁에 더욱 박차를 가하게 되었다. 그런데 1960년대 전반에 소련과 갈등을 빚게 되고, 그 여파로 소련의 기술자들이 철수하고 경제원조가 중단됨으로써 심각한 경제적 난관에 봉착하게 되었다. ……(중략) 김일성은 1963년 2월 8일 조선 인민군 창군 15주년 기념식에서 북한 인민은 경제 발전면에서 자립해야 한다고 강조하였고, 같은 해 10월 5일 김일성군관학교 제 7차 졸업식때 김일성은 북한의 국방문제를 논의하면서 북한은 국방에서 자위해야 한다고 주장하게 되었다."

은 5개년 계획을 1년 앞당겨 1960년에 마무리한 데 이어 1961년부터 사회
주의 공업, 농업 경제로부터 사회주의 공업 경제로의 이행을 지향하는 제 1
차 7개년 계획(1961 - 1967)에 착수하였다. 이 동안의 목표는 중공업의 우
선적 발전, 경공업과 농업의 동시적 발전 및 전면적인 기술혁신과 문화혁명
에 의하여 인민생활을 획기적으로 향상시키는 것을 기본 과제로 삼았다. 이
계획을 수행하기 위해 외국의 자본과 선진기술이 필요하게 되었는데, 쿠바
사태(1962)를 계기로 국방력강화의 우선 정책을 실시함에 따라 자원의 낭
비와 생산력감퇴 그리고 이념분쟁에 따른 중 소로부터의 원조중단으로 인
해 계획은 차질을 빚어 7개년 계획을 3년간 더 연장하게 되었다. 이때부터
북한은 '독자노선'을 표방하며 폐쇄경제인 '아우타르키(Autarky)' 경제
체제를 강화하였는데, 이를 1966년 노동당 대표자 회의에서 "사회주의 경
제건설에 있어서 가장 중요한 문제는 자력갱생의 원칙하에서 자립적 민족
경제를 건설하는 것이 당의 일관된 로선"이라고 선언[55]하였고 이것이 90년
대 말까지 이어져 경제의 낙후성을 면치 못하는 계기가 되었다.

　북한은 1971년 이후를 기술개조와 인민경제의 현대화 시기로 설정하고 6
개년 계획(1971 - 1976), 제 2차 7개년 계획(1978 - 1984), 그리고 제 3차
7개년 계획(1987 - 1993)을 수행해 오고 있다. 이중 6개년 계획(1971 -
1976) 기간이 장편소설 『동해천리』의 배경이 되고 있다. 특히 이 시기에 근
로자를 힘드는 일에서 해방시킬 것과 관련하여 중노동과 경노동의 차이를
없애고 공업 노동과 농업 노동의 차이를 축소시키며 여성들을 가사에서 해
방시키는 '3대기술혁명'을 강력히 추진한다[56]는 점을 강조하였다. 이 시기
에 김일성은 사회주의 대건설투쟁과 속도전(평양속도, 강선속도를 뛰어넘

55) 연하청, "사회주의 경제 계획", 최명편, 『북한개론』, 을유문화사, 1990, 147 - 155쪽.
56) 연하청, 위의글, 155 -156쪽

는 70일전투속도 등)을 천명하고, 강철 유색금속 석탄 전력 시멘트 기계가
공 수산물 화학비료 및 알곡생산과 간석지 개간에서 더 높은 고지를 이루는
'사회주의 경제건설의 10대 전망목표'를 향하여 총진군하여야 한다[57]고 외
친다.

『동해천리』의 서두는 당원들과 근로자들이 《70일전투》의 속도전으로 6
개년계획의 기본고지들을 당창건 30돐기념일전에 점령하기 위해 떨쳐나섰
다는 표현으로 시작한다. 그리고 김정일이 평안남북도에 걸친 현지지도에
서 평양으로 돌아오는 중 실험에 쓸 원료를 얻어 오던 북천강화학공장의
43살 노처녀기사 심혜옥을 우연히 만나는 것으로 스토리가 전개되기 시작
한다. 그리고 집무실에서 무산 - 청진 대형장거리정광수송관 건설의 책임자
인 리인걸부부장을 접견하면서 당이 사업을 틀어쥐고 속도전을 벌여나가
자립적 민족경제를 확립하여야 함을 강조하는데서 다음과 같이 '자립적 민
족경제'란 말이 자연스럽게 흘러나온다.

《통이 크게 일판을 벌려 공사속도를 보장해야 합니다. 이 공사는 수령님께서
중시하시는 것입니다. 동무도 지난해 11월에 수령님께서 무산 - 청진 사이 대규
모정광수송관 건설문제를 정치위원회에서 보시였다는 것을 알 것입니다. 수령님
께서는 몇 배로 늘어나는 철광석을 화차에 실어나르는 것은 도대체 전망성이 없
다고 하시였습니다. 김철용광로에 무산의 정광을 배불리 먹여야 쇠물이 꽝꽝 쏟
아집니다. 은률의 장거리벨트콘베아는 거의 되었으니 황철은 허리를 펼 것입니
다. 이제 무산 - 청진수송관을 부설하면 김철이 삽니다. 황철이 은을 내고 하면
나라가 강철기둥에 받들려 일떠서고 <u>자립적 민족경제</u>가 보다 위력하게 되겠으니
수령님께서 얼마나 기뻐하시겠습니까.》[58]

57) 김한길, 『현대조선역사』, 424 - 425쪽.
58) 백남룡, 『동해천리』, 23쪽.

그러나 '우리식대로' 라는 자립적 민족경제의 달성은 김일성과 그 후계자 김정일의 뜻대로 쉽게 되지 않는다. 『동해천리』에서는 그것의 지연요인으로 다음과 같이 산하부문 생산지도일군의 형식주의, 요령주의와 매너리즘에 빠져있는 요인을 일차적으로 들고 있다. 다음의 요인으로는 한 부문의 고장시 다른 부문과의 협동이 되지 않는 통합성의 문제(이를테면 흥남비료공장의 경우 보수용강재의 공급 지연 등)와 일제 때 설치한 기계가 그대로 있는 낡은 공장 설비 그리고 지나친 투쟁독려에 당관료마저 지쳐있는 상황 등을 제시하고 있어 북한에서 폐쇄적인 경제체제속에서 생산성마저 뒷걸음치고 있는 원인을 정확하게 진단하고 있다.

이곳 화학공업지구에 내려와 동분서주하지만 비료생산이 굼뜨게 전진하는 것으로 하여 그는 누구에게라 없이 화가 났고 그래서 제구실을 못해 움츠러드는 공장, 기업소 일군들을 객석에서 집어내여 정신을 차리게 하고 싶었다.
이제 와서 그런다고 별로 나을건 없겠지만 조건타발을 하며 요령을 부리는 산하부문 생산지도일군들을 이번 기회에 되게 닦달질을 해야 하는 것이다.
노상 내려와 얼굴을 맞대고 있으나 무슨 과업을 주어도 그다지 어려워하거나 꿈틀하지는 않는다.[59]

《기술부기사장동무, 내 머리는 사실 …비료 때문에 세오. 해마다 비료생산에 볶이우지만 않으면 정말 발편잠을 자겠소.》
《부장동지, 환갑이 된 낡은 설비들을 가지고 이만큼 생산을 안정수치에서 보장하는 것만도 큰 성과지요.》[60]

---

59) 백남룡, 『동해천리』, 73쪽.
60) 백남룡, 『동해천리』, 217 - 218쪽.

《직장장동무요? … 무연탄이 도착했소? …아직 안왔다…래일 빚을것밖에 없단 말이오?!…<u>차갈이기관차가 고장났다?</u>…(중략) 직장장동무, 이제 당장 역에 나가서 실정을 알아보시오. 무연탄방통이 몇 개 드러왔는가, 비료련합기업소화물을 맡은 기관차가 왜 고장인가, 다른 기관차들은 뭘하고있는가 …상세히 알아서 오늘 밤중으로 내게 보고하시오. 비료생산이 그만큼 중요하다고 했는데 함흥철도관리국이 아직두 끓지 않는구만. 정신이 덜 들었소.》[61]

이러한 북한의 낙후된 설비와 관료주의의 폐단, 생산현장일군들의 무기력증과 매너리즘 등은 북한 경제의 미래를 어둡게 하고 있다. 그렇다고 체제수호를 위해 김정일이 근시일안에 중국과 같은 경제개방정책을 쓸 것으로 보이지도 않음에 따라 오래된 구호인 '자력갱생의 혁명정신'에 의한 자립민족경제의 구축과 '고난의 행군' 등 대중적 군중노선에 전적으로 의존할 수밖에 없을 것으로 판단된다. 『동해천리』에서 자신의 개인적 행복을 희생하고 북천강화학공장의 기사인 43살 노처녀 심혜옥이 P촉매제개발에 헌신하는 것을 미화시키거나 농촌에서 화학비료공급의 부족현상을 타개하기 위해 유기질비료의 이용을 모색하라는 김일성의 교시를 앞세우거나 도농간의 불균형에 따른 모순을 해소하기 위해 애인까지 버리고 농촌을 지키는 백리향의 순수하고 고상한 품성을 '산 인간'의 아름다움 그 자체로 승화시키는 김정일의 태도 등은 모두 이러한 요인에 기인하는 것이다.

5. 남북대결 양상의 격화와 '자위국방'의 강조

앞에서도 언급하였듯이 북한은 자립민족경제와 '자위국방'을 외칠 수밖

---

61) 백남룡, 『동해천리』, 222쪽.

에 없는 상황이다. 그 이유의 하나는 소련과 중국의 원조나 기술지원을 받을 수 없었던 대외적 요인이 있었고, 또 다른 요인으로는 극도의 폐쇄적 정치 경제운용에 따른 개방에 대한 두려움때문이었다. 그리고 그외의 요인으로는 1970년대초 남한에서의 박정희대통령에 의한 급속한 경제성장과 자주국방의 구현 등이 북한을 자극하여 남북대결의 상황을 격화시킨 점 등을 들 수 있다.

『동해천리』의 배경인 1970년에 들어와 미국과 소련이 더욱 화해분위기로 나아갈뿐 아니라 미국과 중국관계가 정상화되고, 소련과 중국이 각각 일본과 평화협정을 체결하는 등 국제정세에 변화의 바람이 일자 김일성은 대외적으로 제3세계와의 관계모색을 시도한다. 그리하여 북한을 '비동맹회의'에 가입시키고 많은 제 3세계국가들로 하여금 유엔에서 친북한 결의를 통과시키는데 성공하게 된다. 하지만 자신을 제 3세계의 지도자로 부각시킨다는 가장 큰 목표를 달성하는데에는 실패한다.[62]

이 문제로 인한 남북한의 외교전쟁을 소설『동해천리』는 다음과 같이 묘사하고 있다.

외교부에서 제출한 문건이였다. 오는 8월에 뻬루의 수도 리마에서 열리는 쁠럭불가담국가 외교부장회의와 관련하여 파견되는 대표단의 구성과 사업내용이였다.

남조선괴뢰들은 이번에 우리가 당당한 쁠럭불가담국가 성원국으로 가입하는 것을 필사적으로 가로막으며 저들도 이 운동의 대렬에 끼여들려고 어리석게 날뛰고 있다. 그들과 격렬한 대적투쟁을 해야 할 것이다.[63]

---

62) 서대숙, 앞의 글, 80쪽.
63) 백남룡,『동해천리』, 101 - 102쪽.

북한은 70년대의 6개년계획기간 중 3대기술혁명을 성과적으로 수행하기 위해 기계공업의 획기적 발전을 모색하는 한편 강철, 유색금속, 석탄, 전력 등 사회주의 경제건설의 10대 전망목표를 점령하기 위해 〈속도전〉을 힘차게 벌릴 것을 다그친다. 그러한 배경속에서 낙후된 공장설비와 인프라개선을 위해 자체적 '과학기술'의 발전을 내세우게 된 것이고, 그것은 자위국방으로 이어져 군수산업의 발전을 강력하게 추진한다. 북한은 1962년에 이른바 '전인민의 무장화, 전국토의 요새화, 전군의 간부화, 장비의 현대화' 등 4대 군사노선을 발표하고, '국방에서의 자위'를 선언함으로써 본격적인 방위산업 발전에 돌입하였다. 북한이 1962년이라는 시점에 국방의 자위노선을 천명한 것은 당시 불거지고 있던 중·소 분쟁의 와중에서 중·소 어느쪽으로부터도 적극적인 경제 군사원조를 얻어낼 수 없었기 때문[64]이다.

제 1차 7개년계획(1961 - 1967) 기간을 통하여 본격적으로 공업화를 추진한 북한은 이 기간중 중공업을 발전시킴과 동시에 재래식 무기의 생산기반을 구축하였다. 1970년대는 6개년계획(1971 - 1976)과 연동하여 군수산업을 한층 더 확장함으로써 양산체제 확립단계에 접어들었다고 할 수 있다. 이 시기에는 전차, 자주포, 장갑차 등 지상무기 생산과 잠수정, 고속정 등의 전투함정을 건조하기 시작하였다. 또한 1970년대에 각종 무기의 양적 증대와 현대화를 추진하면서 자체 전술개념에 적합한 독자적인 무기체계 개발에 주력하였다.[65]

백남룡의 장편소설『동해천리』에서도 이러한 북한의 군사력강화와 '자위국방'의 천명과 과학기술의 혁신 등 상투적인 70년대의 구호들이 난무하고 있다. 특히 소위 '숨은 영웅' 칭호를 받는 하영술이라는 전문기술인을 등장

---

64) 문정인·류길재, 앞의 글, 90쪽.
65) 북한연구소,『북한총람』(1983 - 1993), 1994, 858쪽.

시켜 새 함정을 위한 발동기의 개발성공을 김정일이 칭찬하는 장면을 장황
하게 묘사하고, 인민무력부장 등의 적극 만류에도 불구하고 악천후속에서
도 실제 진수식에 참석을 강행하는 김정일의 '자위국방'에 대한 열정을 상
세하게 담고 있다.

《역시 배는 파도가 사나울 때 타니 제맛이 나는구만. 나도 해병이 된 심정입니
다. 지난 조국해방전쟁때 주문진앞바다에서 용감한 <u>우리 해병이 미제순양함을
이렇게 맞받아나갔을 겁니다.</u> 정장동무, 기사아바이 허락을 받아 한 번 최대속도
를 놓아 보시오.》

정장은 기관실에 통하는 전성관으로 하영술기사와 말을 주고 받았다. ……(중
략)

하영술은 젖어드는 눈굽을 슴벅였다.

《아닙니다. 기사동무가 일생을 바친 탐구의 열매입니다. 공로가 큽니다. 조국
은 기사동무의 재능을 높이 평가할 것입니다. 고생을 많이 했는데 인제는 쉬면서
발동기를 만드는 기술지도를 해주십시오. 이런 함정을 많이 만들어야 합니다. 그
러면 <u>우리 해병들이 조국의 바다를 철벽으로</u> 지켜낼 수 있을 것입니다.》[66]

이러한 북한의 과학기술혁신에 바탕한 '자위국방'에의 집념은 최근의 인
공위성 발사(또는 탄도미사일 실험), 영변 지하 비밀 핵실험 기지 건설 강
행 등으로 연결되고 있다.

---

66) 백남룡,『동해천리』, 233 - 235쪽.

V. 맺음말.

북한에서 1972년 『1932년』을 필두로 20권으로 완간된 『불멸의 역사』 총서에 뒤이어, 김정일을 우상화한 『불멸의 향도』 총서중 가장 최근에 나온 백남룡의 장편소설 『동해천리』를 북한의 사회현상을 중심으로 분석해 보았다. 『동해천리』는 1970년대의 〈70일전투〉 등 '속도전' 과 사상 기술 문화의 3대혁명소조운동을 주도한 김정일이 사회주의 건설투쟁을 벌이면서 은률의 장거리 벨트콘베아 완공, 무산 - 청진의 대규모 정광수송관 건설, 검덕광산의 6만톤 연 아연 증산정책, 흥남비료공업소의 화학비료 증산정책 등 국가기간산업의 현지지도에 몰두하는 모습을 미화시킨 전기적 역사소설이다. 『동해천리』는 우선 북한만의 독특한 예술창작원리인 '수령형상창조' 에 의한 작품이라는 점에 특징이 있다. 북한의 문예이론서에는 "수령을 형상한다는 것은 수령의 혁명력사와 숭고한 풍모를 진실하고 생동하게 예술적 화폭에 그려 수령의 위대성을 예술적으로 감독하게 하는 것이다"라고 기술되어 있다. 그리고 수령의 형상을 창조하는 중요한 목적의 하나로 예술형상을 통하여 인민들에게 '혁명적 수령관' 을 철저히 세워주려는 데 있다고 강조한다. 북한에서 '수령형상 창조' 가 김정일에 의해 처음으로 공식적으로 거론된 것은 1966년 2월 7일 조선작가동맹 중앙위원회 위원장과의 한 담화에서 비롯되었다. 그리고 1967년 '수령형상창조' 사업을 전망적이고 장기적인 사업으로 힘있게 밀고 나가기 위해 4. 15창작단을 만들겠다는 뜻을 밝힌다.

그런데 최근에 남한에 망명한 전 김일성종합대학총장이었던 황장엽은 1974년쯤부터 사실상 북한의 최고권력자는 김정일로 바뀌어 가고 있었다고 조선일보와의 인터뷰에서 밝히고 있다. 이렇게 볼 때 북한에서 1974년쯤부터 사실상 '수령형상창조' 는 중앙당 조직부와 선전부를 중심으로 김정일의 탁월한 영도력과 대중장악력을 그려나가는데 주력하게 되었음을 알 수 있다. 그것은 80년대를 거쳐 김일성사후인 최근의 90년대 후반으로 오면, 상당히 강화되는 양상을 보이고 있다. 재미있는 것은 김정일에게 권력이 집중되면서 "수령을 계승한 문학은 본질에 있어서 수령형상문학이다"라는 대담한 표현까지 등장하고 있다.

따라서『동해천리』는 김정일의 리더쉽을 부각시키는데 초점을 맞추고 있다. 첫째는 그가 북한의 당, 정, 군을 완전하게 장악하고 있는 것으로 묘사하고 있다. 둘째, 김정일의 대담성과 큰 스케일을 강조하고 있다. 셋째, 김정일은 대중과 함께 하는 지도자로 철저하게 그려지며, 당일군들에게도 군중속에 깊이 들어가 정치사업을 벌일 것을 주문하는 것으로 묘사된다. 넷째, 김정일은 식음을 전폐하고 일에 몰두하는 지도자로 그려지며, 성실한 현장지도를 하는 동시에 인민을 사랑하는 지도자로 부각되고 있다.

다음으로《불멸의 향도총서》로서의『동해천리』의 소설사적 위상을 요약하기로 한다. 북한문학사에서『동해천리』는 몇 가지 중요한 가치를 지닌다. 첫째, 작가 백남룡의 위상을 들 수 있다. 그는 4. 15창작단에 속한 작가로 남대현과 더불어 김정일이 키울려고 하는 '새 세대작가' 군에 속한다는 점에서 문단 내에서의 그의 위상을 가늠해 볼 수 있다. 둘째, 북한문학에서 『동해천리』는 김일성의 수령으로서의 위대성을 다룬『불멸의 역사』총서와 김정일의 수령계승형상 창조를 다룬 '새 세대작가들' 에 의한『아침해』,『예지』,『불구름』의 씨줄과 날줄의 접합점에 서있는 작품이라는 점에 그 의미를 둘 수 있다. 셋째,『동해천리』는 북한문학사에서 문학장르적인 측면에서 장편소설의 새 영역을 확장하는 과도기에 서있는 작품이라는데 또 다른 가치를 부여할 수 있다. 북한예술사를 종합해보면, 북한에서의 대표적인 예술장르라면, 역시 혁명가극과 영화를 들 수 있다. 하지만 김정일은 북한민중들의 문화정서적 요구가 날로 높아지면서 장·중편소설에 대한 수요가 늘어나는 현실적 요구에 맞게 장·중편 소설창작을 독려하는 운동을 전개한 다. 그리하여 1978년부터 1989년 4월 15일 김일성탄생 77돐까지 수백편 의 장중편소설이 출판되었다. 『동해천리』는 이러한 80년대말까지의 소설창 작영역 확대의 연장선상에서 혁명가극이나 영화, 시문학과는 차별화된 장 편소설 나름대로의 영역을 개척하고 있는 점에 그 의미를 둘 수 있다. 넷째, 『동해천리』는 70년대말부터 80년대말까지 추진된 '장중편소설 창작전투' 와는 별개로 1994년 김일성이 사망한 후에 김정일이 최고권력자로 권력을 잡아가는 과도기적 상황에서 창작된 작품이라는데 의미가 있다. 다섯째, 『동해천리』는 김정일이 교시를 내리면서 준 6가지 주제중 '사회주의 건설' 주제의 작품인 점에서 가치가 있다. 북한에서 '사회주의 건설' 주제의 작품 이 많은 이유는 우선 북한의 현실이 경제적인 측면에서 국제적으로 고립되 어 있다는 측면에서 '민족 자립경제'의 확립과 자체적 기술혁신을 주장할 수밖에 없는 현실과 밀접한 관련이 있다. 또 다른 이유는 6. 25전쟁의 잿더 미에서 오늘날의 사회주의 낙원을 김일성부자가 구축하였다는 영도자의 자 질와 능력을 찬양하기 좋기 때문이며, 특히 권력세습과정에서의 태생적 취 약성을 안고있는 김정일의 개척정신과 탁월한 능력을 과시하기 위한 홍보 적 측면을 고려한 때문이기도 하다.

　백남룡의 『동해천리』는 북한의 최고권력자인 김정일에 대한 '수령형상' 창조의 의미이외에도 70년대 이후의 북한의 사회실상에 대한 모습이 상세 하게 그려져 있다는 점에서 문학적으로 가치가 높다. 작품에 나타나 있는 북한의 현실을 구체적으로 살펴보면 첫째, 70년대식의 '사회주의 건설' 투 쟁의 열기가 잘 묘사되고 있다는 것이 특징이다. 이러한 배경에는 1950년 대 말 이후부터의 몇 차례에 걸친 반혁명 반당분자들을 숙청하고 드디어 1972년 주체사상에 기반을 둔 신헌법이 제정되어 김일성의 1인독재가 굳 어지게 되었으며 '3대혁명소조운동'을 내세워 김정일 후계체제를 강화하

게 된 국내정치적 요인이 자리잡고 있다. 그것은『동해천리』에서 검덕광산
이 중요한 공간적 배경으로 등장하는 것에서 입증이 된다. 검덕광산은
1973년 김일성이 사상, 기술, 문화혁명을 더욱 힘차게 밀고나가기 위해 대
중운동인 '3대혁명 붉은기쟁취운동'을 벌이게 되었는데, 그 운동이 검덕광
산 노동계급에서 시작되었기 때문이다.

둘째, 이 작품에는 주인공인 김정일과 당관료들인 허상민, 한만규, 리장
천 등과 애정모티프와 연관된 인물들인 차웅섭과 심혜옥, 백리향과 리길석
등이 모두 하나같이 긍정적인 인물로 그려지고 있는 점이 특징이다. 그 이
유로는 '혁명적 수령관'을 가진 주체적인 새로운 인간전형을 창조하려는
작가정신을 반영한 것으로 보이며, 1970년대에 김일성이 '숨은 영웅'을 발
굴하고 그들의 모범을 따라 배우는 운동을 전개했던 것도 또 다른 한 요인
으로 판단된다. 또 80년대 이후 북한문학에는 '애정모티프'가 많이 등장하
는데, 그것 또한 3대혁명 등 사회주의의 완전한 승리를 위한 힘찬 전진에
앞장서기 위해 자신의 개인적 사랑과 행복을 포기하는 긍정적 주인공들의
소위 '숭고한 뜻의 빛나는 구현'과 밀접한 관련이 있다.

셋째, 『동해천리』에는 전문기술관료(technocrats)들의 당·정·군에의
진출확대가 묘사되고 있으며, 그에 따른 관료주의의 병폐에 대한 비판과 사
상검열이 끊임없이 이루어지고 있음이 형상화되고 있다. 작품에는 검덕광
산에서의 3대혁명소조가 주관주의, 형식주의, 관료주의, 요령주의의 온갖
그릇된 현상을 추방하기 위해 사상투쟁을 벌리자고 외치는 장면에서 그러
한 부조리한 현상의 존재를 간접적으로 인정하고 있다.

넷째, 『동해천리』에는 '민족자립경제'의 확립을 외칠 수밖에 없는 북한의
실정이 사실적으로 드러나고 있으며 그 한계 또한 적나라하게 표출되고 있
다. 자립적 민족경제의 달성은 김일성과 그 후계자 김정일의 뜻대로 쉽게
되지 않는다. 『동해천리』는 그것의 지연요인으로 산하부문 생산지도일군의

형식주의 요령주의와 매너리즘에 빠져있음을 들고 있으며, 한 부문의 고장 시 다른 부문과의 협동이 되지 않는 통합성의 문제와 일제때 설치한 기계가 그대로 있는 낡은 공장 설비 그리고 지나친 투쟁독려에 당관료마저 지쳐있 는 상황 등을 제시하고 있어 폐쇄적인 체제속에서 북한 경제가 생산성마저 뒷걸음치고 있는 원인을 정확하게 진단하고 있다.

　다섯째, 『동해천리』에는 남북대결 양상의 격화와 '자위국방'에 대한 집념 이 사실적으로 그려지고 있다. 이 작품에는 북한의 군사력강화와 자위국방 의 천명 그리고 과학기술의 혁신 등 70년대의 상투적인 구호들이 난무하고 있다. 아울러 70년대의 미국과 소련, 미국과 중국간의 관계정상화에 따른 김일성의 비동맹국가와의 관계모색과 국제회의에서의 남북외교전쟁 양상 이 묘사되고 있으며, 새로운 발동기개발에 의한 새 함정의 건조식에 악천후 에도 불구하고 참여한 김정일과 인민무력부장의 모습 등이 형상화되고 있 어 "경제건설과 국방건설에서 과학기술이 노는 역할이 비상히 커지고 세계 적으로 치열한 과학기술 경쟁이 벌어지는 조건에서 발전된 과학기술을 가 지지 않고서는 튼튼한 경제력과 군사력을 마련할 수 없다"(1997년 6월 19 일, 김정일)는 최근의 김정일교시의 내포적 의미를 되새겨 보게 한다.

　한편 장편소설 『동해천리』는 몇 가지 점에서 한계를 드러내고 있다. 우선 소설의 주인공 김정일이 전지전능한 신과 같이 인간의 모든 문제를 해결하 고 있는 것은 모순이라고 할 수 있다. 물론 '수령형상'을 창조한 소설이기 는 하지만, 북한 정권에서 권력이 1인에게 집중되고 있음을 단적으로 보여 주고 있는 것이다. 둘째, 목표 달성위주의 밀어부치기식의 과업설정 내지는 초과달성의 〈속도전〉의 시행과 김정일의 포용력과 대범성의 지나친 강조는 양립할 수 없는 모순이 아닌가하는 점이다. 즉 목표달성에 미치지 못하는 당관료에 대한 문책이 빈번하게 이루어지고 있는 북한 현실과 당간부의 과 오에 대한 최고권력자 김정일의 과도한 관용간의 상충은 문학적 허구를 감안한다 하더라도 비현실적이라고 할 수 있다. 셋째, 『동해천리』는 장르상 '전기적 역사소설'의 경향을 띠고 있는데, 이러한 장르는 문학사적으로 볼 때, 개화기무렵(이를테면 신채호·박은식의 전기소설) 이후 거의 사라진 양상을 보이고 있다는 점에서 북한소설문학의 취약성을 드러내고 있다고 할 수 있다.

북한의 식량위기와 농민소설『씨앗』
- 70 · 80년대 북한의 농촌현실 분석을 중심으로

I. 머리말

북한의 장편소설『씨앗』은 내용상 분류로는 농민소설에 해당된다. 작가 한윤이 1992년에 문예출판사에서 펴낸『씨앗』은 협동농장의 하나인 석정 농장의 평범한 한 농장원인 차수웅이 전문과학자인 육종가들도 하기 어려운 다수확 벼품종을 생산하기 위해 시험포전을 꾸려나가며 고군분투하는 과정을 생동감있게 그린 작품이다. 이 작품은 북한문학사에서 이기영의 『땅』(1948)과 김규엽의『새 봄』(1978) 등 해방이후 북한에서의 토지개혁의 혁명적 과정을 다룬 작품과 연장선상에 있으며, 1970년대 - 1980년대의 사회주의 건설을 소리높혀 외치던 시기를 배경으로 한 장편소설들인 변희근의『생명수』(1978)와 김보행의『빈터위에서』(1987)와도 씨줄, 날줄과도 같은 위치에 있는 작품이다.『생명수』는 농촌수리화사업의 일환으로 북한 정권이 심혈을 기울려 추진하던 어지돈관개공사를 주인공 박대성의 열정적 활약에 의해 성공적으로 완성하는 과정을 묘사한 작품이고,『빈터위에서』 는 주인공인 락원기계공장 주물직장장 주용녀가 온갖 장애를 이겨내고 주물직장의 10명 당원과 함께 새 주조방법에 의해 대형양수기를 만드는 과정을 담은 장편소설이다.

『씨앗』에는 최근의 북한의 문예이론에서 강조되는 주체형의 참다운 인간 전형이 창조되어 있으며 소위 우리식의 사회주의적 사실주의 소설에서 필수적으로 다루어지는 인민들의 다양하고 풍부한 생활 형상이 제대로 그려지고 있기도 하다. 특히 후자에서 강조되는 주인공의 혁명적 세계관의 형성과정과 세부묘사의 적확성 그리고 극적 긴장의 지속성이 유지되는 등 북한의 주체적 문예이론에 잘 부합되고 있는 작품이라는데 그 의미가 있다.

'90년대 들어와 북한은 거듭된 가뭄과 홍수로 인해 심각한 식량난에 처해 있다. 그리하여 남한을 비롯하여 미국, 일본 등 선진강국과 UN 등에 체면을 무릅쓰고 노골적으로 식량지원을 요청하는 구걸외교를 펼치고 있다. 그러면 70년대초까지 나름대로 농업정책을 잘 이끌어 식량자급에 근접하던 수준이었던 북한의 경제현실이 왜 이렇게 무너지게 되었는가?

최근의 북한을 다녀온 사람들의 보고나 탈북자들의 증언 그리고 대내외 언론보도를 접하면 북한에서의 식량난의 위기는 체제유지를 어렵게 할 정도의 수준으로 심각한 것으로 드러나고 있다. 특히 어린아이들이 기아선상에서 허덕이고 있으며 함경도 등 변방지역으로 갈수록 그 정도가 심한 것으로 알려지고 있다. 따라서 이러한 북한의 식량위기의 원인을 나름대로 분석하여 통일 기반조성의 자료로 삼기위해 70년대말부터 80년대까지의 북한의 농촌현실이 상세하게 드러나고 있는『씨앗』의 작품텍스트를 분석하여 그 실상을 살펴보기로 한다. 특히 이 작품에는 협동농장 등 북한의 농촌 행정 지도 체제가 잘 묘사되고 있으며, 협동농장의 보충분배 형태의 하나인 '작업반 우대제'와 1966년부터 전국적으로 도입된 '분조관리제' 등이 어느 정도 사실적으로 그려지고 있다는데 그 의미를 둘 수 있다. 또 북한에서 심각한 경제위기의 계기가 된 식량난의 한 원인인 생산성 저하의 요인과 관료주의의 병폐 등도 잘 드러나 있다는데 그 특징이 있다.

그러면 구체적으로『씨앗』의 작품구조를 세밀하게 분석하여 작품속에 내재되어 있는 의미를 찾아보기로 한다.

II. 북한의 제 2차 7개년 계획과 농업정책

북한소설『씨앗』은 주로 1980년대를 배경으로 북한 농촌의 변화양상을 사실적으로 묘사한 작품이다. 따라서 이 작품에는 북한정권이 심혈을 기울여 의욕적으로 펼쳐나가던 제 2차 7개년 경제계획 시기의 농촌현실이 거울처럼 드러나고 있다.『씨앗』에서도 2차 7개년 계획기간의 과제가 다음과 같이 구체적으로 그려지고 있다.

> 서은재는 손에 철필을 쥘넘도 않고 잠자코 앉아 있었다. 로재환에게서 눈길을 뗀 그는 맞은켠 바람벽으로 옮겨졌다. 거기에는《우리나라 사회주의농촌테제 관철을 위한 농장전망계획도》라는 표제를 단 직관도가 걸려 있었는데 창문으로 비쳐든 밝은 햇볕의 조명에 의하여 그 도표는 선명히 드러났다.
>
> 총적과제는 농장의 현대화, 과학화를 촉진시켜 2차 7개년계획기간에 정보당 알곡수확량을 지금보다 현저히 증가함으로써 나라의 쌀독을 책임진 농민의 본분을 다하는 것이라고 규정되어 있었다.[1]

북한은 계획경제 체제를 유지하고 있다. 연하청은 북한의 사회주의 경제계획을 첫째, 인민경제 복구기(1946 - 1949, 1954 - 1956), 둘째, 사회주의 공업화의 기반 조성기로 즉 북한의 5개년 계획(1957 - 1960) 기간, 셋

---

1) 한윤,『씨앗』, 평양, 문예출판사, 1992, 113쪽.

째, 공업화의 전개와 인민 경제상의 거대한 구조적 진보 시기, 즉 제 1차 7
개년 계획 및 7개년 계획의 3년 연장기(1961 - 1970)로 기본 정책 목표를
중공업의 우선적 발전, 경공업과 농업의 병행 발전, 전면적 기술 혁신, 그리
고 문화 혁명과 국민 생활 향상에 둔 시기, 넷째, 기술 개조와 인민 경제의
현대화 시기(1971 - 현재)로서 6개년 계획(1971 - 1976), 제 2차 7개년 계
획(1978 - 1984) 및 제 3차 7개년 계획(1987 - 1993) 등이 이에 해당한
다.[2]

『씨앗』은 이중 제 2차 7개년 계획 기간을 배경으로 석정농장의 농장원 차
수웅을 주인공으로 내세워 그가 이중교합으로 다수확 벼품종을 생산하기
위해 시험포전을 운영하면서 벌어지는 행정조직과의 갈등을 다룬 장편소설
이다. 물론 그가 육종에 결국 성공하지만 그동안 첫잡종을 얻고 다시 이중
교잡하여 새품종을 얻기까지 무려 십년이상이 걸렸다고 작품의 대단원에서
묘사되고 있어 장편소설 『씨앗』이 '60년대말부터의 북한의 농촌현실을 무
대로 삼고 있음을 알수 있게 된다.

우선 『씨앗』에서 주인공 차수웅이 육종에 몰두하게 된 계기로 김일성이
발표한 '우리나라 사회주의 농촌문제에 관한 테제'를 들고 있다. 김일성은
1964년 2월에 소집된 조선노동당 중앙위원회 전원회의에서 이 테제를 사
회주의 농촌건설을 위한 당의 강령으로 채택[3]하였다.

……수웅이가 처음으로 벼다수확품종을 만들어낼 결심을 품고 그 일에 달라
붙은 것은 지금으로부터 7년전의 일이다. ……(중략) 그것은 위대한《우리나라
사회주의 농촌문제에 관한 테제》가 발표되고 그 사상에 고무된 모든 농장원들의

---

2) 연하청, "사회주의 경제 계획", 『북한 개론』, 을유문화사, 1990, 143 - 144쪽.
3) 사회과학원 역사연구소 김한길, 『현대조선역사』, 서울, 일송정, 1988, 383쪽.

심장이 테제를 관철하기 위한 앙양된 열의로 충만되여 있을 때였다.

　수웅은 바로 이러한 때 읍에 있는 농업기술전문학교를 졸업하고 농장에 진출했다.[4]

　그는 자기와 뜻을 같이하는 청년들로 영농소조를 뭇고 테제의 사상을 자기의 뼈와 살로 만드는 한편 테제를 꽃피우기 위해 자기는 무엇을 할수 있는가 하는 문제를 놓고 불철주야로 탐구와 사색을 거듭해왔다. 그것이 농촌 테제라는 커다란 기계를 움직이게 하는 하나의 자그마한 나사못이라도 좋았다.[5]

　김일성은《우리나라 사회주의 농촌문제에 관한 테제》에서 혁명발전의 각 이한 단계를 반제반봉건 민주주의 혁명단계와 사회주의 혁명단계 그리고 사회주의단계의 3기로 나누고, 사회주의하에서의 농민문제와 농업문제를 성과적으로 해결하기 위한 농촌사업에서의 3가지 기본원칙을 밝혔다. 그것은 첫째, 농촌에서 기술혁명과 문화혁명, 사상혁명을 철저히 수행하여야 하며, 둘째, 농민에 대한 노동계급의 지도, 농업에 대한 공업의 방조, 농촌에 대한 도시의 지원을 백방으로 강화하여야 하며, 셋째, 농촌경리에 대한 지도와 관리를 공업의 선진적인 기업관리수준에 끊임없이 접근시키며 전인민적 소유와 협동적 소유의 연계를 강화하고 협동적 소유를 전인민적 소유에 부단히 접근시켜야 한다는 것이다.[6]

　농촌테제가 발표된 이후 북한은 사회주의 농촌건설을 위해 농촌수리화, 기계화, 전기화, 화학화의 '농업기술 4화 운동'의 추진과 사상혁명과 농촌

---

4) 한윤, 『씨앗』, 66쪽.
5) 한윤, 『씨앗』, 같은 쪽.
6) 김한길, 앞의 책, 383 - 384쪽.

문화혁명 그리고 청산리정신을 내세우며 농촌에 대한 당과 국가의 지도강화와 사업체계와 사업방법을 개선강화하는 것[7]에 주력하게 된다.

이 기간중 북한은 제 1차 7개년계획(1961 - 1967)을 수행하고 그 결과 사회주의 공업국가로의 전변이 이루어졌다고 대내외적으로 홍보하게 된다. 이 시기 쿠바사태나 베트남전쟁 등 국제정세의 긴장화로 북한은 경제건설과 국방건설의 병진노선을 취하게 되고, 푸에블로호 나포사건과 EC - 121기 격추사건으로 국내 정세가 격화됨에 따라 자위적 국방력의 강화를 내세우게 된다. 또 중, 소로부터의 원조도 여의치 못하게 되자 국방력강화를 표면적 이유로 내세워 1966년 10월에 열렸던 당대표자회의에서 7개년계획을 3년 연장하기로 결정하게 된다.[8]

1970년대에 들어서면서 북한은 놀라운 변신을 꾀한다. 그것은 '60년대 말부터 진행되었던 주체사상을 1972년 12월 최고인민회의 제 5기 제 1차 회의에서 김일성을 국가주석으로 추대하고 《조선민주주의 인민공화국 사회주의 헌법》(11장 149조)을 채택[9]함으로써 마무리짓게 된 것이다. 그리고 이 시기에 사회주의의 완전한 승리를 앞당기기 위한 과업이라는 명분으로 6개년계획(1971 - 1976년)을 시행한다. 그리하여 이 기간중 공업총생산액을 2.2배 늘릴 것으로 예견하고, 농업부문에서는 농업생산을 고도로 집약화하는 것을 목표로 삼아 알곡생산은 1976년에 가서 700 - 750만톤에 이르게 할 것으로 계획한다. 특히 이 시기의 중요한 정치적인 행사로는 1973년 2월 당중앙위원회 정치위원회 확대회의에서 중요공장, 기업소들과 협동농장들에 3대혁명소조를 파견하는 조치를 취한 것이다. 3대혁명소조운동은 사실상 김정일로 대표되는 후계체제의 가시화를 꾀하는 정치적인 의미

---

7) 김한길, 위의 책, 386 - 387쪽.
8) 김한길, 위의 책, 388 - 398쪽.
9) 김한길, 위의 책, 410쪽.

를 지니는 것이기도 하다. 사상, 기술, 문화혁명의 3대기술혁명은 중노동과 경노동의 차이를 줄이며, 농업노동과 공업노동의 차이를 줄이기 위해 농촌 경리의 종합적 기계화와 화학화를 전면적으로 실현하고, 여성들을 가정일의 무거운 부담에서 해방하기 위해 여러 가지 조건을 충분히 갖추는 과업[10]에 몰두하게 된다. 농촌경리부문을 보면, 1974년 7월 27일을 《농촌기술혁명 지원의 날》로 정하여 트렉터 보급대수를 7만 - 8만대에 이르게 하는 과업을 추진하였으며, 3만대의 모내는 기계를 비롯한 씨뿌리기, 김매기, 약뿌리기, 가을걷이, 낟알털기 등 기본적인 작업공정들에서도 기계화를 밀고나가게 된다. 또 하나 이 시기에 김일성은 평안남북도와 황해남북도 일대를 현지지도하면서 농업생산을 집약화하고 녹색혁명을 일으켜 우량품종을 만들어내자는 취지의 주체농법의 관철을 교시[11]하게 된다. 그리고 인민생활의 균형적 발전을 도모한다는 계획으로 농촌버스화, 수도화와 농촌 문화주택 건설사업을 추진하여 6개년 계획기간에 47만 2천세대의 농촌문화주택을 지었다고 자랑한다. 그리고 농촌 여성들의 가정일 부담을 줄이는 방안으로 탁아소와 유치원을 많이 건설하고 식료가공공업과 일용품 공업의 발전을 도모[12]하게 된다.

이러한 사회현상은 『씨앗』에서 다음과 같이 그대로 거울처럼 비쳐지고 있다.

수웅이가 달뫼재를 뜬지 몇 달 안되지만 그 사이 농장에서는 여러 가지 특기할 변화들이 있었다. 제일 기쁜 소식은 국가로부터 뜨락또르와 화물자동차를 각각 여러대 더 받아서 농장살림이 한층 더 펴이고 <u>기계화의 비중이</u> 훨씬 높아진

---

10) 김한길, 위의 책, 421쪽.
11) 김한길, 위의 책, 427쪽.
12) 김한길, 위의 책, 423 - 431쪽.

사실이였다. 그렇게 되자 농장원들속에서 나라의 은덕에 더 많은 알곡생산으로 보답할 열의가 팽배했다.[13]

《갱생》은 까맣게 앞선 화물자동차들을 연송 뒤에 떨구며 어느덧 벌가운데 백 여호의 문화주택이 모록이 모여앉은 석정마을 초입에 들어섰다. 관리위원회 석 조건물이 유표히 눈에 띄이고 그 뒤 둔덕우에 추녀가 건 듯 들린 농장 군중문화 회관이 눈길을 끌었다.[14]

양희연이 대학을 졸업하고 달뫼재 유치원 교양원으로 배치되여온 이후로 유치원사업은 완전히 달라졌다. 그때까지 아직 외형만 덩실하게 지어놓았을뿐 내부를 미처 못꾸린 상태였는데 희연이가 와서 발바닥이 닳도록 리와 군의 해당기관을 찾아다니며 이악하게 달라붙은 결과 꼬마 책걸상을 비롯한 여러 가지 교구비품들을 해결해다 놓았다. 뜨락에는 철봉대옆에 미끄럼대도 여러개 세워놓았다.[15]

장편 『씨앗』의 시대적 배경은 제2차 7개년 계획(1978 - 1984년)을 북한 정권이 정력적으로 펼치던 시기이다. 물론 이 계획의 수행은 6개년계획의 성과에 토대를 두고 있었다. 김일성은 1977년 12월에 열린 최고인민회의 제6기 제1차회의에서 제2차 7개년계획의 웅대한 전망을 "제2차 7개년 계획의 기본과업은 인민경제의 주체화, 현대화, 과학화를 추진하여 사회주의 경제토대를 더욱 강화하며 인민생활을 한계단 더 높이는 것입니다"[16]라고 밝히고 있다.

---

13) 한윤, 『씨앗』, 348쪽.
14) 한윤, 『씨앗』, 159 - 160쪽.
15) 한윤, 『씨앗』, 135쪽.
16) 김한길, 앞의 책, 445쪽.

이 시기 북한정권의 농업정책은 그 전시기의 성과를 토대로 크게 세 가지로 압축된다. 첫째 자연개조사업을 대대적으로 벌이는 것과 둘째, 농촌기술혁명을 다그쳐 농업을 공업화, 현대화하는 것, 그리고 셋째, 농업생산을 과학화, 집약화하는 것으로 요약할 수 있다. 구체적 목표로는 이 기간중 1000만톤의 알곡고지 점령과 10만정보의 간석지 개간을 제시하고 있다. 특히 이러한 목표달성을 위해《자력갱생의 혁명정신을 더욱 높이 발휘하자?》[17]라고 외치고 있다는 사실이다. 이 시기의 자연개조사업의 시초는 1976년 10월에 열린 당중앙위원회 제5기 제12차 전원회의에서 밭관개의 완성, 다락밭 건설, 토지 정리와 개량, 치산치수와 간석지개간을 기본내용으로 하는 자연개조 5대방침[18]을 밝힌 것에서 비롯된다. 또 농업기술혁명의 지속적 추진 또한 전 시기인 6개년계획 기간중의 과학기술의 급속한 발전에 힘입었다고 북한의 현대사는 기술하고 있다. 이 시기 북한은 농업과학원을 비롯한 과학원을 창설하고 과학연구사업을 의욕적으로 추진하였다. 그 성과가 나일론연구와 대자연개조사업에 필요한 현대적인 기계설비의 발명과 합성고무공업, 화학섬유공업, 농작물 육종방법과 재배방법의 발전으로 이어졌다고 자랑하고 있다.

또 하나 북한에서 제2차 7개년계획 기간중에 의욕적으로 펼친 정치사업으로는 〈숨은 영웅들의 모범을 따라 배우는 운동〉을 들 수 있다. 김일성은 과학기술혁명의 강력한 추진을 부추기기 위해 1979년 10월 정력적인 과학탐구를 통해 중요한 작물의 새 품종을 만들어낸 여성과학자와 우리나라 기후풍토에 맞고 생산성이 높은《상련종》을 연구해낸 농업과학자, 그리고 새로운 주물방법을 창안해낸 3대혁명소조원과 여성과학자의 연구사업을 책

17) 김한길, 위의 책, 445 - 446쪽.
18) 김한길, 위의 책, 429쪽.

임적으로 도와준 농촌의 한 당초급일꾼을 몸소 찾아내여 그들에게 숨은 영웅이라는 호칭을 안겨주고 주체형의 공산주의적 인간인 그들의 모범을 따라 배우자는 대중적 사상개조운동을 전개[19]하였다고 한다. 이렇게 볼 때 장편소설 『씨앗』의 시대적 배경은 이러한 북한정권의 계획경제의 수행과 밀접한 연관을 맺고 있다고 할 수 있다.

III. 『씨앗』에 나타난 북한의 농촌 행정지도 체제

이건 공상이 아니라 현실이요. 과학은 우리에게 낟알을 더 많이 생산할 무궁한 가능성의 열쇠를 제공해주고 있소……(중략) 차수웅은 넋을 잃은 사람처럼 그의 말에 심취되였다. ……(중략)

《동무앞에 이제 남은 과업은 한가지요. 잡종의 키를 줄일수 있는 실제적인 방도를 찾는것이요.》

김시현은 말을 이었다.

《최근에 우리 연구소에서는 키를 작게 하면서도 이삭크기에는 영향을 주지 않는 출발재료를 리용해서 키는 작으면서 이삭은 크구 넘어지는데 견디는 힘이 센 품종을 만드는데 성공했소.

대학온실에 우리가 준 난쟁이품종들이 몇종되는데 그걸 좀 얻어 가지고 가서 이중교잡을 하오.[20]

북한의 농민소설 『씨앗』에 나오는 이 장면은 주인공 차수웅이 혼자서 육종에 힘써 〈석정 87호〉라는 다수확품종의 벼종자를 만들어냈으나 벼의 키

---

19) 김한길, 위의 책, 448 - 449쪽.
20) 한윤, 『씨앗』, 105쪽.

문제로 실패로 돌아가게 되자 대학통신학부에서 육종학 초빙강사로 온 김시현연구사를 만나 강연을 듣고 질문을 하는 과정에서 그로부터 잡종의 키를 줄일 수 있는 자문을 받게 되는 대목이다. 이 소설은 북한정권의 최대의 딜레마인 식량난의 위기를 벗어날 수 있는 종자혁명(다수확벼품종의 벼종자 육성)에 젊음을 걸고 있는 한 농장원의 헌신적인 분투를 그린 작품이므로, 북한정권의 농업정책과 농촌 행정조직의 형태와 행정지도체제 그리고 북한 농촌의 변화양상 등이 구체적으로 드러나고 있다.

우선 『씨앗』에 나오는 농장관리에 관한 행정 지도체제는 다음과 같이 〈군협동농장 경영위원회〉 위원장 중심의 조직으로 되어 있음을 알 수 있다.

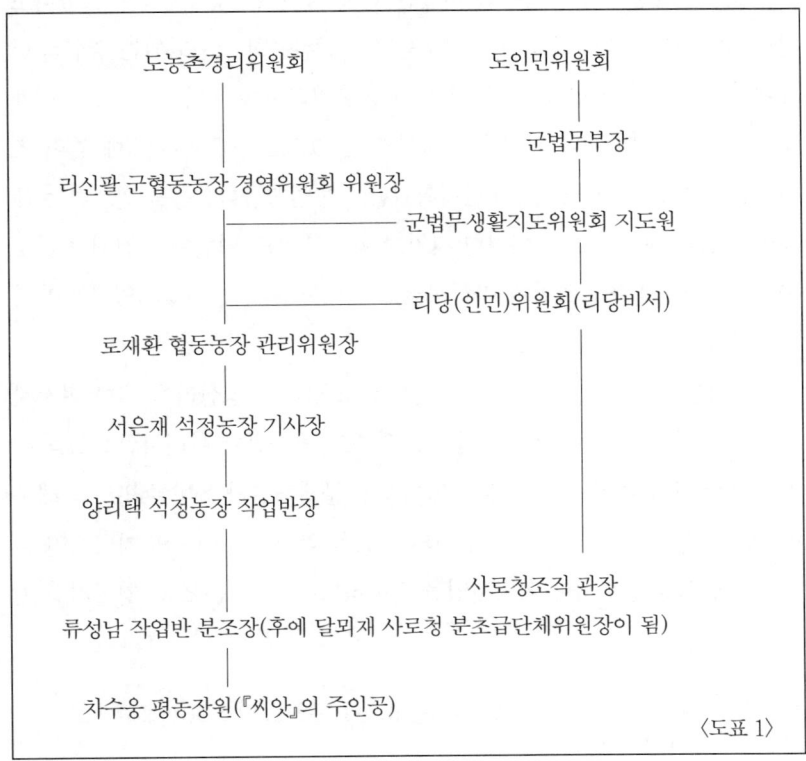

〈도표 1〉

6.25한국전쟁후 북한은 전쟁으로 말미암은 농촌경리의 파괴와 개인농민 경리의 문제 그리고 40%에 이르는 농촌 빈농의 문제를 해결하기 위해 농 업협동화운동을 전개하게 된다. 그 핵심은 개인농민경리를 사회주의적 협 동경리로 전환시키는 것이었다. 1953 - 1954년 시기에 농업협동화를 가장 적극적으로 지지하는 빈농들과 농촌의 당핵심들로써 경험적으로 개별 군에 몇 개씩의 농업협동조합들을 조직하고 수많은 관리간부들과 기술일꾼들을 파견하였으며 농업협동조합들에 식량과 양곡을 대여해주고 농기계들을 우 선 대여해주었다. 그리하여 1954년 10월에 이르러 농업협동조합 수는 4200개에 달하였으며 협동화비율은 전체 농호수의 10. 9%를 차지[21]하였 고 1955년 영농기까지 협동화 비율은 전체 농가의 44. 7%에 이르렀다고 한다. 1954년 11월에 소집된 조선노동당 중앙위원회 전원회의는 경험적 단 계에서 이룩된 농업협동화운동의 성과를 총화하고 이 운동을 대중적 단계 로 발전시키는 데 대한 과업을 제시하였다. 그리고 1956년 4월에 열린 조 선노동당 제 3차대회에서 5개년계획기간에 농업협동화운동을 완성하는 데 대한 과업을 제시하였다. 이러한 지원에 힘입어 1956년말에는 전체 농가호 수의 80. 9%가 협동조합에 가입하였고 1958년 8월에 완성되었다[22]고 북 한역사책은 기술하고 있다.

김일성은 1960년 2월 보름동안 평안남도 강서군 청산리에 대한 현지지 도를 하면서 "윗기관이 아래기관을 도와주고 윗사람이 아래사람을 도와주 며 늘 현지에 내려가 실정을 깊이 알아보고 문제해결의 올바른 방도를 세우 며 모든 사업에서 정치사업, 사람과의 사업을 앞세우고 대중의 자각적인 열 성과 창발성을 동원하여 혁명사업을 수행하도록 한다"는 소위 청산리정신,

21) 사회과학원 역사연구소 김한길, 『현대조선역사』, 서울, 일송정, 1988, 352 - 353쪽.
22) 김한길, 위의 책, 356쪽.

청산리 방법[23]의 확산을 시도한다. 그리고 1961년 11월에 소집된 조선노동 당 중앙위원회 전원회의에서 경제지도관리운영을 근본적으로 개선하는 데 대한 과업을 제시하면서 12월에 대안전기공장에 대한 현지지도를 하여 낡은 지배인유일관리제를 없애고 당위원회가 매 경제단위의 최고지도기관이 되는 집체적 지도체계[24]를 내세우게 된다.

그리고 김일성은 1961년 12월 평안남도 숙천군에 대한 현지지도 후 군 인민위원회로부터 농촌경리에 대한 지도기능을 분리하여 새로 〈군협동농장 경영위원회〉를 조직하도록 하여 행정적 방법으로서가 아니라 반드시 기업적 방법으로 지도할 것을 강조하였다. 이때부터 북한의 농업 행정체계는 〈군협동농장 경영위원회〉가 중심이 되며, 과학기술적 지도를 강화하기 위하여 농업성이 농업위원회로 개편되고 도농촌경리위원회가 새로 설치[25]된다. 그리고 그 법적 근거로 1961년 12월 22일의 '내각결정 제157호' "농업 협동조합 경영위원회를 조직할 데 관하여"를 마련하게 되었다. 이 결정에 따르면 〈군경영위원회〉의 역할은 "군인민위원회로부터 농촌경리(남한식으로는 '경제')에 대한 지도기능을 분리하여 전문적인 농업 지도체계를 확립하고 군내의 농업기관, 기업소들을 직접 장악하고 통일적으로 운영하여 농업협동조합들에 대한 지도와 방조사업을 정확히 보장하는 것"[26]으로 되어 있다.

또 '내각결정 제157호' 는 〈군경영위원회〉의 임무와 기능을 ①군내에 있는 농기계작업소(농기계임경소가 1959. 12. 4일 개칭됨), 농기계공장, 관

---

23) 김한길, 위의 책, 378쪽.

24) 김한길, 위의 책, 380 – 381쪽.

25) 김한길, 위의 책, 382쪽.

26) 정경모 · 최달곤 편, 『북한법령집』(제 2권), 서울, 대륙연구소, 1990, 376쪽. 이일영 전형진, "북한 농업제도의 전개와 개혁 전망에 관한 연구 : 분조관리제를 중심으로", 『통일문제 연구』 1997년 하반기호, 평화문제연구소, 1997, 114쪽. 재인용.

개관리소, 자재공급소, 가축방역소 등의 직접 운영, ②협동조합의 계획사업에 대한 지도 및 지원, ③농업생산에 선진적인 기술도입 및 지도, ④협동조합의 노동행정 재정부기 경영활동의 지도, 농업생산에 필요한 기자재의 적시공급, ⑤군 전체의 농업발전계획의 작성, 농업기술혁명, 토지개간 및 정리, 농촌건설 사업을 체계적으로 진행하여 기술혁명의 조기 완성 등으로 규정[27]하고 있다. 그리고 경지면적과 생산량에 따라 1급, 2급, 3급, 4급으로 등급을 마누어 알곡을 10만 t (조곡 기준임) 생산하는 군에는 1급, 7만 t 생산하는 군에는 2급, 그보다 적게 생산하는 군에는 3급 내지 4급의 〈군농업협동조합 경영위원회〉를 조직[28]하도록 조치하였다. 그리고 북한은 '군협동조합 경영위원회', '군인민위원회', '리인민위원회', '협동조합' 간의 사업대상과 범위에 대해 군에서는 인민정권기관과 농업지도기관이 독립적으로 존재하게 된 반면, 리에서는 인민위원회와 협동조합 관리위원회가 분리되지 않고 협동조합 관리위원장이 리인민위원장을 겸하게 하였다. 그리고 〈군농업협동조합 경영위원회〉만이 협동조합 관리위원장을 상대로 사업하게 함으로써 사업의 한계를 명확히 하였다. 1962년 10월에는 도인민위원회에서 농업지도기능을 분리하여 도내의 농업생산에 대한 지도를 담당하는 '도농업위원회'를 신설하고, 기존의 농업성이 담당하던 생산지도에 관한 기능을 이관하였다. 또한 같은 시기에 농업성을 집체적 합의체에 입각한 현재의 '중앙농업위원회'로 개편하여 농업의 장래발전과 관련된 기술적 문제의 연구에 전념하도록 하였다. 이 무렵 협동조합은 '협동농장'으로 개칭되었으므로 '군협동농장 경영위원회'와 '협동농장 관리위원회'로 명칭이 바뀌었다. 그이후 '군협동농장 경영위원회'는 '군농촌 경영위원회'로 개칭되어 오

---

27) 이일영·전형진, 위의 글, 114쪽.
28) 이일영·전형진, 위의 글, 114쪽.

늘에 이르고 있다[29]고 한다. 이러한 '군협동농장 경영위원회' 중심의 농업지
도 및 관리체제는 1972년 '사회주의 헌법'에 의해 법적으로 추인이 되었
고, 최근인 1992년 개정된 '조선민주주의인민 공화국 사회주의 헌법'에도
계승되었다. 그런데 재미있는 것은 북한의 농업 지도와 관리체계를 선진적
사회주의 경제관리형태인 대안의 사업체계와 농촌경리를 '기업적 방법으
로 지도한다'[30]라는 헌법의 규정이다.

『씨앗』에서 〈군협동농장경영위원회〉 위원장으로는 리신팔이 등장하고
〈협동농장 관리위원회〉 위원장으로는 로재환이 나오는데, 그들의 위상과
역할은 다음과 같이 묘사되고 있다.

> 그가 도에 있다가 <u>군경영위원장</u>으로 임명되어 내려온지도 어언 4년이라는 세
> 월이 흘러갔다. 욕심은 컸는데 별로 이렇다 하게 해놓은 일은 없다. ……(중
> 략)……
>
> 수웅이가 해온 육종문제는 경영위원장 자신의 요구에 의해 이미 과학원에서
> 육종전문가가 내려왔었고 그의 판단이며 명백한 매듭이 지어질줄 알았다. 그런
> 데 육종은 그가 생각한 것처럼 그렇게 단순하지 않았다. 육종한 농장원은 계속
> 시험을 하겠다고 우기고 그의 집요한 주장을 놓고 농장 관리위원장 로재환과 기
> 사장 서은재 사이에 론쟁이라고 하기에는 성질이 과도한 언쟁이 벌어졌었다.
>
> 그것을 안지는 이미 오랬다. 한 번 농장에 내려가 당자들을 직접 만나본다 본
> 다 벼르면서도 차일피일 미루다가 오늘에야 아래지구의 농사작황을 알아보러 내
> 려왔던김에 조금 여유가 있는지라 석정농장에 들릴 생각을 가졌던 것이다.[31]

---

29) 이일영·전형진, 위의 글, 115쪽.
30) 이일영·전형진, 위의 글, 115쪽. 재인용. 1972년 사회주의 헙법 제 2조 경제 제 30조는 다음
　과 같이 규정되어 있다. "국가는 생산자대중의 집체적 힘에 의거하여 경제를 과학적으로, 합
　리적으로 관리운영하는 선진적 사회주의 경제관리형태인 대안의 사업체계와 농촌경리를 기업
　적 방법으로 지도하는 새로운 농업지도체계에 의하여 나라의 경제를 지도관리한다." 1992년
　헌법에서도 동일한 내용이 제 2조 경제 제 33조에 규정되어 있다.

《로재환동무, 수고하오. 동물 사무실에서가 아니라 논판에서 이렇게 만나니 내 마음이 기쁘구만.》

경영위원장이 기쁘다니 로재환의 마음은 더없이 만족에 겨웠다.

《의무공수를 합니다.》라고 말한 그는 흥분된김에 자기의 심정을 그대로 까밝혔다.

《영 농장원으로 살았으면 좋겠습니다. 들판에 정서도 있고 공기도 맑고 얼마나 좋습니까. 이젠 나이가 나인지라 육체적으로 좀 피로하긴 하겠지만 그것두 익숙이 되면 괜찮을겁니다. 분조장이 맡겨준 하루 과제만 끝내면 하루일은 완전히 끝나는걸로 되고 집에 돌아가면 편안히 발편잠을 잘 게 아닙니까? 무슨 시름이 있겠습니까?

그러나 우리 관리일군들의 일은 그렇지 못하거든요. 낮동안 우에서 내려온 지시를 안고 모대기다가 저녁이 되어 집으로 들어가면 뭔가 채다 못한 일걱정이 잠자리로 함께 들어온단말입니다. 이젠 그 정신적부담이 막 진절머리가 납니다.》

리신팔은 로재환의 말이 일리가 있어보였다. 그의 말속에는 한 단위를 책임진 일군들이 겪는 공통적인 고충이라고 하겠는지 그런 것이 담겨져있었다. ……(중략)……그 자신이 도의 지시라는 명목밑에 과중한줄 알면서도 일감을 농장들에 되받아넘기는 일들이 없지 않았다. 또 관리위원회에서는 우에서 내리먹이면 쓰던달던 무조건 받아무는데 습관되였다.[32]

장편소설 『씨앗』에 나오는 줄거리를 종합해보면, 대충 〈군협동농장 경영위원회〉 위원장의 하루 일과와 임무가 선명하게 드러나고 있다. 첫째, "도의 지시라는 막중한 과제를 받아 협동농장에 떠넘기는" 일을 수행하는 것으로 되어 있다. 그것은 북한의 농촌행정조직이 〈농업성(중앙농업위원회) - 도농업위원회 - 군협동농장 경영위원회 - 협동농장 관리위원회 - 협동농

31) 한윤, 『씨앗』, 159쪽.
32) 한윤, 『씨앗』, 161쪽.

장 작업반 – 협동농장 작업반 분조)로 상하체제를 갖추고 있음을 의미한다. 둘째, 〈군경영위원장〉은 아침에 군관리일군들 모임을 주관하면서 하루에 할 일을 조직, 포치한 다음 제기된 문제처리에 하루를 보내는 것으로 묘사되고 있다. 따라서 실무적인 일처리에 매달리는 시간도 부족하기 때문에 현장지도가 거의 불가능하다고 어려움을 토로하고 있다. 셋째, 국가에서 '의무공수'라고 하여 농장 작업반에 대한 산지도를 하게 하며, 그것을 통해 관리일군들의 현장침투를 통제한다고 언급하고 있다. 이것은 실무적인 일처리에 매달려 현장지도를 소홀히 하는데 따른 문제점을 극복하기 위한 방안으로 보여진다. 넷째, 〈군경영위원장〉은 농장의 농사작황 점검과 개별 농장의 애로사항 청취 및 지원, 그리고 건의사항 처리해결 등에 주력하는 것으로 묘사되고 있다. 『씨앗』에 나오는 이러한 〈군경영위원장〉의 막중한 책무와 역할을 검토해볼 때, 북한의 농촌 행정조직이 〈군협동농장 경영위원회〉를 중심으로 이루어지고 있음을 파악할 수 있게 된다.

한편 위의 인용문중 후자에는 '분조장이 맡겨준 하루의 과제'란 말이 나온다. 이것은 북한 농촌의 하부 행정관리체제를 파악할 수 있는 중요한 용어이다. 북한 농촌의 농업생산 관리와 관련된 행정조직의 책임자는 〈군협동농장경영위원장〉이지만, 하부단위에서는 〈작업반장〉과 〈작업반 분조장〉을 중심으로 과업설정 할당 및 농작물생산 그리고 분배형태 등이 다루어지고 있다. 장편소설 『씨앗』에서는 양리택이 작업반장을 맡고 있는데, 그는 로재환 협동농장 관리위원장과 손발이 잘 맞는 것으로 묘사되고 있으며, 류성남이 작업반 분조장을 맡고 있는데 그는 주인공 차수웅의 절친한 친구로서 그를 적극적으로 도와준다. 류성남은 석정농장 기사장 서은재와 차수웅과 의기투합하고 있는 셈이다.

《며칠전에 반장이 농장원들이 모인 자리에서 <u>관리위원장</u>의 지시라고 하면서

338

공표했네. 그 자리에다는 찰벼를 심게 됐다고, 우리 분조 누군가가 수웅동무 래
년부터 육종시험을 안하는가고 물었네. 농장원들이 뒤숭숭했지. 그러자 반장은
시험포전이 우리 작업반을 벌어먹이기를 하는가, 또 우리 작업반 당면과제이기
를 한가? 그러니 더는 수웅동무의 장단에 춤을 추지 않겠노라고 말했네.

눈앞이 캄캄하더군, 더구나 수웅이 자네가 등교 가고 없을 때에 이런 일이 벌
어졌으니 내가 일을 바로잡아야겠다는 생각이 들더군. 그래서 난 분조장들 모임
끝에 도대체 어떻게 된 감투끈인가고 반장한테 들이댔네. 우리 분조에서는 정보
당 알곡증수를 시험포전에서 날만한 알곡을 더 생산해낼테니 시험포전은 떼지
말아달라고 했지.

그러자 할말이 없게 된 그는 자기는 모른다면서 관리위원회에 가서 제기하라
지 않겠나. 그래서 난 또 들이댔네. 반장이 뭘하는 사람인가. 농장원들한테서 정
당한 의견을 제기 받았다면 우에 올라가서 해결하는 것이 반장의 임무밖에 일인
가고…했더니 나더러 뭐라구 했는지 알아. 분조장이 반장을 도와줄 대신 수웅이
를 두둔하니 수웅이가 헐바말이 들어서 육종에서 더욱 손을 뗄줄 모른다는거네.
내 기가 막혀서.》……중략……

수웅은 갑자기 등교하기전에 관리위원장의 호출을 받아갔던 일이 돌이켜지면
서 그것은 결코 양리택이 혼자서 한 결심이 아니라는 것을 인차 짐작했다. 그는
농장원들앞에서 괜히 꽥꽥거리기만 했지 무슨 문제든 자기 결심으로 능동성있게
처리하는 위인이 못되었다.[33]

위의 인용문은 북한농촌의 하부 행정단위인 작업반장과 분조장이 차수웅
의 시험포전의 운영문제로 갈등을 빚게 되는 장면이다. 북한에서는 김일성
의 1961년 12월 평안남도 숙천군에 대한 현지지도를 계기로 〈군협동농장
경영위원회〉를 신설하고 협동농장에 분조관리제를 도입하였다. 분조관리

---

33) 한윤, 『씨앗』, 118 - 119쪽.

제란 작업반의 하부단위인 분조에 일정한 면적의 토지와 노동력, 역축과 기타 생산도구를 고정시키고 정보당 수확고와 정보당 노력일 투하에 대한 계획을 주어 생산을 책임적으로 수행하게 하며, 연말에 가서 분조 성원들에 대한 노동일을 정보당 수확고 계획수행에 따라 확정 지불하는 협동농장의 생산조직 형태이자 분배형태[34]이다. 물론 토지나 생산수단의 소유권이 분조에 주어졌던 것은 아니고 소유단위, 경영단위는 여전히 협동농장이었다. 그러나 생산수단의 사용 및 관리가 전면적으로 분조에 위임되고 분조원이 생산결과에 대해서 물질적인 연대책임을 지게 함으로써 분조 성원에게 '분조의 토지' 라는 의식이 강화되는 조건이 마련되었다[35]고 할 수 있다.

〈분조관리제〉가 도입되기 전에 북한의 농촌에는 1960년 2월의 김일성의 청산리 현지지도를 계기로 〈작업반우대제〉가 실시되었다. 그러나 이 방법은 몇 가지 결함을 가지고 있었다. 첫째, 작업단위인 분조가 이용하는 토지 이외에 생산수단에 대한 책임소재가 불명확하여 효과적인 관리운용이 어려웠다. 둘째, 작업반내 분업과 협업이 진전됨에 따라 작업반에 대한 협동농장의 간부나 작업반장의 통제도 충분히 미치지 못해 작업반 성원들의 노동지출을 정확히 평가하기가 어려웠다. 셋째, 작업반우대제하에서는 생산의 최종결과에 따라 노동일을 재평가하는 것이 제도화되어 있지 않았던 까닭에 일부 작업반 성원들은 계획과제의 수행 보다는 그저 노동일수를 늘리는데에만 관심을 가지는 부정적인 현상도 생겨났다.[36]

이러한 문제점의 극복을 위해 김일성은 1965년 5월 11일 소위 '분조관

34) "협동농장들에서의 분조도급제", 『근로자』 제 24호, 1965년 12월 20일, 2 - 3쪽. 이일영 전형진, 앞의 글, 117쪽. 재인용.

35) 日本朝鮮研究所編, 『最近の 朝鮮の 協同農場』, 東京, 1967, 14쪽. 이일영 · 전형진, 위의 글, 117쪽. 재인용.

36) 高昇孝, 『現代朝鮮經濟入門』, 東京, 新泉社, 1989, 이태섭옮김, 『현대북한경제입문』, 서울, 대동, 1993, 219쪽. 이일영 · 정형진, 위의 글, 118쪽. 재인용.

리제의 고향'으로 일컬어지고 있는 강원도 회양군 포천리 포천협동농장에 대한 현지지도에서 작업반을 새로 개편하여 그 규모를 줄이는 것보다 분조를 그에 맞게 개편(15 - 20명)하는 쪽이 합리적이라고 지적하였다. 그 이유는 작업단위, 생산조직 단위가 너무 클 경우 생산조직관리, 노동력관리, 농기구관리 등에서 불합리가 발생하게 되며, 반대로 생산조직 단위가 지나치게 작을 경우 기술혁명 수행에 지장을 주어 대규모 경영의 이점이 나타나지 않게 된다는 것이다. 그리하여 1965년 11월 15일 - 17일의 조선로동당 제4기 제 12차 총회에서 분조관리제 도입을 결정하고 1966년경부터 전국적으로 분조관리제를 시행[37]하게 되었다.

분배형태로서의 분조관리제는 작업반우대제와 함께 협동농장에서의 보충분배를 구성한다. 따라서 작업반 성원, 농장원, 개개인의 직접적인 분배액은 노동일(=노력일, '농업협동조합 기준규약'에서는 의무노동 일수를 연간 남자 230일, 여자 180일로 규정하고 있음)에 따른 기본분배와 우대 및 분조관리제에 의한 보충분배가 조화되어 나타나는데 이는 협동농장의 '총생산물가치=C(불변자본)+V(가변자본)+M(잉여가치)'의 V보다는 크고 M의 일부를 포함하는 것이다. 협동농장의 분배형태에 있어서, 기본분배는 협동농장마다 노동일에 따른 평균화된 분배인데 비해, 보충분배는 작업반 혹은 분조마다 그 능률성에 의해 분배되는 것으로 그 상한선은 제한되어 있지 않다.[38]

작업반우대제는 작업반에 부과된 계획과제보다 10% 낮은 선(계획과제의 90%)을 우대 기준으로 하고, 이 우대기준을 초과해서 생산한 생산물의 전부를 작업반성원들에게 개인소비재로서 분배하였다. 한편 기준에 도달하

---

37) 이일영 · 전형진, 위의 글, 118 - 119쪽.
38) 이일영 · 전형진, 위의 글, 119 - 120쪽.

지 못한 경우에는 부족량의 5 - 15%를 기본분배로부터 공제(공동축적기금
화)하였다. 분조관리제는 이와같은 작업반우대제를 유지하는 가운데 도입
되었다. 분조관리제하에서는 15 - 20명 단위의 분조에 일정한 면적의 토지
와 노동력, 가축과 기타 생산도구를 고정시키고 국가계획에 따라 정보당 수
확고 계획과 노동일 투하 계획을 부여받는다. 분배형태로서의 분조관리제
는 연말에 가서 이 계획을 수행한 정도에 따라서 분조 성원들에게 가동노동
일을 재평가하고, 이 노동일에 상응하여 분배를 행하는 제도이다.[39]

70년대 말부터 80년대 초의 북한 사회현실을 반영하고 있는 장편소설
『씨앗』에는 〈군 협동조합경영위원회〉 위원장의 책임하에 농촌경리가 움직
여지고 있으며, 소설의 공간적 배경으로 나오는 달뫼재 석정농장의 경우 작
업반장보다는 분조장에 의해 사실상 생산과 분배가 이루어지는 양상을 보
이고 있어 '분조관리제'의 양상을 보이고 있다고 추정할 수 있다. 그리고
농장구성원의 과실로 손실이 발생하거나 문제점이 드러날 경우 군 법무생
활위원회가 열려 진상을 조사한 후 그에 따른 징벌을 가하는 것으로 묘사되
고 있는 것이 특징이다.

Ⅳ. 장편소설『씨앗』에 반영된 북한 농촌현실의 실상

『씨앗』의 작품구조는 복합구성의 양상을 보이는데, 주인공 차수웅의 다
수확벼품종 '석정87호'라는 〈시험포전〉 운영모티프(육종모티프)와 차수웅
과 두 여인 강초애, 양회연과의 로맨스모티프가 서사구조의 두 축을 이루면
서 스토리가 전개된다는 특징을 보여주고 있다. 그리고 그 전개양상과 갈등

---

39) 아일영 · 전형진, 위의 글, 120 - 121쪽.

342

반전의 스토리는 병렬적으로 서로 호응하고 있음을 알 수 있게 된다.

한편 북한 농정의 변천과정에 대해서는 연구자에 따라 약간의 차이를 보이고 있다. 대표적인 연구결과 몇 가지를 요약하면, 국토통일원의 경우 1946 - 1949년까지를 제1단계(인민민주주의 실현단계), 1950 - 1953년까지를 제2단계(동란기), 1954 - 1959년까지를 제3단계(사회주의 준비단계), 1960 - 1963년까지를 제4단계(사회주의 제도정비기), 1964 - 1970년까지를 제5단계(사회주의 제도안정기), 1978 - 1984년까지를 제6단계[40]로 구분하였다. 이에 비해 1983년에 한국농촌경제연구원이 제시한 견해로는 1946 - 1953년까지를 전단계, 1954 - 1956년까지를 제1단계(전후복구기간), 1957 - 1969년까지를 제2단계, 1970 - 1977년까지를 제3단계, 1978 - 1984까지를 제4단계의 총 5단계[41]로 구분하였다.

최근인 1994년에 나온 한국농촌경제연구원의 김운근박사팀의 연구결과는 북한의 농정을 국토통일원의 구분에 따라 ①인민민주주의 개혁기(1945 - 1949년), ②동란기(1950 - 1953년), ③사회주의 혁명기(1945 - 1959년), ④사회주의 제도 건설기(1960 - 1970년), ⑤사회주의 제도 안정기(1971 - 1976년), ⑥주체경제 확립기(1977 - 1986년), ⑦사회주의 완전 승리기(1987 - 현재)의 7단계[42]로 나누고 있다.

이러한 김운근박사팀의 학설을 따른다면, 『씨앗』에 등장하는 북한 농정의 변천시기는 주체경제 확립기(1977 - 1986년)를 주대상으로 삼으며, 그 이전부터 80년대까지의 농촌의 변화양상을 주인공 차수웅의 육종을 중심

40) 국토통일원, 『북한경제통계집』(1946 - 1985년), 1986. 김성훈 김치영, 『북한의 농업』, 서울, 비봉출판사, 1997, 38쪽. 재인용.
41) 한국농촌경제연구원, 『북한의 농업생산능력 평가』, 연구보고65, 1983. 김성훈 김치영, 위의 책, 38쪽. 재인용.
42) 김성훈 · 김치영, 위의 책, 37쪽.

으로 그려나가고 있다고 할 수 있다. 따라서 『씨앗』에서 우선적으로 강조되고 있는 것은 '주체농법의 관철'이라는 테마이다.

1. 척박한 농토와 〈주체농법〉의 관철

북한이 오늘날의 식량위기에 봉착한 가장 큰 요인은 물론 사회주의의 계획경제의 모순과 협동농장이 가지는 분배체계의 한계점 등 정치적인 조건을 들 수 있다. 하지만 부차적 요인으로 자연적 지리적 조건도 빼놓을 수 없다. 첫째로 북한만의 기온상의 특성과 기상이변에 따른 피해를 들 수 있다. 1970년대에 들어와 전세계적으로 밀어닥친 한냉전선의 영향으로 인한 이상기후의 결과는 여러나라에 피해를 주었지만 북한에서의 타격이 좀 더 컸던 것으로 보여진다. 그리고 최근의 90년대에 들어와서는 왕가뭄과 큰물이 동시에 몇 년 연속 겹쳐 북한 경제에 심각한 타격을 입혔다. 북한은 대륙성 기후의 성격을 지님에 따라 寒署의 차가 클 뿐만 아니라 지역간의 기온차도 매우 크게 나타나 북부 산악지방의 연평균 온도는 3.5 - 6℃의 분포를 보이는 반면, 중부지방은 10 - 12℃, 남부지방은 12 - 15℃[43]에 달한다. 한냉전선은 북한의 기후에 영향을 미쳐 1976 - 77년에는 7 - 8개월동안 비가 내리지 않았으며 겨울에는 심한 강추위가 계속되어 농사에 큰 지장을 주었다[44]고 언급하고 있다. 둘째, 북한의 농촌은 남한 보다 병충해의 피해가 큰 것으로 보고되고 있다. 하지만 경제사정의 악화로 인하여 농업 관련산업의 가동이 중지되어 비료, 농약 등의 공급이 제때에 이루어지지 못한 것도 농사를 망치는 큰 요인이 되었다. 셋째, 북한의 척박한 농토를 식량위기의 주범

43) 김성훈 · 김치영, 위의 책, 63쪽.
44) 김한길, 앞의 책, 429쪽.

으로 들 수 있다. 북한은 국토의 80%가 산지로 되어 있고 해발고도가 높기 때문에 개발적지의 면적이 남한보다도 적다. 북한의 경우 전체의 17.3%가 경지임에 비해 남한의 경우 21. 4%가 경지면적이다. 1992년을 기준으로 할 때 경지면적은 17.3%인 약 197만ha이고, 이중 논이 61만ha로 31%에 불과하며, 밭 100만ha, 과수원 30만ha, 기타 6만ha 정도로 나타나 있다. 북한은 밭이 대부분을 차지하고 있는 관계로 농사는 논농사보다는 밭농사 위주의 형태를 유지하고 있다. 지역적으로는 주로 서부지역에 편중되어 있는데 평안남도가 31만 8천ha(17.7%), 평안북도 26만 3천ha, 황해남도 23만 5천ha, 황해북도 19만 6천ha 등으로 전체 경지면적의 51.3%가 이 지역에 분포되어 있다. 북한의 토양은 전 경지 중 120만ha가 산성화된 토양이며, 이것을 중화하는 데는 중화용 석회가 240만톤이 소용된다고 한다. 그리고 토질이 얕고 자갈이 많으며 경사가 급하다고 한다. 토양심도가 20cm인 곳은 5.7%에 불과하며 15cm 이하인 곳이 50%나 된다고 한다. 또 일반적으로 耕土중 腐植質 함량이 적으므로 퇴비의 增施가 절대 필요한 것으로 알려지고 있다.[45]

『씨앗』에서는 자연적 지리적 조건중 결실기의 태풍피해와 냉습한 기후의 피해 그리고 부식질 함량이 적은 토양의 문제점 등이 구체적으로 지적되고 있다.

그 잡종은 성공하기가 어렵습니다. 우선 키가 지내 큽니다. 키를 낮추는 것은 도복을 방지하는데 중요한 방도의 하나로서 벼의 육종에서 선차적으로 고려해야 할 문젭니다. 기사장동무도 잘 아시겠지만 우리나라 논벼작물은 공교롭게도 결실기에 심한 태풍의 피해를 면치 못합니다.[46]

---

45) 김성훈·김치영, 앞의 책, 62–69쪽.
46) 한윤, 『씨앗』, 48쪽.

《수령님 교시를 잘 관철하자면 우선 영농준비부터 잘 해야겠는데 꼼꼼히 따져 보니 빈틈이 많구나. 거름 한가지만 놓고봐도 그렇다. 우린 그저 줌이 커야 한다 더라 하구 대구 풀거름만 정리해놓았구나. 그런데 우리한테 가물을 잘 타는 논도 많지 않니. 수령님의 교시대로 구색에 맞게 시비를 하려면 그런 논에단 풀거름보 다 재나 소토같은걸 밑거름으로 줘야 한다. 하지만 거기엔 영 관심을 돌리지 못 했구나. 그래서 래일부터 로적봉에 들어가 흙구이를 조직할가 한다. 거겐 섶나무 도 많구 또 부식질이 많은 산흙이 돼서 조건이 아주 좋다.》[47]

농장원들의 결의는 한결같이 좋은 결실을 맺었다. 노력한 보람이 있어 그해 농사작황은 례년에 없는 풍작을 확고히 약속하고 있었다. 단 한군데도 병해충의 침습을 받지 않았으며 이삭도 제때에 가쭌하게 잘 팼다. ……(중략)…… 그러던 어느날 밤이었다. 수웅은 하루일의 피곤에 몰려 저녁술을 놓기 바쁘게 꿈나라로 갔다. 갑자기 밖에서 들려오는 우뢰소리에 그는 흠칫 잠을 깼다. ……(중략)…… 이어 파도가 밀려오는듯한 무서운 바람소리와 함께 처마밑에 매여단 칠판을 연 방 두드려대며 폭우가 쏟아져내렸다. ……(중략)……수웅은 어머니한테로 가까 이 다가갔다. 실신한 사람처럼 앞논배미를 멍하니 바라보고있는 어머니는 전혀 아무런 인기척도 못느끼고있었다. 수웅은 걸음을 멈추고 어머니의 눈길이 미치 고있는 논배미에 고개를 돌렸다.

논판이 꺼지도록 꽉 들어찼던 벼들이 간밤의 비바람질에 마치나 장판방처럼 반반하게 넘어졌다. 그것은 논이라기보다 하나의 풀밭이었다.[48]

《농장에서요?》

봉민은 저으기 호기심이 동했다.

《너 농장엘 가봤니?》

---

47) 한윤,『씨앗』, 67쪽.
48) 한윤,『씨앗』, 68 - 69쪽.

《가보지 않구요. 작년 가물과의 전투때 바께쯔를 들고 물주려두 갔댔구 또 강냉이 영양단지 옮기려두 갔댔어요.》[49]

북한의 이러한 자연적 지리적 조건을 이겨내기 위해 1973년 1월초 조선노동당 중앙위원회 정치위원회에서 농사제일주의로 나아가며 온 나라가 농업발전에 힘을 집중하는 데 대한 방침을 내놓았다. 김일성은 회의 후 직접 두달동안 평양시와 평안남북도, 황해남북도 일대의 수많은 협동농장들과 농업부문 공장, 기업소들을 현지지도하면서 농사제일주의 방침을 관철하여 농촌기술혁명을 일으키도록 이끌었다. 현지지도 과정에서 김일성은 소위 〈주체농법〉을 구체적으로 교시하였다.

《우리 당의 주체농법이 철저히 관철되고 한냉전선의 영향을 이겨내기 위한 여러 가지 대책이 실현됨으로써 농업생산의 모든 부문이 빨리 발전하였습니다.》 (김일성저작집)[50]

북한역사책은 김일성이 내놓은 〈주체농법〉을 불멸의 '주체사상'에 기초하여 현대과학이 이룩한 성과들을 우리나라 농업생산에 적용한 가장 과학적인 농법이라고 대대적으로 선전하고 있다. 〈주체농법〉은 ①우리나라 토양과 기후조건에 맞게 농사를 적지적작, 적기적작의 원칙에서 하며, ②농업생산을 집약화하고 《녹색혁명》을 일으켜 우량품종을 만들어내는 등 농사를 과학적으로 하는 방법을 가르켜준다고 강조한다. 다시 말해 〈주체농법〉은 지대적 특성에 맞게 작물과 품종을 옳게 배치하며 벼모를 튼튼히 길러내고 씨붙임과 모내기를 제 철에 하며 과학적인 시비체계와 토양관리체계를 세

---

49) 한윤, 『씨앗』, 194쪽.
50) 김한길, 앞의 책, 427쪽.

우며 논벼랭상모와 강냉이 영양단지를 전면적으로 도입하고 평당 포기수를
정확히 보장하는 등 우리나라 실정에 맞는 가장 과학적인 농사방법[51]이라
는 것이다.

이러한 〈주체농법〉의 시행과 함께 김일성은 1974년 1월 농촌테제 발표
10돐에 즈음한 그간의 성과를 총화하는 '전국농업대회'를 개최하고, 6개년
계획의 알곡고지를 앞당겨 점령하기 위한 투쟁을 힘있게 벌여 농업생산을
비약적으로 달성할 것을 호소하였다. 그리고 1974년에 〈주체농법〉을 철저
히 관철하여 700만톤의 알곡고지를 점령하기 위한 속도전[52]을 펼칠 것을
요구하였다.

『씨앗』이 북한문학사에서 상당한 위치를 차지할 수 있는 배경은 바로 이
러한 70년대의 김일성의 주체사상에 바탕한 〈주체농업〉의 관철을 작품의
창작동기로 삼고 있기 때문이다. 작품 여러곳에서 〈주체농업〉에 대한 언급
이 나오고, 주인공인 석정농장 평농장원 차수웅이 다수확벼품종이라는 난
제의 육종에 매달리는 계기도 바로 〈주체농법〉의 관철과 직접적인 연관이
있다.

> 《농업대회(필자주, 1974년 농촌테제발표 10돐기념 행사)에 올라갔던 관리위
> 원장이 오늘 돌아왔단다. 올해 농사를 과학기술적으로 잘 지어 세상에 대고 한
> 번 장훈을 불러보라고 하셨다는 어버이수령님의 교시가 머리에서 떠나지 않아
> 그런다.》
> 어머니는 생각에 잠긴 듯 잠시 말을 끊었다가 다시 이었다.[53]

---

51) 김한길, 위의 책, 427쪽.
52) 김한길, 위의 책, 428쪽.
53) 한윤, 『씨앗』, 67쪽.

어버이수령님께서 밝혀주신 〈주체농법〉에는 다수확의 중요조건의 하나로서 해당 지역의 기후풍토에 알맞도록 종자를 개량육종할 데 대한 내용이 들어있었다.

수응이를 내세우고 도와주는 것은 어버이수령님의 〈주체농법〉을 관철하는 일환으로 도리뿐아니라 당의 요구에 맞게 알곡소출을 더욱 높여 나라의 쌀독을 책임진 농장의 본분을 다하는 것으로 되였다.[54]

《그렇게 하는게 좋겠소. 김매기가 끝나면 군에서 2차로 토양조사작업에 대한 강습이 예견되오. 책임지고 진행할 농장원들을 선발해 올려보내오. 일이 중한 것만큼 기사는 못되더라도 기수쯤 되는 능력있는 사람들을 선발해보내오. 동무네 석정농장에서두 명년부터는 무슨 일이 있어도 토양조사작업을 진행해야 하오. 그래야 말그대로 〈주체농법〉을 철저히 관철할 길이 열릴 수 있소.》

로재환은 그렇게 하겠노라고 대답했다.[55]

《다른건 다 그만두고 이 한가지 사실만 가지고도 이 동문 기적을 창조했다고 당당히 자랑할 수 있습니다. 우리 전문 육종가들속에서도 한가지 잡종을 10여년 씩이나 끌어가는 그런 지구력은 찾아보기가 힘듭니다. 하물며 농사를 짓는 농장원으로서 이렇듯 오랜 세월을 끌고오자니 그 과정에 얼마나 고생이 많았겠는가는 설명을 듣지 않고도 능히 짐작할 수 있습니다.

이건 오로지 어버이수령님께서 내놓으신 농촌테제와 주체농법을 관철해나가는 우리나라 농장원들한테만이 차례질 수 있는 특전이며 행운입니다.》[56]

이러한 〈주체농업〉의 시행은 식량증산을 통해 자력갱생을 모색하는 북한 김일성정권의 절박한 현실을 반영하는 정책이다. 그리고 이 정책은 식

---

54) 한윤, 『씨앗』, 78쪽.
55) 한윤, 『씨앗』, 164쪽.
56) 한윤, 『씨앗』, 383쪽.

량위기의 극복과 한랭전선의 영향으로 인한 가뭄해소를 위한 '70년대 후반의 〈자연개조 5대방침〉으로 이어지게 되고, 80년대와서는 자연개조 4대 지침으로 지속적인 사업으로 추진된다. 김일성은 1976년 10월에 열린 당 중앙위원회 제5기 제12차 전원회의에서 밭관개의 완성, 다락밭 건설, 토지정리와 개량, 치산치수와 간석지 개간을 기본내용으로 하는 자연개조 5대방침을 제시[57]하고 그 관철을 위해 전 인민을 동원한다. 이 5대방침이 구체화된 것이 1981년 10월 4일 당 중앙위원회 제6기 4차 전원회의에서 정식으로 제기된 〈4대 자연개조사업〉이다. 이 회의에서 남포(현 서해) 갑문 건설, 태천발전소 건설, 30만 정보 간석지 건설, 20만 정보 새땅찾기 사업을 확정[58]지었다.

《이 농장엔 간석지논이 없습니까?》

그의 물음은 전혀 예상치 않은 것이었다. ……(중략)……

육종가의 깊은 속심을 미처 파악못할 수도 있는 것이다.

《우리 농장에는 없습니다. 하지만 군안에는 몇 해전에 개간한 몇 백정보의 간석지논이 있습니다.》

《거겐 지금 무슨 종자를 심습니까?》 서은재는 물음에 맞는 대답을 했다.

김리호는 그 종자의 성적은 어떤가? 간석지에 적응한 새로운 종자를 만들어낼 필요성이 있는가 등 연거퍼 물어댔다. 그리고는 말머리를 돌렸다.[59]

하지만 다락밭 건설과 간석지 개발 등 〈자연개조 5대방침〉은 무차별한 다락밭 건설로 산림이 황폐화되었고, 무리한 산지개간으로 하천에 토사가 유

---

57) 김한길, 앞의 책, 429쪽.
58) 고태우, 『한 권으로 보는 북한사 100장면』, 가람기획, 1996, 289 - 290쪽.
59) 한윤, 『씨앗』, 43쪽.

출되어 홍수피해가 반복되었으며, 식량부족으로 농민들에 의해 사적으로
개발되는 '뙈기밭'으로 인해 산림이 극심하게 훼손되었고, 설상가상으로
염도가 많은 미사질토양에 대한 제염작업이 추가로 요구되는 등[60]의 악순
환과 부작용을 낳고 있다.

2. 농촌의 새형의 주인공 창조와 북한 청년들의 공리적 애정관

최근의 북한의 문예이론서들은 하나같이 〈주체의 인간학〉 즉 공산주의적
인간학의 구현을 강조하고 있다. 그것은 첫째, 주체철학의 원리에 기초한
공산주의적 인간학이 되어야 한다고 김정일은 교시한 바 있다. 그리고 주체
의 인간학의 본질은 무엇보다도 인민대중을 가장 힘있고 아름다우며 고상
한 존재로 형상하는데서 나타난다고 주장한다.

《우리가 요구하는 인간학은 자주성에 대한 문제, 자주적인 인간에 대한 문제
를 내세우고 새시대의 참다운 인간전형을 창조하여 온 사회를 주체의 요구에 맞
게 개조하는데 이바지하는 문학이다.》(영화예술론, 5쪽)[61]

주체의 인간학은 인민대중을 수령, 당, 대중의 통일체를 이루는 혁명의
주체로 보고 혁명과 건설의 주인으로서의 역할을 다하는 그들의 모습을 진
실하게 형상함으로써 인민대중을 가장 힘있고 아름다우며 고성한 존재로
내세우는 문학예술이라고 강변한다. 그리고 장편소설 『평양시간』(최학수)
과 『생명수』(변희근)을 예시하면서 다양한 인간형상과 인물관계를 통하여

---

60) 김운근, "남북한 농업부문 협력방안", 『통일문제 연구』 1997년 하반기호, 평화문제연구소,
   145 - 146쪽.
61) 한중모, 『주체적 문예리론의 기본』(1), 평양, 문예출판사, 1992, 32쪽.

평양시건설과 어지돈관개공사를 성과적으로 수행하기 위한 투쟁을 생동하고 진실하게 반영하면서 자주적이며 창조적인 생활을 누리기 위해 투쟁하는 인민대중의 힘은 그 무엇으로써도 꺾을 수 없으며 자연을 변혁해나가는 근로자들의 사상정신적 풍모는 참으로 아름답고 고상하다는 것을 예술적으로 확증하였다[62]고 설명한다.

둘째, 자주성의 문제, 정치적 생명에 대한 문제를 내세우고 밝히는 것은 주체의 인간학으로서의 새 시대 사회주의 문학예술의 본질적 특징의 하나라고 주장한다. 북한문예이론서들은 사람에게 있어서 정치적 생명이 육체적 생명보다 고귀하다고 본다. 그 이유는 사회정치적 생명이 사람으로 하여금 수령, 당, 대중이 하나로 결합되어 운명을 같이하는 사회정치적 생명체의 한 성원으로서 혁명의 한길에서 보람있고 값있게 살도록 하는 제일생명이기 때문이라고 역설한다. 정치적 생명을 빛내여 나간다는 것은 반드시 무장을 잡고 원쑤들을 반대하는 투쟁에 참가하거나 생명의 위험을 무릅쓰고 지하투쟁을 하는 것만을 의미하지 않는다고 강조한다. 그 이유는 착취계급에 반대하여 사회주의 제도를 일떠세우기 위하여 적극적으로 활동하는 것과 함께 사회주의 사회에서 경제와 문화, 사상과 도덕의 모든 분야에 남아 있는 낡은 것을 없애고 새것을 창조하기 위하여 투쟁하는 것도 혁명이기 때문[63]이라는 것이다.

셋째, 새 시대의 참다운 인간전형을 창조하는 것은 주체의 인간학으로서의 새로운 사회주의 문학예술의 또 하나의 본질적 특징이라고 말한다. 그리고 자주적 인간, 주체형의 인간이 지닌 혁명관에서 핵을 이루는 것은 혁명적 수령관이며 혁명의 수령에 대한 충실성은 그의 가장 기본적인 품성이라

---

62) 한중모, 위의 책, 38 – 39쪽.
63) 한중모, 위의 책, 46쪽.

고 강조한다. 이러한 인간전형의 예로 김보행의 『빈터우에서』의 주인공 주용녀를 제시한다. 주용녀의 성격에는 주체형의 공산주의적 인간에게 특징적인 혁명의 주인다운 태도와 자력갱생, 간고분투의 혁명정신이 뚜렷이 체현되여 있다는 것이다. 아울러 새 시대의 참다운 인간인 자주적 인간, 주체형의 인간의 전형들, 즉 항일혁명투사들, 새 조국 건설의 주인공들, 영웅적 인민군 용사들, 천리마기수들, 3대혁명전위들, 숨은 영웅들은 그 아름다운 성격적 특성과 고상한 사상정신적 풍모로 하여 사람들을 공산주의적으로 교양하며 창조적 로력투쟁과 영웅적 위훈에로 불러일으키는 생동한 모범이 된다[64]고 주장한다. 주체적 인간학은 한마디로 〈숨은 영웅〉을 찾아 낡은 것을 없애고 새것을 창조하기 위해 투쟁하는 그들의 아름다운 성격과 고상한 사상적 품성을 사실적으로 묘사하는 것을 의미한다. 여기에서 제 2차 7개년계획기간(1978 – 1984년)중 북한에서 열성적으로 대중선동운동으로 추진되던 〈숨은 영웅〉들의 모범을 따라 배우는 운동[65]이 떠오른다. 김일성이 찾아 고귀한 칭호를 직접 붙여준 〈숨은 영웅〉은 폐쇄적인 경제체제로 인해 자력갱생의 민족경제를 내세울 수밖에 없었던 북한의 김일성정권이 과학기술의 발전을 도모하기 위해 교육지책으로 내놓은 것이라고 볼 수 있다.

장편소설 『씨앗』의 주인공 차수웅은 주체의 인간학에 충실한 새 시대 참다운 인간전형에 부합되는 인물이며, 영농기술의 발전을 위해 소문없이 큰일을 해낸 일종의 〈숨은 영웅〉[66]에 해당한다.

---

64) 한중모, 위의 책, 53 – 58쪽.
65) 김한길, 앞의 책, 448 – 449쪽.
66) 최길상, 『주체문학의 새 경지』, 평양, 문예출판사, 1991, 102쪽.
　"친애하는 지도자동지께서는 특히 우리 시대 긍정적 주인공의 성격을 창조함에 있어서 영웅적 성격을 창조할 데 대하여 깊이있는 해명과 가르침을 주시였다.
　친애하는 지도자 김정일동지께서는 다음과 같이 지적하시였다.
　《지난날 착취계급사회에서는 비범한 기질을 가진 걸출한 사람만을 영웅이라고 하였지만 우

육종을 발기하고 그것을 오늘까지 굽힘없이 밀고온 차수웅이라는 이 존재는
농업을 공업화, 현대화할 데 대한 어버이수령님의 위대한 <u>농촌테제가 낳은 새형
의 주인공</u>이다. 리신팔이가 만약 수웅이의 이 꿈의 가치를 제때에 깨닫고 적극
떠밀어주었더라면 벌써 그의 육종은 빛을 보았을지도 모를 것이었다. 오늘과 같
은 뼈저린 뉘우침이 없었을 것이었다.[67]

그러면 농촌에서의 공산주의적 새 인간은 어떠한 인물인가? 김정일은
1967년 10월 8일 사로청('조선 사회주의 로동청년동맹'의 약칭) 중앙위원
회 일군들과 한 담화인 "청년들은 농촌테제 관철을 위한 투쟁에서 앞장에
서야 한다"에서 농촌의 청년들에게 큰물피해 등 자연적 지리적 조건을 이
겨내고 알곡생산을 늘리기 위해 투쟁에 앞장서 줄 것을 당부하면서 몇 가지
를 강조한다. 첫째, 도시와 농촌간의 차이, 로동계급과 농민간의 계급적 차
이가 남아있고 농촌에서 사회주의적 소유의 두 형태가 있게 되는 것은 바로
농촌이 사상, 기술, 문화 분야에서 뒤떨어져 있기 때문이며 따라서 농촌문
제를 해결하려면 농촌에서 사상혁명, 기술혁명, 문화혁명을 철저히 수행해
야 한다고 역설하였다. 둘째, 청년들은 농업과학의 성과와 선진영농기술을
받아들이며 집약적인 영농방법을 보급하고 발전시키는데서 적극성을 발휘
해야 한다고 언급하였다. 즉 농촌청년들은 기술학습을 강화하고 창의고안
운동을 힘있게 벌려 농촌실정에 맞는 새로운 농기계들을 만들어내기도 하

리가 말하는 영웅은 조국과 인민, 사회와 집단을 위한 투쟁에서 세운 위훈으로 하여 인민들의
사랑과 존경을 받는 사람들입니다. 인민이 나라의 주인으로 된 우리 사회에서는 비범한 기질을
가진 사람뿐아니라 평범한 사람들도 다 영웅이 될 수 있습니다. 인민대중의 공동위업에 대한 무
한한 헌신성을 가진 사람이라면 조국을 보위하는 싸움에서는 가슴으로 적의 화구를 막는 전투
영웅으로 될 수 있고 사회주의 건설에서는 혁신적 위훈을 떨치는 로력영웅으로 될 수 있으며 자
기의 초소를 주인답게 묵묵히 지키면서 값높은 공헌을 하는 숨은 영웅으로도 될 수 있습니다.》
67) 한윤,『씨앗』, 364 - 365쪽.

고 농기계의 이용률을 높이기 위한 방도도 찾아내애 한다는 것이다. 셋째, 농촌기술혁명은 낡고 보수적인 것과의 투쟁을 통해서만 실현될 수 있으므로 새 세대 청년들이 농업과학의 성과와 선진영농기술을 받아들이는데서 선봉적 역할을 해야 하며 높은 문화지식수준과 공산주의적인 혁명사상을 가져야 한다고 강조하였다. 넷째, 농촌청년들의 기본의무는 농사를 잘하여 알곡생산을 늘이는 것이며 자기 고향마을을 살기 좋은 사회주의 문화농촌으로 건설하는 것이라고 주장하였다. 청년들이 발전소건설장이나 철도건설장에서만 혁신자가 될 수 있고 영웅이 될 수 있는 것은 아니라고 강조하면서 농촌에서도 혁명의 주인다운 자각과 청춘의 열정을 가지고 투쟁한다면 누구나 혁신자가 될 수 있고 영웅이 될 수 있다고 선동하였다. 농촌청년들이 청춘의 이상과 포부를 어떻게 꽃피울 것인가 하는 문제에 대해 사로청에서 옳게 교양하고 이끌어주어야 한다[68]고 덧붙였다.

바로 이러한 공산주의적 새 인간으로서의 영웅을 창조하기 위해 『씨앗』에서는 새 형의 주인공으로서 친구사이인 석정농장 평농장원 차수웅과 사로청 분초급단체위원장 류성남을 다음과 같이 내세우고 있다.

> 류성남은 달뫼재 사로청 분초급단체위원장으로 선거되였다. 달뫼재청년들은 일을 담차게 내밀뿐아니라 성격에서 군중성이 강한 그를 사로청위원장으로 선거하는데 한사람같이 찬동하였다. 그러면서 그들은 류성남에게 사로청사업을 청년들의 기호에 맞게 보다 정서적으로 끌어갈 것과 특히는 대중적 기술혁신의 본보기인 수웅의 육종이 성공하도록 힘껏 이끌어줄데 대한 기대와 희망을 표시하였다.[69]

---

68) 조선노동당 중앙위원회, 『김정일선집』 1권, 조선로동당출판사, 1992, 306 - 312쪽.
69) 한윤, 『씨앗』, 283쪽.

또 하나『씨앗』의 작가 한윤은 주체적 인간인 긍정적 주인공의 인간성격을 제대로 형상화하기 위하여 청년들간의 사랑문제를 직접적으로 다루고 있다. 특히 이 작품에서는『청춘송가』등의 80년대 이후의 소설에서 볼 수 없었던 사랑하던 고향처녀 강초애와의 로맨스의 실패와 도회지에서 공부하고 돌아온 처녀 양희연과의 새로운 사랑의 결실을 다루고 있어 새로움을 느끼게 해준다. 물론 이 소설에서 사랑은 차수웅이라는 숨은 영웅의 다수확벼 품종 개발을 통한 식량증산이라는 혁명적 투쟁에 묵묵히 숨어서 활동하는 열정을 진실하게 그리기 위한 보조적 장치라고 할 수 있다. 앞서 김정일이 사로청 일군들에게 밝힌 "농촌청년들이 청춘의 이상과 포부를 어떻게 꽃피울 것인가"하는 문제를 사실적으로 다루기 위해 애정문제를 삽입한 것으로 보여진다. 하지만 이러한 사랑문제는 북한 청년들의 80년대의 애정관의 변모양상을 살펴볼 수 있는 좋은 자료가 될 수도 있다는 점에서 재미를 느끼게 된다.

그와의 사랑은 어디까지나 농촌테제관철에 다소나마 이바지하려는 숭고한 지향만을 안고 육종을 진행해오는 과정에 맺어진 것이 아닌가. 한마디로 말하면 현대화되고 과학화된 달뫼재의 래일에 대한 숭고한 리상과 꿈을 실현하기 위한 투쟁과정에서 이루어진 사랑이 아닌가? 그러나 두사람의 사랑에서 육종이라는 이 리상을 빼버리면 무엇이 남는가?……(중략)……

사랑이란 아름다운 것이며 그것은 쌍방을 비할바 없이 고상한 세계에로 승화시킨다. 그러나 그것은 서로의 리상과 지향이 일치할 때만이 가능하다. 그렇지 못한 사랑은 진정한 사랑이 될 수 없으며 한갓 거짓에 불과하다.[70]

---

70) 한윤,『씨앗』, 177 - 178쪽.

농업전문대학 졸업생 차수웅은 농촌테제를 관철하기 위해 앙양된 열의로 충만되어 있는 농자원들의 분위기에 고무되어 전문가도 성공하기 어려운 잡종교합을 통해 다수확벼품종을 개발하여 식량증산을 이룩하려는 숭고한 이상과 꿈을 가진 청년으로 같은 달뫼재 고향처녀인 강초애와 로맨스에 빠진다. 하지만 도농촌경제간부학교에 공부하러 도회지로 떠난 강초애가 도시의 편안한 삶에 젖어 바뀌게 된 실용적인 인생관으로 자신의 육종을 포기하도록 설득하고 절교 서신까지 보내자 그녀를 잊기로 결심을 하고 시험포 전일에만 몰두한다. 결국 강초애는 안락한 도회지 삶을 동경하여 농업과학원 작물연구원 연구사인 과학자 김시현과 결혼을 하게 되고 차수웅은 실연의 아픔을 겪는다. 하지만 도회지에서 대학을 마치고도 낙후된 농촌의 유아교육을 위해 고향의 유치원교양원을 선택한 작업반장 양리택의 여동생 양희연의 고상하고 아름다운 순수성에 빠져 그녀와 사랑을 하게 되고 결국은 벼품종 교잡에 성공하여 결혼하여 행복을 찾게 된다는 것이 『씨앗』의 기본 줄거리이다. 이 작품에서 '사랑' 이란 ①서로의 이상과 지향이 일치할 때 아름다운 것이며, 그것은 쌍방을 고상한 세계로 승화시킨다고 사랑의 묘약에 대한 개념정의를 내리고 있고, ②개인적 이해와 민족의 운명과 관련된 창조적 노력투쟁과 상충될 때는 북한 청년들은 흔쾌히 후자쪽을 택해야하며 그것을 자주적 주체적 인간형의 애정관이라고 미화시키고 있으며, ③사랑은 작품의 생명을 규정하는 생활의 사상적 알맹이인 〈종자〉에 해당하므로 사상의 철학적 심오성을 담아야 하는데, 그것은 참된 삶의 보람과 행복이란 인간이 자기의 운명을 개척하고 훌륭한 생활에 대한 이상을 실현하기 위해 분투하는 모습에서 드러나야 한다고 주체적 애정관을 강조하고 있다. ④농민소설 내지 농촌소설에서 주인공의 사랑은 자기 조국과 향토를 사랑하는 넋에서 출발해야 함을 내세움으로써 농촌처녀들에 의한 도회지적 삶의 속물성과 추악성에 대한 동경을 경계하고 있다.

문학예술에서 의의있는 인간문제를 취급하지 않고 신변잡사에 매여달리는 것은 자연주의적이며 형식주의적인 창작경향으로서 인간학의 본성적 요구에 어긋난다. 부르주아문학예술은 흔히 시대와 력사의 거세찬 흐름에서 물러나서 순전히 개인적인 테두리에서 《우정》을 론하고 《사랑》을 운운하며 《행복》을 노래하는가 하면 하찮은 다반사에 대하여 흥미본위적으로 써내고 사회생활과 동떨어져서 순수한 자연을 찬미한다. 이러한 문예작품들은 사람들의 생활에 아무런 도움을 주지 못할 뿐아니라 사람들의 사상의식을 마비시키며 그들의 관심을 사회현실로부터 딴곳으로 돌리게 하는 해독적인 작용을 한다.[71]

북한문학에서의 이러한 〈주체적 애정관〉의 강조는 다음과 같이 부르주아문학예술에서의 개인적인 차원에서의 애정관과 행복관을 비판하는 대목에서 분명하게 대립적으로 그 차별성이 드러나며, 『씨앗』에서 강초애의 배반을 비판하는 다음과 같은 장면에서도 구체적으로 설명되고 있다.

《참된 생활이란 사회가 베풀어주는 혜택을 선물로 알고 그것을 누리는데만 있는 것이 아니라 자기의 힘과 지혜로써 사회의 리익을 위해 더 많은 것을 바치는 말 그대로의 창조에 있다.》

이것은 수웅동무의 심장속에 심어진 삶의 씨앗이였다. 그 씨앗이 움트고 자라 오늘 드디어 커다란 열매를 확고히 약속해줌으로써 그는 자기의 삶을 훌륭히 장식하였다. 그런데 초애, 나는 어떻게 살았는가. 나라의 혜택으로 유치원에서부터 중학교 그리고 누구에게나 다 쉽게 차례안지는 도농업경제간부학교까지 나오고도 사회와 집단을 위해 무엇인가 이바지할 대신 일신의 향락과 행복만을 바라지 않았던가? 바로 그 때문에 수웅의 꿈을 리해하려 하지 않았을뿐 아니라 그를 배반까지 했다.

---

71) 한중모, 앞의 책, 41쪽.

수웅의 말은 천백번 옳았다.[72]

3. 학벌 중시의 병폐와 도 · 농간의 엄청난 격차

북한 정권은 1948년 9월 2일 평양에서 최고인민회의 제 1차회의를 소집하고, 조선민주주의 인민공화국 헌법을 채택하였다. 이 회의에서 김일성은 조선민주주의 인민공화국 내각수상과 국가수반으로 추대되었으며 9월9일 조선민주주의 인민공화국 창건을 선포하였고 여덟가지 정부정강을 발표하였다.

북한의 역사책은 이러한 북한정권의 창건을 다음과 같이 높이 평가하면서 노동자 · 농민을 비롯한 인민대중의 이익을 철저히 옹호하는 참다운 인민의 정권이라고 극찬하고 있다.

조선민주주의 인민공화국은 남북조선 전체 인민의 한결같은 지지를 받는 우리나라의 유일한 합법적 국가주권으로서 항일혁명 투쟁의 영광스러운 전통을 이어받은 정권이며, 가장 민주주의적이고 애국적이며 자주적인 정권이며, 노동자 농민을 비롯한 인민대중의 이익을 철저히 옹호하는 참다운 인민의 정권이다.[73]

북한정권이 들어선 후 20 – 25년이 흘러간 시대적 배경을 담고 있는 작품이 『씨앗』이다. 그러면 과연 이 시기 북한정권은 노동자 농민 천국의 나라로 변모되어 있었는가? 우선 작품을 분석해볼 때 그 해답은 부정적이라고

---

72) 한윤, 『씨앗』, 394쪽.
73) 김한길, 앞의 책, 232쪽.

분명하게 말할 수 있다. 물론 평농장원인 주인공 차수웅을 내세워 미래에 대한 낙관적인 세계관과 혁명적 수령관 그리고 긍정적 인간 전형을 창조하고는 있으나, 작품내면에는 사회주의 체제의 모순과 부조리와 병폐가 도처에 잠복되어 있다. 우선『씨앗』의 서두에서 자본주의 사회와 마찬가지로 학벌 중시의 사회의 모습이 그대로 드러나고 있다. 아울러 도농간의 격차가 엄존하고 있으므로 농민들은 도시문화를 동경하고 있고, 지식인의 편안한 삶을 미화시키고 있다. 그리고 당 간부들을 비롯한 상층계층과 농촌 농민들의 삶의 대비가 어느 정도 이루어지고 있어 빈부격차가 심한 것으로 묘사되고 있다.

> 서은재는 며칠전에 이곳 석정농장 기사장으로 임명되였다. ……(중략)……
> 서은재는 관리위원장에게 물었다.
> 《7반에 그런 엉뚱한 도깨비가 하나 있다오. 차수웅이라는 청년이요. 그는 그 벼를 만들어놓고는 자기를 콜롬브스라고 자칭하고 있소.》
> 《콜롬브스라고요? 거 괴짠데요. 학교는 어델 나왔습니까?》
> 《농업전문학교 졸업생이요.》로재환은 들을 것이 못된다는 듯 손을 들어 그어버리듯이 홱 가로 저으며 말을 이었다.
> 《작년부터 농대통신을 다니는데 학력이야 보잘 것 없지요.》
> 서은재가 알기에는 육종이란 농업과학중에서도 그중 어려운 학문이다. 거대한 지식의 폭과 깊이를 요구하는 과학을 그렇게 밭은 지식으로 달라붙었다는 그 자체가 벌써 호기심을 끌었다.[74]

위의 인용문은 새로 석정농장 기사장으로 부임한 서은재(농대 졸업생)가 협동조합관리위원장인 로재환과 나누는 대화장면인데, 문맥의 핵심은 주인

---

74) 한윤,『씨앗』, 41 - 42쪽.

공 차수웅이 놀랍게도 전문학자도 접근하기 어려운 육종에 매달리고 있는 데 대한 경외감과 호기심을 표시하는 것이지만, 내면에는 학벌위주의 북한 사회의 한 단면을 보여주고 있기도 한 것이다. 그것은 로재환의 몸짓과 "학력이야 보잘 것 없지요"하는 말에서 분명하게 드러나고 있다. 『씨앗』은 70년대부터 북한정권이 꾸준하게 추진한 3대혁명 소조운동을 밑거름으로 삼고 있다. 사상, 기술, 문화혁명중 이 작품에서는 '기술혁명'을 선두에 내세우고 있다. 따라서 과학기술에 대한 전문성이 요구되며 그에 따른 학문적 기반 즉 고등교육의 밑바탕이 중요한 조건이 될 수밖에 없다. 따라서 학벌을 묻는 것은 어쩌면 당연하다고 할 수 있다.

북한정권은 중국과 소련의 원조가 중단된 이후 자력갱생의 민족경제를 내세우면서 과학기술의 발전이 몹시 중요함을 깨닫게 되었다. 그리하여 〈온 사회의 인텔리화〉를 문화혁명의 목표로[75] 내세우게 되었다. 북한에서는 1946년 9월 15일 김일성종합대학교가 개교한 이후, 1948년 7월 7일 북조선인민위원회 제 69차 회의는 《북조선 고등교육사업 개선에 관한 결정》(제 157호)을 채택하고 고등교육기관을 전면적으로 개편, 강화했다. 고급 전문 지식인을 신속하게 양성하기 위해 김일성종합대학, 평양공업대학, 홍남공업대학, 평양의학대학, 청진의과대학, 함흥의과대학은 4년으로, 평양농업대학, 평양사범대학은 3년으로, 교원대학은 2년으로 수업연한을 정했다.[76] 또 소련의 사회주의적 고등교육 정책을 받아들여 학업을 전문으로 하는 고등교육체계와 함께 생산에서 유리되지 않은 채 배울 수 있는 여러 가지 형태의 고등교육체계를 병행하여 발전시키는 정책을 일찍부터 체계화시켰다. 이를 위해 각 대학내에 특수한 고등교육기관으로써 부속 야간대학과 통신

---

75) 김려숙, "인텔리형상과 지성세계묘사", 『조선문학』 1992년 8월호, 평양, 문예출판사, 48쪽.
76) 신효숙, "해방후 북한 고등교육체계의 형성과 그 특징", 『분단 50년 북한의 학문』(2), 북한연구학회 1998년 동계학술회의, 34쪽.

사범대학, 통신교원대학 등이 개교되었다. 1948년 김일성종합대학에 야간대학과 통신사범대학을 설치하였다. 이어서 1948년 3개의 야간대학과 4개의 통신대학이 설치되었다. 북한의 자료에서 "1950년초 3개의 야간대학과 5개의 통신대학에서 6015명의 학생들이 배우고 있다. 이것은 당시 우리나라 총대학생수에서 일하면서 공부하는 대학생수가 3분의 1을 차지한 것으로 된다"[77]고 밝히고 있다. 『씨앗』의 차수웅은 북한정권이 온 사회의 인텔리화를 부르짖으면서 설립한 통신대학에서 농학을 공부하는 학생으로 묘사된다. 하지만 정식 농업대학 출신이 아니라는 점때문에 전문적 과학기술이 요구되는 육종분야에서 무시당하는 처지에 놓이게 된다. 그것은 리신팔군협동농장 경영위원회 위원장의 요청으로 차수웅의 시험포전의 가능성을 점검하기 위해 내려온 농업과학원 김리호연구사의 태도에서도 입증이 된다.

　　김리호는 먼길을 무릅쓰고 달려온 수웅이에게 자못 동정이 갔던지 친근감을 가지고 이야기를 시작했다.
　　《별로 배운 것도 없는 동무가 남다른 지향을 품구 훌륭한 일을 했소. 농장원으로서 육종에 달라붙는다는 그자체가 벌써 놀라운 일이요.》
　　수웅은 기차가 홈에 들어설 극히 제한된 시간에 허두와도 같은 빈 치례말대신 얼른 본론으로 들어갔으면 하는 욕망이 불탔다. 김리호도 시간의 촉박을 느꼈던지 인사식의 빈 치하의 말을 더 이상 끌지 않았다.
　　《그런데 유감스러운건 키가 큰거요. 육종에서 해결해야 할 중요한 과제중의 하나가 키를 낮추는 문제라는걸 동무도 알고있겠지.》[78]
북한에서는 학벌에 따른 차별 못지않게 도·농간의 차이나 차별도 극심

---

77) 김창호, 『조선교육사』 3권, 평양, 사회과학출판사, 1990, 205쪽. 신효숙, 위의 글, 34 - 35쪽. 재인용.
78) 한윤, 『씨앗』, 56 - 57쪽.

한 것으로 보인다. 북한의 김일성정권은 6개년 계획기간(1971 - 1976년) 중 인민생활의 균형적 발전을 중점과제로 내세우고, "현시기 인민생활을 높이는 분야에서 우리 앞에 나서는 가장 중요한 과업은 노동자와 농민의 생활수준에서의 차이, 도시와 농촌주민들의 생활조건에서의 차이를 빨리 없애는 것입니다"(김일성저작집)[79]라고 역설하고 있다. 그 결과 많은 상품들을 농촌상점에 공급하고 농촌버스화와 수도화를 진척시키며 농촌 문화주택을 1974년 한해에만 10만세대를 짓고, 농촌에서 교육, 문화, 보건, 편의봉사시설 등을 더 많이 건설하고 평양에 지하철을 건설하는 등 도·농간의 격차를 줄이면서 국민들의 생활복지에 주력하는 정책을 추진하였다. 하지만 세월이 갈수록, 북한사회에서 도·농간의 격차는 좁혀지기는커녕 더 넓혀지는 양상을 보이고 뿌리깊은 농촌무시의 관습은 쉽게 사라지지 않는 양상을 보인다.

원래 차수옹의 애인이었던 강초애는 도행정위원회 처장으로 있는 고모부의 도움으로 도농촌경제간부학교에서 공부하면서 고모부집에서 기거하게 된다. 도시의 고모부집은 천연색 텔레비죤 수상기와 재봉침, 랭동고(냉장고) 등이 구비되어 있는 등 고향 달뫼재와는 생활상의 엄청난 격차가 있음을 그녀는 느낀다. 그리고 도시물을 먹은 강초애의 내외적 변화양상을 섬세하게 그리면서 『씨앗』은 도·농간의 심각한 격차를 다음과 같이 간접적으로 묘사하고 있다. 물론 작품의 대단원에서는 강초애의 배신과 논벼연구소 김리호연구사와의 결혼 등이 실패임을 묘사하면서 차수옹의 성공과 대비시켜 비판적으로 그려나가려는 의도가 엿보이지만, 북한사회에서의 도농간의 엄청난 격차와 지식인 삶의 쾌적함이 사실적으로 드러나고있는 것만은 분명한 사실이다.

---

79) 김한길, 앞의 책, 430쪽.

그들은 지금쯤 새해영농준비를 위해 추운 바람을 맞으며 전야에 거름을 나르거나 아니면 랭상모판 나래엮기에 여념이 없을 것이었다. 이어 그들에 대한 그리운 정은 그들의 운명에 대한 가엾은 생각으로 바뀌여졌다.

처음에 그는 자기만이 도시에 와서 화려한 생활을 영위하는 것에 량심의 가책을 느꼈다. 그러나 차차 그 생활에 익숙됨에 따라 그런 가책은 가뭇없이 사라지고 나보다 별로 낫지 못한 많은 사람들이 그런 생활을 누리는데 나라구 뭐가 모자라 그렇게 못한단말인가 하는 생각이 들면서 당연하다는 느낌으로 굳어졌다.[80]

그는 결혼을 하자 곧 새집을 받았다.

당에서 과학자들을 위하여 특별히 지어준 아빠트인데 세칸짜리다. 아직은 량주뿐인 그들에게 있어서 지내 과분한 감이 없지 않았으나 사람의 욕심이란 끝이 없어서 한칸은 남편의 서재로 쓰고 또 다른 한칸은 자기 방 그리고 나머지칸은 이제 조만간에 태여나게 될 아이방으로 미리 점을 찌어놓으니 조금도 칸수가 많아보이지 않았다.

초애는 이따금 남편과 나란히 앉아 즐겨 명상에 잠기군한다. 한적한 달뫼재의 이름없는 농장원이 과학자의 안해가 되다니 도저히 생시라고 믿기가 어려웠다.

남편 김리호는 또 얼마나 자기에게 극진한가. 그는 휴일이나 혹은 퇴근후에 초애를 이끌고 거리로 산책을 나간다. ……(중략)……

그때마다 초애는 역시 지식인이 다르다는 생각과 함께 그와 결합된 자신을 세상에서 가장, 더 이상 바랄 것이 없는 행복한 녀성으로 자랑하고싶어질 뿐이였다.[81]

4. 농정을 망치는 관료주의의 폐단

---

80) 한윤, 『씨앗』, 142쪽.
81) 한윤, 『씨앗』, 324 - 325쪽.

『씨앗』에서 북한 농촌 사회를 거울처럼 비추어주는 말로 가장 빈번하게 등장하는 용어 세 가지가 있다. 하나는 '어버이수령'이라는 말로 무려 14 - 15차례나 나온다. 다음으로 많이 등장하는 용어는 '주체농법'이라는 말로 이미 앞에서 다루었다. 끝으로 많이 등장하는 말이 '관료' 내지 '관료주의'라는 말이나 그것을 암시하는 표현들이다. 이러한 말이 많이 등장한다는 것은 북한의 농정을 망치는 주요인이 자연적 지리적 조건이라기 보다는 '정치적 조건'이라는 의미일 것이다. 북한에 식량난이 심각해지기 시작한 시점은 '수해구호물자'라고 7천2백t의 쌀을 남한에 공급한 1984년쯤[82]으로 보는 것이 통설이다. 그 이후 식량위기로 치닫게 된 요인으로는 몇 가지를 들 수 있는데, 근본적인 문제인 생산력저하의 주요인인 사회주의 영농방법인 협동농장시스템의 한계, 주체농법의 비효율성, 계획경제의 실패에 따른 비료 농약의 적기공급의 어려움, 농기계의 노후화와 부품 교체의 불가능, 간석지 개간의 실패, 1970 - 80년대의 냉해현상과 1990년대초의 우박피해 집중호우 왕가뭄 등 자연재해의 겹침, 1980년대말 구소련연방의 해체이후 동맹국 간의 경화(硬貨)결제방식에 따른 외화부족현상과 무역량 감소 등이 있다.

하지만 결정적인 요인은 농업위원회와 노동당 조직 그리고 군협동농장 경영위원회를 비롯한 행정조직의 〈관료주의〉의 병폐라고 말할 수 있다. 이러한 관료조직의 문제점은 김일성과 김정일에 의해 여러 차례에 걸쳐 시정하라는 지적과 비판이 있었지만, 관료조직의 보수성과 무사안일성으로 인해 쉽게 시정되지 않고 있다. 김정일은 일찍이 1964년 8월 21일 "황해남도 당 및 농촌경리부문 일군들과 한 담화인 "황해남도 농촌경리발전에서 새로운 전환을 일으키자"에서 이문제를 지적하고 다음과 같이 신랄한 비판을 한

---

82) 이일영·전형진, 앞의 글, 106쪽.

바 있다.

황해남도는 우리나라의 알곡생산에서 가장 중요한 자리를 차지하는 곡창지대
입니다. 농업은 황해남도의 경제에서 기본을 이루고 있습니다. 황해남도는 자연
지리적 조건이 농업을 발전시키는데 매우 유리합니다. ……(중략)……

수령님의 교시를 집행하는데서 형식주의, 요령주의를 부리는 현상이 없도록
하여야 합니다. 지금 농촌경리부문 지도일군들속에서 사업을 실속있게 하지 않
고 형식주의적으로 하는 현상이 적지 않습니다……(중략)……수령님의 교시 집
행에서 형식주의, 요령주의는 밭 2모작을 받아들이는데서도 찾아볼 수 있습니
다. ……(중략)……

수령님의 교시와 당정책에 대하여 반신반의하거나 그 집행에서 형식주의, 요
령주의를 부리는 현상과는 날카로운 투쟁을 벌려야 합니다.

지도일군들속에서 주관주의와 관료주의를 없애야 합니다.[83]

『씨앗』에서도 관료주의의 폐단에 대해 관료들 스스로가 경계하고 비판하
고 있을 정도로 심각한 문제로 대두되고 있다. 관료주의의 유형과 성격에
대해서는 작품에서 여러 가지로 설명이 되고 있다. 첫째, 북한의 식량위기
를 초래한 요인으로 관리일군들의 태만과 무책임성이 제시되고 있다. 즉 계
획경제의 알곡증산의 할당량이 선전과 달리 제대로 달성되지 않고 제자리
걸음을 치는 것은 바로 관료주의의 병폐때문이라고 지적하고 있는 것이다.

최근 3년사이 알곡수확정형을 따져볼 기회를 가졌는데 그에 의하면 해마다 알
곡생산량이 장성된 것이 아니라 거의 제자리걸음을 하고 있었다. ……(중
략)……물론 그 원인을 따져보면 한두가지가 아닌 복합적인 것이긴 하지만 랭정

---

83) 조선로동당 중앙위원회, 『김정일선집』 1권, 앞의 책, 15 - 17쪽.

한 립장에서 구체적으로 분석해보면 주로는 관리일군들의 태만과 무책임성에 기인된 것이였다.[84]

둘째, 창의성을 죽이는 배정할당량 달성위주의 행정과 상명하복의 무사안일주의를 비판하고 있다. 낡은 방식을 탈피하여 무엇인가 새로운 방법을 창안해내고 실천하려고 해도 만일의 실패에 따른 책벌이 두려워 결국은 주저앉고 만다는 작업반장의 독백이 인용된다.

《이런 타산밑에 모내기속도를 죽이고 있는데 군에서 모내기 실적검열을 내려왔네. 다른 농장, 다른 작업반들에서는 모내기 실적이 근 30%가까이 올라갔는데 우리 작업반만은 겨우 3%였네.

그게 사건화되여 군에서는 매일같이 나를 불러올리며 농사를 짓겠는가 말겠는가 하면서 야단들을 쳤네. 나는 넋살이 나갔네. 그때 내가 생각한게 무엇인지 아나. 중뿔나게 자기 머리로 창발성을 발휘할 필요가 없다. 일이야 되든 안되든 그저 우에서 시키는대로만 하면 된다. 그때부터 나는 주대도 없는 맹물단지가 됐단말이네. 군에서 한 비판이 내 얼을 빼앗아간셈이지.》[85]

셋째, 『씨앗』에서 작가는 행정관료들의 비판회피와 보신주의의 병폐를 지적하고 있다. 김일성은 1960년 평안남도 강서군 청산리에서 행한 보름동안의 현지지도 끝에 〈청산리정신과 청산리방법〉이란 것을 관리일군들에게 제시하였다. 청산리방법의 기본은 "윗기관이 아래기관을 도와주고 윗사람이 아래사람을 도와주며 늘 현지에 내려가 실정을 깊이 알아보고 문제해결의 올바른 방도를 세우며 모든 사업에서 정치사업, 사람과의 사업을 앞세우고 대중의 자각적인 열성과 창발성을 동원하여 혁명과업을 수행하는데 있

---

84) 한윤, 『씨앗』, 113쪽.
85) 한윤, 『씨앗』, 298쪽.

습니다"[86)고 밝혔다. 하지만 농촌현장에서는 이러한 방법이 실제로 먹혀들지 않고 있다는데 문제가 있다. 『씨앗』에서 친구 류성남은 차수웅을 변호하기 위해 군경영위원장을 면담하지만, 관리일군들의 주관주의와 보신주의에 손을 들고만다.

> 성남은 경영위원장이 자기에게 옳은 귀뜸을 해주었다고 칭찬은 못할지언정 지지는 해주리라고 예측했었다. 그런데 도리여 꾸지람을 듣고보니 우에 앉은 사람들이 회의에 내려와서는 잘못이 있으면 위원장에게도 서슴없이 비판을 하라고, 비판은 발전의 무기이니만치 그래야 일이 잘된다고 곧잘 외우지만 그러나 정작 비판이 가해지면 낯색부터 달라지니 누가 두려워서 비판을 감히 하겠는가 하는 생각까지 들었다.[87)

넷째, 북한의 농정을 망치는 또 다른 관료주의의 모습은 탁상행정이 가져다주는 모순과 불합리성이라고 할 수 있다. 앞서의 〈청산리방법〉에서 김일성은 현장지도의 중요성을 강조했지만, 실제로 현장에서는 관리일군들이 실무적인 일로 바쁜 것을 핑계로 '의무공수'를 빼고는 책상에 앉아 보고받고 전화나 공문상으로만 행정을 처리하려는 편의주의에 내지는 요령주의에 젖어 있음을 『씨앗』에서는 다음과 같이 비판하고 있다.

> 실책의 원인은 무엇인가? 그도 여러번 석정농장에 내려왔다. 수웅이의 시험포전에도 갔었다. 그러나 그때마다 본인은 한 번도 만나보지 않고 대신 관리위원장의 말만 귀가 항아리만 해서 들었던 것이다.
> 그러면 본인은 어째서 한 번도 만나보지 않았던가. 만나보아야 그저 그렇겠거

---

86) 김한길, 앞의 책, 378쪽.
87) 한윤, 『씨앗』, 340쪽.

368

니 하는 속단과 보다는 관리위원장의 의사에 비쳐진 그의 마음을 아는 것이 훨씬
더 간편하고 용의했던 것이다. 그러니 내가 당에서 그처럼 경계하는 얼마나 참혹
한 지경의 관료가 되였는가.[88]

  우린 군에 틀을 차리구 앉아서 농장에서 올려보내는 보고나 받구 이래라 저래
라 하고 지시하는 하나의 관료가 되고 말았단 말이요. 당에서는 밑에 내려가서
생산자들속에서 일어나는 혁신의 불꽃을 발견하고 그것이 없으면 불씨를 심어주
어 그것이 전군중적인 운동으로 타번지게 하라구 가르치는데 우린 의연히 실무
에 발목이 매여 사무실을 뜨지 못하고 있단 말이요.
  왜 이렇게 됐는가? ……(중략)…… 우린 자기도 모르는 사이에 귀족화되였
소.[89]

V. 맺음말

  북한의 농민소설 『씨앗』은 석정농장의 평범한 농장원인 주인공 차수웅이
과학자인 전문육종학자들도 이루어내기 어려운 다수확벼품종개발에 열정
적으로 매달려 여러 난관과 시련을 이겨내고 원친간의 교잡에 의해 결국은
이상기후에도 잘 견디어내는 신 벼품종 〈석정 87호〉개발에 성공한 이야기
이다. 한마디로 『씨앗』은 주체사상에 충실한 장편소설이라고 할 수 있다.
북한문예이론에 의하면 주인공 차수웅은 주체형의 참다운 인간전형에 해당
하고, 역사학적 이론에 의하면 〈숨은 영웅〉에 부합하는 인물유형이라고 할
수 있다.

---

88) 한윤, 『씨앗』, 365쪽.
89) 한윤, 『씨앗』, 369쪽.

　『씨앗』의 작품구조는 복합구성의 양상을 보이는데, 주인공 차수웅의 다
수확벼품종개발이라는 〈시험포전〉운영모티프(육종모티프)와 차수웅과 두
여인 강초애·양희연과의 로맨스모티프가 서사구조의 두 축을 이루면서 스
토리가 전개된다는 특징을 보여주고 있다. 그 전개양상과 갈등과 반전의 스
토리를 도표로 그리면 다음과 같이 병렬적으로 서로 호응하고 있음을 알 수
있게 된다.

육종모티프	애정모티프
1)차수웅, 시험포전 운영〈석정87호〉	1)차수웅과 고향처녀 강초애의 심야밀회
2)김리호연구사의 방문과 실패판정	2)첫사랑 강초애의 떠남(도시유학)
3)시험포전운영문제로 행정관료들과의 갈등	3)강초애의 방학중 방문과 육종포기 설득
4)기사장 서은재와 분조장 류성남(동료)의 지속적 후원	4)도시에서 대학을 마치고 돌아온 유치원 교양원 양희연과의 만남
5)시험포전의 수정비율 10%미만에 의기소침해짐	5)도시생활에 물든 강초애의 절교편지
6)벼이삭의 80%가 쭉정이로 변함 - 군법무 - 생활지도위원회의 조사와 군탄광으로 떠남	6)첫사랑 강초애의 배반과 논벼연구소 김리호와의 결혼 소식
7)평양의 인민대학습당에서 육종잡지 열람, 방조받음	7)탄광을 찾아온 류성남편에 양희연과 김창숙의 서신을 받음
8)온실시험포전 운영과 성공 가능성확인	8)김리호의 사이비과학자 판명과 강초애의 결혼실패
9)〈석정 87호〉의 성공과 농업과학원에서의 육종경험 강연	9)강초애와의 쓸쓸한 만남과 양희연과의 행복한 결혼

〈도표 2〉

　북한문학사에서 『씨앗』의 위상을 살펴보면, 이 작품은 이기영의 『땅』
(1948)과 김규엽의 『새봄』(1978) 등 해방이후 북한에서의 토지개혁의 혁
명적 과정을 다룬 작품과 연장선상에 있으며, 1970 - 1980년대의 사회주의

건설을 소리높혀 외치던 시기를 배경으로 한 장편소설인 변희근의『생명수』(1978, 어지돈관개공사를 배경으로 한 소설)와 김보행의『빈터우에서』(1987, 새 주조방법에 의해 대형양수기를 제조하는 과정을 담은 소설)와도 씨줄, 날줄과도 같은 위치에 있는 작품이다.

　장편『씨앗』의 시대적 배경은 북한정권이 제2차 7개년 계획(1978 - 1984년)을 정력적으로 펼치던 시기를 주대상으로 삼고 있다. 이 계획의 수행은 6개년계획의 성과를 토대로 삼고 있었다. 1977년 최고인민회의에서 김일성은 제2차 7개년 계획의 기본과업은 "인민경제의 주체화, 현대화, 과학화를 추진하여 사회주의 경제토대를 더욱 강화하며 인민생활을 한 계단 더 높이는 것이다"라고 밝혔다. 이 시기 북한정권의 농업정책은 세 가지로 압축된다. 첫째, 자연개조사업을 대대적으로 벌이는 것, 둘째, 농촌기술혁명을 다그쳐 농업을 공업화, 현대화하는 것, 셋째, 농업생산을 과학화, 집약화하는 것으로 요약된다. 구체적 목표로는 1000만톤의 알곡고지 점령과 10만정보의 간석지 개간을 제시하였으나, 애초부터 무리한 목표량으로 대외선전용에 불과한 수치이다. 또 하나 북한에서 제2차 7개년계획 기간중에 의욕적으로 펼친 정치사업으로는 〈숨은 영웅〉들의 모범을 따라 배우는 운동이 있다. 특히 과학기술혁명의 강력한 추진을 부추기기 위해 1979년 10월 중요한 작물의 새 품종을 만들어낸 여성과학자와 북한의 기후풍토에 맞고 생산성이 높은 〈상련종〉을 연구해낸 농업과학자 등에게 〈숨은 영웅〉칭호를 부여하고 그들의 모범을 따라 배우자는 대중적 사상개조운동을 전개하였는데,『씨앗』은 이러한 정치사업을 배경으로 삼아 창작된 소설로 추정된다.

　『씨앗』에 나타난 북한의 농촌 행정지도체제를 살펴보면, 〈군협동농장 경영위원회〉 위원장의 책임하에 농촌경리가 움직여지고 있으며, 소설의 공간적 배경으로 나오는 달뫼재 석정농장의 경우 작업반장 보다는 분조장에 의해 사실상 생산과 분배가 이루어지는 양상을 보이고 있어 〈분조관리제〉의 양상을 보이고 있다고 추정할 수 있다. 김일성은 1961년 12월 평안남도 숙천군에 대한 현지지도후 군인민위원회로부터 농촌경리에 대한 지도기능을 분리하여 새로 〈군협동농장 경영위원회〉를 조직하여 행정적 방법으로서가 아니라 기업적 방법으로 지도할 것을 강조하였다. 또 〈분조관리제〉는 김일성이 1965년 5월 11일 소위 '분조관리제의 고향'으로 일컬어지고 있는 강원도 회양군 포천리 포천협동농장에 대한 현지지도에서 작업반을 새로 개편하여 그 규모를 줄이는 것보다 분조를 그에 맞게 개편(15 - 20명)하는 쪽이 합리적이라고 지적하는데서 시작되었다. 최근인 1996년부터 북한은 구성원들의 생산의욕을 고취하기 위해 〈분조관리제〉를 〈분조계약제〉로 바꾸어 실시하고 있다고 한다.

다음으로 장편소설『씨앗』에 반영된 북한 농촌현실의 실상에 대해 본론에서 분석한 것을 요약하기로 한다. 첫째,『씨앗』은 척박한 농토 등 자연적 지리적 조건을 극복하기 위해 김일성이 1973년에 평양시와 평안남북도, 황해남북도 등을 현지지도하면서 농사제일주의를 표방하면서 내놓은 〈주체농법〉의 관철을 바탕으로 삼고 있다. 〈주체농법〉은 ①우리나라 토양과 기후조건에 맞게 농사를 적지적작, 적기적작의 원칙에서 하며, ②농업생산을 집약화하고《녹색혁명》을 일으켜 우량품종을 만들어내는 등 농사를 과학적으로 하는 방법을 가르쳐주는 것을 뜻한다고 강조하고 있다. 그리고 김일성은 1974년에 〈주체농법〉을 철저히 관철하여 700만톤의 알곡고지를 점령하기 위한 속도전을 펼칠 것을 요구하였다. 둘째,『씨앗』은 차수웅이라는 농촌의 새형의 주인공을 창조하고 있으며 북한 청년들의 공리적 애정관을 차수웅과 두 농촌처녀 강초애, 양희연와의 로맨스를 통해 보여주고 있다. 셋째, 『씨앗』에는 학벌중시의 북한사회의 현상을 고발하고 있으며 그것의 타파를 주인공을 통해 실험하고 있다. 그리고 이 작품에는 도시와 농촌간의 엄청난 격차가 드러나고 있어 향후 북한사회에서 심각한 국론분열양상이 전개될 것으로 보여진다. 김일성정권은 6개년 계획기간(1971 – 1976년)중 인민생활의 균형적 발전을 중점과제로 내세우면서 노동자와 농민의 생활수준의 차이, 도시와 농촌주민들의 생활조건에서의 차이를 없애자고 외쳤지만 오히려 80년대 – 90년대에 접어들면서 그 격차가 더욱 커진 것으로 보여진다. 끝으로 『씨앗』에서는 농정을 망치는 관료주의의 폐단이 생생하게 드러나고 있다. 관료주의의 유형과 양상으로는 몇가지가 구체적으로 제시되고 있는데, ①북한의 식량위기를 초래한 관리일군들의 태만과 무책임성이 거론되고 있고, ②농민들의 창의성을 짓밟는 배정할당량 달성위주의 행정과 상명하복의 무사안일주의가 고발되고 있으며, ③관료들의 주관주의와 보신주의의 양태도 심각하다고 비판하고 있다. 마지막으로 ④북한의 농정을 망치고 있는 또 다른 관료주의의 모습으로는 탁상행정이 가져다주는 모순과 불합리성인데, 그것이 행정책임자들 스스로의 입을 빌려서 구술되고 있을 정도로 구조적인 문제로 자리잡고 있어 그것의 타파가 쉽지 않음을 보여주고 있다.

따라서 북한의 농민소설 『씨앗』을 분석해본 결과, 1980년대를 거쳐 1990년대로 이어지고 있는 북한의 식량위기는 '자연적 · 지리적 조건' 못지않게 '정치적 조건'의 모순이 구조적으로 심화되고 있어 중국식이든 러시아식이든간에 농민들의 생산력 고취를 위한 사유재산제의 어느 정도의 실시와 시장경제원리의 도입, 그리고 개방경제 체제로 나아가지 않는한 치유가 쉽지 않을 것으로 추정된다.

북한문학에 나타난 김정일 형상창조

I. 머리말

북한이라는 존재는 우리에게 너무나도 가깝고도 멀게만 느껴진다. '가깝다는 것'은 지리적인 개념과 같은 민족이라는 동질성을 기준으로 할 때 쓰이는 말이다. '멀다'는 표현은 이데올로기와 연관되어 사용되는 말일 것이다. '가깝고도 멀다'는 표현이 새삼스럽게 느껴지는 것은 최근의 남북관계에 견주어 볼 때 실감이 나기 때문이다. 북한은 남한에 대해 한편으로는 화해의 손짓을 보내다가 다른 한편으로는 긴장을 유도하는 양면전략을 구사하고 있다. 1998년 금년의 후반기만 하더라도 남북경협의 북한창구였던 김정우의 처형설이 돌면서 강경분위기로 회귀하던 북한이 갑자기 인공위성을 쏘아올려 대외적으로 군사강국('강성대국')을 과시하더니, 곧 현대그룹에게 금강산일대 독점개발권을 준다는 발표를 하였다. 그리고 서해안에 북한 간첩선으로 보이는 괴선박이 출현하는가 하면 또 금강산유람선이 동해항을 거쳐 장진항에 도착하였다는 발표가 나오고 있다. 그리고 곧 이어 핵의혹을 불러일으키고 있는 영변 금창리 지하시설을 둘러싼 미 - 북간의 긴장관계가 조성되고 있다는 외신이 연일 보도되고 있는 실정이다. 또 북한은 1999년 2월 8일 조국평화통일위원회(위원장 김용순)의 평양방송 대변인 담화를 통해 상투적인 국가보안법 폐지조건을 달고 있기는 하지만, 앞서 제안한 남북 고위급정치회담을 "아무때나 열려도 무방할 것"[1]이라고 발표하였고, 우리 정부는 이를 환영하는 동시에 한국내 미전향 장기수와 국군포로 등 북한내 남한 출신 억류자를 맞교환하자고 제안하였다. 즉 남북한 사이에 대화분위기가 고조되고 있는 형상이다. 하지만 거시적 시각에서 보면, 북한내에는 강경파와 개방파의 암투가 계속되고 있는 것으로 보이는 측면도 있다. 그렇다면, 과연 북한의 실체는 무엇인가?

사실상 남한에서 북한에 대한 종합적이고도 체계적인 연구가 이루어진 것은 얼마되지 않는다. 물론 정치학쪽의 연구는 상당히 오래전부터 이루어졌으나 모든 분야에 걸친 연구는 최근의 북한연구학회의 창립시기쯤부터 이루어졌다고 해도 과언이 아니다. 북한은 유일체제의 국가이다. 그것도 1970년대부터 김일성주체사상이라는 독특한 공산독재체제를 구축한 병영국가의 양상을 보이고 있는 것이 북한의 현상이다. 따라서 김일성에 이은 김정일을 체계적으로 연구하는 것이 절대적으로 필요하다. 정치학분야에서의 체계적인 연구는 이종석[2]과 김명수[3]에 의해 이미 상당한 진척을 이루었

---

1) 『중앙일보』 1999년 2월 9일자(화).
2) 이종석, "김정일연구 1", 『역사비평』 제 14호, 1991년 가을호.
   이종석은 위의 연구를 바탕으로하여 김정일 연구의 필요성제기와 김정일의 출생과 성장, 권력 부상과 후계자 등장과정, 김정일의 통치력 등에 대한 치밀한 연구성과를 『현대 북한의 이해』 (역사비평사, 1995)라는 단행본으로 출간한 바 있다.
3) 김명수, "김정일의 권력승계와 정책변화 전망", 평화문제연구소, 『통일문제연구』 통권 제 28호, 1997년 하반기호, 214 - 233쪽.
   김명수는 상기논문에서 김일성 사후 3년이 지나도록 김정일이 공식권력승계를 하지 않았던 이유로 식량난을 포함한 경제적 문제를 제시하고, 북한에서 김정일의 권력장악과정과 통치력, 그리고 승계이후 권력구조의 개편전망 등을 치밀하게 분석하고 있다.

다. 하지만 문학분야에서의 연구는 이루어진 적이 별로 없는 듯 보인다.

　북한문학에서 김정일이 등장한 것은 상당히 오래되었다. 애초에는 '당중
앙'이나 '지도자 동지'로 호칭되면서 예술문화 정책분야에서 직접적으로
현지지도하는 형식으로 등장하였다. 구체적으로는 1964년 노동당 중앙위
원회 지도원으로 출발하여 과장과 부부장 등으로 활동하던 시기인 1960년
대 중반에 이미 문학과 영화분야에 대한 견해를 내놓기 시작하였다. 그 시
기의 연설문으로 "혁명적인 문학예술작품 창작에 모든 힘을 집중하자"
(1964년 12월 10일, 문학예술부문 일군들앞에서 한 연설), "새로운 혁명문
학을 건설할 데 대하여"(1966년 2월 7일, 조선작가동맹 중앙위원회 위원장
과 한 담화), "혁명적 영화창작에서 새로운 전환을 일으키자"(1966년 2월
26일, 영화예술부문 창작가, 예술인들 앞에서 한 연설), "예술영화《최학신
의 일가》를 반미교양에 이바지하는 명작으로 완성할 데 대하여"(1966년
12월 27일, 문학예술부문과 창작가들과 한 담화), "인간성격과 생활에 대
한 사실주의적 전형화를 깊이있게 실현할 데 대하여"(1967년 2월 10일, 작
가들과 한 담화), "4. 15문학창작단을 내올 데 대하여"(1967년 6월 15일,
조선노동당 중앙위원회 선전선동부 일군들과 한 담화), "작가, 예술인들 속
에서 당의 유일사상체계를 철저히 세울 데 대하여"(1967년 7월 8일, 당사
상사업부문 및 문학예술부문 책임일군들과 한 담화) 등이 있다. 그이후 김
정일은 80년대까지 꾸준하게 문학예술사업분야에서 자신의 독창적인 식견
을 바탕으로 열정적으로 사업을 추진하여 김일성의 신임을 얻게 된다. 대표
적인 업적이 4. 15문학창작단과 백두산영화창작단을 만들어 김일성의 수령
형상창조에 힘을 쏟아《불멸의 력사총서》(1972년 권정웅작『1932년』을 시
작으로 1994년 김수경작『승리』가 출간되기까지 총 20편이 간행됨)를 완
간하고, 총서형식의 10부작 예술영화『조선의 별』(1980 - 1987년, 백두산
창작단, 리종순작 엄길선, 조경순 연출)을 완성한 것이다.

그런데 재미있는 것은 김정일이 후계자수업을 받고 있던 시기인 1970년대 중반부터 그를 우상화하는 시집과 가사작품등이 쏟아져 나오기 시작하였다는 점이다. 김정일을 노래한 종합시집인『향도의 해발 우러러』는 1975년에 첫 시집이 나온 후 1991년에 14권이 나왔다. 그리고 가사문학으로는「대를 이어 충성을 다하렵니다」(1971년, 집체가사, 성동춘 작곡),「친애하는 김정일동지의 노래」(1976년 집체가사, 이학범작곡),「친애하는 지도자동지의 만수무강을 축원합니다」(1976년, 백인준 작사 · 김제선 작곡) 등이 쏟아져 나왔다. 그리고 소설분야에서는 시에 비해 상당히 뒤늦게 1980년대부터 창작이 이루어졌는데, 단편소설집으로『조선의 행복』(1983년, 김병훈의「고향길」등 15편 수록),『백두산의 해돋이』,『향도의 태양』등이 발행되었고 그곳에 55편의 단편소설이 수록되었다. '90년대 들어서는 장편소설인 현승걸의『아침해』(1989), 이종렬의『예지』(1990), 박현의『불구름』(1991) 등과《불멸의 향도총서》로 백남룡의『동해천리』(1996) 등이 창작되었다.

이러한 문학작품들에서 북한의 사실상 수령인 김정일의 형상창조가 어떻게 그려지며, 북한문학사에서 그 위상은 어떠한지 그리고 북한문학에서 김정일의 성격과 통치스타일은 어떻게 묘사되는지 등에 대해 살펴보는 것이 이번 논문의 목적이다. 이제 구체적으로 하나하나 세밀하게 살펴보기로 한다.

II. '수령형상' 창조의 의미와 김정일 형상창조

김정일(1942년 출생)은 1994년 7월 김일성 사후 3년 3개월간의 유훈통치를 마감하고 1998년 9월 5일의 최고인민회의 제 10기 회의에서 사실상의 국가수반인 국방위원장에 재추대됨으로써 그동안의 권력승계를 둘러싼 논쟁에 종지부를 찍었다. 미국 뉴욕타임즈지의 논평에 의하면 김정일이 국가주석직을 승계하지 않은 것은 신격화한 김일성에 대한 존경심의 표시이자 외국지도자들과의 만남을 회피하기 위한 것이라고 평가했다. 즉 김정일이 외부노출을 최대한 삼감으로써 신비감을 조성하여 카리스마와 권력을 유지하려 한다고 논평[4]하고 있다.

김정일은 1964년 4월 노동당 중앙위원회 지도원(김일성을 호위하는 호위과 지도원)으로 정치에 발을 들여놓은 후 그의 나이 25세때인 1967년 당 4기 제 15차 전원회의에서 김일성 유일체제 구축에 걸림목이 되었던 정치위원회 상무위원이자 비서인 박금철 등 갑산파의 숙청에 대한 실무적인 작업을 주도함으로써 급격하게 부상하게 된다. 그리고 곧 문화예술부 부부장에 올라 선전선동의 중요한 수단인 문학예술부문과 출판보도부문에 대해 직접 영향력을 행사하고, 1970년 제 5차 당대회를 앞두고 문화예술부장을 거쳐 드디어 1972년 그의 나이 30세때에 김책의 아들 김국태에 뒤이어 당 선전선동부장에 임명되었다.

김정일은 1970년대 초의 신구세대교체기에 시행되었던 3대혁명소조운동(1973년 2월 발기)을 주도함으로써 권력의 핵심으로 부상하게 된다. 1973년 9월 당 중앙위원회 제 5기 제 7차 전원회의에서 비서국 조직 선전선동담당 비서겸 조직 지도부장으로 선임된 후 1974년 2월에 열린 제 5기 제8차 전원회의에서 당 핵심권력기구인 중앙위원회 정치위원회 위원이 됨으로써 후계자로 공인('경애하는 영도자 김정일 동지를 위대한 수령님의 후계자로 추대하는 결정'을 채택)되면서 언론으로부터 '당중앙'이라는 호칭[5]으로 불려지게 되었다.

---

4) 『조선일보』 1998년 9월 8일자(화), 해외언론 보도.

80년대 들어와 김정일은 김일성의 후계자로 공식지명된다. 10년만에 열린 1980년 10월 조선노동당 제 6차대회에서 새로 신설된 정치국과 상무위원회 위원으로 김정일은 지명된다. 회의에서 중앙위원회 총비서에는 김일성이 선출되었고 정치국 상무위원회 위원으로는 김일성 · 김일 · 오진우 · 김정일 · 이종옥을 선출하였으며, 정치국 위원으로 상무위원들을 포함하여 박성철 · 최현 등 정위원 19명과 후보위원 15명을 뽑았다. 이와 함께 비서국 비서로는 김일성 · 김정일을 비롯하여 10명을, 군사위원회 군사위원으로 김일성, 김정일을 포함하여 19명을 선출[6]하였다. 이로써 김정일은 당내 3대권력기관인 정치국, 비서국, 군사위원회에 모두 선출되었다. 그리고 1981년 6월부터는 언론이 '영광스러운 당중앙'이라는 호칭대신에 '친애하는 지도자 동지'라는 호칭을 사용하기 시작하였고, 1982년부터는 그를 찬양하는 전기들이 출판되었으며 그의 성장과정과 관련이 있는 지역들이 혁명사적지로 조성되기 시작[7]하였다.

90년대 와서는 더욱 권력이 강화되어 군부를 완전하게 장악하게 된다. 1990년 5월 최고인민회의 제 9기 1차회의에서 김정일은 확대개편된 국방위원회의 제1부위원장에 선출되었다. 그리고 다시 1991년 12월에 1950년 7월 이래 김일성이 맡고 있던 조선 인민군 최고사령관으로 추대되었다. 이어서 1993년 4월 최고인민회의 제 9기 3차회의에서 채택된 개정헌법을 통해 중앙인민위원회로부터 분리, 독립하여 '군사주권의 최고 지도기관'으로 격상된 국방위원회 위원장에 취임[8]하였다.

5) 이종석,『현대 북한의 이해』, 역사비평사, 1995, 291 - 292쪽.
6) 국토통일원 편,『조선노동당대회 자료집』제 4집, 1988, 97 - 101쪽, 이종석,『현대 북한의 이해』, 297쪽, 재인용.
7)『내외통신』1795호, 1981. 6. 6(종합판 제 19집, 17쪽), 이종석, 앞의 책, 301쪽, 재인용.
8) 김명수, 앞의 논문, 217쪽.

이렇게 김정일은 오랫동안 후계자수업을 거쳐 북한의 최고 권력자로 부상하였다. 이러한 정치적인 작업이외에 문학예술분야에서도 꾸준하게 김정일을 후계자로 굳히게 하는 작업이 진행되고 있었으니 그것이 바로 '수령형상' 창조이다. 물론 이 작업은 당 선전 선동부장을 역임한 김정일이 주도하였다. '수령형상창조'는 한마디로 문학예술 작품속에서의 일종의 우상화작업을 뜻한다. '수령형상창조'라는 말이 북한에서 최초로 등장한 것은 1966년쯤[9]으로 보인다. 1966년 2월 7일 조선작가동맹 중앙위원회 위원장과 한 담화인 "새로운 혁명문학을 건설할 데 대하여"에서 김정일은 새로운 혁명문학을 건설하는 데서 중심고리를 정확하게 찾아쥐는 것이 중요하다고 밝히면서 노동계급의 수령을 형상하는 것이 사회주의적 사실주의문학의 운명을 좌우할 근본문제라고 강조함으로써 '수령형상창조'라는 말을 최초로 사용한다. 그리고 '수령형상'에 대한 그동안의 이론적 체계의 가닥을 잡아 주체적 문예이론서의 하나로 『수령형상문학』(윤기덕)이 1991년 드디어 발행된다.

로동계급의 혁명위업은 곧 수령의 위업입니다. 수령은 혁명의 최고뇌수, 최고 령도자로서 로동계급의 혁명위업 수행에서 결정적 역할을 합니다. 로동계급의 혁명위업 수행에서 수령이 절대적 지위를 차지하고 결정적 역할을 하는 것만큼 그 위업 수행에 이바지하는 사회주의적 사실주의문학도 마땅히 수령에 관한 문제를 첫째가는 중심문제로 제기하고 바로 풀어나가야 할 것입니다. 로동계급의

---

9) 조선노동당 중앙위원회, 『김정일선집』 1, 평양, 조선로동당출판사, 1992, 54 - 55쪽.
   김정일은 1964년 12월 10일 문학예술부문 일군들앞에서 한 연설인 "혁명적인 문학예술작품 창작에 모든 힘을 집중하자"에서 혁명가들의 혁명적 세계관 형성과 발전과정을 깊이있게 형상하는데 깊은 주의를 돌려야 한다고 강조하면서 혁명적 문학예술작품의 기본사명은 사람들에게 혁명적 세계관을 세워주는데 있다고 하면서 '수령형상창조'의 전단계로서 '혁명적 세계관'이라는 용어를 구사하고 있다.

수령을 형상하는 것은 사회주의적 사실주의 문학의 운명을 좌우하는 근본문제입니다. ……(중략)…… 우리나라에서 수령을 형상한 혁명문학은 일찍이 항일혁명투쟁시기부터 창작되기 시작하였습니다. 해방전에 인민들속에서 창조 전승되어온 장군님에 대한 혁명전설은 수령형상에 바쳐진 혁명문학건설의 귀중한 밑천으로 됩니다.[10]

주체적 문예이론서인 『수령형상문학』을 보면, 수령을 형상한다는 것은" 수령의 혁명역사와 숭고한 풍모를 진실하고 생동하게 예술적 화폭에 그려 수령의 위대성을 예술적으로 감득하게 하는 것이다"[11]라고 밝히고 있다. 수령은 위대한 혁명가, 위대한 공산주의자의 귀감이자 인민대중에 대한 최고 영도자라는 것이다. 인민대중의 자주적 의식활동은 타고나는 것이 아니므로 그것은 계급적 처지와 역사적 사명을 자각하고 자주성을 옹호하여 투쟁할 수 있도록 올바른 사상과 이론을 배워야 하는데 그것은 오직 노동계급의 수령만이 창조하여 인민에게 줄 수 있다는 것이다. 인간이 뇌수가 없다면 사고하고 행동할 수 없듯이 수령은 인민의 최고뇌수이므로 수령의 영도가 없다면 인민대중의 존재는 생각할 수도 없다는 논리를 북한의 문예이론서들은 펴고 있다. 그리하여 수령형상은 참된 인간, 위대한 혁명가의 형상인 동시에 그 누구도 비길수도 대신할 수도 없는 인민의 최고뇌수, 혁명의 최고열도자, 단결의 유일중심의 형상이며 오직 한분밖에 없는 노동계급의 정치적 수령의 형상이라고 강조한다.

그리고 수령형상 창조의 본질로 '혁명적 수령관'을 철저히 세우는데 있다고 역설한다. 혁명적 수령관은 저절로 서는 것이 아니라 역사발전과 혁명

---

10) 조선노동당 중앙위원회, "새로운 혁명문학을 건설할 데 대하여", 『김정일선집』1, 조선로동당 출판사, 1992, 113 - 114쪽.
11) 윤기덕, 『수령형상문학』, 평양, 문예출판사, 1991, 157쪽.

투쟁에서 수령이 차지하는 지위와 역할에 대한 옳은 인식에 기초하여 서게 된다고 강조한다. 김정일은 혁명적 신념과 의리를 가지고 수령을 높이 모시고 충성으로 받들어 나갈 때 비로소 혁명적 수령관이 섰다고 말할 수 있다[12]고 지침을 내린 바 있다고 북한의 이론서들은 주장한다. 즉 혁명적 수령관은 '수령에 대한 충성심'을 혁명적 신념과 의리로 간직할 것을 요구한다는 것이다.

이러한 수령형상창조에 대한 강조는 '90년대 초로 오면서 "수령의 계승자를 형상한 문학은 본질에 있어서 수령형상문학이다"[13]라고 하여 최고 권력에 대한 놀라운 변신을 도모하고 있다. 노동계급의 혁명위업은 한세대에 끝나는 것이 아니라 여러 세대에 걸쳐 진행되는 역사적인 위업이라는 것이다. 수령의 위업, 주체 위업을 끝까지 완성하는 것은 행복한 미래를 이룩하기 위한 결정적 담보라는 것이다. 그런데 주체위업을 끝까지 완성하기 위하여서는 수령에 대한 충실성을 대를 이어 계승하여야 한다는 것이다. 여기에서 김정일에 대한 형상창조의 목적이 분명하게 드러나게 된다. 수령에 대한 충실성을 대를 이어 계승한다는 것은 혁명위업을 개척한 수령에게 충성하는 것과 같이 수령의 위업을 대를 이어 완성해나가는 계승자를 '충성으로 높이 모시고 받들어 나가는 것'[14]이라는 논리를 내세운다.

그리고 『수령형상문학』은 계승자형상문학의 특성으로 김정일의 사상이론적 업적, 천리혜안의 예지와 탁월한 영도력, 고매한 공산주의적 덕성을 주로 제시하고 있다. 그리고 그러한 특성들이 1970년대 이후에 쏟아져 나온 송가 등 종합시집, 가사문학, 단편소설집, 장편소설과 《불멸의 향도총서》를 통해 구체적으로 구현되고 있는 것이다. 그리고 김정일에 의해 만들

---

12) 윤기덕, 위의 책, 168 - 169쪽.
13) 윤기덕, 위의 책, 425쪽.
14) 윤기덕, 위의 책, 427쪽.

어진 《4. 15문학창작단》(1968년 조직, 피바다 등을 소설로 옮기는 작업과 불멸의 역사 총서 창작),《백두산영화창작단》(1967년 2월 창립, 피바다 등을 영화로 연출하고 조선의 별, 푸른 소나무 등 혁명영화를 창작함),《만수대창작사》(1958년 11월 17일 창립, 미술작품의 창작과 제작을 전문으로 하는예술기관으로 조각창작단을 모체로 하고 거기에 중앙미술제작소를 비롯한 미술창작의 모든 분야를 포괄하는 새로운 종합적인 미술창작기지로 꾸려짐, 보천보전투승리기념탑과 천리마동상을 창작건립함)와 같은 강력한 국가적인 창작단을 당이 전폭 지원하여 인민대중들의 자발적인 민중적 기반과는 상관없이 영화, 장편소설문학 등을 유일적 독재체제를 위한 선전선동의 수단으로 양산하고 있는 것이다.

III. 실제 작품에 표현된 김정일형상 창조

1. 김정일 친필작품의 가치와 의미

일찍부터 당의 문화예술부와 당 선전 선동부를 책임맡았던 김정일은 〈문학예술이 혁명과 건설의 힘있는 무기로 된다〉는 것을 포착하고 문학예술사업에 힘을 쏟았다. 이런 연고로 북한의 문학이론서와 문학예술사전 등에서는 김정일을 문학예술의 영재라고 치켜세우고 있다. 김정일은 특히 김일성이 항일혁명투쟁기에 직접 창작한 것으로 선전되고 있는「피바다」,「꽃파는 처녀」등의 고전적 혁명가극을 영화나 소설 등 다른 장르로 옮겨 인민들에게 전파되는 일에 몰두하여 소위 주체적 문학예술의 구축에 큰 족적을 남긴 것으로 평가되고 있다. 이러한 역량은 이미 그가 청소년기에 창작한 서정시, 가사, 동요, 동화 등의 주체적 문학예술의 본보기작품을 창작한데서 드

러나고 있다고 북한의 문학예술사전은 찬양하고 있다. 즉 그의 친필 작품들
이 혁명적 수령관으로 확산되는 김정일 형상창조의 중요한 수단으로 미화
되고 있는 것이다.

 그 양상을 구체적으로 살펴보기로 한다.

 1) 기쁘나 힘드나 부르고싶은
   정답고 미더운 나의 어머니
   그 은혜 못잊어 세월의 끝까지
   수령님 받들어 한길을 가리라
   어머니 어머니 나의 어머니
   뜨거운 그 사랑 내 크며 알았네

 2) 위대한 수령님 높이 모시고
   주체의 한길로 억세게 나아가리
   사나운 풍랑도 폭풍도 헤쳐
   조선을 이끌고 미래로 가리
   아, 조선아 너를 떨치리

   누리에 빛나는 태양의 위업
   대를 이어 해빛으로 이어가리라
   주체의 붉은 노을 지구를 덮을
   공산주의 그날을 앞당겨오리
   아, 조선아! 나의 조선아!

 3) 세상에 소리높이 자랑합니다
   왜놈도 미국놈도 다 쳐부신
   아버지장군님은 강철의 령장

백두의 슬기로 조선을 떨치는
아버지장군님은 우리의 수령

세상에 이름높은 우리 수령은
나 하나의 아버지가 아니랍니다
조국을 되찾아 모두 안아주고
조국을 지켜 누구나 품어주는
인민의 자애로운 아버지이십니다

4) 천만대군 이끌고 험산준령 넘고넘어
백두의 행군길을 곧바로 이어가리
침략자 미제를 이 땅에서 내몰고
통일된 조국을 한품에 안으리라

삼천리강산을 락원으로 꽃피워
조선의 영광을 온 누리에 떨치리
그 어떤 원쑤도 다치지 못하게
내 조국 영원히 지켜가리라

1)은 「나의 어머니」란 작품으로 장르로는 가사에 해당되며, 김정일이
1960년 7월 15일 평양남산고급중학교 졸업생 축하모임에서 부른 것으로
1959년 이미 죽은 지 10주년이 된 어머니 김정숙을 못견디게 그리워 하며
지은 작품으로 알려져 있다. 어머니에 대한 깊은 감회를 직접 감정토로 형
식으로 제시하여 혁명투사였던 모친에 대한 숭고한 뜻을 이어 김일성수령
에 대한 충성을 다하겠다는 청년 김정일의 집념을 보여주고 있는 시작품이
다. 김정일의 내면에 자리잡고 있는 어머니컴플렉스(mother complex)를

절실하게 보여주는 작품인데, 주체적 문학작품을 창작하겠다고 외치면서도 중세봉건왕조 시기인 조선조에나 존재했던 가사의 형식을 빌려 외로운 권력후계자의 공허한 마음을 직설적으로 실어담은 초보적 작품에 지나지 않는다.

2)는 「조선아 너를 빛내리」란 가사작품으로 김정일이 1960년 9월 1일 김일성종합대학에 입학하여 룡남산마루에 오르며 지은 시로 알려져 있다. 혁명적 수령관을 앞세우며 후계자로 대를 이어 혁명위업을 계승하겠다는 청년 김정일의 야망을 드러내 보인 작품이다. 북한의 종합문예사전격인 『문예상식』에서 혁명의 계승성에 관한 문제제기, 격동적 서정, 독창적인 구성조직, 심오한 사회적 문제성의 제기, 사상의 철학적 깊이의 보장 등 명작이 가지고 있는 중요한 사상예술적 특징을 보이고 있는 영원히 따라배워야 할 불멸의 본보기[15]라고 극찬하고 있는 작품이다. 하지만 이 작품 역시 조선조의 가사문학의 형식을 빌린 형식의 한계와 순화되지 못한 격정적 감정의 토로 등 리듬을 생명으로 하는 시의 내적 구조상의 결함을 안고 있는 아마추어 수준의 시에 지나지 않는 작품이다.

3)은 「우리의 수령」이라는 제목의 동시로 김정일이 만경대 혁명자 유자녀학원시기인 1953년 4월 15일 벽보 창간호에 싣기 위해 지은 작품으로 알려져 있다. 김정일이 11살의 어린 나이에 지은 항일혁명기와 한국전쟁 (소위 조국해방전쟁) 시기에 전설적 영웅인 김일성수령에 대한 아동으로서의 긍지와 자부심을 표현한 혁명적 수령관에 바탕한 동시작품이다. 권력을 잡은 뒤 김정일이 주창하였던 '수령형상창조'의 기틀을 보인 작품으로 수령의 위대한 인간형상을 창조하고, 수령의 불멸의 업적을 생동감있게 보여주며, 인민들속에 있는 수령의 풍모와 탁월한 영도력을 옳게 형상한 작품[16]이

---

15) 윤종성 · 윤기덕 외, 『문예상식』, 평양, 문예출판사, 1994, 27쪽.

386

라고 북한비평서들은 극찬하고 있으나 북한의 혁명적 수령관을 강조하고 있는 작품에 지나지 않는다.

4)는 「백두의 행군길 이어가리라」는 제목의 서정시로 김정일이 1962년 8월 29일 김일성종합대학 시기 어은동 군사야영지에서 읊은 시로 알려져 있다. 항일혁명투쟁기의 김일성의 고난의 행군의 역사를 배워 주체조선의 영광을 빛내기 위해 혁명전통을 계승하여 조국통일을 반드시 이룩하겠다는 청년 김정일의 원대한 포부를 담은 시작품이다. 하지만 이 작품에서는 붉은 공산혁명을 이루기 위해 낭만을 즐겨야 할 대학생마저 야영을 하며 전쟁훈련에 몰두하고 있는 북한의 병영국가체제의 모습을 직접적으로 보여주고 있는 작품으로 북한의 『문예상식』의 평가와는 달리 낭만적 서정을 전혀 느낄수 없는 살벌한 분단상황을 확인해주는 이념적 갈등의 민족현실을 다룬 시라고 평가할 수 있다.

2. 시문학에 드러난 김정일 형상창조

우선 김정일은 주체문학을 구현하는데 있어서 서정시의 중요성을 깊이 인식하였다. 『영화예술론』에서 김정일은 "시에서 사상은 정서를 통해서 흘

---

16) 윤기덕, 앞의 책, 178 - 226쪽.
    김정일은 '수령형상 창조'의 원칙으로 다섯 가지를 든다. 첫째, 수령형상작품을 최상의 수준에서 창작하기 위해서는 창작가들이 '혁명적 수령관'에 기초한 높은 충성심을 가져야 한다. 둘째, 노동계급의 수령의 형상은 가장 경건한 감정을 가질 수 있게 정중하고 숭엄하게 창작되어야 하며 동시에 밝게 창작되어야 한다. 셋째, 인민들속에 있는 수령을 형상해야 우선 수령의 인민적 풍모와 탁월한 영도력을 옳게 형상할 수 있다. 넷째, 위대한 인간의 형상을 창조해야 한다. 다섯째, 수령형상작품은 무엇보다도 수령의 빛나는 혁명역사와 불멸의 업적을 그대로 생동하게 보여줌으로써 사람들이 수령의 위대성과 고매한 풍모를 깊이 인식하고 수령을 따라 배우도록 하려는데 그 창작의 중요한 목적의 하나가 있으므로, 창작원칙에 있어서 역사적 사실에 철저히 기초하여 형상을 창조하여야 한다.

러나와야 한다. 시형상의 힘은 사람들을 정서적으로 공감시키는데 있는 것
이다"[17]라고하여 시에서 정서적 공감력을 중시하였다. 북한에서는 서정시
에서 서정성의 본질을 순수한 감정, 정서에 귀결시키거나 종교적이며 신비
한 것으로 보는 예술지상주의나 자연주의 등의 자본주의적 예술관을 적극
적으로 비판하고, 서정의 사회계급적 성격을 강조하거나 생활의 본질과 시
대정신을 구현한 서정의 진실성과 민족성을 강화한 마르크스 레닌의 반영
론에 대해서도 달갑게 생각하지 않으며, 오직 혁명적인 시가문학이 인민들
의 투쟁을 고무하고 이끌어주는 강력한 무기가 되어야 하며 현실을 체험하
고 풍부한 서정성을 구현해야 한다는 주체적 문학관을 정립한 김정일의 문
예관을 바람직하게 생각하고 있다.

　70년대에 들어와 김정일을 후계자로 내세운 김일성의 교시가 나오자 북
한문학에서는 김정일에 대한 수령형상 창조가 본격적으로 시작된다.

　　위대한 수령 김일성동지께서는 다음과 같이 교시하시였다.
　　《대를 이어 계속되는 로동계급의 당의 위업을 누가 어떻게 계승하는가 하는
　것은 당의 운명, 혁명의 운명과 관련되는 중대한 문제입니다.
　　로동계급의 당은 당과 혁명에 끝없이 충실하며 온 사회에 대한 정치적 령도를
　우너만히 실현할 수 있는 품격과 자질을 갖춘 인민의 지도자를 후계자로 내세워
　야 합니다.》

　　　　　　　　　　　　　　　　　　　　　　　(『김일성저작선집』, 9권, 416페이지)

　이러한 분위기에 편승하여 창작된 대표적인 시가작품으로는 「친애하는
김정일동지의 노래」가 있다. 이 노래는 1976년에 집체작사된 노랫말에 리

────────────────

17) 최길상, 『주체문학의 새 경지』, 평양, 문예출판사, 1991, 132 - 133쪽.

학범이 작곡을 하여 대중들에게 보급한 것으로 되어 있다. 즉 혁명적 수령 관에 바탕하여 김정일에게 인민들 자신의 운명과 조국의 미래를 맡기자는 내용의 〈시대의 주도적인 감정〉을 담았다고 북한의 문학사에서는 평가하고 있다.

> 백두의 푸른 기상 한몸에 안고
> 조선에 솟아오른 향도의 해발
> 혁명의 붉은 기발 높이 드시고
> 주체의 내 조국을 빛내이시네
> 아, 우리의 친애하는 지도자 동지
> 그 이름 빛나라 김정일동지
>
> 위대한 수령님의 높으신 뜻을
> 이 강산에 꽃피우는 은혜론 사랑
> 언제나 인민들과 함께 계시며
> 영원한 행복을 안겨주시네
> 아, 우리의 친애하는 지도자 동지
> 그 이름 빛나라 김정일동지[18]

 이렇게 북한의 시문학사에도 혁명의 계승성문제가 최대이슈가 된다. 그리고 북한의 문예이론서들은 이 시기부터 혁명적 수령관을 생활정서적으로 노래하고 사람들을 주체의 혁명관으로 무장시키는 시문학의 사명이 뚜렷해지게 되었음을 강조하게 된다.

---

18) 사회과학원 주체문학연구소 편, 『문학예술사전』 하권, 평양, 과학백과사전종합출판사, 1993, 105쪽.

이 무렵 김정일이 시인들에게 주문한 또 하나의 지침은 수령과 당의 노래
는 무겁게 형상하지 말고 밝게 형상하여야 한다는 가르침이었다.[19]

> 기쁨의 노래를 부를 때면
> 이가슴 한없이 젖어드네
> 우리를 손잡아 키워주신
> 그 사랑 잊을 수 없네
> 그 품을 떠나선 못살아
> 그 품을 떠나선 못살아
> 꿈에도 정답게 불러보는
> 우리의 김정일동지

이 작품은 가사문학인 「그 품 떠나 못살아」인데, 앞서의 김정일의 가르침
이 잘 반영되고 있다. 즉 혁명과 건설의 투쟁에서의 희망차고 의욕적인 형
상을 잘 창조하고 있고 인민의 지향세계를 보여주고 있으며 숭고한 정서가
미래에로 향한 감정을 타고 펼쳐지는 등 낙관적 입장에서의 고무적인 형상
이 제대로 창조되었다고 북한의 문학이론서들은 극찬하고 있다.

이렇게 북한의 시문학사에서 김정일 형상창조는 송가, 서사시, 철학시,
풍경시, 애정륜리시 등 다양한 모습으로 이루어졌다. 충성의 송가가사집으
로는 『향도의 해발을 우러러』가 1975년 첫권이 나온후 1991년까지 14권이
나왔고, 뒤이어 『향도의 빛발아래』가 출간되어 1995년에 4권째가 나왔다.
그리고 1987년에는 백하가 지은 서사시 『불타는 해』가 창작되어 1947년
조기천이 지은 장편서사시 『백두산』과 쌍벽을 이루게 된다.

그중 『향도의 해발을 우러러』에 나오는 시작품들에 대해 북한의 『문예사

---

19) 최길상, 앞의 책, 165쪽.

전』은 그 내용상 특성에 담겨있는 김정일의 형상창조를 다음의 몇 가지로 정리[20]하고 있다. 첫째, 김정일의 탄생이 가지는 의의와 그가 이룩한 불멸의 업적, 탁월한 영도력 등을 노래하였고, 둘째, 김일성의 주체의 혁명위업을 계승발전시켜 나가는 김정일의 고매한 풍모를 시형상으로 부각시켰다. 셋째, 김정일의 현지지도의 위훈과 인민을 보살펴주는 인민적 풍모를 감동적으로 노래하였으며, 넷째, 김정일에 의한 인민경제의 여러 부문에서의 비약과 거세찬 진군운동을 힘차게 형상하였다. 다섯째, 이 시집에서는 당의 위대성과 당과 인민대중의 일심단결의 공고성과 불패성의 신념을 노래하였고, 여섯째, 김정일에 대한 인민들의 충성의 감정을 열정적으로 노래한 작품 또한 많다. 일곱째, 김일성수령에 이어 김정일이 조국통일위업을 앞당겨 가고 있음을 숭고한 풍모에 담아 표현하고 있다 등으로 요약하고 있다.

3. 소설문학에 나타난 김정일의 형상창조

김정일이 권력을 확고하게 장악한 이후 북한문학에서는 소설문학의 약진이 돋보인다. 소위 〈우리식 소설문학〉창작을 내세우는 운동이 활발하게 전개되는데, 우선 그것은 4. 15창작단을 중심으로 한《불멸의 력사총서》의 발간 등 혁명소설을 창작하여 김일성의 항일혁명투쟁의 위대성을 부각시키며 혁명적 수령관을 확립하려는 김정일의 예술관에서 비롯된다.

김정일은 "주인공의 뒤생활과 내면세계가 깊이있게 그려졌기 때문에 성격의 전모를 리해할 수 있어 좋습니다. 이것은 소설이 다른 형식과 구별되는 우점이라고 볼 수 있습니다"[21]라고 하여 시문학, 극문학과 차별화된 소

---

20) 사회과학원 주체문학연구소 편, 『문예사전』 하권, 261 - 262쪽.
21) 최길상, 앞의 책, 77쪽.

설문학의 우월성을 강조하고 있다. 특히 북한의 문학이론서들은 장편소설은 생활을 시적으로도, 극적으로도 보여주며 소설적으로도 묘사함으로써 성격을 전면적으로 보여줄 수 있는 형상적 가능성을 다 가지고 있다고 장편소설의 장점을 나열하고 있다. 또 문학예술이론에 해박한 김정일은 소설문학이 혁명적 세계관에 바탕한 숭고한 뜻의 빛나는 구현을 그려야 하며 조국을 보위하는 싸움이나 사회주의 건설에서 자기의 초소를 주인답게 묵묵히 지키면서 값높은 공헌을 하는 〈숨은 영웅〉을 찾아내어 창조하는 등 긍정적 주인공의 형상을 창조해야 할 것을 주문하고 있다.

김정일은 북한소설문학에 대한 전면적인 영도의 첫 시기인 1970년대 초에 장·중편소설의 창작정형을 파악한 후 1978년 1월 7일 장·중편소설 창작전망계획을 밝혔다. 그리하여 김일성수령 탄생 70돐이 되는 1982년 4월 15일까지 장·중편소설창작전투를 힘있게 벌릴 것을 요구하면서 장·중편소설의 주제로 김일성의 혁명활동과 혁명적 가정을 내용으로 한 작품, 혁명전통을 주제로 한 작품, 조국해방전쟁 주제작품, 사회주의 건설 주제작품, 계급교양 주제작품, 조국통일 주제작품 등을 제시하였다. 그리하여 이 시기에 수백편의 장중편소설이 창작되었다.

그러면 소설문학에 있어서 김정일에 대한 수령형상문학으로는 어떠한 작품이 있는가? 단편소설집으로는 1983년에 나온 『조선의 행복』(김병훈의 「고향길」 등 15편 수록), 『백두산의 해돋이』, 『향도의 태양』, 『영광의 시대』, 『봄빛』, 『력사의 순간』 등에 55편의 단편이 실려있고, '90년대에 나온 『소원』(문예출판사, 1992)에 김정일에 대한 충성심이나 한없는 사랑을 다룬 11편의 단편소설이 담겨있다. 이러한 단편소설을 내용상 특성별로 몇 갈래로 나눈다면, 우선 김정일의 사상이론적 업적을 다룬 「무포의 물소리」, 「고향길」이 있고, 사회주의 건설에 대한 지도에서의 예지와 현명한 영도력을 다룬 「어머니의 목소리」, 「맑은 물소리」, 「무쇠들보」, 「조선시간」 등이 있다.

또 김정일의 문학예술사업에 대한 영도력을 묘사한 단편「설날」, 「노래여 울려 가라」, 「탄생」, 「사랑」 등이 있고, 군사부문에서의 빛나는 예지를 다룬 「도하장부근」, 「빛나는 자욱」, 「푸른 숲」 등이 있다. 끝으로 김정일의 공산 주의적 덕성을 묘사한 작품으로는 「기억」, 「어머니의 목소리」, 「조국의 품」, 「사랑의 해발」, 「위대한 순간」 등[22]이 있다.

장편소설로는 1988년 현승걸이 창작한 『아침해』가 최초의 작품이다. 『아침해』는 김정일이 통크고 담대하게 결단을 내려 은률의 장거리벨트콘베아 건설을 짧은 기간내에 완성하게 한 영도력과 공적을 찬양하는 장편소설이다. 『예지』는 1990년 리종련에 의해 창작된 장편소설로 김정일의 영화예술에 대한 업적을 찬양하고 북한에서 불후의 고전명작으로 일컬어지고 있는 『꽃파는 처녀』 등을 영화로 옮기는 과정을 현지지도하면서 영화창조사업을 벌리는 그의 정력적인 활동상을 소개하는 작품이다. 『불구름』은 박현이 1991년에 창작한 작품으로 6. 25전쟁중에 온갖 난관과 시련을 이겨내면서 김일성에게 충직한 주체형의 공산주의 혁명가로 성장해가는 김정일의 어린 시절을 다룬 작품이다. 백남룡이 1996년에 창작한 『동해천리』는 1970년대의〈70일전투〉 등 '속도전' 과 사상 기술 문화의 3대 혁명소조운동을 주도한 김정일이 사회주의 건설투쟁을 벌이면서 은률의 장거리 벨트콘베아 완공, 무산 – 청진의 대규모 정광수송관 건설, 검덕광산의 6만톤 연 아연 증산정책, 흥남비료공업소의 화학비료 증산정책 등 국가기간산업의 현지지도에 몰두하는 모습을 미화시킨 전기적 역사소설이다.

---

22) 윤기덕, 앞의 책, 430 – 431쪽.

4.《불멸의 향도총서》발간의 의미와 북한문학사에서의 위상

김일성의 항일혁명활동을 연작식으로 장편서사화한《불멸의 력사총서》는 김정일이 주도하여 김일성으로부터 인정을 받게 된 작업인데, 1972년 권정웅작『1932년』을 시작으로 1994년 김수경작『승리』가 출간되기까지 총 20편이 간행되었다. 이 총서는 1925년 10대의 소년인 김일성이 '타도제국주의동맹'이라는 단체를 조직하기까지의 과정을 그린 김정의『닻은 올랐다』(1982년 간행)를 시작으로 천세봉의『혁명의 려명』(1973),『은하수』(1982)와 석윤기의『대지는 푸르다』(1981)로 이어진다. 이 총서는 북한문학에 내재하는 중요한 창작원리인 '혁명적 수령관'을 밝혀주는 방대한 작업이다. 혁명적 수령관은 김일성수령을 인민대중의 조직적 의사의 유일한 체현자로 보는 주체사상의 핵심이다.

'80년대 들어 김정일이 공식적으로 후계자가 된 이후 김정일의 형상창조가 본격적으로 이루어져 집대성되어 나타난 현상이《불멸의 향도총서》의 발간이다. 김일성 생전에는 공개적으로 발행되지 못하다가 김일성이 죽은 후인 1996년에 4. 15창작단 소속 작가인 백남룡이 지은『동해천리』가 책 표지에《불멸의 향도총서》란 이름으로 출판된 것은 새롭다고 할 수 있다. 따라서 그 이전에 나온『아침해』,『예지』,『불구름』등의 장편도 여기에 포함시켜야 할 것이다.

『동해천리』를 중심으로 하여《불멸의 향도총서》의 북한소설사적 위상을 살펴보면, 우선 첫째, 작가 백남룡의 위상을 들 수 있다. 그는 4. 15창작단의 한 사람으로 소위 '새 세대작가군'에 속하는 인물이다. '새 세대작가군'은 김정일의 직접지도를 받는 작가들로 그의 총애를 받아 김정일을 위한 수령형상창조에 앞장서고 있는 신예작가들이라고 할 수 있다. 백남룡의 작품에서는 이혼의 문제나 대담한 애정표현 등이 등장하고 있어 그의 문단 내에서의 위상을 말해주고 있다. 둘째, 북한문학에서 『동해천리』는 김일성의 수령으로서의 위대성을 다룬 《불멸의 력사총서》와 김정일의 수령계승형상창조를 다룬 '새 세대작가들'에 의한 『아침해』, 『예지』, 『불구름』의 씨줄과 날줄의 접합점에 서있는 작품이라는 점에 그 의미를 둘 수 있다. 셋째, 『동해천리』는 북한문학사에서 문학장르측면에서 장편소설의 새영역을 확장하는 과도기에 서있는 작품이라는데 또 다른 가치를 부여할 수 있다. 북한예술사를 종합해보면, 북한에서의 대표적인 예술장르라면 역시 혁명가극과 영화를 들 수 있다. 하지만 김정일은 북한민중들의 문화정서적 요구가 날로 높아지면서 장·중편소설에 대한 수요가 늘어나는 현실적 요구에 맞게 장 중편소설 창작을 독려하는 운동을 전개한 바 있다. 넷째, 『동해천리』는 '70년대말부터 '80년대말까지 추진된 '장·중편소설 창작전투'와는 별개로 1994년 김일성이 사망한 후에 김정일이 최고권력자로 권력을 잡아가는 과도기적 상황에서 창작된 작품이라는데 의미가 있다. 끝으로 다섯째, 『동해천리』는 김정일이 교시를 내리면서 준 6가지 주제중 '사회주의 건설 주제'의 작품이라는 점에 의미를 둘 수 있다. 북한에서 최근 20년 사이에 쏟아져 나온 작품중 대표작을 분석해 보면 '사회주의 건설' 주제를 다룬 작품이 압도적으로 많다는 점에 주목해볼 필요가 있다. 이것은 국제적으로 고립되어 있는 북한의 경제현실에서 '자립적 민족경제'의 확립과 갱생의 의지표명이 절대적으로 요구될 수밖에 없다는 점과 연관되는 현상인 것이다.

Ⅳ. 북한문학에 나타난 김정일의 성격과 통치스타일

김정일의 성격과 통치스타일이 어떠한가에 대해서 언론에서는 주로 흥미와 개인생활 중심으로 거론되는 듯한 양상을 보이고 있다. 그런 점에서 통일을 위해 김정일을 하나의 지도자, 정치가로 보면서 그 사람의 장단점을 객관적으로 분석하려는 시도가 요구되는데 최근의 『월간조선』에서의 〈황장엽 – 신상옥 대담〉에서 그런 측면에서 중요한 사료적 가치가 있는 증언이 몇 가지 나왔다. 김정일을 가장 가까이에서 바라본 적이 있는 황장엽은 김정일은 권력욕이 대단한 사람으로 꼭 정권을 잡고 남한까지 점령하겠다는 욕망이 변함이 없고 소위 강성대국의 논리가 바로 그러한 점의 표출이라고 언급하고 있다. 그리고 김정일은 "사람을 속이는 수완은 탁월하고 위기를 모면하기 위해서 장악하는 능력은 상당하기 때문에 아직도 저렇게 견뎌나는 거거든요. 자기 나름대로 복종시키는 이론은 가지고 있고 체득하고 있는 겁니다"[23]라고 증언하고 있다. 또 현대그룹 정주영회장과의 만남에서 김정일이 예의 바른 사람으로 언론에서 다루어진 적이 있는데, 황장엽은 단둘이 있을 때에는 예의를 지키는데 주변에 누가 있다든가 할 때는 다르다고 그의 과시욕과 이중적 성격을 꼬집고 있다.

　그러면 북한문학에서는 김정일의 성격은 어떻게 그려지고 있는가? 우선 북한문학에서 김정일의 성격은 대담성과 예지와 통큰 스케일을 가진 것으로 묘사된다. 소설문학에 보면, "통이 크게 일판을 벌려", "김정일 동지의 안광에서 예지가 번뜩이시였다", "나라의 철맥을 잇는 중대한 공사인데 대담하고 통이 크게 내밀어야 합니다" 등으로 구체적으로 서술된다. 이러한 성격은 '수령형상창조'의 네 번째 창작원칙인 '위대한 형상' 창조의 준수로 판단된다. 소설문학에서 '위대한 형상'의 창조는 두 가지 모습으로 보여진다. 하나는 김정일의 강력한 리더쉽을 강조하기 위한 예지와 대담성으로 나타난다. 다른 하나는 위대한 인간의 형상을 창조하는 과정에서 인간의 내면

---

23) 『월간조선』 통권 제 228호 (1999년 3월호), 〈황장엽 – 신상옥 권말 특별대담〉, 624쪽, 조선일보사.

세계의 섬세한 움직임을 묘사하는 것에서 드러난다. 윤기덕은 『수령형상문학』에서 후자에 대해 "위대한 인간의 위대성은 사상과 함께 인간의 사상정신적 면모에서 중요한 내용을 이루는 감정정서의 심오성에서도 나타난다. 위대한 인간일수록 감정정서가 풍부하며 내면세계가 깊다. 그러므로 감정정서와 내면세계를 깊이있게 그리는 것은 위대한 인간으로서의 수령의 풍모와 인간세계를 깊이 보여주기 위한 중요한 요구로 된다"[24]고 주문한다.

> 사색깊은 그이의 눈에 아까와 같은 예지의 섬광이 타오르기 시작하였다. ……(중략)……
> 《……검덕광산은 매장량도 많고 광석품위도 높은 유망한 광산입니다. 지난날 검덕광산은 인민경제발전에서 큰 몫을 담당해 왔습니다. 그러나 올해말까지 국가 계획외에 6만톤의 공석을 더 캐자면 결정적인 조치를 취해야 한다고 생각합니다……(중략)……그런 림시적인 대책으로 나라의 광업발전과 외화벌이에서 큰몫을 맡고 있는 광산의 전망적 발전에 대처해 나갈 수 없습니다. 수령님의 구상과 의도대로 광산을 현대적인 대유색금속광물기지로 대담한 용단을 내려야 합니다.…….(중략)……《여기 땅속 35리 구간에 벨트콘베아를 놓읍시다. 검덕의 지하에 은률의 금산포앞바다에 놓은 것보다 더 크게 벨트콘베아를 놓아야 합니다. 그러면 늘어나는 광물운반의 80프로를 벨트콘베아가 담당할 수 있습니다.》[25]

둘째, 북한문학에서 김정일은 대중과 함께 하는 지도자(정치학쪽에서는 이러한 성격을 '인덕정치'로 지칭함)로 철저하게 묘사되며, 당일군들속에 깊이 들어가 정치사업을 벌일 것을 주문하는 것으로 그려진다. 이것 또한 '수령형상창조'의 창작원칙에 근거한 것이다. 즉 수령의 인민적 풍모를 옳

---

24) 윤기덕, 앞의 책, 221쪽.
25) 백남룡, 『동해천리』, 평양, 평양출판사, 1996, 206 - 207쪽.

게 형상할 것을 요구한다는 것이다. 그것은 노동자, 농민을 비롯한 평범한
인민대중속에 허물없이 있으며 그들과 생사고락을 같이하는 수령, 그들을
혁명과 건설의 주인으로 내세워주며 온갖 관심과 배려를 돌려주는 수령을
형상해야만 인민의 수령만이 지닐 수 있는 소탈한 성품과 인민적 작풍, 인
민에 대한 사랑과 배려, 고매한 덕성을 감명깊게 보여줄 수 있기 때문이라
는 것이다.

시문학에서는 김정일의 이러한 인민적 풍모를 인정깊은 어머니나 자애로
운 스승으로 묘사하면서 겸손한 성격의 인물로 평가하고 있다.

> 한없이 자애로운 스승!
> 한없이 영명한 스승!
> 그 위대함이 누리에 넘칠수록
> 이 가슴에 정답게 울리는 말은 그 이름이여라
> 천년을 가며 부르고 싶은 말도 그 이름이여라
>
> 하지만
> 자신께선 전사보다 키를 낮추시고
> 전사는 조언자로 높이 세워주시니
> 자신께선 소박한 전사 되시고
> 인민은 스승으로 높이 받드시니
> 오, 우러러 끝이 없는
> 세기의 향도자
> 친애하는 김정일동지는
> 정녕 위대한 스승이시여라
> 인민의 영원한 불세출의 스승이시여라
>
> (백하, 「위대한 스승」, 1991. 1. 28)[26]

셋째, 북한문학에서 김정일은 식음을 전폐하고 일에 몰두하는 지도자로
그려지며, 성실한 현장지도를 하는 동시에 인민을 사랑하는 지도자로 부각
되고 있다. 김정일은 새벽 3시가 넘게 집무를 하기도 하고, 벌써 저녁 9시
가 넘었는데도 부관에게 출장간 간부의 전화를 받은 후 식사를 하겠다고
지시한다. 그리고 당일군들의 애로를 청취하고 미진한 부분을 지원하기 위
해 위험하게 직승기를 타고 현장지도를 나갈 정도로 성실한 인물로 묘사되
고 있다.

"김정일동지께서는 부부장을 바래주고 나서 집무실을 거니시였다.
새벽 3시가 넘었다.
그이께서는 책들이 빼곡이 들어찬 서가옆의 벽에 걸린 오십만분의 일 축도의
조선지도앞에서 걸음을 멈추시였다. 그이의 사색깊은 안광에 온 조선땅덩어리가
비끼였다."[27]

《친애하는 지도자동지 ……저녁식사를 하시지 않겠습니까?……》
물음이 아니라 때식을 건늘 수 없다는 요구와 소망이다. 물러서지 않을 것같
은 표정이다.
김정일동지께서는 시계를 보시였다. 벌써 9시가 넘었다.
《성욱동무, 좀 더 있다가 식사를 하겠소. 황철에 갔다는 화학공업부장한테서
전화가 올 것같아 그러오.》[28]

넷째, 북한문학에서 김정일은 심리학적으로 볼 때 '모성결핍증'을 가진
인물로 묘사된다. 물론 소설에서 김정일이 어머니에 대한 사념에 자주 젖어

---

26) 신지락 편, 시집 『향도의 빛발아래』 (4), 평양, 문예출판사, 1995, 217 - 219쪽.
27) 백남룡, 『동해천리』, 24쪽.
28) 백남룡, 『동해천리』, 89쪽.

있는 것으로 그려지는 것은 인민적 풍모와 자애로움을 가진 지도자로 부각시키기 위한 서술방법으로 보여진다. 하지만 이러한 성격은 대중앞에 나서기를 싫어하고 잠행을 즐기는 그의 통치스타일이나 행동양태와도 어느 정도 연관이 되리라고 생각된다.

> "김정일동지께서는 묵묵히 생각에 잠기시었다. 추억의 물결이 걷잡을 수 없이 밀려와 가슴이 적시였다.
> 　어머님을 여읜 49년의 쓸쓸한 마가을 ……가랑비 내리던 날 수령님께서는 상실의 크나큰 슬픔을 이겨내며 이 지방으로 현지지도를 떠나시였다. 어리신 김정일동지께서는 수령님의 곁에 앉아 있었다. 울퉁불퉁한 길, 몹시 들추던 승용차, 슬픔과 사랑에 대한 인생철학을 감성으로 작은 가슴에 받아안으며 가시던 길……
> 　비애의 눈물인양 차창으로 흘러내리던 빗물……
> 　그이께서는 가슴아픈 추억을 되살리지 않으려고 조용히 머리를 저으시였다."[29]

다섯째, 김정일은 야행성이 있다. 그는 주로 밤늦게나 새벽 3시무렵에 보고를 받거나 현장확인을 하는 습관을 가지고 있다. 그리고 당 간부나 정무원의 부장급이나 부부장급들을 대동하고 현지지도를 나가는 경우가 많으며 악천후에도 모험을 즐기는 대담한 성격의 소유자로 묘사된다. 이것은 북한의 권력메카니즘을 확인해 볼 수 있는 좋은 예라고 할 수 있다. 북한의 소설문학을 살펴보면, 북한의 권력내부에서 김정일의 위상이 어떠한지를 분명하게 보여주고 있다. 외신이나 국내 언론을 보면, 김일성사후 군부가 김정일을 축출하고 권력을 잡을 것이라는 가상프로그램을 내놓은 적도 있었다. 하지만 북한의 소설문학속에서는 김정일이 완전하게 권력을 장악하고 있는

---

29) 백남룡, 『동해천리』, 32-33쪽.

것으로 형상화하고 있다. 그가 벌써 '70년대부터 절대권력으로 군림하고 있는 예는 출장간 정무원총리를 전화로 마음대로 불러 현지보고를 듣고 지시를 내리는 장면이 여러 차례 나오고, 연로한 인민무력부장을 대동하고 새로 만든 함정의 진수식에 참석하여 악천후속에서도 시승하며 그 성능을 시험하는데서 구체적으로 드러난다.

《친애하는 지도자동지, 해군사령부에 내려가있는 인민무력부장동지한테서 함정의 시험항행준비가 완료되었다는 련락이 왔습니다.》

김정일동지께서는 머리를 끄덕이시고 시계를 보시였다.

《벌써 3시가 됐는가.》

《좀 주무십시오.》[30]

《나와 함께 새 함정을 탑시다.》

그이의 뜻밖의 말씀에 놀라고 당황한 것은 하영술보다 수행일군들이였다. 인민무력부장과 해군사령관은 잔교길을 막아섰다.

《안됩니다. 어떻게 그런 모험을……》

《친애하는 지도자동지, 위험합니다. 폭풍이 일기 시작했는데……》

김정일동지께서는 해군사령관과 둘러선 장령들의 절절한 청원의 낯빛들을 일별하시고 범상히 말씀하시였다.

《너무 걱정들 마시오. 날씨가 험해야 배타는 맛도 있습니다. 해군사령관동무도 같이 탑시다.》……(중략)……

《경비함은 나이많은 무력부장동무와 실무일군들이 타시오. 새 함정은 이 하영술동무랑 우리 로동자, 기술자들이 지혜를 합쳐 만든 것인데 내가 해병들과 같이 타면서 성능을 검열해보겠습니다.》

해군사령관이 더 말을 못하는데 인민무력부장이 장미 수북한 눈에 한가득 근

30) 백남룡, 『동해천리』, 169쪽.

심을 담고 말씀드렸다.[31]

여섯째, 북한문학에서 김정일은 혁명가극, 영화, 문학예술, 음악 등에 해
박한 인물로 기술되고 있다. 김정일은 중편소설 「영원한 미소」 등의 세부디
테일을 고쳐주기도[32] 하고, 가사문학인 「영원히 한길을 가리라」를 듣고 가
사에서 "당중앙 우러러"란 표현을 "당중앙 따라서"로 고치는 등 구체적인
지도[33]를 한 것으로 문학이론서에 기술되고 있다. 또 김정일은 음악에도 조
예가 깊은 것으로 알려져 있다. 한 예로 김정일은 가극 「피바다」의 경우, 거
기에 쓸 곡으로 2천여곡을 작곡시킨 다음 자신이 그중에서 수십곡을 직접
골라 최종 연습을 시켰다는 것이다. 그런데 어느날 연습과정을 지켜보던 김
정일은 갑자기 반주하는 오케스트라를 중단시켜 단원들이 어리둥절해 하자
그 중 한 바이올린 연주자를 가리키며 '방금 동무의 연주는 반음이 낮았다'
고 지적, 깜짝 놀라게 했다고 한다. 그는 또 작곡해온 곡을 선곡할 때 표절
된 부분이 있으면 원곡의 곡명을 대면서 표절내용까지 밝혀낼 정도[34]라는
것이다.

V. 맺음말

'수령형상창조'는 북한에서 김일성과 그 후계자 김정일의 우상화작업을
위한 북한만이 가지고 있는 독특한 일종의 문예이론이다. '수령형상창조'

---

31) 백남룡, 『동해천리』, 231 - 232쪽.
32) 최길상, 앞의 책, 96 - 98쪽.
33) 최길상, 위의 책, 152 - 154쪽.
34) 신상옥 · 최은희, 『김정일왕국』 하권, 「예술청년 김정일의 고백」, 동아일보사, 1988, 98쪽.

라는 말이 북한에서 최초로 등장한 것은 1966년쯤으로 추정된다. 조선작가
동맹 중앙위원회 위원장과 한 담화에서 새로운 혁명문학을 건설하는데 있
어서 중심고리를 정확하게 찾아쥐는 것이 중요하다고 밝히면서 노동계급의
수령을 형상하는 것이 사회주의적 사실주의문학의 운명을 좌우할 근본문제
라고 강조한 데서 비롯된다. 윤기덕의『수령형상문학』(1991)을 보면, 그 이
론이 구체적으로 설명되고 있다. 북한에서 수령은 위대한 혁명가, 위대한
공산주의자의 귀감이자 인민대중에 대한 영도자이다. 그러나 인민대중의
자주적 의식활동은 타고나는 것이 아니므로 그것은 계급적 처지와 역사적
사명을 자각하고 자주성을 옹호하여 투쟁할 수 있도록 올바른 사상과 이론
을 배워야 하는데 그것은 오직 노동계급의 수령만이 창조하여 인민에게 줄
수 있다는 것이다. 인간이 뇌수가 없다면 사고하고 행동할 수 없듯이 수령
은 인민의 최고뇌수이므로 수령의 영도가 없다면 인민대중의 존재는 생각
할 수도 없다는 억지 논리를 북한의 문예이론서들은 펴고 있다. 그리고 수
령형 창조의 본질로 '혁명적 수령관'을 철저히 세우는데 있다고 역설하고
있다.

그런데 60년대부터 강조되어온 '수령형상창조'는 '90년대 초로 오면서
"수령의 계승자를 형상한 문학은 본질에 있어서 수령형상문학이다"라고하
여 최고 권력에 대한 놀라운 변신을 도모하고 있다. 노동계급의 혁명위업은
한 세대에 끝나는 것이 아니라 여러 세대에 걸쳐 진행되는 역사적인 위업이
라는 것이다. 따라서 주체위업을 끝까지 완성하기 위해서는 수령에 대한 충
실성을 대를 이어 계승하여야 한다는 것이다.

수령형상창조의 본보기로 북한의『문학예술사전』이나『문예상식』(1994)
은 김일성과 김정일의 친필작품을 제시하고 있다. 김정일은 청소년기에 서
정시, 가사, 동요, 동화 등을 창작하여 주체적 문학예술의 전범이 되었다고
찬양하고 있다.

　북한에서는 다양한 시가문학과 장 중편소설을 통해 '수령형상창조'를 꾀하고 있다. 특히 시문학의 경우 오직 혁명적인 시가문학이 인민투쟁을 고무하고 이끌어주는 강력한 무기가 되어야 하며 현실을 체험하고 풍부한 서정성을 구현해야 바람직한 시문학이 될 수 있다는 김정일의 주체문학관이 바탕이 되고 있다. 가사문학인 「친애하는 김정일동지의 노래」(1976)나 「그 품 떠나 못살아」 등에는 혁명적 수령관에 바탕하여 김정일에게 인민들 자신의 운명과 조국의 미래를 맡기자는 〈시대의 주도적인 감정〉을 잘 담았다고 찬양하면서 혁명의 계승성문제를 적극적으로 제기하고 있다.

　북한의 시문학사에서 김정일 형상창조는 송가 · 서사시 · 철학시 · 풍경시 · 애정윤리시 등 다양한 모습으로 이루어졌다. 충성의 송가가사집으로는 『향도의 해발을 우러러』가 1975년에 첫권이 나온 이래로 1991년까지 14권이 나왔고, 뒤이어 『향도의 빛발아래』가 '90년대 들어 출간되기 시작하여 1995년에 4권째가 나왔다. 그리고 1987년에는 백하가 지은 서사시 『불타는 해』가 창작되어 1947년 조기천이 지은 장편서사시 『백두산』과 쌍벽을 이루게 된다.

　1978년 1월 7일 북한에서는 김정일의 지시로 장 중편소설 창작전망계획이 세워지고 김일성탄생 70돐이 되는 1982년 4월 15일까지 〈장 · 중편소설 전투〉를 힘있게 벌려나간다. 그리하여 이 시기에 수백편의 소설이 쏟아져 나온다. '80년대 이후 소설문학의 약진에 힘입어 북한에서 김정일 형상창조의 문학도 1983년에 나온 『조선의 행복』(김병훈)을 필두로 『백두산의 해돋이』, 『향도의 태양』, 『영광의 시대』, 『봄빛』, 『역사의 순간』 등에 55편의 단편이 담겨지게 된다. 이 작품들은 주로 김정일의 사상이론적 업적과 공산주의적 덕성을 다루고, 사회주의 건설에 대한 지도에서의 예지와 현명한 영도력 및 문학예술사업에 있어서의 탁월한 지도력 그리고 군사부문에서의 빛나는 예지 등을 세밀하게 형상화하고 있다.

　그리고 1988년부터는 《불멸의 력사총서》에 버금가는 《불멸의 향도총서》
가 간행되기 시작한다. 『아침해』(현승걸, 1988)는 김정일이 은률의 장거리
벨트콘베아건설을 짧은 기간내에 완성한 공적을 찬양하는 작품이고, 『예
지』(이종련, 1990)는 김정일의 영화예술에 대한 업적을 찬양한 작품이다.
그리고 『불구름』(박현, 1991)은 6. 25전쟁중에 온갖 난관과 시련을 이겨내
면서 김일성에게 충직한 주체형의 공산주의 혁명가로 성장해가는 김정일의
어린시절을 다룬 작품이다. 최근인 1996년에 나온 백남룡의 『동해천리』는
1970년대에 김정일이 〈70일전투〉등과 3대 혁명소조운동을 주도하면서 사
회주의 건설투쟁을 벌여나가는 빛나는 예지와 　큰 스케일을 강조한 장편
소설이다.

　이렇게 수령형상 창조를 다룬 북한문학에는 김정일의 성격과 행동양태
그리고 통치스타일 등이 구체적이고 사실적으로 드러나고 있다. 첫째 김정
일의 성격은 대담성과 예지와 통큰 스케일을 가진 것으로 묘사된다. 이것은
수령형상창조 원칙의 하나인 '위대한 형상' 창조의 준수로 보여진다. 둘째,
김정일은 대중과 함께 하는 지도자로 철저하게 서술되며 수령만이 가지고
있는 인민적 작풍, 인민에 대한 사랑과 배려, 고매한 덕성 등이 미화되어 그
려지고 있다. 셋째, 김정일은 식음을 전폐하고 일에 몰두하는 지도자로 그
려지며, 성실한 현장지도를 하는 동시에 인민을 사랑하는 지도자로 부각되
고 있다. 또 새벽 3시가 넘게 집무를 하고 위험하게 악천후에도 직승기를
타고 현장지도를 나갈 정도로 모험적이고 저돌적인 인물로 묘사된다. 넷째,
북한문학에서 김정일은 '모성결핍증'을 가진 인물로 묘사되고 있으며, 대
중들에게 나서기를 싫어하고 잠행을 즐기는 통치스타일을 보이고 있다. 다
섯째, 김정일은 야행성의 성격을 지니고 있으며, 당이나 정무원의 부장 내
지 부부장들을 대동하고 다니기를 즐기는 카리스마적인 인물로 묘사되고
있다. 끝으로 김정일은 문학 · 영화 · 혁명가극 · 음악 등 문화예술분야에 정

통한 전문가로 묘사되고 있으며 특히 영화에는 광적일 정도의 애착을 보이고 있다.

김정일의 1인 유일체제로서의 권력집중현상과 카리스마적인 힘과 대담성을 미화시키기 위한 수령형상창조는 북한체제의 많은 모순을 동시에 보여주고 있기도 하다. 첫째, 김정일을 전지지능한 신과 같이 인간의 모든 문제를 해결할 수 있는 것처럼 묘사하고 있지만, 실제로 북한의 경제현실은 인간의 생존을 위한 기본 식량문제도 해결하지 못하고 국제적으로 구걸외교를 벌여야 하는 처지에 놓여 있어 문학과 현실사이의 갭이 너무나 커 보인다는 점을 지적할 수 있다.

둘째, 김정일의 인민적 풍모와 고매한 덕성을 미화시키기 위해 사용되는 수령형상창조의 원칙은 전문일군의 과오에 대한 너그러운 이해 등 포용력과 대범성를 지나치게 강조하여 실제로 북한의 각 부문의 현장에서 이루어지고 있는 목표달성 위주의 과업설정과 상치될 수밖에 없는 근본모순을 안고 있다는 점을 들 수 있다.

셋째, 문학, 영화, 경제, 군사부문 등 사실상 북한체제의 뇌수에 해당되는 전분야에서 전문가행세를 하는 김정일의 빛나는 예지와 통큰 스케일이 각 부문의 현장에서는 테크노크라트의 형성과 그들의 능력발휘로 인한 경제활성화와 국가경제의 자율적 경영체제로 나아가지 못하고 주관주의, 형식주의, 요령주의 등의 관료주의의 극심한 병폐로 나타나고 있는 점이 북한 사회의 가장 커다란 문제점으로 지적된다.

■ 참고문헌

I. 텍스트 및 북한문학사

강복례, 「직장장의 하루」, 『조선문학』 1992년 8월호, 평양, 문예출판사.

강선규, 「사랑의 원리」(장편수필 제 2회), 『조선문학』 1992년 8월호, 평양, 문예출판사.

김삼복, 『세대』, 평양, 문예출판사, 1985.

김정, 『닻은 올랐다』(총서 《불멸의 력사》 1권), 평양, 문예출판사, 1986.

남대현, 『청춘송가』, 평양, 문예출판사, 1994.

단편소설집, 『의리』, 평양, 문예출판사, 1991.

단편소설집, 『거룩한 자욱』, 평양, 문예출판사, 1988.

단편소설집, 『소원』, 평양, 문예출판사, 1992.

박종렬, 『별은 돌아오리라』, 평양, 금성청년출판사, 1993.

백남룡, 『동해천리』(총서 《불멸의 향도》), 평양, 평양출판사, 1996.

사회과학원 주체문학연구소 편, 『문학예술사전』(상), 평양, 과학백과사전종합출판사, 1988.

사회과학원 주체문학연구소 편, 『문학예술사전』(중), 평양, 과학백과사전종합출판사, 1991.

사회과학원 주체문학연구소 편, 『문학예술사전』(하), 평양, 과학백과사전종합출판사, 1993.

시집, 『궤도를 따라』, 평양, 문예출판사, 1992.

시집, 『향도의 빛발아래』 3권, 평양, 문예출판사, 1993.

시집, 『향도의 빛발아래』 4권, 평양, 문예출판사, 1995

임종상 외, 『쇠찌르레기』, 서울, 살림터, 1994.

이태윤 외, 『뻐국새가 노래하는 곳』, 서울, 살림터, 1994.

천재규·정성무, 『조선문학사』 제 14권, 평양, 사회과학출판사, 1996.

최수봉 편, 『문학작품집(1987)』, 평양, 문예출판사, 1989.

허창근 편, 『문학작품집(1990 - 1991)』, 평양, 문예출판사, 1993.

「로동신문」 사설 1997년 10월 10일자, "위대한 김정일동지를 최고수위에 모신 조선로동당은 필승불패이다."

『중앙일보』 1997년 12월 27일자, 「중앙일보 선정 국내 10대뉴스」

『조선일보』 1998년 1월 3일자 「북한의 신년 공동사설」

『중앙일보』 1998년 2월 16일자 「북한면」
『중앙일보』 1998년 6월 9일자 「북한면」
『조선일보』 1998년 6월 16일자 6면 「朝鮮인터뷰 : 黃長燁 金德弘 편」
『한겨레신문』 1998년 9월 7일자 4면 종합면 〈북한 김정일체제의 확립〉
『조선일보』 1998년 9월 7일자(월) 종합면. 김정일 국방위원장 재추대 관련기사.
『조선일보』 1998년 9월 8일자(화) 해외언론 보도.
『중앙일보』 1999년 2월 9일자(화) 종합면. 북한 조평통 대변인 담화 관련기사.
『월간조선』 통권 제228호(1999년 3월호). 〈황장엽 – 신상옥 권말 특별대담〉, 조선일보사.

북한문학사는 이제까지 다음의 9종이 알려져 있다.
　　1. 이응수, 『조선문학사』(1 – 14세기), 평양, 교육도서출판사, 1956.
　　　　윤세평, 『조선문학사』(15 – 19세기), 평양, 교육도서출판사, 1956.
　　　　안함광, 『조선문학사』(1900 –), 평양, 교육도서출판사, 1956.
　　2. 과학원 언어문학연구소 문학연구실, 『조선문학통사(상 · 하)』, 평양, 과학원출판사,
　　　　1959. 5 – 11.
　　3. 필자미상, 『조선문학사』, 평양, 교육도서출판사, 1960. 11
　　4. 한룡옥, 『조선문학사 1』, 평양, 조선문학출판사, 1962.
　　　　김하명, 『조선문학사 2』, 평양, 조선문학출판사, 1962.
　　　　_____, 『조선문학사 3』, (서지사항 미상)
　　5. 이응수 · 신구현 · 김하명 · 안함광 등, 『조선문학사』(미상, 1966) 전 10권.
　　6. 사회과학원 문학연구소, 『조선문학사』, 평양, 과학백과사전출판사, 1977. 12 – 1981.
　　　　12, 전5권
　　7. 김춘택, 『조선문학사』 I · II, 평양, 김일성종합대학 출판사, 1982.
　　8. 정홍교 · 박종원 · 유만, 『조선문학개관』 I · II, 평양, 사회과학출판사, 1986. 11.
　　9. 사회과학출판사, 『조선문학사』 1 – 15권 (1991 – 1996), 현재 간행중.

Ⅱ. 논문과 단행본 저서

강능수, 『시대와 문학』(평론집), 평양, 문예출판사, 1991.
고승효, 「현대조선경제입문」, 동경, 신천사, 1989.
고유환, "북한식 사회주의 체제의 지속과 변화", 평화문제연구소, 『통일문제연구』 통권 제 28
　　호, 1997년 하반기호.
고태우, 『한 권으로 보는 북한사 100장면』, 서울, 가람기획, 1996.
곽승지, "북한의 '우리식 사회주의'의 논리에 대한 고찰", 『분야별 남북한 통합 시나리오

구상 - 1998 하계학술회의 논문집 3』, 북한연구학회, 1998.

김려숙, "인텔리 형상과 지성세계 묘사", 『조선문학』 1992년 8월호, 평양, 문예출판사.

김덕중, "남북한 외교 50년 평가와 통합 시나리오 구상", 『분야별 남북한 통합 시나리오 구상 - 1998년 하계학술회의 논문집 2』, 북한연구학회, 1998.

김동규, "북한의 대학교육 운영체계에 관한 연구", 『분단 50년 북한의 학문』(2), 북한연구학회 1998년동계학술회의.

김동한, "북한헌법개정사", 『분단 50년 북한의 학문』(1), 북한연구학회 1998년 동계 학술회의.

김명수, "김정일의 권력승계와 정책변화 전망", 평화문제연구소, 『통일문제연구』 통권 제28호, 1997년 하반기호.

김성훈 · 김치영, 『북한의 농업』, 서울, 비봉출판사, 1997.

김운근, "남북한 농업부문 협력방안", 『통일문제 연구』 1997년 하반기호, 평화문제 연구소.

김일성, "현대문학의 시대적 사명", 『조선문학』 1992년 4월호, 평양, 문예출판사.

김재용, 『북한문학의 역사적 이해』, 서울, 문학과 지성사, 1994.

김정일, 『김정일선집』 1권, 평양, 조선로동당출판사, 1992.

김정일, 『김정일선집』 2권, 평양, 조선로동당출판사, 1993.

김하명, 『새 문학건설』(평론집), 평양, 문예출판사, 1993.

김한길, 『조선현대역사』, 사회과학원 역사연구소, 서울, 일송정, 1988.

김행숙, "북한문학사 서술의 원칙과 성격", 『남북한 현대문학사』, 서울, 나남출판, 1995.

김홍섭, 『소설창작과 기교』, 평양, 문예출판사, 1991.

도홍렬, "분단 50년, 북한의 사회학 - 경제과학과 응용사회학", 『분단 50년 북한의 학문』(1), 북한연구학회 1998년 동계학술회의.

_____, "북한 장편소설 『동해천리』 연구", 『한국방송대 논문집』 제 26호, 1998.

모종린 외, "북한의 경제개혁과 김정일 정권의 내구력 분석", 연세대 통일연구원, 『통일연구』 창간호, 1997.

문정인 · 류길재, "북한체제의 변동과 대북 경제협력의 정치 · 경제적 조건", 유한수 · 이영선 편, 『북한진출기업전략』, 서울, 오름, 1997.

민성길 · 전우택, "북한 청소년에 대한 이해", 연세대 통일연구원, 『통일연구』 창간 호, 1997.

박태상, "북한문학사에 기술된 연암문학에 대한 가치와 평가", 『한국방송대 논문집』 제 15집, 1992.

_____, "북한문학사에 기술된 판소리문학의 미적 가치와 평가", 『한국방송대 논문집』 제 18집, 1994.

_____, "북한의 인기소설 『청춘송가』 연구", 『한국방송대 논문집』 제 25집, 1998.

_____, "북한 장편소설 『동해천리』 연구", 『한국방송대 논문집』 제 26호, 1998.

박형중, "남북한의 위기와 당면과제, 그리고 남북관계의 질적 변화 – 공존과 통합의 가능성 진단", 『분야별 남북한 통합 시나리오 구상 – 1998년 하계학술회의 논문집 3』, 북한 연구학회, 1998.

방영찬, 『작가의 창작적 사색과 예술적 환상』, 평양, 문예출판사, 1992.

백남룡, 『동해천리』, 평양, 평양출판사, 1996.

백영철, "어버이수령님의 인민적 풍모에 대한 빛나는 형상", 『조선문학』 1992년 4월 호.

백현숙, "새로운 민족적 성격 형상에 이바지한 랑만주의 수법", 『조선문학』 1996년 3월 호.

서대숙, "정권수립과 변천과정", 최명 편, 『북한개론』, 을유문화사, 1990.

송두율, "북한 사회를 어떻게 볼 것인가", 『사회와 사상』, 1988년 12월호.

신상옥 · 최은희, 『김정일왕국』 하권, 「예술청년 김정일의 고백」, 동아일보사, 1988.

신형기, 『북한 소설의 이해』, 실천문학사, 1996.

신효숙, "해방후 북한 고등교육체계의 형성과 그 특징", 『분단 50년 북한의 학문』 (2), 북한 연구학회 1998년 동계학술회의.

안병영, "북한연구방법론", 『현대공산주의 연구』, 한길사, 1982

안성호, "남과 북 정치통합 연구 – 경쟁적, 다원적 정치체제 탐색", 『분야별 남북한 통합 시나 리오 구상 – 1998년 하계학술회의 논문집 2』, 북한 연구학회, 1998.

연하청, "사회주의 경제 계획", 최명 편, 『북한개론』, 을유문화사, 1990.

오정수, "사회변동과 사회문제", 최명 편, 『북한개론』, 을유문화사, 1990.

오영환, 『작가의 문제』, 평양, 문예출판사, 1992.

유한수 · 이영선 편, 『북한진출기업전략』, 오름, 1997.

윤종성 외, 『문예상식』, 평양, 문예출판사, 1994.

윤기덕, 『수령형상문학』, 평양, 문예출판사, 1991.

이상만, "남북한 경제통합을 위한 북한경제의 구조조정 모형", 『분야별 남북한 통합 시나리 오 구상 – 1998년 하계학술회의 논문집 1』, 북한연구학회, 1998.

이상조, "통일준비 5 – 과학기술", 이영선 편, 『통일준비』, 오름, 1997.

이수림, 『위대한 수령 김일성동지 문학령도사』, 3권, 평양, 문예출판사, 1994.

이우정, "남북한 민간교류협력의 과제와 전망", 『분단 50년 북한의 학문』(2), 북한 연구학회, 1998년동계학술회의.

이영선 편, 『통일준비』, 오름, 1997.

이일영 · 전형진, "북한 농업제도의 전개와 계획전망에 관한 연구", 평화문제연구소, 『통일문 제연구』 통권 제 28호, 1997년 하반기호.

이종석, 『현대 북한의 이해』, 서울, 역사비평사, 1995.

이태욱, "통일준비 2 – 경제", 이영선 편, 『통일준비』, 오름, 1997.

전인영, "북한의 주체사상", 이홍구편, 『마르크시즘 100년 사상과 흐름 』, 문학과 지성사,

1984.

정룡진, "풍부하고 심오한 내부적 체험세계의 개방과 령도자의 빛나는 형상", 『조선 문학』 1996년 5월호.

정영철, "북한 사회통제 메카니즘의 변화와 특징", 평화문제연구소, 『통일문제연구』 통권 제 28호, 1997년 하반기호.

최길상, 『주체문학의 새 경지』, 평양, 문예출판사, 1991.

_____, "문학예술혁명의 새로운 앙양을 추동하는 불멸의 기치", 『조선문학』 1992년 11월호, 평양, 문예출판사.

최동호편, 『남북한 현대문학사』, 나남출판, 1995.

최명편, 『북한개론』, 을유문화사, 1990.

한중모, 『주체적 문예리론의 기본』 1권, 평양, 문예출판사, 1992.

한중모 · 김정웅, 『주체적 문예리론의 기본』 3권, 평양, 문예출판사, 1992.

현종호 외, 『우리식 문학예술 사업체계의 확립과 작가 예술인 대오 육성』, 평양, 문예출판사, 1990.

황정상, 『과학 환상문학 창작』, 평양, 문예출판사, 1993.

_____, "과학 환상소설의 특징과 예술적 품격", 『조선문학』 1992년 8월호, 평양, 문예출판사.

국토통일원 통일연구소 편, 『북한의 문화예술정책』, 1986.

소련과학아카데미 편, 『마르크스 레닌주의 미학의 기초이론 II』, 신승엽 외 옮김, 일월서각, 1988.

어문편집부, 『문예론문집』 5권, 사회과학출판사, 1990.

연세대 대학원 북한현대사연구회 편, 『북한현대사』 I권, 서울, 공동체, 1989.

조선로동당 중앙위원회, 『김정일선집』 1권, 평양, 조선로동당출판사, 1992.

_____, 『김정일선집』 2권, 평양, 조선로동당출판사, 1993.

통일연수원, 『북한이해』, 1995.

찾 아 보 기

ㅇ

북한문학의 현상

1999년 4월 20일 1쇄 발행
2005년 1월 15일 10쇄 발행

저 자 박 태 상
펴낸이 박 현 숙
찍은곳 신화인쇄공사

1 1 0 - 3 2 0
서울시 종로구 낙원동 58-1 종로오피스텔 606호
TEL · 764-3018, 3019   FAX · 764-3011
E-mail : kpsm80@hanmail.net

펴낸곳 도서출판 깊 은 샘

등록번호/제2-69 · 등록년월일/1980년 2월 6일

ISBN 89-7416-087-0

값 20,000원